蔡東藩
說中國史

10

摇晃的世界帝国

下

唐史演义

蔡东藩 著

化学工业出版社
·北京·

李昭道《明皇幸蜀图》绢本

青綠關山迥
崎嶇道路長
客人各結束行
李自周詳總
為名和利那
辭勞與忙年
陳失姓氏北宋
近乎唐
甲午新秋
御題

敦煌壁画《张议潮军出行图》（局部）

康涛《华清出浴图》绢本

武则天

目录

女十一娘供養
女十三娘供養

第五十一回

失潼关哥舒翰丧师
驻马嵬杨贵妃陨命

却说玄宗因贵妃哀请，竟为所动，遂将亲征命令，停止不行。适监军宦官边令诚，自潼关回来，奏称封常清虚张贼势，摇动军心，高仙芝弃陕地数百里，且偷减军士粮赐，顿时恼动玄宗，即命令诚赍敕驰往，就军中立斩封高二人。看官阅过前回，应知常清仙芝，原非良将，但令诚所奏却是多半虚诬，先是常清战败，屡遣使表陈贼势，猖獗可畏，幸勿轻视，玄宗已疑他情虚畏罪，故事张皇。及常清与令诚相见，毫无馈遗，令诚引为恨事；又尝向仙芝前，有所干请，仙芝亦未肯照行，为此种种情由，遂轻身诣阙，诬害两人。至赍敕驰往潼关，先令常清出关听敕，宣读未终，即将他一刀杀死；再进关会晤仙芝。仙芝正欲问及朝事，令诚即开口道："大夫亦有恩命。"仙芝乃下阶跪伏，听宣诏敕。令诚朗声读毕，仙芝道："我遇贼即退，罪固当死，但谓我偷减粮赐，我何尝有这等事情。上有天，下有地，究竟是冤诬我呢！"令诚瞋目道："你敢违旨么？"仙芝道："我原说是应死，不过死也要死得明白，冤枉事究须声明。"令诚道："既已愿死，何必多言。"遂将仙芝捽出，斩首了事。纲目书杀不书诛，正因他死非其罪。将士相率呼冤，只因敕命煌煌，不敢反抗，没奈何含忍过去。

令诚使将军李承光，暂摄军篆，过了数日，前陇右兼河西节度使哥舒翰，受命为兵马副元帅，统兵六万，来到潼关。翰本因疾入朝，留养京师，玄宗欲借他威名，且闻他与禄山未协，因迫令统军出征。授御史中丞田良邱为行军司马，起居郎萧昕为判官，蕃将火拔归仁等，各率部落随行。翰抱病未痊，不能治事，悉把军务委任良邱。良邱又不敢专决，使李承光管辖步兵，王思礼管辖骑兵。二人争长，兵权不一，再经翰用法严苛，待下少恩，于是潼关二十万官军，统皆灰心懈体了。为下文失关张本。

是时安禄山尚留据东京，僭称大燕皇帝，改元圣武，用达奚珣为侍中，张通儒为中书令，高尚严庄为中书侍郎，分兵四出，威胁大河南北等郡。平阳太守颜真卿，已捕诛禄山部将段子光，收李憕卢奕蒋清首级，编蒲为身，棺殓埋葬，发丧受吊，厉兵讨贼。段子光为禄山所遣，事见前回。景城河间博平诸郡县，俱杀死伪官，响应真卿。常山太守颜杲卿，与真卿遥为犄角，彼此通书商议，拟连兵断贼归路，牵制禄山，免致西轶。贼将高邈何千年至常山，被杲卿擒住，河北十七郡，同时归附。惟范阳北平密云渔阳汲邺六郡，尚属禄山。杲卿又密使人入渔阳，招降贼将范循，循迟疑未决。郏城人马燧，潜劝范循道："禄山负恩悖逆，终当破灭，君若举范阳归国，覆他巢穴，这是最大的功劳，此机不宜坐失哩。"循意亦少动。不料为别将牛润容所闻，遽报禄山，禄山召循至东京，把他枭首，循若有意归国，何必赴召，这真叫作该死。遂令骁将史思明蔡希德等，率大兵往攻常山。杲卿正缮城凿濠，为守备计，猝遇贼兵到来，未免着忙，急发使诣太原，乞请援师。太原尹王承业拥兵不救，累得杲卿势孤援绝，拒战数昼夜，终被贼兵攻入。杲卿及长史袁履谦，巷战力尽，相继被执，由思明解送洛阳。禄山怒责杲卿道："汝前为范阳功曹，我荐汝为判官，不到几年，超至太守，何事负汝，乃敢造反？"杲卿亦张目骂道："汝本营州牧羊奴，天子擢汝为三道节度使，恩幸无比，何事负汝，乃敢造反？我世为唐臣，禄位皆为唐有，岂因汝奏荐，便从汝反么？今日为国讨贼，不幸被执，恨不能生啖汝肉，怎得谓反？臊羯狗，要杀便杀。毋庸多言。"义声卓著。禄山大怒，命将杲卿履谦等，缚住柱上，一并磔死。二人骂不绝口，舌被割，胫被截，到死方休。颜氏一门，死义共三十余人。

史思明（703—761），初名窣干，营州宁夷州突厥人。以战功任平卢兵马使，为安禄山所亲信。安禄山反，被任为范阳节度使。及安庆绪杀禄山自立为帝，他降唐。乾元二年（759年）在魏州（今河北大名），称大圣燕王，年号应天。后杀庆绪，还范阳，称大燕皇帝，年号顺天。后被其子朝义所杀。

李光弼（708—764），营州柳城（今辽宁朝阳市）人，契丹族人，唐大将。安禄山叛乱，任河东节度使，与郭子仪进攻河北，收复十余郡，后坚守太原。后任天下兵马副元帅，代郭子仪主持平叛大局。不久攻克怀州，因功封临淮王。因久握重兵而遭忌，为自保，不回朝，死于徐州。

思明既克常山，复引兵进击诸郡，诸郡均不能守，复为贼有。独饶阳太守卢全诚，始终不受伪命，登陴固守，为思明所围。朔方节度使郭子仪，方收云中，拔马邑，开东陉关，出讨逆贼。唐廷命进取东京，子仪表荐兵马使李光弼，具有将才，可当方面，乃有诏授光弼为河东节度使。子仪分朔方兵万人，给与光弼，光弼遂领兵出井陉，进攻常山。常山为史思明所陷，留部将安思义居守，思义闻光弼到来，召集团练兵三千人，及部下番兵，登城守御。光弼射书谕降，为团练兵所得，竟将思义执住，送交光弼军前。光弼问思义道：“汝自知当死否？”思义不答。光弼又道：“汝久历行阵，看我此次出兵，能破思明否？汝为我计，应该如何？汝策可取，当不杀汝。”思义道：“大夫远来疲敝，猝遇大敌，恐未易抵当，不如按兵入守，量胜后进，窃料胡骑虽锐，未能持重，一不得利，气沮心离，那时方可与战，不患不胜了。”光弼甚喜，亲与解缚，即移军入城。思义复进言道：“思明今在饶阳，去此不过二百里，昨晚羽书已去，料他必前来相援，公当速行筹备，毋致仓皇。”光弼乃安排弩矢，分弓弩手为二队，千人乘城，千人在城下待命，自与将士环甲以待，入夜更番守着，天尚未晓，外边已有鼓角声，继而喊声震地，史思明带着健骑二万人，直抵城下，光弼遣步卒五千，开东门出战，贼锋锐甚，鏖战不退。城上一声鼓响，千矢齐发，射毙贼兵多名，贼势稍却。光弼复令城下待命的弓弩手，分作四队，从东门驱出，接连发矢，与飞蝗相似，思明虽然凶悍，到此也未免惊慌，敛兵退去。未几有村民告知光弼，谓有贼兵五千，自饶阳来至九门。光弼即遣步骑各二千人，偃旗息鼓，掩击过去，把贼兵杀得一个不留。思明退入九门，分兵截常山粮道，郭子仪亲援光弼，合兵攻思明。思明开城搦战，大败亏输，贼众齐溃。贼将李立节，中箭毙命，蔡希德遁去。思明自知难支，奔至赵郡去了。

子仪光弼，纵兵追击，直抵赵郡，思明立脚不住，又转趋博陵。博陵城坚濠广，思明集众固守，子仪光弼，进攻不克，收兵退回。贼将蔡希德又还救思明，范阳贼将牛廷玠，也率万余人助思明，思明乃驱兵复出，蹑击唐军。子仪等方至恒阳，固垒不战，思明顿兵已久，俱有倦志，乃退至嘉山。哪知子仪光弼，分左右翼杀来，一时堵截不住，纷纷溃走，唐军大杀一阵，斩首四万级，捕获千余人，连思明都中矢落马，散发跣足，匆匆走脱，还守博陵。唐军大振，河北十余郡，均杀贼守将，奉款乞降。中兴名臣，应推郭李，故起兵讨贼，备详战事。是时真源令张巡，方克复雍邱，击退贼守令狐潮，平原太守颜真卿，时任河北采访使，进拔魏郡，击败贼守袁知泰。北海太守贺兰进明，与真卿合兵，受职河北招讨使，攻克信郡。颍川太守来瑱，前后破贼甚众，贼呼为来嚼铁。

张巡（709—757），蒲州河东（今山西永济西）人，一说邓州南阳（今属河南）人。历任太子通事舍人、清河县令。至德二年（757年），安庆绪派部将尹子奇率军十三万南侵江淮屏障睢阳（今河南商丘市南），张巡与许远等数千人，在内无粮草、外无援兵的情况下死守睢阳。睢阳失守后，被俘遇害。

河南节度使，改任高祖孙嗣虢王巨，亦引兵解南阳围。平卢贼将刘客奴等通书颜真卿，愿取范阳自赎。真卿遣判官贾载，助给衣粮，并遣子为质，一面请命朝廷，特授客奴为平卢节度使，赐名正臣。总括一段，简而不漏。禄山闻各处警信，惊惶得了不得，便召高尚严庄入詈道："汝等教我造反，以为计出万全，今前阻潼关，兵不得进，北路一带，尽成敌国，又不得退，尚好说是万全么？"高严两人，无词可答，怀惭而退，好几日不敢复见。可巧田乾真自潼关退还，入劝禄山道："自古帝王创业，均有胜负，怎能一举即成？尚庄皆佐命元勋，一旦严谴，诸将谁不懈体？那时进退两难，真正失计呢。"禄山乃悟，复召入尚庄，置酒款待，和好如初。因复令崔乾祐自陕进兵，又遣孙孝哲安神威等继进，待再攻潼关不下，才归范阳。计议已定，仍在洛阳待着。

潼关元帅哥舒翰，曾两却贼兵，副使王思礼密语翰道："禄山造反，以诛杨国忠为名，若公留兵三万人守关，自率精锐还长安，入清君侧，这也是汉挫七国的秘计呢。"指汉诛晁错事。翰摇首道："若照汝言，是翰造反，并不是禄山造反呢。"此说还是有理。时户部尚书安思顺，与禄山同宗，前曾奏言禄山必反，所以免坐。翰独与他有隙，伪为贼书，献诸阙下。书中系结思顺为内应，不由玄宗不惧，且因翰疏陈安顺七罪，即令赐死。国忠欲营救思顺，正苦无法，又闻王思礼密谋，益加恟惧，遂募万人屯灞上，令亲信杜乾运为将，托名御贼，实是防翰。翰知国忠私意，表请灞上军拨隶潼关，并诱乾运议事，枭首以徇。于是国忠愈加怨恨，遂日促翰出关讨贼。翰上言："禄山为逆，未得人心，应持重相待，不出数月，贼势瓦解，一鼓可擒"云云。玄宗颇以为然。偏国忠日进谗言，但说翰逗留不进，坐误军机，玄宗乃遣使四出，诇敌虚实，俄有中使返报，贼将崔乾祐，在陕兵不满四千人，又皆羸弱无备，应急击勿失。想是国忠授意。于是玄宗遂疑及翰，促他出兵。翰上书道："禄山用兵已久，岂肯无备？臣料他是羸师诱我，我若往击，正堕贼计。况贼兵远来，利在速战，官军据险，利在坚守，总教灭贼有期，何必遽求速效？现在诸道征兵，尚多未集，不如少安毋躁，待贼有变，再行出兵。"这书达到唐廷，又有郭子仪李光弼联名奏陈，亦请自率部军，北取范阳，捣贼巢穴，令贼内溃，潼关大军，但应固守敝贼，不宜轻出等语。郭李所见更是妥当。玄宗迭览两疏，意存犹豫。国忠独进言道："翰拥兵二十万，不谓不众，就使不能复洛，亦当复陕，难道四五千贼兵，都畏如蛇蝎么？若今日不出，明日不战，劳师费财，坐待贼敝，臣恐贼势反将日盛，官军且将自敝呢。"这一席话，又把玄宗哄动，一日三使，催翰出关。国忠不忌翰，不致速死，玄宗不促翰，不致出奔。翰窘迫无计，只好引军东出，临行时抚膺恸哭，害得全军丧胆，未战先慌。这便是败亡预兆。行至灵宝西原，望见前面已扎贼军，南倚山，北控河，据险待着。翰令王思礼率兵五万，充作前锋。别将庞忠等，引兵十万接应，自率亲兵三万，登河北高阜，扬旗擂鼓，算做助威。那贼将崔乾祐，带着羸卒万人，前来挑战，东一簇，西一群，三三五五，散如列星，忽合忽离，忽前忽却，官军见他行伍不齐，全无军法，都不禁冷笑起来。先哭后笑，都是无谓。当下麾军齐进，甫及贼阵，乾祐即偃旗退去。思礼督军力追，庞忠继进，渐渐的走入隘道，两旁都是峭壁，不由的胆战心惊，正观望间，只听连珠炮响，左右山下，统竖起贼旗，木头石块，一齐抛下，官军多头破血流，相率伤亡。思礼亟令倒退，偏庞忠的后军，陆续进来，一退一进，顿致前后相挤，变成了一团糟。崔乾祐煞是厉害，又从山南绕至河北，来击哥舒翰军。翰在山阜遥望，见思礼庞忠两军，未曾退归，那贼兵又鼓噪而至，料知前军失手，忙用毡车数十乘，作为前驱，自率军从高阜杀下，拦截乾祐来路。乾祐见翰军前拥毡车，不宜发矢，竟用草车相抵，乘风纵火。看官试想！毡是引火的物件，一经燃着，哪里还能扑灭？并且贼军据着上风，翰军碰着逆风，风猛火烈，烟焰飞腾，霎时间天黑如晦，翰军目被烟迷，自相斗杀，及至惊悟，又被贼军捣入，阵势大乱，尸血模糊。一半弃甲入山，一半抛戈投河。翰率麾下百余骑，西奔入关，关外本有三堑，阔二丈，深一丈，专防贼兵冲突，自官军陆续奔回，时已昏夜，黑暗中不辨高低，多半陷入堑中，须臾填满，后来的败兵，践尸而过，几似平地。翰检点兵士，只剩得八千多人，不禁大恸，忽由火拔归仁入报道："贼兵将到关下了。"翰惶急道："现在兵败势孤，不堪再战，我只有到关西驿，收集散卒，再来保关，君且留此御贼，待我重来协守。"言毕即行。归仁留居关上，竟通使乾祐，愿执翰出降。乾祐乃进屯关下，专待归仁出来。归仁竟率百余骑，至关西驿，入语翰道："贼兵到了，请公上马！"翰上马出驿，归仁率众叩头道："公率二十万众出征，一战尽覆，尚何面目再见天子？且公不闻高仙芝封常清故事么？今为公计，只有东行一策，还可自全？"翰叹道："我身为大帅，岂可降贼？"说至此，便欲下马。归仁喝令随骑，竟将翰足系住马腹，策鞭拥去。余众不肯从降，亦被缚住，驱出关外，往降乾祐。适值贼将田乾真，来接应乾祐军，即囚翰等送洛阳。禄山召翰入见，狞笑道："汝常轻我，今果何如？"翰匍伏道："臣肉眼不识圣人。"一念贪生，天良尽丧。禄山大喜，命翰为司空，及见火拔归仁，却怒叱道："汝敢叛主，不忠不义，留汝何用？"立命左右将他推出，一刀两段。禄山此举，颇快人意，但自问果无愧否？遂令崔乾祐留据潼关，促孙孝哲安神威等，西攻长安。

玄宗闻潼关紧急，方拟遣将往援，蓦闻潼关败卒，驰走阙下，报称哥舒翰败没状，不由的魂飞天外，忙召宰相杨国忠等商议。有说宜调兵亲征，有说宜征兵勤王，独国忠提出幸蜀两字，称为上策。原是三十六策的上策。议至日暮，尚未决定，忽又有候吏入报道："今日平安火不至，莫非有急变不成？"玄宗益觉惊惶。看官道平安火是何物？原来唐朝制度，每三十里设一烽堠，日晓日暮，各放烟一次，叫作平安火。此火不燔，显见得是不平安呢。玄宗再问国忠，国忠道：“臣尝兼职剑南节度使，早令副使崔圆，练兵储粮，防备不测，目下远水难救近火，且由车驾暂幸西蜀，有恃无恐，然后征集各道将帅，四面蹙贼，管保能转危为安呢。”狡兔原善营窟，可惜猎犬不容。玄宗踌躇半晌，方道：“且至明日再议！”国忠等依次散归。

韩虢两夫人，闻知消息不佳，已在国忠第中，等待国忠还商。国忠慌慌张张地回来，见了两妹，便连声道：“走！走！走！”两夫人问为何事？国忠道：“潼关失守，贼兵将要入都，此时不走，还待何时！”两夫人急着道：“走到哪里去？”国忠道：“我已劝皇上幸蜀，蜀中是我故乡，饶有家产，且有险可守，不怕贼兵飞至，我等仍然不失富贵，怎奈皇上尚依违两可，未肯照行。”虢国夫人应声道：“赴蜀原是上策，皇上不从，何弗令贵妃劝导？”这一句话，把国忠提醒，便要两夫人乘夜入宫。约至夜半，两夫人回来，报称皇上已应允赴蜀，定于明日晚间起程，但事关秘密，嘱勿漏泄风声。国忠道：“这个自然，今夜已迟，彼此安寝，明晨各摒挡行李罢！”两夫人唯唯而去。

国忠睡了半夜，一闻鸡声，即已起，命仆役整顿行装，自己草草盥洗，便即入朝。到了朝堂，寂无一人，待至许久，方有几个官吏到来，问及军谋，国忠佯作不知。既而内监出来，召国忠入内殿，国忠奉召进去，密谈多时。玄宗乃出御勤政楼，下亲征诏，命京兆尹魏方进为御史大夫，兼置顿使。少尹崔光远为京兆尹，充西京留守。内官边令诚掌宫闱管钥。又命剑南道预备储峙，只说新授节度使颍王璬，将启节至镇。一班王公大臣，见了这等诏敕，统私自疑议，未识玄妙。及玄宗还宫，移仗北内，傍晚又有密诏传出，独给龙武大将军陈玄礼，令他整缮六军，厚赐钱帛，选闲厩马九百余匹，夜半待用。外人都莫明其妙。到了翌晨，尚有大臣入朝，至宫门前，漏声依然，卫仗亦照常陈列。俄而宫门大启，宫人一拥出来，多半是乱头粗服，备极仓皇，及问明情由，都说皇上贵妃等不知去向，于是内外抢攘，立时大乱。原来是日黎明，玄宗已率同贵妃，及皇子妃主皇孙，并杨国忠兄妹，同平章事韦见素，御史大夫魏方进，龙武大将军陈玄礼，宫监将军高力士等，潜出延秋门，向西径去。

行过左藏，国忠请将库藏焚去，免为贼有。玄宗愀然道：“贼若入都，无库可掳，必屠掠百姓，不如留此给贼，毋重困吾赤子。”及出都行过便桥，国忠又命将桥焚毁，玄宗又道：“士民各避贼求生，奈何绝他去路？”乃回顾高力士道：“你且留此，带着数人，扑灭余火，再行赶来。”玄宗尚有仁心，所以得保首领。力士领旨，把火扑灭，仍将桥梁留着，然后西行扈跸。玄宗行至咸阳望贤宫，令中使驰召县令，促令供食，哪知县令早已逃去，没人肯来供应。日已过午，玄宗以下，均未得食，国忠自购胡饼，献与玄宗。玄宗乃命人民献饭，立给价值，人民乃争进粗粝，杂以麦豆。皇子皇孙等用手掬食，须臾即尽。当由玄宗量给价钱，好言抚慰，大众皆哭，玄宗亦挥泪不止。有一白发老翁，曳杖前来，走至御前，伏地陈词道：“小民郭从谨，敢献刍言，未知陛下肯容纳否？”玄宗道：“汝且说来！”从谨道：“禄山包藏祸心，已非一日，从前陛下误宠，致有今日，小民尚记得宋璟为相，屡进直言，天下赖以安平，近年朝无良相，谀臣幸进，阙门以外，陛下皆无从得知，小民伏居草野，早知祸在旦夕，所恨区区愚诚，无从得达。今日才得睹天颜，一陈鄙悃，但已自觉无及了。”玄宗太息道：“朕也自悔不明，已追悔无及哩。”随命从谨起来，遣令归家。从行军士，尚未得食，乃令散诣村落，自去求食。待至日昃，军士复集，乃得再进。夜半始达金城馆驿，驿丞早逃，暗无灯火，大众疲倦得很，席地就寝，也不管甚么尊卑上下了。玄宗本不知尊卑上下，应该有此结局。

次日早起，适王思礼自潼关奔回，报明哥舒翰降贼，玄宗即授思礼为陇右河西节度使，指日赴镇，收合散卒，徐图东讨。思礼退见陈玄礼，密与语道：“杨氏误国致乱，奈何尚在君侧？我早劝哥舒翰表诛国忠，渠不见从，遂致受擒，将军何不为国除奸呢？”玄礼点首。思礼遂辞玄宗，仍然东去。玄宗启行至马嵬驿，正挈贵妃入驿休息，但听得驿门外面，喊杀连天，吓得玄宗面色如土，贵妃更银牙乱战，粉脸成青，亟命高力士往外查明。至力士还报，才知杨国忠父子，与韩国夫人，已被禁军杀死。玄宗大惊道：“玄礼何在？”御史大夫魏方进在侧，便道：“由臣出探，究为何事？”言毕趋出，见外面禁军，已将国忠首级，悬示驿门，并把肢体脔割，不由的愤愤道：“汝等如何擅杀宰相？”道言未绝，那军士一拥而上，又将方进砍成数段，同平章事韦见素，出视方进，也为乱军所殴，血流满地。旋闻有数人出阻道：“勿伤韦相公！”见素方得退入驿中，报知玄宗，玄宗正没法摆布，那外面仍然喧扰不休。高力士请玄宗自出慰谕，玄宗乃硬着头皮，扶杖出门，慰劳军士，令各收队。军士仍围住驿门，毫不遵旨，惹得玄宗焦躁起来，令力士出问玄礼。玄礼答道：“国忠既诛，贵妃不宜供奉，请皇上割恩正法。”力士道：“这恐不便入请。”军士听了，都哗然道：“不杀贵妃，誓不扈驾。”一面说，一面有殴力士意。力士慌忙退还，向玄宗陈述。玄宗失色道：“贵妃常居深宫，不闻外事，何罪当诛？”力士道：“贵妃原是无罪，但将士已杀国忠，贵妃尚侍左右，终未能安众心。愿陛下俯从所请，将士安，陛下亦安了。”玄宗沉吟不语，返入驿门，倚杖立着。京兆司录韦谔，系韦见素子，亦扈驾在侧，即趋前跪奏道：“众怒难犯，安危只在须臾，愿陛下速行处决。”玄宗尚在迟疑，外面哗声益甚，几乎要拥进门来。韦谔尚跪在地上，叩头力请，甚至流血。玄宗顿足道：“罢了！罢了！”道言未绝，力士踉跄趋入道：“军士已闯进来了，陛下若不速决，他们要自来杀贵妃了。”一层紧一层，我为玄宗急煞。玄宗不禁泪下，半晌才道：“我也顾不得贵妃了。你替朕传旨，赐妃自尽罢！”力士乃起身入内，引贵妃往佛堂自缢。韦谔亦起身出外，传谕禁军道：“皇上已赐贵妃自尽了。”大众乃齐呼万岁。小子曾记白乐天《长恨歌》中有四语道：

翠华摇摇行复止，西出都门百余里。
六军不发无奈何，宛转蛾眉马前死。

欲知贵妃死时情状，待至下回叙明。

哥舒翰之所为，不谓无罪，但守关不战，待贼自敝，未始非老成慎重之见，况有郭李诸将，规复河朔，固足毁贼之老巢，而制贼之死命者乎。国忠忌翰，促令陷贼，潼关不守，亟议幸蜀，陷翰犹可，陷天子可乎？惟国忠之意，以为都可弃，君可辱，而私怨不可不复，身命不可不保，兄弟姊妹，不可不安。自秦赴蜀，犹归故乡，庸讵知王思礼等之窃议其旁，陈玄礼等之加刃其后耶？杨玉环不顾廉耻，竟尚骄奢，看似无关治乱，而实为乱阶，蛊君误国，不死何待？历叙之以昭大戒，笔法固犹是紫阳也。

第五十二回

唐肃宗称尊灵武 雷海青殉节洛阳

却说杨贵妃迭闻凶耗，心似刀割，已洒了无数泪痕；及高力士传旨赐死，突然倒地，险些儿晕将过去，好容易按定了神，才呜咽道：“全家俱覆，留我何为？但亦容我辞别皇上。”力士乃引贵妃至玄宗前，玄宗不忍相看，掩面流涕。贵妃带哭带语道：“愿大家保重！妾诚负国恩，死无所恨，惟乞容礼佛而死。”玄宗勉强答道：“愿妃子善地受生。”说到“生”字，已是不能成语。力士即牵贵妃至佛堂，贵妃向佛再拜道：“佛爷佛爷！我杨玉环在宫时，哪里防到有这个结局？想是造孽深重，因遭此谴，今日死了，还仗佛力，超度阴魂。”说至此，伏地大恸，披发委地。力士闻外面哗声未息，恐生不测，忙将贵妃牵至梨树下，解了罗巾，系住树枝。贵妃自知无救，北向拜道：“妾与圣上永诀了。”阅至此，也令人下泪。拜毕，即用头套入巾中，两脚悬空，霎时气绝，年三十有八，系天宝十五载六月间事。力士见贵妃已死，遂将尸首移置驿庭，令玄礼等入视。玄礼举半首示众人，众乃欢声道：“是了是了。”玄礼遂率军士免胄解甲，顿首谢罪，三呼万岁，趋出敛兵。玄宗出抚贵妃尸，悲恸一场，即命高力士速行殓葬，草草不及备棺，即用紫褥裹尸，瘗诸马嵬坡下。适值南方贡使，驰献鲜荔枝，玄宗睹物怀人，又泪下不止，且命将荔枝陈祭贵妃，然后启行。先是术士李遐周有诗云：“燕市人皆去，函关马不归。若逢山下鬼，环上系罗衣。”第一句是指禄山造反，第二句是指哥舒翰失关，第三句是指马嵬驿，第四句是指玉环自缢，至此语语俱验。国忠妻裴柔，与虢国夫人母子，潜奔陈仓，匿官店中，被县令薛景仙搜捕，一并诛死，这且不必絮述。

且说玄宗自马嵬启跸，将要西行，命韦谔为御史中丞，充置顿使，甫出驿门，前驱又逗留不进。玄宗复吃一大惊，遣韦谔问明情由，将士齐声道："国忠部下，多在蜀中，我等岂可前往，自投死路？"韦谔道："汝等不愿往蜀，将到何处？"将士等议论不一，或云往河陇，或云往灵武，或云往太原，或竟说是还都。谔还白玄宗，玄宗踌躇不答。谔进言道："若要还京，当有御贼的兵马，目今兵马稀少，如何东归？不如且至扶风，再定行止。"玄宗点首。谔因传谕众人，颇得多数赞成，乃扈驾前进。不意一波才平，一波又起，沿途人民，东凑西集，都遮道请留，提出"宫殿陵寝"四大字，责备玄宗。玄宗且劝且行，偏百姓来得越多，一簇儿拥住玄宗，一簇儿拦住太子，且哗然道："至尊既不肯留，小民等愿率子弟，从殿下东行破贼，若殿下与至尊，一同西去，试问偌大中原，何人作主？"玄宗乃传谕太子，令暂留宣慰，自己策马径行。保全老命要紧，连爱子也不及顾了。众百姓见太子留着，乃放玄宗自去。

太子尚欲上前随驾，语百姓道："至尊远冒险阻，我怎忍远离左右？且我尚未面辞，亦当往白至尊，面禀去留。"众百姓仍拦住马头，不肯放行。太子拟纵马前驱，冲出圈外，忽后面有两人过来，竟将太子马缰挽住。且同声道："逆胡犯阙，四海分崩，不顺人情，如何恢复？今殿下从至尊西行，若贼兵烧绝栈道，中原必拱手授贼了。人心一离，不可复合，他日欲再至此地，尚可得么？不如招集西北边兵，召入郭子仪李光弼诸将，并力讨贼，庶或能克复二京，削平四海，社稷危而复安，宗庙毁而复存，扫除宫禁，迎还至尊，才得为孝，何必拘拘定省，徒作儿女子态度呢。"唐室不亡，幸有此议。太子闻言瞧着，一个是第三子建宁王倓，一个是东宫侍卫李辅国，正欲出言回答，又有一人叩马谏道："倓等所议甚是，愿殿下勿违良策，勿拂众情。"太子又复注视，乃是长子广平王俶，乃语俶道："你等既欲我留着，亦须禀明至尊，你可前去奏闻。"俶应声前行，驰白玄宗。玄宗叹道："人心如此，就是天意。"遂命将后军二千人，及飞龙厩马，分与太子，且宣谕道："太子仁孝，可奉宗庙，汝等善事太子便了。"又语俶道："汝去返报太子，社稷为重，不必念我。我前待西北诸胡，多惠少怨，将来必定得用，我亦当有旨传位呢。"俶叩谢而退，归语太子。太子即宣慰百姓，留图规复，百姓欢然散去。

看看天色将暮，广平王俶道："日薄西山，此地怎可久驻？应择定去向，方可依居。"建宁王倓道："殿下尝为朔方节度大使，将来按时致启，倓尚略记姓名，今河陇兵民，多半降贼，未便轻往，不若朔方路近，士马全盛，河西行军司马裴冕，曾在该处，他是衣冠名族，必无二心，若前去依他，徐图大举，方为上策。"大众统以为然，遂向北进行。途次遇着潼关败卒，误认为贼，竟与他交战起来，及彼此说明，两下已死伤了若干。乃收集残卒，策马渡过渭水，连夜驰三百余里。士卒器械，亡失过半。道出新平安定，守吏统已遁去，不便休息。及驰至彭原，太守李遵开城出迎，献上衣服及糗粮，拨助兵士数百人。太子不欲入城，复北行至平凉，阅监牧马，得数百匹。又募兵得五百余名，众心少定，乃发使往候玄宗。

玄宗已至扶风，士卒饥怨，语多不逊，陈玄礼不能制。玄礼曾教猱升木，无怪其不能制驭。适成都贡入春彩十余万匹，到了扶风。玄宗命陈列庭中，召将士入谕道："朕近年衰老，任相非人，以致逆胡作乱，势甚猖狂，不得已远避贼锋，卿等仓猝从行，不及别父母妻孥，跋涉至此，不胜劳苦，这皆为朕所累，朕亦自觉无颜。今将西行入蜀，道阻且长，未免更困，朕多失德，应受艰辛，今愿与眷属中官，自行西往，祸福安危，听诸天命，卿等不必随朕，尽可东归。现有蜀地贡彩，聊助行资，归见父母及长安父老，为朕致意，幸好自爱，无烦相念！"语至此，那龙目内的泪珠，已不知流落多少。将士均不禁感泣，且齐声道："臣等誓从陛下，不敢有贰。"玄宗哽咽良久，方道："去留听卿！"乃起身入内，命玄礼将所陈贡彩，悉数分给将士。将士乃相率效死，各无异言。虽是玄宗权术，但亦可见人心向背之由来。

玄宗即于次日动身，离了扶风，向蜀进发。行至散关，使颍王璬先行，寿王瑁继进。辗转到了河池，剑南节度副使兼蜀郡长史崔圆，奉迎车驾。且陈蜀土丰稔，兵马强壮等状。玄宗大喜，面授崔圆同平章事，相偕入蜀。到了普安，才接到平凉来使，由玄宗问明情形，即面谕道："朕早欲传位太子，一切举措，但教择当而行，朕自不为遥制。且朕在蜀平安，你可归报太子，勿劳记念！"来使领旨自去。忽由侍郎房琯，驰入谒见，伏地泣奏道："京城已被陷没了。"玄宗长叹数声，又问陷没后情形。琯对道："自陛下出都，京内无主，非常扰乱，臣与崔光远边令诚等，日夜弹压，秩序少定。过了十日，贼兵入都，臣等赤手空拳，如何对敌？本拟一死报恩，但念陛下入蜀，未知安否，所以奔赴行在，来见陛下一面，死也甘心。"都城情事，略借房琯口中叙过。玄宗道："如何卿只自来？"琯又道："崔光远边令诚等，闻有通贼消息，余人亦首鼠两端，无志远行。"玄宗道："张均兄弟，奈何不来？"琯答道："臣曾邀与俱来，他也心存观望，不愿来此。"玄宗见力士在侧，便顾语道："汝说验否？"力士不禁惭赧，俯首无言。原来玄宗出奔，朝臣多未与闻，当奔至咸阳时，玄宗与力士测议，何人当来？何人不来？力士道："张均张垍，世受厚恩，且连戚里，料必先来。垍尚玄宗女宁亲公主，已见前文。房琯为禄山所荐，且素系物望，陛下不令入相，未免怏怏，恐未必肯来呢。"玄宗摇首不语。至房琯驰谒，所以顾语力士，驳他前说，嗣复语力士道："汝只知其一，不知其二。从前陈希烈罢相，朕尝有相垍意，嗣由国忠荐入韦见素，乃令垍仍原职，朕已料他阴怀怨望，无意前来了。"力士愧谢。玄宗即进房琯同平章事。

琯请玄宗下诏讨贼，玄宗乃令太子为天下兵马元帅，领朔方河北、河东平卢节度使，规复东西二京。永王璘充山南东道岭南黔中江南西道节度都使，盛王琦充广陵大都督，领江南东路，及淮南河南等路节度都使。丰王珙充武威都督，领河西陇右安西北庭等处节度都使。琦珙皆玄宗子，后皆不行，惟永王璘出镇江陵，招兵买马，侈然自豪。暗伏下文。那太子亨太子凡四易名。且不待命至，竟先做起皇帝来了。语中有刺。太子至平凉后，朔方留后杜鸿渐，六城水陆运使魏少游，节度判官崔漪，支度判官卢简金，盐池判官李涵，相与谋议道："平凉散地，不足屯兵，惟灵武兵食完富，可以有为，若迎请太子到此，北收诸城兵，西发河陇劲骑，南向收复中原，确是万世一时的机会呢。"谋议既定，乃使涵奉笺太子，并将朔方士马兵粮总数，列籍以献。河西司马裴冕，驰抵平凉，正值李涵到来，遂同见太子，共劝他移节朔方。太子大喜，留冕为御史中丞，令涵转报杜鸿渐等，率兵来迎。鸿渐得报，遂留少游葺治行辕，自与崔漪率兵千人，驰抵平凉，进见太子，面陈机要，请太子即日启节。太子乃与裴冕鸿渐等，同至灵武，但见宫室帷帐，俱仿禁中，膳食服御，备极富丽。太子慨然道："祖宗陵寝，悉被蹂躏，皇上又奔波川峡，我何忍安居耽乐呢？"遂命左右撤除重帷，所进饮食，概从减省。即此一念，已足致兴。军吏等盛称俭德，相率悦服。既而裴冕杜鸿渐等，复联名上笺，请太子遵马嵬命，即皇帝位，玄宗在马嵬时，虽有传位之言，并非正式下诏，裴冕等贪佐命功，因有此请，不足为训。太子不许。冕等一再上笺，尚不见允，乃同谒太子道："将士皆关中人，岂不日夜思归？今不惮崎岖，从殿下远涉沙塞，无非攀龙附凤，图建微功。若殿下只知守经，不知达权，将来人心失望，不可复合，前途反觉日危了。乞殿下勉徇众请，毋拘小节！"语虽近是，究竟勉强。太子乃即于七月甲子日，就灵武城南楼，即位称尊。群臣舞蹈楼前，齐呼万岁，是谓肃宗皇帝。遥尊玄宗为上皇天帝，大赦天下，即改本年为至德元年，即日改元，何其急急。命裴冕为中书侍郎，同平章事。杜鸿渐崔漪，并知中书舍人事。改关内采访使为节度使，徙治安化，令前蒲关防御使吕崇贲充任，陈仓令薛景仙，升授扶风太守，兼防御使，陇右节度使郭英乂，调任天水太守，兼防御使。朝局草创，诸事简率，廷臣不满三十人，武夫却骄慢异常，大将管崇嗣入朝，背阙踞坐，谈笑自若。监察御史李勉，上章弹劾，始将崇嗣系治，肃宗特旨宥免，且语左右道："我有李勉，朝廷始见尊重了。"

李泌（722—789），字长源，京兆（今陕西西安）人，唐大臣。玄宗时待诏翰林、东宫供奉。安史之乱，奔肃宗，深见信任，使掌机务，权逾宰相。德宗时拜中书侍郎、平章事。

越数日，方接玄宗制敕，令充天下兵马元帅，肃宗不便遵行，乃遣使赍表入蜀，奏陈即位情形。至此才行奏闻，毋乃太迟。灵武距蜀千里，往返需时，肃宗既已称尊，也不管玄宗允否，当然亲裁大政，且特召故人李泌，入备咨询。泌字长源，世居京兆，幼时即以才敏著名，及长，上书言事，洞中时弊。玄宗欲授泌官职，泌固辞不受，乃令与太子游，联为布衣交。太子常称为先生，不呼泌名，偏杨国忠专相，恨他书词激切，奏徙蕲春，历久得归，隐居颍阳。此次肃宗北行，已发使敦请，泌义无可辞，乃应征就道，到了灵武，肃宗已是即位了。泌入见时，只好称臣，肃宗欢颜相待，令他旁坐，彼此问答多时，即欲任为右相。泌又固辞道："陛下屈尊待臣，视如宾友，比宰相更贵显得多了，臣有所知，无不上达，何必定要受职呢。"肃宗乃待以客礼，一如为太子时，出与联辔，寝与对榻，每事必咨，所言皆从，仿佛与刘备遇孔明，苻坚遇王猛相类。特叙此以志得人。泌遂替肃宗拟草，颁诏四方，说得非常痛切。

河西节度副使李嗣业，发兵五千，安西行军司马李栖筠，发兵七千，陆续驰达灵武。郭子仪李光弼颜真卿等，前闻潼关失守，俱引兵退还。平卢节度使王元臣败死，常山赵郡，又复失守，贼将令狐潮再图雍邱，还亏张巡控御有方，才得却敌。颜真卿闻肃宗新立，用蜡丸藏表，从间道遣达灵武。肃宗授真卿工部尚书，兼御史大夫，仍领河北采访使，亦用蜡丸传达，附以赦书。真卿颁下诸郡，又遍传河南江淮，诸道方知肃宗嗣位，渐有固志。郭子仪率兵五万入卫肃宗，留李光弼居守井陉，肃宗见了子仪，喜出望外，立授子仪为灵武长史，同平章事。又命李光弼留守北都，亦加同平章事官衔。灵武威声，自是渐振。到了九月初旬，韦见素房琯崔涣等，自蜀中奉传国宝，及传位诏册，来至灵武，由肃宗出城恭迎。原来玄宗自颁诏讨贼后，即由普安赴巴西，太守崔涣迎谒，奏对称旨，立命为同平章事。继由巴西赴成都，正值灵武使至，玄宗问明使人，欣然喜道："我儿应天顺人，我复何忧？"当下令改制敕为诰，所有臣僚章奏，俱称太上皇。军国重事，先取皇帝进止，然后上闻。俟克复两京，当不预政。随命韦见素房琯崔涣三相，为禅位奉诏使。三相见了肃宗，宣敕传位，且奉上宝册。肃宗辞谢道："近因中原未靖，权总百官，岂敢趁着患难，即思承袭帝统？"诸臣固请领受，乃将册宝奉置别殿，朝夕拜谒，如定省礼。未免虚文。留韦见素等辅政，待遇房琯，格外从厚。琯词气激昂，好似有绝大才识，肃宗视为奇才，竟欲把收复两京的责任，尽委琯身。这也所谓以言取人，未免多失呢。也为后文伏笔。

且说贼将孙孝哲等，奉安禄山伪命，由潼关进陷长安，崔光远边令诚等，开门纳贼，孝哲入都，收捕妃主皇孙数十人，及百官内侍宫女数百人，悉数囚系，乃遣人驰报禄山。禄山大喜，遣张通儒为西京留守，仍命崔光远为京兆尹，使安忠顺率兵屯苑中，归孝哲节制，并特授孝哲二札，一是唐室大臣，若肯归降，当酌量授官；二是查明杨贵妃兄妹下落，若得收捕，立送洛阳。这二札去后，隔日即得复报，唐故相陈希烈，及张均张垍等，一律投诚。杨氏家眷，自贵妃国忠以下，统在马嵬驿伏诛，禄山听了，不禁悲愤交集道："杨国忠是该死的，但如何害我阿环姊妹？我此来夺了长安，满拟将她姊妹数人，尽行充入后房，俾我得畅意取乐，不意将她屠戮，此恨何时得消呢？"又忽忆着爱子庆宗，前被赐死，益发愤怒，遂传命孝哲，除陈希烈张均兄弟已经投降，应即令来洛授官外，所有在京皇亲国戚，无论皇子皇孙，郡主县主，及驸马郡马等，悉行处斩，致祭爱子庆宗。孝哲本是一个杀星，既接禄山命令，遂把拘住的妃主皇孙，并搜得驸马郡马数人，统牵至崇仁坊，设起安庆宗灵位，将妃主等人，一一剖心致祭，惨无人道。再把杨国忠高力士余党，捉一个，杀一个，还有王公将相，扈驾出奔，留有家眷在京，尽行捕戮，连襁褓婴儿，也杀得一个不留。这场惨劫，统是杨氏一门酿成。一面掠取左藏，得了许多金帛，大为满意，因日夕纵酒，不愿西出。禄山命陈希烈、张均、张垍，并为同平章事，自己也无心西进，乐得居住东京，恣情声色，图个眼前快活，所以玄宗父子，一西一北，安然过去，并没有甚么追兵。大是幸事。

禄山且想着那梨园子弟，教坊乐工，及驯象舞马等物，前时曾供奉玄宗，此刻正好取至洛阳，自备玩赏，因即遣使至长安，令孝哲等如数取到。禄山遂在凝碧池旁，大张筵饮，宴集百官。凝碧池在洛阳苑中，也是一个名胜地，时当仲秋，金风拂地，玉露横天，池水不波，碧漪如画。禄山兴高采烈，居然服了衮冕，由文武官员，拥至席间，高踞上坐。庆绪庆恩两子，侍坐两旁，各官员左右分席，依次坐下。先命乐工大吹大鼓，奏过一番军乐，然后肴醴上陈，飞觞痛饮。禄山连尽数大觥，乃令各乐工各自奏技，于是凤箫龙笛、象管鸾笙、金钟玉磬、羯鼓琵琶、箜篌方响、手拍等一齐发声，或吹或弹，或敲或击，真个是繁音缛节，悦耳动人。禄山用箸击案道："奏得好！奏得好！"恐怕是对牛弹琴。各官员趁势贡谀，起座说道："臣等想天宝皇帝，不知费着多少心力，教成此曲，今日却留与主上受用，这真是洪福齐天呢。"反衬雷海青之骂。禄山掀髯笑道："我当年入宫侍宴，也曾听过好几次雅乐，只是前番尚受拘束，不比今日这般快意，可惜李三郎有美人儿陪着，我却还不及他哩。"各官员又道："主上要选美人儿，很是容易，况且段娘娘德容兼备，也是一个贤内助，比那杨家姊妹，更好得多了。"禄山摇首道："未必未必。"看官听着！禄山嬖妾段氏，颇有姿色，为禄山所宠爱，少子庆恩，便是段氏所出，因此各伪官乐得奉承。插此数语，无非为下文伏线。禄山语虽如此，心中却是甚喜，便要梨园子弟，及舞马驯象等，相继歌舞。蓦听得一片泣声，传入耳中，不由的惊讶道："何处来的哭声？"言未已，竟有一人大哭起来。禄山怒甚，便令卫军当场查明。卫军查得乐工中人，多半带着泪痕，有一人执着琵琶，却俯首大恸，便将他抓至席前，听禄山发落。禄山张目道："朕在此开太平盛宴，你这乐工，敢无故啼哭，真正可恶！”那乐工竟抗声道：“安禄山！你本是失机边将，罪应斩首，幸蒙圣恩赦宥，拜将封王，你不思报效朝廷，反敢称兵作乱，屠戮神京，逼迁圣驾，眼见得恶贯满盈，不日就遭天戮了。还说甚么太平筵宴？”说罢，将手中的琵琶，掷将过去。当被禄山亲军一格，砰然落地。那乐工向西再哭，已被那卫军缚住，用刀乱砍，霎时间血肉模糊，肢体解散，把一个大唐忠魂，送入地府中去了。看官道此人何名？原来就是雷海青。画龙点睛。小子记得古诗云：

昔年只见安金藏，此日还看雷海青。
一样乐工同气烈，满朝愧此两优伶。

雷海青既被杀死，禄山尚怒气未息，竟愤然起座，大踏步走出去了。各伪官扫兴而散。当时感动了一个文士，也赋诗志悼云：

万古伤心生野烟，百官何日再朝天？
秋槐叶落空宫里，凝碧池头奏管弦。

欲知此诗为何人所作，试看下回便知。

肃宗未奉父命，遽尔即位。后来宋儒多严词驳斥，谓其乘危篡位，以子叛父，语虽未免太过，但肃宗亦未免太急。灵武之与剑南往返不过两月，何勿因裴冕杜鸿渐等之劝进，遣使请命，待册嗣位？况玄宗出发马嵬，已有传位之言，不过因途次仓猝，未曾决定，彼时若禀命而行，当然允准，岂一二月间之时期，竟不及待耶？况古来嗣君承统，大都越岁改元，肃宗草率即位，即改称至德元年，而入蜀之使，迟迟后发，是其居心之僭窃，不问可知。纲目直书即位，本回且特书称尊，示无父也。雷海青一乐工耳，长安之陷，不闻有一烈士，独海青奋不顾身，甘心殉国，忠肝义胆，自足千古，宁得以乐工少之耶？《唐书·忠义传》，置诸不录，实为一大阙文，得此篇以彰之，其庶足扬名而示后欤？阅者于此等处着眼，方不负著书人苦心。

第五十三回

结君心欢暱张良娣
受逆报刺死安禄山

王维（701?—761），字摩诘，先世为太原祁（今山西祁县）人，其父迁居于蒲州（今山西永济西南蒲州镇），遂为河东人。唐代诗人、画家。官至尚书右丞。长于诗文、音乐、书画，苏轼评价其“诗中有画，画中有诗”。明董其昌推王维为“南宗”之祖，并说“文人之画，自王右丞始”。其诗以山水田园见长，闲逸淡远，与孟浩然并称“王孟”。其边塞诗则壮阔灵动，有《山居秋暝》《从军行》《送元二使安西》《相思》等传世。

却说唐朝一代，专用诗赋取士，所以诗人辈出，代有盛名。玄宗年间，第一个有名诗人，要算李太白。见前文。李白以下，就是杜甫及王维。甫字子美，系襄阳人，著作郎杜审言孙，曾献《郊天》《飨庙》及《祭太清宫赋》三篇，玄宗叹为奇才，命为参军。至禄山造反，避走三川，肃宗继立，羸服奔行在，为贼所得，同时与太原人王维，并陷贼中。杜甫乘隙先逃，走往凤翔，维服药下痢，佯作喑疾，不受伪命。禄山重他才名，硬迫为给事中，他仍寓居古寺中，托词养疴。既闻雷海青尽忠，很是悼痛，所以作诗记感。后来贼乱荡平，维隶名贼籍，几不免死，亏得这一首诗，传达肃宗，肃宗说他不忘故主，情有可原，更兼维弟王缙，已受职侍郎，情愿舍官赎兄，乃将维赦罪授职，累迁至尚书右丞，这真是仗诗救命哩。不没王维，并插入杜甫，即善善从长之意。

闲文少表。且说肃宗既正名定位，做了大唐天子，便定计讨贼，拟授建宁王倓为元帅。李泌入谏道：“建宁王素称英毅，不愧将才，但广平是兄，建宁是弟，若建宁功成，难道使广平为吴太伯么？”肃宗道：“广平原是冢嗣，名义自在，岂必以元帅为重？”泌答道：“广平未正位东宫，今天下艰难，众心所属，都在元帅。若建宁大功得成，陛下虽欲不为储贰，那时帮辅建宁的功臣，尚肯袖手旁观么？太宗上皇，已有明证，请陛下三思？”肃宗点头道：

"先生言是，朕当变计。"及李泌退出，建宁王倓迎谢道："先生所奏，正合我心。"泌却步道："泌只知为国，不知植党，王不必疑泌，亦不必谢泌，但能始终孝友，便是国家的幸福了。"言已自去。越日有诏传出，令广平王俶为天下兵马元帅，统率诸将东征。俶既受命，表请简选谋臣，肃宗属意李泌，因恐泌不肯受，踌躇了好多时，乃召泌入语道："先生白衣事朕，志节高超，朕亦深佩，惟日前与先生同出视军，曾闻军士窃议，黄衣为圣人，白衣为山人，朕方待先生决谋定策，岂可令军士滋疑？还请先生暂服紫袍，藉杜众惑。"泌不得已受命。肃宗即亲赐金紫，由泌接受而出，肃宗复取过纸笔，写了数语，盖上国宝，藏入袖中，俟泌服紫入谢，不禁微笑道："既已服此，岂可无名？"遂从袖中取出手敕，递与李泌。泌接敕审视，乃是授职侍谋军国元帅府行军长史，当即拜辞道："臣不敢任职，请陛下另委！"肃宗道："朕本不敢相屈，但时艰方亟，全仗大才匡济，待乱事平定，任行高志便了。"泌乃拜受。嗣是肃宗呼泌为卿，有时仍呼为先生，以示优宠，肃宗任用李泌，也可谓煞费苦心。遂就禁中置元帅府。俶入侍，泌留府中。泌入侍，俶留府中。军书旁午，毫不积压。泌又入请道："诸将畏惮天威，在陛下前敷陈军事，或不能畅达意见，万一小差，为害甚大，自后诸将奏请，乞先令与臣及广平熟议，然后上闻，免致错误。"肃宗准奏，遇有文牍关系军情，悉令送府。泌随到随阅，看系急报，虽夜间禁门已闭，亦必隔门通进，稍缓乃待天明，禁门钥契，统委俶与泌掌管，宫府联络，政令一新。

肃宗命豳王守礼子承寀为敦煌王，与蕃将仆固怀恩，出使回纥，借兵入援。又悬赏招徕朔方番夷，令从官军讨逆。泌乃劝肃宗转幸彭原，预待西北援师。肃宗依言移跸，既至彭原，廨舍狭隘，里面作为行宫，外面即作为元帅府。当时肃宗有一侍妾，母家姓张，系睿宗皇后胞妹的孙女，肃宗为太子时，纳为良娣，因韦坚一案，与韦妃绝婚，见前文。张良娣遂得专宠。玄宗西奔，肃宗挈良娣随行，辗转到了灵武，良娣日侍左右，夜寝必居前室。肃宗与语道："暮夜可虞，汝宜在后，不宜在前。"良娣道："近方多事，倘有不测，妾愿委身当寇，殿下可从帐后避难，宁可祸妾，不可及殿下。"未几产生一男，才阅三日，即起缝战士衣。肃宗以产后节劳

仆固怀恩（？—765），铁勒族仆固部人，以善战著称。安史之乱时，从郭子仪、李光弼作战，屡立战功。李光弼出镇徐州后，出任河北副元帅、朔方节度使，代光弼统军平叛，收复洛阳，入河北追击史朝义；秉承朝廷旨义，赦免安史余部，结束安史之乱。因手握重兵，且与回纥通婚，为朝廷所忌，广德二年（764年）举兵叛唐。不久病死于灵武（今宁夏灵武西南）。

为戒，良娣道："今日不应自养，殿下当为国家计，毋专为妾忧。"看似忠义过人，及阅到后文，才知她小忠小信，都为固宠乞怜起见，妇人之可畏如此。看官试想！似张良娣之灵心慧舌，哪得不动人爱怜？况且良娣姿色，也是一时无两，更兼与肃宗患难相依，事事能先承旨意，无怪肃宗格外钟情，恩爱得了不得呢。又是一个祸根。及玄宗遣使传位，并赐张良娣七宝鞍，良娣大喜，偏李泌入见肃宗，乘间进谏道："今四海分崩，当以俭约示人，良娣不应乘此，请撤除鞍上珠玉，付库吏收藏，留赏有功。"肃宗正倚重李泌，没奈何依着泌言。蓦闻廊下有哭泣声，当即惊问何人？但见建宁王倓，趋至座前，叩首答道："祸乱未已，臣方引为深忧，今陛下从谏如流，眼见承平有日，陛下可迎还上皇，同入长安，臣不禁喜极而悲呢。"事亲有隐无犯，倓未免太露锋芒。肃宗不答。倓与泌先后趋出，只张良娣好生不乐，对着肃宗，未免怏怏。肃宗瞧破良娣心思，再三慰谕，并与良娣饮博为欢，替她解恨，此后饮博两事，几成惯习，至移跸彭原，往往日夕纵博，声达户外。所有四方奏报，多致停壅。泌在元帅府中，与行宫只隔一墙，当然闻知，免不得入宫切谏。肃宗虽然面允，却恐良娣失欢，潜令干树鸡为子，树鸡即木菌，亦名木纵，南楚人，谓鸡为枞，故转语称枞为鸡。不令有声。既而肃宗语泌道："良娣祖母，就是朕祖母昭成太后的妹子，上皇亦颇爱良娣，朕欲使她正位中宫，卿意以为可否？"泌对道："陛下在灵武时，因群臣公同劝进，不忍违反众情，乃践登天位，并非为一身一家计。若册后事宜，应俟上皇迎归，亲承大命，方为合礼。"肃宗乃止。张良娣竭力侍奉，满望肃宗指日册封，得正后位，偏偏李泌常来唐突，恨不得力加撵逐，拔去那眼前钉，平时侍居帷闼，辄有微言冷语，讥评李泌，还幸肃宗信泌尚深，君臣得无嫌隙，相好如初。

李泌以外，要算房琯最得主眷。会北海太守贺兰进明，遣参军第五琦入蜀白事，琦主张理财济饷，由玄宗特旨拔擢，命为江淮租庸使，创榷盐法，充作军用，且至彭原面奏肃宗，请将江淮租赋，购易轻货，溯江沿汉，运给军需，肃宗很是奖勉。独房琯劾琦聚敛，不应重任。肃宗怫然道："军需方急，无财必散，卿欲黜琦，财从何出？"说得房琯无词可对。贺兰进明，也从北海入觐，肃宗命为岭南节度使，兼御史大夫。琯独加一摄字，进明探悉情形，并闻第五琦为琯所劾，未免恨上加恨，遂乘入谢肃宗时，力斥琯大言无当，非宰相才，一或误用，必蹈晋王衍覆辙。肃宗颇以为是，渐与房琯相疏。琯本意气自豪，怎肯受人奚落？当下拜表陈词，慷慨愿效，请自将兵收复两京。肃宗览到琯疏，也觉得眉飞色舞，即日批准，特加琯招讨西京，兼防御蒲潼两关兵马节度使，一切参佐，准他自选。琯用户部侍郎李揖为司马，给事中刘秩为参谋，克日起行。揖与秩皆白面书生，未娴军旅，琯独视为奇才，尝语人道："贼军里面，虽有许多曳落河，见五十回。我有一个刘秩，已足抵敌，况更有李揖呢？"想两人亦素好大言，所以与琯投契。于是分部兵为三军，使裨将杨希文将南军，从宜寿进发，刘贵哲将中军，从武功进发，李光进将北军，从奉天进发。琯居中军，兼程前进，到了便桥，憩宿一宵。北军亦倍道趋至，两军同进陈涛斜，与贼将安守忠相值，两阵对圆，琯用牛车二千乘，作为前驱，两旁用步骑夹着，往突敌阵，总道是无坚不破，无锐不摧，哪知贼军中却拥出许多劲卒，手中统执着火具，顺风抛来，霎时间尘焰蔽天，咫尺莫辨，各牛未经战阵，骤睹此状，不禁大骇，纷纷倒退。步马各兵，禁遏不住，反被牛车蹴踏，陆续倾跌，眼见得人畜大乱，未战先奔，贼兵趁势杀入，官军或死或伤，共四万余人。琯收集败兵，不满万人，悔愤得了不得。可巧南军到来，遂欲督军再战，聊报前败。南军统将杨希文，见两军败绩，已先夺气，部下兵弁，亦相率惊心。琯全未觉察，反严申军令，有进无退，违令立斩。前愚后愤，怎得成功。杨希文与刘贵哲，面面相觑，暗生异心，等到两军对仗，不上数合，已相率披靡。贼兵一拥而进，顿将房琯困在垓心，琯麾军冲突，都被杀退。李楫刘秩，到此都无谋无勇，只是据鞍发颤，束手待毙。琯自己也是文人，但能挥动令旗，不能运动刀斧，一着错误，四面楚歌，也只好拼死了事。正在危急万分，突有一将跨马杀入，带着若干残军，来救房琯，琯改忧为喜，乃招呼部众，随着来将，杀出重围。看官道来将为谁？原来就是北军统将李光进。光进保护房琯，且战且行，奔走了好几十里，方得脱离险地，后面才不见贼兵。房琯检点残卒，只北军尚有数千人，南军中军，多已不知去向，便惊问光进道："杨刘二将，到哪里去了？"光进冷笑道："他两人已解甲降贼，还要说他做甚？"叫房琯如何对答？琯懊丧异常，没奈何率同光进等，回至彭原，此时也管不得肃宗诘责，只好趑趄入见，肉袒请罪。

肃宗接到败报，本已愤怒得很，还是李泌先为缓颊，才算格外包容，特加恩宥。临行时问了数语，嘱令招集散兵，再图进取。琯意外得免，始谢恩出去。言不顾行，实不副名，曾自觉汗颜否？肃宗正要退朝，忽由吴郡太守兼采访使李希言，遣吏呈入军报，乃是永王璘起兵江淮，公然造反了。肃宗叹道："璘为朕弟，自幼失母，母为郭顺仪，早殁。经朕抚养成人，奈何背朕造反呢？"乃一面表奏上皇，一面敕璘归蜀，觐见上皇。看官！你想璘已决计造反，还肯敛兵赴蜀么？璘出镇江陵时，谏议大夫高适，曾谏阻玄宗，玄宗不从。及璘至江陵，见租赋山积，顿蓄异图。有子名伤，曾受封襄成王，好刚使气，劝父潜据江南，如东晋故事。璘遂引私党薛镠等为谋主，季广琛等为将军，潜募勇士数万人，分袭吴郡及广陵。吴郡太守李希言，侦知消息，立遣使驰报彭原，自率军出屯丹阳，防璘袭击，璘接到还蜀诏敕，掷置地上道："我兄未奉上命，僭号河北，我难道不好称帝江东么？"演述璘语，见得肃宗即位，兄弟尚且不服，何况天下？遂领兵进击丹阳。李希言闻警，忙遣副将元景曜等，前往拦截。景曜与战失利，反去降璘，江淮大震。希言再向彭原告急，肃宗即召高适计议，命为淮南节度使，且调前颍川太守来瑱，为淮南西道节度使，令与江东节度使韦陟，合军讨璘。江南事甫经调将，河北诸郡，又报陷没。贼将尹子奇史思明，先后攻陷河间景城。河间太守李奂被杀，景城太守李暐，投水自尽。颜真卿遣将往援，复遭陷没。贼将康没野坡，且进攻平原，真卿力不能支，也弃郡南走。乐安清河博平诸郡，均为贼有。惟饶阳太守李系，及裨将张兴，死守孤城，贼不能克，思明召集各郡兵士，并力合攻。张兴力举千钧，尚迭抛巨石，压毙贼兵数百，恼得思明督众猛扑，接连数昼夜，尚自守住，及至粮尽援穷，太守李系，窘迫自焚，城中无主乃乱，始被攻入。张兴力屈被擒，思明劝他归降，兴慨然道："我是大唐忠臣，万无降理，但为汝等计，亦应去逆效顺。试思主上待遇禄山，恩如父子，何人可及？禄山不知报德，反且兴兵指阙，涂炭生民，大丈夫不能翦除凶逆，乃北面为叛贼臣，自居何等？譬如燕巢幕上，怎能久安？若能乘间取贼，转祸为福，长享富贵，岂非上策？"思明哪里肯从，反叱兴不明顺逆。兴始痛詈思明，思明大怒，把兴锯死，不略张兴，具见阐扬。因还踞博陵。

尹子奇率五千马贼，渡河略北海，意欲南取江淮，适敦煌王承寀，到了回纥，得回纥优待，并妻以可敦女妹，令与仆固怀恩，先行反报，愿为援助。回应本回前文。随即遣部将葛逻支，领二千骑兵，奄至范阳城下。尹子奇亟引兵北返，还救范阳。这时候的安禄山，也发兵攻入颍水，执住太守薛愿，长史庞坚，送至洛阳，不屈遇害。肃宗迭闻警耗，很是忧惧，便召问李泌道："贼势如此，何时可定？"泌从容答道："臣观贼势虽强，并无大志，依臣所料，不过二年，便可削平。"肃宗惊喜道："有这般容易么？"泌又答道："贼中骁将，不过史思明安守忠田乾真张忠志阿史那承庆数人，今陛下若令李光弼出井陉，郭子仪入河东，臣料思明忠志二贼，不敢离范阳常山，守忠乾真二贼，不敢离长安，我用两帅，足縶四贼，禄山潜据洛阳，随身只有承庆，若陛下出军扶风，与子仪光弼，互出击贼，贼救首，我击贼尾，贼救尾，我击贼首，使贼往来奔命，自致劳顿，我常以逸待劳，贼至暂避，贼去尾追，不攻城，不遏路，待至来春天暖，命建宁王为范阳节度，与光弼南北犄角，直取范阳，覆贼巢穴，贼退无所归，留不得安，然后大军四面蹙贼，禄山虽狡，恐亦必为我所擒了。"确是妙算，不比房琯大言。肃宗大喜，即命建宁王倓职掌禁兵，李辅国为司马，预备

李辅国（704—762），唐宦官。安史之乱期间，劝说太子李亨继承帝位。唐肃宗即位后，任太子家令，判元帅府行军司马事。之后又因拥立代宗即位，被册封为司空兼中书令。不久代宗夺其权，并派人将其刺死。

北征，用一李辅国助倓，倓其死乎？令郭子仪李光弼分道行事，自己在彭原过年，拟于来春即往扶风，且改称扶风为凤翔郡。

时光易过，腊尽春回，至德二载元日，肃宗在行宫中，向西遥觐上皇，然后亲御行幄，草草受贺。过了数日，正拟启驾南行，忽接了一个极大的好音，安禄山被李猪儿刺死了。禄山自盘踞洛阳，纵情酒色，累得两目昏眊，不能视事，身又病疽，因致烦躁异常。左右使令，稍不如意，即加鞭挞。阉竖李猪儿，被挞尤多，几乎不保性命。嬖妾段氏见禄山多病，恐有不测，意欲趁禄山在日，立亲生子庆恩为太子，将来可以专政，免受嫡子庆绪压制。愁眉泪眼，容易动人，禄山竟为所惑，竟有废嫡立庶的意思。禄山负恩忘义，宜有杀身之祸，但祸源亦起自内嬖，可见小星专宠，必致危亡。庆绪颇有所闻，很觉危惧，便与严庄密商，求一救死的良策。庄却故意说道："君要臣死，不得不死，父要子亡，不得不亡，叫我如何相救？"庆绪越发着忙，便道："我是嫡子，应该承立，难道庆恩夺我储位，我便束手就死么？"严庄冷笑道："从古以来，废一子，立一子，那被废的能有几个保全性命，这也是没奈何的事情。"庆绪急得泪下，又道："如兄说来，竟是没法了。"庄又道："死中求生，亦并非一定没法。"庆绪道："兄快教我！"庄遂与附耳道："束手就死，死是定了，若要不死，这手是万不可束的。试思主子与唐朝皇帝，名是君臣，实同父子，为何兴动干戈，以臣逐君，以子攻父？可见天下到了万不得已的事情，总须行那万不得已的计策，时不可失，幸勿再自束手了。"即将禄山行为，引作一证，这便叫作眼前报。庆绪听着，低头一想，便道："兄为我计，敢不敬从！"庄又道："不行便罢，欲行还须从速。机会一失，便是死期。"庆绪迟疑道："可惜一时觅不到能手。"庄复道："欲要行事，何勿召李猪儿？"庆绪喜甚，便密召猪儿入室，自与严庄同问道："汝受过鞭挞，约有几次？"猪儿泣道："前后受挞，记不胜记了。"庄又逼入一步道："似你说来，不死还是侥幸的。"猪儿道："怕不是吗？"庄遂召猪儿入耳厢，与他私语多时，猪儿竟满口承允，便出来别过庆绪，一溜烟似的走了。

是夕就去行事，也是禄山该死，因为心中烦躁，屏退左右，兀自一人睡着。猪儿怀着利刃，奋然径入，寝门外虽尚有人守住，都已坐着打盹，况猪儿是禄山贴身侍监，向来自由进出，就是模糊看见，也不必盘诘。猪儿挨开了门，悄步进去，可巧外面更鼓冬冬，他即趁声揭帐，先将禄山枕畔的宝刀，抽了出来。禄山忽觉惊醒，将被揭开，口中喝问何人？猪儿心下一急，转念他双目已盲，何如立刻下手，便取出亮晃晃的匕首，直刺他大腹中。禄山忍痛不住，亟伸手去摸枕畔宝刀，已无着落，遂摇动帐竿道："这定是家贼谋逆呢。"国贼为家贼所杀，是应该的。道言未绝，那肚肠已经流出，血渍满床，就在床上滚了几转，大叫一声，顿时气绝。猪儿已经得手，刚要趋出，门外的侍役，已闻声进来，双手不敌四拳，正捏了一把冷汗。忽见严庄与庆绪，带兵直入，来救猪儿，猪儿喜甚，便语侍役道："诸位欲共享富贵，快快迎谒储君，休得妄动！"大众乃垂手站立，严庄命手下抬开卧榻，就在榻下掘地数尺，用毡裹禄山尸，暂埋穴中，且戒大众不得声张。"一朝权在手，便把令来行，"捏称主子病笃，立庆绪为太子，择日传位，一面密迫段氏母子，一同自尽。越日又传出伪谕，太子即位，尊禄山为太上皇，重赏内外诸将官，大小各贼，怎知严庄等诡计，总道是事出真情。庆绪嗣位，在洛的伪官，统来朝贺，各处亦争上贺表。又越日方说禄山已死，下令发丧。那时从床下掘出尸身，早已腐烂，草草成殓，丧葬了事。相传禄山是猪龙转世，从前侍宴唐宫，醉后现出猪身龙首，玄宗虽是惊诧，但以为猪龙无用，无杀害意，终致酿成一番大乱，几乎亡国。禄山僭称伪号，一年有余，也徒落得腹破肠流，毙于非命。小子有诗叹道：

天公假手李猪儿，刳刃胸前血肉糜。

臣敢逐君子弑父，谁云冥漠本无知？

禄山死信，传达彭原，肃宗以下，还道天下可即日太平，遂无意北征，竟演出一出杀子戏来了。欲知详情，请阅下回。

杨贵妃之后，复有张良娣，唐室女祸，何迭起而未有已也。顾杨妃以骄妒闻，一再忤旨，而仍得专宠，王之不明，人所共知。若张良娣则寝前御寇，产后缝衣，几与汉之冯婕妤、明之马皇后相类，此在中知以上之主，犹或堕其彀中，况肃宗且非中知乎？爱之怜之，因致纵之，阴柔狡黠之妇寺，往往出人所不及防，否则杨妃祸国，覆辙不远，肃宗虽愚，亦不应复为良娣所惑也。安禄山惑于内嬖，猝致屠肠，虽由逆报之相寻，亦因妇言而启衅。传有之曰："谋及妇人，宜其死也。"观唐事而益信矣。

第五十四回

统三军广平奏绩 复两京李泌辞归

却说肃宗既宠张良娣，又因良娣在灵武时，产下一儿，取名为佋，即封兴王，子以母贵，也得肃宗钟爱，与他子不同。张良娣恃宠生骄，竟欲把两三岁的小儿，作为将来的储贰，第一着欲陷害广平王，第二着欲陷害建宁王。府司马李辅国，本是飞龙厩中的阉奴，以狡猾得幸，及见良娣专宠，复曲意奉承，讨好良娣。良娣正好引为帮手，构陷二王。建宁王倓，素性任侠，看不上良娣等人，尝私语李泌道："先生举倓掌兵，俾尽臣子微忱，倓很是感激。但君侧有一大害，不可不除。"泌问为谁？倓说是张良娣。泌摇首道："此非人子所宜言，愿王忍耐为是。"倓不以为然，有时入见肃宗，必劝肃宗勿信内言，并请速立太子。别人可请，倓不宜请。肃宗听过了好几次，乃乘李泌入见，便垂问道："广平为元帅逾年，今欲命建宁专征，又未免名分相等，朕欲即立广平为太子，卿意以为何如？"泌答道："军事倥偬，应即区处，若陛下家事，总须禀命上皇，否则陛下即位的苦心，何从分说呢？"肃宗道："卿言亦是，容朕三思后行。"泌退回元帅府中，转告广平王俶。俶即入谒，凑便陈请道："陛下尚未奉晨昏，臣何敢入当储贰？"肃宗慰谕数语，乃将建储事暂行搁起。李泌奏阻建储，或谓储位未定，因启张李狡谋，然试问从前已立之太子，亦如何废死？以此咎泌，殊非正论。

至禄山已死，肃宗以首逆既殄，大乱可平，索性把建宁专征的问题，也搁着不提。倓有志靖乱，一再进谏，且直陈道："陛下若听信妇寺，恐两京无从收复，上皇无从迎还了。"语太激烈，适致杀身。看官！你想这数句言论，叫肃宗如何忍受得住？还有张良娣李辅国二人，得闻此言，怎能不恨到极点，互肆毒谋？当下由良娣先入，辅国继进，一唱一和，只说倓时有怨言，尝恨不得为元帅，谋害广平。此时的肃宗，正将倓叱退，余怒未息，怎禁得火上添油？凭着一腔怒气，立下手谕，把倓赐死。倓是个傲气的人，要死就死，竟仰药自尽。至李泌得知此事，意欲入谏，已是无及，可惜一个贤王，死得不明不白，含冤地下。广平王俶，怀了兔死狐悲的观念，密与李泌商量，欲去辅国及良娣，泌劝阻道："王不惩建宁的覆辙么？能尽孝道，自足致福。良娣妇人，不足深虑，但教委曲承顺，包管前途无碍了。"始终劝人以孝，李长源不愧正人。俶闻言乃止。

只肃宗信谗杀子，尚未觉悟，忽由太原递到贼警，史思明自博陵，蔡希德自太行，高秀岩自大同，牛廷玠自范阳，共引贼十万名，入寇太原，肃宗才惊讶道："我道禄山已死，可无后患，哪知贼势越发猖獗哩。"说罢，急召泌入议。泌奏道："太原有李光弼，才足拒贼，请陛下勿忧！但陛下宜速幸凤翔，示意进取，方能振作士气，驯致中兴。"肃宗点首道："朕当择日起程了。"言未已，又接睢阳警报，伪河南节度使尹子奇，受安庆绪命，率妫檀二州贼兵，及同罗奚众，共十三万人，进逼睢阳，肃宗又惊慌起来，泌又道："睢阳太守许远，忠义过人，当能死守。且张巡方移守宁陵，巡远亲如兄弟，宁陵睢阳，相隔不远，互相援应，谅可支持，俟郭子仪收复河东，再去援他未迟。"肃宗道："两处无虞，朕即当往幸凤翔，劳卿整顿军装，待朕下令启行。"泌乃退出。越数日，报称军装已备，请即启跸。肃宗逐日延宕，专候两路消息，借决行止。

已而太原驰入捷书，李光弼用诈降计，令贼缓攻，暗中掘地道至贼营，出贼不意，内外攻击，俘斩万余人，思明退去，余贼可无虑了。肃宗方决幸凤翔，启行诏下，又接睢阳捷报，张巡自宁陵援睢阳，与许远合兵，共得六千八百人，远守巡战，连擒贼将六十余，杀贼二万，贼将尹子奇夜遁，睢阳已解围了。本回宗旨，在收复两京，此外战事，只可用虚写法，否则宾主不分，如何醒目？肃宗大喜，遂启驾至凤翔。陇右河西西城安西各兵士，依次来会。江淮租赋，也陆续解到。原来永王璘叛乱后，经广陵太守李成式，招降叛将季广琛，叛党解散。永王璘溃走鄱阳，为江西采访使皇甫侁擒住，诛死了事。了过永王璘。江淮复安，运道无阻。

李泌遂请如前策，北攻范阳。肃宗道："大兵已集，正应捣贼腹心，卿反欲迂道西北，往攻范阳，岂非忽近图远么？"泌答道："现时所集各兵，统是西北戍卒，及诸胡部落，性多耐寒畏暑，若用他锐气，克复两京，原是易事，但贼率余众，遁归巢穴，关东地热，春气已深，各军必困倦思归，贼却得体兵秣马，静俟各军去后，再行南来，岂不可虑？所以臣请先行北伐，用兵寒乡，扫除贼穴，永绝祸根，贼进退失据，一鼓聚歼，不但两京可取，天下也从此太平了。"彼时肃宗若用泌言，不致有思明之乱。肃宗道："朕非不从卿计，惟朕定省久虚，急欲先复西京，迎还上皇，聊申子道，不能再待北伐，幸卿原谅！"泌乃趋出。

适郭子仪遣使奏捷，逐去贼将崔乾祐，平定河东。肃宗遂进子仪为司空，兼天下兵马副元帅，出攻西京。子仪即遣子郭旰，及兵马使李韶光，大将军王祚济河，进破潼关贼兵，斩首五百级，正拟乘胜入关，忽由安庆绪遣到援兵数万，截击郭旰。旰与战大败，死亡万余人。李韶光王祚先后战死，蕃将仆固怀恩，保旰渡渭，退守河东。天下不如意事，重叠而来，节度使王思礼，调镇关内，贼将安守忠等入寇，思礼遣将出战，为贼所败，退保扶风。守忠追蹑至太和关，去凤翔仅五十里，凤翔大骇，飞诏郭子仪入援。子仪星夜奔赴，中途遇着贼将李归仁，奋力杀退，至西渭桥，与王思礼合军，进屯潏西。贼将安守忠李归仁，也联兵驻清渠，彼此相隔里许，相持七日。子仪等持重不战，守忠想了一个诱敌计，假意退兵，那时子仪亦堕贼计中，督兵追击，约行数里，才见贼骑倚山背水，摆成一字长蛇阵，子仪令攻贼中坚，不意贼兵首尾，分作两翼，夹击官军，官军不能相顾，四散奔逃。子仪亟率仆固怀恩等，断住后路，让败军先走，自己随战随退，还保武功。为子仪留身分，故不肯大书败状。随即单身诣阙，乞请自贬，乃降为左仆射。

是时山南东道节度使鲁炅，困守南阳，屡为贼将田承嗣等所围，粮尽援绝，突围走襄阳。河东节度副使，兼上党长史程千里，出击贼将蔡希德，马蹶被擒。灵昌太守许叔冀，为贼困住，拔众走彭城，睢阳数次却贼，数次受围，贼将尹子奇誓破此城，城中兵少食尽，势亦垂危。再作总括语，均见笔法。肃宗屡闻败警，焦灼得了不得，且因贼兵逼近，无暇他顾，只好委任郭子仪，决计再攻西京，当下大飨将士，一一慰勉。且特语子仪道："功成与否，在此一举，愿卿竭忠尽智，无负朕望。"子仪道："此行不捷，臣必捐生。但有两大要事，请陛下施行。"肃宗问是何事？子仪一一说出，一是请元帅广平王俶，亲自督师，一是请征兵回纥，同往击贼。肃宗准如所请，遂令广平王调集朔方西域等军，大举出征，一面驰使回纥，乞即发兵入援。

回纥怀仁可汗子磨延啜，嗣父登位，号葛勒可汗，有意和唐，立遣太子叶护等，率精兵四千余人，驰至凤翔。当由肃宗引见，厚礼款待。且令广平王俶，与叶护相见，约为兄弟。叶护大喜，称俶为兄，于是共得兵十五万人，号称二十万，出指长安。到了城西香积寺旁，连营为阵。李嗣业统前军，王思礼统后军，郭子仪统中军，长安贼亦倾寨出战，共约十万人，与官军南北对垒。贼将李归仁拨马舞刀，出来挑战，前军各奋力接仗，战不多时，那归仁故态复萌，佯作败退状，驰回本阵。官军乘胜追上，直薄贼垒，谁料归仁翻身出来，把刀一麾，贼阵中有名悍卒，统持着大刀阔斧，恶狠狠的截杀官军。官军猝为所乘，自相惊乱。李嗣业在后督战，见部下逐渐溃退，不禁大愤道："今日不委身饵贼，我军尚有生望么？"说着，即将铁甲卸去，持了一柄纯钢铸的长刀，纵马向前，大呼奋击，刀光过处，贼头纷纷落地。归仁舞刀来迎，嗣业刀长手快，乱劈过去，喝一声着，已将归仁头盔劈落。归仁披发逃回，贼亦随却。嗣业再接再厉，身先士卒，杀入贼阵。回纥叶护，也率众随上，趁势捣贼，贼众遂乱。力写嗣业。郭子仪知贼多诈，令仆固怀恩带领锐卒，防护辎重，果然贼后军抄至官军阵后，前来掩袭。怀恩驱军杀出，一阵横扫，好似风卷残云，立将贼兵驱尽。子仪思礼两军，一齐出击，那嗣业带着前军，与回纥健卒，已洞穿贼垒，从前面杀到后面，会集全师，再行夹攻。自午至酉，斩首六万级，安守忠李归仁等，到此也不能再战，弃甲曳兵，逃回城中。入夜尚嚣声不止。广平王俶，见全师大胜，鸣金收军。仆固怀恩叩马进言道："贼今夜必弃城出走，请元帅下令穷追。"俶摇首道："军力已疲，不宜轻进。"怀恩又道："战尚神速，可进即进，大帅如虑各军劳苦，怀恩愿率三百骑，追缚贼首，归献麾下。"余勇可贾。俶复道："将军战了一日，也未免吃力，且回营休息，明日再议！"怀恩不便再争，怏怏而退。

各军俱归宿营中，到了次日，俶正升帐发令，已有侦骑来报，贼将安守忠李归仁，与张通儒田乾真等，均已弃城遁去。俶乃整军入城，百姓扶老携幼，争来迎接，夹道欢呼，喜极而泣。至俶入城安民，回纥叶护，向俶请求，欲如前约。原来肃宗召见叶护时，曾与面约，谓克复西京，土地人民归唐，金帛子女归回纥。回纥援兵只有四千，何足平贼，况欲借外力以平内乱，后患亦多，肃宗遽以是为约，何其愦愦？叶护见京城已复，当然如约要求，俶无法推辞，只好向叶护下拜道："今始得京师，若遽行俘掠，东京必望风生怖，为贼固守，不可复取了。愿至东京后，始遵前约。"说亦谬误。叶护下马答拜道："当为殿下径往东京。"言已，复上马出城，驻营待命。俶留京抚阅三日，军民胡羌，罗拜道旁，相率叹美道："广平王真华夷共主呢。"亦属过誉。

捷报到了凤翔，肃宗大喜，百官入贺，即日遣中使啖庭瑶入蜀，奏白上皇，表请东归。一面命左仆射裴冕入西京，祭告郊庙，宣慰百姓。且调嗣虢王巨留守西京，令广平王俶东出平洛，惟行军长史李泌，召还行在，不必东行。泌驰还凤翔，入谒肃宗，肃宗慰劳数语，即接说道："朕已表请上皇东归，朕当退居东宫，仍循子职。"泌忙答道："上皇未必东来了。"肃宗惊问何因？泌答道："陛下正位改元，已经二载，今忽奉此表，转使上皇心疑，怎肯即归？"肃宗爽然道："朕知误了，今且奈何？"泌从容道："陛下放心，臣当另草大臣贺表，请上皇东归便了。"肃宗即命左右取过纸笔，嘱泌草表。泌不假思索，一挥即就，捧呈肃宗过目。肃宗瞧着，系是群臣署名，略说："自马嵬请留，灵武劝进，及今收复京师，皇上无日不思定省，请上皇即日回銮，以就孝养"云云。结末数语，尤说得情词迫切，悱恻动人。肃宗不觉泣下，立命中使奉表入蜀，且留泌宴饮，同榻寝宿。泌乘间乞归道："臣已略报圣恩，今请许作闲人。"肃宗道："朕与先生同忧，应与先生同乐，奈何思去？"泌答道："臣有五不可留，愿陛下听臣归去，赐臣余生。"肃宗问道："何谓五不可留？"泌答道："臣遇陛下太早，陛下任臣太重，宠臣太深，臣功太高，迹亦太奇，有此五虑，所以不可复留。”这也是知彼知己之论。肃宗笑道：“夜已深了，先生且睡，缓日再议。”泌又道：“陛下与臣同榻，臣且尚不得请，况异日在御案前呢。陛下若不许臣去，便是要杀臣了。”语足惊人，然确是阅历有得之言。肃宗惊诧道：“先生何疑朕至此？朕非病狂，何至妄杀先生？”泌凄然道：“陛下不欲杀臣，臣尚得求去，否则臣何敢再言？且臣恐杀身，并非疑及陛下，就是这五不可呢。臣思陛下待臣甚厚，臣且未得尽言，他日天下既安，臣未必常邀圣眷，那时还好尽言么？”肃宗道：“朕知道了。先生屡欲北伐，朕不肯从，所以介意。”泌答道：“非为此事，乃是建宁一事哩。”肃宗道：“建宁过听小人，谋害乃兄，欲夺储位，朕不得已赐死，先生岂尚未闻么？”泌又道：“建宁若有此心，广平王当必怀怨，今广平每与臣言，痛弟含冤，一再泪下，且陛下前日，欲用建宁为元帅，臣请改任广平王，建宁果欲夺嫡，应恨臣切齿，为什么视臣为忠，益加亲善呢？”肃宗听到此语，也忍不住泪，且泣且语道：“先生言是，朕亦知悔了。但事成既往，朕不愿再闻。”泌又道：“臣非咎既往，乃欲陛下警戒将来。从前天后错杀太子弘，次子贤内怀忧惧，作《黄台瓜》词，中有二语云：‘一摘使瓜好，再摘使瓜稀，’陛下已经过一摘了，幸勿再摘！”肃宗愕然道：“朕不至再有此事。先生良言，朕当书绅。”泌又说道：“陛下能时常留意，何必多存形迹，此事已蒙俞允，臣愿毕了，只请陛下准臣还山。”肃宗道：“且待东京收复，朕还都再议。”泌乃无言。看官听着！这番密陈，虽是泌明哲保身，但也为广平王起见，他恐张李再行构难，诬害广平，所以殷勤陈情，启沃主心，这真是苦心调停，保全不少哩。应该赞扬。

转眼间由秋经冬，睢阳急报，似雪片相似。肃宗促邻郡速援，且特饬同平章事张镐，出任河南节度使，驰援睢阳。幸喜平洛大军，沿途顺手，屡献捷音，华阴弘农，次第平复，并献入俘囚百余人，肃宗命一律斩首。监察御史李勉入谏道：“今元恶未除，海内枭桀，多半为贼所胁污，闻陛下龙兴，方思革面洗心，沐浴圣化，若概从骈戮，恐反驱令从贼，诛不胜诛了，愿陛下三思！”肃宗乃下诏特赦，远近闻风归附。贼将张通儒等，败奔至陕，安庆绪悉发洛阳兵众，令严庄为统帅，往援通儒，步骑合计十五万，共拒官军。郭子仪等长驱直进，到了新店，前面正遇着大队贼兵，依山列营，气势颇盛。子仪颇以为忧，即与回纥叶护商议，令率回纥兵绕出山后，袭击贼背。叶护依计而行，子仪乃麾兵攻贼，贼仗着锐气，由高趋下，猛扑官军。官军前队多伤，逐步倒退。蓦闻得山上鼓响，有数十支硬箭，射入贼中。贼众回首惊顾道：“回纥兵到了！”随即骇走，子仪与回纥叶护，先后夹攻，杀得贼兵东倒西歪，尸骸遍野。严庄张通儒等，落荒东走，连陕城也不及顾了。子仪遂请广平王俶，乘胜入陕城，再命仆固怀恩等，分道追贼，如入无人之境。严庄奔入洛阳，狼狈得很，庆绪本视酒如命，每日深居简出，狂饮不休，一切军务，全靠严庄主持。庄既败还，庆绪当然惊惶，急与庄商议对敌。庄已垂头丧气，想不出什么法儿，好多时献上一策，乃是一个“走”字。庆绪依计而行，遂聚集党羽，夤夜出奔，唐将哥舒翰程千里等，从前陷入贼中，至此一并杀死，便匆匆出后苑门，逃向河北去了。

捷书到陕，广平王俶，率大军驰入东京，回纥兵争先拥进，肆行劫掠，可怜洛阳城内的百姓，前次已遭贼蹂躏，此番复遇夷掠夺，儿啼女散，家尽财空，骚扰了两昼夜。回纥兵心尚未足，纵掠如故，郭子仪看不过去，请命广平王，召入父老，募集罗锦万匹，酬谢回纥，才算休兵。这皆是肃宗父子贻害百姓，可叹！肃宗日夜望捷，既得好音，便拟启跸回京。李泌又固请还山，肃宗不许。适值啖庭瑶自蜀驰归，呈上上皇手诰，竟欲终老剑南，不愿东归，肃宗未免忧虑。越数日，赍奉群臣贺表的使臣，亦自成都遣还，报称上皇览表，甚是喜慰，命食作乐，下诰定行期。肃宗遂召语李泌道：“使我父子重见，全出先生大力，曷胜感慰！”泌下拜道：“两京收复，上皇归来，臣报德已毕了。但望陛下加恩，赐臣骸骨！”肃宗尚欲挽留，经泌伏地力请，乃怆然道：“先生请起！朕暂允先生归山。”泌乃起身趋出，草草整装，便即陛辞。肃宗亲送出城，洒泪而别。泌一肩行李，两袖清风，飘然南行去了。到了衡山，地方官已经奉敕为泌筑室山中，并送给三品俸禄，泌乃山居自乐，不问世事。小子有诗叹道：

范蠡沼吴甘隐去，张良兴汉托仙游。

功成身退斯为智，唐室更逢李邺侯。

李泌去后，肃宗即遣韦见素入蜀，奉迎上皇，一面启跸还都。临行时接得张镐急报，又未免触动悲怀，究竟为着何事？且至下回说明。

本回事实，最为杂沓，若一一分叙，便如断烂朝报相等，毫无趣味。著书人以广平出征，及李泌归隐为纲，而此外各事，俱随笔销纳，既不病繁，亦不嫌略。盖广平出征，两京始得收复，此为最大要件，不得不格外从详。李泌之出，关系甚大，不特收复两京，出自泌之参赞，即如迎还上皇，保全广平，何一非泌之力乎？外有郭子仪，内有李泌，而肃宗始得中兴，故叙述武事，处处注重郭子仪，叙述文谟，处处注重李泌，握其要而众具毕张，阅此可以知行文之法焉。

第五十五回

与城俱亡双忠死义
从贼堕节六等定刑

却说河南节度使张镐，曾奉敕往援睢阳，因调集各军，不免稍需时日。当时尝飞檄谯郡太守闾邱晓等，星夜往援，哪知闾邱晓等，均不奉命，坐听睢阳失守，张巡许远，先后殉义，及镐率军至睢阳城下，城已被陷三日了。镐召闾邱晓至军，严词诘责，捶毙杖下，当即遣使飞报凤翔。肃宗未免痛悼，因登程还京，一切赠恤，俟到京后再议，但遥敕镐查明张许家属，速即奏报。看官欲知张许殉义情事，待小子本末叙明。阐扬忠义，应从详叙。张巡南阳人，夙谙武略，登进士第，出为县令。禄山乱起，陷入河南，谯郡太守杨万石降贼，胁巡为长史，使西迎贼军。巡至真源，率吏哭玄元皇帝庙中，起兵讨逆，得壮士千人，西诣雍邱。适雍邱令令狐潮出迎贼众，遂入城拒守。令狐潮引贼兵四万，来夺雍邱，巡孤军出战，杀退贼兵。潮与巡有旧交，屡诱巡降，巡以大义相责，始终不从。潮连番进攻，城中矢尽，巡缚草为人，被服黑衣，夜缒城下，共计千余。潮因暮夜昏皇，不便出战，但令射箭，巡将草人扯起，得矢十余万，得复射贼。嗣令壮士缒城出袭，服饰如草人，贼笑不设备，竟被壮士突入，大破贼寨。潮屡退屡进，巡使郎将雷万春，登陴守御，贼用飞弩迭射，连中雷颊，共计六箭。雷直立不动，贼疑为木人，哗然噪动，但听城上大声道："黠贼，认得我雷将军否？"仿佛《三国演义》中之张翼德。贼大惊

许远（709—757），字令威，杭州盐官（今浙江海宁西南）人，唐代大臣。安禄山叛乱时，任睢阳太守。至德二年（757年）遭安禄山部将尹子奇围攻，与真源令张巡协力守睢阳（今河南商丘市南），坚持数月，阻止叛军南下，兵粮俱尽后城陷，被执送洛阳，在安庆绪兵败撤退时被杀。

骇。巡乘势杀出，擒贼将十四人，斩首百余级，潮乃遁去。

既而河南节度使嗣虢王巨，出驻彭城，命巡为先锋使。巡闻宁陵围急，移军往援，始与睢阳太守许远相见。远系许敬宗曾孙，天性忠厚，晓明吏治。颇能为乃祖干蛊。既见巡，恍如旧识，互叙年齿，乃同年所生，远长数月，巡因呼远为兄，誓相援应。还有城父令姚訚，亦与联合，贼将杨朝宗率马步二万，袭击宁陵，巡远合军与战，杀贼万余人，投尸汴水，河为不流。有诏擢巡为河南节度副使。至德二载，禄山刺死，庆绪遣将尹子奇，带领蕃胡各骑兵，猛扑睢阳。巡率军援远，血战二十余日，锐气不衰。远以材不及巡，专治军粮战具，一切攻守事宜，均归巡主张。巡连败子奇，所获车马牛羊，悉分给兵士，秋毫不入私囊。诏拜巡为御史中丞，远为侍御史，訚为吏部郎中。子奇三战三北，益兵进攻，巡不依古法，临危应变，奇出不穷，尝欲射死子奇，苦不能识，乃削蒿为矢，射入贼营。贼以为城中矢尽，喜白子奇，子奇遂亲自督攻，巡将南霁云，觑定子奇，抽矢搭弓，射将下去，正中子奇左目。子奇痛不可忍，伏鞍而逃。巡自城中杀出，杀贼无算，余贼保护子奇，又复遁去。

巡因将士有功，遣使白嗣虢王巨，请给赏物。巨只给空白告身三十纸，还统是营中末职，经巡遗书责巨，巨全然不睬，且命将睢阳积谷，运去三万斛，转给濮阳济阴。远遣使固争，终不见从，反说远不受节制，静候严参。远拗他不过，只好眼睁睁的由他运去。济阴得粮即叛，接应子奇，子奇目创已愈，遂征兵远近，得悍贼数万，再攻睢阳。此次来报前恨，百方攻扑，迭用云梯钩车木驴等物，俱为巡破毁，毫不见效。子奇乃不敢复攻，但穿壕立栅，困住孤城。城中守兵，本来只数千人，自经子奇迭攻，或死或伤，减去十成之八，只有六百人尚能防御。更因积粮被巨运去，无食可依，起初每人每日，给米一勺，后来米已食尽，但食茶纸树皮，不得已遣南霁云等，突围出去，或飞报行在，或告急邻郡，时许叔冀在谯郡，尚衡在彭城，俱不肯出援。霁云乞师不应，愤投临淮，御史大夫贺兰进明，正代任河南节度使，在临淮驻着，霁云入见，备述睢阳苦况，请速济师。进明道："今日睢阳已不知存亡，兵去何益？"霁云道："睢阳若陷，霁云当以死谢大夫，且睢阳既拔，即及临淮，唇齿相依，怎得不救？"进明道："事从缓商，君远来疲乏，姑且留宴。"霁云尚望进明出师，忍气待着。少顷，堂上陈筵，堂下奏乐，进明延霁云入座，霁云不禁流涕道："睢阳兵士，不食月余，霁云何忍独食？食亦何能下咽？大夫坐拥强兵，不愿分兵救患，忠义何存？愿大夫熟察！"说至此，竟将指插入口中，忍痛啮下，呈示进明道："霁云奉命乞援，不能代伸主将苦衷，抱歉何似？愿留一指示信，方可归报。"旁座见霁云忠愤，也为泣下。独进明麻木不仁，奈何？进明道："我亦知君忠勇，但往救睢阳，势已无及，不如留在我处，徐图立功。"霁云道："霁云若忍负张公，便是不忠不义，大夫留我何益。"言毕，竟酹洒地上，向各座拱手，抢步下堂，上马径去。路过佛寺，见浮屠矗立，浮屠即塔。抽矢射中上层砖瓦，且指誓道："我若破贼，必灭贺兰，这矢就是记恨哩。"还至宁陵，与城使廉坦，同率步骑三千人，冒围入城。贼因霁云突围外出，日夜防有援兵，至是悉众阻截，由霁云拼死冲突，杀开一条血路，驰入睢阳，回顾手下，已仅得千人。巡见霁云，知进明等俱不肯发兵，也未免惶急，将吏无不痛哭，且议突围东奔。巡语许远道："睢阳为江淮保障，若弃城他去，贼必乘胜南下，是江淮将尽为贼有了。况我众饥羸，未能远走，在城固死，出城亦死，我想行在虽远，去使谅可达到，将来总有复音，不如坚守待命。"远亦赞成巡议，可奈满城无粮，嗷嗷待哺，米尽食茶纸，茶纸尽食马，马尽食雀鼠，雀鼠又尽，至煮铠弩皮以食。巡妾霍氏，情愿杀身饷士，巡听令自刎，烹尸出陈，指语大众道："诸君累月乏食，忠愤曾不少衰，我恨不割肉啖众，怎肯顾惜一妾，坐视士饥？"将士等相向泪下，巡强令啖食，远亦杀奴僮哺卒，区区数人，不足一饱，以连日饿殍枕藉，所余只四百人，亦皆饿病不支，巡西向再拜道："臣力竭了，生不能报陛下，死当为厉鬼杀贼。"贼众见城守寥寥，即四面登城，陷入城内，巡远及姚訚南霁云雷万春等，陆续受擒，各被推至子奇面前。子奇问巡道："君每战必眦裂齿碎，究为何意？"巡愤然道："我志吞逆贼，怎得不裂眦碎齿？"子奇怒道："你存齿几何？"遂用刀抉视巡齿，只存三四枚，也不觉失声道："可敬可敬！君能从我，当共图富贵。"巡骂道："我为君父而死，死何足恨？尔等甘心附贼，贼彘不如，宁能长存人世么？"子奇尚欲存巡，用刀置巡项，迫令快降，巡终不屈。又胁降南霁云，霁云未应。巡呼道："南八霁云小字。男儿，一死罢了，岂可为贼屈？"霁云笑道："我不欲遽死，思有所为，公素知我，我敢不死么？"乃与姚訚雷万春等三十六人，同时遇害。许远被解送洛阳，洛阳已为唐军所破，转送偃师，亦以不屈见杀。睢阳称为双忠，建祠尸祝，号为双忠庙，至今尚存。大节千秋！肃宗闻进明等，不肯出援，乃改任张镐，兼江南节度使，闾邱晓为谯郡太守，卒以道远不及，且为闾邱晓所误，终致双忠毕命，徒自流芳，这也是可悲可叹呢。

肃宗自凤翔入西京，百姓欢跃，争呼万岁。御史中丞崔器，令前时从贼诸官，均免冠徒跣，至含元殿前，顿首请罪，就是东京降贼诸官吏，如陈希烈张均张垍达奚珣等，亦均由广平王收送西京，俱至朝堂听候惩处，肃宗命改系狱中。惟汲郡人甄济，武功人苏源明，屡经禄山胁迫，始终不受伪命，有诏特擢济为秘书郎，源明为考功郎中，兼知制诰。回纥太子叶护，自东京还师，入觐宣政殿，面陈军中马少，愿留兵沙苑，自归取马。再来助讨范阳，扫清余孽。肃宗大喜，即封他为忠义王，所有回纥部兵，各赐锦绣缯器，并愿岁给绢二万匹，使就朔方军领受，叶护拜辞而去。已而广平王偕郭子仪皆还西京，肃宗封子仪为代国公，食邑千户，且面加慰谕道："国家再造，皆由卿力。”子仪顿首拜谢，诏令再往东都，经略北讨。张镐与鲁炅来瑱嗣吴王祇李嗣业李奂五节度，出略河东河南各郡县，大半平定。贼将严庄，料知无成，背了安庆绪，潜行来降。肃宗命为司农卿。尹子奇为张镐所败，败走陈留，陈留人袭杀子奇，举城降官军。肃宗很是喜慰，乃修复宗庙，整缮宫殿，专待上皇还都。

至十二月间，上皇已到咸阳，由肃宗备齐法驾，带同百官，往望贤宫迎接上皇。上皇在宫南楼，开轩俯瞩，肃宗改服紫袍，下马趋进，拜舞楼下。上皇降楼抚慰，父子相对泣下，因见肃宗服紫，即向索黄袍，亲披肃宗身上。肃宗顿首固辞，何必做作。上皇道：“天数人心，已皆归汝，使朕得保养余年，就是汝的孝思了，何必多辞。”肃宗乃受，请上皇登殿，受百官朝贺毕，命尚食进膳，尝而后进。是夕侍宿行宫，翌晨奉上皇启驾，肃宗亲自执鞫，前行数步，经上皇谕止，方乘马前导，不敢自当驰道。上皇顾左右道：“我为天子五十年，不足言贵，今为天子父，才算是真贵了。”慢着！尚有张氏在内。既至西京，御含元殿慰抚官民，寻诣长乐殿九庙神主，恸哭多时，恐是哭杨贵妃。乃往幸兴庆宫，就此居住。肃宗再请避位，退居东宫，还要如此，多令人笑。上皇不许，出传国玺授与肃宗。肃宗涕泣受宝，始出御丹凤楼，颁诏大赦。惟与禄山同反，及李林甫王鉷杨国忠子孙，不在免例。立广平王俶为楚王，加郭子仪司徒，李光弼司空，其余扈驾立功诸臣，俱进阶赐爵有差。追赠死节诸臣，如李憕卢弈蒋清张介然颜杲卿袁履谦张巡许远姚訚南霁云雷万春等，各依原官增阶，子孙赐荫。郡县来年租庸，三分减一。近时所改郡名官名，一律复旧。以蜀郡为南京，凤翔为西京，西京为中京，册封张良娣为淑妃，皇子南阳王系以下，肃宗有十四子，次子名系。各令迁封。拜李辅国为殿中监，晋封成国公。时韦见素裴冕房琯等，均已罢相，改用苗晋卿为侍中，王屿为中书侍郎，李麟同中书门下三品，内外腾欢，翕然同声。惟张巡得追封扬州大都督，许远亦追封荆州大都督。巡子亚夫，远子玫，一并授官。当时颇多异议，有说巡死守睢阳，杀身无补，有说巡忍残人命，与其食人，宁可全人。不责奸臣，但责忠臣，是何居心？巡友李翰，乃为巡作传，且附表上呈，略云：

> **巡以寡击众，以弱制强，保江淮以待陛下之师，师至而巡死，巡之功大矣。而议者或罪巡以食人，愚巡以守死，善遏恶扬，录瑕弃功，臣窃痛之！巡所以固守者，待诸军之救，救兵不至而食尽，食既尽而及人，乖其素志，设使巡守城之初，已有食人之计，捐数百生命以全天下，臣犹曰功过相掩，况非其素志乎？今巡死大难，不睹休明，惟有令名，是以荣禄。若不时纪录，恐远而不传，使巡生死不遇，可悲孰甚？臣敬撰《巡传》一卷献上，乞遍列史官，以昭忠烈而存实迹，则不胜幸甚！**

此外尚有张澹李纾董南史张建封樊晃朱巨川等，亦皆为巡辩白，群议始息。既又訾及许远，谓远不与巡同死，有幸生意。巡季子去疾，亦为所惑，后来上书斥远，谓："远有异心，使父巡功业隳败，负憾九泉，臣与远不共戴天，请追夺远官以刷冤耻"等语。亏得尚书省据理申驳，略言："远后巡死，即目为从贼，他人死在巡前，独不可目巡为叛么？且贼人屠城，尝以生擒守吏为功，远为睢阳守吏，贼不遽杀，便是为此，有何可疑？彼时去疾尚幼，事未详知，乃有此议，其实两人忠烈，皎若日星，不得妄评优劣。"议乃得寝。前叙两人详迹，此更述及当时正论，无非阐表双忠。这且搁下不提。

且说御史中丞崔器，既令两京从贼诸官，请罪系狱，又与礼部尚书李岘，兵部侍郎吕諲，奉制按问。器与諲俱主张严办，上言从贼诸臣，皆应处死。独李岘用侍御史李栖筠为详理判官，拟酌量轻重，分等治罪。三人争议累日，请旨定夺。肃宗从李岘议，乃定罪名为六等，最重处斩，次赐自尽，次杖一百，次三等流贬。张均张垍列在处死条内。肃宗意欲宥此二人，转奏上皇，拟降敕特赦。上皇道："均垍世受国恩，乃甘心从贼，且为贼尽力，毁我家事，怎可不诛？"肃宗叩头再拜道："臣非张说父子，哪有今日，若不能保全均垍，倘他日死而有知，何面目再见张说？"语至此，俯伏流涕。上皇命左右扶起肃宗，复与语道："我看汝面，饶了张垍死罪，流戍岭外。张均逆奴，无君无父，定不可赦，汝不必申请了。"肃宗乃涕泣受命。看官道肃宗何故要赦此二人？肃宗系杨良媛所出，当杨氏初孕时，正值太平公主用事，专与玄宗为仇，时张说正官侍读，得出入东宫，玄宗密语说道："良媛有孕，恐太平公主闻知，又要当做一桩话柄，说我内多嬖宠，在父皇前搬弄是非，不如用药堕胎，免得他来借口。"张说道："龙种岂可轻堕？"玄宗道："欲全一子，转害自身，实属不值，我意已决，幸为我觅一堕胎药，勿泄勿忘。"说乃趋出，自思此事实为难得很，堕了胎有损母子，不堕胎有碍储君，现只好取药二剂，一安胎，一堕胎，送将进去，由他取用，听凭天数罢了。便是他狡猾处。计划已定，遂挟药二剂以入，但说统是堕胎药。玄宗接药后，趁那夜静无人的时候，在密室亲自取煎，给杨氏服了下去，腹中毫无动静，反安安稳稳的睡了一宵，次日也不见什么变动，原来所服的是那剂安胎药了。玄宗哪里晓得，只道是一剂无效，须进二剂，因再照昨夜办法，仍在夜间密煎。他因连夜辛苦，就隐几假寐，朦胧睡去，忽见有一金甲神，就药炉前环绕一周，用戈拨倒药炉，不由的突然惊寤，急起身看时，药炉果已倾翻，炭火亦已浇灭，益觉惊异不置。次日又密告张说，说拜贺道："这便是天神呵护哩！臣原说龙种不宜轻堕，只恐有妨尊命，因特呈进二药，取决天命，不瞒殿下说，一剂是安胎药，一剂是堕胎药，想前日所服的是安胎药了。昨夜所煎的是堕胎药，天意不使堕胎，乃遣神明拨倾此药。殿下能顺天而行，不特免祸，且足获福呢。"玄宗乃止。果然肃宗生后，太平公主以谋逆赐死，玄宗即得受禅。杨良媛进位贵嫔，复生一女，即宁亲公主。及年已长成，下嫁说子张垍，这便是肃宗母子，暗中报德的意思。

肃宗生平所最恨的是李林甫，所最亲的是张说父子，即位后尝欲发林甫墓，焚骨扬灰，还是李泌极谏，谓恐上皇疑及韦妃绝婚，特地修怨，反滋不安，肃宗方才罢议。补叙张说父子关系，因插入李林甫事，笔法聪明。独想念均垍兄弟，尝欲拔出贼中，仍令复官，且追痛生母已殁，只遗自己及女弟二人，女弟宁亲公主，既嫁与张垍，越应该设法保全，俾得夫妇完聚，可巧玄宗在蜀，已称上皇，并令百官共议杨贵嫔尊称，得追册为元献皇后。肃宗生母，得册为后，亦就此补叙。肃宗因上皇顾念生母，势必兼及张氏一家，所以均垍拟辟，特向上皇前从宽，偏是上皇不许，但只赦张垍一人，仍然长流，那时爱莫能助，只好付诸一叹罢了。后来垍死流所，宁亲公主竟改嫁裴颍，唐朝家法，原是不管名节，毋庸细表。单说当时从贼诸官，罪名已定，斩达奚珣等十八人，赐陈希烈等七人自尽，张均列入在内。此外或杖或流贬，分别处分，一班寡廉鲜耻的官吏，至此才知懊悔，但已是无及了。嗣有人从贼中自拔来降，谓安庆绪奔邺郡，尚有唐室故吏随着，初闻陈希烈等遇赦，统自恨失身贼庭，及闻希烈等被诛，乃决计从贼，不敢归唐。肃宗听说，悔叹不已。后儒以为背主事贼，行同枭獍，不杀何待？有什么可悔呢？小子有诗叹道：

犬马犹存报主恩，胡为人面反无知？
大廷赏罚应持正，怎得拘拘顾尔私。

肃宗既核定赏罚，再拟调兵讨贼，忽报贼将史思明高秀岩等，遣使奉表，情愿挈众投诚，究竟是否真降？容小子下回续叙。

张巡许远，为唐室一代忠臣，不得不详叙事实，为后世之为人臣者劝。南霁云雷万春等，皆忠义士，一经演述，须眉活现，所谓附骥尾而名益显者欤？张均张垍，丧心附逆，死有余辜，此而不诛，何以对死事诸臣于地下乎？玄宗不许末减，尚知彰善瘅恶之义，而肃宗乃以张说私恩，必欲保全均垍，为私废公，殊不足取。况均垍为唐室叛臣，即不啻为张说逆子，说不忠唐则已，说而忠唐，即起地下而问之，亦以为必杀无赦。信赏必罚，乃可图功，为国者可以知所鉴矣。

第五十六回

九节度受制鱼朝恩
两叛将投降李光弼

却说史思明自围攻太原，被李光弼击退后，还守范阳，应五十四回。庆绪封他为妫川王，兼范阳节度使。范阳本安氏巢穴，凡禄山所得两京珍宝，多半运往，堆积如山。思明恃富生骄，便欲取范阳为己有，不服庆绪节制。庆绪又失去洛阳，走保邺郡，李归仁等有众数万，溃归范阳，沿途剽掠，人物无遗。思明乘势招徕，并将他所掠各物，一一截住，势益富强。庆绪在邺，四面征兵，蔡希德田承嗣武令珣等，先后趋集，复得六万人，独思明不发一卒，亦不通一使，庆绪知他怀贰，特遣阿史那承庆安守忠李立节三人，率五千骑诣范阳，借征兵为名，嘱令侦袭。思明闻两人入境，已料他不怀好意，即与部下密商。一个乖似一个。判官狄仁智道："大夫为安氏臣，无非惮他凶威，勉承奔走，今安氏失势，唐室中兴，大夫何不率众归唐，自求多福呢？"裨将乌承玭亦道："庆绪似叶上露，不久必亡，大夫奈何与他同尽？不如归款唐廷为是。"思明也以为然，遂设伏帐外，自率众数万出迎。既见承庆守忠，即下马行礼，握手道故，备极殷勤。承庆等如何下手，只好随入城中。思明即引承庆等入厅，张乐设宴，饮至半酣，掷杯为号，伏兵突入，竟将承庆等三人拿下，一面收截来骑甲兵，给赀遣散。乃令部将窦子昂奉表唐廷，愿将所部十三郡，及兵十三万人归降。并令伪河东节度使高秀岩，亦拜表投诚。肃宗大喜，召见子昂，慰抚备至，即敕封思明为归义王，仍兼范阳节度使，子七人皆除显官。封赏太急。授秀岩云中太守，诸子亦得列职。且遣内侍李思敬，与前信都太守乌承恩，驰往宣慰，使率部众讨庆绪。思明受了册封，立斩安守忠李立节两人，表明诚意。只阿史那承庆与有旧交，释置不问。承恩遍历河北，宣布诏旨。沧瀛安深德棣等州皆降，惟相州尚属安氏，河北大势，也统算平复了。

未几为至德三载，上皇加肃宗尊号，称为光天文武大圣孝感皇帝。肃宗也加奉上皇尊号，称为圣皇天帝。父子天性相关，何必虚名施报。大赦改元，仍以载为年，称至德三载为乾元元年。立淑妃张氏为皇后，命李辅国兼太仆卿，两人内外勾结，势倾朝野，且屡引子以母贵的成语，讽示肃宗。肃宗以兴王佋虽为后出，究竟年幼序卑，不便立储，尝语考功郎中李揆道："朕意欲立俶为太子，卿意何如？"揆再拜称贺道："这是社稷幸福，臣不胜大庆呢。"肃宗乃改封楚王俶为成王，越数日即立为太子，更名为豫。

同平章事张镐，素性简澹，不事中要，后与辅国，皆不喜镐，尝有谗言。会镐上言："史思明因乱窃位，人面兽心，万不可恃。新任滑州刺史许叔冀，狡猾多诈，临难必变。"肃宗以为过虑，不切事机，遂罢为荆州防御使，所有兼任河南节度使一缺，易委崔光远接任。崔曾将西京献贼，奈何不诛？反加重任。不到半年，史思明逆迹昭著，竟复叛唐自主，且称起大圣燕王来了。自张镐罢去后，接连是李光弼奏请，谓："思明凶狡，必将叛乱，应令乌承恩就便预防。"肃宗还是未信。光弼又上第二次密奏，劝肃宗用承恩为范阳副使，且赐阿史那承庆铁券，令图思明。肃宗乃依计照行。看官！你道光弼何故要重用承恩？原来承恩父名知义，曾任平卢节度使，思明尝居知义麾下，感他厚待，因此承恩守信都，城为思明所陷，承恩陷入贼中，思明待以客礼，纵令南还。及承恩奉敕宣慰，思明格外恭敬，视若上宾。承恩有所陈请，思明多曲意相从。光弼侦知情事，因欲就承恩身上，诱取思明。肃宗从光弼言，授承恩为范阳节度副使，且令转赐阿史那承庆铁券。

承恩秘而未发，但出私财联络部曲，且数着妇人衣，诣诸将营，劝令效忠唐室。诸将或转告思明，思明当然生疑，遂延承恩入宴，留宿府中，阴令心腹二人，伏住床下，一面命承恩少子，夜入省父，承恩私语少子道："我受命除此逆胡，当授我为节度使。"语尚未毕，那床下即冲出两人，大呼而去，承恩自知谋泄，慌得脚忙手乱，门外已有胡兵拥入，立将承恩父子拿下，并搜承恩行囊，得铁券及光弼文牒，一并献与思明。思明责承恩道："我有何负汝，乃欲害我？"承恩无词可答，只好说是李光弼主谋。思明乃集将佐吏民，西向大哭道："臣率十三万众归降朝廷，何事负陛下，乃欲杀臣？"随即喝令左右，榜杀承恩父子，并索得承恩党与二百余人，尽行杀死。独承恩弟承玼，为思明部下裨将，得脱身走太原，思明遂囚住中使李思敬，且令狄仁智张不矜草表，请诛光弼。表既草就，不矜持示思明，及将入函，复由仁智削去。不料事又被泄，由思明召入二人，诘问罪状，且顾语仁智道："我用汝垂三十年，今日罪当斩首，乃汝负我，非我负汝。"仁智厉声道："人生总有一死，得尽忠义，死也值得。若从大夫造反，不过虚延岁月，将来死且遗臭，何如速死为愈呢？"久居贼中，不染贼习，却是个好男儿。思明怒起，喝令侍从将仁智捶死，不矜亦随毙杖下，另遣他人草表，传达唐廷。肃宗乃颁敕慰谕，统推在承恩一人身上，谓非朝廷与光弼意。看官！你道史思明是个小儿，肯听唐朝皇帝的诳言吗？益使悍贼轻视？更可笑的，是命九节度出讨安庆绪，反差一个宦官鱼朝恩，去做观军容使，监制这九节度，这真是越弄越错了。一折便下，笔如潮流。

九节度使为谁？就是朔方节度郭子仪，河东节度李光弼，泽潞节度王思礼，淮西节度鲁炅，兴平节度李奂，滑濮节度许叔冀，镇西兼北庭节度李嗣业，郑蔡节度季光琛，河南节度崔光远，这九节度麾下的马兵步兵，合将拢来，差不多有五六十万。肃宗本拟令子仪为统帅，只因光弼与子仪，功业相等，难相统属，所以不置元帅，特创一个观军容使的名目，令宦官鱼朝恩充职。朝恩晓得甚么兵法，不知他如何运动，得此美差，赫赫威灵的九节度使，竟要这阉奴前来监督，叫他们如何服气呢？评论得当。子仪先引兵至河东，至获嘉县，破贼将安太清，太清走保卫州，安庆绪尽发邺中部众，亲自带领，往救太清。子仪用埋伏计，诱贼近垒，呼起伏兵，一阵攒射，顿将庆绪击走，遂拔卫州。庆绪奔还邺城，子仪乃会集九节度兵马，陆续围邺，庆绪大惧，急向思明处求援，情愿把位置让与思明。思明遂自称大圣燕王，出兵陷魏郡，留驻观变。光弼在军中倡议道："思明既得魏郡，尚按兵不进，明明是待我懈弛，恰好来掩我不备呢。为今日计，且由我军与朔方军，同逼魏城，与他一战，我料他鉴嘉山覆辙，必不敢轻出。嘉山事见五十一回。这边尚有七路大军，足下邺城，邺城拔，庆绪死，再合全师攻思明，思明虽狡，也无能为了。"确是万全计策。偏鱼朝恩硬来作梗，定要他同攻邺城，说是兵多易下，再击思明不迟。各节度又多模棱两可，没一个出来作主，徒落得你推我诿，势若散沙。自乾元元年十月围邺，直至二年正月，尚未得手。镇西节度李嗣业，忍不住一腔烦恼，遂亲自扑城，城上箭如雨下，突将嗣业臂上，射中一箭。嗣业不以为意，把箭拔去，哪知箭镞有毒，侵入肌骨，霎时间暴肿起来，痛不可忍，乃收兵回营，越宿竟致谢世。

兵马使荔非元礼，代统士卒，仍然留军围城，郭子仪等筑垒再重，穿堑三重，且决漳水灌入城中，城中井泉皆溢。贼兵多迁居高处，更因粮食已尽，一鼠且值钱四千，并淘马矢以食马，急得庆绪不知所措，但日望思明进援。思明煞是厉害，闻邺城危急万分，乃引兵趋救，却又一时不到城下，但遣轻骑挑战，官军出击，便即散归，官军回营，又复趋集，闹得官军日夜不安。思明更选壮士数队，扮作官军模样，四处拦截官军粮运，每见舟车运至，即上前焚掠，官军防不胜防，遂致各营乏食，均有归志。实是号令不专之弊。思明乃引众直抵城下，与官军决战。李光弼王思礼许叔冀鲁炅四路兵马，先出交锋，鏖战了两三时，杀伤相当。鲁炅中流矢退还，子仪等乃出兵继进，甫经布阵，忽觉大风卷至，拔木扬沙，霎时天昏地暗，咫尺不辨，两军互相惊诧，彼此骇散，贼兵北溃，官军南奔，甲仗辎重，抛弃无算。子仪走回河阳，忙将桥梁拆断，保住东京，哪知东京留守崔圆，河南尹苏震等，已经遁去。士民骇奔山谷，途中如织，那诸节度的溃兵，反乘势剽掠，吏不能止，惟李光弼王思礼整军退归，沿途无犯，但百姓已吃苦得够了。子仪入东京，已剩了一座空城，幸诸将继至，得数万人，大众以东京空虚，必不可守，不如退保蒲陕。独都虞候张用济道："蒲陕荐饥，不若守河阳，河阳得守，东京自无虞了。"子仪乃使都游奕使韩游环，率五百骑趋河阳，用济以步卒五千继进，协同守御，果然思明遣伪行军司马周挚，来夺河阳，被用济率兵杀退。更筑南北两城，分兵戍守，贼兵始不敢进窥了。九节度上表请罪，肃宗一律赦免，惟削夺崔圆苏震官阶，且令子仪为东畿山东河东诸道元帅，权知东京留守，主持战守事宜。

子仪因新遭败衄，未敢急进，那史思明得收整士卒，驻扎邺南，安庆绪因官军溃去，遣将出搜官军各营，得余粟六七万石，遂与孙孝哲崔乾祐等，谋拒思明。偏张通儒等以庆绪负义，各有违言。思明复遣使责庆绪，庆绪窘蹙，只好向思明乞和，甚至上表称臣。思明封还表文，愿各略去君臣礼节，改称兄弟。庆绪大悦，因请歃血同盟。思明狡黠得很，阳为允许，即邀庆绪至营设誓。庆绪便冒冒失失的带着四弟，及骑兵三百，出城诣思明营。思明盛张军备，高踞胡床，传庆绪入见。庆绪才知有变，奈已不能退回，只好低首趋入，屈膝下拜道："臣不能负荷先业，弃两都，陷重围，幸蒙大王忆念上皇，远垂救援，使臣应死复生，臣虽摩顶至踵，尚难报德。"说至此，蓦听案上猛拍一声，且厉叱道："失去两都，还是小事，尔为人子，敢杀父夺位，神人共愤，天地不容，我为太上皇讨贼，岂受尔谄媚么？"强盗也讲正理么？但禄山之死，假手于子，庆绪之死，假手于臣，逆报昭彰，千古不爽。庆绪听着，魂已出彀，又闻思明一声呼叱，即有数壮士走近身前，把自己抓了出去。俄见四个阿弟，也被他陆续牵至，还有孙孝哲崔乾祐高尚诸人，一古脑儿绑缚起来，正是懊悔不及。忽又有人传出号令，庆绪兄弟赐死，孙孝哲崔乾祐高尚处斩，当由似虎似狼的兵役，应声动手，一面用绳勒项，一面开刀枭首，不到一刻，那庆绪以下的逆魂凶魄，仍做了同帮，向森罗殿上对簿去了。全力写照，为大逆不道者戒。统计禄山父子僭位，三年而灭。

思明即勒兵入邺城，授张通儒等官阶，收降安氏遗众，留子朝义统兵居守，自率众还至范阳，僭称大燕皇帝，建元顺天，立妻辛氏为皇后，子朝义为怀王，周挚为相，李归仁为将，改范阳为燕京，称州为郡。郊天遇暴风，不得成礼，铸顺天通宝钱，仅得一文，余皆无成。思明不肯罢休，复分军四出，渡河南下。这时候的唐肃宗，方宠暱张皇后，信任李辅国，辅国入司符宝，出掌禁兵，所有制敕，必经辅国押署，然后施行。宰相百司，有事陈请，必须先白辅国，后达肃宗。辅国骄横专恣，无人敢违。苗晋卿王玙李麟等，皆不合辅国意，相继罢去，改用京兆尹李岘，中书舍人李揆，户部侍郎第五琦，同平章事。揆见辅国，执子弟礼，尊为五父。辅国排行第五。惟李岘入白肃宗谓制敕应由中书颁行，且劾辅国专权乱政，须加裁抑。肃宗疑信参半，但令制敕归中书掌管，已是得罪辅国。岘入相才经匝月，即被辅国诬害，贬为蜀州刺史。鱼朝恩与李辅国，本是同党，自邺还京，屡谮郭子仪，辅国也从旁怂恿，不由肃宗不信，因将子仪召还，改任李光弼为朔方节度使兵马元帅。子仪待下，宽而有恩，光弼却务从严整，接任后整肃军纪，壁垒一新。宽严各有利弊，但不能用宽，毋宁尚严。当下持节出巡，遍阅河上诸营，尚未告毕，接到河北贼警，史思明留子朝清守范阳，自率众从濮阳入寇，思明子朝义出白皋，伪相周挚出胡良，贼将令狐彰出黎阳，四路渡河，拟会集汴州。光弼急驰至汴，语节度使许叔冀道："大夫守住此城，以十五日为期，我当调兵急救，幸勿有误。"叔冀许诺，光弼即去。

及思明进攻汴州，叔冀与战不利，竟竖起降旗，投顺思明。也不出张镐所料。思明乘胜西进，直抵郑州。光弼正在东京调兵，迭接警耗，便与留守韦陟商议。陟请暂弃东京，退守潼关。光弼道："贼乘胜前来，势必甚锐，东京原不易守，但无故弃地五百里，贼势不益张么？不若移军河阳，北连泽潞，可进可退，表里相应，使贼不敢西侵，这便是猿臂的形势哩。公好辨礼，我好谈兵，今日为拒贼计，公却逊我一筹，直言莫怪。"陟不能答，乃令陟率东京官属，西行入关，牒河南尹李若幽，使率吏民出城，至陕避贼，自领军士运油铁诸物，径诣河阳。道经石桥，天已昏暮，望见前面已有贼骑游弋，光弼步步为营，秉炬前进，贼骑不敢驰突，便即引去。夜半入河阳城，有众二万，刍粟仅支十日，经光弼按阅守备，部分士卒，才及天晓，均已办就。即此已见长才。思明陷郑州逾滑州，径抵东京城，城内虚无一人，遂引兵攻河阳，令骁将刘龙仙，至城下挑战。光弼登城俯视，见龙仙坐在马上，举足加鬣，满口谩骂，乃旁顾诸将道："何人敢取此贼？"仆固怀恩挺身请行，光弼道："公系大将，近且受封大宁郡王，区区草寇，何必劳公！"怀恩新近加封，即借此叙过。言未已，有裨将白孝德应声道："末将愿往！"光弼问须带兵若干？孝德道："何必带兵，看孝德一人一骑，即可往取贼首。"光弼道："来贼虽是轻躁，却颇勇悍，总须用兵为助。"孝德道："多兵转不易取了。待孝德先出，大帅选精骑五十名为后应，且在城上鼓噪助威，管教贼首取献。"已有成算。光弼大喜，抚孝德背道："好壮士！好壮士！"孝德抢步下城，跃马径出，两手持着两矛，越濠而前。龙仙见只一人一骑，毫不在意，俟孝德将近，方欲动手，孝德即摇手相示，龙仙疑非与敌，乃持刀不动，谩骂如故。孝德复驰上数步，与龙仙相距，不过十步左右，便即停住，瞋目问道："来将可识我么？"龙仙问是何人？孝德道："我乃大唐将官白孝德。"龙仙道："是何狗彘？"道言未绝，孝德已跃马突进，口中大呼杀贼，手中双矛并举，向龙仙脑前刺入。龙仙急忙闪避，胁下已经受创，忍痛返奔。城上鼓声骤起，城下五十骑，亦渡濠继进，龙仙越觉着忙，环走堤上，被孝德骤马追上，用矛猛刺，贯入龙仙胸中。龙仙堕落马下，孝德即下马枭取首级，复腾身上马，举首示贼道："何人再来受死！"贼众辟易。孝德却从容揽辔，与五十骑返入城中，献上首级。光弼慰劳有加，记上首功。

思明既失了龙仙，一时不敢攻城，但出良马千余匹，每日在河渚洗澡，循环不休。光弼却命索军中牝马，得五百匹，纵浴河旁，贼马为牝马所引，渡河而来，被官军尽驱入城。思明又失了千余匹良马，叫苦不迭。乃另生一计，移军河清县，断截光弼粮道。光弼也出军至野水渡，抵制思明，相持一日，光弼夜还河阳，留兵千人，使部将雍希颢守栅，且嘱道："贼将高庭晖李日越，皆万人敌，今夜必来劫营，汝只守着，不必与战，他若请降，汝可与俱来。"语真奇突。言毕即行。希颢莫明其妙，只好遵令固守。往至天晓，果见一贼将纵马前来，带着数百骑驰近栅前。希颢顾语左右道："来将不是高庭晖，必是李日越，我等应奉元帅令，从容待着，看他如何？"于是裹甲息兵，吟笑相视。来将到了栅下，瞧着官军非常整暇，不禁奇异起来，便喝问官军道："司空在否？"希颢答道："昨夜已回城了。"来将又问道："留兵若干？统将何人？"希颢道："留兵千人，统将是我雍希颢。"来将沉吟不答。希颢却问道："汝系姓李，还是姓高？"来将答言李姓。希颢笑道："想是李日越将军了。司空有命，知将军夙抱忠心，不过暂为贼迫，今特令我待着，迎接将军。"来将踌躇半晌，顾语左右道："今失李光弼，得雍希颢，我若回去，必死无疑，不如归顺唐朝罢。"从骑均无异言。来将便即请降，希颢开栅相见，问明名号，正是李日越，当下引见光弼。光弼喜甚，特别优待，任以心腹。日越甚是感激，愿作书招降高庭晖。光弼道："不必不必，他自然会来投诚的。"又是奇语。诸将闻言，越觉惊疑。连日越亦暗暗称奇，不知他葫芦里卖什么药。哪知过了数日，高庭晖果率部众来降，光弼待遇甚优，与日越相同，俱为奏给官阶。诸将见光弼收降二人，概如所料，还道他与有密约，遂入帐问明光弼，欲释所疑。光弼道："我与高李素不相识，何来密契？不过揆情度理，容易招降。我闻思明尝嘱部下，谓我只能凭城，不能野战，今我出野水渡，以为我已失计，必遣日越等袭我。日越不得与我战，势不敢归，自然请降。庭晖才勇，出日越上，闻日越得我宠任，也必前来投诚，谋占一席，今果如我所料，也算是侥幸成功哩。"说来似无甚奇异，但非知彼知己，乌能得此？诸将统是拜服。及问明高李二人，所言适符，自是诸将益敬服光弼，惟命是从。将帅能服众心，全仗才智。

思明愤激得很，复进攻河阳。光弼令郑陈节度使李抱玉守南城，自屯中潬。伪相周挚攻南城，被抱玉用诱敌计，出奇兵击退，改攻中潬。光弼令镇西行营节度使荔非元礼，用劲卒拒战，元礼出守栅中，坐视贼众填堑，按兵不动。光弼瞧着，即驰问元礼道："贼兵已近，奈何坐视？"元礼道："司空欲战呢，还是欲守呢？"光弼道："自然欲战。"元礼道："如果欲战，贼已为我填濠，何必出去拦阻呢？"光弼不觉省悟道：

“甚善甚善，我一时见不到此，愿公努力！”为将者能独出己意，又能善用人谋，方为良将。言讫自去。元礼俟堑已填就，即开栅纵兵，鼓噪奋击，杀贼无数。周挚见不可敌，复改趋北城，思明又派兵益挚，自攻南城，遥为声援。光弼登城遥望，见贼众如墙前进，旁顾左右道：“贼兵多而不整，不足畏虑，待至日中，保为诸君破贼哩。”乃命诸将出战，两下里搏击多时，看日色已将亭午，尚是胜负不分。光弼召问诸将道：“贼阵何方最坚？”诸将答称西北隅。光弼即令骁将郝廷玉往击，又问次为何方？诸将答称西南隅。光弼又令蕃将论廷贞往击。两将奉命前去，光弼亲出督阵，下令军中道：“视我令旗进军，我飐旗若缓，任尔择利。否则有进无退，违者立斩。”又用短刀置靴中，语诸将道：“战是危事，我为国三公，不可死诸贼手，万一不利，诸君死敌，我亦自刭，不令诸君独死哩。”于是摇旗指麾，再出搏战。忽见廷玉奔还，即命左右往取廷玉首级，廷玉语使人道：“马适中箭，非敢擅退。”使人返报，光弼即命易马再进。有顷，复见仆固怀恩父子，倒退下来。复饬使人往取首级，怀恩见使人提刀驰来，乃与子玚硬着头皮，大呼向前。光弼把手中令旗，连飐不休，诸将拼命齐进，再接再厉，十荡十决。这一场鏖战，有分教：

上将功成歌虎拜，贼军胆落效狼奔。

贼众大溃，周挚遁去。官军斩得贼首千余级，俘虏五百人，驱示南城，思明亦仓皇窜走。光弼再进攻怀州，究竟怀州能否得手，请看官再阅下回。

禄山思明，狡黠相等，禄山且负唐廷，何论思明？叛而来归，万不足恃，为肃宗计，亟宜召他入朝，诱离巢穴，思明来则姑留京以羁縻之，否则责其抗命，仍加挞伐可也，九节度中，郭李最为忠智，若令郭功邺城，李攻范阳，余七节度分隶两人，则号令既专，责成有自，安庆绪似釜底游鱼，不亡何待？史思明虽较强盛，以光弼制之，亦觉有余，何致有相州之溃耶？乃内宠李辅国，外任鱼朝恩，舆尸失律，理有固然。藉非然者，河阳一役，光弼仅有众二万人，粮食亦第支十日，卒之击退贼军，大获胜仗，是可知分听生乱，专任有成，何肃宗之始终不悟也？本回叙九节度之溃，及史思明之败，两两相对，余蕴曲包，而安庆绪之见杀于思明，尤为形容尽致，贼党相残，逆报不爽，作者之寓意，固深且远矣。

第五十七回

迁上皇阉寺擅权
宠少子逆胡速祸

却说怀州守将，便是安庆绪部下的安太清。庆绪被思明杀毙，他乃投降思明，思明令为河南节度使。光弼督兵攻怀州，途次接得诏敕，进光弼为太尉，兼中书令，光弼受诏，遣还中使，仍进薄怀州城下，太清出战败退，告急思明。思明率众来援，由光弼留兵围城，自率兵逆击，至沁水旁，与思明相遇，鏖军奋斗，杀贼三千余人。思明遁去，转袭河阳城，又为光弼侦知，还兵截杀，斩贼首千五百余级。思明复遭一挫，只好退回洛阳。光弼乃得专攻怀州。安太清系百战余生，颇有能耐，拒守至三月有余，尚是无懈可击。光弼决丹水灌城，仍不能拔，再命郝廷玉潜挖地道，穿入城中，内应外合，方将怀州攻破，生擒太清，献俘阙下。肃宗祭告太庙，改乾元三年为上元元年，大赦天下。增光弼实封千五百户，前敌各官，进秩有差。一面奉上皇至大明宫，称觞上寿，且邀上皇妹玉真公主，及上皇旧嫔如仙媛，一并侍宴，并召梨园旧徒，奏乐承欢。哪知上皇反触景生悲，暗暗堕泪，勉强饮了数杯，便即托词不适，返驾兴庆宫。为这一事，遂令宫中又生出许多纠葛来了。文似看山不喜平。

先是上皇奔蜀，时常悼念杨妃，乐工张野狐随驾同行，辄进言劝解。上皇泪眼相顾道："剑门一带，鸟啼花落，水绿山青，无非助朕悲悼，叫朕如何排解呢？"及行斜谷口，适霖雨兼旬，车上铃声，隔山相应，留神细听，仿佛是三郎郎当，郎当郎当的声音，玄宗特采仿哀声，作了一出《雨霖铃曲》，聊寄悲思。后来自蜀东归，道过马嵬，至杨妃瘗葬处，亲自祭奠，流泪不止。既还居兴庆宫，即命肃宗下敕改葬，偏李辅国从中阻挠，说是亡国妇人，幸免戮尸，何足赐葬，乃遣李揆入奏上皇，但托称龙武将士，深恨杨氏，今若改葬故妃，恐反令将士反侧不安。上皇乃止，惟密遣高力士往马嵬坡，具棺改葬。力士就原坎觅尸，肌肤俱已消尽，只剩了一副骷髅，两语足唤醒世人痴梦。独胸前所佩的锦香囊，尚属完好，乃将囊取留，拾骨置棺，另埋别所。又因当时有一驿卒，曾拾杨妃遗袜一只，归付老母，老母尝出袜示人，借此索钱，已赚得好几千缗。力士闻知，也向她赎出，携袜与囊，一并归献。上皇得此两物，越加唏嘘，特命画工绘杨妃肖像，悬置寝室，朝夕相对，终日咨嗟。嗣又忆及梅妃江采苹，饬内外一体访查，且特悬赏格，如觅得梅妃，授官三秩，赐钱百万，不意亦竟无下落。有内侍进梅妃肖像，上皇即题诗像上：忆昔娇妃在紫宸，铅华不御得天真。霜绡虽似当时态，争奈娇波不顾人。题毕，命模像刊石。嗣因暑月昼寝，仿佛见梅妃到来，含涕语道："昔陛下蒙尘，妾死乱军中，有人哀妾惨死，埋骨池东梅株旁。"语尚未毕，突被外面一阵风声，惊醒梦魔，便起床往太液池边，令高力士等检寻尸骨，终无所得。继思梅亭外面，曾有汤池，莫非瘗在此处，乃移驾过视，尚存梅花十余株，命中使启视，果然得尸，裹以锦裀，盛以酒糟，附土三尺许，尸骨胁下，刀痕尚在。上皇忍不住大恸，左右亦莫能仰视，当下命以妃礼易葬，由上皇自制诔文，哭奠一番，方才回宫。美人薄命，江杨同辙，事俱依曹邺《梅妃传》中，尝见《隋唐演义》，谓梅妃复会上皇，意欲为美人泄忿，反至荒谬不经。

嗣是上皇闲居宫中，不是追悼梅妃，就是追念杨妃，肃宗颇曲体亲心，时往省视，凡从前扈从诸人，仍令随侍，就是歌场散吏，曲部遗伶，也一律召还，供奉上皇，俾娱老境。怎奈上皇只是不乐，即如大明宫中的庆宴，一场喜事，变作愁城，肃宗亦未免介意。张皇后与李辅国，平素不为上皇所喜，遂乘此互进蜚言，谓上皇别有隐衷，不可不防，惹得肃宗亦将信将疑。会张后子兴王佋病殁，后因悲生怨，反归咎上皇，说他老而不死，无故哀泣，遂致殃及我儿，仿佛村妇口角，亏作者摹仿出来。如是与辅国日夜筹商，尝欲设法泄恨。可巧上皇御长庆楼，父老经过楼下，仰见上皇，都拜伏呼万岁，上皇命赐酒食，且召将军郭英乂等，上楼赐宴。李辅国借端发难，遂入白肃宗道："上皇居兴庆宫，日与外人交通，陈玄礼高力士等，谋不利陛下，今六军将士，皆灵武功臣，均因是生疑，臣多方晓谕，彼皆未释，不敢不据实奏闻。"肃宗沉吟良久，方道："上皇慈仁，不应有此。"辅国又道："上皇原无此意，恐群小蒙蔽上皇，或致生事，陛下为天下主，当思为社稷计，防患未萌，岂可徒徇匹夫愚孝？且兴庆宫逼近民居，垣墙浅露，亦非至尊所宜安养，不若大内深严，奉居上皇，既可远避尘嚣，尤足杜绝小人，荧惑圣听。"自己是小人，反说人家是小人，想是以己之腹，度人之心。肃宗不禁泪下，且徐徐道："上皇爱居兴庆宫，奈何遽请迁居？"言未已，突见张后出来，即从旁接口道："妾为陛下计，亦是奏迁上皇，可免后虑，愿陛下采纳良言！"肃宗仍然摇首。尚有父子情，但不能正言折服，终太优柔。张后忿然道："今日不听良言，他日不要后悔。”泼悍之至。说罢，即返身入内，肃宗依然未决。辅国退出，遍嗾六军将士，令他伏阙吁请，乞迎上皇居西内。肃宗只是下泪，不答一词。堂堂天子，反效儿女子态，专知哭泣，是何意思。辅国反出语将士道：“圣上自知从众，汝等且退。”将士等乃起身散去。

肃宗为了此事，乃忧闷成疾。辅国竟诈传诏敕，把兴庆宫的厩马三百匹，取了二百九十匹，只剩十匹，然后令铁骑五百人，待着睿武门外，自趋入兴庆宫，矫称上语，迎上皇游西内。上皇驰马出宫，高力士后随，至睿武门，忽见铁骑满布，露刃而立，上皇惊问何事？那骑士却应声道：“皇上以兴庆宫湫隘，特迎上皇迁居西内。”上皇尚未及答，辅国即走近上皇驾前，来持御马。惹得上皇大骇，险些儿坠下马来。高力士赶前一步，向辅国摇手道：“今日即有他变，亦须顾全礼义，怎得惊动上皇？”辅国回叱道：“老翁太不解事。”力士不禁大怒道：“李辅国休得无礼！五十年太平天子，辅国意欲何为？”这三语驳斥辅国，那辅国才觉禁受不起，慢慢儿地走开。力士又代上皇宣诰道：“太上皇劳问将士，无事且退，不必护驾。”各骑士见辅国气馁，也不敢倔强，便各纳刃下拜，三呼万岁而退。力士复叱辅国道：“辅国可为太上皇引马！”辅国只好上前，与力士相对执辔，导上皇入西内，居甘露殿中，辅国乃退。殿中萧瑟得很，但剩老太监数人，器具食物，都不甚完备，尘封户牖，草满庭除。比华清宫何如？上皇不觉唏嘘，执力士手道：“今日若非将军，朕且为兵死鬼了。”力士从旁劝慰，上皇复道：“我儿为辅国所惑，恐不得终全孝道，但兴庆宫是我王地，我本欲让与皇帝，皇帝不受，我乃暂住，今日徙居，还是我初志呢。”无聊语，聊以自慰。待至午餐，膳人进食，多是冷胾残羹，不堪下箸。上皇命膳人撤肉，且嘱：“自今日始，不必进肉食，我当茹素终身。”愤极。草草食罢，直至酉刻，始有老宫婢数人，拨来侍奉，且将上皇随身衣物，搬取了来，既见上皇，相向号泣。上皇亦流涕道：“不必如此，我闻皇帝有疾，想此事非他主使哩。”嗣是与高力士闲步庭中，看侍婢扫除尘秽，芟剃草木，粗粗整理，才得少安。

辅国因矫旨移徙上皇，也恐肃宗见责，先托张后奏闻，再率六军将士，趋入内殿，素服请罪。肃宗被他挟迫，反用好言抚慰道：“卿等为社稷计，防微杜渐，亦何必疑惧。”上皇处尚可任权阉矫制，对诸他人将如何？辅国等欢跃而出。时颜真卿已入任刑部尚书，却不忍坐视无言，遂率百僚上表，请问上皇起居。辅国竟诬为朋党，奏贬为蓬州长史，且把高力士陈玄礼等，一齐劾奏，说他潜谋叛逆，私引凶徒。里面又有张皇后浸润，竟勒令陈玄礼致仕，流力士至巫州，遣如仙媛至归州安置，迫玉真公主出居玉真观，另选后宫百余人，侍奉西内，令万安咸宜二公主，皆上皇女。入视服膳。看官！你想上皇至此，安心不安心呢？肃宗为张后辅国所制，竟不向西内问安，但遣人侍候上皇起居，只传言上疾未愈，就是对外事件，本令郭子仪出统诸道兵马，北攻范阳，又被鱼朝恩阻挠，事不果行。

到了仲冬时候，淮西节度副使刘展，竟造起反来，大扰江淮。江淮一带，虽经永王璘变乱，不久即平，尚无大害。乾元二年，襄州将康楚元张嘉延，及张维瑾曹玠等先后作乱，影响延及江淮，但也迭起迭亡，无碍大局。至刘展一反，竟横行江淮间，所过残破，蹂躏数州。溯源竟委。展初为宋州刺史，与御史中丞王铣，同领淮西节度副使。铣贪暴不法，展刚愎自用，节度使王仲昇，奏铣不法，将他诛死，并使监军邢延恩入陈展罪，亦请捕诛。延恩以展有威名，恐不受命，特向肃宗献策，请除展江淮都统，俟他释兵赴镇，中道逮捕云云。肃宗乃命延恩赍敕授展，哪知展已瞧破机关，谓须先得印节，然后启程。延恩没法，驰至江淮都统李峘处，说明原委，令峘暂交印信，转给与展。展乃上表谢恩，即带宋州兵七千，驰赴广陵。延恩无从下手，计划全然失败，天子无戏言，怎得为欺人计？延恩固误，肃宗尤误。急忙奔回广陵，联络李峘，并约淮东节度使邓景山，发兵拒展。展说峘反，峘说展反，彼此移檄州县，弄得大众疑惑，无所适从。但江淮都统的符节，已入展手，反似展奉敕赴任，理直气壮。兵民多不直李峘，未曾与展接仗，先已溃奔。峘奔宣城，延恩奔寿州，展长驱入广陵，遣将攻邓景山。景山复败，部兵亦溃。展乃连陷升润苏湖濠楚等州，江淮几无干净土。景山与延恩，惶急得很，一面奏请调平卢兵援淮南，一面遣使促平卢节度田神功，愿以淮南子女玉帛，作为酬劳。神功正屯兵任城，立选精骑南下，到了彭城，才接诏敕，令他讨展，他却名正言顺，与展开仗。展连战皆败，弃城东走，神功得入广陵及楚州，纵兵大掠，复遣将分道追展，且约景山延恩等三面夹攻。展穷蹙至金山，为神功部将贾隐林追及，一箭中目，趁手杀死。三路兵搜剿余党，依次荡平。只平卢军沿途掳掠，计十余日，饱载而归。兵亦与强盗相等，苦哉南人！当时北方糜烂，南方本尚宁谧，至此百姓始受荼毒，前遭刘展，后遇神功，两次掠劫，当然十室九空了。刘展乱事，贻害不小，故叙述特详。还有阴忮贪贼的鱼朝恩，与李辅国狼狈为奸，镇日里蛊惑肃宗，范阳当攻不攻，是为朝廷所误，东京尚不可攻，偏朝恩定要肃宗下敕，催李光弼即速进兵。光弼上言贼锋尚锐，未可轻进，偏鱼朝恩责他逗挠，日遣中使督促。光弼不得已，会集朝恩等攻东京，择险列营。仆固怀恩自恃功高，因光弼屡加裁抑，有不满意，独引部下出阵平原，光弼使语怀恩道："依险列阵，可进可退，若列阵平原，败且立尽，思明未可轻视哩。"怀恩不从，正龃龉间，史思明骤马出城，悉众来犯，怀恩立足不住，便即退后。顿时牵动后军，连光弼也支持不住，只好返奔。思明乘势进击，杀死官军数千人，军资器械，多被夺去。光弼渡河，走保闻喜，河阳怀州，复为贼陷，唐廷闻得败状，上下震惊，忙增兵屯陕。神策节度使卫伯玉，自东京败还，到了陕城，急收集溃卒，与新军协力固守，不到数日，即有贼兵进攻，统将就是史朝义。伯玉引军出击，大破贼兵，朝义再却再进，伯玉三战三胜。思明闻朝义屡败，不禁愤愤道："竖子何足成大事？不如令他速死！"当下命朝义筑三角城，欲贮军粮，限一日告毕。到了傍晚，思明亲往按视，见城虽筑就，尚未泥垩，更痛詈朝义，叱他延缓，并令工役立刻加泥，须臾竣事，思明乃返，还是怒气勃勃，且行且语道："俟克陕州，定斩此贼。"看官！你道思明欲杀朝义，果止为攻陕一事么？说来也有一段隐情，差不多与禄山相似。

思明除夕生，禄山元日生，两人生年，只隔一日，又是同种同乡，同投军伍。禄山渐贵，思明尚未显达，土豪有女辛氏，尚未字人，偶见思明面目魁梧，暗生羡慕，便请诸父母，愿嫁思明。不去私奔，还算贞女。父母以思明微贱，不欲相攸，偏该女拼生觅死，硬欲嫁他，也只得听女自便。思明既娶得辛女，当然欢爱，惟前时已有私遇，怀妊未产，未几即生一子，取名朝义。思明得禄山荐举，积功至将军，辛氏亦生子朝清，思明因自负道："自我得辛氏为妻，官得累擢，又庆添丁，想是我妻福命过人，所以有此幸遇哩。"嗣是益宠辛氏，并爱朝清，渐渐的嫉视朝义。只朝义素性循谨，待士有恩，朝清淫酗好杀，士卒多乐附朝义，怨恨朝清，所以思明僭称帝号，已立辛氏为后，独至建储一事，始终未决。及朝义攻陕屡败，遂决议除去朝义，立朝清为太子。三角城竣，即于次日下令，再命朝义攻陕，阅日未克，便当斩首，并在鹿桥驿待报，这令一下，朝义原是自危，就是朝义部下，亦皆恐惧。部将骆悦蔡文景，密白朝义道："陕城岂一日可下？悦等与王，明日就要骈首了。"朝义道："奈何奈何？"悦复道："主子欲废长立幼，所以借此害王，今日只好强请主子，收回成命，或可求生。"朝义俯首不答。悦与文景齐声道："王若不忍，我等将降唐去了。"好似严庄之说庆绪，惟口吻却是不同。朝义急得没法，不得已语二人道："君等须好好入请，毋惊我父！"

悦等遂率部兵三百，待夜入驿，托言有要事禀报，径入思明寝所，四顾不见思明，便叱问寝前卫士。卫士已缩做一团，不敢遽答。悦与文景，立杀数人，才有人说他如厕，指示路径。悦等驰入厕所，仍然不见思明，忽闻墙后有马铃声，亟登墙了望，见有一人牵马出厩，正在跨鞍。悦部下周子俊，弯弓发矢，正中那人左臂，堕落马下。子俊即逾垣出视，悦等亦相继跃出，到了马前，仔细一瞧，正是思明。当将他两手反剪，捆绑起来。随笔叙来，确是夜景。思明受伤未死，便问由何人倡逆。悦大声道："奉怀王命！"思明道："我早晨失言，应有此事，但为子岂可弑父？为臣岂可弑君？尔等难道未知么？"悦复道："安氏子为何人所杀？况足下杀人甚多，岂无报应？"答语妙甚。思明太息道："怀王怀王，乃敢杀我么？但可惜太早，使我不得至长安。"悦不与多言，竟牵思明至柳泉驿，令部兵守着，自还报朝义道："大事成了。"朝义道："惊动我父否？"悦答言未曾，遂令许季常往告后军。季常即许叔冀子，叔冀正与周挚驻军福昌，一闻季常入报，叔冀却不以为意，既可叛唐，何妨叛思明。挚惊仆地上，也是个没用家伙。季常驰还，悦即劝朝义道：“一不做，二不休，大义灭亲，自古有的。”弑父也足称大义吗？朝义已不知所为，支吾对答，悦遂至柳泉驿，缢杀思明，借毡裹尸，用橐驼载还东京。路过福昌，托思明命，召周挚出见，挚还疑思明未死，贸然出迎，甫至悦军中，即由悦指麾部兵，把他拿下，一刀两段。当下遣使奉迎朝义，共至东京。朝义即日称帝，改元显圣，令部将向贡阿史那玉，率数百骑往范阳，令图朝清。朝清尚未知思明死耗，既见贡玉，便问及思明安否？贡伪说道：“闻主上将立王为太子，特令贡等促王入侍，请王即日启行！”朝清大喜，即命治装。贡与玉退出后，密令步骑入牙城，专俟朝清出来，便好动手。偏朝清得微察密谋，竟擐甲登城楼，召贡诘问。贡潜伏隐处，但遣玉陈兵楼下，与相辩答。朝清怒起，拈弓在手，射毙玉军数人，玉返马佯奔，那朝清不识好歹，下楼出追，才经百余步，贡在朝清背后，骤马发箭，立将朝清射倒。玉还马再战，杀退朝清左右，便将朝清擒住，复与贡突入城中，揭示朝义檄文，一面搜获朝清母辛氏，与朝清一并杀讫。辛氏愿嫁思明得为皇后，当时似具慧眼，哪知却如是收场。朝清本不得志，见了朝义榜示，及贡玉各军，或俯首迎降，或袖手避去。独张通儒闻变，召集部下，前来拒战，终因士卒离心，为乱军所杀，范阳乃定。朝义遣部将李怀仙为幽州节度使，留守燕京。但朝义所部节度使，多系禄山旧将，思明僭号时，已多是阳奉阴违，此次朝义嗣立，更不愿受命，眼见得势处孤危，不久将灭了。

肃宗仍令各道节度使，进攻朝义，且加李辅国为兵部尚书，执掌全国军务。看官！你想国家军政，何等重大？岂可为阉奴所玩弄吗？那肃宗还是昏愦糊涂，在大明宫建设道场，讽经祷福，号宫人为佛菩萨，北门武士为金刚神王，召大臣膜拜围绕，一面去尊号及年号，以建子月为岁首，子月朔日，受百官朝贺，如元日仪。会张后生一婴女，肃宗非常钟爱，暇辄怀抱。山人李唐入见，肃宗正抱弄幼女，顾语唐道：“朕颇爱此女，愿卿勿怪！”唐答道：“太上皇思见陛下，想亦似陛下垂爱公主呢。”因机讽谏，唐颇怀忠。肃宗不觉泣下，但尚惮着张后，不敢诣西内，直至残腊相近，方往朝一次。越年，河东军乱，杀死节度使邓景山，自推兵马使辛云京为节度使。未几，绛州行营又乱，前锋将王元振，又杀死都统李国贞。镇西北庭行营兵，复杀死节度使荔非元礼，自推裨将白孝德为统帅。警报络绎不绝，肃宗乃封郭子仪为汾阳王，知诸道节度行营，兼兴平定国等副元帅。子仪奉命至绛州，召入王元振，数罪正法。辛云京闻风生畏，也查出乱首数十人，一并按诛，河东诸镇始皆奉法。肃宗得子仪奏报，心下稍慰，但为张后李辅国所使，反害得无权无柄，一切举动，不得自由，免不得抑郁寡欢，时患不豫。上皇寂居西内，种种怅触，尤觉得少乐多忧，凄然欲尽。曾记上皇尝自吟道：

刻木牵丝作老翁，鸡皮鹤发与真同。

须臾舞罢寂无事，还似人生一世中。

是时上皇已七十八岁了，年力衰迈，禁不住忧病相侵。忽有一方士从西方来，自言能觅杨太真，欲知他如何觅法，且至下回再表。

先圣有言，身修而后家齐，家齐而后国治，国治而后天下平，此实千古不易之至论，试证诸本回而益恍然矣。玄宗纳子妇为妃，便生出许多祸乱，后来且受制于子妇，不能修身齐家者，宁能治国平天下乎？肃宗嬖悍妻，任权阉，为子不孝，为夫不义，为君不明，是亦一不能修齐，即不能平治之明证也。即如安史之亡，虽由逆报昭彰，万不能避，然安禄山之死，死于妇人，史思明之死，亦未始不死于妇人。废长立幼之议起，而揕胸击颈之祸作。身不修，家不齐，必至杀身覆家而后止，遑问治国平天下耶？

第五十八回

弑张后代宗即位
平史贼蕃将立功

却说西蜀来一方士，入见上皇，自言姓杨名通幽，法号鸿都道士，有李少君术，李少君系汉武时人。能致亡灵来会。上皇大喜，即命在宫中设坛，焚符发檄，步罡诵咒，忙乱了好几日，杳无影响。通幽入禀上皇道：“贵妃想是仙侣，不入地府，待臣神游驭气，穷幽索渺，务要寻取仙踪，才行返报。”上皇自然照允。通幽乃命坛下侍役，不得妄动，亦不得喧哗，自己俯伏坛前，运出元神，往觅芳魂，约阅一日，并不见他醒悟，仍然伏着，又阅一日，还是照旧，直至三日有余，方霍然起身，自觉精力尚疲，又盘坐了一歇，始从袖中摸了一摸，然后趋至坛下，入谒上皇。上皇即问他有无觅着？通幽道：“臣已见过贵妃了，取有信物，可以作证。”说至此，即从袖中取出两物，乃是金钗半支，钿盒半具，呈与上皇。上皇接过一瞧，乃是初召杨妃时，作为定情的赐物，但不过缺了一半，便问从何处取来？通幽道：“说来话长，待臣详奏。”从通幽口中，叙出情事，方有来历，不然，有谁见通幽四觅耶？上皇赐他旁坐，通幽谢座毕，乃坐谈道：“臣运出元神，游行霄汉，遍觅上界仙府，并无贵妃踪迹，转入地府中，又四觅无着，再旁求四虚上下，东极大海，逾蓬壶岛，才见仙山缥缈，仙阙迷离，下有洞户东向，双扉阖住，门上恰署有‘玉妃太真院’五字。臣因贵妃生时，曾号太真，正好叩门入见，当有双鬟启户出视，问明由来，再行入报。俄有碧衣侍女，出导臣入，再诘所从。臣答言为太上皇传命，碧衣女却说是：‘玉妃方寝，令臣少待。’言已自去。是时云海沉沉，洞天日晚，琼户重阖，悄然无声。臣静候多时，才由碧衣女传宣，命臣入谒。但见侍女七八人，拥一仙子登堂，冠金莲，披紫绡，佩红玉，曳凤舄，云鬓半翀，睡态犹存，臣料她定是贵妃，便上前致命。贵妃亦向臣答揖，且问上皇安否？次问及天宝十四载后时事，臣一一答讫，贵妃叹息数声，令碧衣女取出金钗钿盒，折半授臣，且语臣道：'为谢太上皇，谨献是物，聊寻旧好。'臣接受钗钿，复问贵妃在日，与太上皇有无密词？贵妃乃徐徐道：'天宝十载，侍驾避暑，曾于七夕夜间，在长生殿中乞巧，与上皇对天密誓，有'世世愿为夫妇'一语，此语只有上皇知晓，可作凭信。'"上皇听到此言，不禁泫然道："确有此事，此外尚有他语否？"通幽复道："贵妃又说为此一念，恐再堕下界，重结后缘。惟上皇为孔升真人后身，不久即当重聚，好合如初。幸为转达圣躬，毋徒自苦。"上皇流涕道："我情愿速死，如贵妃言，且得重聚，真是早死一日好一日了。"通幽起拜道："臣恐蹈新垣平覆辙，新垣平亦汉武时人。故不避嫌疑，依言详述。"上皇道："这有何妨，不过卿为朕劳苦了。"遂命左右取出金帛，赐给通幽。通幽谢赏而退，仍还西蜀去了。

究竟此事是真是假，也无从辨明。恐未必全真。惟上皇自迁居西内，久不茹荤，及经通幽奏陈后，更辟谷服气，累日不食。看官试想！一个肉骨凡胎，哪能时常绝粒？辟谷不过美名，祈死实是真相。况且老病缠绵，悲怀莫诉，形同槁木，心如死灰，眼见得是要与世长辞了。临崩前一日，尚吹紫玉笛数声，调极悲咽，相传有双鹤下庭，徘徊而去。次日已气息奄奄，召语侍儿宫爱道："我本孔升真人，降生尘世，今将重皈仙班，当与妃子相见，亦复何恨。"又指示紫玉笛道："此笛非尔所宝，可转给大收，系代宗豫小字。尔可为我具汤沐浴，俟我就枕，慎勿惊我。"宫爱乃奉上香汤，侍上皇沐浴更衣，安卧榻上，方才退出。是夕宫爱闻上皇有笑语声，尚不敢入视，黎明进见，上皇双目紧闭，四肢俱僵，已呜呼哀哉了。统计玄宗在位四十三年，居蜀二年有余，还居大内又五年，寿七十八岁而崩，后来尊谥为大圣大明皇帝，所以后世沿称为唐明皇。补语断不可少。

肃宗已好几月不朝上皇，蓦闻上皇升遐，不免悲悔交集，号恸不食，病且转剧，乃只在内殿举哀，令群臣临太极殿，奉梓宫至殿中治丧。蕃官追怀上皇遗德，剺面割耳，多至四百余人，越日，命苗晋卿摄行冢宰，且诏太子豫监国。适楚州献上宝玉十三枚，群臣表贺，且上言太子曾封楚王，今楚州降宝，宜应瑞改元，乃改上元三年为宝应元年，仍以建寅为正月，下诏特赦，放还流人。高力士自巫州遇赦，还至朗州，闻上皇已崩，悲不自胜，甚至呕血数升，不久即殁。享年亦七十九岁。力士虽是宦官，还算瑕瑜互见，特书死以表其忠。肃宗病笃，宫中又发生内乱，原来张后辅国，本是内外勾结，互相为援。后来辅国专权，连张后也受他挟制，以此积不能容，致成嫌隙。女子小人，往往如是。后见肃宗疾亟，召太子入语道："李辅国久典禁兵，制敕皆从彼出，且擅事逼迁上皇，为罪尤大。自己本与同谋，至此反欲抵赖。他心中所忌，只有我与太子，今主上弥留。辅国连结程元振等，阴谋作乱，不可不诛。"太子流涕道："皇上抱病甚剧，不便入告。若骤诛辅国，必致震惊，此事只好缓议罢。"后乃答道："太子且归！待后再商。”太子趋出，后更召越王系入议，且与语道：“太子仁弱，不能诛贼臣，汝可能行否？”系是肃宗次子，初封南阳，后徙封越，曾见五十五回。本来是痛恨辅国，至是听着后言，竟满口承认下去。乃即命内监段恒俊，就阉寺中挑选精壮，得二百人，授甲殿后。欲以阉奴除阉奴，已是失策。

不料为程元振所闻，竟告知辅国。元振曾为飞龙厩副使，与辅国同类相关，联为指臂，当下号召党徒，至凌霄门探听消息。适值太子到来，意欲入门，辅国元振，即上前拦住道：“宫中有变，殿下断不可轻入。”太子道：“有什么变端？现有中使奉敕召我，说是皇上大渐，我难道就畏死不入吗？”元振道：“社稷事大，殿下还应慎重。”说着，即指麾党羽，拥太子入飞龙殿，环兵守着。自与辅国诈传太子命令，号召禁兵，闯入宫中，搜捕越王系段恒俊等，将他系狱。张后闻变，忙奔至肃宗寝室内，冀避兵锋。不意辅国胆大妄为，竟带兵数十人，突入帝寝，逼后出室。后哪里肯行？哀乞肃宗救命。肃宗已死多活少，经此一急，顿时气壅，喘吁吁的说不出话。可恨辅国目无君上，遽将张后两手扯住，拖出寝门，比曹阿瞒，还要厉害。一面捕张后左右，共数十人，同牵至冷宫中，分别拘禁，内侍宫妾，相率骇散。肃宗第六子兖王僩，闻乱入宫，巧巧碰着李辅国，问为何事起变？辅国诬言皇后谋逆。僩止驳斥数语，又被辅国麾兵执住。更可怜那在位七年，改元四次。享寿五十二岁的肃宗皇帝，独自卧在床上，又惊又骇，又悲又恼，喘急多时，无人顾问，竟就此了结残生。宠任妇寺，应该如此。辅国自往探视，见肃宗已是死去，遂出来嘱托党徒，分头行事，勒毙张皇后，杀死张后左右数十人。外如越王系兖王僩段恒俊等，一古脑儿牵出开刀，不留一人，张后尚有一子，年仅三龄，取名为侗，已封定王，辅国欲斩草除根，复亲往搜捕，哪知这身在襁褓的小儿，因无人照管，已是骇死，不劳顾问了。全尸而死，还算幸事。

辅国乃与元振同入飞龙殿，请太子素服，出九仙门，与宰相等相见，述及肃宗晏驾事。摄冢宰苗晋卿，年逾七十，素来胆小，不能有为。新任同平章事元载，由度支郎中升任，专知刻剥百姓，趋媚权要，当然不敢发言。彼此唯唯诺诺，一听辅国处分。于是至两仪殿，发肃宗丧，奉太子即位柩前。越四日始御内殿听政，是为代宗。辅国竟自命为定策功臣，越加专恣，且语代宗道：“大家注见前。但居禁中，外事自有老奴处分。”代宗听了，也觉心下不平，但因他手握兵权，不便指斥，只好阳示尊礼，呼为尚父，事无大小，俱就咨询，就是群臣出入，亦必先诣辅国处所。辅国侈然自大，呼叱任情，未几且加职司空，兼中书令。程元振亦升任左监门卫将军。追尊生母吴氏为皇后，加谥章敬。吴氏幼入掖庭，得侍肃宗，当代宗怀妊时，曾梦金甲神用剑决胁，醒后顾视胁下，尚隐隐有痕。后生代宗，玄宗因得生嫡皇孙，亲视洗澡，保姆因儿体孱弱，另取他宫儿以进。玄宗谛视，有不悦状，保姆乃叩头实陈。玄宗道：“快取本儿来！”及见嫡孙，欣然道：“你等以为体弱，我看他福过乃父哩。”遂召入肃宗，一同欢宴，且顾语高力士道：“一日见三天子，也可为乐事了。”惟吴氏有德无寿，殁时年止十八，至此始追册为后。且追复玄宗废后王氏位号，并玄宗子瑛瑶琚三人，皆复故封。废肃宗后张氏，及越王系兖王僩皆为庶人，封长子适为鲁王，次子邈为郑王，三子回为韩王。适为代宗侍女沈氏所出，自安禄山陷入长安，沈氏不及出奔，被掳至东京。及东京克复，得与代宗相见，仍留居行宫，未及西归。至史思明再入东京，沈氏竟不知去向。代宗遣使四访，仍无下落，乃将后位虚悬，但册韩王回母独孤氏为贵妃，所有肃宗旧侍，如知内省事朱光辉，内常侍啖庭瑶，及山人李唐等三十余人，均远流黔中。李辅国素恨礼部尚书萧华，因贬华为峡州司马。程元振暗忌左仆射裴冕，因出冕为施州刺史。唐廷只知有李程，不知有代宗。

既而李程两人，亦互争权势，程元振密白代宗，请裁制辅国，乃解辅国行军司马，及兵部尚书兼职，且把他迁居外第。辅国始有戒心，上表逊位，有诏罢辅国兼中书令，进爵博陆王。宦官封王，旷古未闻。辅国入谢，愤咽陈词道：“老奴死罪，事郎君不了，愿从地下事先帝。”竟称代宗为郎君，彼心目中岂尚有天子耶！代宗虽听不下去，表面上尚虚与周旋，好言慰谕。辅国乃悻悻出去。后来与元振商得一策，密遣牙门将杜济，入辅国第，刺杀辅国，截去右臂，并枭首掷坑厕中。杜济返报，代宗令他潜避，佯下敕令有司捕盗，一面刻木代首，合尸以葬，赠官太傅，惟谥法却是一个“丑”字。看官听说！代宗本来嫉视辅国，只因张后生前，常有易太子意，代宗时怀恐惧，及辅国擅杀张后，为代宗除一障碍，代宗反感念辅国，所以不欲明诛，但加暗杀，这无非是私心自用呢。代宗不明诛辅国，显然失刑，况去一辅国，存一元振，亦何分优劣乎？元振再超任骠骑大将军，独揽政权，且召郭子仪入朝，意图构害。子仪闻命即至，请自撤副元帅及节度使职衔，有旨准奏。徙封鲁王适为雍王，特授天下兵马元帅，令统军讨史朝义。且遣中使刘清潭，至回纥征兵。先是回纥太子叶护，归国取马，拟再来助讨范阳，应五十五回。偏葛勒可汗，不肯再发兵马，反上言请婚。肃宗方倚重回纥，即将幼女宁国公主，许嫁葛勒可汗，且亲送女至咸阳，慰勉再三。公主泣道：“国家多难，以女和蕃，死且不恨。”语毕即行。既至回纥，尊为可敦，并献马五百匹，及貂裘白毡等，作为谢仪。有诏册封葛勒为英武威远毗伽可汗，葛勒拜受，惟太子叶护，因与肃宗立有旧约，愿自领兵助攻范阳。葛勒可汗仍然不从，父子间致启违言，惹得葛勒动怒，竟将叶护逼死，后来颇也自悔，遣王子骨啜特勒，宰相帝德等，率骑兵三千，与九节度等同攻相州。即邺城。九节度败溃，骨啜等亦奔还京师，由肃宗厚赐遣还。葛勒可汗，复为少子移地健乞婚，肃宗乃取仆固怀恩女，遣嫁移地健。俄而葛勒可汗病终，宁国公主，以无子得还，移地健嗣立，号牟羽可汗，以怀恩女为可敦，使大臣莫贺达干等入朝，并问公主起居。

及代宗即位，远敕未颁，史朝义计诱回纥，诈称唐室两遇大丧，中原无主，请回纥入收府库，可得巨赀。牟羽可汗信为真言，即引兵南行，途次正与刘清潭相值。牟羽即问清潭道："唐室已亡，怎得有使？"清潭答道："先帝虽弃天下，今嗣皇即广平王，曾与可汗兄叶护，共收两京，且曾岁给贵国缯绢，难道已忘怀么？"牟羽无言可驳，乃偕清潭入塞，沿途见州县空虚，烽障无守，复有轻唐意，免不得嘲笑清潭。清潭密报唐庭，代宗乃遣怀恩往抚，再命雍王适统兵至陕，迎劳回纥可汗。雍王适到了陕州，回纥兵亦至，列营河北，适与御史中丞药子昂，兵马使魏琚，元帅府判官韦少华，行军司马李进，共诣回纥营，与牟羽可汗相见。牟羽踞坐胡床，令适拜舞。药子昂趋进道："雍王系嫡皇孙，两宫在殡，礼不当拜舞。"此语亦未免失辞。回纥将车鼻，在旁诘问道："唐天子与可汗，曾约为兄弟，雍王见我可汗，当视如叔父，怎得不拜舞哩？"子昂固拒道："雍王为大唐太子，将来即为中国主，岂可向外国可汗拜舞么？"车鼻不应，竟麾令军士，拥子昂等四人至帐后，各鞭百下，乃令随适回营。少华与琚，不堪痛苦，是夕竟殁。也是国耻。

诸道节度使，陆续会集，闻雍王为回纥所辱，拟袭击回纥，为雪耻计。雍王以贼尚未灭，不应轻启衅端，乃含忍而止。回纥见官军大集，气亦少夺，乃愿同讨贼。于是仆固怀恩，引回纥兵为前驱，郭英乂鱼朝恩为后殿，出发陕州。雍王适在陕居守，遥作声援。各军向东京进发，泽潞节度使李抱玉，与河南等道副元帅，俱率兵来会，直抵东京北郊，遂分军拔怀州，合阵横水。贼众数万，立栅固守。怀恩遣骁骑及回纥兵，绕道南山，出栅东北，与大军前后夹击，得将贼栅冲破，毙贼甚多。史朝义自领精兵十万，出城援应，列阵昭觉寺旁，官军连击不动。镇西节度使马璘道："事已急了，不出死力，如何破贼？"说着，即一马当先，奋突贼阵。贼前队多盾牌手，由璘用长槊拨去两牌，骤马径入。官军随势拥进，贼众披靡，奔至石榴园老君庙，方拟小憩，又被官军赶到，大杀一阵。贼无心再战，自相践踏，尸满山谷。官军斩首六万级，捕掳二万人。朝义领轻骑数百，东走郑州，怀恩进克东京，乘胜夺河阳城，留回纥可汗屯河阳，令子右厢兵马使玚，及朔方兵马使高辅成，率步骑万余，追击朝义，至郑州再战再捷。朝义又东走汴州，伪陈留节度使张献诚，闭门不纳，朝义转趋濮州，渡河北奔。是时官军依次北向，东京乏人居守，回纥兵自河阳入东京，肆行杀掠，纵火连旬，可怜东京居民，三次遭劫，徒落得庐黔垣赭，家尽人空。乱世人民，真是没趣。怀恩也不遑顾及，闻前军得胜，也亲往追贼。朝义且战且奔，滑州卫州，均被怀恩克复。伪睢阳节度使田承嗣等，来援朝义，与怀恩子玚鏖战半日，又复败退，偕朝义同走莫州。官军争传露布，且遍檄两河，令贼党自拔来降。伪邺州节度使薛嵩，向李抱玉处投诚，举相卫洺邢四州来降。伪恒阳节度使张忠志，向辛云京处投诚，举恒赵深定易五州来降。承嗣与朝义居莫州城，勉强支过残年。越年，唐廷已改元广德，且饬各军进讨，加怀恩为河北副元帅。怀恩乃令兵马使薛兼训郝廷玉等，会同田神功辛云京两节度，进围莫州。史朝义屡出拒战，无一胜仗。官军锐气未衰，淄青节度使侯希逸，又复踵至，眼见得斗大孤城，不日可下，田承嗣自知不支，劝朝义亲往幽州，发兵还救。朝义乃率锐骑五千，自北门突围夜走。承嗣即投款官军，把朝义母妻子女，作为贽敬，一古脑儿献至军前。官军收得俘虏，也不及入城，再向前追蹑朝义。

朝义踉跄北走，一口气跑至范阳城下，但见城门紧闭，城上已竖起大唐旗帜，这一吓非同小可，险些儿跌下马来。嗣见城楼上立着一将，却是面熟得很，仔细一想，记得是范阳兵马使李抱忠，便呼抱忠与语道："汝等为何叛我？须知食我禄，当为我尽忠，我因莫州被围，特率轻骑到此，发兵往援，汝等若尚知君臣大义，应即洗心悔过，共支大局。"言未已，那抱忠已应声道："天不祚燕，唐室复兴，今我等已经归唐，岂得再为反复？大丈夫耻以诡计相图，愿早择去就，自保生全。"朝义闻言，半晌才说道："我今日尚未得食，可能饷我一饱否？"抱忠应诺，令人馈食城东。朝义与部骑食讫，远远听有喊杀声，恐是唐军追至，急急地奔往广阳。广阳亦闭门不纳，谋投奚契丹。部骑已陆续散去，范阳留守李怀仙，遣兵追还，朝义料难保全，遂缢死医巫闾祠下，怀仙取朝义首，赍献长安。总计史氏父子，僭号凡四年而亡。比安氏较多一年。李怀仙薛嵩田承嗣张忠志，次第至怀恩军营，请随军效力。怀恩恐贼平宠衰，仍奏留四人复职。代宗已是厌兵，竟如所请。薛嵩为相卫邢洺贝磁六州节度使，田承嗣为魏博德沧瀛五州节度使，李怀仙仍守故地，为卢龙节度使。张忠志本是奚人，特赐姓名为李宝臣，仍统恒赵深定易五州，且称他部军为成德军，令为成德军节度使。一面下诏大赦，凡东京及两河伪官，既已反正，不究既往。于是叛臣许叔冀以下，均得以意外免死，侥幸全生。遗祸无穷。小子有诗叹道：

姑息由来足养奸，况经事虏畔天颜。

未明功罪徒施惠，贼子何堪帝宠颁。

还有回纥部众，所过抄掠，尚未肯敛兵归国，后来如何处置，且至下回再详。

张后有可杀之罪，辅国非杀张后之人，此二语实为确评。况张后之谮杀建宁，谋迁上皇，无一非辅国与谋，设当时无辅国其人，吾料张后孤掌难鸣，亦未必果能遂恶也。纲目书杀不书弑，汪克宽尝驳斥之，张天如亦谓张后谋诛辅国，事虽不成，英武却非帝所及。然后辅国之逼死张后，当乎否乎？宦官而可杀后也，是赵盾之于晋君，公子归生之于郑伯，《春秋》何必书弑乎？宜清高宗之斥纲目为失当也。代宗不能诛贼，反感其有杀后之功，拜相封王，宠赉无比，厥后入程元振言，乃遣人刺死之；功罪不明，已可概见。至若史朝义僭踞东京，已成弩末，既不必借兵回纥，亦无庸特任亲王，但令郭李为帅，已足荡平河朔，一误不足，且于贼将之乞降，仍令握兵任重，所有伪官，悉置不问，天下亦何惮而不再反也？呜呼代宗！呜呼唐室！

第五十九回

避寇乱天子蒙尘
耀军徽令公却敌

却说回纥可汗纵兵四掠，人民骇散，市落为墟。泽潞节度李抱玉，方受命兼辖陈郑，拟遣官属劝阻，无人敢往。独赵城尉马燧请行，燧闻回纥兵入境，先遣人纳赂渠帅，约无暴虐。渠帅因贻一令旗，与燧面约道:“如有犯令，请君自加捕戮，决无异言。”燧取旗弹压，回纥兵相顾失色，愿遵约束。会唐廷论功行赏，特册回纥可汗为英义建功毗伽可汗，可敦为毗伽可敦，且自可汗至宰相，共赐实封二万户，以下亦封赏有差。回纥可汗，始满意而去。代宗乃大赉群臣，如正副元帅，及各道节度，悉赠官阶。惟山南东道节度使来瑱，本已召入为兵部尚书，兼同平章事，偏程元振与瑱未协，说他与贼通谋，竟坐流播州，旋且赐死。瑱旧时部曲，大为不平，特推兵马使梁崇义为统帅，唐廷却不能讨，乃命崇义为山南东道节度留后。留后之名自此始。崇义为瑱讼冤，乞为改葬，有诏许改葬事，瑱始得还正首邱。

代宗因乱事敉平，始封玄宗于泰陵，肃宗于乔陵，嗣分河北诸州为五部，各专责成。幽莫妫檀平蓟六州，归幽州管辖；恒定赵深易五州，归成德军管辖；相贝邢洺四州，归相州管辖；魏博德三州，归魏州管辖；沧棣冀瀛四州，归淄青管辖；怀卫二州及河阳，归泽潞管辖，各设节度使。历叙疆域，为后文各节度争乱伏案。余节度使各仍旧境。仆固怀恩以功进尚书左仆射，兼中书令，坐镇朔方，令护送回纥可汗归国，道出太原。河东节度使辛云京，恐怀恩与回纥连谋，以致见袭，因闭关自守，不敢犒师。怀恩恨他不情，上表白状，代宗不报。怀恩遂调朔方兵数万，屯驻汾州，令子玚屯兵榆次，裨将李光逸屯兵祁县，李怀光屯兵晋州，张维岳屯兵沁州。明是胁制云京。云京见环境皆敌，益滋危惧，适中使骆奉仙至太原，云京厚与结欢，令还报怀恩反状，怀恩亦奏请诛云京奉仙，代宗两不加罪，但优诏调停。皇帝出做和事老，国事可知。怀恩以功大遭谗，愤激得了不得，乃上书自讼道：

臣世本夷人，少蒙上皇驱策，禄山之乱，臣以偏裨决死靖难，仗天威神，克灭强胡。思明继逆，先帝委臣以兵，誓雪国仇，攻城野战，身先士卒。兄弟殁于阵，子姓殁于军，九族之内，十不一在，而存者疮痍满身。陛下龙潜时，亲总师旅，臣事麾下，悉臣之愚，是时数以微功，已为李辅国谗间，几至毁家。陛下即位，知臣负谤，遂开独见之明，杜众多之口，拔臣于汧陇，任臣以朔方，游魂反干，朽骨再肉。前日回纥入塞，士人未晓，京辅震惊。陛下诏臣至太原劳问，许臣一切处置，因得与可汗计议，分道用兵，收复东都，扫荡燕蓟。时可汗在洛，为鱼朝恩猜阻，已失欢心，及臣护送回纥，辛云京闭城不出，潜使攘窃，蕃夷怨怒，弥缝百端，乃得返国。臣还汾州，休息士马，云京畏臣劾奏，故构为飞谤，以起异端。陛下不垂明察，欲使忠直之臣，陷谗邪之口，臣所为拊心泣血者也。臣静而思之，负罪有六：昔同罗叛乱，骚扰河曲，臣不顾老母，为先帝扫清叛寇，臣罪一也；臣男玢为同罗所虏，得间亡归，臣斩之以令众士，臣罪二也；臣女远嫁外夷，为国和亲，荡平寇敌，臣罪三也；臣与子玚躬履行阵，不顾死亡，为国效命，臣罪四也；河北新附诸镇，皆握强兵，臣抚绥以安反侧，臣罪五也；臣说谕回纥，使赴急难，戡定中原，二陵复土，使陛下勤孝两全，臣罪六也。臣既负六罪，诚合万诛，惟当吞恨九泉，衔冤千古，复何诉哉？臣受恩至重，夙夜思奉天颜，但以来瑱受诛，朝廷不示其罪，诸道节度，谁不疑惧？且臣前后所奏骆奉仙，情词非不摭实，陛下竟无处置，宠任弥深，是皆由同类比周，蒙蔽圣听。窃闻四方遣人奏事，陛下皆云骠骑议之，可否不出宰相，远近益加疑沮。如臣朔方将士，功效最高，为先帝中兴主人，陛下不加优奖，反信谗言。子仪先已被猜，臣今又遭诋毁，弓藏鸟尽，信非虚言。倘不纳愚恳，且务因循，臣实不敢保家，陛下岂能安国？惟陛下图之！

代宗得怀恩书，遣同平章事裴遵庆赍敕至汾州，宣慰怀恩，怀恩跪听诏敕。待遵庆读毕，抱住遵庆两足，且泣且诉。遵庆忙扶起怀恩，极言圣眷方隆，可无他虑，因劝令入朝。怀恩以惧死为词，竟不肯入京。遵庆乃返报代宗，代宗尚得过且过，不以为意。忽由邠州传入急报，乃是吐蕃入寇，带同吐谷浑党项氐羌二十万众，鼓行而东，前锋已到邠州了。代宗大骇道：“虏众入境，如何有这般迅速？莫非边境各吏，统死了不成。”不是边吏俱死，实是你已经死了半个。当下召入群臣，亟筹控御。群臣统面面相觑，不敢发言。看官听着！邠州距离长安，不过数百里，吐蕃如此深入，应该早有边警，为何至此才闻呢？说来又有原因，正好就此补叙。自唐廷与吐蕃划界，立碑赤岭，总算和好了几年。及金城公主病殁后，金城公主遣嫁吐蕃主弃隶蹜赞，俱见前文。吐蕃与唐失和，屡次窥边，经河陇诸节度使王忠嗣哥舒翰高仙芝等，先后守御，终不得逞。至安史迭乱，所有河陇戍兵，俱征召入援，边备乃虚。肃宗初年，吐蕃主娑悉笼猎赞，弃隶蹜赞孙。乘唐内讧，迭陷威武河源等军，并取廓霸岷诸州。代宗即位，复陷临洮，朝廷使御史大夫李之芳等，往修旧好，反被羁住。至广德元年，郭子仪以吐蕃留使，不可不防，代宗不省。到了秋季，吐蕃引兵入大震关，连陷兰廓河鄯洮岷秦成渭等州，尽取河西陇右地。边吏陆续告急，俱被程元振阻匿，不使上闻。虏众长驱直入，泾州刺史高晖，开城迎降，反导虏众深入邠州，代宗才得闻知。宰相以下，均无方法，只好再请出郭子仪，令为副元帅，出镇咸阳。正元帅就用了雍王适。适不过是个皇子，名位虽尊，究竟无拳无勇，子仪闲废已久，所有部曲，多已离散，至是仓猝召募，只得二十骑，便即起行。及抵咸阳，吐蕃兵已逾奉天武功，渡渭而来。子仪亟使判官王延昌入奏，请速添兵，偏又为程元振所阻，不得入见。渭北行营兵马使吕月将，部下有锐卒二千，出破吐蕃前锋，后因寡不敌众，战败被擒。吐蕃兵径渡便桥，入攻京师。代宗惊惶失措，挈领妃嫔数人，与雍王适出奔陕州。适为元帅，如何不去拒敌？百官遁匿，六军逃散。

子仪闻京城危急，忙自咸阳驰还，一入京城，既无主子，又无兵马，徒觉得气象流离，不堪入目，正在没法摆布，蓦见将军王献忠，带着骑士五百，拥了丰王珙等，珙系玄宗子，曾见前文。拟出开远门，往迎吐蕃。子仪叱问何往？献忠下马语子仪道：“今主上东迁，社稷无主，公为元帅，何妨丧君立君，勉副民望。”子仪尚未及答，丰王珙已接口道：“公奈何不言？”子仪道：“怎有是理？”判官王延昌，正立在子仪左侧，便闪出道：“上虽蒙尘，未有失德，王为藩翰，奈何出此狂悖语？”子仪又叱献忠道：“你敢迎降虏众么？快护送诸王至陕，免受重谴。”献忠颇畏惮子仪，不敢违慢，乃偕丰王珙等东行。若非郭令公，恐已遭毒手了。子仪因京内无备，也随出城外，另行募兵。吐蕃兵遂得入京。高晖首先驰入，与吐蕃大将马重英等，纵兵焚掠。长安中萧然一空，遂劫广武王承宏为帝，承宏系邠王守礼孙。及前翰林学士于可封为相，且遣人持舆入苗晋卿家，胁令为官。晋卿闭口不言，虏众倒也舍去。晋卿有此坚操，却也难得。子仪引三十骑，仍往咸阳，至御宿川，语王延昌道：“六军逃溃，多在商州，汝快往招抚。且发武关防兵，北出蓝田，驰向长安，吐蕃兵必遁归了。”延昌奉命入商州，传子仪令，招谕溃军。各军向服子仪，皆拱手听命，乃同延昌至咸阳。子仪泣谕将士，规复京城，大众皆感激涕零，愿遵约束。会凤翔节度使高升，及元帅都虞候臧希让，各率数百骑到来，武关防兵，亦到千名，统共约有四千人，军势稍振，乃往报行在。代宗恐吐蕃兵出潼关，召子仪至陕扈跸，子仪遣人奉表，略言："臣不收京城，无以见陛下，若出兵蓝田，虏必不敢东向，请陛下勿忧！"代宗乃听令子仪便宜行事。

会鄜坊节度判官段秀实，劝节度使白孝德发兵勤王，孝德即日大举，南趋京畿，与蒲陕商华合势，进击虏兵。子仪也遣左羽林大将军长孙全绪，率二百骑出蓝田，授以密计，并令第五琦摄京兆尹，与全绪同行；且调宝应军使张知节，率兵千人，作为后应，全绪至韩公堆，昼击鼓，夜燃火，作为疑兵。光禄卿殷仲卿，又募得兵士千人，来保蓝田，与全绪联络，选锐骑二百人，渡过浐水，游奕长安。吐蕃兵已经饱掠，正拟满载而归，突闻城中百姓，互相惊呼道："郭令公从商州调集大军，来攻长安了。"既而吐蕃侦骑，亦陆续入城，报称韩公堆齐集官军，即日进薄城下。吐蕃统将马重英，不由的惶恐起来，是夜朱雀街中，复有鼓声骤起，接连是大众喧哗声，声浪模糊，约略是郭令公三字。郭令公就是郭子仪，前封代国公，后封汾阳王，因此人人叫他为郭令公，连外夷亦以令公相呼。有此令名，方能安内攘外。高晖闻郭令公到来，先已魂驰魄丧，夤夜东走。马重英亦站立不定，即于次日黎明，悉众北遁。其实郭子仪尚在咸阳，但由全绪遣将王甫，潜入城中，阴结少年数百人，乘夜鼓噪，吐蕃一二十万将士，竟被这郭令公三字，驱逐开去。好似一道退兵符。这都是子仪密授全绪的妙计。

全绪遂与第五琦入京，遣使向子仪报捷，子仪转奏行在，请代宗回銮。代宗正巡阅潼关，先由丰王珙等入谒，倒也不去责他，至退入幕中，珙语多不逊，为群臣奏闻，才命赐死。高晖到了潼关，为守将李日越所执，奏请正法。及子仪奏至，即命子仪为西京留守，第五琦为京兆尹，元载为元帅府行军司马。子仪即奉诏入京，令白孝德高升等，分屯畿县，再表请代宗返驾。程元振素嫉子仪，尚劝代宗往都洛阳。看官试想！这次吐蕃入寇，代宗东走，统是程元振一人从中壅蔽，遂致酿成此祸，就是代宗奔陕后，屡发诏征诸道兵，各节度使都痛恨元振，无一应召，连李光弼也勒兵不赴，郭李优劣，至此分途。当时扈驾诸臣，尚莫敢弹劾，独太常博士柳伉上疏，略云：

犬戎犯关度陇，不血刃而入京师，刦宫闱，焚陵寝，武士无一力战者，此将帅叛陛下也。陛下疏元功，委近习，日引月长，以成大祸，群臣在庭，无一人犯颜回虑者，此公卿叛陛下也。陛下始出都，百姓填然夺府库，相杀戮，此三辅叛陛下也。自十月朔召诸道兵，尽四十日无只轮入关，此四方叛陛下也。陛下必欲存宗庙，定社稷，独斩程元振首，驰告天下，悉出内使隶诸州，持神策兵付大臣，然后削尊号，下诏引咎，如此而兵不至，人不感，天

下不服，臣愿阖门寸斩，以谢陛下。

这疏上去，代宗始为感动。但终因元振有保护功，止削夺官爵，放归回里。一面下诏回銮，自陕州启行。左丞颜真卿，请代宗先谒陵庙，然后还宫。元载不从，真卿厉声道："朝廷岂堪令相公再坏么？"载乃默然，惟由是衔恨真卿。为下文伏笔。郭子仪带领百官，至浐水东迎驾，伏地待罪。代宗面加慰劳道："用卿不早，致有此难。今日朕得重归，皆出卿力，功同再造，何罪可言？"子仪拜谢。代宗入城谒庙，方才回宫。越日封赏功臣，赐子仪铁券，图形凌烟阁，以下进秩升阶，不消细述。惟广武王承宏，逃匿草野，代宗特赦不诛，但放至华州，未几病死。也是失刑。代宗罢苗晋卿裴遵庆相职，再任李岘为同平章事，进鱼朝恩为天下观军容宣慰处置使，使总禁兵，令骆奉仙为鄠县筑城使，即令统鄠县屯军。元振方黜，又重用鱼骆，代宗真愚不可及。先是代宗在陕，颜真卿驰往扈驾，请召仆固怀恩勤王，代宗不许，至还京后，逾年正月，特命真卿宣慰朔方行营，谕怀恩入朝。恐是由元载所请。真卿入谏道："陛下在陕，臣若奉诏往抚，责以大义，彼或为徼功计，尚肯南来，今陛下还宫，彼已无功可图，岂还肯应诏么？陛下不若令郭子仪代怀恩，子仪曾为怀恩主将，且素得朔方士心，令他往代，可不战自服了。"代宗尚迟疑未决。会节度使李抱玉从弟抱真，曾为汾州别驾，独脱身归京师，报明怀恩已有反志，请速调子仪往镇朔方。代宗若果行此议，何致有朔方之乱。代宗方不遣真卿，只调遣子仪的诏敕，一时未下，且因立雍王适为皇太子，授册行礼，宫廷庆贺，也无暇顾及怀恩。蹉跎了好几日，接到河东节度辛云京急报，说是："怀恩已反，令子玚来寇太原，已由臣将他击退，现向榆次县去了，请即发兵征讨！"代宗览到此奏，即召谕子仪道："怀恩父子，负我实深，闻朔方将士思公，几如大旱望雨，公为朕往抚河东，汾上各军，当不致一体从逆呢。"遂面授子仪为关内河东副元帅，兼河中节度等使。

子仪拜命即行，甫至河中，闻仆固玚为下所杀，怀恩北走灵州，河东已得解严了。看官道怀恩父子，为何一蹶至此？原来玚素刚暴，自太原败后，转围榆次，又是旬日不下，他令裨将焦晖白玉，往发祁县兵。晖与玉调兵趋至，玚责他迟慢，几欲加罪，两人虑有不测，即于夜间率众攻玚，把玚杀死。怀恩在汾州闻警，不免悲恸，忽由老母出帐，怒责怀恩道："我语汝勿反，国家待汝不薄，汝不听我言，遂有此变。我年已老，恐且因此受祸，问汝将如何处置？"怀恩无言可答，匆匆趋出。母提刀出逐道："我为国家杀此贼，取贼心以谢三军。"贼子却有贤母。怀恩急走得免。嗣闻麾下将士，因子仪出镇河中，都窃窃私语，谓无面目见汾阳王，自思众叛亲离，决难持久，乃竟将老母弃去，自率亲兵三百骑，渡河走灵州，杀死朔方军节度留后浑释之，据州自固。沁州戍将张维岳，闻怀恩北走，即驰驿至汾州，抚定怀恩余众，并杀焦晖白玉，只说由自己诛玚，赍首献郭子仪。子仪传首阙下，群臣入贺，惟代宗惨然道："朕信不及人，乃致功臣颠越，朕方自愧，何足称贺呢。"汝亦自知有失耶？随命辇送怀恩母至京，优给廪饩，阅月及殁，仍许礼葬。及子仪驰往汾州，怀恩遗众，争来迎谒，涕泣鼓舞，誓不再贰，河东乃安。有诏进子仪为太尉，兼朔方节度使。子仪辞太尉不拜，且入朝谢恩。适泾原遣急足驰奏，怀恩诱回纥吐蕃两夷，同来入寇，有众十万。代宗又惶急得很，还下诏慰谕怀恩，说他有功皇室，不必怀疑，但当诣阙自陈，仍应重任云云。这时候的仆固怀恩，已与朝廷势不两立，哪里还肯敛甲归朝？当下引虏南趋，得步进步。警报迭达都城，代宗乃召入子仪，咨询方略。子仪答道："怀恩有勇少恩，士心不附，麾下皆臣部曲，必不忍以锋刃相向，臣料他是无能为哩。"代宗乃命子仪出镇奉天，子仪令子殿中监郭晞，与节度使白孝德防守邠州，自率军至奉天，按甲以待。虏锋将要近城，诸将俱踊跃请战，子仪摇首道："虏众远来，利在速战，我且坚壁待着，俟寇骑凭城，我自有计却虏，敢言战者斩。"乃命守兵掩旗息鼓，待令后动。

不到一日，怀恩已引吐蕃兵至城下，见城上并无守兵，不禁疑虑起来，踌躇多时，见天色将昏，乃退军五里下寨。是夕也未敢进攻。到了黎明，始鸣鼓进兵，遥听得一声号炮，响震川谷，连忙登高瞭望，那奉天城外的乾陵南面，已有许多官军，摆成一字阵式，非常严整，当中竖着一张帅旗，随风飘舞，旗上大书一个"郭"字。怀恩不觉惊愕道："郭令公已到此么？"虏众闻着郭令公大名，也都大骇，纷纷退走。怀恩独带着部众，转趋邠州，遥见城上插着大旗，又是一个"郭"字，怀恩又惊愕道："难道郭公又复来此，莫非能飞行不成？"言未已，城门忽启，有一大将持矛跃马，领军出来，大呼道："我奉郭大帅命令，只取反贼怀恩首级，余众无罪，不必交锋。"怀恩望将过去，乃是节度使白孝德，河阳余勇，尚属可贵。正欲上前接仗，偏部众已先退走，单剩一人一骑，如何对敌？又只好返辔驰去。白孝德驱兵追击，郭晞又出来接应，逼得怀恩抱头鼠窜，渡泾而逃。既逾泾水，部下已散亡大半，忍不住涕泣道："前都为我致死，今反为人向我致死，岂不可痛？"谁叫你不忠不孝？乃仍向灵州去讫。

吐蕃兵既陷凉州，南陷维松保三州，经剑南节度使严武拒击西山，复虏兵八万众，方才不敢窥边。郭子仪既计却大敌，也不穷追，即入朝复命，代宗慰劳再三，加封尚书令，子仪面辞道："从前太宗皇帝，尝为此官，所以后朝不复封拜，近惟皇太子为雍王时，平定关东，乃兼此职，臣何敢受此崇封，致隳国典？且用兵以来，诸多僭赏，冒进无耻，轻亵名器，今凶丑略平，正宜详核赏罚，作法审官，请自臣始。"让德可风。代宗乃收回成命，另加优赍。随命都统河南道节度行营，还镇河中。是年李光弼病殁徐州，年五十七，追赠太保，赐恤武穆。光弼本营州柳城人，父名楷洛，本契丹酋长，武后时叩关入朝，留官都中，受封蓟郡公，赐谥忠烈。光弼母有须数十，长五寸许，生子二人，即光弼光进，光弼累握军符，战功卓著，安史平定，进拜太尉兼侍中，知河南淮南东西山南东荆南五道节度行营事，驻节泗州。寻复讨平浙东贼袁晁，晋封临淮王，赐给铁券，图形凌烟阁。惟自程元振鱼朝恩用事，妒功忌能，为诸镇所切齿，代宗奔陕，召光弼入援，光弼亦迁延不赴。及代宗还京，又命光弼为东都留守，光弼竟托词收赋，转往徐州。诸将田神功等，见光弼不受朝命，也不复禀畏，光弼愧恨成疾，郁郁而终。光弼母留居河中，曾封韩国太夫人，代宗令子仪辇送入京，殁葬长安南原。看官听着！郭李本是齐名，因李晚节不终，遂致李不及郭，可见人生当慎终如始哩。当头棒喝。小子有诗叹道：

立功尚易立名难，千古功名有几完。

只为臣心输一着，汗青留玷任传看。

光弼殁后，用黄门侍郎王缙，继光弼后任。缙本代李岘为相，岘于是年罢相。至是改令出镇，才名远不及光弼了。欲知后事，且看下回。

外寇之来，必自内讧始。有程元振鱼朝恩等之弄权，而后有仆固怀恩之乱，有仆固怀恩之谋反，而后有吐蕃回纥之寇。木朽而虫乃生，墙坏而蠹始入，势有必至，无足怪也。当日者，幸郭令公尚在耳。假令无郭令公，则诸镇皆痛恨权阉，谁与复西京，定河东？试思李光弼为唐室名臣，尚且观望不前，遑论他人乎？故本回实传写郭子仪，而代宗之迭致祸乱，亦因此而揭橥之，代宗之愚益甚，子仪之功益彰，纲目称子仪为千古传人，岂其然乎？

第六十回

入番营单骑盟虏
忤帝女绑子入朝

却说王缙出镇后，江淮一带，幸尚无事，怀恩亦蜷伏一隅，暂不出兵。代宗遂改广德三年为永泰元年，命仆射裴冕郭英乂等，在集贤殿待制，居然欲效贞观遗制，有坐朝问道的意思。左拾遗独孤及上疏道：

陛下召冕等以备询问，此盛德也。然恐陛下虽容其直，而不录其言，有容下之名，而无听谏之实，则臣之所耻也。今师兴不息十年矣，人之生产，空于杼轴，拥兵者得馆亘街陌，奴婢厌酒肉，而贫人羸饿就役，剥肤及髓，长安城中，白昼椎剽，吏不敢禁，民不敢诉，有司不敢以闻，茹毒饮痛，穷而无告，陛下不思所以救之，臣实惧焉。今天下惟朔方陇西，有仆固吐蕃之忧，邠泾凤翔之兵，足以当之矣。东南洎海，西尽巴蜀，无鼠窃之盗，而兵不为解，倾天下之货，竭天下之谷，以给无用之兵，臣实不知其何因。假令居安思危，自可扼要害之地，俾置屯御，悉休其余，以粮储扉屦之资，充疲人贡赋，岁可减国租之半，陛下岂可迟疑于改作，使率土之患，日甚一日乎？休兵息民，庶可保元气而维国脉，幸陛下采纳焉。 此疏足杜军阀之弊，故录述之。

当时元载第五琦等，专尚掊克，凡苗一亩，税钱十五，不待秋收，即应征税，号为青苗钱。适畿内麦稔，十亩取一，谓即古时什一税法，亦请旨施行。其实都是额外加征，拨给军用。独刘晏筦榷度支盐铁，及疏河运漕，接济关中，还算是公私交利，上下咸安。所以独孤及请裁军减租，少苏民困。代宗优柔寡断，就使心下赞成，也是不能速行。更可笑的是迷信佛教，命百官至光顺门，迎浮屠像，像系中使扮演，仿佛似戏中神鬼，或面涂杂色，或脸戴假具，并用着音乐卤簿，作为护卫，后面有二宝舆，中置仁王经，是由大内颁出，移往资圣西明寺，令胡僧不空等，踞着高坐，讲经说法，百官朝服以听，看官道是何因，说来是不值一辩。原来鱼朝恩元载王缙等，统是好佛，还有兵部侍郎杜鸿渐，新任同平章事，也以为佛法无边，虔心皈依，定能逢凶化吉，遇难呈祥，于是寺中添设讲座，多至百余，当时称为百高座。代宗也尝入寺听经，仿佛梁武帝。正在讲得热闹，忽由奉天同州盩厔的守吏，各遣使呈入急报，内称怀恩复诱杂虏来寇，已将入境了。代宗此时，不似前次的慌忙，反慢腾腾地说道："怀恩当不致再反，或是边境谣传哩。"此番有佛法可恃，所以不慌不忙。道言未绝，又由河中遣到行军司马赵复，赍呈郭子仪奏章，略言："叛贼怀恩，嗾使回纥吐蕃吐谷浑党项奴剌吐谷浑别种。等虏，分道入寇。吐蕃自北道趋奉天，党项自东道趋同州，吐谷浑奴剌，自西道趋枧厔。回纥为吐蕃后应，怀恩率朔方兵，又为杂虏后应，铁骑如飞，约有数十万众，不宜轻视，请速令凤翔滑濮邠宁镇西河南淮西诸节度，各出兵扼守冲要，阻截寇锋。"代宗乃由寺还朝，颁敕各镇，敕使方发，幸接得一大喜报，谓怀恩途中遇疾，还至鸣沙，已经暴死。鱼朝恩元载等，相率入贺，且言佛法有灵，殛死反贼，代宗亦很喜慰。偏只隔了一二日，风声又紧，怀恩部众，由叛将范志诚接领，仍进攻泾阳，吐蕃兵已薄奉天，乃始罢百高座讲经，召郭子仪屯泾阳，命将军白元光浑日进屯奉天，一面调陈郑泽潞节度使李抱玉，使镇凤翔；渭北节度使李光进，移守云阳；镇西节度使马璘，河南节度使郝廷玉，并驻便桥；淮西节度使李忠臣，转扼东渭桥，同华节度使周智光屯同州，鄜坊节度使杜冕屯坊州，内侍骆奉仙，将军李日越，屯盩厔；布置已定，代宗亲将六军，驻扎苑中，下制亲征。恐是银样镴枪头，试看下文便知。鱼朝恩趁势搜括，大索士民私马，且令城中男子，各着皂衣，充作禁兵，城门塞二开一，阖京大骇，多半逾墙凿窦，逃匿郊外。

一日，百官入朝，立班已久，阁门好半日不开，蓦闻兽镮激响，朝恩率禁军十余人，挺刃而出，顾语群臣道："吐蕃入犯郊畿，车驾欲幸河中，敢问诸公，以为何如？"公卿错愕，不知所对。有刘给事独出班抗声道："敕使欲造反么？今大军云集，不勠力御寇，乃欲胁天子蒙尘，弃宗庙社稷而去，非反而何？"也是朝阳鸣凤。朝恩被他一驳，也不觉靡然退去。代宗乃始视朝，与群臣商议军情，可巧奉天传入捷音，朔方兵马使浑瑊，入援奉天，袭击虏营，擒一虏将斩首千余级。代宗大喜，立命中使奖谕，随即退朝。会大雨连旬，寇不能进，吐蕃将尚结悉赞摩马重英等，大掠而去，庐舍田里，焚劫殆尽。代宗闻吐蕃退兵，益信是佛光普护，仍令寺僧讲经，哪知吐蕃兵退至邠州，遇着回纥兵到，又联军进围泾阳。郭子仪在泾阳城，命诸将严行守御，相持不战，二虏见城守谨严，退屯北原，越宿复至城下。子仪令牙将李光瓒赴回纥营，责他弃盟背好，自失信用。今怀恩已遭天殛，郭公在此屯军，欲和请共击吐蕃，欲战可预约时日。回纥都督药葛罗惊问光瓒道：“郭公在此，可得见么？恐怕是由汝给我。”光瓒道：“郭公遣我来营，怎得说是不在？”药葛罗道：“令公果在，请来面议！”光瓒乃还报子仪，子仪道：“寇众我寡，难以力胜，我朝待回纥不薄，不若挺身往谕，免动兵戈。”言已欲行。诸将请选铁骑五百随行，子仪道：“五百骑怎敌十万众？非徒无益，反足为害呢。”说得甚是。遂一跃上马，扬鞭出营。子仪第三子晞，正随父在军，急叩马谏道：“大人为国家元帅，奈何以身饵虏？”子仪道：“今若与战，父子俱死，国家亦危，若往示至诚，幸得修和，不但利国，并且利家。就使虏众不从，我为国殉难，也自问无愧了。”说至此，即用鞭击手道：“去！”满腔忠义，在此一字。当下开门驰出，背后只随着数骑，将至回纥营前，令随骑先行传呼道：“郭令公来！”四字贤于十万师。回纥兵皆大惊。药葛罗正执弓注矢，立马营前，子仪瞧着，竟免胄释甲，投枪而进。药葛罗回顾部酋道：“果是郭令公。”说着，即翻身下马，掷去弓矢，敛手下拜。回纥将士，皆下马罗拜，子仪亦下马答礼，且执药葛罗手，正言相责道：“汝回纥为唐立功，唐朝报汝，也是不薄，奈何自负前约，深入我地，弃前功，结后怨，背恩德，助叛逆呢？况怀恩叛君弃母，宁知感汝？今且殛死，我特前来劝勉。从我，汝即退兵，不从我，听汝杀死，我被汝杀；我将士必向汝致死，恐汝等也未必生还哩。”药葛罗答道：“怀恩谓天可汗晏驾，令公亦捐馆，中国无主，我故前来，今见令公，已知怀恩欺我，且怀恩已受天诛，我辈岂肯与令公战么？”子仪因进说道：“吐蕃无道，乘我国有乱，不顾舅甥旧谊，入寇京畿，所掠财帛，不可胜载，马牛杂畜，弥漫百里，这都是上天赐汝呢。今日全师修好，破敌致富，为汝国计，无逾此着了。”药葛罗喜道：“我为怀恩所误，负公诚深，今请为公力击吐蕃，自赎前愆。惟怀恩子系可敦兄弟，愿恕罪勿诛！”子仪许诺。郭晞放心不下，引兵出观，回纥兵分着左右两翼，稍稍前进。郭晞亦引兵向前，子仪挥晞使退，惟令麾下取酒，酒已取至，与药葛罗宣誓。药葛罗请子仪宣言，子仪取酒酹地道：“大唐天子万岁，回纥可汗亦万岁，两国将相亦万岁，如有负约，身殒阵前，家族灭绝。”誓毕，斟酒递与药葛罗。药葛罗亦接酒酹地道：“如令公誓。”子仪再令部将，与回纥部酋相见。回纥将士大喜道：“此次出军，曾有二巫预言，前行安稳，见一大人而还，今果然应验了。”子仪乃从容与别，率军还城。

药葛罗即遣部酋石野那等，入觐代宗，一面与奉天守将白元光，合击吐蕃。吐蕃已经夜遁，两军兼程追击，至灵台西原，遇吐蕃后哨兵，鼓噪杀入。吐蕃兵统已思归，还有什么斗志？一时奔避不及，徒丧失了许多生命，抛弃了许多辎重。白元光将夺回财帛，给与回纥，拔还士女四千人，带还奉天。药葛罗亦收兵归国。吐谷浑党项奴刺等众，当然遁去。怀恩从子名臣，以灵州降。子仪因灵武初复，百姓凋敝，特保荐朔方军粮使路嗣恭，为朔方节度使留后。嗣恭奉诏莅任，披荆棘，立军府，威令大行。子仪还镇河中，自耕百亩，将校以是为差。嗣是野无旷土，军有余粮，正不啻一腹地长城了。唐得此人，正社稷之福。惟自虏兵退去，京师解严，朔方告平，君臣交庆。鱼朝恩元载，在内揽权，河北节度使，如李宝臣田承嗣薛嵩李怀僊四人，在外擅命，大局尚岌岌可危。代宗尚自恃承平，安然无虑，甚至平卢兵马使李怀玉，逐节度使李希逸，有诏召希逸还京，即令怀玉为节度留后，赐名正己，又有汉州刺史崔旰，因剑南节度使严武病殁，请令大将王崇俊继任，代宗另简郭英乂为西川节度使，竟被崔旰击逐，英乂奔简州，竟为普州刺史韩澄所杀，代宗不加声讨，但令杜鸿渐为剑南东西川副元帅，鸿渐至任，得旰重贿，反说旰可大任，竟请旨命旰为西川节度使，赐名为宁。鸿渐仍入朝辅政，毫无建树，不久即死。仆射裴冕继任，亦即病终。独元载入相有年，权势日盛，因恐被人讦发阴私，特请百官论事，先白宰相，然后奏闻。刑部尚书颜真卿，上疏驳斥，载说他诽谤朝廷，竟坐贬为峡州别驾。既而复任鱼朝恩判国子监事，朝恩居然入内讲经，上踞师座，手执《周易》一卷，择得鼎折足覆公餗两语，反复解释，讥笑时相。阉官讲经，斯文扫地。是时王缙已入任黄门侍郎，同平章事，与元载相将入座。缙听讲后，面有怒容，载独怡然。朝恩出语人道："怒是常情，笑实不可测呢。"你既知元载难测，胡为后来仍堕彼计？

永泰二年十一月，代宗生日，诸道节度使上寿，献入金帛珍玩，值钱二十四万缗。中书舍人常衮上言："各节度敛财求媚，剥民逢君，应却还为是。"代宗不从。未几又改易年号，竟称永泰二年为大历元年，宫廷内外，方因改元庆贺，忽接到郭子仪奏牍，报称同华节度使周智光，擅杀无辜，目无君上，请遣将讨罪。代宗不敢准请，反令中使余元仙，特敕拜智光为尚书左仆射。看官！你想应诛反赏，岂不是越弄越错么？智光自出驻同州，邀击党项奴刺寇众，夺得驼马军械，约以万计，复逐北至鄜州，遥望寇已遁去，不便穷追，他竟往报私仇，驰入鄜城，杀死刺史张麟，并将鄜坊节度杜冕家口，一齐屠戮，焚民居三千间，方才还镇。又与陕州刺史皇甫温有隙，温遣监军张志斌，入朝奏事，道出同华，被智光邀留入馆，两语不合，即将志斌斩为肉泥，与众烹食。想是朱粲转世。子仪迭闻消息，乃据实奏闻。代宗遣使加封，明明是刑赏倒置。但代宗却也有些微意，以为封拜内官，当可使他入朝，削夺兵权。也是呆想。哪知智光接了诏敕，反踞坐谩骂道："智光为国家建了大功，不得入相，只授仆射，且同华地狭，不足展足，最少须加我陕虢商鄜坊五州，我子元耀元干，能弯弓二百斤，称万人敌，今日欲挟天子，令诸侯，除智光外，尚有何人？天子若弃功录瑕，我智光也顾不得什么了。”说毕，掀髯大笑。与发狂无二。元仙战栗不敢言。智光乃令左右取出百缣，赠与元仙，遣令归朝。元仙返报代宗，代宗乃于大历二年，密诏郭子仪讨周智光。子仪即遣部将浑瑊李怀光等，出兵渭上，智光麾下，闻风惊怖。同州守将李汉惠，便举州来降。子仪奏报唐廷，代宗方才放胆，贬智光为澧州刺史。已而华州牙将姚怀李延俊，刺杀智光及二子。枭首入献，乃悬示皇城南街，声明罪状。

子仪因同华已平，入朝报绩，适值子妇升平公主，与子仪子暧，互相反目，公主竟驾车入都，往诉父母。事为子仪所闻，遂将暧置囚车，随身带着，径诣阙下。原来暧为子仪第六子，曾任太常主簿，代宗因子仪功高，特把第四女嫁暧，女封升平公主，暧拜驸马都尉。唐制公主下嫁，当由舅姑拜主，主得拱手不答，升平公主嫁暧时，也照此例，暧已看不过去，只因旧例如此，不得不勉强忍耐。后来同居室中，公主未免挟贵自尊，暧忍无可忍，屡有违言，且叱公主道：“汝倚乃父为天子么？我父不屑为天子，所以不为。”快人快语，足为须眉生色。说至此，竟欲上前掌颊，亏得侍婢从旁劝阻，那公主颊上，不过稍惹着一点拳风，戏剧中有《打金枝》一出，即因此事演出。但已梨涡变色，柳眼生波，趁着一腔怒气，遽尔入宫哭诉，述暧所言。代宗道：“汝实有所未知，彼果欲为天子，天下岂还是汝家所有么？汝须敬事翁姑，礼让驸马，切勿再自骄贵，常启争端。”嘱女数语，却还明白。公主尚涕泣不休。代宗又拟出言劝导，适有殿中监入报道：“汾阳王郭子仪绑子入朝，求见陛下。”代宗乃出御内殿，召子仪父子入见。子仪叩头陈言道：“老臣教子不严，所以特来请罪。”暧亦跪在一旁，代宗令左右扶起子仪，赐令旁坐，且笑语道：“俗语有言，‘不痴不聋，不作姑翁’，儿女子闺房琐语，何足计较呢？”子仪称谢。又请代宗从重惩暧，代宗亦令起身，入谒公主母崔贵妃，自与子仪谈了一番军政，俟子仪退后，乃回至崔贵妃宫中，劝慰一对小夫妻。崔妃已调停有绪，再经代宗劝解，暧与公主，不敢不依，乃遣令同归。子仪已在私第中待着，见暧回来，自正家法，令家仆杖暧数十，暧无法求免，只好自认晦气。但代宗为了此事，欲改定公主见舅姑礼，迁延了好几年，直至德宗嗣位，方将礼节改定。公主须拜见舅姑，舅姑坐受中堂，诸父兄妹立受东序，如家人礼，尊卑始有定限了。这且慢表。

再说郭子仪入朝后，仍然还镇，越二年复行入朝，鱼朝恩邀游章敬寺。这章敬寺本是庄舍，旧赐朝恩，朝恩改庄为寺，只说替帝母吴太后祷祝冥福，特别装修，穷极华丽，又因屋宇不足，请将曲江华清两离宫，拨入寺中，一并改造。卫州进士高郢上书谏阻，谓不宜穷工糜费，避实就虚，代宗也为所动，即召元载等入问道：“佛言报应，说果真么？”元载道：“国家运祚灵长，全仗冥中福报，福报已定，虽有小灾，不足为害。试想安史皆遭子祸，怀恩道死，回纥吐蕃二寇，不战自退，这都非人力所能及，怎能谓无报应呢？”代宗乃不从郢奏，悉从朝恩所请。至寺已落成，代宗亲往拈香，度僧尼至千人，赐胡僧不空法号，叫作大辩正广智三藏和尚，给食公卿俸。不空谄附朝恩，有时得见代宗，常说朝恩是佛徒化身，朝恩因此益横，气陵卿相。元载本与朝恩连结，旋因朝恩好加嘲笑，渐渐生嫌。至朝恩招子仪入寺，载密使人告子仪道："朝恩将加害公身。"子仪不听，随骑请衷甲以从，子仪道："我为国家大臣，彼无天子命，怎敢害我？"遂屏去驺从，独率家僮一人前往。能单骑见回纥，遑论朝恩。朝恩见子仪不带随骑，未免惊问。子仪即自述所闻，且言知公诚意，特减从而来。朝恩抚膺流涕道："非公长者，能不生疑？"自是相与为欢，把从前嫉忌子仪的心思，都付诸汪洋大海了。舜之格象，亦本此道。元载因子仪不堕彼计，又想出一个方法，上言："吐蕃连年入寇，邠宁节度使马璘力不能拒，不如调子仪镇守邠州，徙璘为泾原节度使。"代宗即日批准，子仪拜命即行，毫无异言。小子有诗赞子仪道：

大唐又见费无极，盛德偏逢郭令公。
任尔刁奸施百计，含沙伎俩总徒工。

子仪往镇邠州，元载更谋去朝恩，欲知朝恩是否被除，且看下回再叙。

郭令公生平行事，忠恕二字，足以尽之。惟忠恕故，故单骑见虏，而虏不敢动，杯酒定约，从容还军，所谓蛮貊可行者，令公有焉。惟忠恕故，故奉诏讨周智光，军方启行，而叛众已倒戈相向，同华归诚，逆贼授首，所谓豚鱼可格者，令公有焉。惟忠恕故，故子暧与公主反目，囚子入朝，代宗不以为罪，反从而慰谕之，劝解之，所谓功高而主不疑者，令公有焉。惟忠恕故，故鱼朝恩不敢害公，元载不敢欺公，周旋宵小之间，安如磐石，所谓气充而邪不侵者，令公有焉。历书其事，以见令公之功德过人，浅见者第称令公为福盛，亦安知令公之福，固自有载与俱来耶？彼鱼朝恩元载周智光辈，固不值令公一盼云。

第六十一回

定秘谋元舅除凶 窃主柄强藩抗命

却说宦官鱼朝恩，专掌禁兵，势倾朝野，每有章奏，期在必允，朝廷政事，无不预议，偶有一事，不得与闻，即悻悻道："天下事可不由我主张么？"自大如此，都是代宗一人酿成。养子令徽，为内给使，官小年轻，止得衣绿，尝与同列忿争，归告朝恩。朝恩即带着令徽，入见代宗道："臣儿令徽，官职太卑，屡受人侮，幸乞陛下赐给紫衣！"代宗尚未及答，偏内监已捧着紫衣，站立一旁。朝恩不待上命，即随手取来，递与令徽，嘱他穿着，才行拜谢。看官试想！似这种自尊自大的行为，无论什么主子，也有些耐不下去。代宗却强颜作笑道："儿服紫衣，想可称心了。"朝恩父子，昂然退去。自是代宗隐忌朝恩，元载窥知上意，乘间入奏，请除朝思。代宗嘱令暗中设法，毋得泄机。除一阉宦，须嘱宰相暗地设谋，真是枉做皇帝。元载遂贿托卫士周皓，及陕州节度使皇甫温，令图朝恩。这两人本是朝恩心腹，因见了黄白物，不由不贪利动心，遂与元载串同一气！载又徙温为凤翔节度使，温入朝陛见，载留他居京数日，悄悄地布定密谋，入白代宗。代宗称善，但嘱他小心行事，勿反惹祸。畏葸之至。载应诺而出。会值寒食节届，代宗在内殿置酒，宴集亲贵。朝恩亦得列坐，宴毕散席，朝恩亦谢恩欲出。忽元载领着周皓皇甫温等，踉跄趋入，七手八脚，将朝恩一把抓住，捆缚起来。朝恩自呼何罪，当由代宗历数罪状，朝恩尚哗词答辩，毫不服罪。代宗谕令自尽，即由周皓等牵出朝恩，将他勒死，乃下敕罢朝恩观军容等使，出尸还家，诈说他受敕自缢，特赐钱六百万缗，作为葬费。神策军都虞候刘希暹都知兵马使王驾鹤，向系朝恩羽翼，至是俱加授御史中丞，俾安反侧。后来希暹有不逊语，反由驾鹤奏闻，勒令自尽。所有朝恩余党，从此不敢生心。

惟元载既诛朝恩，得宠益隆，载恃宠生骄，自矜有文武才，古今莫及，于是弄权舞智，约贿贪赃。吏部侍郎杨绾，典选平允，性又介直，不肯附载，岭南节度使徐浩，搜括南方珍宝，运送载家，载即擅徙绾为国子祭酒，召浩为吏部侍郎。代宗素器重李泌，特令中使敦请出山。泌应召至京，复赐金紫，命他入相。经泌一再固辞，乃在蓬莱殿侧，筑一书院，使泌居住，遇有军国重事，无不咨商。泌素无妻，且不食肉，代宗强令肉食，且为娶前朔方留后李玮甥女，赐第安福里，生子名繁。长源亦堕尘劫耶？偏元载阴怀妒忌，屡欲调泌出外，免受牵掣，适江西观察使魏少游，请简僚佐，载谓泌有吏才，请即简任。代宗亦知载有意调泌，特密语泌道："元载不肯容卿，朕今令卿往江西，暂时安处。俟朕除载后，当有信报卿，卿可束装来京。"泌唯唯受命。何不仍归衡山，想是一入尘迷，便难洒脱。乃出泌为江西判官，且遥饬少游好生看待，毋得简慢！

泌已南下，载益专横，同平章事王缙，朋比为奸，贪风大炽。载有丈人从宣州来，向载求官，载遣往河北，但给一书。丈人不悦，行至幽州，发书展视，并无一言，只署着元载两字，丈人进退两难，不得已试谒判官。哪知判官接阅载书，很是起敬，立白节度使延为上客，留宴数日，赠绢千匹，丈人已得了一注小财，乐得满载而归。这还因丈人不足任事，所以载如此处置，若稍有才能，一经载代为援引，无不立跻显宦。王缙威势，亦几与相同。载妻子及缙弟妹，皆倚势纳赂。载有主书卓英倩，性尤贪狡，得载欢心，所以干禄求荣的士子，往往买嘱英倩，求他引进。英倩竟得坐拥巨资，称富家翁。成都司录李少良，上书诋载，载即讽令台官奏劾少良，召入杖毙，连少良友人韦颂，及殿中侍御史陆珽，一并坐罪处死。代宗被他胁制，很是懊怅，乃独下手敕，召浙西观察使李栖筠入朝，命为御史大夫。栖筠刚正不阿，受职后，即纠弹吏部侍郎徐浩薛邕，及京兆尹杜济虚，欺君罔上，黩货卖官。代宗令礼部侍郎于劭复按，劭颇加袒护，复奏时多涉模糊，复经栖筠劾他同党，遂贬浩为明州别驾，邕为歙州刺史，济虚为杭州刺史，劭为桂州长史。这四人统是元载党羽，一旦黜退，不少瞻徇，明明是抑夺载权。载尚未知改悔，且深恨栖筠，常欲将他陷害。栖筠虽特邀主知，得肃风宪，但见代宗依违少断，元载凶狡多端，免不得忧愤交并，酿成重疾，居台未几，便即谢世。他原籍本是赵人，迁居汲郡，有王佐才，性喜奖善，又好闻过，历任东南守吏，政绩卓著，朝廷曾封为赞皇县子，所以身后多称为赞皇公。代宗屡欲召为宰辅，惮载辄止，至入任御史，不久即殁，代宗方加倚畀，偏偏天不假年，因此天颜震悼，特追赠吏部尚书，予谥文献。子吉甫后相宪宗，下文自有表见。

单说代宗因栖筠去世，失一臂助，急切里无从除载，只好再行含忍。中经幽州不靖，魏博发难，汴宋军又复作乱。迭经弥缝挽救，稍稍就绪。因欲叙元载始末，故将各镇事，浑括数语，待后再详。不幸贵妃独孤氏，得病身亡。妃以色见幸，居常专夜，至此香销玉殒，教代宗如何不悲？当下在内殿殡灵，按时营奠，追封皇后，谥为贞懿。好容易过了一二年，方觉悲怀渐减，专心国事。元载王缙，已骄横得了不得，代宗实忍耐不住，四顾左右，无可与谋，只有左金吾大将军吴凑，系代宗生母章敬皇后胞弟，谊关懿戚，尚可密谈。凑得操兵柄，力任除奸，乃与代宗谋定后行。大历十二年间三月，有人密告载缙夜醮，谋为不轨，当由代宗御延英殿，命吴凑率领禁兵，收捕载缙，囚系政事堂，且拘逮亲吏诸子下狱。随令吏部尚书刘晏，御史大夫李涵，散骑常侍萧昕，礼部侍郎常衮等，公同讯鞫，所有问案，多出禁中。载与缙无可抵赖，悉数供认。左卫将军知内侍省事董秀，得载平日厚赂，素作内援，到此才被发觉，即日杖毙，赐载自尽，令刑官监视。载顾语刑官，愿求速死。刑官冷笑道："相公入秉国钧，差不多要二十年，威福也算行尽了，今日天网恢恢，亲受报应，若少许受些污辱，亦属何妨。"读此令人一快。乃脱下秽袜，塞住载口，然后慢慢的将他缢死。载妻王氏，系前河西节度王忠嗣女，骄侈悍戾，子伯和仲武季能，无一贤能，伯和官参军，仲武官员外郎，季能官校书郎，怙势作恶，贪冒肆淫，都中辟南北二第，广罗妓妾，盛蓄倡优，声色玩好，无乎不备。及载既伏诛，妻子等一并正法，家产籍没，财帛万计。即如胡椒一物，且多至八百石，俱分赐中书门下台省各官。贪财何益。

王缙本应赐死，刘晏谓法有首从，宜别等差，乃止贬为括州刺史。吏部侍郎杨炎，谏议大夫韩洄包佶，起居舍人韩会等，俱坐载党贬官。惟卓英倩等搒死杖下，英倩弟英璘，家居金州，横行乡里，闻乃兄受诛，纠众作乱。金州刺史孙道平，调兵征讨，一鼓擒灭。代宗余恨未平，复遣中使发元载祖坟，祖父以下，皆斫棺弃尸，毁家庙，焚木主，才算罢休。这也未免过甚。乃令国子监祭酒杨绾，及礼部侍郎常衮，同平章事。绾入相不过旬月，即染痼疾，上疏辞职。代宗不许，命就中书省疗治，召对时饬人扶持，所有时弊，概付厘剔，可惜享年不永，赍志以终。代宗很是痛悼，且语群臣道："天不欲朕致太平，乃速夺我杨绾么？"既知绾贤，何不早用。遂诏赠司徒，赙绢千匹，赐谥文简。绾华阴人，居家孝谨，立身廉俭，当敕令入相时，朝野称庆。御史中丞崔宽，方筑华堂大厦，遽令拆毁，京兆尹黎幹，裁减驺从，就是汾阳王郭子仪，在署宴客，亦减去声乐五分之四。外此靡然从风，不可胜纪。时人比诸汉朝杨震，及晋朝山涛谢安，这真好算是救时良相了。善善从长。常衮虽与绾并相，才识远不及绾，代宗召还李泌，意欲令他辅政，偏为衮所龉龁，仍出泌为澧州刺史，惟与绾荐引颜真卿，仍复原官，还与众望相孚，这且慢表。

且说代宗季年，方镇寖盛，河北四镇，统系安史旧将，据有遗众，逐渐鸱张。河北四镇，见五十八回。卢龙节度使李怀仙，性情暴戾，为幽州兵马使朱希彩所杀，自称

朱泚（742—784），幽州昌平（今属北京）人。朱泚原为幽州将领，先后效力于李怀仙、朱希彩，后被部下拥立为节度使。建中四年（783年），泾原兵变，朱泚被哗变的士兵拥立为帝，国号秦，年号应天。不久，被李晟击败，在逃到彭原（今甘肃庆阳市西峰区东彭原）时，被部将杀死。

留后，代宗专务羁縻，仍任希彩为节度使。希彩部下，又是不服，复将希彩杀死，改推经略副使朱泚为帅。代宗又把节度使的重任，授给朱泚。应上幽州不靖句。相卫节度使薛嵩病死，子名平，年甫十二，将士推他袭职。平让与叔萼，夜奉父丧奔归乡里，童子却是不凡。萼遂自称留后。代宗亦听他自为，且加任命。独魏博节度使田承嗣，跋扈得很，公然为安史父子立祠，号为四圣，并上表求为宰相。代宗遣使慰谕，讽令毁祠，竟授他同平章事。既而复遣爱女永乐公主，下嫁承嗣子华，承嗣益加骄恣，密诱相卫兵马使裴志清，逐去留后薛萼，率众归承嗣，承嗣即引兵袭取相州。代宗下敕禁止，承嗣拒命不受，反进陷洺卫二州，成德节度使李宝臣，平卢节度使李正己，素为承嗣所轻，遂各上表请讨承嗣，适卢龙节度使朱泚入朝，留弟滔镇守，请命为留后，即由滔助讨魏博，代宗一一准请，诏贬承嗣为永州刺史，命诸道兵四路进征，于是李宝臣朱滔，与河东节度使薛兼训，攻承嗣北方，李正己与淮西节度使李忠臣，攻承嗣南方，承嗣虽然强悍，究竟寡不敌众，部下各怀疑惧，渐生异心，裨将霍荣国，与降将裴志清，先后叛去。从子田悦，出攻陈留，大败而还，骁将卢子期，出攻磁州，被李宝臣等擒送京师，枭首毙命。承嗣惶急万状，乃想出一条反间计，差一辩士，赍了魏博的册籍，往说李正己道：“承嗣年逾八十，死期将至，诸子不肖，侄悦亦是庸才，今日所有，无非为公代守，何足辱公师旅呢，敢乞明察。”正己闻言大喜，乃按兵不进。一个中计了。李宝臣擒得卢子期，献俘京师，代宗令中使马承倩，赍敕褒功。宝臣只遗承倩百缣，承倩掷出道中，诟詈而去。阉人可杀。宝臣未免惭忿，兵马使王武俊遂进言道：“今公方立功，阉竖辈尚敢如此，他日寇平，召公入阙，恐为匹夫且不可得，不如释去承嗣，尚足使朝廷倚重，免为人奴。”宝臣听了，也引兵渐退，承嗣计上加计，特遣人至范阳境内，密埋一石，石文上镌有二语云：“二帝同功势万全，将田为侣入幽燕。”石已埋好，又嘱术士往说宝臣，言范阳有天子气。范阳本宝臣乡里，骤闻此语，当然心喜，即引术士赴范阳，觇气所在。术士至宝臣里中，掘出瘗石，取示宝臣。宝臣见了石文，若难索解，可巧承嗣贻书，约与宝臣连和，共取范阳。宝臣以为适合符谶，复称如约，利令智昏。遂先率兵趋范阳。范阳系朱滔属境，滔因两路退兵，也还军瓦桥，不防宝臣掩杀过来，仓猝接仗，竟致败绩，微服走脱，忙令雄武军使刘坪，往守范阳。宝臣闻范阳有备，不敢径进，但促承嗣合兵往攻。承嗣却还书道："河内有警，不暇从公，石上谶文，实由我与公为戏，幸勿加责。"又是一个中计，复书更是厉害。看官试想！宝臣得了此书，能不惭恨交并么？当下令部将张孝忠为易州刺史，屯兵七千，防备承嗣，自己收兵还镇。承嗣却上表谢罪，自请入朝，李正己也为代请，代宗乐得从宽，颁诏特赦，准与家属入觐。

偏汴宋军都虞候李灵曜，勾通承嗣，擅杀兵马使孟鉴，诏令灵曜为濮州刺史，灵曜不受，又由中使持敕宣慰，擢为汴宋留后。他才算对使拜命，但从此藐视朝廷，所有境内八州守吏，一律撤换，悉用私人。代宗至此，方命淮西节度使李忠臣，永平节度使李勉，河阳三城使马燧，淮南节度使陈少游，平卢节度使李正己，同讨灵曜。李忠臣马燧，军至郑州，灵曜率兵掩至，李忠臣不及防备，麾下骇奔，忠臣亦走，马燧独力难支，也即退军。忠臣检点军士，十亡五六，便欲还镇。燧极力劝阻，决计再进。忠臣乃招还散卒，数日皆集，军容复振。陈少游前军亦到，彼此会合，与灵曜大战汴州。灵曜败入城中，登陴固守。忠臣等乃就势围住，田承嗣遣从子悦援汴，杀败永平成德军，直薄汴州，就在城北立营。李忠臣夜遣裨将李重倩，带着锐骑数百，突入悦垒，纵横冲荡，斩敌数十人。悦猝不及防，正拟纠众兜围，不意鼓声大震，燧与忠臣，两路杀到，悦料不能敌，麾众急走。此时夜深月黑，马倦人疲，大众逃命不暇，害得自相践踏，枕籍道旁。再经河阳淮西两军，一阵驱杀，十成中丧了七八成，剩得几个命不该死的士卒，随悦遁去。燧与忠臣再行围城，灵曜开门夜遁，汴州告平。永平将杜如江，追及韦城，擒住灵曜，献与李勉，勉即将灵曜械送京师，正法了事。惟承嗣并未入朝，且助灵曜，怙恶日甚，不容不讨。代宗又下敕调兵，那承嗣复表陈悔罪，这位柔弱无刚的代宗，竟遵着既往不咎的古训，一体赦免，且赐还承嗣官爵，令他不必入朝。看官！你想可叹不可叹呢？纵容如此，怎能致治。

李忠臣李宝臣李正己等，见承嗣悖逆不臣，尚且遇赦，何况为国立功，理应坐享富贵。凡从前李灵曜所辖属地，多由各镇分派，据为己有，李正己得地最多，占得曹濮徐兖郓五州，自己徙治郓城，留子纳守青州。代宗事事依从，即授纳为青州刺史。李宝臣就是张忠志，赐姓为李，见前文。至是仍请复姓为张，亦邀俞允。田承嗣反复无常，自两次赦罪，总算平静了两年，到代宗末年，即大历十四年。正月，老病侵寻，因致毙命。他有子十一人，皆不及悦，承嗣临危时，特令悦知军事，诸子为副。悦奏述详情，代宗即命悦为留后，且追赠承嗣为太保。教猱升木。李忠臣讨平灵曜，自恃功高，贪暴恣肆，更有一种极端的坏处，他见将士妻女，稍有姿色，必诱令入内，逼受李希烈（？—786），燕州辽西（今北京顺义区西北）人。大历十四年（779年）逐忠臣，为淮西留后。德宗即位，山南东道梁崇义反叛，出兵讨平之。淄青反叛，又受命出兵，反与之交通，河北亦倚之与朝廷抗衡。自称天下都元帅、建兴王。公元784年攻入汴州（今河南开封市），旋称楚帝，年号武成。唐调集诸军四面围攻，逃归蔡州（今河南汝南），后被部将陈仙奇毒死。

淫污。妹夫张惠光由忠臣授为副使，更加暴横，惠光子亦得为裨贰，父子狼狈为奸，大失士心。忠臣族子李希烈，从战河北，所向有功，平时又略行小惠，笼络士卒，士卒遂相率悦服。牙将丁暠贾子华等，乘隙发难，杀死惠光父子，又欲并害忠臣。希烈本与同谋，因顾念族谊，乞全忠臣性命。忠臣得单骑走脱，奔入京都。暠与子华，遂拥戴希烈，上表请命。代宗尚宠遇忠臣，命他留京，授为检校司空，同平章事，一面任希烈为留后。总计唐室藩镇，日盛一日，祸端统起自肃代二宗。平卢节度使侯希逸，由军士拥立，肃宗未能讨伐，反从所请，作了第一次的规例。已见前回，此处更为提明，呼醒不少。代宗不知幹蛊，复将乃父做错的事情，奉为衣钵，所以错上加错，酿成大乱。就中惟泾原节度使马璘，凤翔秦陇泽潞节度使李抱玉，滑亳节度使令狐彰，彰本史思明旧将，自拔归朝，得拜方镇。昭义节度使李承昭，治军有法，奉命惟谨，可惜先后病逝，徒贻令名。外此如久镇永平的李勉，继镇泾原的段秀实，留镇泽潞的李抱真，抱玉弟。及后来调镇河东的马燧，耿耿孤忠，可任大事，下文当依次表明。最有才德的莫如郭子仪，但他已都统河南道节度行营，资望勋业，迥异寻常，恭顺却比人加倍，这乃唐朝第一名臣，原是绝无仅有呢。再括数语，涵盖一切。大历十四年五月，代宗不豫，诏令太子适监国，是夕代宗即崩，享年五十三岁。统计代宗在位十七年，改元三次，遗诏召郭子仪入京，摄行冢宰事。太子适即位太极殿，是为德宗。小子有诗咏代宗道：

李适（742—805），即唐德宗，唐代皇帝。宝应元年（762年）为兵马元帅，讨史朝义。继位初，励精图治，罢岁贡，改租庸调为两税法，废一切苛杂。建中四年（783年）泾原兵过京师哗变，一度逃往奉天（今陕西乾县），自此对藩镇姑息迁就，政局较乱。

国柄何堪屡下移，屏藩一溃失纲维。

从知王道无偏倚，敷政刚柔贵合宜。

欲知德宗初政，且看下回分解。

李辅国也，程元振也，鱼朝恩也，三人皆宫掖阉奴，恃宠横行，原为小人常态，不足深责。元载以言官入相，乃亦专权怙恶，任所欲为，书所谓位不期骄，禄不期侈者，于载见之矣。但观其受捕之时，不过费一元舅吴凑之力，而即帖然就戮，毫无变端，是载固无拳无勇之流，捽而去之，易如反手，代宗胡必迁延畏沮，历久始发乎？夫不能除一元载，更何论河北诸帅。田承嗣再叛再服，几视代宗如婴儿，而代宗卒纵容之。李宝臣李忠臣李正己等，因之跋扈，而藩镇之祸，坐是酿成，迭衰迭盛，以底于亡，可胜慨哉！本回但依次叙述，而代宗优柔不振之弊，已跃然纸上。

第六十二回

贬忠州刘晏冤死
守临洺张伾得援

却说德宗即位，黜陟一新，尊郭子仪为尚父，加职太尉，兼中书令，封朱泚为遂宁王，兼同平章事。两人位兼将相，实皆不预朝政。独常衮居政事堂，每遇奏请，往往代二人署名，中书舍人崔祐甫，与衮屡有争言，从前朱泚献猫鼠同乳，称为瑞征，衮即率百官入贺，祐甫独力驳道："物反常为妖，猫本捕鼠，与鼠同乳，确是反常，应目为妖，何得称贺？"衮引为惭愤，有排崔意。及德宗嗣统，会议丧服，祐甫谓宜遵遗诏，臣民三日释服。衮以为民可三日，群臣应服二十七日乃除。两下争论多时，衮遂奏祐甫率情变礼，请加贬斥，署名连及郭朱二人。德宗乃黜祐甫为河南少尹。既而子仪与泚，表称祐甫无罪，德宗怪他自相矛盾，召问隐情。二人俱说前奏未曾列名，乃是常衮私署。德宗因疑衮为欺罔，贬为潮州刺史，便令祐甫代相，格外专任，真个是言听计从，视作良弼。且诏罢四方贡献，所有梨园旧徒，概隶入太常，不必另外供奉，天下毋得奏祥瑞；纵驯象，出宫女，民有冤滞，得挝登闻鼓，及诣请三司使复讯，中外大悦，喁喁望治。诏敕颁到淄青，军士都投戈顾语道："明天子出了，我辈尚敢自大么？"李正己兼辖淄青，也不由不畏惧起来，愿献钱三十万缗。德宗因辞受两难，颇费踌躇，特与崔祐甫商议处置方法。祐甫请遣使宣慰淄青将士，就把这三十万钱，作为赏赐。此计固佳，但中知者即能计及，而德宗尚未能想到，其才可知。德宗满口称善，即令照行。果然正己接诏，格外愧服。至德宗生日，四方贡献，一概却还，正己复献缣三万匹，田悦也照正己办法，缣数从同。德宗归入度支，充作租赋，凡度支出纳事宜，命吏部尚书刘晏兼辖，且授晏为左仆射。

晏本与户部侍郎韩滉，分掌全国财赋，滉太苛刻，为时论所不容，德宗乃徙滉为晋州刺史，专任晏司度支事。晏有才力，多机智，变通有无，曲尽微妙，历任转运盐铁租庸等使，上不妨国，下不病民，尝谓理财以养民为先，户口滋多，赋税自广，所以诸道各置知院官，每历旬日，必令详报雨雪丰歉各状，丰即贵籴，歉乃贱粜。或将贮谷易货，供给官用。如遇大歉，不待州县申请，即奏请蠲租赈饥，由是户口蕃息，庚癸无呼。又尝作常平盐法，撤除界限，裁省冗官，但就产盐区置官收盐，令商购运，一税以外，不问所之，有几处地僻乏盐，由官输运，有几时盐绝商贵，亦由官接济，官得余利，民不乏盐。榷盐法莫善于此，后世奈何不行？最关紧要的是革去胥吏，专用士人，他以为胥吏好利，士人好名，无论琐细事件，必委士人办理，因此厘清宿弊，涓滴归公。近来士人，亦专营利，恐刘晏良法，亦无如何。唐自安史乱起，连岁用兵，饷糈浩繁，人民耗敝，亏得朝廷用了刘晏，得以酌盈剂虚，不虑困乏。晏又自奉节俭，室无媵婢，平居办事甚勤，遇有大小案牍，立即裁决，绝不稽留，后世推为治事能臣，理财妙手。名不虚传。惟任职既久，权倾宰相，要官华使，多出晏门，免不得媢怨交乘，毁谤并至。

崔祐甫又荐引杨炎为相，炎与晏本不相能，元载伏诛，炎尝坐贬，当时曾由晏定谳。见前回。及炎入任同平章事，挟嫌怀恨，日思报复，他见晏以理财得宠，遂就财政上想出两大计划，入试德宗。第一着是请将天下财帛，悉贮左藏，这事本是唐朝旧例，肃宗初年，第五琦为度支使，因京师豪将，取求无度，琦不胜供应，乃奏请贮入内库，免得自己为难。天子何暇守财？当然委任内监，内监有几个清廉，当然做了蠹虫，乘机中饱。阉宦据为利薮，户部无从详查。炎仍请移出外库，扫清年来的积弊，不但中外视作嘉谟，就是德宗亦叹为至计。第二着是请创行两税法，唐初国赋，分租庸调三项，有田乃有租，有身乃有庸，有户乃有调。玄宗末年，版籍寖坏，诸多失实，炎请量出制入，酌定赋额，户无主客，以现居为簿，人无丁中，十六为中，十二为丁。以贫富为差，行商税三十之一，居民照章纳税，两次分收，夏不得过六月，秋不得过十一月，所有租庸杂徭，悉数裁并，但就上年垦田成数，均亩收税，于是民皆土著，确实不虚，这便叫作两税法。两税之法，利弊参半，陆宣公尝痛论之，但后世尝奉为成制，无非以简易可行耳。德宗依次施行，第一法是叱嗟可办，就在大历十四年冬季移交，第二法须劳费手续，特在德宗纪元建中，郑重颁诏，且预戒官吏，不得逾额妄索，多取一钱，便是枉法，民间颇称便利，情愿遵行。杨炎既得主心，遂复进一步用计，上言："尚书省为国政大本，任职宜专，不应兼及诸使。"于是把刘晏所兼各使职权，尽行撤销。炎以为步步得手，索性单刀直入，径攻刘晏。当德宗为太子时，代宗尝宠独孤妃，妃生子迥，曾封韩王，宦官刘清潭等，密请立妃为后，且屡言迥有异征，为摇动东宫计。事尚未成，独孤已逝，乃将此议搁置，但德宗已吃了一大虚惊。炎欲扳倒刘晏，竟入内殿密谒德宗，叩首流涕道："陛下赖宗社神灵，得免贼臣谗间，否则内侍早有奸谋，刘晏实为主使，今陛下已经正位，晏尚侈然立朝，臣不能不指出正凶，乞请严究。"德宗本已忘怀，突被杨炎提及，不觉忿气填胸，立欲逮晏下狱，还是崔祐甫从旁劝解，谓："事涉暧昧，不应轻信，且朝廷已经施赦，更无追究既往。"朱泚等亦上表营解，德宗始终不怿，竟坐晏他罪，贬为忠州刺史。哪知杨炎尚未肯罢休，定欲置晏死地，特擢私党庾准为荆南节度使，嘱令除晏。准即奏晏怨望，并附晏与朱泚书，作为证据。炎又请德宗速正明刑，时首相崔祐甫已殁，营救无人，德宗竟不问虚实，密遣中使驰至忠州，将晏缢死，然后下诏赐令自尽，家属悉徙岭表，连坐至数十人，中外交口称冤。惟炎得心满意足，不留余恨了。

晏未死以前，尚有泾州别驾刘文喜，据州作乱，也是杨炎一人酿成。炎奉元载为祖师，载生前欲城原州，控御吐蕃，事不果行，炎拟行载遗策，先牒泾原节度使段秀实，筹备工作。秀实答炎书道："安边却敌，应从缓计，况农事方作，尤不可遽兴土功。"炎得书甚怒，召秀实为司农卿，遣河中尹李怀光，督造新城。怀光素来严刻，泾原军士，闻名生畏，各有异言。别驾刘文喜，趁势纠众，反抗朝廷，先上了一道表文，只说是请还原官，万一段难再来，应简朱泚为帅。至德宗用朱代李，文喜又不受诏，欲效河北诸镇故例，自为节度使，乃下诏令朱泚李怀光，发兵讨文喜，文喜向吐蕃乞援，吐蕃不肯发兵，一城斗大，禁不起两军围攻，困守了好几旬，城中内乱，泾州副将刘海宾，杀毙文喜，献首乞降，泾原始平。但原州城终因此罢工。德宗既得文喜首，悬示京师，适李正己遣参佐入朝，由德宗令视逆首，有示戒意。参佐归白正己，正己很是不安。嗣闻刘晏被杀，乃上表问晏罪状，语带讥讪。德宗不报，独杨炎不免心虚，密遣私人分诣诸镇，自为辩白，只说杀晏由主上独裁，于己无与。此次恰弄巧成拙了。正己乃复上表，竟指斥德宗不明，有"诛晏太暴，不咨宰辅"二语。德宗览表起疑，也令中使往问正己。正己说是由炎传言。中使返报德宗，德宗因不悦炎，别选了一个著名奸臣，来与共相。这人为谁？就是卢弈子卢杞，卢弈为安禄山所害，大节炳然。见前文。子杞貌丑，面色如蓝，居常恶衣菲食，似有乃祖卢怀慎遗风，

卢杞（?—785），字子良，唐滑州灵昌（今河南滑县西南）人，唐朝大臣。建中初，由御史中丞迁宰相。他先后陷害杨炎、颜真卿，排斥宰相张镒等。建中四年（783年），泾原兵哗变，京师失守，朔方节度使李怀光屡上疏弹劾其罪，遂贬职，旋死于澧州。

其实是钓名沽誉，不近人情。起初以父荫得官，累任至虢州刺史，尝奏称州中有官豕三千，足为民患。德宗令转徙沙苑，杞复上言："沙苑地在同州，也是陛下子民，何分彼此，不如宰食为便。"德宗赞美道："杞守虢州，忧及他方，真宰相才哩。"已受欺了。遂以豕赐贫民，召杞为御史中丞。寻因与炎有嫌，竟擢为门下侍郎，同平章事。炎谓杞不学，羞与同列。你亦何尝有学？杞亦知上意嫉炎，乐得投阱下石，从此炎趋入危境，也要身命不保了。天道好还。

忽有一老妇自称太后，由中使迎入上阳宫，奉养起来。突接入伪太后事，笔法从盲左脱胎。老妇实高力士养女，并非真正帝母，她年轻时，曾入侍宫掖，与德宗生母沈氏，时常会面，年貌亦颇相似。沈氏时尝削脯哺帝，致伤左指，高女亦尝剖瓜伤指，因此两人形迹，几乎相同。沈氏陷没东都，久无下落。前文亦曾叙及。德宗即位，遥上尊号，奉册唏嘘，中书舍人高彦，谓帝母存亡未卜，今既册为太后，应再四处访求。德宗乃令胞弟睦王述代宗第三子。为奉迎使，工部尚书乔琳为副，诸沈四人为判官，分行天下，访求太后。高力士养女，正嫠居东京，能详述宫禁中事，时人疑即沈太后，报知朝使。朝使不能确认，特请派宦官宫女，同往验视。女官李真一，夙居宫中，尝随沈太后左右，至是奉派至东京，见了高女，酷肖太后，也不禁以假为真，当下逐节盘问，高女缕述无讹，惟诘她是否太后，她却言语支吾，未曾认实。宦官等贪功希宠，竟强迎至上阳宫，令她居住，一面报达德宗，竟欲指鹿为马。德宗即发宫女赍奉御物，入宫供奉，这时候的高氏女，也有些心动起来，竟俨以太后自认。张冠李戴，哄传都下，德宗大喜，百官联翩入贺，独力士养子承悦，洞悉本原，恐将来一经察觉，祸及全家，乃入陈情实，请加复核。德宗乃命力士养孙樊景超，再往验视。景超与高女相见，当然认识，便语高女道："太后岂可冒充？姑母乃胆敢出此，诚不可解，莫非自求速死，乃置身俎上么？"高女尚踟蹰不答。景超即大声道："有诏下来！高女伪充太后，令即解京问罪。"高女听到此语，方觉股栗，战声答道："我为人所强，原非出自本意。"是何情事？乃可听人作主，女流无识，可叹可悯。景超即日返京，据实陈明，并请处罪。德宗语左右道："朕宁受百欺，求得一真，倘因高氏女得罪，无人敢言，岂不是大违初意么？"乃只命将高女放还，不再究罪。既而太后终无音耗，乃追谥为睿真皇后，奉祎衣祔葬元陵。元陵是代宗坟茔，距代宗崩时，七月即葬，追赠太后高祖琳为司徒，曾祖士衡为太保，祖介福为太傅，父易直为太师，易直弟易良为司空，易直子震为太尉，特立五庙，虔奉祭祀。立长子诵为太子，册诵母王氏为淑妃。

德宗素不信阴阳鬼神，所以送死养生，多循礼法。独术士桑道茂，以占验得幸，待诏翰苑。德宗召入，与论将来祸福，道茂答道："此后三年，都中恐有大变，陛下难免虚惊。臣望奉天有天子气，请陛下亟饬夫役修缮，增高垣堞，以防不测。"德宗乃敕

李晟（727—793），字良器，洮州临潭（今属甘肃临潭东）人，唐大将。建中二年（781年）魏博田悦反，任神策先锋都知兵马使，率兵与河东马燧、昭义李抱真等共讨之；后又抗击与田悦联合反唐的幽州朱滔、成德王武俊。会朱泚叛据长安、德宗出逃奉天，奉命回师讨伐。值朔方节度使李怀光叛，德宗再逃至梁州，他又以孤军抗强寇，终于收复长安。任凤翔、陇右节度等使，兼四镇、北庭行营副元帅，封西平郡王。贞元三年（787年）解除兵权。

京兆尹严郢，发众数千，并神策兵千人，往筑奉天城。时方盛夏，骤兴大工，群臣都莫明其妙。神策都将李晟，系洮州名将，身长六尺，力敌万人，历从王忠嗣李抱玉马璘麾下，御夷有功，因召入主神策军，德宗初立，吐蕃南诏入寇剑南，适西川节度使崔宁入朝，留京未还。晟奉命出征，斩虏首万级，虏皆遁去，乃奏凯还朝。晟为唐室功臣，故开手叙及，亦较从详重。复命后，奉敕调军筑城，也暗暗惊异。巧值桑道茂入谒，因邀令坐谈，道茂叙及奉天筑城事，且言："祸变不远，为皇上计，不得不尔。"晟似信非信。道茂忽离座下跪，向晟再拜，晟慌忙答礼，扶他起来。道茂坚不肯起，泣请晟道："公将来建功立业，贵盛无比，惟道茂微命，悬在公手，只得求公开恩，预示赦宥。"晟闻言大惊，还疑道茂有什么异图，便答道："足下并无罪戾，就使有罪，晟亦何能援手？"道茂道："今日无罪，罪在他日。"说至此，即从怀中取出一纸，自署姓名，右文写着"为贼逼胁"四字，求晟加判。晟阅毕，茫无头绪，即笑问道："欲我如何判法？"道茂道："请公判入'赦罪免死'一语，便不啻再生父母了。"晟见道茂跪求，又向来未见逆迹，似不妨勉从所请，乃提笔照书，交还道茂。道茂又出缣丈许，愿易晟衣，晟越觉惊讶，诘问缘由。道茂道："公虽下判，但事无左证，仍涉空虚，敢请公许易一衣，并赐题襟上。书明'他日为信'四字，方可始终作证，匄免微命。"愈出愈奇。晟至此，更不禁踌躇起来。道茂又道："此事与公无损，于道茂却大有益处。道茂粗识未来，因敢乞请，愿公勿疑！"晟乃取衣题襟，给与道茂。道茂拜谢毕，方才起身，告别而去。事出《道茂本传》，确凿有据。看官欲知道茂所言，究竟有无实验？说来很是话长，须要从头至尾，一一叙明。

建中二年，成德节度使李宝臣病死，宝臣本已复姓为张，嗣惮德宗威名，又愿赐姓为李。有子惟岳，性暗质弱，宝臣为世袭计，恐群下不服惟岳，杀死骁将辛忠义等二十余人，后且求长生术，误饮毒液，即致病喑，三日遂死。孔目官胡震，家僮王他奴，劝惟岳匿丧，诈为宝臣表文，请令惟岳袭位，德宗不许。惟岳自称留后，为父发丧，又使将佐联名上奏，推戴自己，德宗又不许。魏博节度使田悦，与宝臣友善，悦得继袭，宝臣曾为申请，至是悦念前恩，也为惟岳代请袭爵，偏德宗仍然不许。悦遂邀同李正己，为惟岳援，共谋勒兵拒命。为了三不许，激出三镇叛乱来了。魏博节度副使田庭玠，与悦同宗，劝悦谨事朝廷，自保家族，悦不以为然。庭玠忧死。成德判官邵真，泣谏惟岳，请执魏青二镇使人，解送京师，自请讨逆。且谓照此办法，朝廷庶嘉奖忠诚，必授旌节。惟岳颇为所动，令真草表，偏为胡震等所阻，事不果行。惟岳母舅谷从政，前为定州刺史，颇有胆识，因为宝臣所忌，杜门不出。及闻惟岳谋叛，独入劝惟岳，反复指陈。怎奈惟岳已误信憸言，先入为主，任你如何开导，只是不信，且反加忌。从政知难挽回，怏怏还家，忽来了王他奴，监督起居，他不觉忧愤交迫，服毒自尽。临危时，语他奴道："我岂怕死。惜张氏从此族灭了。"于是惟岳敦促魏青二镇，即日发兵。李正己出万人屯曹州，田悦令兵马使康愔率兵八千人围邢州，自率兵数万围临洺，又联结梁崇义，约为援应。崇义为山南东道节度留后，势力不及河北诸镇，平时奉事朝廷，礼数最恭。代宗晚年，已升任节度使，德宗复加授同平章事，赐他铁券，封荫妻孥。哪知崇义为友忘君，竟听信田悦，一同发难。该死得很。淮西军已改名淮宁，任李希烈为节度使，德宗闻崇义逆命，即命希烈就近进讨，别命永平节度使李勉，都统汴宋滑亳河阳各道行营，防御田悦李正己等叛军。同平章事杨炎进谏道："希烈系忠臣族子，狠戾无亲，无功时尚倔强不法，倘得平崇义，将来如何控制呢？"德宗不听，且加封希烈为南平郡王，兼汉南汉北兵马招讨使。希烈慷慨誓师，得众三万，用荆南牙将梁崇义为先锋，出发淮西，途次延宕不进。德宗曾闻他踊跃出兵，乃至中途逗挠，似属前勇后怯，令人生疑。卢杞乘间进言道："希烈迁延不进，恐为杨炎一人所致，炎曾奏阻希烈，料必为希烈所闻，陛下何爱一炎，致隳大功，臣意不若暂罢炎相，俟乱平后，再任为相，亦属何妨。"好言最易动听。德宗乃徙炎为左仆射，罢知政事。其实希烈停留，无非为天雨泥泞，不便进行，并非单为着杨炎一人呢。及天已开霁，希烈督军复进，德宗还以为幸用杞言，因得希烈效力，眼巴巴地望他成功，不意江淮未报捷音，邢洺连番告急。泽潞留后李抱真，也上书请速救邢洺，德宗即授抱真为昭义节度使，令与河东节度使马燧，统兵往援。再遣神策都将李晟，率师出都，会同两镇兵马，共讨田悦。悦围攻临洺，累月未拔，城中粮食且尽，士卒多死，守将张伾，饰爱女出见将士，且令下拜，一面宣谕道："诸军战守甚苦。伾家无他物，请鬻此女，为将士一日费用。"说至此，语带呜咽，众且感且泣道："愿尽死力，不敢言赏。"伾乃令女入内，率军抵御，昼夜不懈，把一座粮竭兵虚的危城，兀自守住。可巧马燧李抱真，合兵八万，东下壶关，击破田悦支军。悦遣将杨朝光率五千骑立栅邯郸，阻住马李两军，再令李惟岳出兵五千，帮助朝光，马燧率军攻栅，纵火延烧，栅用木穿成，遇火立燃，朝光扑救不及，还恶狠狠地与燧军搏战，结果是烟昏目暗，一个失手，好头颅被人斫去，麾下五千骑，非死即伤。李惟岳军，也多毙命，只剩得几个焦头烂额，逃了回去。燧乘胜至临洺，抱真继进，李晟亦到，三路大军，夹击田悦，悦悉众力战，奋斗至百余合，终被燧等杀得大败，狼狈奔回。邢州兵亦解围遁去。悦即遣使分讨救兵，适值李正己病死，子纳擅领军务，乃发淄青兵援悦。李惟岳亦发成德军为援。悦收合散卒得二万人，驻扎洹水。淄青兵在东，成德兵在西，首尾相应，气焰复振。燧等进屯邺郡，恐兵力不足，奏调河阳军自助，诏令新任河阳节度使李艽，率兵往会，与田悦等相持，胜负尚未判定，那李希烈已大破崇义，进拔襄阳了。

自希烈沿汉进行，调集各道兵马，到了蛮水，遇着崇义裨将翟晖杜少诚，一战即胜，追至疏口。翟杜两将，计穷力蹙，解甲请降。希烈即令二将驰入襄阳，慰谕军民，自率大军随进。崇义尚欲闭城拒守，可奈军心已变，开门争出，不可禁止，眼见得希烈各军，纷纷入城，崇义无法可施，只得挈了妻孥，投井同尽。至希烈入城，捞出尸首，枭了首级，解送京师，希烈遂据住襄阳，德宗闻襄阳已平，加希烈同平章事，另遣河中尹李承为山南东道节度使。承单骑赴镇，希烈令居外馆，胁迫百端。承誓死不屈，希烈乃大掠而去。小子有诗叹道：

犬羊已蹶虎狼来，去祸翻教长祸胎。

为看前辕方覆辙，后车不戒令人哀。

希烈返镇，卢杞又要构害杨炎了。究竟杨炎性命如何，容至下回再表。

杨炎入相，请移财赋贮左藏，又创作两税法。两税之创，尚有遗议，而财赋悉归左藏出纳，实为当时除弊要策，无隙可訾。乃经著书人揭出炎意，谓炎陈此二议，即为害刘晏计，此固言人所未言，而直穷小人之隐者也。自玄宗以迄肃代，若宇文融王𫟹韦坚杨慎矜等，皆掊克臣，利国不足，病民有余，惟刘晏能变通有无，交利上下，炎挟私恨，乃欲捽而去之，去之不易，乃先议财政以动主心，继进谗言以快宿愤，贬晏死晏，计划甚巧，不图卢杞之复来其后也。杞乘梁崇义之叛，借刀杀炎，用计尤毒，德宗一再不悟，且宠任李希烈，以堕入杞之奸谋！曾亦思三镇叛乱，多自乃父宠纵而成，岂尚可举狠戾无亲之李希烈，而封王拜相耶？临洺之役，守将幸有张伾，战将幸有马燧诸人，而田悦始大败而去，不然，奉天之奔，宁待朱泚哉？

第六十三回

三镇连兵张家覆祀
四王僭号朱氏主盟

却说杨炎罢相，用右仆射侯希逸为司空，前永平军节度使张镒为中书侍郎，同平章事，希逸即死，亏得早死，否则亦朱泚流亚。镒性迂缓，徒知修饰边幅，无宰相才。卢杞独揽政权，决计诛炎，谓："炎所立家庙，地临曲江，开元时，萧嵩欲立私祠，玄宗不许，此地实有王气，炎有异志，因敢违背先训，取以立庙。"这数语陈将上去，顿令德宗怒不可遏，立黜炎为崖州司马，且遣中使押送，途中把炎缢死，并杀炎党河南尹赵惠伯，许刘晏归葬。报应何速？杞入相时，朝右称为得人，惟郭子仪窃叹道："此人得志，吾子孙恐无遗类了。"建中二年六月，子仪疾亟，廷臣多往探视，杞亦往问疾。子仪每见宾客，姬妾多不离侧，惟见杞至，悉令避去，有人问为何因？子仪道："杞貌陋心险，若为妇人所见，必致窃笑，杞或闻知，多留一恨，我正恐子孙被害，奈何反自寻隙呢？"德宗闻子仪病笃，遣从子舒王谟，传旨省问，子仪已不能兴，但在床上叩头谢恩，未几即薨，年八十五。德宗震悼辍朝，诏令群臣往吊，丧费皆由官支给，追赠太师，予谥忠武，配飨代宗庙廷。

子仪身为上将，屡拥强兵，程元振鱼朝恩等，谗谤百端，诏书一纸往征，无不就道，所以谗谤不行。鱼朝恩尝阴子劚仪父墓，子仪入朝，中外虑有变故，代宗亦慰唁再三，子仪独涕泣道："臣统兵日久，兵士或侵及人墓，不无失察，今先冢被毁，恐是天谴，不得专咎他人呢。"由是群疑俱释，且深服子仪雅量。子仪尝使人至魏州，田承嗣向西下拜，并语去使道："我不向人屈膝，已好多年了，今当为汾阳王下拜。"及李灵曜据汴州，不问公私各物，一概截留，独子仪物不敢近，且遣兵护送出境，所以子仪一身，关系天下安危，约二十年。校中书令考二十四次，家人多至三千人，八子七婿，均为显官，诸孙数十，朝夕问安，子仪不能尽辨，但略略点颔罢了。相传子仪自华州原籍，从军塞外，因入京催趱军饷，返至银州，时正七夕，风砂徙暗，日暮无光，子仪不得前行，就道旁空屋中，席地留宿，正在朦胧欲睡，忽见左右皆现赤光，惊起仰视，天空中有一云軿，冉冉而下，内坐美女，端庄华丽，迥与凡人不同。子仪即拜祝道："今天为七月七日，想是织女降临，愿赐长寿富贵。"女冁然道："大富贵亦寿考。"言讫，霞光复起，云軿徐升，女尚俯视子仪，笑容可掬，直至高低远隔，方才烟雾迷离，不可复见，果然后来俱验，一如女言。史官称他权倾天下，朝不加忌，功盖一世，主不加疑，侈穷人欲，议不加贬，真是福德兼全，哀荣终始呢。故部将佐，多为名臣，子孙亦多半显扬，这更是郭氏特色，史所罕闻。旌扬盛德，正禅兼收。子仪从子郭昕，曾为安西四镇留后，自吐蕃陷入河陇，四镇隔绝不通，昕与北庭节度使曹令忠，屡遣使奉表朝廷，终不得达。伊州刺史袁光庭，且累被吐蕃围困，粮尽援穷，自焚死节，唐廷毫无所闻。至子仪殁后，仅隔一月，昕使从回纥绕道入朝，方得四镇二庭消息。德宗封昕为武威郡王，曹令忠为宁塞郡王，赐令忠国姓，改名元忠，追赠袁光庭为工部尚书，这且不必细表。

且说田悦李纳李惟岳，联兵拒命，与马燧等相持未下。李纳更遣将王温等，会同魏博兵众，共攻徐州。徐州刺史李洧，本是李纳从伯父，向与纳父子通同一气。彭城令白季庚，劝洧服从朝廷，乃举州归国，纳因此生嫌，出兵攻洧。洧遣牙将王智兴告急，智兴善走，五日入都，德宗令朔方大将唐朝臣，与宣武节度使刘洽，神策兵马使曲环，滑州刺史李澄，共救徐州。唐朝臣奉诏即行，军装不及置办，所有旗服，统是敝恶，宣武军瞧着，不禁嘲笑道："乞子也能破贼么？"朝臣闻言，转谕将士道："我等出兵讨逆，宜恃智勇，不恃服饰，但能先破贼营，何愁资械不足？诸君努力向前，共博功名，休使汴宋人笑我哩。"原来汴宋自灵曜乱后，添置节度使，改称宣武，所以朝臣仍称他为汴宋军。朝臣既已下令，即麾众前驱，巧值纳将石隐金，率众万人，来援王温，至七里沟与朝臣相遇。朝臣用马军使杨朝晟计，遣朝晟带着骑兵，潜伏山曲，自率部兵倚山列阵，静待纳军。王温闻援兵到来，即与魏博将崇庆，率兵往会，为夹攻计。哪知到了山西，被朝晟驱兵杀出，冲作两橛，朝臣亦麾众驰突，杀得温等有退无进，有死无生。石隐金拟来援应，适宣武军乘势杀到，立将隐金击退。温与崇义，狼狈欲返，仓猝逾沟，又为朝臣等掩杀，溺毙过半。余众四散遁去，徐州解围。朔方军尽得敌械，旗服焕然一新，便语宣武军道："汝军功劳，能及得乞人否？"虽是快语，却亦未免自满。宣武军不胜惭赧，无词可答。刘洽亦颇愤激，径移师往攻濮州去了。

马燧等屯驻漳滨，河阳节度使李芃亦至，燧命诸军持十日粮，进屯仓口，与田悦夹水列营。抱真与芃问燧道："粮饷不多，遽行深入，究是何因？"燧答道："我无非为速战起见，试想魏博三镇，连兵不动，意欲坐老我师，可以不战屈人，我若分军击其左右，悦必往救，我反腹背受敌，战必不利，今特进军攻悦，捣他中坚，这就是攻其必救的兵法。悦若出战，保为诸公破敌哩。”乃命军士就水造桥，成了三座，每日分兵逾桥，前往挑战。悦只坚壁不出，燧令诸军夜半起食，潜出营门，循洹水上流，直趋魏州，只留百骑在营击鼓，且预戒道：“贼若渡桥前来，汝等可暂时他避，俟贼已毕渡，追蹑我师，汝等速毁桥梁，切切勿误。”言已即去。待至天明，留骑怀藏火种，出营四匿，营中鼓角无声，寂无一人。果然田悦探得消息，亟率淄青成德军四万余人，渡桥踹营，但见营门虚掩，料知他去，连忙督众前追，且乘风纵火，鼓噪而进。燧已至十里所，令军士除去草莽，列阵待着，至悦兵追到，火熄气衰，燧令昭义河阳军为左翼，神策军为右翼，自率河东兵为中军，与悦众接仗，悦亦分军迎敌，战了数十合，神策昭义河阳军小却，独燧指挥河东军，冒死突入悦阵，十荡十决，无人敢挡。李抱真李艽等，见燧勇往直前，也下令还斗，拼命杀入。悦众抵挡不住，相率败走，奔至三桥，桥已毁去。那燧等又追杀过来，此时欲逃无路，只好扑通扑通地俱投水中。有一半不善泅水的，都由河伯收去。还有后队未及渡水，统被燧等杀尽。功归马燧，举一赅三。悦收败卒千余人，还走魏州，夜走南郭，守将李长春闭城不纳，拟俟官军追至，献城出降。偏偏待到天明，官军不至，乃开门迎悦。悦怒杀长春，集兵拒守，怎奈城中士卒，不满数千，阵亡将士诸家属，号哭盈街。悦不免惶惧，乘马佩刀，兀立府门，召军民泣谕道：“悦自知不肖，蒙淄青成德两父执保荐，嗣守伯父遗业，今两父执去世，有子不得承袭，悦怀父执旧恩，不自量力，抗拒朝命，以致丧败至此，悦再不死，何以谢我城中父老？不过悦有老母，不能自杀，愿诸君持我佩刀，断我首级，持降官军，免得与悦同死哩。”言毕，解刀掷地，自从马上投下。好一条苦肉计。将士争前扶掖，各愿与悦同死。悦乃与将士断发为誓，约为兄弟，与同休戚，一面悉发府库，乃征敛富家，得财百余万，犒赏士卒。并召贝州刺史邢曹俊，令整部伍，缮守备，镇定众心，士气复振。

时李纳为刘洽所逼，还守濮州，又向田悦处征兵。悦遣军使符璘，率三百骑送归淄青军。璘父令奇诫璘道：“我已老了，历观安史等相继叛乱，终归夷灭，田氏效尤，不久必亡，汝能去逆效顺，使汝父扬名后世，我死亦甘心哩。”遂与啮臂而别。璘出城，即与副使李瑶，奔降马燧，悦收灭璘家，令奇谩骂而死。李瑶父再春，举博州降官军。悦从兄田昂，也举洺州降官军。马燧拟进攻魏州，向抱真营中，求取攻具。抱真因前时临洺一役，所获军粮，多为燧有，心下本已不平，至此又欲取他军械，因即拒绝，且愿独当一面，与燧分军，迁延不进。燧与抱真各有所失。河阳等军，亦因此观望。至燧促与同行，到了魏州城下，悦已缮兵固守，不能遽拔了。

范阳节度使朱滔，奉德宗诏敕，出讨李惟岳，先遣判官蔡雄，往说易州刺史张孝忠，劝他举州归唐，共图惟岳。孝忠本由正己遣往，令援田氏。见六十一回。此次见田氏日危，乐得依了蔡雄，奉表唐廷。滔又代为保荐，得授检校工部尚书，兼成德节度使。孝忠遂娶滔女为子妇，深相结纳，连兵围束鹿。束鹿守将孟祐，急向惟岳处求救，惟岳令兵马使王武俊为先锋，自督军为后应，往救束鹿。武俊本为惟岳所嫌，因惜他才勇，不忍遽除，至此派为前驱。武俊暗自忖道："我若往破朱滔，惟岳军势大振，我归必被杀无疑，我何苦自寻死路呢？"及既至束鹿，与朱滔对垒，未战先退。惟岳后至接战，为朱滔张孝忠所乘，杀毙将士甚多，没奈何毁营遁还。孟祐守不住束鹿，亦开门夜遁。滔等乘胜围深州，惟岳忧惧，判官邵真，又劝惟岳束身归朝，事为孟祐所闻，密报田悦。悦遣衙官扈岌，诘责惟岳，逼他杀死邵真，仍敦前好，否则从此绝交。惟岳素来恇怯，更由判官毕华等，从旁怂恿，力请斩真以谢魏博，乃即引真出来，对着扈岌，把真枭首，扈岌乃去。惟岳以武俊不肯效力，意欲并诛，会赵州守将康日知，又举城降唐，于是益疑武俊，武俊甚惧。有为武俊入白惟岳道："先相公委武俊为腹心，诚因他勇冠三军，可济缓急，今危难交迫，尚加猜阻，将使何人却敌呢？"惟岳乃使步军卫常宁，与武俊同击赵州，又使武俊子士真，值宿府中，统兵自卫。既已纵虎出柙，还要引狼守门，怎得不死？武俊出至恒州，语常宁道："武俊今日，幸脱虎口，不复再返了。当北归张尚书。"指孝忠。常宁道："惟岳暗弱，将来总不免覆灭，今天子有诏，得惟岳首，即授旌节，公为众所服，若倒戈效顺，取逆首如反掌，何必先归张尚书呢？"武俊喜甚，即与常宁还袭惟岳。士真开门纳入，武俊即突入府门，府兵上前拦阻，被杀十余人，当由武俊宣言道："大夫叛逆，将士归顺，敢有异心，身诛族灭。"大众闻言，均不敢动。惟岳缩做一团，被武俊等牵出府厅，用帛勒毙，并收捕胡震毕华王他奴诸人，尽行斩首，然后将惟岳首级，传送京师。自李宝臣据成德军，凡二世，共十九年而亡。深州刺史杨荣国，定州刺史杨正义，陆续归降，河北略定，只有魏州未下。唐廷论功加赏，三分成德地，命张孝忠为易定沧州节度使，武俊为恒冀都团练观察使，康日知为深赵都团练观察使。尚有德棣二州，划隶朱滔，令滔还镇。

滔求深州未得，因致失望，且仍在深州驻兵，武俊以手诛惟岳，功出张孝忠康日知上，乃仅与日知同官，并失去赵定二州，意亦不悦。田悦乘间诱朱滔，滔又乘间诱武俊，彼此定了密约，互相联络，反抗朝廷。前四镇未曾荡平，后三镇又复连结。李纳为刘洽所围，外城被破，惊慌得了不得，乃登城见洽，泣求自新。李勉亦遣人劝降，纳乃使判官房说，入朝请命。偏中使宋凤朝，谓纳势穷蹙，必不可舍，德宗竟为所惑，将说囚住，纳乃突围出走，奔归郓州，后与田悦相合。会唐廷遣中使北往，征发卢龙恒冀易定等军，往讨田悦。王武俊邀执中使，送往朱滔。滔即语众道：“将士为国立功，我尝为奏请官阶，均不见报，今欲与诸君共趋魏州，击破马燧，可好么？”众皆不答。滔问至再三，大众却请暂保目前，不愿蹈安史覆辙。滔默然罢议，一面加抚士卒，一面查出反对的将士，杀死了数十人。康日知侦知滔谋，密报马燧，燧转报德宗，德宗以魏州未下，王武俊又叛，势不能再讨朱滔，乃加滔检校司徒，进爵通义郡王，冀安反侧。总不脱乃父呆气。偏滔逆谋愈甚，竟进营赵州，威吓日知。武俊亦遣子士真，往攻赵州。涿州刺史刘怦，与滔为姑表亲，滔使知幽州留后，怦即遗书谏滔道：“司徒能自矢忠顺，事无不济，若务大乐战，不计成败，安史前车，可为殷鉴。”滔将来书撕碎，付诸不答，且使蔡雄往说张孝忠，愿与连盟。孝忠道：“从前司徒发幽州时，曾劝孝忠归国尽忠，孝忠性直，已从司徒教诲，不敢再生贰心。司徒今为王武俊所惑，武俊与孝忠同出夷落，素知他反复无常，还请司徒详察，勿为所蒙。”雄尚再四进言，惹得孝忠怒起，欲将他执送京师，雄乃逃回。滔决计叛命，即率步骑二万五千人，出发深州。甫至束鹿，士卒忽哗噪道：“天子令司徒归幽州，奈何反南救田悦。”滔惧匿后帐。蔡雄与兵马使宗项出语士卒道：“司徒血战取深州，无非欲多得丝纩，借宽汝曹租赋，不意国家无信，把深州给康日知，又闻朝廷有敕赐汝等每人绢十匹，乃复为河东军夺去，所以司徒南行，为汝等索还赐物呢。”一派谎言。大众齐声道：“果有此事，朝命不可不遵，不如奉诏归镇。”雄说不下去，只好佯允道：“汝等既知奉诏，亦须各归部伍，从容归镇，尊司徒，便是尊朝廷呢。”众乃无语，越宿，滔即引兵还深州，密访首谋，得二百余人，悉数处斩，余众股栗，乃复引兵南行，如此残暴，安望成功。进取宁晋，留待王武俊。武俊率步骑万五千名，陷入元氏，再行北趋，与滔相会，同援田悦。

悦闻援军将至，令康愔督兵出城，至御河旁，与马燧战了一仗，大败奔还。德宗授李怀光为朔方节度使，令率朔方军讨悦，兼拒朱滔，一面进燧同平章事，爵北平郡王，且大括长安富商，接济军费。判度支杜佑，横加敲迫，民不胜苦，甚至缢死。又遍查都民积粟，硬借四分之一，先后所得，才值二百万缗，都城嚣然，如被寇盗。越年改任赵赞判度支，复创行苛例两条，一是间架税，每屋两架为间，上屋税钱二千，中税千文，下税五百。一是除陌钱，公私给与及买卖产物，每缗须交官税五十钱。两法颁行，饬民不得逃税，如有隐匿等情，杖责以外，还要加罚。可怜百姓连声叫苦，九重无从得闻，但把那民膏民血，运至军前，期平叛逆，偏是逆焰日炽，诸军又不肯同心，你推我诿，历久无功。夹叙苛税，为下文京城失守写照。马燧李抱真，构怨不休，朝廷遣中使和解，终不见效。王武俊逼赵州，抱真分麾下二千人，往戍邢州。燧闻信大怒道：“叛贼未除，乃遽分兵自守，难道叫我独战么？”随即令军士整顿归装，意欲西还。忠智如燧，尚难免私忿。李晟得悉情形，忙向燧劝阻道："李尚书因邢赵连壤，所以分兵往守，今公为此一事，即引兵自去，不但前功尽弃，转恐招受恶名。况公有志平贼，正应推诚相与，释小怨，急公仇，奈何作丈夫态，悻悻求逞呢？"燧被晟数语提醒，不觉起座道："公责我甚当，我愿自见李尚书，剖明心迹便了。"遂单骑出营，径诣李抱真营。抱真与燧，已多日不见，骤闻燧孑身到来，也即开营出迎，彼此各自谢过，复归和好，乃同誓灭贼，尽欢而别。

适洺州刺史田昂入朝，燧奏以洺州隶抱真，李晟军先隶抱真，又请兼隶马燧，以示协和，有制一一准请。燧乃搜卒补乘，再攻魏州。会值朱滔王武俊，合军救魏，列营惬山。李怀光军亦来援燧，燧盛军出迎。滔闻燧出军，还道是前往袭击，也出兵布阵，怀光有勇无谋，即欲掩杀过去，燧劝怀光且暂休息，俟衅乃动。怀光道："贼阵尚未列就，正好乘机杀去，此时不可失了。"遂麾兵杀入滔阵，杀死敌军千余人。滔军奔退。怀光部众争入滔营，搬取粮械，不防王武俊带着劲骑，横冲过来，把怀光军裂作数段，怀光不及收军，仓皇走还。滔又转身杀来，与王武俊并力合击，怀光大败，马燧部兵，被他牵动，禁遏不住，也只好还军保垒。是夜燧与怀光，恐朱滔等复来劫营，恰也严加防备。到了夜半，忽有大水淹至，灌及全营，大众惊惶得很，东拦西阻，勉强支持到天明，曙光一启，出营四望，但见周围一带，已成泽国，营门内外，水深三尺许，燧至此也觉着急，暗思全营将士，带水拖泥，已是不便，更且粮道被阻，归路截断，将来都作了瓮中鱼鳖，如何不忧？当下救命要紧，只好卑词厚币，向滔乞情，乃遣一辩士赍投滔营。滔正决永济渠，淹入燧营，教他自毙，忽接到燧书，内称河北事托公处置，燧愿率兵还朝，幸开一面，后不相犯等语。滔阅毕，不禁掀髯狞笑道："马北平，才晓得老夫厉害么？"马使趁势贡谀，说得朱滔心悦诚服，立命将渠水放还，遣归来使。及使人回至燧营，营中已是干燥了。燧与诸军涉水西行，退保魏县。王武俊见滔道："公奈何纵虎出柙，堕人诡计？"滔不以为然。嗣经武俊讽劝兼至，乃与武俊进兵魏县，与马燧等隔水相持。滔复遣兵马使承庆等往救李纳，击却刘洽。洽亦退守濮阳，于是田悦倡议，愿奉朱滔为主。滔辞谢道："惬山一胜，全仗王大夫力，滔何敢独居尊位？"乃由幽州判官李子千，桓冀判官郑濡等，公同会议，仿春秋列国故例，仍奉唐朝正朔，惟各加王号。滔自称冀王，悦称魏王，武俊称赵王，且推李纳为齐王，列成四国。当下筑坛告天，歃血为盟。滔作盟主，对众称孤，悦纳武俊称寡人，妻曰妃，长子曰世子，各以所治州为府，自置官属。唐廷又令淮宁节度使李希烈，兼平卢淄青节度使，专讨李纳。河东节度使马燧，兼魏博澶相节度使，朔方节度使李怀光，加授同平章事，专拒田悦朱滔等军，李晟已进授御史大夫，兼神策行营招讨使。当惬山未战前，已自魏州北趋赵州，击走王士真，与张孝忠合兵，北图范阳。更谋取涿莫二州，截断幽魏孔道，这也是釜底抽薪的计策。正是：

诸镇连兵方肆逆，良臣冒险每图功。

欲知各军能否平逆，且从下回再详。

卢杞相，子仪殁，内外乏人，而藩镇之祸乃烈。幸尚有马燧李晟诸将，战胜田悦，而王武俊乃出而倒戈，杀李惟岳，传首京师，李纳乞降，田悦孤危，河北只魏州未下，澄清之象，似可立致矣。乃王武俊朱滔，有平惟岳功，而处置失宜，致生怨望。李纳遣使入朝，及从而拘禁之，代宗之误，误于姑息，德宗之误，误于好猜，四国联盟，祸逾三镇，唐乱宁有已时乎？观此回而知诸镇之迭乱，实由庙谟之失算云。

第六十四回

叱逆使颜真卿抗节
击叛帅段秀实尽忠

却说李希烈籍隶辽西，性极凶狡，本来是没甚功业，自平梁崇义后，恃功益骄，德宗反说他忠勇可恃，封王拜相，兼数镇节度使，令讨李纳。希烈率部众徙镇许州，屯兵不进，反遣心腹李苴，阴约李纳，结为唇齿，共图汴州，佯向河南都统李勉处假道。勉知他不怀好意，阳具供张，阴饬戒备。希烈探悉情形，竟不至汴。纳却屡遣游兵，渡汴往迎，且绝汴饷路。勉乃改治蔡渠，凿通运道，以便接济。希烈又密与朱滔等通问。滔等与官军相拒，累月未决，一切军需，全仗田悦筹给。悦不胜供应，支绌万分，闻希烈兵势甚盛，乃共谋乞援，愿尊希烈为帝。希烈遂自号建兴王，天下都元帅。五贼株连，凶焰益盛。希烈遂遣将李克诚，袭陷汝州，执住别驾李元平。元平眇小无须，素来大言不惭，中书侍郎关播，说他有将相才，荐任汝州别驾，兼知州事，哪知他被捕至许，见了希烈，吓得浑身乱抖，尿屎直流。希烈且笑且骂道："盲宰相用你当我，何太看轻我哩？似你岂足污我刃？饶了你罢！"元平连忙叩谢，首如捣蒜。希烈拂袖返入，他才爬起，由军士替他解缚，退出帐外去了。可为惯说大话者作一榜样。

希烈再遣将董待名等，四出抄掠，取尉氏，围郑州，东都大震。德宗召卢杞入商，杞答道："四镇不臣，又加希烈，几乎讨不胜讨，不如令儒雅重臣，往宣上德，为陈顺逆祸福，或可不战而胜哩。"德宗问何人可遣，杞应声道："莫如颜真卿。"乃命真卿宣慰希烈。诏敕一下，举朝失色。原来卢杞入相，专好挤排，杨炎既被他贬死，继起为相的张镒，本来是没甚峭厉，偏杞又排他出外，令兼凤翔节度使。故相李揆，老成望重，又为杞所忌，遣使吐蕃，病死道中。颜真卿入掌刑部，刚正敢言，杞独奏改太子太师，且欲调任外职。真卿尝语杞道："先中丞传首至平原，指卢奕。真卿曾舌舐面血，今相公乃忍不相容么？”杞矍然起拜，心中却衔恨愈深。至是假公济私，令他出抚希烈。真卿拜命即行，驰至东都，留守郑叔则道：“此去恐必不免，不如留待后命。”真卿慨然道：“君命难违，怎得避死？”随即写了家书，寄与頵硕两儿，但嘱他上奉家庙，下抚诸孤，此外不及他语。书已寄出，即向许州进发。李勉闻真卿赴许，亟表言失一元老，为国家羞，请速追召还朝，一面使人邀留道中。偏真卿已经过去，不及追还，只好付诸一叹。

真卿既抵许州，才与希烈相见，忽有众少年持刀直入，环绕真卿左右，口中呶呶辱骂，手中以刀相示，几乎欲将真卿醢食了事。真卿毫不改容，顾语希烈道：“若辈何为？”希烈乃麾众令退，且谢真卿道：“儿辈无礼，请休介意？”真卿问明众少年，才知皆希烈养子，当下朗声宣敕，希烈听毕，便道：“我岂欲反？只因朝廷不谅，奈何？”乃导真卿入客馆中，逼使代白己冤，真卿不从。希烈再遣李元平往劝，真卿呵叱道：“汝受国家委任，不能致命，我恨无力戮汝，反敢来劝诱我么？”元平怀惭而退，返报希烈。希烈意欲遣归，元平却劝令拘留。越是小人，越会巴结。会朱滔王武俊田悦李纳四人，复各遣使至许州，上表称臣，腼颜劝进。腼颜两字甚妙。希烈召真卿入示道：“今四王遣使推戴，不约而同，太师看此情势，岂独我为朝廷所忌么？”真卿奋然道：“这是四凶，怎得称作四王？相公不自保功业，为唐忠臣，乃反把乱臣贼子，引作同侣，难道是甘心同尽吗？”希烈不悦，令人扶出。越日与四使同宴，又召真卿入座，四使语真卿道：“太师德望，中外同钦，今都统将称大号，太师适至，都统欲得宰相，舍太师尚有何人？这乃所谓天赐良相哩。”真卿怒目相视道：“汝等亦知有颜杲卿么？杲卿就是我兄，曾骂贼死节，我年八十，但知守节死义，汝等休得胡言！”四使乃不敢复语，真卿乃起身还馆。希烈使甲士十人，环守真卿馆舍，且在庭中掘坎，扬言将坑死真卿。真卿怡然见希烈道：“死生有定，亟以一剑授我，便好了公心事，何必多方恫吓，我若怕死，也不来了。”希烈乃婉词道歉。

既而左龙武大将军哥舒曜，奉命为东都汝州节度使，击破希烈前锋将陈利贞，进拔汝州，擒住守将周晃。湖南观察使曹王皋，系曹王明玄孙。调任江西节度使，击斩希烈将韩霜露，连下黄蕲各州。希烈部下都虞候周曾等，本由希烈差遣，往攻哥舒曜，他却通款李勉，还击希烈，拟奉颜真卿为节度使，不料为希烈所闻，潜令别将李克诚，率兵掩至。曾等却未预防，统被杀死，只同党韦清，奔投刘洽，幸得逃生。董待名等曾围郑州，闻各处失利，相率遁还。希烈气焰少衰，乃自许州归蔡州，颜真卿仍被拥去，置居龙兴寺，用兵守着。会荆南节度使张伯仪，与希烈兵交战安州，伯仪大败，连持节俱被夺去。希烈得节示真卿，真卿号恸投地，绝而复苏，自是不复与人言。希烈遣使上表，归咎周曾等人，表面上好似恭顺，暗中却通使朱滔，待他来援。滔正自顾归路，还救清苑，与李晟相持。晟适患病，不能督师，被滔乘隙袭击，败走易州。滔自瀛州休息数天，王武俊遣宋端见滔，促他速还魏桥，滔尚拟从缓，偏端出言不逊，顿时惹动滔怒，斥端使还，且语道："滔以救魏博故，叛君弃兄，几如脱屣，现遇热疾，暂未南来，二兄指王武俊。必欲相疑，听他自便。"端回报武俊，武俊因滔纵马燧，已是不平，至此越觉介意，勉强遣人报谢。不获于上，安能信友？李抱真驻营魏县，侦得消息，乃遣参谋贾林，诈降武俊，林至武俊营，武俊问他来意，林正色答道："林奉诏来此，并非来降。"武俊不禁色动。林又接口道："天子闻大夫登坛时，自言忠而见疑，激成此举，诸将亦共表大夫忠诚，今天子密谕诸将，谓：'朕前事诚误，追悔无及，朋友失欢，尚可谢过，朕为四海主，岂君臣情谊，转不及朋友么？'林特来传命，请大夫自行裁夺。"令他自酌，不劝之劝，尤妙于劝。武俊徐答道："仆系胡人，入受旌节，尚知爱及百姓，岂天子反好杀人么？仆不惮归国，但已与诸镇结盟，不便食言，若天子下诏，赦诸镇罪，仆当首倡归化，诸镇再或不从，愿奉辞伐罪，上足报君，下可对友，不出五旬，河朔可大定了。"林乃道："公言甚善，林当返报李公，如言请旨。"武俊喜甚，厚礼送归。嗣因抱真尝通使武俊，阴相联结，魏博一路，兵祸少纾。惟李希烈复出寇襄城，哥舒曜入城拒守，竟为所围。河南都统李勉，遣宣武将唐汉臣赴援，德宗亦令神策将刘德信，募兵三千人往助，且命神策军使白志贞，添招兵士。志贞勒令节使子弟，自备资装从军，但给他五品官衔，于是怨言益盛，人心动摇。翰林学士陆贽，表字敬舆，系嘉兴人氏，夙擅才名，以进士中博学宏词科，历任外尉，及监察御史。德宗召居翰苑，屡问政事得失。贽因兵民两困，防生内变，特剀切上疏道：

陆贽（754—805），字敬舆。苏州嘉兴（今属浙江）人，唐代著名政论家、文学家。唐德宗即位，为翰林学士，参预机谋。贞元十年（794年），因裴延龄构陷，被罢相，次年贬为忠州别驾，在州十年。顺宗即位，下诏召回，未至已卒。有《陆宣公翰苑集》。

臣闻王者蓄威以昭德，偏废则危。居重以驭轻，倒持则悖。王畿者，四方之本也。京邑者，王畿之本也。昔太宗列置府兵，八百余所，而关中五百，举天下不敌关中，则居重驭轻之意明矣。承平渐久，武备寖微，虽府卫具存，而卒乘罕习，故禄山窃倒持之柄，乘外重之

资，一举滔天，两京不守，尚赖西边有兵，诸厩备马，每州有粮，而肃宗乃得中兴。乾元以后，复有外虞，悉师东讨，边备既弛，禁旅亦空，吐蕃乘虚深入，先帝莫与为御，是又失驭轻之权也。既自陕还，惩艾前事，稍益禁卫，故关中有朔方泾原陇右之兵以捍西戎，河东有太原之兵以制北虏。今朔方太原之众，远屯山东，神策六军，悉戍关外，将不能尽敌，则请济师，陛下为之辍边军，缺环卫，竭内厩之马，武库之兵，召将家子以益师，赋私蓄以增骑，又告乏财，则为算室庐，贷商人，设诸榷之科，日日以甚。倘有贼臣啗寇，黠虏觑边，伺隙乘虚，窃犯畿甸，未审陛下何以御之？往岁为天下所患，咸谓除之则可致升平者，李正己李宝臣梁崇义田悦是也。往岁为国家所信，咸谓任之则可除祸乱者，朱滔李希烈是也。既而正己死，李纳继之；宝臣死，惟岳继之；崇义诛，希烈叛，惟岳戮，朱滔携，然则往岁之所患者，四去其三矣，而患竟不衰。往岁之所信者，今则自叛矣，而余又难保。是知立国之安危在势，任事之济否在人；势苟安，则异类皆同心也，势苟危，则舟中亦敌国也；陛下岂可不追鉴往事，维新令图，修偏废之柄以靖人，复倒持之权以固国，而乃孜孜汲汲，极思劳神，徇无已之求，望难必之效乎？陛下幸听臣言，凡所遣神策六军，如李晟等及节将子弟，悉令还朝，明敕泾陇邠宁，但令严备封守，仍云更不征发，使知各保安居，再使李芃还军援洛，李怀光还军救襄城，希烈一走，梁宋自安，余可不劳而定也。又下降德音，罢京城及畿县间架等杂税，与一切贷商征兵诸苛令，俾已输者弭怨，现处者获宁，则人心不摇，邦本自固，尚何叛乱之足虑乎？语关至计，务乞陛下酌量施行。

看官听着！德宗当日，若果信用贽言，何至京城失守，蒙尘西行？偏是德宗目为迂谈，一心想荡平叛逆，把魏县各军，未曾调回一个，反屡促李勉、刘德信等，急救襄城，勉闻希烈精兵，统在襄阳，料想许州空虚，特嘱刘德信唐汉臣两将，移袭许州。这也是一条好计。两将奉令即行，哪知中使到来，责他违诏，立刻追还二将，二将狼狈走还，被希烈部将李克诚，追击过来，杀伤大半。汉臣奔大梁，德信奔汝州。希烈游兵，剽掠至伊关，李勉亟遣裨将李坚率四千人，助守东都，又被希烈将截住后路，东都亦震，襄城益危。德宗再命舒王谟见前。为荆襄等道行营都元帅。改名为谊，徙封普王，户部尚书萧复为元帅府长史，右庶子孔巢父为左司马，谏议大夫樊泽为右司马，调入泾原将士，令带同东行。

泾原节度使姚令言，率兵五千至京师，时当十月，途次冒雨前来，冻馁交迫，既至京师，满望得着厚赐，遗归家属，不意京兆尹王翃，奉敕犒师，但给他粝饭菜羹，此外并无赏物。大众不禁动愤，尽把菜饭拨掷地上，蹴作一团，且扬言道：“我辈将冒死赴敌，乃一饭且不使饱，尚能以微命相搏么？今琼林大盈二库，金帛充溢，朝廷靳不一与，我辈何妨自取呢。”乃环甲张旗，直趋京城。令言正入朝辞行，蓦听得兵变消息，忙趋出城外，呼众与语道：“诸军今日，东征立功，何患不富贵？乃无端生变，莫非要族灭不成？”军士不从，反将令言拥住，鼓噪至通化门。但见有中使奉诏出抚，每人给帛一匹，众益忿诟道：“我等岂为此区区束帛么？”遂将中使射毙，一哄入城，百姓骇走，乱军大呼道：“汝等勿恐，我辈前来抚汝，此后不夺汝商货僦质，也不税汝间架陌钱了。”苛敛病民，正使军士借口。德宗闻乱军入城，即令普王谊及翰林学士姜公辅，同往慰谕。偏乱军列阵丹凤门，持弓以待，无可理喻，没奈何返身入报。德宗又号召禁兵，令御乱军，不料白志贞所募禁旅，统是虚名列籍，兵饷悉入贪囊，到了危急待用，竟无一人前来，此时德宗张皇失措，急忙挈同王贵妃韦淑妃，及太子诸王公主，自后苑北门出奔，连御玺都不及取，还是王贵妃忙中记着，取系衣中。宦官窦文玚霍仙鸣，率左右百人随行，普王谊为前驱，太子为后殿，司农卿郭曙，右龙武军使令狐建，在道接驾，各率部曲扈从，于是始得五六百人。姜公辅叩马进言道：“朱泚尝为泾原军帅，因弟滔为逆，废处京师，心常怏怏，今乱兵入京，若奉他为主，势必难制，不如召使从行。”德宗不暇后顾，便摇首道：“现在赶程要紧，已是无及了。”遂西向驰去。

是时乱军已斩关入内，登含元殿，大掠府库，居民亦乘势入宫，窃取库物，喧哗得了不得。姚令言以大众无主，乱不能止，特与乱军商议，拟推朱泚为主帅。泚讨平刘文喜后，曾留镇泾原，加官太尉。回应六十二回。及滔谋逆，蜡书贻泚，劝他同叛，使人为马燧所获，送至京师。德宗乃召泚入朝，出示滔书，泚惶恐请死，德宗以兄弟远隔，本非同谋，特温言慰勉，赐第留京。令言提议戴泚，大众乐从，乃至泚第迎泚，泚佯为谦让，经乱军一再往迎，乃乘夜半入阙，前呼后拥，列炬满街，既至含元殿，约束乱兵，自称权知六军，泚乘乱入阙，约束乱兵，不足言罪，误在后此称尊耳。次日徙居北华殿，出榜张示，略云：

> **泾原将士，远来赴难，不习朝章，驰入宫阙，以致惊动乘舆，西出巡幸，现由太尉权总六军，一应神策等军士及文武百官，凡有禄食者，悉诣行在，不能往者，即诣本司，若出三日检勘，彼此无名者杀无赦。为此榜示，俾众周知。**

京城官吏，见此榜文，才知德宗已经西出，首相卢杞，及新任同平章事关播，已在夜间逾中书省垣，微服出城。神策军使白志贞，京兆尹王翃，御史大夫于颀，中丞刘从一，户部侍郎赵赞，翰林学士陆贽吴通微等，亦陆续西往，驰至咸阳，方与车驾相会。德宗忆及桑道茂言，决赴奉天。奉天守吏，闻车驾猝至，不知何因，意欲逃匿山谷，主簿苏弁道："天子西来，理应迎谒，奈何反逃避呢？"乃相偕迎车驾入城。京城百官，稍稍踵至，及左金吾大将军浑瑊到来，报称朱泚为乱兵拥立，后患方长，不可不备。德宗即授瑊为行在都虞候，兼京畿渭北节度使，且征诸道兵入援。卢杞悻悻进言道："朱泚忠贞，群臣莫及，奈何说他从乱？臣请百口保他不反。"德宗也以为然，反日望朱泚迎舆，那知泚已密谋僭逆，竟欲做起皇帝来了。

先是光禄卿源休，出使回纥，还朝不得重赏，颇怀怨望，见朱泚自总六军，遂入阙密谈，妄引符命，劝他称尊，泚喜出望外，立署京兆尹，检校司空李忠臣，太仆卿张光晟，工部侍郎蒋镇，员外郎彭偃，太常卿敬钉，皆为泚所诱，愿为泚用。泚又以段秀实久失兵柄，必肯相从，即令骑士往召。秀实闭门不纳，骑士逾垣入见，硬迫秀实同行。秀实乃与子弟诀别，往见朱泚。泚喜道："司农卿来，吾事成了。"秀实为司农卿，见六十二回。秀实因语泚道："将士东征，犒赐不丰，这是有司的过失，天子何从与闻？公以忠义闻天下，何勿开谕将士，晓示祸福，扫宫禁，迎乘舆，自尽臣职，申立大功呢。"泚默然不答。秀实乃阳与周旋，阴结将军刘海宾，及泾原将吏何明礼岐灵岳，谋诛朱泚。适金吾将军吴溆，奉德宗命，来京宣慰。泚佯为受命，留溆居客省中，一面遣泾原兵马使韩旻，率锐骑三千，往袭奉天，外面却托称迎銮。秀实侦悉狡谋，便语灵岳道："事已急了，只可以诈应诈。"召旻且还，乃嘱灵岳窃姚令言符，作为凭信。灵岳去了半日，空手驰回，报称符难窃取。秀实倒用司农卿印为记，写入数语，募急足持往追旻。旻得符即还。奉天不被袭破，亏得此计。秀实又语灵岳道："旻若回来，我等将无噍类了。我当直搏逆泚，不成即死，免累诸公。"灵岳道："公具大才，应策万全，现在事迫燃眉，且由灵岳暂当此任，他日能完全诛逆，灵岳虽死，也瞑目了。"忠烈不亚秀实。计议已定，俟旻兵一到，果然出泚意外，严诘追还原因。灵岳独挺身趋入，指泚与语道："天子蒙尘，须赶紧迎回，奈何反遣兵往袭？灵岳食君禄，急君难，怎忍袖手？所以着人追还。"泚听言未毕，已是怒不可遏，叱令左右，将灵岳拿下，枭首以徇。灵岳痛詈至死，毫不扳连别人。秀实又嘱刘海宾何明礼，阴结部曲，为下手计，偏泚急欲称帝，召源休李忠臣姚令言等进议，连秀实亦同入商。源休执笏入殿，居然与臣子朝君一般，秀实瞧着，激起一腔忠愤，恨不得将这班贼臣，立时杀死。等到朱泚开口，说了数语，不由地奋身跃起，夺了休笏，向泚掷去，随即厉声道："狂贼！应磔万段，我岂从汝反么？"泚慌忙举臂捍笏，笏仅及额，流血污面，返身急走。秀实再趋前搏泚，被李忠臣等出来拦阻，且呼卫士动手，拿住秀实。秀实知事不成，便向着大众道：“士可杀不可辱，我不从汝反，要杀便杀，岂容汝屈辱么？”说至此，大众争前乱斫，立把秀实砍倒。泚一手掩额，一手向众摇示道：“这是义士，不可妄杀。”至大众停手，秀实早已毕命，一道忠魂，投入地府去了。小子有诗赞道：

拼生一击报君恩，死后千秋大节存。

试览《唐书》二百卷，段颜同传表忠魂。

秀实既死，刘海宾缞服遁去。泚命以三品礼葬秀实，且遣兵往捕海宾。究竟海宾曾否被捕，待至下回说明。

颜真卿奉敕宣慰，不受李希烈胁迫，且累叱四国使臣，直声义问，足传千古。至朱泚窃据京城，复有段秀实之密谋诛逆，奋身击笏，事虽不成，忠鲜与比。唐室不谓无人，误在德宗之信用奸佞，疏斥忠良耳。夫希烈之骄倨不臣，已非朝夕，岂口舌足以平戎？此时为德宗计，莫如从陆敬舆言，为急则治标之策，而乃听卢杞之奸言，陷老臣于危地，真卿固不幸，而唐室亦岂有利乎？陆氏之计不行，复发泾原兵以救襄城，卒致援兵五千，呼噪京阙，令言非贼而成贼，朱泚不乱而致乱，奉天之袭，微段秀实之诈符召还，恐德宗之奔命，亦不及矣。秀实有志除奸，而力不从心，为国死义，德宗不德，徒令忠臣义士，刎颈捐躯，可胜叹乎！故本回可称为颜段合传，其余皆主中宾也。

第六十五回

僭帝号大兴逆师 解贼围下诏罪己

却说刘海宾缞服出奔，行至百里以外，仍被追兵捕获，还京遇害，亦不扳引何明礼，及明礼从泚攻奉天，复谋杀泚，不克而死，当时号为四忠。德宗闻秀实死节，悔不重用，流涕不置，追赠太尉，予谥忠烈。及还銮后，遣使祭墓，亲为铭碑，且至姑臧原籍，旌闾褒忠，这且不必细表。且说德宗因朱泚逆命，恐奉天迫隘，不足固守，意欲转往凤翔。户部尚书萧复道："凤翔将卒，多系朱泚宿部，臣正忧张镒往镇，不能久驭，陛下岂可躬蹈不测么？"德宗道："朕已决往凤翔，且为卿暂留一日。"越宿正拟启行，忽有二将踉跄奔至，报称凤翔节度使张镒，为营将李楚琳所杀，楚琳自为节度使，且率众降朱泚了。德宗瞧着，乃是凤翔行军司马齐映齐抗，乃复详问情形。二人答道："臣等早恐楚琳作乱，请调屯陇州，不料琳即作乱，擅杀统帅，臣等因走报陛下，自请处分。"德宗叹息道："果不出萧复所料。二卿何罪，且在此扈驾！"随即面授映为御史中丞，抗为侍御史。二人拜谢。

寻又接到长安急报，朱泚已僭称皇帝，杀死唐宗室多人，德宗又很是痛悼。原来泚既害死段刘诸人，前后左右，统是一班蔑片朋友，日夕劝进。泚遂僭居宣政殿，自称大秦皇帝，改元应天，逼太常卿樊系撰册。册文既就，系仰药自尽。既已拚死，何必撰册。大理卿蒋沇，谋诣行在，出京才行数里，被泚饬人追转，硬授官职，沇绝食称病，潜窜得免。姚令言为侍中，李忠臣为司空，源休为中书侍郎，蒋镇为门下侍郎，并同平章事，蒋炼为御史中丞，敬钉为御史大夫，彭偃为中书舍人，余如张光晟等，皆署节度使。立兄子遂为太子，弟滔为冀王太尉尚书令，号皇太弟。源休劝泚翦唐宗室，杀郡王王子王孙，共七十七人。更请将窜匿各朝士，一概捕戮。还是蒋镇从旁劝解，才得全活多人。泚且传檄奉天，招诱扈驾诸臣，并说当亲统大军，来收奉天，他日玉石俱焚，后悔无及云云。德宗甚是焦急，又闻襄城为李希烈所陷，哥舒曜退保东都，不如意事，杂沓而来。适右龙武将军李观，率卫兵千余人，驰抵行在，乃急令他募兵为备。数日得五千余人，布列通衢，旂鼓严整，人心少安。泾原兵马使冯河清，知泾州事姚况，闻德宗出驻奉天，大骂姚令言负国不忠，独召集将士，涕泣宣谕，誓保唐室，遂筹得甲兵器械百余车，运往奉天。奉天方苦无械，得此益觉气壮，大众磨拳擦掌，专待逆兵到来。德宗进河清为泾原节度使，况为司马，又因右仆射崔宁趋至，格外欢慰，劳问有加。宁退语诸将道："主上英武，从善如流，可惜为卢杞所误，致有今日。"诸将或转告卢杞，杞即与王翃密谋，构陷崔宁。翃诈为宁遗泚书，入献德宗，德宗览毕，未免变色。卢杞在侧，趁势进谗道："臣本邀宁同来，宁至今才至，已有可疑，况又与泚通书，显见是与泚联谋，约为内应，愿陛下先事预防，勿堕狡谋。"德宗遂召宁入帐，托称传示密旨，却阴嘱二力士随后暗算，抱扼宁颈，把他扼死。宁为杞害，原是含冤，但后至奉天，与出言未慎，亦莫非致死之征。遂命邠宁留后韩游环，庆州刺史论惟明，监军翟文秀，率兵三千，往守便桥。行至中途，正值朱泚先锋姚令言，与副将张光晟，驱军杀来。游环语文秀道："彼众我寡，战必不利，不若返趋奉天，卫驾要紧。"文秀尚拟留军，游环不从，竟引兵还奉天。泚军随至，游环与浑瑊，督兵出战，禁不住逆兵锐气，纷纷退还。逆兵争门欲入，瑊亟令都虞候高固，曳草车塞门，纵火御贼，火盛势烈，烟焰外扑，官军乘火杀出，统用长刀乱砍，杀贼多人，贼兵乃退。泚亲自驰至，列营城东，张火布满原野，击柝声驰百里。游环在城上遥望，但见贼众夜毁西明寺，很是忙碌。游环顾语左右道："贼兵夤夜毁寺，无非欲借着寺材，作为梯冲，须知寺材统是干柴，一或遇火，毫不中用，我军但多备火具，便足破他了。"次日，泚督众扑城，一攻一守，未曾交锋。又越日，泚督兵运到云梯等件，鼓众登城。城中早备火具，接连抛下，火猛梯焦，贼多坠死，泚只好收兵回营。嗣是日来攻城，经浑瑊韩游环两将，多方捍御，或用强弩射贼，或出奇兵挠贼，贼兵屡却，但总是相持不下。

德宗募使四出，告急外军。魏县行营奉诏感动，李怀光首先踊跃，誓众勤王。马燧李艽，引兵还镇，李抱真退屯临洺，仍防东路。还有李晟自定州接诏，即率四千骑西行。张孝忠倚晟为重，不欲晟往，晟语众道："天子播越，人臣当即日赴难，奈何作壁上观？"遂令子往质孝忠营，愿与孝忠结婚，并以良马为赠。孝忠乃拨精兵六百人，随晟同行。录晟言行，表明忠悃。两军行道需时，急切不能至奉天。泚得幽州散骑，及普润戍卒，合成数万人，攻城尤急。左龙武大将军吕希倩，开城搦战，中箭身亡。将军高重捷，与希倩友善，悲愤交迫，誓报友仇。翌日，带同健儿数十人，怒马出战，突入贼阵。贼将李日月，素称骁勇，挺枪出斗，与重捷大战数十合，不分胜负。浑瑊出兵接应，日月未免慌忙，手法一松，几被重捷刺落马下，亏得马性灵捷，跳出圈外，才得脱走。重捷不肯舍去，乘胜逐北，追至梁山，日月转身再战，又约一二十合，仍然拖枪败去。这才是诱敌了。重捷当先再进，不防山前伏着贼兵，用着铙钩铁索，将重捷马绊倒。重捷随仆地上，贼兵正上前擒拿，那重捷麾下十数人，冒死抢夺，好容易夺回重捷，已变做无头将军。日月尚转身驱杀，正值官军赶到，才得将抢尸各人，接应回去。德宗见重捷尸首，抚哭尽哀，结蒲为首，厚礼殓葬，追赠司空。日月持重捷首，献进朱泚，泚亦下泪，叹为忠臣，也束蒲为身，用棺埋讫。

重捷亲卒，禀命浑瑊，誓再与日月拼命。浑瑊用兵护着，授他密计，各上马出城，驰至日月营前，交口辱骂。日月持枪跃出，各健士略与交锋，四散遁还。日月赶了一程，正思停步，那健士又复凑合，仍然痛骂。待日月追来，又复走散，一追一逃，惹得日月怒起，卸了甲胄，拼命赶来。官军一齐突出，把日月围住，日月尚不惊忙，左挑右拨，无人敢近，怎奈箭如飞蝗，避不胜避，至贼军突围来救，日月已是中箭，呕血毕命。一报还一报。贼军舁尸出围，走报朱泚，泚令归葬长安。日月母竟不恸哭，且对尸骂道："奚奴，国家何事负汝？乃从逆贼造反，死已迟了。"原来日月本是奚人，所以母有此说。及泚败死，叛党尽诛，惟日月母免罪不坐，这也算是忠奸有报呢。奚人也有此贤母，莫谓夷族无义。

自日月战死，贼军夺气，泚遣苏玉至陇州，授陇右留后韦皋为中丞，令发兵相助。玉至汧阳，遇陇州戍将牛云光，率五百人来投朱泚，两下晤谈，云光谓皋不肯降，本拟设法诛皋，不幸谋泄，所以率众来奔。玉答语道："韦皋书生，不知兵事，君不如与我俱往陇州，皋若受命，不必说了。否则君麾兵诛皋，如取孤豚相似，怕他什么？"云光欣然道："这也使得。"去寻死了。遂偕行至陇州。已闭城守备，由苏玉大呼开城，令接诏书。皋登城问明情由，先放苏玉进去，受了伪命，然后再登城语云光道："君去而复来，愿从新命否？"云光道："正为公有新命，所以复来，愿托腹心。"皋又道："彼此果是同心，请悉纳甲兵，使城中勿疑。"云光以皋为易与，随口允诺。皋即出城验收兵械，邀同入城。当下开庭设宴，请玉与云光入座。酒过数巡，突有壮士数十人，趋入庭中，将两人杀死一双。皋因筑坛誓众，愿讨凤翔伪节度使李楚琳，一面遣兄平弇诣奉天，奏报德宗。德宗改陇州为秦义军，擢皋为节度使。惟朱泚闻玉被杀，越加愤闷，复驱兵攻城，恨不得顷刻踏平。亏得浑瑊韩游环昼夜血战，还算守住，只粮道早被截断，城中无粮可食，害得人人枵腹，就是供奉御食，亦只粝米二斛。德宗召谕公卿将吏道："朕实不德，应取败亡。卿等无罪，不若出降，自保身家。"群臣皆顿首流涕，愿尽死力。浑瑊因城中食尽，每伺贼军休息，乘夜缒人出城，采芜青根还城，聊充饥肠。且每日泣谕将士，晓以大义，众虽饥寒交迫，尚无变志。忽见贼军中拥出一座云梯，高广数丈，下架巨轮，上容壮士五百人，前来攻城，浑瑊急令军士暗凿地道，通出城外，储薪蓄火，专待云梯到来。神武军使韩澄，视城东北隅最广，足容云梯，因亟饬部军搬运引火各物，如膏油松脂薪苇等，储积城上。泚盛兵攻南城，韩游环瞧着道："这是声东击西的诡计，快严备东北隅。"韩澄已在东北隅守着，再经游环分军相助，兵力已足，果然贼众运到云梯，向东北隅爬城。经官军燃着火具，一齐掷去，贼不敢近，才行退去。越日北风甚劲，云梯又至，用湿毡为顶，且悬水囊，上下俱载兵士，上面持械扑城，下面抱薪填堑，矢石火炬，俱不能伤。浑瑊等拼死抵敌，怎奈贼众亦拼死前来，矢石如雨，守卒多被死伤，瑊亦身中流矢，裹创力战，尚是禁遏不住。他见形势危急，忙返身往报德宗。德宗无法可施，只有呜咽流涕，侍从诸臣，也都没法，大家仰首问天，哀声祷祝。好似一班妇女，济什么事。瑊亦不禁泣下，转思兵来将挡，除死战外无别法，遂请德宗速给告身，即任官凭证。再募死士。德宗就取出无名告身千余通，授瑊领受，且把案上的御笔，亦递给与瑊，随口嘱道："由卿自去填发。倘告身不足，就将功绩写在身上，朕总依卿办理。"瑊接笔后，又对着德宗道："万一围城被陷，臣总以死报陛下。陛下关系宗社，须速筹良策。"德宗听了，不觉起座，握住瑊手，与他诀别。蓦闻外面一声异响，好似城墙坍陷一般，他急辞别德宗，飞马驰出，遥见城上已有贼兵，正与官军苦斗，外面烟焰冲天，并有一股臭气，扑鼻难闻，他亦不识何因，登陴一望，云梯已成灰烬，贼众统乌焦巴弓了。当下改愁为喜，督饬军士，立将登城的贼兵，尽行杀死。莫非皇天保佑？

看官道这云梯如何被焚？原来东北角上，本有地道凿通，云梯随处往来，未尝留意地道，突然间一轮偏陷，不能行动，火从地中冒出，凑巧遇着大风，梯不及移，人不及逃，顿时化为灰烬，贼众乃退。瑊又返报德宗，请乘势出战。德宗饬太子督军，分兵三队，从三门出发，奋击过去。贼众不及防备，被官军驱击一阵，杀死数千人。余众入垒固守，官军乃鸣金还城。是夜泚复来攻城，德宗亲巡城上，鼓励士卒，贼众望见御盖，特用强弩射来，矢及御前，相去不过尺许，经卫士用枪拨落，才免龙体受伤。但德宗已吃一大惊，正欲下城退避，忽城下有人大叫道："我是朔方使人，快引我上城。"守卒忙掷绳下去，将来使引上，来使身中，已受了数十矢，血满衣襟，见了德宗，匆匆行礼，便解衣出表，取呈御览。德宗览毕，不禁大喜，忙令兵士将他舁住，绕城一周，说是朔方兵来援，大众欢声如雷。原来李怀光已至醴泉，遣兵马使张韶，用蜡丸藏表，先报行在。韶微服至城下，适值贼众攻城，随同逾堑，因得呼令缒上，朱泚闻怀光到来，亟分兵还截怀光，哪知去了两日，即有败报到来，接连是警信迭至，神策兵马使尚可孤，自襄阳入援，军至蓝田，镇国军副使骆元光，自潼关入援，军至华州，河东节度使北平郡王马燧，亦遣行军司马王权，及子彙率兵五千，自太原入援，军至中渭桥。四面勤王兵，陆续趋集，任你逆泚如何凶悍，也吓得魂胆飞扬，连夜收兵，遁回长安去了。一场空高兴。

奉天解围，从臣皆贺。卢杞白忠贞赵赞等，自命有扈驾功，扬扬得意，偏有谣言传到，李怀光带兵来谒，有入清君侧的意思。杞未免心虚，急进白德宗道："叛众还据长安，必无守志。李怀光千里来援，锐气正盛，何不令他亟攻长安，乘胜平贼呢？"你说朱泚不反，何故要怀光急攻。德宗又相信起来，遂遣中使赴怀光军，教他不必进见，速引军收复长安。怀光不觉懊怅道："我远来赴难，咫尺不得见天子，可见是贼臣卢杞等，从中排挤了。"乃遣还中使，引众趋咸阳。李晟亦至东渭桥，遣人奏闻。德宗也禁他入见，令与怀光同攻长安。怀光到了咸阳，顿兵不进，上表指斥卢杞白志贞赵赞三人。德宗尚宠眷杞等，不忍加斥。怀光一奏不已，至再至三，德宗仍然不从。是谓昏愚。会李晟奏称怀光逗留咸阳，以除奸为名，乞陛下速行裁夺等语，就是扈驾诸臣，亦归咎杞等，啧有烦言，乃贬杞为新州司马，白志贞为恩州司马，赵赞为播州司马，一面慰谕怀光，怀光复申斥宦官翟文秀，恃宠不法，应加诛戮。德宗不得已诛了文秀，因促怀光进兵，偏怀光另易一词，只说须伺衅后进，仍然坚壁不出。德宗也无可奈何。适河南都统李勉，报称汴滑二州，为李希烈所陷，自请惩处。德宗叹道："朕尚失守宗庙，勉且自安，力图恢复便了。"遂遣使驰慰，待遇如初。转瞬间又是冬季，在奉天过了残年，德宗进陆贽为考功郎中，贽极陈时弊，差不多有数万言，且请德宗下诏罪己，德宗乃于建中五年元日，改称兴元元年，颁诏大赦道：

致理兴化，必在推诚，忘己济人，不吝改过。朕嗣服丕构，君临万邦，失守宗祧，越在草莽，不念率德，诚莫追于已往，永言思咎。期有复于将来，明征其义，以示天下。小子惧德不嗣，罔敢怠荒，然以长于深宫之中，昧于经国之务，积习易溺，居安忘危，不知稼穑之艰难，不恤征戍之劳苦。泽靡下究，情未上通，事既壅隔，人怀疑阻。犹昧省己，遂用兴戎。征师四方，转饷千里。赋车籍马，远近骚然。行赍居送，众庶劳止。或一日屡交锋刃，或连年不解甲胄，祀奠乏主，室家靡依，死生流离，怨气凝结。力役不息，田莱多荒，暴令峻于诛求，疲甿古氓字。**空于杼轴，转死沟壑，离去乡闾，邑里邱墟，人烟断绝。天谴于上而朕不悟，人怨于下而朕不知，驯至乱阶，变兴都邑，万品失序，九庙震惊，上累祖宗，下负蒸庶，痛心靦貌，罪实在予。永言愧悼，若坠泉谷。自今中外所上书奏，不得更言神圣文武之号，李希烈田悦王武俊李纳等，咸已勋旧，各守藩维，朕抚驭乖方，致其疑惧，**

皆由上失其道，而下罹其灾，朕实不君，人则何罪？宜并所管将吏等，一切待之如初。朱滔虽缘朱泚连坐，路远必不同谋，念其旧勋，务在弘贷，如能效顺，亦与维新。朱泚反易天常，盗窃名器，暴犯陵寝，所不忍言，获罪祖宗，朕不敢赦，其胁从将吏百姓等，在官军未到京城以前，去逆效顺，并散归本道本军者，并从赦例。诸军诸道，应赴奉天，及进收京城将士，并赐名奉天定难功臣。其所加垫陌钱税间架竹木茶漆榷铁之类，悉宜停罢，以示朕悔过自新，与民更始之意。

这道赦书，颁发出来，人心大悦。王武俊田悦李纳皆去王号，上表谢罪。惟李希烈自恃兵强，谋即称帝，遣人向颜真卿问仪。真卿道："老夫尝为礼官，只有诸侯朝天子礼，尚是记着，此外非所敢闻呢。"希烈竟称大楚皇帝，改元武成，建置百官，用私党郑贲孙广李缓等为相，以汴州为大梁府，分境内为四节度。希烈遣部将辛景臻语真卿道："不能屈节，何不自焚？"遂在庭中积薪灌油，作威吓状。真卿即令纵火，奋身欲入。景臻慌忙阻住，返报希烈。希烈惊叹不置，一面遣将杨峰，赍着伪敕，往谕淮南节度使陈少游，及寿州刺史张建封。少游已通好希烈，当然受命，独建封拘住杨峰，腰斩以徇，且奏称少游附贼状。德宗授建封为濠寿庐三州都团练使。希烈欲取寿州，为建封所扼，兵不得过，再南寇蕲黄及鄂州，为曹王皋及鄂州刺史李兼所败，希烈乃不敢进窥江淮。德宗贬卢杞，罢关播，令姜公辅萧复同平章事。萧复请德宗屏逐奸邪，抑制阉寺，说得非常悚切。德宗反疑他陵侮，出复为江淮等道宣慰安抚使。究竟不明。又因田悦王武俊李纳三人，曾上表谢罪，尽复官爵，更遣秘书监崔汉衡，往吐蕃征兵。吐蕃大相尚结赞，愿遣大将论莽罗，率兵二万入助，但说要主兵大臣署敕，方可前进。汉衡问须何人署名，尚结赞指名李怀光。于是汉衡归报，德宗乃命陆贽往谕怀光，命他署敕。怀光已蓄异图，不肯遵署，且说出三大害来。正是：

陈害无非生异议，设词顿已改初心。

究竟怀光所说三害，是何理由，容至下回详叙。

朱泚之叛，谁使之乎？莫不曰德宗使之。朱滔逆命，泚入朝待罪，不亟远斥，一误也。车驾出奔，姜公辅叩马进谏，德宗不召令同行，二误也。泚既自总六军，尚信卢杞奸言，日望迎舆，不亟戒备，三误也。有此三误，至于叛兵犯顺，围攻行在，倘非浑瑊等之血战，及李怀光等之赴援，奉天尚能苦守乎？怀光至而泚围乃解，正应令之入朝，面加慰劳，厚恩以抚之，推诚以与之，则怀光初无叛谋，何至激成变乱？而乃复信谗言，致生怨望，是朱泚之乱尚不足，且欲进李怀光以益之，何愚暗至此乎？罪己一诏，史称为人心大悦，是盖由唐初遗泽，尚在人心，加以乱极思治，感动较速耳。岂真区区文诰，即能便遐迩悦服乎哉？阅者悉心浏览，自知当日之趋势矣。

第六十六回

趋大梁德宗奔命
战贝州朱滔败还

却说李怀光见了陆贽，力陈三害，第一害是得克京城，吐蕃纵兵大掠；第二害是吐蕃建功，必求厚赏，京城已遭寇掠，国库如洗，何从筹给；第三害是吐蕃兵至，必先观望，我军胜，彼来分功，我军败，彼且生变，戎狄多诈，不宜轻信。这三大害处，好似语语有理，转令陆贽无从指驳，贽只好说是奉命来前，如不署敕，未便复命。怀光却瞋目道："何不教卢杞等署名？却来迫我；就是汝等日侍君侧，不能除一内奸，有什么用处？"贽扼了一鼻子灰，没奈何告别回来。怀光竟阴与朱泚通谋，阳请与李晟合军，晟恐为所并，情愿独当一面，有诏允晟所请，晟乃自咸阳还军东渭桥，惟鄜坊节度使李建徽，神策行营节度使杨惠元，尚与怀光联营。陆贽自咸阳还奏道："李晟幸已分军，李杨两使，与怀光联合，必不两全，应托言李晟兵少，恐被逆泚邀击，须由两使策应，既免怀光生疑，且使两军免祸，解斗息争，无逾此策了。"德宗徐徐道："卿所料甚是。但李晟移军，怀光已不免怅望，若更使建徽惠光东行，恐怀光因此生辞，转难调息，且再缓数日，乃行卿计。"你欲从缓，而人家不肯延挨，奈何？适李晟又上密奏，谓："怀光逆迹已露，须急务严防，分戍蜀汉，毋令遏壅。"德宗意尚未决，拟亲总禁兵，东趋咸阳，促怀光等进讨朱泚。有人探闻消息，往报怀光道："这便是汉祖游云梦的遗策呢。"怀光大惧，反谋益甚，表文越加跋扈。德宗还疑是谗人离间，因有此变，乃诏加怀光太尉，颁赐铁券。怀光对着中使，把券掷地道："怀光不反，今赐铁券，是促我反了。"中使惊惧奔还。朔方左兵马使张名振，当军门大呼道："太尉视贼不击，待天使不敬，果欲反么？"怀光召语道："我并不欲反，不过因贼势方强，蓄锐待时，尔何故遽出讹言？且天子所居，必有城隍，须赶紧筑城，方可迎驾。"随即命名振出令军士，即日筑城。城已竣工，怀光却移军居住。名振入问道：“太尉说是不反，为何移军到此？今不攻长安，杀朱泚，建立大功，乃徙据此城，究是何意？”怀光无词可答，反觉老羞成怒，但说他是病狂，叱令左右，把名振牵出拉死。

右兵马使石演芬，本西域胡人，怀光爱他智勇，养为己子，他却把怀光密谋，使门客郜成义潜告行在。怀光有子名璀，曾由怀光遣令扈跸，德宗授璀为监察御史。成义到了奉天，与璀相会，说明底细，璀作书贻父，劝父勿为逆谋，但不合将演芬情事，也叙述在内。怀光得书，立召演芬呵责道：“我以尔为子，尔奈何欲破我家。”演芬道：“天子以太尉为股肱，太尉以演芬为心腹，太尉既负天子，演芬怎能不负太尉？且演芬胡人，性本简直，既食天子俸禄，应为天子效忠，若今日事君，明日事贼，演芬宁死，不愿受此恶名。”好演芬。怀光大怒，命左右脔食演芬。左右目为义士，不忍下手，演芬引颈就刃，方用刀断喉，叹息而去。璀闻演芬被杀，懊悔不迭，乃进白德宗道：“臣父必负陛下，愿早为防备。臣闻君父一体，恩义相同，惟臣父今日负陛下，陛下未能诛臣父，臣故不忍不言。”德宗瞿然道：“卿系大臣爱子，何弗为朕委曲弥缝？”璀答道：“臣父非不爱臣，臣亦非不爱父，但臣已力竭，无术挽回，只好为君舍父。”德宗道：“卿父负罪，卿将何法自免？”璀又答道：“臣父若败，臣当与父俱死，此外尚有何策？假使臣卖父求生，陛下亦何所用处？”璀既舍生取义，何不尸谏乃父，必待与父同尽耶？言已泣下。德宗亦洒泪抚慰，待璀趋出，乃申严门禁，暗嘱从臣整装待着，拟转往梁州。

忽由咸阳传到急报，杨惠元被怀光杀死，李建徽走脱，怀光已拥兵谋变了。正如贽言。未几，又由韩游环入见，呈上怀光密书，系约游环同反。德宗道：“似卿忠义，岂为怀光所诱？但欲除怀光，应用何策？”游环道：“怀光总诸道兵，因敢恃众作乱，今邠宁有张昕，灵武有宁景璿，河中有吕鸣岳，振武有杜从政，潼关有唐朝臣，渭北有窦觎，皆受陛下诏命，分地居守，陛下若举众相授，各受本府指麾，一面削怀光兵权，但给高爵，那时怀光势孤，自不足虑了。”德宗又道：“怀光既罢兵权，将来委何人往讨朱泚。”此语又是近呆。游环道：“重赏之下，必有勇夫，邠府兵以万计，若使臣为将，便足诛泚，况诸道将士，必有仗义来前，逆泚何足惧呢？”德宗虽然点首，心下尚是狐疑。游环乃退。到了傍晚，浑瑊趋入报道：“怀光遣赵升鸾到此，嘱为内应。昇鸾前来自首，恐怀光即将进攻，此处已经被寇，不堪再受蹂躏，陛下既决幸梁州，不如即日启行。”德宗被他一说，又不觉慌忙起来，便命瑊速出部署。瑊出整队伍，尚未毕事，德宗已挈着妃嫔，径出城西，留刺史戴休颜居守。朝臣将士，狼狈扈从，浑瑊率兵断后，向梁州进发。

到了骆谷，忽闻怀光遣将追来，大众惊惶得很，浑瑊亟列阵待战，俟车驾及扈从诸臣，统已逾谷，未见追兵到来，方放胆前进。原来怀光闻德宗奔梁，曾遣骁将孟保惠静寿孙福达等，邀劫车驾，行至盩厔，遇着诸军粮料使张增，便问天子何在？增还诘道：“汝等是来护驾么？”三将不觉愧悟道：“彼使我为逆，我以追不及还报，不过被黜罢了。但军士未曾得食，奈何？”增佯向东指道：“去此数里有佛祠，我储有粮饷，由汝等往取罢！”三将皆喜，引兵自去。及到了佛寺，并无粮储，方知受绐，就从民间剽掠一番，才行返报。怀光怒他无功，一并罢黜，拟督众自追德宗，惟恐李晟袭击后路，意欲先发制人，遂下令军中，命袭李晟。大众面面相觑，不发一言。怀光再三晓谕，众仍不应，且窃窃私语道：“若击朱泚，惟力是视，今乃教我造反，我等虽死不从。”人孰无良，于此可见。怀光闻知，不免加忧，因向僚佐王景略问计。景略答道：“为公计，莫如取长安，诛朱泚，散军还诸道，单骑诣行在，庶臣节未亏，功名还可长保哩。”怀光倒也心动，景略复顿首恳请，甚至流涕。偏是都虞候阎晏等，入劝怀光，谓宜东保河中，徐图去就。怀光乃语景略道：“我本欲依汝计议，怎奈军心不从，汝宜速去，毋自罹害！”景略知不可谏，便趋出军门，回顾军士道：“不意此军竟陷入非义。”说至此，泪随声下，恸哭移时，方驰归良乡原籍去了。

怀光遂召众与语道：“今与尔等相约，且至邠州迎接家属，共往河中。俟春装既办，再攻长安，也不为迟。况东方诸县，多半殷实，我不禁尔掳掠，尔等可愿否？”大众乃齐声应诺。见利忘义，可为一叹。因遣使往邠州，令留后张昕，悉发所留兵万余人，及行营将士家属，共至泾阳。怀光本兼镇邠宁，张昕实仗他提拔，至是奉命维谨，饬军士摒挡行李，指日起行。凑巧韩游环自奉天驰还，来防邠州，麾下尚有八百人，遂入语张昕道：“李太尉甘弃前功，自蹈祸机，公今可自取富贵，如不与逆贼同污，我有旧部八百骑，愿为公前驱。”昕不待说毕，便接入道：“昕本微贱，赖太尉提拔至此，不忍相负。况太尉曾有檄文，署公为本州刺史，公亦朔方旧将，何至遽负太尉哩。”游环暗忖道：“我来劝他，他反欲诱我，徒争无益，不如用计除他罢。”遂辞别回寓，托病不出，暗中却与诸将高固杨怀宾等相结，拟举兵杀昕。昕亦谋杀游环，两造尚未动手，适崔汉衡率吐蕃兵至，驻扎城南，游环潜告汉衡，请率吐蕃兵逼近邠城，昕惧不敢动，游环即与高固等，突入军府，将昕杀毙，即遣杨怀宾表奏行在，一面迎汉衡入城。汉衡伪传诏旨，命游环知军府事，军中大悦。怀光子玫在邠，由游环遣去，或问他何不杀玫？游环道：“杀玫必致怒敌，不如令他往报，俾泾军知家属无恙，自分德怨为是。”果然玫至泾阳，怀光恐军心变动，拟走蒲州，且贻书朱泚，商决进止。

泚正征吏募兵，自增声焰，太子少师乔琳，本随德宗西行，他却托词老病，潜应泚召，受伪命为吏部尚书，且引入失职诸吏，分掌伪职。泚改国号汉，骄态复萌，既得怀光来书，遂召他进京辅政，公然自称为朕，称怀光为卿，摆出那皇帝的架子来了。怀光接到复文，且惭且愤，掷弃地上。原来朱泚初结怀光，愿以兄事，约分帝关中，永为邻国，不意此次忽然变卦，哪得不令他气沮？于是毁营复走，大掠泾阳等十二县，人民四散，鸡犬一空。河中守将吕鸣岳，因兵少难支，不得已迎纳怀光，怀光复分攻同坊各州，坊州已为所据，由渭北守将窦觎夺还。同州刺史李纾，奔诣行在，幕僚裴向，权摄州事，亲诣敌将赵贵先营，晓示大义。贵先感悟，反与裴向入城协守，同州亦得保全。德宗乃授李晟为河中节度使，兼京畿渭北鄜坊商华兵马副元帅。浑瑊为朔方节度使，兼朔方邠宁振武永平奉天行营兵马副元帅，俱命同平章事，规复长安。又授韩游环为邠宁节度使，令屯邠州，戴休颜为行营节度使，令屯奉天，骆元光屯昭应，尚可孤出蓝田，各归两帅节制，便宜调遣。李晟涕泣受命，号召将士，指日进行。左右或言："晟家百口，及神策军家属，俱在长安，一或进攻，恐遭毒手。"晟太息道："天子何在，敢顾及家室么？"会洪使晟吏王无忌婿，趋谒军门，报称晟家无恙，晟怒叱道："尔为贼作间，罪当死。"遂喝令左右，推出斩首。军士未授春衣，盛夏尚着裘褐，经晟日夕鼓励，终无叛志。逻骑捕得长安谍使，晟命释缚与食，好言慰问，知系姚令言差来，即纵令回去，且嘱道："为我谢令言等，善为贼守，毋再事贼不忠。"冷隽有味。乃率众径叩都门，贼闭门不出。晟仍还东渭桥，筹备攻具，再行大举。

浑瑊率诸军出斜谷，进至邠州，崔汉衡率吐蕃兵往会，韩游环亦遣部将曹子达等，与瑊合师。凤翔伪节度使李楚琳，见官军势盛，也入贡梁州，并拨兵助瑊。瑊进拔武功，朱泚遣将韩旻等往攻，不值一扫，孑身遁还。瑊遂引兵屯奉天，与李晟东西相应，共逼长安。长安城内，日必数惊，不由朱泚不惧，遂募能言善辩的使人，赍着金帛，往赂各军。泾原节度使冯河清，屡杀泚使，偏偏牙将田希鉴，被泚买通，刺杀河清，愿为泚属。泚即命为节度使，并令他转赂吐蕃。吐蕃得了厚贿，也收兵回国。黄白物究属有灵。泚又召弟滔趋洛阳，滔遣使至回纥乞师，回纥许发骑兵三千人，入塞助滔。看官阅过前文，应知回纥与郭子仪联盟，已经两国结好，为何此时转助朱滔呢？原来德宗初年，回纥可汗移地健，唐曾封为英义建功可汗。为从兄顿莫贺所弑，自立为合骨咄禄毗伽可汗，遣使朝唐。德宗曾册顿莫贺为武义成功可汗。可汗有女嫁奚王，奚王被乱众刺死，女得脱归，道出平卢，滔盛设供帐，锦绣夹道，待回纥女到来，殷勤款待，且微露求婚意。女见他礼意周到，状貌伟岸，遂愿委身相事，随滔入府，成为夫妇。嗣是滔通使回纥，修子婚礼。回纥甚喜，报以名马重宝。及滔欲入洛，因向回纥乞师，翁婿相关，求无不应。滔又遣约同田悦，共取河洛。悦方与王武俊等，上表谢罪，仍受唐封，当然不肯从行。滔遂与回纥兵攻掠悦境，夺去馆陶平恩诸县，置束而去。悦闭城自守，不敢出兵。会德宗遣孔巢父为魏博宣慰使，巢父至魏州，为众申陈利害，悦及将士皆喜。田承嗣子绪，任魏博兵马使，素性凶险，尝遭杖责，免不得与悦有嫌。悦宴巢父，夜醉归寝，绪与左右密穿后垣，入室杀悦，并悦母妻等十余人，当下假传悦命，召行军司马扈萼，判官许士则，都虞候蒋济议事。济与士则，不知有变，闻召即入，统被砍死。绪率左右出门，遇悦亲将刘忠信，领众巡逻，绪即大呼道："刘忠信与扈萼谋反，刺杀主帅！"众不禁大哗，忠信方欲自辩，已是饮刀而毙。扈萼闻乱，方招谕将士，共谋杀绪。绪登城呼众道："绪系先相公子，诸君受先相公恩，若能立绪，赏二千缗，大将减半，士卒百缗，限五日取办。"将士贪利侥功，竟杀了扈萼，统愿归绪。军府已定，乃至客馆语孔巢父，巢父不假细问，便命绪权知军事，自还梁州。直至过了数日，魏博将士，方知绪实杀兄，但木已成舟，也只好将错便错，领取赏银，暂顾目前富贵罢了。误人毕竟是金钱。

滔闻悦死，喜为天假，自率兵攻贝州，遣部将马寔等攻魏州，一面使人诱绪，许为本道节度使。绪正踌躇莫决，适李抱真王武俊等，也遣使白绪，愿如前约，有急相援。绪乃上表行在，守城待命。至德宗授绪为魏博节度使，绪遂壹意拒滔，并向李抱真王武俊处乞援。抱真因再遣贾林，往说武俊道："朱滔志吞贝魏，倘不往救，魏博必为滔有了。魏博一下，张孝忠必转为滔属，滔率三道兵进临常山，益以回纥兵士，明公尚能保全宗族么？不若乘魏博未下，与昭义军连合往援，勠力破滔，滔既破亡；朱泚势孤，必为王师所灭，銮舆反正，天下太平，首功当专归明公了。"贾林两次说下武俊，功名不亚鲁仲连。武俊甚喜，即使贾林返报抱真，约会南宫。抱真得报，即自临洺往会武俊，武俊已至南宫东南，与抱真相距十里。两军尚有疑意，抱真欲径诣破俊营，宾佐相率劝阻，抱真不从，且嘱行军司马卢俊卿道："今日一行，关系天下安危，若不得还，领军事以听朝命，惟汝是望，励将士以雪仇耻，亦惟汝是望。"俊卿奋然允诺。抱真遂率数骑径行，至武俊营，武俊盛军出迎。抱真下马，握武俊手，慨然与语道："朱泚李希烈，僭窃帝号，滔又进攻贝魏，反抗朝廷，足下明达，难道舍九叶天子，不愿臣事，反向叛徒屈膝么？况国家祸难，天子播越，公食唐禄，宁忍安心？"说至此，泪下交颐。武俊亦不禁感泣，左右相率泪下，莫能仰视。武俊邀抱真入帐，开筵相待，抱真即与武俊约为兄弟，誓同灭贼。武俊称抱真为十兄，且泫然道："十兄名高四海，前蒙开谕，令武俊弃逆效顺，得免死罪，已是感激万分。今又不嫌武俊为胡人，辱为兄弟，武俊将何以为报呢？惟十兄为国效忠，武俊愿执戈前驱，力破逆贼，报国家便是报十兄了。"抱真见武俊意诚，很是欣慰，畅饮了数巨觥，饶有醉意，便入武俊帐后，酣寝多时。并非真醉。武俊越加感激，至抱真醒悟，出来相见，款待益恭，且指心对天道："此身已许十兄死了。"不枉十兄一行。抱真告别回营，两下里拔营同进，共救贝州。

朱滔闻两军将至，急令马寔解魏州围，合兵抵敌。寔兼程至贝州，人马劳顿，请休息三日，然后出战。滔迟疑未决。会回纥部酋达干，引兵到来，入帐与滔语道："回纥与邻国战，尝用五百骑破敌数千骑，与风扫落叶相似，今受大王金帛牛酒，前后无算，愿为大王立效，明日请大王立马高邱，看回纥兵翦灭敌骑，务使他匹马不返哩。”番酋亦喜说大话耶？滔部下有常侍杨布，及将军蔡雄亦在旁进言道：“大王武略盖世，亲率燕蓟全军，锐然南向，势将扫河洛，入关中，今见小敌，尚不急击，如何能定霸中原？况内外合力，将士同心，难道尚不能破敌么？”又是两个性急鬼。滔被他激动，决计出战，翌日晨刻，鼓角一鸣，全军齐出。回纥骤马先进，直扑武俊抱真军营，武俊抱真，已列阵待着，武俊军在前，抱真军在后。回纥部酋达干，毫不在意，驱着番兵，杀入武俊阵内。武俊并不拦阻，反麾兵分趋两旁，让他过来。回纥兵喜跃而前，穿过武俊垒中，迫抱真军。抱真却坚壁不动，回纥兵正拟冲突，不防武俊军又复趋合，左右夹击，杀死回纥兵无算。回纥酋达干，料不可支，只好勒兵退还。武俊把他驱出阵外，停马不追。回纥兵放心回去，趋过桑林，猛听得鼓声一响，又是一彪军杀出，将回纥兵冲作两截。看官道这支伏兵，从何而来？原来是王武俊预先布置，遣兵马使赵琳，率五百骑伏着，此次乘势横击，掩他不备，好杀得一个爽快。回纥兵马大乱，滔正率军趋救，那武俊抱真两军，却相继杀来，势如泰山压卵，所当辄碎。更被那回纥乱兵，没命窜入，遂致队伍错乱，自相践踏，慌忙收军还营。奈一时无从部勒，一半战死，一半逃散，只剩了数千人，入营坚守。会日暮天昏，阴雾四塞，武俊抱真不便再战，就在滔营附近，择地下寨，守至夜半，忽见滔营中火光熊熊，照彻远近，料知他是毁营遁去了。小子有诗咏道：

两将连镳逐寇氛，十兄义略冠三军。

贝州一战枭雄遁，好挈河山报大君。

滔既北遁，两军曾否追击，且看下文便知。

李怀光未战即奔，朱滔一战即败，此皆唐室中叶，人心未去，故怀光与滔，终不能大逞所欲耳。怀光欲反，赞助乏人，石演芬，怀光之养子也，璀且为怀光之亲子，骨肉尚不相从，遑论将士？河中之奔，已知其无能为矣。滔为四国盟主，又有兄泚，僭号长安，势力较怀光为盛，然田悦李纳王武俊归国，而外援失，李晟浑瑊进讨朱泚，而内援又失，贝州一役，虽由李抱真之善结武俊，得以破滔，然非由滔之势已孤危，武俊岂敢反颜相向乎？故德宗之不亡，赖有人心，而诸将之功次之，于德宗实无与焉。

第六十七回

朱泚败死彭原城 李晟诱诛田希鉴

却说王武俊李抱真两军，闻朱滔遁还，本拟出兵追击，因为夜雾四翳，恐穷追有失，乃按兵不进，但把朱滔所弃的粮械，收取无遗，即行返镇。滔懊怅异常，归咎杨布蔡雄，斩首泄忿，连夜驰回幽州。又恐范阳留守刘怦，因败图已，未免徬徨，幸刘怦搜兵缮铠，出城二十里迎谒，才敢返入范阳。两下会叙，悲喜交集，还想整顿兵马，出报前耻，谁料乃兄朱泚，亦被李晟逐出长安，败遁泾州去了。李晟与浑瑊，东西并进，瑊檄韩游环戴休颜等，西攻咸阳，晟檄骆元光尚可孤等，东略长安，分道进军，各专责成。于是晟召集诸将，商议进取方法，诸将请先取外城，占据坊市，然后北攻宫阙。晟独定计道："坊市狭隘，贼若伏兵格斗，不特扰害居民，亦与我军有碍，不若自苑北进兵，直捣中坚，腹心一溃，贼必奔亡，那时宫阙不残，坊市无扰，才不失为上计。"诸将齐声称善。晟遂引兵至光泰门外，督众筑垒，垒尚未就，突见贼将张庭芝李希倩等，率众前来，晟顾诸将道："我只恐贼潜匿不出，坐老我师，今乃自来送死，这真是天赞我了。"数语是安定众心，并非真欲速战。遂命兵马使吴诜等，纵马奋击，两下鏖斗，统拼个你死我活，不肯少让。晟自率锐骑前往，立将贼骑冲散，追入光泰门，贼众也来策应，再战又却，统向白华门退入，闭关拒守。晟因天色已晚，不便再攻，乃敛军还营。翌日，又下令出兵，诸将请待西师到来，方可夹攻。晟正色道："贼已战败，不乘机扑灭，还欲守待西军，令他缮备，岂非一大失策么？"遂复麾兵至光泰门，贼众又来出战，仍然败退。是夕尚可孤骆元光依次驰至，晟令休息一宵，到了天明，晟升帐调军，遍嘱诸将道："今日定当破贼，不得却顾，违令立斩。"诸将齐称得令，乃命牙前将李演，及牙前兵马使王佖，带着骑兵，牙前将史万顷，带着步兵，并作为冲锋队，自督大军齐进，杀入光泰门，直抵苑北神麝村，扑毁苑墙二百余步。贼竖起木栅，堵塞缺口，且自栅中刺射官军，前队多被死伤，稍稍退步，晟一声呵叱，万众复振。史万顷左手持盾，右手执刀，劈断木栅数排，步兵继进，冒死攻栅，好容易把栅拔去。王佖李演，引骑兵随入，纵横驰骤，所向无前。贼将段诚谏，尚欲拦截官军，被王佖等斫伤右臂，倒地成擒。诸军分道并入，姚令言张庭芝李希倩等，尚拼命力斗，晟命决胜军唐良臣等，步骑四蹙，且战且进，冲荡至好几十合，贼不能支，方才大溃。官军突入白华门，如潮涌入，晟亦趋进，忽有贼众数千骑，在门右伏着，出击官军背后。晟率百余骑还御，令左右大呼道："相公来！"三字甫经出口，贼众都已惊散。声威夺人，不必力战。泚闻全城被破，吓得魂不附体，张光晟劝泚出走，乃与姚令言等，率残众西走，尚近万人。光晟送泚出城，还降晟军。

晟令兵马使田子奇，用骑兵追泚，再督兵搜捕余孽，擒住李希倩敬钉彭偃等数十人，遂至含元殿前，号令诸军道："晟赖将士功力，得清宫禁，顾念长安士庶，久陷贼庭，若再去骚扰，甚非吊民伐罪的本意。晟与公等室家，相见非晚，五日内不得通家信，违令有刑！"遂出示严申军律，慰谕民居。别将高明曜，私取贼妓一人，尚可孤偏将司马柚，私取贼马一匹，俱由晟察觉，斩首示众，全军股栗，秋毫无犯。不愧义师。乃使京西兵马使孟涉屯白华门，尚可孤屯望仙门，骆元光屯章敬寺，再派牙前兵三千人，屯安国寺，分镇京城。当下将逆徒李希倩等，共缚旗下，批验正法。忽有一刑犯呈入衣衫，及判文一纸，由晟仔细检视，不禁惊异。原来是当年给与桑道茂的判词，及与他掉换的衣衫，题痕宛在，字迹不磨。直接六十二回，至此才作一结束。因即召刑犯进来，当面审视，果是桑术士，便问道："你既知未来的事情，为何同流合污？"道茂道："命数注定，自知难逃，所以前恳相公，预求赦宥。"晟半晌才道："晟为国除逆，不便顾私，但念汝虽列伪官，终究是为贼胁从，情有可原，待奏闻皇上，请旨发落便了。"乃将道茂暂系狱中，余犯悉数正法。遂使掌书记于公异，撰一露布，飞报行在，并附入表忠诛逆，及胁从减罪的详文，呈上御览。德宗见露布中，有云："臣已肃清宫禁，祗谒陵园，钟虡不移，庙貌如故。"不由的潸然下泪道："天生李晟，实为社稷，并非为朕呢。"似你这般昏昧，原不该有此忠臣。及览至详表，如表忠请旌一条，第一人乃是吴溆，说是被贼羁留，不屈遇害，德宗且泣且语道："金吾将军吴溆，系章敬皇后兄弟，与吴凑同为懿亲，有功王室，朕在奉天时，拟宣慰朱泚，左右无人敢往，溆独犯难请行，不料竟为所害，痛悼何如？"回应六十四回及六十一回。再看下去，第二人乃是刘迺。迺曾为给事中，权知兵部侍郎，京城失守，迺不及随行，泚屡加胁诱，他却佯作喑疾，始终不答一词，及闻德宗转奔梁州，搏膺呼天，绝食而死。叙吴溆事，从德宗口中演述，叙刘迺事，由作者说明，此系笔法变换处。晟表中载明原委，德宗复为洒泪。

此外便如蒋沇等人，或已死，或尚存，当由德宗按官褒录，追赠溆为太子太保，赐谥为忠，迺为礼部尚书，赐谥为贞。此外各有封恤，不必细表。至如诛逆各条，悉如晟拟，所有胁从诸人，多半赦免。桑道茂亦得免罪。

长安捷报，已经察办，咸阳捷报，也即到来。浑瑊与戴休颜韩游环等，已克复咸阳，由浑瑊一一奏明，免不得叙功论赏，非常忙碌。隔了几日，又接到两处好者，一道是田希鉴所奏，谓已诛死朱泚，一道是李楚琳所奏，谓已诛死泚党源休李子平，德宗更加喜慰。原来朱泚自长安败走，奔往泾州，沿途部众尽散，只剩得骑士数百人，既至泾州城下，城门尽闭，泚令骑士大呼开门，但见一将登城与语道："我已为唐天子守城，不愿再见伪皇帝。"泚仰首一望，乃是节度使田希鉴，便与语道："我曾授汝旌节，奈何临危相负？"你欲责人，何不先自责己？希鉴道："汝何故负唐天子？"还语得妙。泚闻言怒甚，便命骑士纵火焚门。希鉴取节投下火中，且道："还汝节！汝再不退，休怪无情。"泚众皆哭。希鉴又语泚众道："汝等多系泾原故卒，为何跟着姚令言，自寻死路？现唐天子不追既往，悉予自新，汝等能去逆效顺，便可起死回生了。"泾卒应声愿降。姚令言尚在泚侧，忙上前喝阻，被泾卒拔刀乱砍，立即倒毙。泚恐被累及，亟与范阳亲卒，及宗族宾客，北向驰去。泾卒遂留降希鉴，任泚自往。泚走至驿马关，为宁州刺史夏侯英所拒，不得前进，转趋彭原，随身不过数十人。泚将梁庭芬，起了歹心，与韩旻密谋诛泚，庭芬在泚背后，暗发一箭，正中泚项，泚坠落马下，滚入坑中。旻上前斩泚，枭取首级，偕庭芬同诣泾州，投降希鉴。源休李子平，转奔凤翔，为李楚琳所杀，先后奏报德宗，且一并传首梁州。

德宗乃命楚琳为凤翔节度使，希鉴为泾原节度使，把他前通朱泚的罪状，概置不问。楚琳希鉴，反复无常，实不应赏他旌节。进封李晟为司徒中书令，浑瑊为侍中，骆元光尚可孤韩游环戴休颜等，各迁官有差，一面下诏回銮，改梁州为兴元府，即自梁州启行。到了凤翔，巧值泚党李忠臣捕获，献至御前，立命斩首。李晟复捕获乔琳蒋镇张光晟诸人，并奏称光晟虽为贼臣，但灭贼时亦颇有力，应贷他一死。德宗不许，令将三人一律正法。乃再从凤翔动身，直抵长安。浑瑊韩游环戴休颜，自咸阳迎谒，扈从至京。李晟骆元光尚可孤，出京十里，恭迓御驾，步骑十余万，旌旗数十里，晟先贺平贼，继谢收复过迟，匍匐请罪。德宗停銮慰抚，为之掩涕，即命左右扶晟上马，入城还宫。每隔日宴飨功臣，李晟居首，浑瑊居次，将相等又递次列座，仍然是壶中日月，袖里乾坤。语中有刺。

惟当时尚有两大叛臣，一个就是李怀光，一个乃是李希烈。希烈既入据汴州，僭称帝号，遂分兵略陈州境，抄掠项城县，县令李侃，不知所为，拟弃城逃生。侃妻杨氏道："寇至当守，不能守当死，奈何逃去？"斩钉截铁之言，不意出自巾帼。侃皱眉道：

"兵少财乏，如何可守？"杨氏道："此城如不能守，地为贼有，仓廪为贼粮，府库为贼利，百姓为贼民，国家尚得携去么？今发财粟募死士，共守此城，或当有济。"乃召吏民入庭中，由杨氏出庭与语道："县令为一邑主，应保汝吏民，但岁满即迁，与汝等不同。汝等生长此土，田庐在是，坟墓在是，当共同死守，岂忍失身事贼么？"大众凄声许诺。杨氏复下令道："取瓦石击贼，赏千钱！持刀矢杀贼，赏万钱！"众皆踊跃。遂由侃率众登城，杨氏亲为炊爨，遍饷吏民，俄有一贼将鼓噪而至，杨氏即登陴语贼道："项城父老，共知大义，誓守此城，汝等得此城，不足示威，不如他去，免得多费心力。"贼众见是妇人，又听她言语近迂，忍不住大笑起来，待杨氏下城，便即攻扑。侃率众抵御，仓猝间中一流矢，忍痛不住，返身下城，正与杨氏相遇。杨氏道："君奈何下城？试想吏民无主，何人耐守？就使战死城上，也得千古留名，比死在床中，荣耀得多了。"勉夫取义，乃有此语，并非祈夫速死。侃乃裹创登陴，麾众竞射。贼将架上云梯，首先跃上，突被守卒射中面颊，坠死城下，贼众夺气，相率散去，项城得全。刺史列功上闻，诏迁侃为太平令。史称唐武后时，契丹寇平州，刺史邹保英妻高氏，率家僮女丁守城，默啜攻飞狐，县令古玄应妻高氏，亦助夫守城，均得却敌。及史思明叛乱，卫州女子侯氏，滑州女子唐氏，青州女子王氏，歃血立盟，共赴行营讨贼，数妇女皆得受封，但慷慨知义，尚不及杨烈妇，独封赏只及乃夫，不及杨氏，这还是朝廷失赏哩。事见《唐书·杨烈妇传》，本编不肯从略，实为女史扬芬。

希烈因项城小邑，无暇顾及，别遣将翟崇晖围攻陈州，但也相持不下。嗣闻李希倩伏法，怒不可遏。看官道是何因？希倩是希烈亲弟，他为此动怒，遂遣使至蔡州，令杀颜真卿以泄忿。真卿见了使人，问为何事？使人道："有敕赐死。"真卿道："老臣无状，罪固当死，但不知贵使何日发长安？"使人道："我从大梁至此。"真卿接口道："照你说来，乃是贼使，怎得称为敕使呢？"使人遂将他缢死，年七十六。曹王皋驻守江淮，正遣将拔安州，擒斩希烈甥刘戒虚，且进军厉乡，击走希烈将康叔夜，及闻真卿死难，不禁大恸，全军皆泣，乃表陈真卿大节，请速旌扬。德宗因追赠真卿为司徒，加谥文忠。希烈自督兵攻宁陵，为刘洽将高彦昭所破，遁还汴梁，但日望崇晖攻下陈州，因遣人督促，且派兵帮助崇晖。刘洽遣都虞候刘昌，与陇右节度使曲环等，率兵三万，往救陈州。曲环用埋伏计，与刘昌夹击崇晖，斩首至三万五千级，连崇晖都擒了回来，于是兵威大振，远近惊心。伪节度使李澄，焚去希烈所授旌节，举郑滑二州归唐，会同刘洽各军，进攻汴州。希烈恐不能守，留大将田怀珍居守，自奔蔡州，田怀珍开门迎纳官军，汴州平复。诏授李澄为汴滑节度使，召河南都统李勉入朝。李勉至长安，素服待罪。时李泌复应召入都，受职左散骑常侍，日直西省，专备咨询。德宗因李勉失守大梁，拟加贬黜，泌独进言道："李勉公忠雅正，不过未娴战略，试看大梁不守，将士愿弃妻孥，从勉至睢阳，约有二万余人，可见他平时抚驭，尚得众心。且刘洽实出勉麾下，今洽克复大梁，亦足为勉补过，还乞陛下鉴原！”德宗乃只罢勉都统，仍令同平章事。

浙江东西节度使韩滉，效顺唐廷，贡献不绝，或谮他聚兵修城，阴蓄异志，德宗又未免起疑，密问李泌。泌愿百口保滉，且言滉性忠直，不附权贵，因致毁谤交加，幸乞详察！德宗尚未肯信，经泌再三剖解，力祛主惑，最后复献议道：“滉子韩皋，现为考功员外郎，今因乃父被谤，几至不敢归省，现在关中饥荒，斗米千钱，惟江东尚称丰稔，若陛下遣皋归省，令滉速运粮储，接济关中，这是朝廷大计，幸陛下俯听臣言，决不误事！”德宗乃赐皋绯衣，遣皋南归，且谕皋道：“卿父近遭疑谤，朕皆不信，惟关中乏粮，须由卿父赶紧筹给，幸勿延误。”皋欢跃而去，及与父相见，备述上语，滉感激涕零，即日发米百万斛，运送关中。皋但留五日，亦即遣他还朝。陈少游闻滉发粮，也贡米二十万斛，偏刘洽攻克汴州，得李希烈起居注云：“某月某日，陈少游上表归顺。”这事一传十，十传百，少游也有所闻，免不得羞惭无地，郁郁病死。犹有耻心，还算天良未曾丧尽。德宗尚追赠太尉，赙赠如仪。于韩滉则疑之，于少游则赠之，主德可知。淮南大将王韶，欲自为留后，滉遣使与语道：“汝敢为乱，我即日全师渡江，来诛汝了。”韶惧不敢动。德宗闻知，喜语李泌道：“滉不但镇定江东，且并能镇定淮南，真不愧为大臣。但非如卿知人，朕几误疑及滉了。”至此才晓得么？又加滉同平章事，兼江淮转运使。滉运江淮粟帛，西入关中，几无虚月，朝廷始安。越年，复改易年号，称为贞元元年，颁诏大赦。

新州司马卢杞，遇赦得还，转任吉州长史，欣然告人道：“我必再得重用。”果然历时无几，德宗令给事中袁高草制，拟任杞为饶州刺史。高不肯下笔，奏称：“杞反易无常，卒致乘舆播迁，海内疮痍，奈何复用？”德宗不从，顾令别官草制，补阙陈京赵需裴佶宇文炫卢景亮等，联名上疏，极言杞罪。袁尚又申词劾奏，德宗乃语李勉道：“廷臣多不直卢杞，朕意拟授他小州，何如？”勉答道：“陛下君临四海，如欲用杞，就使畀他大州，亦无不可。只惜天下失望，终累圣明呢。”乃只授杞为澧州别驾。杞病死澧州，李泌入见德宗道：“外人或议陛下为桓灵，今观陛下贬死卢杞，恐尧舜亦有所未及呢。”德宗甚喜，继又皱着眉头道：“河中未靖，朕遣孔巢父宣慰，反被李怀光杀死，这却是一件大患哩。”泌答道：“当今可患的事件，不止一端。若怀光擅据河中，虐杀使臣，为天下所共弃，将来必被大军枭灭，臣窃谓不足忧呢。”德宗复道：“吐蕃助讨朱泚，朕曾许畀安西北庭等地，今吐蕃求如前约，朕不便食言，看来只好割畀了。”泌谏阻道：“安西北庭，民性骁悍，足以控制西域，捍卫边疆，奈何拱手让人？况吐蕃曾受逆赂，勒兵观望，大掠而去，何足言功，陛下决不宜割地。”孔巢父被杀，及吐蕃求地，俱借德宗口中叙过，以省笔墨。德宗乃拒绝番使，遣李晟为凤翔陇右节度使，进爵西平王，令屯田储粟，控制吐蕃，再命浑瑊骆元光等，往讨怀光。

晟奉命将行，适李楚琳入朝，即请与同往凤翔，乘便处死，为叛逆戒。德宗以京都新复，反侧宜安，不肯遽许，但留楚琳在京，任为金吾大将军。晟虽未便违敕，心下总不以为然。及驰至凤翔，查出谋杀张镒的将士，共十余人，首恶叫作王斌，剖心祭镒，余俱斩首，众皆股栗。会吐蕃借索地为名，入寇泾州，节度使田希鉴，贻书李晟，乞请济师。晟语亲将史万岁道："李楚琳幸得逃生，田希鉴尚在泾原，我决不使漏网了。"遂命万岁率精兵三千，作为先行，自率五千骑继进。虏兵素惮晟威名，闻他到来，陆续退去。及晟至泾州，已是烽烟静息，塞漠安恬。希鉴出城迎谒，晟与他寒暄数语，并辔入城，下马登堂，开樽话旧，两下里很是投机，并不露一些形迹。希鉴妻李氏，与晟虽是疏族，究系同宗，当由希鉴令她出见，排叙辈分，应呼晟为叔父，晟亦视若侄女，改称希鉴为田郎。嗣是朝夕过从，屡与欢宴。盘桓了好几日，晟拟还师，因语希鉴道："我留此已久，日承款待，未免疚心，今欲归镇，亦应具一杯酒，聊报田郎。且诸将多系故人，俱请邀至敝营，举觞话别。"希鉴唯唯从命。晟营本在城外，返营后暗嘱史万岁，专待明日行事。翌日巳牌，营中已整备酒席，候希鉴等到来，希鉴与诸将鼓兴出城，趋入晟营。晟迎他入座，且语泾原诸将道："诸君到此，请自通姓名爵里，以便序座。"诸将一一报明，依晟派定座席，鞠躬坐下。忽有一将报毕，晟忽勃然道："汝实有罪，不应列座。"遂呼史万岁入帐，指麾军士，将他推出斩首。军士持首还报，希鉴不觉心惊，勉强坐在晟侧。晟笑语希鉴道："田郎！汝亦不得无罪。"希鉴正思答辩，已被史万岁上前拖出，令军士缚住希鉴。晟复正色道："天子蒙尘，汝乃擅杀节度使，受贼伪命，今日尚有面目来见我么？"说得希鉴魂飞天外，不能对答一词。小子有诗咏道：

叛臣竟复握兵符，不死何由伏贼辜。

杯酒邀来伸国法，泾原才识有天诛。

未知希鉴性命如何，且至下回说明。

朱泚攻奉天累月，卒不能下，及退还长安，得李怀光之相与连结，复不能分兵四出，略夺唐土，李晟一举，长安即破，辗转奔至彭原，仍为部将所杀。泚之无能，可以想见。然亦由去顺效逆，自速其祸，人心去而身首即随之耳。李希烈李怀光等，逆同朱泚，若乘收复京城以后，即命李晟浑瑊等，分军进讨，当可立平，乃回都盛宴，苟且偷安，犹且遣使宣慰，令陷死地，颜真卿效节于前，孔巢父遇害于后，人谓德宗好猜，德宗岂徒蹈好猜之失者？盖亦犹是祖若考之庸柔，而未克自振也。李楚琳田希鉴等，反复无常，可讨不讨，李晟欲诛楚琳，复不见许，惟希鉴为晟所诛；聊快人意，有靖国之忠臣，无靖国之英主，惜哉！

第六十八回

窦桂娘密谋除逆
尚结赞狡计劫盟

却说田希鉴既被拿住，无可辩罪，即由史万岁牵入帐后，将他勒死，诸将相顾失色，还有何心饮酒。李晟顾语诸将道："我奉天子命，来此诛逆，诸君无罪，何妨痛饮数杯。"诸将按定了神，勉尽两三觥，便即起座告别。晟即同入城，揭示希鉴罪状，并言除希鉴外，不复过问，将士帖然。乃令右龙武将军李观，代为节度，使嘱希鉴妻李氏扶榇回籍，然后从容还镇，表达朝廷。未免难为侄女。会闻浑瑊等进讨怀光，屡战不利，朝臣议赦怀光罪，遣宦官尹元贞谕慰河中，惹得李晟忠愤填膺，力劾元贞，请即治罪，并自愿率兵讨怀光。德宗因吐蕃屡扰，不便易帅，乃别命马燧为河东行营副元帅，援应浑瑊。燧以晋慈隰三州，为河中咽喉，即遣辩士说他反正。于是晋州守将要廷珍，慈州守将郑抗，隰州守将毛朝扬，皆举地归降。有旨令燧兼镇三州，燧曾举荐康日知为晋慈隰节度使，因地失无着，未曾莅任，至是仍让与日知。德宗乃令日知镇守，燧乃拔绛州入宝鼎，与怀光部将徐伯文相值，掩杀一场，射死伯文，斩首万余级，复分兵会合浑瑊，且逼长春宫，连败逆众，进围宫城。怀光诸将，相继出降。吕鸣岳也通款马燧，密约内应，不料为怀光所闻，杀死鸣岳。燧乃与诸将谋道："长春宫不下，怀光必不可获。但长春宫守备甚严，亦非旦夕可拔，我当亲自往谕，令他来降便了。"遂径造城下，呼守将答话。

守将乃是徐庭光，曾与燧相识，登城见燧，便率将士罗拜城上。燧料他意屈，便仰语道："我自朝廷来此，可西向受命。"庭光等复向西下拜。燧复宣谕道："公等皆朔方将士，自禄山以来，为国立功，已四十余年，何忍为灭族计，若肯从我言，非止免祸，富贵也可立致呢。"庭光尚未及答，燧又道："尔等以我为谎语么？尔若不信我言，何妨射我！”遂披襟袒胸，待他射来。与李抱真释憾，也用此计。庭光感泣，守卒无不流涕。燧复语道：“怀光负国，于尔等无与，尔等但坚守勿出便了。”庭光等应声许诺，燧乃回营。次日与浑瑊韩游环进捣河中，留骆元光屯兵城下，行至焦篱堡，守将尉珪，即率七百人迎降，余戍望风遁去。燧正欲渡河，忽得元光急报，说是：“徐庭光尚然不服，屡加诟詈。”燧乃再返长春宫，问明原委，系庭光只服马燧，不服骆元光，因复带着数骑，呼庭光开城。庭光开门迎入，由燧慰抚大众，众皆欢呼道：“我辈复为王人了。”燧即表荐庭光，有诏令试殿中监，兼御史大夫。浑瑊顾语僚佐道：“我始谓马公用兵，与我相等，今乃知胜我多了。”浑瑊却也虚心。燧既降服庭光，遂率全军济河。怀光闻官军大集，举烽召兵，无人肯至，就是部下将士，也自相惊扰，忽喧声道：“西城擐甲了。”又忽哗噪道：“东城捉队了。”又过了半刻，将士都改易章饰，自署太平字样。怀光不知所措，遂自经死。朔方将牛石俊，断怀光首级出降。燧麾众入城，捕杀怀光亲将阎晏等七人，余俱不问。独骆元光为庭光所辱，怀怒未释，竟把他一刀杀死，乃入城见燧，顿首请罪。燧大怒道：“庭光已降，汝敢擅杀，还要用什么统帅？”说至此，即顾视左右，欲将他推出斩首。韩游环忙趋入道：“元光杀一降将，欲将他处死，公杀一节度使，难道天子不要发怒吗？”燧乃叱退元光，不复加罪。河中兵尚有万六千人，尽归浑瑊统辖，即令浑瑊镇守河中，自是朔方军分守邠蒲，不再北返了。

先是怀光子璀，曾云随父俱尽，德宗很是怜惜，不欲令死，应六十六回。且命他再赴河中，劝父归顺。璀往劝不从，未便复命。适陕虢兵马使达奚抱晖，鸩杀节度使张劝，自掌军务，邀求旌节。德宗召泌入商，泌自请赴陕，相机办理，乃授泌为都防御水陆运使，经理陕事。泌辞行时，德宗与语道：“卿至陕州，试为朕招谕李璀，毋使彼死。”泌答道：“璀若果贤，必与父俱死，假使畏死偷生，也不足责了。”及泌既至陕，河中平复，怀光已经缢死，璀亦手刃二弟，自刎身亡。事为德宗所闻，很加悲悯，且念怀光旧功，不应无后，特查得怀光外孙燕氏，赐姓为李，名曰承绪，令为左卫率府胄曹参军，继怀光后，并归怀光身首，命怀光妻王氏收葬，赐钱百万，置田墓侧，用备祭享。加马燧兼侍中，浑瑊检校司空，余将卒各有赏赉。就是进讨淮西的将士，亦调还本镇，各守圻疆，算做与民休息，不再用兵的意思。

是时李泌已邀同马燧，偕赴陕州，陕军不待抱晖命令，出城远迎，抱晖料不能抗，亦只好出来迎谒。泌偕燧入城，毫不问罪，但索簿书，治粮储。有人谒泌告密，泌皆不见，军中镇静如常，乃召抱晖与语道：“汝擅杀朝使，罪应加诛，惟今天子以德怀人，泌亦不愿执法相绳，汝且赍着币帛，虔祭前使，此后慎无入关，自择安处，潜来接取家属，我总可保汝无虞了。”抱晖不禁涕泣，唯唯而去，陕州遂定。泌复凿山开渠，自集津至三门，辟一运道，以便转漕，数月告成。会关中仓禀告竭，禁军脱巾索饷，喧扰不休，亏得韩滉运米三万斛，解至陕州，由泌令从新运道转给关中。德宗大喜，语太子诵道："我父子得生了。"随即遣中使遍给神策六军，军士皆呼万岁。若非信任韩滉，乌能得此。时关中连岁旱荒，兵民多有菜色，及粮既运至，麦又继熟，市中始见有醉人，相率称瑞，这也可谓剥极才复呢。

朱滔闻河陕皆平，非常恐惧，上表待罪，嗣即忧死。将士奉刘怦知军事，怦奏达朝廷，词极恭逊，乃命怦为幽州节度使。已而怦又病逝，诏令怦子济知节度事，且调曹王皋为荆南节度使，韦皋为西川节度使，曲环为陈许节度使，招抚流亡，安辑四境。惟李希烈尚负固称雄，倔强不服，贞元二年正月，遣将杜文朝寇襄州，为山南东道节度使樊泽所擒。三月复发兵袭郑州，复为义成节度使李澄所破，希烈兵势日衰，到此也积忧成疾，奄卧床中。他有一个宠妾，本姓窦氏，小字桂娘，系汴州户曹参军窦良女儿，貌美能文。希烈入汴，闻桂娘艳名，即遣将士至良家，强劫桂娘以去。桂娘语乃父道："阿父无戚，儿此去必能灭贼，使大人得邀富贵。"也是一个奇女子。及见了希烈，却也并不峻拒，竟任希烈搂入帏中，曲尽所欢。希烈日夕相依，爱逾珍宝，即册桂娘为伪妃。桂娘以色相媚，以才相炫，复以小忠小信，笼络希烈，因此希烈有事，无论大小机密，均为桂娘所知。及希烈奔归蔡州，桂娘语希烈道："妾观诸将中非无忠勇，但皆不及陈光奇，闻光奇妻窦氏，甚得光奇欢心，若妾与联络，将来缓急有恃，可保万全。"希烈称善，遂令桂娘结纳窦氏，互相往来。桂娘小窦氏数岁，因呼窦氏为姊，日久情暱，肺腑毕宣。桂娘因乘间语窦氏道："蔡州一隅，怎敌全国？迟晚总不免败亡，姊应早自为计，毋致绝种。"窦氏颇以为然，转告光奇。光奇乃谋诛希烈，常欲伺隙下手。凑巧希烈有疾，遂密嘱医士陈山甫，投毒入药。希烈服药下去，毒性发作，顷刻暴亡。十载枭雄，一女子即足了之。希烈子秘不发丧，欲尽诛故将，代以新弁，计尚未决，适有人献入含桃，桂娘复进白道："请先遗光奇妻，且足免人疑虑。"希烈子依她所嘱，即由桂娘遣一女使，赍赠窦氏。窦氏见含桃内，有一格形色相似，却是一颗蜡丸，外涂朱色，心知有异，俟遣还女使后，与光奇剖丸验视，中藏一纸，有细小蝇楷云："前日已死，殡在后堂，欲诛大臣，请自为计。"光奇即转告僚将薛育，薛育道："怪不得希烈牙前，乐曲杂发，昼夜不绝，试想希烈病剧，哪有这般闲暇？这明是有谋未定，佯作此状，倘不先发难，必遭毒手了。"光奇即与育各率部兵，闯入牙门，请见希烈。希烈子仓皇出拜道："愿去帝号，一如李纳故事。"光奇厉声道："尔父悖逆，天子有命，令我诛贼。"遂将希烈子杀死，并及希烈妻，且枭希烈尸首，共得头颅七颗，献入都中，只留桂娘不杀。德宗以光奇诛逆有功，即命为淮西节度使。偏希烈旧将吴少诚，佯与光奇同意，暗中却欲为希烈报仇，不到两月，竟纠众杀死光奇，连两个窦家少妇，一古脑儿迫入冥途。桂娘已诛希烈，宿愿已偿，可以远去，乃留死蔡州，未免智而不智。德宗又授少诚为留后，这真是导人椎刃，贻祸无穷了。伏笔不尽，直注到宪宗时淮蔡之役。

义成节度使李澄病死，子克宁也秘不发丧，墨缞视事，增兵守城。宣武节度使刘玄佐，就是刘洽改名，他却出师境上，使人告谕克宁道：“汝敢不待朝命，擅做节度，我当即日进讨了。”克宁乃不敢袭位，静待诏敕。德宗命工部尚书贾耽，继任义成节度使，出镇郑滑，郑滑自李澄反正后，改称义成军，耽既到任，克宁乃去。玄佐归镇，适韩滉过境，约为兄弟，联袂入朝，曲环亦凑便同行。及至都中，正值西寇告警，李晟受谤，朝右讹言四起，又似有变乱情形。看官道为何因？原来吐蕃因索地不与，屡次寇边，德宗令浑瑊骆元光移屯咸阳，接应李晟。晟遣部将王佖，率骁勇三千人，往伏汧城，授以密计道：“虏过城下，勿遽出击，俟见有五方旗，虎豹衣，必是虏兵中坚，若突起掩杀，必获大胜。”佖领计而去。果然吐蕃统帅尚结赞，盛气前来，麾下亲兵旗饰，一如晟言。佖杀将出去，尚结赞惊走，猝死千余人，退屯数十里。尚结赞语部将道：“唐朝良将，只李晟马燧浑瑊三人，我当用计除他，方可得志。”乃转入凤翔境，禁止掳掠。至直凤翔城下，大呼道：“李令公召我来，何不出来犒师？”这明是反间计，若非张延赏在内，也是容易瞧破。守将当然不答，他却经宿退去。晟复遣蕃落使野诗良辅，与王佖合兵追击，又破吐蕃部众，攻入摧沙堡，毁去吐蕃蓄积，然后班师。邠宁节度使韩游环，又邀击虏兵，夺还所掠货物。

尚结赞西窜归国，嗣乘天气严寒，复入陷盐夏银麟四州，尚说是李晟召他进来。晟有两婿：一为工部侍郎张彧，一为幕僚崔枢。彧自恃通显，看枢不在眼中，偏晟却格外优待，彧未免介意。给事中郑云逵，尝为晟行军司马，被晟诃责，亦挟有夙嫌。最与晟有宿怨的，乃是左仆射张延赏。延赏系故相嘉贞子，曾因父荫任参军，累官至西川节度使。德宗初年，吐蕃寇剑南，晟率神策军往征，击退虏兵，班师还朝。见六十二回。延赏正往镇西川，见晟挈一蜀妓随行，竟嘱吏夺还，李晟亦曾渔色耶？晟因是挟恨。至德宗出奔奉天，延赏贡献不绝，转趋梁州，仍然如故，乃召延赏为中书侍郎，同平章事。晟未免不平，竟奏劾延赏，说他不足为相。德宗不得已，罢为尚书左仆射。延赏才度原不足为相，但晟以私意奏劾，究属非是。延赏怀怨益深，偶闻吐蕃闲言，乐得投井下石，诬毁李晟。再经张彧郑云逵等，作为证据，说得这位李西平王，差不多与李希烈李怀光相似，德宗也自然动起疑来。晟得知消息，昼夜悲愤，哭得双目尽肿，乃悉遣子弟入都，表请为僧。有诏不许，复称疾入朝，面请辞职，又不见允。韩滉素与晟善，趁着入朝时候，探知启衅情由，遂面白德宗，愿为调人。德宗亦颇乐允，滉乃与刘玄佐左右劝解，令晟与延赏聚饮释嫌，约为弟昆。晟因复荐延赏为相，前劾后荐，俱可不必。德宗仍拜延赏同平章事，且令两人同宴禁中，各赐彩锦一端，以示和解。

晟有少子未娶，愿与延赏女为婚，延赏竟严词谢绝。晟懊怅道："武人性直，既已杯酒释怨，即不复介怀，哪知文士难犯，外虽和解，内仍蓄憾，可不惧么？"

滉陛辞还镇，临行时荐兵部侍郎柳浑入相，德宗即令浑同平章事。浑秉性刚正，夙负重名，时论称为得人，惟与延赏未合。及滉既还镇，未几谢世，德宗欲起用白志贞为浙西观察使，浑谓："志贞俭人，不可复用。"偏延赏逢迎上意，竟怂恿德宗，授志贞官。又密奏李晟权重，不应再令典兵，乃留晟在京，册拜太尉，兼中书令。延赏荐郑云逵出镇凤翔，还是德宗记晟前功，令他择贤自代。晟举都虞候邢君牙，因授君牙为凤翔尹，别命陈许兵马使韩全义，率步骑万二千人，会邠宁军趋盐州。又命马燧领河东军击吐蕃，收降河曲六胡州。吐蕃大相尚结赞，退屯鸣沙，闻马燧浑瑊等，大举出击，未免惊惶，更因云南王异牟，即阁罗凤孙。为西川节度使韦皋招抚，自己失一臂助，乃遣使至唐廷乞和。德宗尚未允许，尚结赞又卑辞厚礼，通好马燧。燧乃留屯石州，上表陈请。李晟入谏道："戎狄无信，不宜许和。"张延赏独与晟反对，主张和议。德宗遂遣左庶子崔澣，出使吐蕃。澣与尚结赞相见，责他败盟，尚结赞道："我国助讨朱泚，未得厚赏，所以东来质问，乃诸州不肯相容，以致用兵。今公前来修好，实所深愿。但浑侍中忠信过人，名闻远近，应请他前来主盟，互昭信实。"澣返报德宗，德宗召浑瑊入朝，命为会盟正使，兵部尚书崔汉衡为副使，都监郑叔矩为判官。两下共议会盟地点，约在平凉。瑊出发长安，李晟语瑊道："此行甚险，一切戒备，不可不严。"张延赏得闻晟言，即入白德宗道："晟不欲两国联盟，故戒瑊严备，须知我疑人，人亦疑我，盟何由成？"德宗因复召瑊入内，嘱他推诚待虏，勿自猜贰，致阻虏情。瑊遵嘱而去。

既而遣使入报，谓已订定盟期，决于五月辛未日。延赏召集百官，执瑊表示众道："李太尉谓吐蕃难信，必不易和，今浑侍中有表到来，说是盟期已定，谅浑侍中总不欺上呢。"说罢，甚有得色。休欢喜！晟亦在侧，忍不住泪下道："臣生长西陲，备悉虏情，虽已会盟有日，怎保他不临时变卦？窃恐朝廷不戒，终不免为大戎所侮呢。"德宗始命骆元光屯潘原，韩游环屯洛口，遥作瑊援。元光亟往见瑊道："潘原距盟地约七十里，公若有急，元光何从得闻，请与公同行为妥。"瑊答道："皇上嘱我推诚，若用兵自卫，便是违诏了。"元光道："事贵预备，一或遇险，后悔无及，他日论罪，宁坐元光。"遂派千骑至瑊营西面，暗地埋伏，又约韩游环派兵五百骑，相连伏着，且嘱语道："倘或生变，汝等西趋柏泉，作为疑兵，可分虏势。"韩军依计而行。瑊之不死，幸有此耳。

尚结赞使人至瑊营，约各遣甲士三千人，列坛东西，四百人穿着常服，得随至坛下，瑊一一许诺。辛未日辰刻，尚结赞又请各遣游骑数十名，互相觇察，瑊复应允。

瑊为名将，奈何全不知防？哪知吐蕃在大营左右，伏兵至数万人。唐游骑往觇虏营，悉数被掳，一个儿没有放还。虏骑却梭织唐营，往来无禁。瑊与崔宋两人，全不知黠虏诡计，反从容趋至盟坛，入幕易服，准备行礼。蓦听得一声鼓响，万马声嘶，仿佛似广陵怒潮，震动幕外。宋奉朝方欲出视，不防虏骑突入，先把他拿来开刀。崔汉衡慌忙失措，急欲觅路逃生，已被虏众追上，把他撳倒，似缚猪般的捆了出去。独浑瑊从幕后逸出，幸得一马，即纵身跃上，扯住马鬣，向前飞驰，背后虏众追赶，箭镞从背上擦过，亏得身伏马上，才免受伤，及奔近营前，望将过去，已剩得一座空营，那追骑尚紧紧不舍，不由的着急道："天亡我了！"道言未绝，营西有一大将呼道："侍中快来！我等在此。"瑊侧身西顾，见有一簇官军，整队列着，才觉得绝处逢生。小子有诗咏浑瑊道：

百密如何致一疏，虎臣竟被困群狙。
若非良将先筹备，受击宁徒丧副车。

欲知何人来救浑瑊，待至下回再表。

前半回连叙数事，而标目独及窦桂娘，为巾帼中标一异彩，不得不略彼言此，补前史之所未详。盖桂娘以一女子身，为李希烈所劫，大加宠信，女子最易移情，畴肯始终如一，勉践前言？柔忍如桂娘，殆亦不可多得之女子，宜乎杜牧之为彼立传也。况怀光困死，而希烈独存，若无桂娘，几似乱臣贼子，可以安享天年，无逆报矣。然则桂娘之密谋诛逆，乌得不大书特书耶？若夫李晟浑瑊马燧，为唐德宗时三大名将，晟知吐蕃之难信，不宜与和，而瑊与燧皆未曾料及，是晟之智烛几先，固非二人所可逮者。但以一蜀妓故，怨及延赏，互相报复，误国政，堕虏计，晟亦安得为无咎乎？夫以忠智如李晟，尚为色所误，况如李希烈之骄侈灭义，其能不为桂娘所制哉？

第六十九回

格君心储君免祸
释主怨公主和番

却说浑瑊奔回故营，营中将士，已皆遁去，幸营西尚列有严阵，迎接浑瑊，统将非别，就是骆元光。元光迎瑊入营，即令军士持械待虏，且促邠宁向西进行，俟虏骑追至，骤见官军阵势严肃，已是惊心，更瞧着西边一带，有官军驰去，恐他绕出背后，阻截归路，乃即收军却还。瑊与元光招集散卒，检点伤亡，已不下二千余人，只好付诸一叹，怏怏而还。还是天幸。是日德宗视朝，语宰辅道："今日和戎息兵，好算国家幸福。"柳浑接口道："戎狄豺狼，恐非盟誓可结，今日事实足深忧。"李晟亦插入道："诚如浑言。"德宗变色道："柳浑书生，不知边计，大臣亦作此言么？"晟与浑皆顿首谢罪，德宗拂袖退朝。到了傍晚，由韩游环急奏，报称狡虏劫盟，入寇近镇。德宗大惊，即召浑等入议道："卿本书生，乃能料敌如此，朕适才失言了。但虏入近镇，都城可虞，究应如何处置？"浑尚未答。李晟趋进道："臣愿出屯奉天，防御虏兵。"德宗沉吟未决。仍然不忘延赏语。适浑瑊奏报亦至，备详一切，因命瑊屯兵奉天，留晟不遣。

看官听着！那尚结赞的狡计，第一着是离间李晟，已经逞志，第二着是佯和马燧，谋执浑瑊，欲将两人一并致罪，因纵兵直犯长安。这策但行了一半，未得成功，尚结赞还是失望，退至故原州，查得擒住将校，最大的是崔汉衡，次为马燧侄弇，及中使俱文珍。他又想了一策，释三人缚，引他入座道："我欲执浑侍中，不意误致公等，未免抱歉。"又指马弇道："君是马侍中侄儿，前日马侍中至石州，若渡河掩击，我军必覆，幸蒙侍中许和，因得全师而返，侍中为我造福，我怎得拘他子侄？今特遣君归国，请烦转谢侍中。"说罢，便纵马弇俱文珍东还，仍将崔汉衡等拘留。

弇还见燧，述及尚结赞语，燧尚不知是计。及文珍入语德宗，德宗竟信为真言，撤燧副元帅节度使职权，只命为司徒兼侍中。张延赏恰也惭惧，尝托病不朝。德宗乃召李泌同平章事。泌入都受职，与李晟马燧等，一同进见。德宗语泌道："朕今与卿约，卿慎勿报仇。如他人有德及卿，朕当为卿代报。"泌答道："臣素奉道教，不愿与人为仇，从前李辅国元载，均欲害臣，今已皆死去了。就是臣的故友，或早显达，或已沦亡，臣亦无德可报，惟臣今日亦愿与陛下立约，未知陛下肯否俯从？"乘便还他一语，长源毕竟慧人。德宗道："有何不可？"泌即道："愿陛下勿害功臣！即如李晟马燧，功高遭忌，若陛下过信谗言，一或加害，恐藩臣卫士，无不愤惋，变乱即从此再生了。陛下诚坦然相待，合保无虞。有事使专征伐，无事入朝奉请，岂不是君臣至乐么？二臣亦不可自恃有功，恪尽臣道，天下可长保太平，臣等均得受庇呢。"德宗道："朕始听卿言，自觉惊疑，及闻卿剖决，实是社稷至计。朕谨当书绅，与二大臣共保安全。"晟与燧俱伏地泣谢。德宗又语泌道："从今日始，军旅储粮事，一概委卿，吏礼委张延赏，刑法委柳浑。"泌答道："陛下录臣菲才，使待罪宰相，宰相职兼内外，天下事咸共平章，若各有所主，便成为有司，不得称为宰相了。"语语中肯。德宗笑道："朕知误了，卿言原不错呢。"嗣是待泌益厚，加封邺侯。泌又请复吏职，汰冗官，停番使廪给，分隶禁军，调边境戍卒，屯田京师，与番贾互市，鬻缯易牛，募边人输粟，救荒济乏，经德宗一一施行，俱足挽救时弊。

德宗喜文雅，恨质直，泌语多文采，尤得主心。惟柳浑素性朴直，常发俚言，为德宗所不悦，且与张延赏屡有龃龉。延赏尝使人通意道："公能寡言，相位可久保了。"浑正色道："为我致谢张公，浑头可断，舌不可禁呢。"确是个硬头子。已而浑竟罢为左散骑常侍，相传为延赏排挤，乃致免相。延赏又与禁卫将军李叔明有隙，且欲设法构害，并连及东宫。叔明本鲜于仲通弟，赐姓为李，有子名昇，与郭子仪子曙，令狐彰子建，同为卫士。德宗西奔时，三人皆扈驾有功，及还銮后，俱得任禁卫将军，甚邀上宠。昇尝出入郜国长公主第，致有蜚言。公主系肃宗幼女，夙具姿首，初嫁裴徽，继适萧升，升殁后，又与彭州司马李万通奸，还有蜀州别驾萧鼎，澧阳令韦恽，亦尝私相往来。李昇不知自检，也去问津，半老徐娘，素饶风韵，恰也无所不容。可谓多多益善。公主女为太子妃，延赏欲构成大狱，先将李昇等私侍公主，入白德宗。德宗命李泌探察虚实，泌徐答道："臣想此事关系，必有人摇动东宫，来诉陛下，别人无此能力，大约惟张延赏一人。"德宗道："卿从何处料得？"泌又道："延赏与昇父有嫌，昇现承恩眷，一时无从中伤，郜国长公主，系太子妃生母，从此入手，就可兴一巨案了。"不愧智囊？德宗不禁点首道："卿料事甚明，一说便着。"泌复道："昇入居宿卫，既已被嫌，应该罢斥，免得延赏再来生波。"德宗依言罢昇，且渐疏延赏。延赏弄巧反拙，郁郁而死。昇因延赏去世，少了一个冤家对头，乐得与长公主朝夕言欢，亲近芗泽。德宗本欲罢昇示戒，不意脱离禁掖，反做了无拘无束的淫夫，镇日里在长公主第中。或告长公主淫乱如故，且敢为厌祷事，德宗大怒，把长公主幽锢禁中，流昇岭表，杖毙李万，谪戍萧鼎韦恽，并召入太子训责一番。太子恐惧，情愿与妃萧氏离婚。

德宗怒尚未息，即召李泌入商，且语道："舒王近已成立，孝友温仁，足主大器。"泌答道："陛下已经立储，今反欲废子立侄，臣实不解。"德宗道："舒王幼时，朕已取为己子，有何分别？"泌又道："侄终不可为子，陛下原有嫡嗣，反致生疑，难道侄可必信么？且舒王今日尽孝，倘闻有易储情事，恐转未必能孝了。"德宗勃然道："卿强违朕意，难道不顾家族么？"訑訑拒人。泌毫不惊惧，反逼进一层道："臣惟欲顾全家族，所以今日尽言，若畏惮天威，曲意阿顺，恐太子废黜，他日陛下生悔，必怨臣道：'我任泌为相，不谏我过，害我嫡子，我亦杀泌子泄恨。'臣惟一子，既遭冤死，即致绝嗣，虽有侄辈，恐臣不便血食了。"说至此，呜咽流涕。悱恻语不可多得。德宗不禁动容。泌又道："从古到今，父子相疑，多生惨祸，远事不必论，建宁事非尚在目前么？"德宗道："建宁叔实冤死，所以皇考嗣祚，曾追谥为承天皇帝，至今回忆，我祖考肃宗皇帝，也太觉性急了。"建宁王倓事，见前文，惟代宗追谥建宁，借此补明。泌答道："臣曾为此事，所以辞归，誓不近天子左右，不幸今日待罪宰相，又睹此事。且当时代宗皇帝，尝怀畏惧，臣向肃宗辞行时，因诵章怀太子贤《黄台瓜辞》，肃宗亦悔悟泣下，还愿陛下不蹈前愆！"德宗又道："贞观开元，俱易太子，何故不生危乱？"泌答辩道："承乾谋反，事被察觉，由亲舅长孙无忌，及大臣数十人，讯问确实，因命废斥，但言官尚入奏太宗，请太宗不失为慈父，承乾得终享天年。太宗依议，并废魏王泰。今太子无过可指，怎得以承乾为比？况陛下既知建宁蒙冤，肃宗性急，更宜详细审慎，力戒前失。万一太子有过，犹愿陛下依贞观故事，并废舒王，另立皇孙，庶百代以后，仍然是陛下子孙。至若武惠妃谮死太子瑛兄弟，海内冤愤，可为痛戒，何足效尤？愿陛下勿信谗言！即有手书如晋愍怀，衷甲如太子瑛，尚当辨明真伪，难道妻母不法，女夫也宜坐罪么？臣敢以百口保太子。设使臣如杨素许敬宗李林甫辈，得承此旨，早已私结舒王，密谋佐命了。"详哉言之！德宗道："这乃是朕家事，于卿何与，必欲如此力争？"又是呆话。泌答道："天子以四海为家，臣今得任宰相，四海以内，一物失所，臣当负责。况坐视太子冤枉，不为力解，臣罪且愈大了。"德宗道："容朕细思，明日再议！"泌又叩首泣谏道："陛下果信臣言，父子必慈孝如初，但陛下还宫，当默自审思，勿露微意，倘与左右言及，恐有金壬宵小，乘隙生风，竞为舒王效力，太子从此危了。"这一着更是要紧。德宗点首道："具晓卿意。"泌乃退归。

太子密遣人谢泌道："若必不可救，当先自仰药。"泌语来使道："为我好语太子，必无此虑。但愿太子起敬起孝，勿存形迹，若泌身不存，此事或未可知呢。"勉太子以孝，尤是正理。来使自去。隔了一日，德宗御延英殿，独召泌入见，流涕与语道：“非卿切谏，朕今日就要自悔了。太子仁孝，实无他过，从今以后，所有军国重务，及朕家事，均当与卿熟商了。”泌乃拜贺，且辞职道：“臣报国已毕，惊悸余魂，不可复用，乞赐骸骨归里。”德宗极力慰谕，不准辞官。会吐蕃相尚结赞，遣使送还崔汉衡，及同时被虏的孟日华刘延邕诸人，到了泾原，与节度使李观相见，再请求和。李观恐有诈谋，受汉衡等拒绝和议。尚结赞因再集羌浑部落，大举入寇，进趋陇州及汧阳间，连营数十里，关中震动，连京城都受影响。所有西陲屯将，多闭壁自守，不敢出战。陇右民居，尽被掳掠，丁壮妇女，悉作俘囚。见有老弱，辄断手凿目，抛弃道旁。邠宁节度使韩游环，及陇州刺史韩清沔，神策副将苏太平等，先后遣发奇兵，击败虏众，尚结赞乃大掠而去。李泌欲结回纥大食云南天竺，共图吐蕃，因恐德宗记念陕州故事，怀恨回纥，故未敢遽请。陕州故事，见五十八回。会回纥合骨咄禄可汗，见六十六回。遣使贡献方物，并乞和亲。德宗不许，且召泌与商道：“和亲事待诸子孙，朕若在位，不愿与回纥结婚。”泌即进言道：“陛下不愿和亲，莫非为陕州遗憾么？”德宗道：“诚如卿言。朕因天下多难，未能雪耻，怎得议和？”泌又道：“辱韦少华等，乃牟羽可汗，后复入寇，为今可汗所杀，今可汗实有功陛下，奈何怨他呢？”德宗摇首不答。泌乃趋退。会边将报称乏马，德宗又与泌商议，泌答道：“臣有愚策，可使马贱十倍。”德宗喜道：“卿有此妙策，何勿亟言？”泌又道：“请陛下屈己从人，为社稷计，臣方敢言。”德宗道：“果有良策，朕亦不惜屈己，卿且说来！”泌即答道：“愿陛下北和回纥，南通云南，西结大食天竺，不但马可易致，就是吐蕃亦为我所困了。”德宗道：“除回纥外，可依卿计。”泌答道：“臣知陛下怀恨回纥，所以未敢早言，但为今日计，回纥最大，应先与连和，三国却尚可从缓呢。”德宗道：“照卿说来，应先和回纥，但朕与回纥连和，便是负少华诸人了。”泌又道：“臣谓陛下不负少华，少华实负陛下。”德宗惊问何故？泌答道：“从前回纥叶护，率兵助国，臣正为行军司马，受命邀宴，未尝轻入彼营，及大军将发，先帝始与相见，这正为戎狄豺狼，不得不预防一着呢。陛下持节赴陕，春秋未壮，乃渡河轻入番营，身蹈不测，岂非危甚？少华等若不负陛下，应当与回纥可汗，先定会见礼仪，然后相见，奈何贸然轻赴？陛下试想当日危险情形，是少华负陛下，还是陛下负少华呢？且从前叶护入京，助讨逆贼，意欲纵兵大掠，先帝曾亲拜叶护马前，保全京城，当时道旁列观，约十万余人，统称广平王真华夷主。应五十四回。先帝枉尺直寻，且使中外称许，况牟羽身为可汗，举国来援，陛下未曾下拜，实足伸威，倘使牟羽留住陛下，不必论意外事，就使与陛下欢饮十日，天下已共为寒心。幸而天助威神，豺狼驯服，仍送陛下回营，陛下尚只感少华，怨牟羽，臣窃以为未可呢。”这是达权之论。德宗听着，旁顾左右，见李晟马燧，亦适在侧，便与语道：“朕素怨回纥，今闻泌言，亦自觉少理，卿等以为何如？”晟与燧同声道："泌言甚是，请陛下采纳！"泌又接说道："臣以为回纥不足怨，向来宰相处事未善，才觉可怨哩。回纥再复京城，今可汗又杀牟羽，尚有何罪？吐蕃陷我河陇数千里，又入京城，使先帝蒙尘陕州，这是百代必报的仇耻，陛下奈何当怨不怨，不当怨反怨哩？"德宗又道："朕与回纥久已结怨，今往与修和，恐反为夷狄所笑，或且拒我，这却如何处置？"泌答道："臣愿作书相遣，约用开元故事，如突厥可汗奉表称臣，来使不得过二百人，市马不得过千匹，不得携中国人，及商胡出塞，这五事若皆如约，请陛下即许和亲，他日威震北荒，旁慑吐蕃，必能如陛下所愿了。"德宗称善，乃由泌遣书回纥。回纥即遣使上表，一一如命。德宗大喜，乃命将第八女咸安公主，遣嫁回纥可汗，先遣中使赍着公主画图，往至回纥，回纥可汗遣使报谢，约定次年礼迎。

德宗复召入李泌，问及招致云南大食天竺的计策。泌答道："回纥称臣，吐蕃已不敢入犯了。云南苦吐蕃赋役，前已经韦皋招抚，有意内附。大食在西域为最强，与天竺皆久慕中国，且代与吐蕃为仇，若遣使往抚，当无不输诚听命。"德宗乃分选使臣，前往三国，及得还报，果皆如泌所料，各无异言。

会有妖僧李软奴，私结殿前射生韩钦绪等，潜谋作乱，事发被捕，德宗命内侍省鞫治，李晟闻知此事，大惊倒地，好容易扒将起来，尚流涕不绝道："此次恐要族灭了。"亟命家人往邀李泌。及泌至晟第，晟无暇寒暄，即仓皇与语道："晟新罹谤毁，中外有家人千余，此次妖僧谋逆，倘有家人误入党中，必致全家受累，奈何奈何？"泌劝慰道："不妨！不妨！有泌在朝，断不使公受祸哩。"晟慌忙拜谢。泌即归第，密上一疏，略言："大狱一起，牵引必多，国家甫值承平，不应辗转扳引，致失人情，请将李软奴一案，出付台官鞫治。"德宗当然俯允，即命把全案移交台省，至审讯结果，但罪及李软奴韩钦绪两人。钦绪系韩游环子，逃至邠州，由游环械送京师，与软奴一并腰斩。游环且入朝待罪，德宗仍令还镇，一场巨案，止死二人，朝臣无一连及，这都是李邺侯暗中挽回，所以迅速了案，争颂清阴。不略此事，无难记邺侯功德。

吐蕃闻唐和回纥，却也知惧，敛兵不进。诏令浑瑊回屯河中，赐骆元光姓名为李元谅，回屯华州。兵马使刘昌，分众五千归汴州，此外防秋兵，都退守凤翔京兆间。未几为贞元四年，泾原节度使李观入朝，留官京师，任少府监检校工部尚书。未几病逝，改授刘昌为泾原节度使，李元谅为陇右节度使，两将皆督兵屯田，军食渐足，泾陇少安。到了秋季，韩游环因疾卸职，德宗令张献甫往代，献甫尚未莅任，戍卒裴满等作乱，奏请改任前都虞候范希朝。希朝素得众心，因为游环所忌，奔至凤翔。德宗召领神策军，至此得裴满等奏请，颇欲改授希朝。希朝面辞道："臣避游环而来，今往代任，转似臣与逆卒通谋，臣怎敢受职？"希朝颇知大义。德宗乃授希朝为宁州刺史，令副献甫。及两人到任，戍卒裴满等，已为都虞候杨朝晟，勒兵诛死，余众大定，不必细表。

且说回纥可汗，因婚期已届，遣妹骨咄禄毗伽公主，及大臣妻五十人，并兵众千人来迎公主。德宗御延喜门，接见番使。番使奉上表章，内云：“昔为兄弟，今为子婿，陛下若患西戎，子愿以兵除患，且请改号回鹘，取捷鸷如鹘的意义。”德宗许诺。嗣欲飨骨咄禄公主，召李泌入问礼仪。泌奏道：“从前敦煌王承寀，尝妻回纥女，见前文。嗣至彭原谒见肃宗，肃宗与敦煌王，系从祖兄弟，乃呼回纥公主为妇，不称为嫂。公主亦拜谒庭下，彼时国势艰难，借彼为助，尚不失君臣大节，况今日呢。”于是引骨咄禄公主入银台门，由长公主三人延入，谒见德宗，下拜如仪，转入宴所，乃由贤妃降阶相迎。俟骨咄禄公主先拜，然后贤妃答礼。妃与公主邀坐席间，遇帝赐必降拜，非帝赐亦避席才拜，俱由译史传导，免至失礼。盛宴两次，方命设咸安公主官属，制视王府。授嗣滕王湛然为婚礼正使，右仆射关播护送，偕骨咄禄公主等，一同西行。且命湛然赍给册书，封合骨咄禄为长寿天亲可汗，咸安公主为长寿孝顺可敦。公主到了回鹘，合骨咄禄可汗，盛礼恭迎，老夫得了少妻，番酋幸谐帝女，格外欢昵，自不必言。湛然等礼毕东归，俱得厚贶。可惜长寿不长，老夫竟老，不到一年，天亲可汗，竟至病逝，子多逻斯袭位。讣闻朝廷，德宗又命鸿胪卿郭锋，持节册封多逻斯为忠贞可汗，且谕慰咸安公主。哪知胡俗通例，得妻庶母，公主方值盛年，多逻斯亦当壮岁，两人从宜从俗，居然你贪我爱，变做了一对好夫妻了。可为咸安公主贺喜。小子有诗叹道：

胡族原来是聚麀，胡为帝女屡相攸？

和亲自古称非策，只为华夷俗不侔。

回鹘既已和亲，李泌自陈衰老，上表辞官。究竟德宗是否允准，容至下回续叙。

本回全为李泌演述，泌历事三朝，功业卓著，而其最足多者，莫如调护骨肉，善格君心。自玄武门喋血以来，贻谋未善，故太宗高宗玄宗三朝，无不易储，睿宗时幸有宋王之克让，肃宗时且有建宁之蒙冤，代宗为张良娣所忌，幸李泌咏《黄台瓜辞》，隐回上意，顺宗为郜国长公主所累，又幸得泌之一再力谏，始得保全，泌可谓清源正本，不愧为社稷臣矣。惟与回纥和亲一事，虽若为当时至计，然可与言和，不必订婚帝女，咸安遣嫁，历配四汗，隋有义成，唐有咸安，非皆足为中国羞乎？著书人隐示抑扬，而褒贬之义，自可于言外得之。

第七十回

陆敬舆斥奸忤旨
韩全义掩败为功

却说李泌自陈衰老，上表辞职，德宗不肯照准，泌又入朝面请，乞更除授一相。德宗道：“朕亦知卿劳苦，但恨未得贤能，为卿代劳。”泌即说道：“天下不患无才，但教陛下留意牧卜，自庆得人。”德宗道：“卢杞忠清强介，人多说他奸邪，朕至今尚未觉悟，究竟奸在何处，邪在何处？”便是真愚。泌答道：“如使陛下知杞奸邪，杞便不成为奸邪了。陛下如能早时觉悟，何至有建中的祸乱呢？杞因私隙杀杨炎，遣李揆害颜真卿，激叛李怀光，幸亏陛下后来窜逐，得慰人心，天亦悔祸，否则祸乱且迭出不穷了。”德宗道：“建中祸乱，非尽关人事，卿亦闻桑道茂语否？”泌复道：“陛下以为是命数注定么？须知命数二字，只可常人说得，君相却不便挂口，因为君相有造命的职务，与常人不同，若君相言命，是礼乐政刑，统可不用了。古来暴君莫如桀纣，桀尝谓我生不有命在天，武王数纣罪恶，亦云谓己有天命，人君以命自解，恐便同桀纣了。”德宗点首，嗣复说道：“卢杞佐治不足，小心有余，他相朕数年，每遇朕言，无不恭顺。”原来为此，所以时常系念。泌答道：“言莫予违，孔子所谓一言丧邦，据此一端，便可见卢杞的奸邪了。”德宗道：“卿原与杞不同，朕言合理，卿尝有喜色，朕言不合理，卿尝有忧色，虽有时卿言逆耳，却也气色和顺，并没有傲慢态度，能使朕为卿所化，自然屈服，不能不从，朕所以深喜得卿哩。”泌乃荐户部侍郎窦参，说他才具通敏，可兼度支盐铁使；尚书左丞董晋，人品方正，可处门下侍郎。德宗虽然面允，意中却不以为然。既而命泌兼集贤殿崇文馆大学士，纂修国史。泌辞去大字，但以学士知院事。是年八月，月蚀东壁，泌自叹道：“东壁图书府，今遭月蚀，大臣中未免当灾，我位居宰相，兼学士衔，恐此灾即加在我身上。从前燕国公张说，亦因此逝世，我位置与他相等，应亦难免此祸了。”果然隔了一年，一病不起，竟尔告终。

泌有智略，七岁时即受知玄宗，当召见时，玄宗正与张说观奕，因使说面试泌才，说令赋方圆动静。泌即问及要旨，说随口道：“方若棋局，圆若棋子，动若棋生，静若棋死。”泌亦信口答道：“方若行义，圆若用智，动若骋才，静若得意。”说也叹服，贺得奇童。张九龄与结为小友，后来历事三朝，数立奇功，惟好谈神仙，颇尚诡诞，未免为世所讥，但也好算是一位贤相了。持论平允。泌卒年六十八，得赠太子太傅，未得美谥，德宗亦不免少恩。遗疏仍荐窦参董晋二人可用，德宗乃用二人同平章事，并命参兼度支盐铁等使。参为人峭刻，少学术，多权数，每值入朝，诸相皆出，参独居后，但说是详核度支，暗中却曲事逢迎，希邀主宠。又往往援引亲党，分置要地，使为耳目。董晋只备员充位，随声附和，不过硁硁自守，慎重自持，比那窦参的营私挟诈，自然较胜一筹，但总不得为宰相器，未识这位足智多谋的李邺侯，何故荐此二人？这也是令人难解呢。当时朝臣中莫如陆贽，泌独不为荐引，大约是聪明一世，懞懂一时。

是时前邠宁节度使韩游环，与横海节度使程日华，义武节度使张孝忠，宣武节度使刘玄佐，平卢节度使李纳，先后病殁。邠宁早由张献甫接任，余镇均由子承袭。日华子名怀直，孝忠子名升云，玄佐子名士宁，纳子名师古，皆由军士推戴，奏请留后。德宗也得过且过，无不准行；就是回鹘忠贞可汗，为弟与少可敦鸩死，回鹘国俗，可汗妃妾，号为少可敦。国人攻杀乃弟，拥立忠贞子阿啜为可汗，遣将军梅录告丧，听候朝命，德宗也未尝详问，即遣鸿胪少卿庾铤，往册阿啜为奉诚可汗。最可怪的是咸安公主，既配忠贞，复配奉诚，祖父孙同享禁脔，德宗亦听她所为，但视为胡俗常例，不足深怪。及吐蕃转寇北庭，回鹘大相颉干迦斯，为唐往援，与战不利，率兵奔还，北庭陷没，安西遂绝音问，不知存亡。惟西州尚为唐守，德宗也无暇顾及，置诸度外罢了。慷慨得很。

光阴似箭，寒暑迭更，已是贞元七年，窦参为相，约已三载，权势日盛，翰林学士陆贽，屡有弹劾，参视若眼中钉，只因贽尚见宠，急切不能捽去，乃奏调为兵部侍郎，解去内职，省得他多来絮聒。德宗尚未察阴谋，会参奏称福建观察使吴凑，病风不能治事，应即另选，当由德宗召凑入京，见他体健神清，并没有甚么疾病，才知参是挟嫌诬奏，有意排挤，随即任凑为陕虢观察使，把原任官李翼解职。翼是参党，一经掉换，中外称快。参仍怙恶不改，引族子申为给事中，招权受赂，绰号喜鹊。德宗颇有所闻，乃召参入诫道：“卿族子申，所为不法，将来难免累卿，不如黜之为是。”参恳请道：“臣子族无多，申虽疏属，尚无他恶，乞陛下鉴原！”德宗道：“朕非不欲为卿保全，奈人言藉藉，不可不防。”参仍然固请，德宗方才罢议。参又恐陆贽进用，阴与谏议大夫吴通元兄弟，造作谤书，构得贽罪。偏被德宗察觉，赐通元死，逐申为道州司马，参亦坐贬为郴州别驾，乃进贽为中书侍郎，与尚书左丞赵憬，同平章事。所有管理度支等事，委户部尚书班宏代理，宏未几亦殁。贽请召用湖南观察使李巽，入判度支。德宗已经允许，忽又变卦，拟用司农少卿裴延龄。贽上言道：“度支司须准平万货，吝即生患，宽又容奸，延龄诞妄小人，倘或误用，适伤圣鉴。”德宗不从，竟任延龄为户部侍郎，判度支事。又是一个奸臣进来了。

至贞元九年，湖南观察使李巽，奏称宣武留后刘士宁，私遗参绢五千匹，德宗大怒，即欲诛参。贽入谏道：“刘晏冤死，罪不明白，至使叛臣借口有词。参性贪纵，天下共知，但必说他私交藩镇，潜蓄异图，未免太甚。若骤加重辟，转骇人情。”以直报怨，不愧君子。乃再贬参为驩州司马，没入家赀。内侍尚毁参不已，竟赐参自尽，杖杀窦申，诸窦一并谪戍。董晋因与参同事有年，见参得罪，亦自觉不安，乃请免职。有诏罢晋为礼部尚书，召义成节度使贾耽，为尚书右仆射，与尚书右丞卢迈，同平章事。德宗恐相权过重，仍蹈前辙，乃命四人辅政，分权任事。哪知权任不专，遇事推诿，每值有司关白，辄面面相觑，不肯署判。陆贽乃奏请依至德故事，至德系肃宗年号，见前文。宰相更迭秉笔，旬日一易，德宗准如所请。寻复逐日一易，虽案牍不至沉滞，终未免互相顾忌，无所责成。贽先后奏陈治道，不下数十万言，至论边防六失，尤中时弊。大略谓：“措置乖方，课责亏度，兵众致财匮，将多致力分，怨起自不均，机失于遥制，须酌量裁并，慎简统帅，督垦闲田，自筹兵食”等语。德宗尝优诏褒答，终究不能施行。

会回鹘击破吐蕃于灵州，遣使献俘，云南王异牟，袭击吐蕃，取十六城，擒名王五人，亦遣使献捷，且献地图方物，及吐蕃所给金印，请复号南诏。德宗遣郎中袁滋等，往册异牟为南诏王，赐银窠金印。异牟至大和城受册，很是恭顺，优待唐使。滋等尽欢而还，详报德宗。德宗欣慰得很，遂拟大修神龙寺，报答神庥。户部侍郎裴延龄，奏称：“同州谷中，有大木数十株，高约八十丈，可供寺材。”德宗惊喜道：“开元天宝年间，在近畿搜求美材，百不得一，今怎得有此嘉木？”延龄即献谀道：“天生珍材，必待圣君乃出，开元天宝，何从得此。”德宗甚喜。对子孙诋毁祖宗，德宗尚视为可喜，非愚而何？嗣又由延龄上疏，谓：“在粪土中得银十三两，缎匹杂货，百万有余，这皆是左藏羡余，应移入杂库，供别敕支用。”太府少卿韦少华，与死陕州之韦少华姓名相同，别是一人。劾论：“延龄欺君罔上，请令三司查核左藏，何来此粪土中物，无非延龄移正为羡，恣为诡谲等情。”德宗既不罪延龄，亦不罪少华。延龄所奏，不能欺三尺童子，德宗昏耄已甚，所以麻木不仁。盐铁转运使张滂，司农卿李铦，京兆尹李充，俱因职任相关，常斥延龄谬妄。陆贽更志切除奸，极陈延龄罪恶，略云：

延龄以聚敛为长策，以诡妄为嘉谋，以掊克敛怨为匪躬，以靖谮服谗为尽

节，可谓尧代之共工，鲁邦之少卯，迹其奸蠹，日长月滋，移东就西，便为课绩，取此适彼，遂号羡余。昔赵高指鹿为马，臣谓鹿之与马，物类犹同，岂若延龄掩有为无，指无为有？臣以卑鄙，任当台衡，情激于衷，欲罢难默，务乞陛下明目达聪，亟除奸慝，毋受欺蒙，则不胜幸甚！

这疏上后，德宗非但不罪延龄，反待延龄加厚。贽复约宰相赵憬，面奏延龄奸邪，德宗恨贽多言，面有怒色。憬却一语不发，退朝后反密告延龄，延龄恨贽益深。或谓贽嫉恶太严，恐遭谗害，贽慨然道："我上不负天子，下不负所学，此外非所敢计了。"果然不到数日，有敕颁下，罢贽为太子宾客。越年为贞元十一年，初夏天旱，延龄诬贽怨望，并李充张滂李铦，乘旱造谣，摇动众心。德宗竟贬贽为忠州别驾，充为涪州长史，滂为汀州长史，铦为邵州长史。

韩愈（768—824），字退之，河南河阳（今河南孟州南）人，自谓郡望昌黎，世称韩昌黎。唐代文学家。贞元进士，任监察御史，以事贬为阳山令。赦还后，曾任国子博士、刑部侍郎等职。参预平定淮西之役。曾上书劝谏宪宗拒迎佛骨，被贬为潮州刺史。韩愈是唐代古文运动等倡导者，被尊为"唐宋八大家"之首，有《昌黎先生集》传世。

先是定州人阳城，隐居中条山，以学行著名，李泌荐为谏议大夫，城拜官不辞，未至京师，都人已想望丰采，料他必尽言敢死。及城入京后，独与二弟及客，日夜痛饮，并无谏章。河南人进士韩愈，作《争臣论》讥城，他人亦啧有烦言，城仍不介意，但以杯中物消遣，恍若无闻。至贽等坐贬，主怒未解，中外惴恐，莫敢营救，城独奋然道："不可令天子信用奸臣，杀无罪人。"乃公也酒醒了。遂与拾遗王仲舒，补阙熊执易崔邠等，伏阙上书，极陈延龄奸佞，贽等无罪。德宗大怒，欲罪城等，幸太子在旁劝解，乃命宰相出谕，令他退去。金吾将军张万福，大声称贺道："朝廷有直臣，天下从此太平了。"因遍拜城等，已而连呼太平万岁，太平万岁！万福武人，年八十余，自万福称贺后，城乃得重名。会闻德宗欲进相延龄，城泣语廷臣道："果欲用延龄为相，当取白麻撕坏，免他误国。"白麻系宣诏用纸。随即续草奏稿，尽列延龄罪状，使李泌子繁缮写。繁本不端品，城因他是故人子，嘱令缮正，哪知他竟私告延龄。延龄亟入见德宗，一一自解。及城疏呈入，德宗遂视为诬妄，搁置不理，虎父生犬子，可为邺侯一叹。且改城为国子司业，进延龄为户部尚书。延龄年已衰老，尚自恨不得相位，居常牢骚郁愤，谩骂近臣，至遇疾卧第，擅载度支官物至家，人无敢言。越岁竟死，年六十九，中外相贺。惟德宗悼惜不置，追赠太子太傅。延龄尝荐谏议大夫崔损，才可大用，适赵憬病殁，卢迈老疾，中书省虚位十日，德宗即令损同平章事。损委鄙无能，入相后毫无建白，母殡不葬，女兄为尼，殁不临丧。德宗恰喜他唯唯诺诺，倚任了好几年。

是时太尉中书令西平王李晟，司徒侍中北平王马燧，相继去世，晟谥忠武，燧谥庄武。昭义节度使李抱真，也已病终，都虞候王延贵，奉诏继任，赐名虔休。魏博节度使田绪，曾在贞元元年，尚德宗妹嘉诚公主，代宗第十女。有庶子三人，幼名季安，公主抚为己子。绪于贞元十二年殁世，左右推季安为留后，德宗即命为节度使。为后文魏博归朝张本。由南东道节度使曹王皋，亦已病逝，赐谥为成，接任为陕虢观察使于頔，各镇粗报平安。惟宣武军迭经变乱，宣武节度使刘士宁，淫乱残忍，为兵马使李万荣所逐，奔归京师。万荣得受制为留后，用子迺为兵马使，牙将刘沐为行军司马。不到一年，宣武军又复作乱，都虞候邓惟恭，因万荣寝疾，执迺送京师，并杀万荣亲将数人。这次还算德宗有些主意，特授董晋为宣武节度使，令即赴镇。又恐晋太宽柔，未能镇定，更命汝州刺史陆长源为行军司马，随晋东行。既用董晋，不必用陆长源，仍是种一祸苗。晋兼程至宣武军，万荣已经病死，惟恭代领军事，仓猝不及抗命，只好出迎朝使。晋不用兵卫，接见惟恭，辞气甚和，且仍委以军政，暗中却加意防备。等到惟恭谋乱，已是布置绵密，先将乱党捕诛，然后把惟恭拿住，械送京师。陆长源性刚且刻，最喜更张旧事，经晋从容裁抑，军中乃安。不意董先生却有此经济。后来过了两年，晋病殁任所。长源知留后，扬言道：“将士弛慢已久，我当振饬法纪，方可扫清宿弊。”军士听了此言，不禁恟惧，或劝长源散财劳军，长源道：“我岂效河北贼，用钱买将士心么？”未几变起，长源被杀。监军俱文珍，急召宋州刺史刘逸准靖难，逸准曾为宣武将，颇得众心，闻文珍召，引兵入汴州，抚定大众，请命朝廷。诏授逸准为节度使，赐名全谅，不到数旬，全谅复殁，军中推玄佐甥韩弘为留后。韩弘曾为兵马使，至是因宣武军屡次作乱，特查出乱首，及党与三百人，历数罪状，斩首以徇。一面恭请朝命，受敕为节度使，乃整肃号令，抚循军士，汴中才无后忧。

偏淮西节度使吴少诚，密谋抗命，遣人阴约韩弘，为弘所杀。少诚知逆谋已泄，索性举兵发难，掠寿州，袭唐州，杀死镇遏使谢详张嘉瑜。会陈许节度使曲环身故，陈州刺史上官涚，继为留后，少诚乘隙进击，涚遣将往阻，不幸败殁，反致寇逼城下。涚方接奉朝旨，进任节度使，蓦闻寇至近郊，不禁仓皇欲走。营田副使刘昌裔入阻道：“朝廷方授公节钺，奈何弃此他去？况城中不乏将士，固守有余，昌裔不才，愿为城守。”涚乃委以军事，集众登陴。兵马使安国宁，谋为内应，被昌裔察出，诱入诛死，然后誓众拒敌。少诚围攻累日，昌裔伺他懈怠，凿城出击，大破敌兵。又经韩弘发兵三千，来援许州，少诚遁去，许城得全。

德宗闻少诚叛乱，褫夺官爵，令诸道会师进讨。于是山南东道节度使于頔，安黄节度使伊慎，知寿州事王宗，与上官涚韩弘联兵，进讨淮西。起初颇称得利，于頔前驱进行，迭拔吴房朗山，嗣因军无统帅，号令不一，各军至小溵水，自相惊骇，纷纷溃散，委弃器械资粮，均为少诚所有，少诚气势益强。西川节度使韦皋，闻诸军失利，表请授浑瑊贾耽为元帅，统辖诸军，若不愿烦劳元老，臣愿选精锐万人，下巴峡，出荆楚，剪除凶逆，否则谕少诚悔罪，加恩赦宥，罢免两河诸军，休息兵民，尚不失为次策。如少诚罪恶贯盈，为麾下所杀，仍举爵位授他麾下，是去一少诚，复生一少诚，祸且无穷云云。末数语，最中时弊。德宗接奏，方在踌躇，忽报中书令咸宁王浑瑊，因病致亡，不由的嗟叹道："国家又失一大将了。"遂予谥忠武，另拟择将讨吴少诚。时宦官窦文玚霍仙鸣，正得上宠，进任护军中尉，势倾朝野，内外官吏，多出门下。夏绥节度使韩全义，尤为文玚厚爱，特地荐引，令为蔡州招讨使，统率十七道兵马，出征少诚。全义素无勇略，惟贿托权阉，得邀超擢。既为大帅，即用阉寺数十人，充作监军。每议军事，阉寺高坐帐中，争论哗然，无一成议。并且天时溽暑，士卒病歿，全义亦不加抚慰，以致人人离心。行至溵南，淮西将吴秀吴少阳等，驱军前来，两下未及交锋，诸道军已经溃退。吴秀等乘势掩杀，全义连忙回走，返保五楼。嗣是三战三北，逐节退还，直至陈州各道兵多半还镇，惟陈许将孟元阳，神策将苏光荣，尚留军溵水，并力杀退追兵。少诚乃引军还蔡州，全义尚归罪昭义将夏侯仲宣，义成将时昂，河阳将权文变，河中将郭湘等，诱至帐中，设伏捕戮，夸示权威，军心愈觉不服。幸少诚未悉详情，遣使赍献书币，求监军代为昭雪。监军乐得代奏，有诏赦少诚罪，仍复官爵，召全义班师。全义至长安，文玚力为袒护，掩饰败迹。德宗仍然厚待全义。全义托言足疾，但遣司马崔放入对，放为全义引咎，自谢无功。德宗道："全义为招讨使，能招徕少诚，也是功劳，何必定要杀人呢？"全义乃谢归夏州。小子有诗叹道：

元戎失律咎难辞，谁料庸君反受欺？

功罪不明纲纪隳，晚唐刑赏早违宜。

吴少诚外，还有余镇节度使，互有更替，容至下回再表。

古来计臣，多工心术，裴延龄虚妄无能，尚不足与计臣同列，德宗独深信之，意者其殆由天性好猜，隐相契合欤？不然，得韦少华之讦发，与陆贽等之极陈，宁有不为之感悟耶？阳城之名，实延龄玉成之，延龄死而中外相贺，德宗独追惜不置，好人所恶，恶人所好，其不亡也亦幸矣。夫不能斥裴延龄，无怪其用韩全义，溵南之败，全义实尸其咎，乃复任阉竖播弄，掩败为功，德宗之德，固若是耶？读此回不禁为之三叹焉。

第七十一回

王叔文得君怙宠 韦执谊坐党贬官

却说成德节度使王武俊，于贞元十七年殁世，子士贞受命为留后，此外如滑亳许节度使，即义成节度使。迭经李复姚南仲卢群李元素等，先后交替，幸无变故。徐泗濠节度使张建封病卒，军士推建封子愔为留后，德宗命淮南节度使杜佑兼任，偏经军士抗拒，只好收回成命，命愔为节度使，改名武宁军。大权已经旁落，改名何益？朔方节度使杨朝晟殁后，由兵马使高固接任，军心尚安。昭义节度使，改用卢从史，也是由军士拥立。总之德宗时代，藩镇坐大，已成了上陵下替的局面。德宗又专务姑息，过一日，算一日，但教目前无恙，便自以为天下太平。如见肺肝。就是朝中宰辅，亦多用那庸庸碌碌的人物，崔损为裴延龄所荐，入相九年，无一嘉谟，反始终倚畀，直至一病不起，方进太常卿高郢为中书侍郎，吏部侍郎郑珣瑜为门下侍郎，同平章事，其实这两人也没甚用处。还有辅政多年的贾耽，见前回。出将入相，颇负重望，但也遇事模棱，苟全禄位。宰相如此，他官可知，太学生薛约，上书言事，坐徙连州。国子司业阳城，与约有师生谊，出送郊外，被德宗闻知，说他党庇罪人，亦贬为道州刺史，且饬观察使随时考课。城自署道：“抚字心劳，催科政绌。”考下，观察使遣判官督收赋税，城自系狱中，判官惊退。又遣他判官往验，他判官载妻孥同行，中道逸去，城名益盛。独朝廷视为废吏，置诸不问。京兆尹李实，为政暴戾，遇旱不准免租，监察御史韩愈，请收征从缓，被黜为山阳令，朝政昏瞆，已可见一斑了。

太子诵操心虑患，颇称练达，平居有侍臣二人，最为莫逆，一个是杭州人王伾，一个是山阴人王叔文，俱官翰林待诏，出入东宫。叔文诡谲多谋，自言读书明理，能通治道，太子尝与诸侍读座谈，论及宫市中事，大众刺刺不休，独叔文在侧，不发一词。及侍臣齐退，太子乃留住叔文，问他何故无言？叔文道：“殿下身为太子，但当视膳问安，不宜谈及外事。且皇上享国日久，如疑殿下收揽人心，试问将何以自解？”太子不禁感泣道：“非先生言，寡人实尚未晓，今始得受教了。”遂大加爱幸，与王伾相依附。伾善书，叔文善棋，两人娱侍太子，日夕不离，免不得有所陈议。或说是某可为相，或说是某可为将。既言太子不宜论外事，奈何复引荐将相。看官听说！他所谈述的将相才，并不是因公论公，其实统是他的死友，无非望太子登台，牵连同进，结成一气，可以长久不败呢。当时翰林学士韦执谊，左司郎中陆淳，左拾遗吕温，进士及第李景俭，侍御史陈谏，监察御史柳宗元刘禹锡程异，司封郎中韩晔，户部郎中韩泰，翰林学士凌准等，皆与叔文王伾，结为死友，尝同游处，踪迹诡秘，莫能推测。左补阙张正一上书言事，得蒙召见，叔文恐他上达阴谋，即嗾韦执谊参劾正一，说他与吏部侍郎王仲舒，主客员外郎刘伯刍等，私结朋党，游寓无度，以致正一坐贬，仲舒伯刍，亦皆远谪，于是朝右侧目。就是各道藩臣，亦或阴进资币，与为交通。不料太子忽染风疾，甚至瘖不能言，贞元二十一年元日，德宗御殿受朝，王公大臣等，循例入贺，独太子不能进谒。德宗悲感交乘，且叹且泣，退朝后便即不豫，日甚一日。过了二十多天，并没有视朝消息，太子也未闻病愈，中外不通，宫廷疑惧。

柳宗元（773—819），字子厚，河东解（现山西运城）人，唐代文学家、哲学家。参加主张革新的王叔文集团，任礼部员外郎。失败后被贬为永州司马。代表作有《江雪》《捕蛇者说》等。

一夕，由内廷宣召，传入翰林学士郑絪卫次公，令草遗诏。两学士才知德宗弥留，握笔匆匆，立即定稿。忽有一内侍出语道：“禁中方议及嗣君，尚未定夺。”次公即接口道：“太子虽然有疾，地居冢嫡，中外属心，必不得已，也应立广陵王，见后。否则必致大乱。敢问何人能担当此责？”赖有此人。郑絪亦应声道：“此言甚是。”内侍方才入报。宦官李忠言等，料难违众，方传言德宗驾崩，立太子诵为嗣皇帝。郑絪卫次公，缮就制书，即刻颁发。太子知人心忧疑，力疾出九仙门，召见诸军使，京师粗安，次日即位太极殿。卫士尚有疑议，及入谒，引颈相望道：“果真太子呢。”大众喜甚，反至泣下。即位礼成，九重有主，是谓顺宗，尊谥德宗为神武皇帝。德宗在位二十六年，享寿六十四岁，改元三次。后来奉葬崇陵，以德宗后王氏祔葬。后本顺宗生母，德宗贞元三

刘禹锡（772—842），字梦得，洛阳（今属河南）人，唐代文学家。贞元进士，又登博学宏词科。授监察御史，参加王叔文集团，反对宦官和藩镇割据势力。失败后，遭贬。后以裴度力荐，任太子宾客，加检校礼部尚书，世称刘宾客。有《刘梦得文集》。

年，由淑妃进册为后，素来多疾，册礼方讫，即报崩逝。德宗不再册后，只有贤妃韦氏，总摄六宫，性敏行淑，言动有法，为德宗所爱重，至是自请出奉园陵。及德宗既葬，遂在崇陵旁居住，守制终身，这才是不愧贤妃了。历叙德宗后妃，补前文所未及，至称颂韦贤妃处，尤关名节。

顺宗失音未痊，不能躬亲庶务，每当百官奏事，辄在内殿施帷，由帷中裁决可否，令内侍传宣出来。百官在帷外窥视，常隐隐见顺宗左右，陪着两人，一是顺宗亲信的宦官，就是李忠言，一是顺宗宠爱的妃子，就是牛昭容。外面翰林院中，职掌草诏，主裁是王叔文。出纳帝命，便是王伾。叔文有所奏白，往往令伾入告忠言，忠言转告牛昭容，昭容代达顺宗，往往言听计从，无不照行，因此翰苑大权，几高出中书门下二省。叔文复荐引韦执谊为相，得邀允准，遂进执谊为尚书左丞，同平章事；伾与叔文，同进为翰林学士。韩泰柳宗元刘禹锡等，竞相标榜，不曰伊周复出，即曰管葛重生，所有进退百官，悉凭党人评骘，可即进，不可即退。又恐众心不服，也提出几种合法的条件，请旨施行，一是命杜佑摄行冢宰，兼掌度支等使；一是罢进奉宫市五坊小儿；一是追召陆贽阳城；一是贬京兆尹李实为通州长史，数道诏命，蝉联而下，大众争颂新主圣明。惟陆贽阳城，未及接诏，已皆病殁贬所，有诏赠贽为兵部尚书，追谥曰宣，城为左散骑常侍，各令地方有司，派吏护丧归葬，中外俱惋惜不置。惟王叔文党与，共庆弹冠，或为御史，或为中丞。侍御史窦群，素来刚直，独语叔文道："天下事未可逆料，公亦宜稍自引嫌。"叔文惊问何故？群答道："李实尝怙恩挟贵，睥睨一世，当时公逡巡路旁，尚只江南一吏，今李实遭贬，公为后起，怎保路旁无与公相等呢？"恰是忠告。叔文全然不睬。群即退草弹文，劾奏刘禹锡等挟邪乱政，不宜在朝。不明斥叔文，想是尚留情谊。次日呈将进去，禹锡等当然得知，忙与叔文商议，设法逐群。叔文转告韦执谊，执谊道："群以直声闻天下，倘骤加斥逐，我辈必负恶名，还请暂时容忍，待后再议！"叔文面有愠色。执谊终执前说，不欲罢群，群因仍在位。御史中丞武元衡，兼山陵仪仗使，禹锡向元衡前，求为判官，元衡不许。叔文以元衡职操风宪，密遣人诱啖权利，讽使附己，元衡又不从。由是互进谗言，左迁元衡为左庶子。一班干禄市宠诸徒，见他大权见握，不得不昏暮乞怜。叔文与伾，及党人数十家，都是门庭似市，日夜不绝，且往往不得遽见，多就邻近寓宿，凡饼肆酒垆中，尽寄宦迹，每夕须出旅资千钱，方准容膝。那热心做官的人，还管甚么小费，就使要许多贿赂，也不惜东掇西凑，供奉党人。王伾最号贪婪，按官取贿，毫无忌惮，所得金帛，用一大柜收藏，伾夫妇共卧柜上，以防盗窃，好算是爱财如命了。何不喝荸荠汤？

顺宗久疾不愈，大臣等罕见颜色，拟请立储备变。独伾与叔文等，欲专大权，多方挠阻。宦官俱文珍刘光琦薛盈珍等，阴忌党人，密启顺宗，速建太子。顺宗召入翰林学士郑絪等，商议立储事宜，絪并不多言，但书“立嫡以长”四字，进呈御览。顺宗点首示意。絪遂承制草诏，立广陵王淳为太子，改名为纯。原来顺宗有二十七子，长子纯，系王良娣所出，年已二十有八，夙号英明，德宗时已受封为广陵郡王，至是立为太子，全由郑絪一人主持，就中惟俱文珍等几个近侍，算是预闻，此外没人参议，连牛昭容都不得知晓。一经诏下，内外惊为特举，相率称贺。付畀得人，不可谓顺宗非贤，但创议出自阉宦，终贻后患。惟叔文面带愁容，独吟杜甫题诸葛祠诗道：“出师未捷身先死，长使英雄泪满襟。”二语吟毕，旁人多半窃笑，他益加疑惧，日召党人谋议，且常至中书省，与韦执谊密谈。

杜甫（712—770），字子美，祖籍襄阳（今湖北襄樊市襄阳区）人，唐诗人。杜审言之孙。开元后期，举进士不第，漫游各地。天宝三年（744年）在洛阳与李白相识。在长安（今陕西西安）寓居近十年后，靠献赋始得官。安史之乱后，他移家成都，筑草堂于浣花溪上，世称浣花草堂。一度在剑南节度使严武幕中任参谋，武表为检校工部员外郎，故世称杜工部。晚年携家出蜀，病死在湘江途中。一说死于耒阳。其诗作沉郁顿挫，寄托了“致君尧舜上，再使风俗淳”的政治理想，被称为“诗史”，杜甫也被后人尊称为“诗圣”，有代表作《三吏》《三别》《春望》等传世。

一日已值午牌，独乘车往见执谊，门吏出阻道：“相公方食，不便见客。”叔文怒叱道：“你敢不容我进去么？”门吏婉言道：“这是向来旧例。”叔文不待说毕，便厉声道：“有什么例不例？”门吏乃入白执谊，执谊只好出迎，与叔文同往阁中。杜佑高郢郑珣瑜三人，本与执谊会食，见执谊入内，彼此停箸以待，良久方有人出报道：“韦相公已与王学士同食阁中，诸相公不必再待了。”佑与郢方敢续食。珣瑜草草食罢，退语左右道：“我岂可复居此位，长做一伴食中书么？”遂跨马径归，称疾不出。还有资格最老的贾耽，已有好多时不到省中，一再上表辞职，乞许骸骨归里，惟未见诏书下来。执谊妻父杜黄裳，曾任侍御史，为裴延龄所忌，留滞台阁，十年不迁。及执谊入相，始迁太常卿，因劝执谊率领群臣，请太子监国。执谊惊讶道：“丈人甫得一官，奈何即开口议禁中事？”黄裳勃然道：“我受恩三朝，怎得因一官相属，遂卖却本来面目？”说罢，拂衣趋出。执谊因受叔文嘱托，特荐陆质为侍读使，潜伺太子意，并得乘间进言。陆质即陆淳，因避太子原名，改名为质。质入讲经义，免不得兼及外事，太子变色道：“皇上令先生来此，无非为寡人讲经，奈何旁及他务？寡人实不愿与闻！”质碰了一个钉子，赧颜而退。

叔文又虑宦官作梗，复引右金吾大将军范希朝，为神策京西行营节度使，即用韩泰为行军司马。泰有筹划，为叔文等所倚重。叔文推荐希朝，明明是借他出面，暗中实恃泰为主，令泰号召西北诸军，与为联络，抑制宦官。宦官俱文珍等，窥透机谋，亟遣人密告诸镇，慎勿以兵属人。及希朝与泰，到了奉天，檄令诸镇将入会，诸镇将托词迁延，始终不至，任你韩泰足智多谋，至此也束手无策，只好怏怏回都。叔文得泰还报，正在懊怅，不意制书又下，调他为户部侍郎，仍充度支盐铁转运等副使，这一惊非同小可，便语诸学士道："我逐日来翰院中，商量公事，今把我院职撤销，将来如何到此呢？"说至此，几乎泣下。王伾代为疏请，乃许三五日一入翰院，叔文方解去一半愁肠。

宣化巡官羊士谔，因事入京，公言叔文罪恶。叔文大怒，即商诸韦执谊，欲请旨处斩。执谊不答。叔文道："就使免斩，亦当杖死。"执谊仍然摇首。叔文悻悻出去，执谊乃贬士谔为宁化尉。适剑南度支副使刘辟入京，求领剑南三川，且假韦皋名目，语叔文道："太尉使辟，向公道达诚意，若与辟三川，当效死相助，否则亦当怨公。"叔文怒道："节使岂可自请？韦太尉也太觉糊涂了。"遂将辟拒退。又与执谊面议，欲斩刘辟，韦执谊仍然不允。辟实可杀。叔文忍无可忍，当面诟责，备极揶揄，执谊无词可对，及叔文已归，乃使人谢叔文道："非敢负约，实欲曲成兄事，不得不然。"叔文总说他忘恩负义，与为仇隙。未几叔文母病，将要谢世，叔文却盛设酒馔，邀请诸学士，及宦官李忠言俱文珍刘光锜等，一同入座。酒行数巡，叔文语众道："叔文母病，因身任国事，不得亲侍医药，未免子道有亏，今拟乞假归侍。自念在朝数年，任劳任怨，无非为报国计，不避危疑，一旦归去，谤必随至，在座诸公，若肯谅我愚诚，代为洗刷，叔文即不胜衔感了。"如此胆怯，何必植党营私。满座俱未及答，独俱文珍冷笑道："礼义不愆，何恤人言？王公亦未免多心呢。"大众应声附和，说得叔文无可措辞，可见宦官势盛，但斟酒相劝，各尽数杯而散。

越日，叔文母殁，丁忧去位。韦执谊本迫持公议，与叔文常有异同，至此更乏人牵掣，乐得任所欲为，就使叔文密函相托，他亦置诸不理，叔文因此益愤，日谋起复，拟得任原官后，先杀执谊，然后将反对诸人，一律除尽。王伾代为帮忙，常至各宦官处疏通，且与杜佑商议，请起叔文为相，兼总北军，偏偏没人答应，再请起叔文为威远军使，也是不得奥援。他只得自己出名，接连上了三疏，说得叔文如何通文，如何达武，满纸中天花乱坠，始终不见纶音。伾知不能济事，在翰院中卧至夜半，忽失声自叫道："王伾中风了！"遂乘车竟归，不敢再出。

西川节度使韦皋，上表请太子监国，略言："陛下哀毁成疾，请权令太子亲监庶政，俟皇躬痊愈，太子可复归东宫。"又上太子笺云："圣上亮阴不言，委政臣下，王叔文王伾李忠言等，谬当重任，树党乱纪，恐误国家，愿殿下即日奏闻，斥逐群小，令政出人主，治安天下"等语。荆南节度使裴均，河东节度使严绶，笺表继至，语与皋同。再经俱文珍等，从中怂恿，不由顺宗不从，遂许令太子监国，即日颁敕。太子纯既揽重权，遂命太常卿杜黄裳为门下侍郎，左金吾大将军袁滋为中书侍郎，并同平章事，罢郑珣瑜为吏部尚书，高郢为刑部尚书。太子出莅东朝堂，引见百官，百官入朝拜贺，太子逡巡避席，掩袖拭泪。大众知太子忧父，交相称颂。过了半月，由顺宗禅位太子，自称太上皇，制敕称诰，改元永贞，循例大赦。越五日，太子纯即位太极殿，是为宪宗，奉太上皇居兴庆宫，尊生母王氏为太上皇后，贬王伾为开州司马，王叔文为渝州司户。升平公主即郭暧妻。入贺，并献入女伎数人，宪宗道："太上皇尚不受献，朕何敢违例？"遂将女伎却还。荆南表献毛龟，宪宗又下诏道："朕所宝惟贤，嘉禾神芝，统是虚美，不足为宝。所以春秋不书祥瑞，从今日始，勿再以瑞兆上闻，所有珍禽奇兽，亦毋得进献！"于是天下向治，共仰清明。

剑南西川节度使韦皋，镇蜀已二十一年，服南诏，摧吐蕃，威德及民，功勋无比，累加官阶，至检校太尉，爵南康郡王。宪宗即位，因他表请监国，有定策功，当然再沛恩纶，厚加宠遇，不意恩诏尚未到蜀，太尉率尔归天，生荣死哀，全蜀悲悼，到处绘像立祠，享祭不绝。皋本是京兆人氏，气宇轩昂，性度豁达，张延赏为女择婚，苦无当意，延赏妻苗氏，系故相苗晋卿女，夙善风鉴，既见韦皋，即语延赏道："此人后必大贵，可选作东床。"延赏尚未允许，经苗氏再三怂恿，乃赘皋为婿。皋时尚微贱，随延赏出镇剑南，倜傥不羁，傲睨一切。延赏渐加白眼，连婢仆也瞧他不起，他也不以为意，惟苗氏待遇如常。张女泣语皋道："韦郎！韦郎！七尺好男儿，学兼文武，乃常沉滞儿家，贻人笑骂么？"勖夫上达，却也是个奇女。皋投袂而起，即向延赏处辞行。张女摒挡妆奁，尽作赆仪。延赏喜皋他往，亦赠以七驮物。皋出门东去，每过一驿，即遣还一驮，行经七驿，七驮物悉数璧还，惟挈妻所赠，及布囊书策，径至京师，投入帅府幕中；辗转推荐，得擢监察御史，出知陇州行营留事。德宗奔奉天，皋斩牛云光，诛朱泚使，遣使上闻，因超迁奉义节度，镇守西陲。见六十五回。贞元初年，加任金吾大将军，持节西行，往代张延赏职。他却改易姓名，以韦作韩，以皋作翱，疾驰至天回驿，去西川城仅三十里。延赏闻韩翱到来，正因他素不相识，未免滋疑，忽有属吏入报道："今日来代相公，系是韦皋将军，并不是韩翱呢。"苗夫人在旁道："若是韦皋，必系韦郎。"延赏笑道："天下岂没有同姓同名的官吏？似韦生不通音问，已越数年，我料他早填沟壑，怎得来代我位呢？可笑你妇人家，太没见识，致误女儿。"苗夫人道："韦郎前虽贫贱，妾观他气凌霄汉，每与相公接谈，从未尝一言献媚，因致见尤，今日立功任重，舍彼为谁？相公莫笑妾无目哩。"延赏仍然不信，到了次日，新使入府，果然是张门快婿韦皋，延赏无颜出迎，但自叹道："我不识人。"遂从西门窃出，扬长自去。皋入谒外姑苗夫人，下拜甚恭，与张女相见，欢然道故，自不消说。惟见了张家婢仆，免不得惹起前嫌，立即提出数人，痛加杖责，有一两个暴死杖下，竟将遗尸投弃蜀江。小人何足深责，皋后来亦致暴死，恐是冤魂为厉。乃大开盛宴，替苗夫人饯行，随派兵吏护送出境。自是抚御将士，整饬边防，迭破吐蕃骁帅，威震西南；南诏称臣，群蛮内附。年六十一暴卒，由宪宗追赠太师，予谥忠武。

支度副使刘辟，竟自称西川剑南留后，表求旌节。宪宗派袁滋为安抚大使，考察全蜀情形，另任尚书左丞郑余庆同平章事。既而贾耽复殁，再进中书舍人郑细同平章事。一面追究王叔文余党，连贬韩泰韩晔柳宗元刘禹锡等为远州刺史，嗣又因议罚太轻，再贬韩泰为虔州司马，韩晔为饶州司马，柳宗元为永州司马，刘禹锡为朗州司马，陈谏为台州司马，凌准为连州司马，程异为郴州司马。惟陆质已死，李景俭适居母丧，得免严谴。着末一诏，乃是将同平章事韦执谊，迭降了好几级，黜为崖州司马；越年且赐王叔文自尽。王伾韦执谊凌准，相继忧死。小子有诗叹道：

漫夸管葛与伊周，朝值槐堂暮远流。

试看八人同坐贬，才知富贵等云浮。

叔文余党，贬黜无遗，天时已值残冬，朝廷又要改元了。欲知宪宗元年时事，容待下回表明。

王叔文非真无赖子，观其引进诸人，多一时知名士，虽非将相才，要皆文学选也。王伾与叔文比肩，较为贪鄙，招权纳贿，容或有之，乱政误国，尚未敢为，观其贬李实，召陆贽阳城，罢进奉宫市五坊小儿，举前朝之弊政，次第廓清，是亦足慰人望，即欲夺宦官之柄，委诸大臣，亦未始非当时要着，阉寺祸唐，已成积习，果能一举扫除，宁非大幸？误在材力未足，夸诞有余，宦官早已预防，彼尚自鸣得意，及叔文请宴自陈，王伾卧床长叹，徒令若辈增笑，不待宪宗即位，已早知其无能为矣。韦执谊始附叔文，终摈叔文，卒之同归于尽。八司马相继贬窜，数腐竖益长权威，加以韦皋裴均严绶等，上表请诛伾文，复开外重内轻之祸，自是宦官方镇，迭争权力，相合相离，以迄于亡，可胜慨哉！故史称顺宪二宗，俱英明主，读此回而未敢尽信云。

第七十二回

擒刘辟戡定西川
执李锜荡平镇海

却说顺宗改元永贞，因关系一代正朔，所以就贞元二十一年间，即已改行。至宪宗禅位，应复改元，当下将永贞二年，改为元和元年。正月朔日，宪宗带领百官，至兴庆宫朝贺顺宗，奉上尊号，称为应乾圣寿太上皇，礼毕还朝，方受群臣庆贺。过了数日，太上皇病体增剧，医药罔效，竟尔升遐，享年四十六岁，在位仅阅半年，总算作为一年。宪宗侍疾治丧，连日无暇，偏刘辟不肯用命，居然造起反来。辟欲继韦皋后任，因宪宗不许，特阻兵自守。宪宗已遣袁滋为安抚使，寻又命充西川节度使，征辟为给事中。辟仍不肯奉诏，滋畏辟不进，为宪宗所闻，贬滋为吉州刺史，本拟发兵讨辟，但念履位方新，力未能讨，只好再事羁縻，授辟为西川节度副使，知节度事。右谏议大夫韦丹上疏，谓："释辟不诛，外此无不效尤，恐将来朝廷命令，不能出两京以外。"宪宗颇以为然，因命丹为东川节度使，防制西川，哪知辟气焰益骄，又表请兼领三川。宪宗不允，辟竟发兵攻梓州。推官林蕴极力谏阻，惹动辟怒，将蕴械系起来，且屡嘱军士持刀威吓，刃拟蕴颈，已非一次。蕴怒叱道："竖子！要斩便斩，我颈岂汝砺石么？"辟不禁旁顾道："此人真忠烈士，饶他去罢！"公道自在人心，即叛贼犹知忠义。乃黜为唐昌尉，复益兵东向，将梓州围住。

东川节度使韦丹，尚未到任，前节度使李康，督众拒守，一面飞章告急。宪宗召集群臣，会议讨逆事宜，大众谓蜀地险固，不易进兵。独杜黄裳奋然道："辟一狂妄书生，得良将往取，譬如拾芥，有甚么难事？"原来辟曾举进士，参入戎幕，累经韦皋信任，厚自储藏，因潜谋不轨，致遭此变。韦皋亦太不识人。黄裳知辟无能，决计主讨，特荐神策军使高崇文，勇略可用，并请宪宗勿置监军，以专责成。翰林学士李吉甫，亦劝宪宗从黄裳言，宪宗乃命高崇文，率步骑五千，作为前军，神策行营兵马使李元奕，率步骑二千，作为次军，并会同山南西道节度使严砺，同讨刘辟。当时宿将尚多，各自命为征蜀统帅。哪知诏命一下，偏用了一个高崇文，顿令他惊异不置。崇文方屯长武城，练兵五千，常如寇至，一经受诏，即日启行，器械糗粮，均无所阙。在途严申军律，秋毫无犯。有一兵士就食逆旅，折人已箸，被崇文察觉，立斩以徇。将吏相率股栗，奉命惟谨。崇文出斜谷，李元奕出骆谷，同趋梓州，途次接得警报，梓州已经失守，李康被擒，崇文引兵亟进，从阆中入剑门，正值辟将邢泚，乘胜前来，崇文也不与答话，立即擂鼓，驱军猛击。邢泚慌忙对仗，战不数合，已杀得旗靡辙乱，无力抵敌，没奈何返奔梓州。崇文追至城下，悬赏攻城，自己亲冒矢石，限期登陴。泚已经过第一次厉害，自知非崇文敌手，不如趁早逃生，遂引众夜出后门，一溜烟地去了。崇文入屯梓州，休息一日，拟再行进兵，可巧辟送归李康，为辟代求昭雪。崇文叱道:“汝败军失守，已负死罪，尚敢替逆贼求免么?”康尚欲乞情，怎奈崇文铁面无私，立命左右推出，把康斩首。嗣接严砺军报，也已攻克剑州，斩贼吏文德昭，当下复告严砺，联名奏捷，宪宗得报甚喜。又接韦丹自汉中递奏，请命崇文知蜀中事，乃即以崇文为东川节度副使。

不意西川尚未告靖，夏绥又复称戈，几乎有铜山西崩，洛钟东应的状态。亏得河东节度使严绶，表请讨贼，不待朝廷发兵，已遣牙将阿跌光进，阿跌系复姓。及弟光颜，率兵戡乱。两将勇冠河东，联镳并进，足令逆军丧胆。夏州兵马使张承金，斩了首逆，传首京师，夏绥复安。究竟首逆为谁?原来是韩全义甥杨惠琳。倒戟而出，笔墨一新。全义自溵水败还，不朝而去，见七十回。宪宗时在藩邸，即斥他不尽臣节，至宪宗嗣位，全义颇自戒惧，拜表入朝。杜黄裳勒令致仕，全义只好归休，独全义甥杨惠琳，乘全义入朝，权知留后。宪宗简将军李演为夏绥节度使，反为惠琳所拒，因此严绶遣将往讨，不匝月而乱平。高崇文闻光颜名，调令至蜀，自督兵攻鹿头关，关距成都百五十里，倚山带川，非常雄险。辟连筑八栅，分兵屯守，严拒官军，辟将仇良辅，与辟子方叔，婿苏强，统领屯兵，出战崇文，大败而还。崇文督兵攻栅，也不能下，复因天雨连绵，未便猛扑，他却想了一计，令骁将高霞寓，专攻关左的万胜堆。堆在鹿头山上，高出关城数仞，原有贼将驻守，霞寓招募死士，扳缘而上，任他矢石如雨，只管冒死上去，前队仆，后队继，且纵火焚栅，烟焰熏天，贼众无处逃遁，不是焚死，就是杀死。既夺得万胜堆，俯瞰鹿头关，一一可数，了如指掌。屯兵先后出战，官军无不预晓，八战八捷，贼心始摇。崇文复分兵破贼于德阳，又败贼于汉州，严砺亦遣将严泰，进拔绵州石牌谷，会河东将阿跌光颜，与崇文约期会师，途中为天雨所阻，迟了一日。光颜闻崇文军律，很是严厉，自恐误期得罪，乃深入鹿头关西面，断贼粮道，贼众大惧。鹿头守将仇良辅，与绵江栅将李文悦，依次请降。崇文遂收鹿头关，擒住辟子与婿，长驱指成都，所向崩溃，军不留行。辟恃鹿头关为屏蔽，蓦闻关城失守，吓得魂不附身，即与亲将卢文若，率数十骑西走，拟奔吐蕃。崇文令高霞寓领兵追捕，到了羊灌田，见前面踯躅西行，正是刘文若等人，便鼓噪直进。辟仓猝投江，尚未得死，霞寓偏将郦定进，亟下马泅水，把辟擒住。文若先杀妻子，自系石缒入江心，徒落得葬身鱼腹，尸骨无存，霞寓囚辟还报，崇文即槛辟送京师，自入成都安民，市肆不扰，鸡犬无惊，所有投降诸将，一律优待。惟辟将邢泚，馆驿巡官沈衍，已降复贰，乃饬令枭首。军府事无巨细，命一遵韦南康故事，韦南康即韦皋。从容指挥，全境皆平。

辟有二妾，皆具国色，监军请献入朝廷，崇文道："天子命我讨平凶竖，安抚百姓，并未嘱我采访妇女，我怎得献女求媚呢？"遂查得军中鳏夫，给为配偶。不知哪两个鳏夫，得消受此艳福。知卭州崔从，曾贻书谏辟，辟发兵往攻，从婴城固守，卒全邛州。崇文上表推荐，并及唐昌尉林蕴，还有韦皋旧吏，房式韦乾度独孤密符载郗士美段文昌等，陷入城中，俱素服麻履，衔土请罪，经崇文一律释免，优礼相待，且具录入荐书。惟语段文昌道："君他日必为将相，未敢奉荐。"乃特具厚贶，遣送京师。刘辟被俘至都，尚冀不死，途次饮食如常。及既近都门，神策兵出系辟首，牵曳而入。辟始惊惧道："奈何至此？"呆鸟。宪宗御兴安楼受俘，诘问反状。辟答辩道："臣不敢反，五院子弟作乱，不能制服，因此被逼为非。"宪宗又诘他："遣使赐诏，如何不受？"辟不能答。乃献诸庙社，徇诸市曹，诛死城西南独柳树下，子婿等一并伏诛。卢文若族党，亦皆夷灭。韦皋子行式，尝娶文若女弟，按例当没入掖庭，宪宗以皋有大功，悉命赦宥，随即叙功论赏，宰相以下入贺。宪宗瞧着黄裳道："这统是卿的功劳呢。"遂进高崇文为西川节度使，严砺为东川节度使，另授将作监柳晟，为山南西道节度使。晟至汉中，适府兵平蜀还镇，有诏仍遣戍梓州，军士怨怒，共谋作乱。晟疾驱入城，好言抚慰，并问道："汝辈为何事得功？"军士答道："为诛反贼刘辟，因得成功。"晟接入道："辟不受诏命，因致汝辈立功，岂可复令他人诛汝，转为彼功呢？"众皆拜谢，愿奉诏共诣戍所，军府遂定。

杜佑以年老乞休，先举李巽为度支盐铁转运等使，自解兼任各职，然后表辞相位。宪宗因佑年高望重，拜为司徒，封岐国公，令他每月一再入朝，三五日入中书省，商议大政。佑不得已应命，后来复上表固辞，乃准令致仕，仍饬入朝朔望，累遣中人顾问，锡予甚隆。佑京兆人，生平好学，虽贵犹读书不辍，尝搜补刘秩政典，参益新礼，成二百篇，号为通典，奏行于世。为人平易逊顺，与物无忤，人皆乐与亲近，故得以功名终身。至元和七年乃殁，年七十八，追赠太傅，予谥安简。佑虽无甚功绩，然学术甚优，故详叙始末。杜黄裳与佑同里，具有经济大略，平蜀定夏，实出彼力，但不修小节，未能久安相位。元和二年，即出为河中节度使，封邠国公，越年病殁任所，年七十岁，追赠司徒，谥曰宣献。

宪宗特擢武元衡为门下侍郎，李吉甫为中书侍郎，同平章事。吉甫即赞皇公李栖筠子，曾为太常博士，故相陆贽，疑他有党，出为明州长史，及贽贬忠州，裴延龄与贽有嫌，独起吉甫为忠州刺史，令得报复。吉甫却与贽结欢，毫不提及前事，人已服他雅量，特揭此事，以风世人。及宪宗召为翰林学士，参议平蜀，因得邀结主知，升任宰辅。

先是浙西观察使李锜，厚赂权幸，得领盐铁转运等使，吉甫尝入谏道："韦皋蓄财甚多，刘辟因是构乱，李锜已有叛萌，若再得征榷盐铁，凭倚长江，岂不是促令速反么？"宪宗乃调锜为镇海节度使，撤去盐铁转运等差委，令归李巽统辖。锜虽失利权，尚得节钺，所以逆谋未发。嗣因夏蜀迭平，藩镇多畏威入朝，李锜亦内不自安，表请入觐。宪宗授锜左仆射，即遣使至京口慰抚，讯问行期。锜佯署判官王澹为留后，表示行状，但只是逐日延挨，今日不行，明日又不行，拖延了好几日，仍然不行。澹与敕使再三催促，他反动起怒来，托词有疾，请至岁暮入朝。相臣武元衡入白宪宗道："锜求朝得朝，求止得止，可否在锜，如何号令四海？"宪宗乃征锜入朝。锜无词可说，即欲兴兵造反，且因王澹通同敕使，制置军务，心下很是不平，乃遣心腹将五人，分镇部属五州。苏州属姚志安，常州属李深，湖州属赵惟忠，杭州属邱自昌，睦州属高肃，伺察刺史动静，作为预备，一面选练兵士，募集丁壮，有力善射的士卒，叫作挽强，胡奚杂类，叫作蕃落，给赐十倍他卒，留充帐下亲兵。

会岁晚天寒，例须给发衣服，锜与亲兵定就密计，高坐帐中，森列甲仗。王澹与敕使入谒，锜尚作欢语状，及澹等出帐，忽有军士数百名，露刃大哗道："王澹何人？擅主军务。"澹尚未及答，已由军士砍翻，脔割而食。牙将赵琦，未与密谋，尚冒冒失失的出去谕止，又被军士脔食，且用刀拟敕使颈，谩骂不休。锜佯作惊惶，自出救解，乃将敕使囚系室中，于是令李钧主挽强兵，薛颉主蕃落兵，再派公孙玠韩运等，分统各军，出戍险要，并密饬五州镇将，各杀刺史，反抗朝廷，表面上还想掩饰，奏称兵变启衅，致杀留后大将。一味欺饰，难道常瞒得过去？哪知常州刺史颜防，早瞧破机关，用门下客李云计，矫制称招讨副使，诱斩李深，且传檄苏杭湖睦，请同进讨。湖州刺史辛秘，也潜募民兵数百人，夜袭赵惟忠营，将惟忠拖出杀死，严守州境。惟苏州刺史李素，为姚志安所执，械送李锜，锜把素悬系船舷，示众声威。当下派兵马使张子良李奉仙田少卿等，率精兵三千，往袭宣州。

是时诏命已下，因李锜为宗室子孙，削去属籍及官爵，遣淮南节度使王锷为招讨处置使，统率诸道行营兵马，征调宣武义宁武昌淮南宣歙及浙东西各军，由宣杭信三州进讨。宣州向称富饶，锜欲先行占据，因特遣张子良等袭击。偏子良等知锜必败，潜与牙将裴行立商议，谋执锜送京师。行立本系锜甥，锜有谋划，无不预闻，此次见官军四逼，也欲为免祸计，乃与子良等订定密约，里应外合，讨逆图功。子良等领兵出发，才至数十里外，即召士卒宣谕道：“仆射造反，官军四集，常湖二镇将，已悬首通衢，大势日蹙，必至败亡，今乃使我辈远取宣城，我辈何为随他族灭？计不如去逆效顺，还可转祸为福，汝等以为何如？”大众应声道：“愿听将令。”子良便命大众乘夜趋还，潜至城下。裴行立已在城上探望，见子良等领兵回来，即举火为应，内外合噪，响震全城。行立且引兵攻牙门，锜从睡梦中惊醒，骇问左右。左右据实通报，锜复问道：“城外兵马，是何人统带？”左右答是张中丞。锜又问门外兵马，是何人主使？左右答是裴侍御。锜惊堕床下，并抚膺大恸道：“行立尚且叛我，我还有何望呢？”汝要叛君，何怪甥儿叛汝！遂跣足而起，走匿楼下。亲将李钧，引挽强兵三百名，趋出庭院，与行立格斗。行立伏兵邀击，俟李钧出来，四面兜截，把钧手下三百人，冲得七零八落。钧不及遮拦，被行立一槊刺倒，枭了首级，传示城下。锜举家皆哭。子良晓谕城中，说明顺逆祸福，且呼锜束身归朝。兵士遂趋入执锜，用幕裹住，缒出城外，系送京都。

神策兵自长乐驿接着，押送至阙，宪宗仍御兴安门问罪。锜答道：“臣初无反意，张子良等教臣为此。”至此还想诬赖，可恨可笑！宪宗道：“汝为元帅，子良等谋反，何不将他斩首，然后入朝？”锜理屈词穷，遂并锜子师回，腰斩伏罪。群臣联翩入贺，宪宗愀然道：“朕实不德，以致海内多事，叛乱迭起，自问不免怀惭，何足言贺？”数语颇得大体。宰相武元衡等，议诛锜大功以上亲族，兵部郎中蒋乂道：“锜大功以上宗亲，均系淮安靖王后裔，淮安靖王名神通，见前文。锜系神通六世孙。淮安王曾有佐命功，陪陵享庙，怎得因末孙为恶，累及同宗？”宰相等又欲诛锜兄弟。乂又道：“锜兄弟皆故都统国贞子，国贞殉难绛州，忠烈卓著，亦不应令他绝祀。”事见前肃宗时代。乃一律贷死，但将锜从弟宋州刺史李铦等，贬谪有差。有司籍锜家产，输送京师。翰林学士裴垍

元稹（779—831），字微之，河南（府治今河南洛阳）人，唐诗人。举贞元九年（793年）明经科、十九年判拔萃科。因得罪宦官及权臣，遭到贬斥。后转而因缘宦官，官至同中书门下平章事。与白居易共同倡导“新乐府”运动并互相唱和，并称“元白”。有《元氏长庆集》。

白居易（772—846），字乐天，晚年号香山居士，其先太原（今山西太原市西南）人，唐诗人。历任秘书省校书郎、江州司马、杭州刺史、苏州刺史、刑部尚书。文学上积极倡导“新乐府”运动。其诗作言语浅白，多讽喻时政，主张“文章合为事而著，歌诗合为事而作”。和元稹友谊甚笃，与之齐名，世称“元白”。晚年与刘禹锡唱和，人称“刘白”。有《白氏长庆集》。

牛僧孺（780—848），字思黯，安定鹑觚（今甘肃灵台）人，唐大臣。穆宗时，累官至户部侍郎同平章事。敬宗时出任武昌军节度使。文宗时，主张姑息幽州节度使李载义为部下杨志诚所逐之事。逼令李德裕送还来归的维州吐蕃守将。其时朝臣政争激烈，史称“牛李党争”。为牛党之魁。武宗时，李德裕为相，牛被贬任循州长史。宣宗时召还，不久病卒。

李绛，上言：“李锜僭侈，剥削六州人民，敛财致富，陛下痛民无告，所以兴师问罪，申明国法，今乃辇取金帛，输入京中，恐远近失望，转滋疑议，臣请将逆人资财，分赐浙西百姓，俾代今年租赋，庶几圣德及人，万民悦服。”云云。宪宗览疏嘉叹，依言施行。擢张子良为左金吾将军，封南阳郡王，赐名奉国，田少卿为左羽林将军，封代国公，李奉仙为右羽林将军，封邠国公，裴行立为泌州刺史，追赠王澹给事中，赵锜和州刺史，李素从贼中救出，仍还原官。镇海军帖然就范，无庸琐叙。

惟高崇文镇蜀期年，屡次上表，谓：“西川为宰相回翔地，臣未敢自安，且川中安逸，无所陈力，情愿移戍边陲，报恩效死”等语。宪宗乃出武元衡为西川节度使，调崇文为邠宁节度使。崇文寻卒，予谥威武。宪宗有意求才，策试制举，得元稹独孤郁白居易萧俛沈传师等人，各授拾遗校书郎等职。居易字乐天，尤有才名，尝作乐府百余篇，规讽时事，流传禁中，宪宗特擢为翰林学士。寻又策试贤良方正，直言极谏举人，牛僧孺皇甫湜李宗闵等，直陈时政得失，毫不避讳。考官杨于陵韦贯之署为上第，独李吉甫恨他切直，泣诉宪宗，并言：“湜为翰林学士王涯甥，涯与学士裴垍，覆阅策文，不自引嫌，实属有心舞弊”云云。宪宗不得已罢垍，贬涯为虢州司马，于陵为岭南节度使，贯之为巴州刺史。既而吉甫遇疾，留医士夜宿诊治，御史中丞窦群，劾吉甫交通术士，宪宗查讯不确，贬窦群官。吉甫亦上书求免，乃出吉甫为淮南节度使，再起裴垍同平章事。垍绛州人，器局严峻，人不敢以私相干。尝有故人自远方来，与垍相见，垍款待甚优，及故人求为京兆判官，垍恰正色道：“公才不称此官，垍何敢因私害公，他日有盲相当道，若肯怜公，公或可得此任。今垍在相位，愿公勿言！”故人才赧然别去。人人如垍，何至情弊百出。嗣是内外僚吏，益自戒慎。宪宗尝问垍治要，垍举大学先正其心一语，引为箴规。凡谏官敢言阙政，尤为垍所称赏。给事中李藩，抗正不阿，垍入白宪宗，谓藩有宰相器。宪宗正因郑细太尚循默，有易相意，郑细前颇敢言，岂阅官已久，亦学作琉璃蛋耶？既闻垍言，因即罢细相藩。元和四年春季大旱，李绛白居易上陈数事，第一条是减轻租税，第二条是简放宫人，第三条禁诸道横敛，免他进奉，

第四条是饬南方各道，不得掠卖良人，充作奴婢。垍与藩极力赞成。宪宗乃一一准行。制敕甫下，即日大雨。会因成德节度使王士贞病死，子承宗自为留后，承宗叔父士则，与幕客李栖楚，恐延祸及己，均归京师。宪宗令士则为神策大将军，另拟简人往代，若承宗抗命，当兴师往讨，好把河北诸镇世袭的积弊，乘此廓清。偏同平章事裴垍，及翰林学士李绛，先后奏阻。右军中尉吐突承璀，独自请将兵往讨承宗，两下里各执一说，免不得龃龉起来。正是：

老成持重谋休战，腐竖怀私欲弄兵。

究竟如何处置承宗，且看下回续叙。

肃代以后，节度使由军士擅立，已成积弊，至刘辟李锜，自恃多财，相继生变，微杜黄裳之定策于先，武元衡之赞谋于后，则狂妄书生，尚思构逆，贪婪计吏，且得称戈，彼拥强兵，娴武略者，几何而不欲坐明堂，朝诸侯乎？高崇文一出而刘辟丧胆，虽有鹿头之险，不能阻堂堂正正之师，弃城投水，卒就擒诛。取戆书生如拾芥，黄裳之言验矣。李锜无能，视辟尤甚，张子良等倒戈相向，如缚犬豕，此而欲盗弄潢池，何其不知自量欤？杨惠琳一起即灭，更不足道，本回依次叙述，有详有略，笔下固自斟酌也。

第七十三回

讨成德中使无功
策魏博名相定议

却说王承宗自为留后，无非是积习相沿，看人榜样。最近的就是平卢节度使李师道，师道即李纳庶子，李纳死，长子师古袭职，师古死，判官高沐等，奉师古异母弟师道为节度副使，杜黄裳时尚为相，请设官分治，免致后虑。宪宗因夏蜀迭乱，不宜再激他变，乃命师道为节度使。至是承宗擅立，宪宗反欲进讨，裴垍乃面奏道："师道父李纳，跋扈不恭，承宗祖王武俊，有功国家，陛下前许师道，今夺承宗，教他如何心服？不如待衅而动为是。"宪宗又转问李绛，绛答道："河北不遵声教，莫不愤叹，但欲今日削平，恐尚未能。成德军自武俊以来，父子相承，已四十余年，今承宗又总军务，军士看成习惯，不以为非，今若遣人往代，恐彼未必奉诏。况范阳魏博易定淄青，人地相传，与成德同例，成德摇动，诸镇寒心，势必结连拒命，朝廷不能坐视，须遣将调兵，四面攻讨，彼将吏各给官爵，士卒各给衣粮，按兵玩敌，坐观胜负，国家转因此劳敝了。且关中旱荒未靖，江淮又报大水，公私交困，兵事不应轻试，且待他日。"按情度势，言之甚明，并非姑息之谈。宪宗颇也心许。偏左军中尉吐突承璀，由宦官入为黄门，尝侍宪宗潜邸，以机警得幸，至此欲阴夺相权，力请统兵往讨，宪宗又未免狐疑。还有昭义军节度使卢从史，因父丧守制军中，未曾起复，他却附会承璀，愿率本军讨承宗。有诏起复从史为金吾大将军，统兵如故。承宗闻朝廷有意加讨，恰也惊惧，因累表自诉，格外恭顺。宪宗乃遣京兆尹裴武，诣真定宣慰。承宗下拜庭前，跪接诏命，起语裴武道："承宗何敢擅为留后？只因三军见迫，不暇恭俟朝命，今愿献德棣二州，聊表微诚。"说罢，即盛宴裴武，挽他善达宪宗。裴武一力担承，欢宴数日，才辞归复命。宪宗乃命承宗为成德节度使，兼恒冀深赵州观察使，即授德州刺史薛昌朝为保信军节度使，兼德棣二州观察使。

昌朝为故节度使薛嵩子，又系王氏门婿，与承宗亲戚相关，所以特加任命。哪知魏博节度使田季安，独遣人语承宗道：“昌朝阴结朝廷，故得骤受节钺，足下奈何不察！”承宗被他一激，立遣数百骑驰入德州，把昌朝拘至真定，囚系狱中。反复若此，却也应讨。宪宗以裴武欺罔，欲加严谴，亏得李绛替他救解，方得免罪。乃再遣中使往谕承宗，令释昌朝还镇。承宗不肯受命，于是宪宗削夺承宗官爵，命吐突承璀为神策河中东道行营兵马使，兼诸军招讨处置等使，北伐承宗。翰林学士白居易上疏极谏，略云：

> **国家征伐，当责成将帅，近岁始以中使为监军，自古及今，未有征天下之兵，专令中使统领者也。今神策军既不置行营节度使，则承璀乃制将也，又充诸道招讨处置使，则承璀为都统也。臣恐四方闻之，必轻朝廷，四夷闻之，必笑中国，陛下忍今后代相传，谓以中官为制将都统，自陛下始乎？臣恐刘济**即卢龙节度使。**张茂昭**张孝忠子，任易定节度使，亦称义武军节度使。**范希朝**时调任河东节度使。**卢从史等，以及诸道将校，皆耻受承璀指挥。心既不齐，功何由立？此是资承宗之计，而挫诸将之势也。陛下念承璀勤劳，贵之可也；怜其忠诚，富之可也。至于军国权柄，动关理乱，朝廷制度，出自祖宗，陛下宁忍徇下之情，而自隳法制，从人之欲，而自损圣明，何不审慎于一时之间，而取笑于万代之后乎？臣愿陛下另简良将，毋任近臣，申国威，肃军纪，则立法无阙，而成效可期矣。**

疏入不省。度支使李元素，盐铁使李鄘，京兆尹许孟容，御史中丞李夷简，谏议大夫孟简，给事中吕元膺孟质，右补阙独孤郁等，更伏阙奏对，大旨如居易言。宪宗不得已改承璀为宣慰使，削去诸道兵马使职权，仍令会同诸镇，即日进讨。

承璀才出都门，田季安先已闻知，便聚众计议道：“王师不越大河，已是二十五年，今一旦越魏伐赵，赵若受擒，魏亦被虏，如何是好？”有一将超伍出言道：“愿假骑兵五千，为公除忧。”季安大呼道：“壮哉勇士！愿如所言。”忽旁座又闪出一人道：“不可不可。”季安正欲叱责，因见他是幽州来使谭忠，只好暂时耐气，问明情由。谭忠说道：“王师伐赵，公出兵相阻，是先为赵受祸，恐赵未被兵，魏已糜烂了。忠有一计，令彼为鹬蚌，公为渔人。”季安问是何计？忠抵掌道：“往年王师讨平蜀吴，算不一失，是皆相臣谋划，与天子无关。今天子专任中使，不用老臣宿将，是明明欲夸服臣下，自显威武，倘一入魏境，即遭挫衄，且必任智士，划长策，仗猛将，练精兵，毕力再举，与魏从事，公不是为赵受祸么？为今日计，王师入境，公且厚给犒赏，整顿甲兵，阳称伐赵。一面阴遗赵书，但说伐赵是卖友，不伐赵是叛君，两名都不愿受，执事若能贻魏一城，俾魏有词奏捷，不必再入赵境，庶西得对君，北得对友，如此说法，赵若果不拒我，是魏得两利，并可借此图霸了。”仿佛战国策士。季安不禁大喜道：“好计好计！先生此来，实是天助魏博哩。”遂一面欢迎承璀，一面致书承宗。承宗覆书照允，竟将当阳县赠魏。谭忠以魏策已成，乃辞行还镇，季安厚赠而别。

及忠还幽州，正值刘济会议军情，济宣言道：“天子命我伐赵，赵亦必防我往伐，究竟伐赵好呢，不伐赵好呢？”忠入内应声道：“天子未必使公伐赵，赵亦未必防公往伐，忠谓公可缓日出师。”济怒道：“我岂可与承宗同反么？”遂不待忠再说，便将忠下狱系住。已而使人探视赵境，果不增防，唐廷有诏旨到来，亦只令济护北边，毋庸伐赵。济不觉惊讶，遂释忠出狱，问他何故先知？忠答道：“卢从史外虽亲我，内实联赵，他必为赵划策，故意弛防，一示赵不欲抗我，二使我获疑天子，暗中必遣告朝廷，只说是燕赵相联，忠所以知赵不备燕，天子亦不愿燕伐赵呢。”料事如神。济复问道：“前事被君料着，我究应若何处置？”忠又道：“天子伐赵，君据全燕地，拥兵坐粮，若一人未渡易水，适堕从史诡计，公怀忠受谤，天子以为不忠，赵人又不见德，徒落得恶声嘈杂，请公自思便了。”遣将不如激将，忠两次进言，统用此术。济奋袂起座道：“我知道了！”遂下令军中道：“五日毕出，落后者斩！”乃自统兵七万，出攻赵境，连拔饶阳束鹿。

各道兵会集定州，承璀亦至行营，军无统帅，号令不专，只有张茂昭一军，还算纪律严明。卢从史虽派兵与会，暗地里恰与承宗通谋，因此人各一心，威令不振。左神策大将军郦定进，颇称骁勇，率部兵轻进，被承宗设伏截击，竟致败死，全军夺气，大家观望不前。会淮西节度使吴少诚，宠任大将吴少阳，呼为从弟，出入如至亲。少诚有疾，少阳杀死少诚子元庆，竟将少诚软禁起来。少诚忧病交迫，遂致死去，少阳自为留后。宪宗方用兵河北，不能顾及淮西，没奈何加以任命，且待河北平定，再作计较。怎奈河北败多胜少，日久无功。白居易又复疏请罢兵，谏陈利害，宪宗仍然不许。适卢从史遣牙将王翊元入都奏事，宰相裴垍与言君臣大义，激动翊元。翊元遂将从史阴谋，一一告知，并言有计可取，当为国除患。垍乃嘱使还镇，联络将士，俟谋定后，再来京师。翊元往而复返，报称兵马使乌重胤等，均愿归诚，但教王师一到，即可下手。裴垍乃入白宪宗道：“从史必将为乱，今闻他与承璀对营，视承璀似婴儿，毫不设备，幸有乌重胤王翊元等，愿归朝廷，失今不取，后虽兴师动众，恐非岁月可平呢。”恰是机会。宪宗熟思良久，方才允行，亟遣使密告承璀。承璀与行营兵马使李听定议，先日邀从史过宴，盛陈珍玩，问他所欲，立即移赠。从史大喜，常相往来。一日，复由承璀邀与同博，俟从史入帐，掷局为号，有数十壮士突出，把从史擒住，牵至帐后，打入囚车，飞送京师。从史营中，士卒争出，欲与承璀拼命。乌重胤挡住军门，拔刀指叱道："天子有诏，命承璀执送从史，我已早闻密旨，从命有赏，不从命有诛。"士卒方敛兵归伍，不敢逆命。及从史解到京师，入谒宪宗，惶恐谢罪，宪宗从轻发落，贬为骧州司马，且因重胤有功，拟即令为昭义节度使。承璀亦驰奏入都，谓已牒知重胤，使权充留后。独翰林学士李绛抗疏道：

> **昭义五州，据山东要害，向为从史所据，使朝廷旰食，今幸而得之，承璀复以与重胤，臣闻之实为惊心。昨国家诱执从史，虽为长策，已失大体，今承璀又擅移文牒令为留后，并敢代求旌节，无君之心，孰甚于此？陛下昨日得昭义，人神同庆，威令再立，今日忽以授本军牙将，物情顿沮，纲纪大紊。校计利害，更不若从史为之。何则？从史虽蓄奸谋，已是朝廷牧伯，重胤出于列校，以承璀一牒代之，窃恐河南北诸侯闻之，无不愤怒，耻与为伍。且谓承璀诱重胤，使逐从史而代其位，彼人人麾下，各有将校，能毋自危乎？倘刘济、张茂昭、田季安、韩弘、李师道等，继有章表，陈其情状，并指承璀专命之罪，不知陛下何以处之？若皆不服，则众怨益甚，若为之改除，则朝廷之威重去矣。臣意谓重胤有功，可移镇河阳，即令河阳节度使孟元阳，调镇昭义，如此则任人之权，仍在朝廷，重胤得镇河阳，已为望外之福，岂敢更为抗拒？况重胤所以能执从史，本以仗顺成功，一旦自逆诏命，安知同列不袭其迹而动乎？重胤军中，等夷甚多，必不愿重胤独为主帅，移之他镇，乃惬众心，何忧其致乱乎？幸陛下采择焉！**

宪宗览奏，不觉称善，乃调孟元阳为昭义节度使，乌重胤为河阳节度使。惟王承宗失一臂助，不免焦急，更因范希朝张茂昭两军，进逼木刀沟，累战失利，不得不上表谢罪，把从前过失，都推到卢从史身上。但说是误信间言，今始觉悟，乞许自新等语。李师道又代为申请，宪宗亦因师久无功，决计罢兵，仍令承宗为成德节度使，给还德棣二州，令诸道兵各归原镇，分赐布帛二十八万匹，加刘济为中书令。济有数子，长子绲为副大使，次子总为瀛州刺史，济出军瀛州，适患重疾，不能遽归，总与判官张玘等，密谋弑父，伪使人从京师来，入白济道："朝廷责相公逗留无功，已除副大使为节度使了。"济已有怒意。次日，又使人报济道："使节已至太原了。"旋又使人走呼道："副大使已过代了。"全军皆惊，即欲溃归。济愤不可遏，竟杀主兵大将数十人，且召绲诣行营，令圮兄皋代领军事。济自朝至日昃，未得饮食，乃召总使吏唐弘实入室，向索酏浆。弘实阴受总嘱，置毒浆中，济一饮而尽，毒发暴死。及绲至涿州，总矫传济命，逼绲自尽。可怜刘济父子，统死得不明不白。那弑父杀兄的刘总，为父发丧，但说是有病身亡，表奏朝廷。宪宗不知是诈，即命他承袭父职，寻且加封楚国公。弑父杀兄之逆贼，反得加官封爵，朝廷岂尚有纪纲耶？

吐突承璀自行营还朝，有旨仍令为左卫上将军，充左军中尉。裴垍入谏道："承璀首倡用兵，疲敝天下，卒无成功，陛下即顾念旧恩，不加显戮，怎得全不贬黜以谢天下？"给事中段平仲吕元膺，且请诛承璀。李绛亦奏言："不责承璀，他日将帅失律，如何处置？"宪宗撤去承璀中尉，令充军器使，中外始相率称贺。张茂昭奉诏班师，得加官检校太尉，兼太子太傅。茂昭愿举族还朝，乞另简后任，表至数上，乃诏从所请，令左庶子任迪简为行军司马，乘驿往代。茂昭悉举簿书管钥，授与迪简，立挈妻子就道，且嘱语道："人人贪恋旌节，试看节使子孙，有几家能保全过去？我使汝等还朝，正不欲子孙习染污俗，同归沦亡。汝等毋谓我迂拘呢。"见机而作，不俟终日者，君子之谓乎？都虞候杨伯玉张佐元，相继作乱，为将士所诛，共奉迪简主持军务。迪简与士卒同尝甘苦，军心感附，易定皆安。宪宗命颁绫绢十万匹，犒赐二州将士，即授迪简为节度使。至茂昭入觐，面加慰谕，晋拜中书令，复授河中节度使。茂昭奉命往镇，越年首上生疽，竟至暴殁，年止五十，册赠太师，谥曰献武。茂昭公忠卓著，乃享年不永，反致病疽暴亡，天道岂真无知么？茂昭弟茂宗，曾尚德宗女义章公主，茂宗出任兖海节度使，官至左龙武统军，茂和亦仕至诸卫将军，茂昭子克勤，后亦官左武卫大将军，子弟世贻令名，如茂昭言。

河东节度使范希朝，出屯河北，宪宗命王锷为河东节度使，锷有吏才，颇善完聚，进奉甚优，且尝纳赂中官，求加相衔，中人竞为揄扬，宪宗亦颇心动，密诏中书门下道："锷可兼宰相。"同平章事李藩，遽取笔濡墨，抹去宰相二字，再从左方写着不可二字，呈还宪宗。时太常卿权德舆，正入任同平章事，见藩所为，不禁失色道："诏书如不可行，亦当另疏谏阻，奈何用笔涂诏呢？"藩从容道："势已迫了，一出今日，便不可止，我不能不破例上陈。"德舆因亦入奏道："向来方镇得兼相职，必有大忠大功，否则为羁縻计，不得已权给兼衔。今锷无忠勋，朝廷又非不得已，何为遽假此名？"宪宗乃止，裴垍适患风痹，乞假养疴，三月不愈，乃罢为兵部尚书，再召李吉甫为相。吉甫自淮南入都，常欲修怨，因裴垍与史官蒋武等，上德宗实录，遂上言垍已引疾，不宜冒奏，乃徙垍为太子宾客，罢蒋武等史官。垍竟病殁，不得追赠。给事中刘伯刍，表称垍忠，始追封太子太保。李藩由垍引进，吉甫既已倾垍，复欲去藩，密白宪宗道："臣还都时，道逢中使，持印节与吴少阳，臣窃为陛下深恨哩。"宪宗不觉变色，退朝自忖：少阳前为留后，今加任节度使，藩曾赞议，彼不容王锷，独请任少阳，恐未免有私弊等情，遂竟下手诏，罢藩为太子詹事。吉甫可谓善谮。

李绛尝面奏吐突承璀专横，语极恳切，宪宗尚未肯信，已而弓箭库使刘希光，受羽林大将军孙琦钱二万缗，为求方镇，事觉赐死。承璀亦与有干连，出为淮南监军。承璀坐贪赇重案，仅出为监军，宪宗之宠幸寺宦，于此可见。因进李绛同平章事。京兆尹元义方，为承璀心腹，李吉甫欲自托承璀，因擢为京兆尹。吉甫初次入相，德望已损，及再相时，更倒行逆施，令人不解。绛入相，奏请外谪义方，宪宗但调义方为鄜防观察使，吉甫已是不悦。绛又素与吉甫争论殿前，益为吉甫所忌。幸宪宗尚有微明，尝语左右道："吉甫专为谀悦，不及李绛忠直，如绛才算真宰相呢。"既已辨明直枉，何不罢去吉甫？吉甫乃稍稍敛束。会魏博事起，吉甫与绛，又有一番争议，吉甫主讨，绛独奏阻，究竟孰是孰非，待小子叙述出来，魏博节度使田季安，袭父遗职，差不多将二十年。他尝娶洺州刺史元谊女，生子怀谏，为节度副使，用族人田兴为兵马使。兴父庭玠，当田悦抗命时，曾为节度副使，劝悦谨守臣节，悦不肯从，庭玠忧死。事见前文。兴幼通兵法，夙娴骑射，承嗣尝目为奇童，语庭玠道："他日必兴吾宗。"因名为兴。及为兵马使，操行循谨，与人无争。季安淫虐好杀，兴屡次进规，季安非但不从，反疑他笼络众心，出为临清镇守，意欲伺罪加戮。兴佯为风痹，灼艾满身，卧家不出，才得免祸。未几，季安病死，怀谏年只十一，母元氏，以兴得众心，召还旧职。唐廷闻季安已殁，欲乘势收取魏博，特遣左龙武大将军薛平，为郑滑节度使，伺察动静。李吉甫请即兴兵往讨，李绛独谓魏博不必用兵，自能归顺朝廷。两下里争执多时，尚未决议。过了数日，吉甫又极言用兵利便，且谓刍粮金帛，均已有备，宪宗乃复问绛。绛答道："兵不可轻动，他事不必论，即如上年北讨承宗，四面发兵，近二十万，又发左右神策军，自京师出发，天下骚动，费用约七百余万缗，迄无成功，徒为人笑。今疮痍未复，人皆惮战，田怀谏一乳臭小儿，何能统军？将来必有别将崛起，代为主帅，那时妥为处置，自可不战屈人。今即欲以诏敕驱迫，恐非徒无功，反生他变，愿陛下勿疑。"宪宗至此方悟，便奋身抚案道："朕决计不用兵了。"绛又道："陛下虽有是言，恐退朝后，尚未免有淆乱圣听，幸陛下勿再为所惑？"宪宗正色道："朕志已决，谁敢惑朕？"绛乃拜贺道："这乃是社稷幸福呢！"于是按兵不发，专候魏博消息。过了月余，即得魏博监军奏报，魏博军士，推田兴为留后，把怀谏徙出牙门，兴坐待诏命，听候处置，果然不出李绛所料。小子有诗赞绛道：

谈兵容易用兵难，功效虚悬兵力单。

幸有宰臣能料事，顿教内外尽熙安。

宪宗接了此奏，又召宰相等入商，欲知后来如何解决，俟至下回表明。

宪宗之待藩镇，忽宽忽严，忽抚忽讨，毫无定见，殊为可笑。李师道之自为留后，与王承宗相等，绳以祖父功罪，则师道可以先讨，而承宗次之，乃师道加封，承宗受讨，已非情理之正，又任中官为统帅，徒劳动数十万众，无功而还，威令果安在乎？卢从史之执，功出裴垍，与承璀无与，且诱而执之，亦失大体。李绛之论，实为明允，何宪宗之漠不加察，始终为阉人所荧惑也？吴少阳逼死主帅，擅杀元庆，其罪已甚，刘总弑父杀兄，其罪尤大，不声罪而致讨，反概加任命，且进总公爵，非特劝人不臣，抑且教人不孝不友。而于魏博田氏，独欲从李吉甫言，兴师致讨，匪李绛之一再辩白，几何而不蹈承璀之覆辙也。文中陆续叙述，而宪宗之喜怒无常，显然若揭，褒贬不在多言，善读者自能体会得之。

第七十四回

贤公主出闺循妇道
良宰辅免祸见阴功

却说宪宗得魏博消息，即召李吉甫李绛等，入商大计，且顾李绛道："卿料魏博事，若合符契，可谓先见，但此事将如何办法？"说至此，便将原奏递示二李。二李瞧罢，才悉魏博详情。原来田怀谏幼弱，军政皆委家僮蒋士则主持。士则不问贤否，但凭私爱私憎，调易诸将，众皆愤怒。朝命又久未颁到，愈觉人心不安。田兴凌晨入府，将士数千人，环拜兴前，请为留后。兴惊惶仆地，徐起语众道："汝等能勿犯副大使，谨守朝廷法令，申版籍，清官吏，然后可暂任军务。"大众唯唯听命。兴乃率军士驰入牙门，诛蒋士则等十余人，迁怀谏母子，出外安居，即托监军表闻，静候朝命。吉甫请遣中使宣慰，再行观变。绛力言不可，且白宪宗道："田兴奉土地，辑兵众，坐待诏命，不乘此时推心招抚，结以大恩，必待魏博将士，表请节钺，然后给与，是恩出自下，非出自上，将士为重，朝廷为轻，恐他未必诚心感戴呢。"宪宗意尚未决，转问枢密使梁守谦。守谦本吉甫旧交，当然如吉甫言。且谓中使宣劳，乃是故例，今不能无故翻新。宪宗遂遣中使张忠顺，为魏博宣慰使。忠顺已行，绛复入谏宪宗道："朝廷恩威得失，在此一举，奈何自失机会？臣计忠顺行期，今日才得过陕，乞明旦即除白麻，除兴为节度使，尚或可及哩。"宪宗且欲命为留后，绛复道："兴恭顺如此，非恩出不次，无以示感，愿陛下勿再迟疑！"宪宗乃复遣使持节，授兴为魏博节度使。忠顺未还，制命已至魏州，兴感激涕零，士众无不鼓舞。至中使还报情状，绛又上言："魏博五十余年，不沾皇化，一旦举六州版籍，守听朝命，不有重赏，如何能慰服人心，使邻镇劝慕？请发内帑钱百五十万缗，赐给魏博将士。"宪宗亦将从绛，偏中官以为赏给过多，后难为继，于是宪宗复欲酌减。绛因申谏道："田兴不贪地利，

裴度（765—839），字中立，河东闻喜（今属山西）人，唐大臣。贞元进士，历任监察御史、起居舍人、司封郎中、知制诰、中书舍人。力主削藩，用兵淮蔡，攻讨吴元济。元和十二年（817年）以宰相兼淮西宣慰处置使，充彰义军节度使，督师讨淮西。后又平定淄青。穆宗即位，率兵讨伐河北叛军。晚年以宦官专权，辞官退居洛阳，建绿野堂，以诗酒琴书自娱。因封晋国公，世称"裴晋公"。

不顾邻患，即毅然归命圣朝，陛下奈何爱小费，失大计，俾彼觖望？试想钱财用尽，他日再来，机会一失，不能复追。设如国家发十五万众，往取六州，逾年始克，宁止费百五十万缗？"宪宗点首道："卿言甚是。朕平时恶衣菲食，蓄聚货财，正为平定四方起见，否则徒贮库中，亦有何用？"既知此道，何尚为宦官所蔽？乃遣司封郎中知制诰裴度，持钱百五十万缗，宣慰魏博，颁赏军士，六州百姓，免赋一年。军士受赐，欢声如雷。适有成德兖郓各使，均在魏州，见将士均得厚赏，也相顾惊叹道："倔强无益，究不如恭顺为宜哩。"裴度为兴陈君臣大义，兴久听不倦，并请度遍行所部，宣布朝命。又奏所部缺官九十员，请有司简任；奉法令，输赋税，旧有正寝，僭侈无度，避不敢居，另就采访使厅署治事。河北各镇，屡遣游客多方间说，兴终不为动。李师道传语宣武节度韩弘道："我世与田氏约，互相保援，今兴非田氏本支，又首变两河旧约，想亦公所恶闻，我当与成德合军往攻，公肯出援一臂否？"弘复答道："我不知利害，但知奉诏行事，若汝军朝出渡河，我当暮取曹州。"师道乃不敢动，魏博大定。田兴既葬田季安，送怀谏至京师，宪宗命怀谏为右监门卫将军，进兴检校工部尚书，兼魏博节度使，赐名弘正。

转瞬间已是元和八年，宪宗以权德舆简默不言，有亏相职，出德舆为东都留守，召西川节度使武元衡还朝，入知政事。既而李绛因疾辞相，罢为礼部尚书，别用河中节度使张弘靖同平章事。弘靖系故相张延赏子，少有令名，至是入相。张氏自嘉贞延赏弘靖，三世秉政，当时称他里第，为三相张家。但自李绛罢职，此后无论何人，都不及李绛忠直。独叹宪宗既已知绛，乃仍令罢相，不能久用，且相绛时曾出吐突承璀，绛罢相，即召承璀为神策中尉，这可见宪宗任相，反不如待遇宦官，较为信用，怪不得阉人横肆，好好一代大皇帝，后来反死在阉寺手中呢！直注下文。

翰林学士独孤郁，为权德舆女婿，貌秀才长，宪宗长叹道："德舆选婿得人，难道朕反不及么？"原来宪宗颇多子女，长子名宁，为纪美人所出，曾封邓王，元和四年，由李绛奏请立储，因立宁为皇太子，越二年病殁，继立三子遂王恒为太子。恒母为郭贵妃，贵妃是郭子仪孙女，父暧尚升平公主，有女慧美，因纳入宪宗潜邸。宪宗嗣位，册为贵妃，群臣请立为后，并不见报。当时后宫多宠，美不胜收。宪宗恐妃得尊位，致受钳掣，所以终不立后。后主阴教，如何不立？这也是一大误。借选婿事，补叙帝眷，是行文连缀法。郭贵妃颇循礼法，也未尝觊觎中宫，他既生太子恒，后生岐阳公主，公主秉性贤淑，女道淑娴。母女皆贤，不愧郭氏家风。宪宗乃历命宰相，拣择公卿子弟，视有才貌清秀，即选为快婿。诸家多不合式，或得了一二人，恰恐帝女非耦，不愿尚主，但托疾告辞，惟太子司议郎杜悰应选。悰祖杜佑，以门荫得官，宪宗召见麟德殿，视悰彬彬有文，遂许尚岐阳公主，择吉成婚。届期这一日，宪宗亲御正殿，遣主下嫁，由西朝堂出发，再由宪宗御延喜门，顾送主舆，大赐宾从金钱，开第昌化里，疏凿龙首池为沼，且命辟公主外祖家，就尚父大通里亭，作为别馆。杜氏向系贵阀，复遇尚主隆仪，当然竭力张皇，备极丰腆。独公主不挟尊贵，一入杜门，毫无骄倨状态，孝事舅姑，敬事尊长，杜家老少长幼，不下数百人，公主俱以礼相待，肃雍和顺。人无闲言，成婚才数日，即语悰道："主上所赐奴婢，恐未肯从命，倘有偃蹇，转难驾驭，不如奏请纳还，另市寒贱，入供驱使，较为易制。"悰依计而行。自是闺门静寂，喧噪无闻。悰升任殿中少监驸马都尉，旋出为澧州刺史，公主随悰莅任，仆从止十余人，奴婢悉令乘驴，不准肉食。州县所具供张，悉拒不受。悰亦廉洁自持，未敢骄侈。既而悰母寝疾，公主日夕侍奉，夜不解衣，所有药糜，非亲尝不进。及遇舅姑丧，哭泣尽哀。总计在杜家二十余年，无一事不循法度，无一人不乐称扬，唐朝宫壶，生此贤女，真足令彤史生光，得未曾有呢。大书特书，垂作女箴。这且按下慢表。

且说淮西节度使吴少阳，驻节蔡州，尝阴聚亡命，牧养马骡，又随时抄掠寿州茶山，劫夺商旅，以济军需。子名元济，摄蔡州刺史，元和九年，少阳病死，元济秘不发丧，自领军务。少诚有婿董重质，勇悍知兵，为元济所倚重，重质代为筹划，劝元济乘间兴兵，联李师道，逐严绶，规取中原。元济尚费踌躇，独判官苏兆杨元卿，大将侯惟清，素主效顺。元济杀兆，囚惟清，幸元卿先时入都，奏事未归，才得免祸。至是闻元济抗命，遂将淮西虚实，及平蔡计策，详告宰相李吉甫。吉甫乃奏调河阳节度使乌重胤，徙治汝州，兼充怀汝节度使，阴防元济。宁州刺史曹华，为重胤副，且入白宪宗道："淮西跋扈多年，久失臣节，国家常屯数十万大兵，控御淮西，劳费已不可胜计，今日有机可图，正应声罪致讨，一举荡平，过此恐无好机会呢。"创议平蔡，实由吉甫，故笔下不没其功。同平章事张弘靖，谓不如遣使吊赠，乘便伺察，果有逆迹，然后加兵。宪宗因遣工部员外郎李君何吊祭，赠少阳为右仆射，元济不迎敕使，反驱兵四出，屠舞阳，焚叶县，掠鲁山襄城，关东震骇。君何不得入蔡州，驰还京师。李吉甫正详绘淮西地图，预备进讨，适遇疾暴卒，未及献图。宪宗敕吉甫子呈览，追赠吉甫为司空，赐谥忠懿，进授韦贯之同平章事。贯之自巴州召还，应七十二回。入为中书舍人，迁授礼部侍郎，取士务先实行，不尚浮华，寻进尚书右丞，至此复得入相，亦请讨伐淮西，乃任李光颜为忠武军节度使，严绶兼申光蔡等州招抚使，会集诸道兵马，讨吴元济。

魏博节度使田弘正，遣子布率兵三千，隶严绶军，宣武节度使韩弘，亦遣子率兵三万，隶李光颜军。严绶进至蔡州西鄙，稍得胜仗，夜不设备，为淮西兵所袭，溃败磁邱，退还五十余里，保守唐州。寿州刺史令狐通，方受任防御使，出与淮西兵接仗，亦被杀败，还保州城。境上诸栅，一概失陷。有诏贬通为昭州司户，令左金吾大将军李文通代任，并饬鄂岳观察使柳公绰，发兵五千，授安州刺史李听，使讨元济。公绰奋然道："朝廷以我为白面书生，不知军旅么？"遂自请督兵效力，复旨准行。公绰驰至安州，署李听为都知兵马使，选卒六千，归听节制，且嘱部校道："行营事尽属都将，尔等休得违令！"听感恩畏威，如出麾下。公绰号令严肃，威爱兼施，所乘马忽踶杀圉人，他竟杀马以祭，不少宽假。因此人人自奋，每战皆捷。李光颜即阿跌光颜，见七十二回。因积功赐姓，得授节钺，部下将士，无不精炼，到了临颍，一鼓即克，再战南颍，又败蔡军。元济颇惮光颜，因遣使向恒郓告急。恒州为王承宗所驻，郓州乃李师道所居，两人见了蔡使，愿为营救，各上表请赦元济。宪宗不从，且促诸道兵会攻蔡州。师道发兵二千人，往屯寿春，阳言协助官军，暗实援应元济，且收养刺客奸人，商就狡计，遣攻河阴转运院，毁去钱帛三十余万，谷二万余斛。河阴为接济官军要区，骤遭此劫，遂致人情惶惶，不胜恟惧。当下在廷诸臣，多请罢兵。宪宗不从，但遣御史中丞裴度，宣慰淮西行营，并察用兵形势。度往返甚速，极言淮西可取，且陈李光颜有勇知义，为诸将冠，必能立功。果然不到数日，光颜捷书到来，大破蔡军。原来光颜进军溵水，列营时曲，淮西兵凌晨压阵，光颜毁栅突出，自率数骑冲入敌中，往来数次，身上集矢如蝟，有子揽辔劝阻，被光颜举刃叱去。部将见主帅效死，自然争奋，杀死叛众数千人，余皆遁去。光颜乃派使报捷，宪宗览表，称度知人，遂大有用度意。

度字中立，籍隶闻喜，形体眇小，不入贵格，少年时每屈名场。洛中相士，说他形神独异，恐致饿死，度亦坦然不校。一日，出游香山寺，见一素衣妇人，拜佛甚虔，匆匆出去，遗落包裹一件。度初时不甚留意，及拾得包裹，知为妇人遗失，自料追付不及，乃留待来取。日暮不至，方才携归。翌晨复往寺守候，寺门甫辟，即有妇人踉跄奔来，且寻且泣。度问为何事？妇人道："老父无罪被系，昨向贵人处假得玉带二条，犀带一条，值千余缗，往赂要津，替父求免，不幸到此祷佛，竟致遗忘，可怜我父亲从此难免了。"此妇人太不小心，但非入寺祷佛，当不至遗失，可见迷信神佛，多损少益。

说至此，泪下如雨，痛不欲生。度出包裹启视，果如妇言，乃悉数缴还。妇人拜谢，愿留一赠度，度笑道："我若贪此，何容今日再来守候呢？"妇人再拜而去。后来相士复见度面，大惊道："君必有阴德及人，所以神色迥殊，前程万里，不可限量了。"度因将前事略告，相士叹道："修心可以补相，此语果不诬呢。"度即于是年登进士，累官显要。百忙中叙入此事，劝醒世人不少。及淮蔡事起，遂邀大用。

同平章事武元衡，由宪宗嘱使专握兵权，师道门客定计道："天子锐意讨蔡，想是元衡一力赞成，若刺死元衡，他相不敢主张，必争劝天子罢兵，是即救蔡的良策呢。"师道因给发厚资，遣令入都。适平卢牙将尹少卿，奉王承宗密命，为元济游说都中，入见武元衡，辞多不逊，被元衡叱出，返报承宗。承宗又上书诋元衡，朝廷不答。会当盛暑，元衡格外早朝，出所居靖安坊东门，天色未明，不能远视，忽有一箭射来，正中元衡颊上，元衡忍不住痛，正在惊呼，突遇数盗扑至，击灭火炬，持刀乱砍，仆从奔散，元衡无处躲避，竟被杀死，取一颅骨而去。裴度家住通化坊，亦于是时入朝，被贼击伤头颅，坠入沟中。侍从王义，抱贼大呼，贼刃断义臂，尚欲上前杀度，忽度首上现出金光，似有金甲神护着，方才惊遁。度虽受伤，幸帽中裹毡，不致损脑，得免大害。非有阴佑，恐亦难免。京城大骇。宪宗命金吾将军及京兆尹以下，严索凶犯，一面诏宰相出入，各加卫士，张弦露刃，作为护从，所过坊门，呵索甚严。朝士未经天晓，不敢出门。那金吾署中及府县各处，都经刺客遗纸，内书二语，有"毋急捕我，我先杀汝"二语，所以有司不敢急捕。兵部侍郎许孟客，面奏宪宗道："从古以来，未有宰相横尸道旁，尚不能获一盗，这是朝廷大辱，应该加严捕贼。"宪宗点首。孟客复诣中书省，请亟进裴中丞为相，大索贼党。乃诏内外搜捕，悬赏获盗，如有庇匿，罪至族诛。有司不敢玩旨，随处搜索。查有复壁重垣，无不入寻，就使阀阅名家，亦不得免。神策将军王士则等，捕得恒州张晏等数人，由京兆尹裴武，监察御史陈中师，严刑鞫问，未得正凶。诏令出王承宗前后三表，颁示百寮，证明张晏等入京，定由承宗主使，于是裴陈二人，阴承意旨，奏称："张晏等已经具服，应按律伏诛。"张弘靖疑非真犯，劝宪宗慎刑，宪宗不以为然，批令置诸重辟，一时李代桃僵，竟将晏等十数人，一并杀死，不留一个，那刺客实已遁去。应为张晏等呼冤。

裴度病创，卧养兼旬，宪宗命卫兵值宿裴第，且屡遣中使讯问安否。或请罢度官以安恒郓，宪宗怒道："若罢度官，正中奸计，朝廷还有什么纲纪？我用度一人，足破二贼。"遂授度同平章事。度力疾入朝，面奏宪宗道："淮西如腹心大病，不得不除。况朝廷已经命讨，怎得中止？两河诸镇，视淮西为从违，一或因循，各镇均要离心了。"宪宗道："诚如卿言，此后军事，委卿调度，朕誓平此贼，方准班师。"度奉命而出，即传旨促诸道进兵。李师道闻元衡虽死，命讨愈急，乃变计进袭东都。他尝在东都置留后院，兵役往来不绝，吏不敢诘，及淮西兵犯东畿，防兵悉屯伊阙，守御益疏。师道潜遣贼众数百，混入东都院中，为焚掠计。留守吕元膺，尚未察悉，幸有一小卒驰入告变，元膺亟追还伊阙屯兵，围攻留后院，贼众突出，向长夏门遁去。东都人士，相率惶骇，经元膺坐镇皇城门，从容指使，不露声色，民赖以安。都城西南，统是高山深林，民不耕种，专以射猎为业，彼此围聚，叫作山棚。元膺特出赏格，购令捕贼，山棚民鬻鹿遇盗，致为所夺，乃急召侪类，并引官军共同追捕，获住数人。盗魁是一个老僧，尝住持中狱寺，名叫圆净，年已八十有余，从前本是史思明部将，史氏败灭，亡命为僧，至是复为师道罗致，阳治佛光寺，结党定谋，拟入城为乱，此次由兵民围捕，刺击多时，方得擒获，尚恐他中途脱走，用锤击胫，竟不能折。圆净睁目叱道："汝等鼠子，欲断人胫，尚且不能，还敢自称健儿么？"汝虽是健，难逃一死，亦岂遂足称健儿？乃置胫石上，教使击断。至由元膺审验，立命处斩，圆净却自叹道："误我大事，不能使洛城流血，真是可惜。"百姓与汝何仇？元膺复穷治盗党，共得数千人，连自己部下防御二将，及驿卒八人，亦已受师道伪职，阴作耳目。迭经捕讯，才知刺死武元衡，实师道门下的暗杀党，并不是承宗所为。乃把二部将槛送京师，且拜表请讨师道，外此俱就地正法，无一漏网，东都才得平安。小子有诗叹道：

罪人已得伏奸谋，才悉当时误录囚。
看到郓州函首日，误人自误向谁尤。

欲知宪宗曾否东征，且至下回叙明。

本回叙魏博淮西事一顺一逆，前后相对，就中插入岐阳下嫁，及裴度还物二条，本是随笔带叙，无关大体，而标目偏以此命题，似觉略大计小，不知个人私德，实为公德之造端，唐室之公主多矣，问如岐阳之循妇道者有几人乎？唐朝之宰辅亦多矣，问如裴度之著阴功者有几人乎？是书为通俗教育起见，故于史事之足以风世者，特别表明，垂为榜样，即以本回之大端论之，魏博事是承上回，淮西事是启下回，本为过脉文字，不必定成片段，非真略大计小也。

第七十五回

却美妓渡水薄郾城
用降将冒雪擒元济

却说吕元膺表请东征，宪宗亦欲加讨，但当时已将元衡被刺，列入王承宗罪案中，严诏谴责，拒绝恒州朝贡，此次既不便改词，且因讨元济，绝承宗，南北并营，不暇东顾，乃将师道事暂行搁置。裴度以淮西各军，日久无功，屡上书归咎严绶，乃特命宣武节度使韩弘，为淮西诸军都统，兼同平章事职衔，俾专责成。不料弘竟变易初志，亦欲倚贼自重，不愿淮西速平。李光颜勇冠一时，威震淮蔡，弘欲结他欢心，特向大梁城中，觅一美妓，遣使赠送，使人先致书光颜。光颜开筵宴使，并大飨将士，置酒高会，正欢饮间，那美妓已轻移莲步，姗姗而来，先至光颜前屈膝叩见，再向各座中道了万福，阖座都刮目相看，恍疑是西施复出，洛女重生，而且珠围翠绕，玉质金相，除美人价值不计外，就是满身妆饰，也值数百万缗。来使复令她歌舞，继进丝竹管弦，无一不中腔合拍，应节入神，座中多目眩神迷，啧啧称羡。光颜独顾语来使道："相公悯光颜羁旅，赐以美妓，感德诚深。但战士数万，俱弃家远来，冒犯白刃，光颜忝为统将，宁忍自娱声色么？"说至此，涕泪满颐，四座不禁骇服，也忍不住流下泪来。推诚动人，竟忘色相。光颜即命左右取出金帛，厚赠来使，且命将美妓带还，俟来使谢别，复申嘱道："为光颜致谢相公，光颜以身许国，誓不与逆贼同戴日月，虽死无贰心了。"好德胜于好色，不意于光颜得之。韩弘接使人还报，也颇起敬，表请增兵益械，合攻淮西。

宪宗再命户部侍郎李逊为襄复郢均房节度使，右羽林大将军高霞寓为随邓节度使。霞寓专任攻讨，逊专任饷输。会田弘正为王承宗所攻，屡战不胜，累表请讨承宗。宪宗乃命出军贝州，兼发振武义武各军，会同助击。承宗尚纵兵四掠，幽沧定三镇，均为所苦，亦各请出征，宪宗拟从所请。张弘靖谓："两役并兴，恐国力不支，请先平淮西，后征恒冀。"宪宗不从。弘靖乃自请免相，出为河东节度使。越年正月，幽州节度使刘总，奏称攻克武强，俘斩成德兵数千。宪宗遂削承宗官爵，命河东幽州义武横海魏博昭义六道进讨。韦贯之进谏道："陛下不闻建中遗事么？初不过讨魏及齐，乃蔡燕赵发兵抗命，卒致朱泚内乱，糜烂都城，前鉴不远，愿陛下勿求速效，毋事兼营。"宪宗仍然不省，但促六道进兵。昭义节度使郗士美，义武节度使浑镐，横海节度使程执恭，与田弘正刘总等，陆续出师，虽屡次告捷，总未免夸张声势，所报多虚。还有淮西各军，也是遇胜张皇，遇败掩饰，迁延到了六月，高霞寓到了铁城，为淮西兵所乘，全军尽覆，仅以身免，一时无从掩盖，只好据实奏闻，但仍推在李逊身上，说他应接不至，因致大溃。宪宗贬霞寓为归州刺史，逊亦坐谪，另调荆南节度使袁滋，为申光蔡唐随邓观察使，驻节唐州。滋抵镇后，比高霞寓还要懦弱，反将斥侯撤去，禁兵入淮西境。元济分众围新兴栅，滋卑辞厚币，求他缓攻，元济因不以为意。惟李光颜与乌重胤，屡败淮西兵士，力拔溵水西南的陵云栅。这栅据陈蔡要道，元济恃为险阻，屯置重兵，此次被光颜重胤，两次夹攻，好容易占据了来，淮西兵大为夺气，李师道也闻风丧胆，表请输款。宪宗因力未能讨，暂事笼络，特加师道检校司空。师道阳为拜命，其实仍通好淮西，作壁上观。上下都是姑息，师道亦非真枭雄。

李愬（773—821），字元直，洮州临潭（今甘肃临潭东）人，李晟之子，唐大将。816年任随唐邓节度使，率兵讨伐吴元济叛乱。善抚士卒，优待降将，于次年冬雪夜攻克蔡州，生擒元济，进授山南东道节度使，封凉国公。十三年，任武宁节度使，参与平定淄青李师道。后历任昭义、魏博等节度使。

时诸军进讨淮西，数近九万，只柳公绰入为京兆尹，他将俱在军前，旷日持久，未见成功，乃再命中使梁守谦监军，授给空名告身五百通，并金帛数万，劝励将士。始终不离中官。更置淮颍水运使，饷馈各军，贬袁滋为抚州刺史，改任太子詹事李愬，为左散骑常侍，出任唐随邓节度使。愬系西平王李晟子，即安州刺史李听兄，表字元直，少有孝行，晟殁时，庐墓终丧，服阕入官，历任晋坊二州刺史，治绩课最，加官金紫光禄大夫，进任太子詹事。淮西事未有起色，愬疏请自效，宪宗尚未识愬才，不敢轻用。会韦贯之请罢北讨，隐忤上旨，致左迁吏部侍郎。知贡举李逢吉，晋授同平章事。逢吉知愬具将略，特为保荐，乃授他旌节，出讨淮西。愬至唐州，闻士卒惮战，因下令军中道："天子知愬柔弱，故使愬拊循尔曹，若战胜攻取，非愬所能，但教尔曹静守疆场，愬也便足报命了。"将士等以为真言，安心听令。愬巡阅士卒，厚加抚恤，不尚严威。或以军政未肃为戒，愬微笑道："袁尚书专以恩惠怀贼，贼不复注意，今闻我来代任，必然戒备，我守袁公故辙，令他仍不加防，然后可出奇制胜了。"元济果轻视李愬，依然弛防。愬却推诚待士，日勤搜练，并暗察淮西地势，尽知虚实。贼或来降，问有父母妻孥，辄给与粟帛，遣使还省，面加慰谕道："汝亦皇帝子民，毋弃亲戚！"降众闻言，亦皆感泣。

居镇半年，知士卒可用，遂于元和十二年仲春，谋袭蔡州，表请益兵。诏益河中鄜坊兵二千骑，乃缮铠厉兵，出攻淮西，步步进逼。贼将丁士良前来侦探，被愬将马少良，设伏擒住，押至军门。营将都大喜道："士良系元济骁将，屡扰我境，今为我擒，好剖心泄忿了。请节帅俯顺众心。"愬点首许诺。及见了士良，诘责数语。士良毫无惧色，愬不禁叹道："好一个大丈夫，可惜汝不明顺逆，死且污名，汝若肯诚心归降，为国立功，不但可盖前愆，并足流芳千古。"士良乃跪伏请降，自言"贞元中为安州属将，被吴氏擒去，释置不杀，反得重用，因为吴氏父子效力。今复受擒，又沐重生，愿尽死报德。"愬即命释缚，给他衣服器械，署为帐下亲将。自古名将克敌，必先使敌为我用，然后可以制胜，愬素得家传，故独能用敌。愬欲进攻文城栅，士良入帐献计道："文城栅为贼左臂，贼将吴秀琳拥兵三千，据栅自固，秀琳才具寻常，全仗陈光洽为谋主，光洽轻佻好战，士良当为公先擒此贼。秀琳失助，不降何待？"愬闻言大喜，便拨锐骑千人，令士良率领，往攻文城栅，自己静坐以待。不到半日，士良果将光洽擒归，献诸帐下。愬亦不加诛，劝光洽降。光洽愿致书秀琳，邀令投诚。秀琳复报如约，愬即遣唐州刺史李进诚，率甲士八千，至文城栅下，径召秀琳。不意守兵迭发矢石，把官军前队，伤毙了好几十名。进诚忙即退回，报称秀琳诈降。愬怡然道："彼待我招抚，我至自降。"遂盛气前行。将到栅前，秀琳果率众出迎，匍伏马下。愬下马扶起秀琳，好言抚慰，即由秀琳导愬入城。愬检阅守兵，三千兵不少一个，仍令留守文城，但将兵士妻女，迁居唐州，嗣见秀琳副将李宪，具有才勇，独赐名忠义，令隶麾下。于是士气复振，各有斗志。变弱为强，确是名将作用。

会各道官军，陆续渡过溵水，进逼郾城。李光颜率部军先进，遇贼将张伯良，驱杀过去。伯良不能抵敌，大败而逃。郾城令董昌龄，系蔡州人，由元济令守郾城。留他母杨氏为质，杨氏曾嘱昌龄道："从逆得生，不如从顺致死，汝肯去逆效顺，我亦虽死无恨，否则生何足恋呢？"不愧贤母。昌龄受教而出。至光颜围攻郾城，李愬又进捣青陵，截断郾城后路。守将邓怀金谋诸昌龄，昌龄劝他归国，怀金乃通使光颜道："城中将士，俱已愿降，但父母妻子，统在蔡州，计惟请公攻城，由城中举烽求救，蔡兵来援，由公兜头痛击，俾他败去，然后举城归降，庶父母妻子，或可保全了。”光颜允诺。待蔡兵到来，早已布置妥当，杀得蔡兵纷纷败北。昌龄怀金乃出降光颜，光颜仍命昌龄为郾城令，昌龄母幸得不死，后来受封北平郡太君。有善心者有善报。李愬亦得拔青陵城，又分派部将破西平，袭朗山，据青喜城，乃谋取蔡州。吴秀琳语愬道：“公欲取蔡，非得李祐不可。”愬答道：“李祐守兴桥栅，我亦闻他骁悍，当设计擒他便了。”忽有侦骑入报，贼兵至张柴村割麦。愬问贼首为谁？侦骑说是李祐。愬大喜道：“我正要擒他，他却自来上钩么？”遂召厢虞候史用诚入帐，嘱他如此如此。用诚依计出发，先就村旁丛林中，伏骑兵三百，乃摇旗入村，径击贼众。贼众已将麦割完，正要捆载而归，突见官军到来，即由李祐当先跃出，持刀相迎。用诚略与交锋，佯作力怯，曳兵而走。祐拨马追来，渐渐地到了林间，见前面林荫蓊蔚，也疑有伏，竟停住不追。恰也乖刁。用诚恐他瞧破兵谋，却故意的回马叫道：“李祐狡贼！我有精兵数千，伏住林中，汝敢来么？”激之使来，用计尤妙。祐素轻官军，又被他一激，索性策马复追，才入林中，已被绊马索绊倒。部众急来相救，已是不及，早由官军捆缚了去。用诚回杀一阵，贼众四逸，因将祐执送军营，推至愬前。愬佯叱用诚道：“我教汝往请李将军，如何把他拘来？快替他解缚罢！”全是智谋。用诚不好违慢，将祐松去了绑，便延祐上座，待以客礼。祐感愬厚意，也竭诚愿效。愬遂用为谋士，与李忠义同作幕宾，时常召入密商，甚至夜半方休。他人不得预闻，往往恐祐为变，屡次谏愬。愬待祐益厚，将士越加疑忌，毁谤甚多，甚至别军亦移牒至愬，谓不应用祐。愬恐谤语上闻，反受朝廷诘责，因握祐手泣语道：“天岂不欲平淮蔡么？何为我二人相知甚深，独不能掩众口呢？”乃与祐附耳数语，然后出语大众道：“汝等既以祐为疑，请令归死朝廷。”因出祐械送京师，先遣使密奏，谓杀祐不能成功。宪宗时方向愬，释令归还。愬遂置祐为散兵马使，令佩刀巡警，出入帐中。有时留祐同宿，密语不寐，帐外有人窃听，但闻祐感泣声。诸将渐释嫌疑，乃遵令如初。

愬派将再攻朗山，淮西兵数万来援，击退官军。败将奔回请罪，愬独欣然道：“我亦知朗山难下哩。胜负兵家常事，何足介意？”语语有意。大众闻败，统觉怅恨，偏见愬谈笑自若，又不知他有什么高见。他惟募敢死士三千人，亲自教练，号为突将，一时娴习未熟，更因天雨连绵，到处积水，暂且按兵不动。吴元济闻兵势日蹙，未免焦灼，乃上表谢罪，情愿束身归朝。宪宗命中使赐诏，待他不死。元济便欲入觐，怎奈左右相率劝阻，大将董重质愿出守洄曲，力任捍护，决保无虞。元济乃悉发亲兵，及守城锐卒，尽归重质带去。重质夙负勇名，官军颇带三分畏怯，相戒不敢近前。

总计自元和九年冬季，饬诸道兵进讨淮西，到了十二年秋月，尚无成效，馈运疲敝，兵民困苦。宪宗宵旰焦劳，亦颇厌兵，乃召问宰辅诸臣。李逢吉等俱言师老力竭，不如罢兵为是。独裴度不发一言，宪宗因向度问计。度答道："臣知进不知退，若虑诸军无功，臣愿自往督战。"成算在胸。宪宗道："卿肯为朕一行，足见忠忱，但淮西究能平定否？"度又道："臣近观元济表文，势实穷蹙，只因军心不一，未肯并力进攻，所以至今乏效。若臣自诣行营，诸将恐臣分功，必争往破贼了。"宪宗大悦，遂命度以平章事兼节度使，仍充淮西宣慰处置招讨使。度因韩弘已为都统，不愿更为招讨，面辞招讨二字，奏调刑部侍朗马总为宣慰副使，韩愈为行军司马，指日启程。临行时，陛见宪宗，慨然道："臣若灭贼，庶朝天有期，否则归阙无日，臣誓不与此贼俱生。"宪宗不禁流涕，亲御通化门送行。度既出发，进授户部侍郎崔群同平章事，出李逢吉为东川节度使，专意用度，督促进兵。

度至郾城，适李愬进攻吴房，斩淮西骁将孙献忠，是日据阴阳家言，乃是往亡日，诸将劝愬勿出。愬笑道："正因今日为往亡日，彼不备我，我乃往击，彼亡我不亡，何必多虑？"遂乘锐攻克吴房外城，即日收军折回。孙献忠率骁将五百，奋勇追来，当由愬返旆力战，枭献忠首，仍徐徐还营。诸将请乘胜取城，愬却以为城未可取，不从众言。又伏一层疑团。到了冬季，愬决计袭蔡，遣书记郑澥至郾城，密白裴度。度语澥道："兵非出奇不胜，常侍良谋，度很赞成，请常侍便宜行事！"澥辞归报愬，愬与李祐李忠义二人，又密商了好几次。一日，天气甚寒，阴霾四合，愬独升帐调兵，命李祐、李忠义率突骑三千为前驱，自与监军率三千人为中军，李进诚即唐州刺史。率三千人断后，留都虞候史旻等守文城，既出城门，乃下令东向，疾行约六十里，至张柴村。村中有淮西兵居守，统因天寒入帐，毫不备防，被突骑杀将进去，好似切瓜削菜一般。有几个逃出帐外，外面又似天罗地网，围得水泄不通，没奈何只好自尽。连守住烽堠的贼吏，也杀得干干净净，一个不留。

愬据住村栅，命士卒少休，食干粮，整辔鞍，留五百人屯守，截住朗山来兵，复派兵堵塞洄曲，及诸道桥梁。布置已毕，时已天晚，风声猎猎，雪片飘飘，四面都是寒气笼住，大众瑟缩得很，偏帐内传出号令，乘夜进兵，诸将入请所向。愬正色道："入蔡州去擒吴元济。"大众面面相觑，但又不敢违令，只好硬着头皮，持械起行。监军泣下道："果堕李祐奸计，奈何奈何？"愬又传令衔枚疾走，不得声张，可怜各军冒寒前进，两旁被雪所蒙，融成一片白光，途次不辨高低，就是手中火炬，也为冷风所吹，十有九灭。军中旗帜，亦多吹裂，人马偶然失足，便致僵仆。夜半风雪愈大，吃了无数苦楚，才走得六七十里，远远的望见岩城。愬又下令道："蔡州城就在前面，须格外寂静，喧嗓者斩！"军士相率箝口，只满肚中怀着怨苦。又行里许，见有一个方池，中伏鹅鸭。愬远远望见，恰令军士用槊搅击，那鹅鸭喋喋的声音，顿时纷起，大众又不免惊惶。处处为下文返照。城内守卒，统畏寒睡着，拥絮熟寐，就是有几个更夫，微闻声浪，也以为鹅鸭苦冷，因此喧扰，哪个愿巡城瞭望。到了四鼓，愬军尽集城下，李祐李忠义，令突骑凿墙为坎，逐节攀援，猱升而上，直达城楼。守兵兀自睡着，被官军一一杀死，但把更夫留着，仍命照旧击柝，遂下城开门，招纳众军。到了内城，也是这般做法，两城俱拔。

愬入居元济外宅，元济尚高卧未起。美哉睡乎！有人入告元济道："官军到了！"元济朦胧开眼，不禁大笑道："何事慌张，大约是俘囚为盗啰，天明当尽杀了罢。"不到一刻，又有人入报道："官军已入内城了。"元济披衣方起，呵叱道："城外不到官兵，已三十多年，哪能无端飞至？想是洄曲子弟，向我求寒衣呢。"仿佛做梦。乃徐徐出室，但听外面传官军口号，一呼百应，接续不休，方惊问左右，探知是李常侍号令，始大骇道："何等常侍，能神速至此？"乃率左右登牙城拒战。时已天晓，俯视城下，已由官军围住，忍不住觳觫起来，惟尚望董重质来援，勉力拒守。愬督攻半日，城上矢石如雨，急切不能得手，因按兵罢攻，召语众将道："董重质家属何在？快去查明，好好抚慰。"将士领命而去，一查便获，且将重质子传道，带了前来。传道入见，向愬下拜，愬面谕道："汝父也是好汉，汝去传报，教他不得再误，速即投诚，我决不亏待，否则幸勿后悔。"语至此，即给与手书，令往谕重质。传道去不多时，即与重质同至，入帐乞降。愬欢颜相待，遂令重质招降元济。元济见重质已降，半晌说不出话，只有泪下似丝，惟尚不肯遽降。愬因令李进诚等再攻牙城，接连射箭，矢集城垣，几似猬毛。复纵火焚南门，百姓争负薪刍，帮助官军，霎时间火势炎炎，南门已经焦灼，任你吴元济猖狂跋扈，到此也智术两穷，不得不束手成擒了。小子有诗赞李愬道：

兵法留言攻不备，将臣制胜在多谋。
试看雪夜行军日，大好岩城一旦休。

毕竟元济如何被擒，容至下回说明。

是回以李愬为主，李光颜为辅。光颜却还美妓，为将帅中所仅见，观其对韩弘使语，寥寥数言，能令四座感泣。人孰无情，有良将以激励之，自能收有勇知方之效，见色不动，见利不趋，此其所以可用也。鄜城一役，董昌龄举城请降，虽平时得诸母教，然亦安知非闻风畏慕，始稽首投诚乎？若李愬之忠勇，不亚光颜，而智术尤过之。当其笼络降将，驾驭将士，处处不脱智谋，至雪夜往取蔡州，尤能为人所不能为。出奇方能制胜，但非平日拊循有道，纪律素严，则当风雪交下，宵深奇冷之时，孰肯冒死急进？恐文城未出，乱几已先发矣。智者沉机观变，养之有素，故能好谋而成，非侈谈谋略者，所可同日语也。

第七十六回

谏佛骨韩愈遭贬
缚逆首刘悟倒戈

却说吴元济见南门被毁，吓得心胆俱裂，慌忙跪在城上，向官军叩头请罪。威风扫尽。李进诚令军士布梯，呼他下来。元济不得已下城，由进诚押见李愬。愬将元济羁入囚车，槛送京师，一面遣使驰告裴度。愬率军入城，守兵俱伏地迎降，不戮一人，就是元济所置官吏，及帐下厨厩厮役，概令仍旧，使他不疑；乃屯兵鞠场，静待裴度。是日申光二州，及诸镇兵二万余人，一律请降。李光颜亦驰入洄曲，所有董重质遗下部众，均归光颜接收。裴度接愬捷报，先遣副使马总，驰入蔡州，然后建旄杖节，趋至城下。李愬具櫜鞬出迎，拜谒道旁。度揽辔欲避，愬急说道："蔡人顽悖，不识尊卑上下，已有好几十年，愿公本身作则，使知朝廷尊严，不敢玩视。"度乃直受不辞。愬引度入城，交卸蔡事，仍还至文城驻守。诸将始向愬请教道："公前败朗山，并未加忧，战胜吴房，仍令退兵。遇大风雪，偏欲进行，孤军深入，毫不畏惧，后来终得成功；事后追思，还是莫明其妙，敢请指教！"愬微笑道："朗山失利，贼恃胜而骄，不甚加防了。吴房本容易攻取，但我取吴房，贼众必奔往蔡州，并力固守，如何可下？风雪阴霾，贼必不备，孤军深入，人皆死战，我岂欲诸军毕命？但视远不能顾近，虑大不能计细，所以终得成功。若小胜即喜，小败即忧，自己且不能镇定，还想什么功劳呢？"前回逐层疑团，至此始一一揭出。诸将乃相率敬服。愬自奉甚俭，待士独丰，知贤不疑，见可即进，卒能荡平淮蔡，称为功首。裴度在蔡州城，亦推诚待下，且用蔡卒为亲兵。或劝度不应轻信，度輾然道："元恶既擒，胁从罔治。蔡人莫非王臣，疑他什么？"蔡人听了，感泣交并。先是吴氏父子，苛禁甚严，蔡人不准偶语，夜间又不准燃烛，遇有酒食馈遗，以军法论。度一并除去，惟盗贼斗死抵法，蔡人始知有生人乐趣。

元济由官军押解京师，宪宗御兴安门受俘，命将元济献诸庙社，枭首市曹，妻沈氏没入掖庭，二弟三男，流戍江陵，寻皆骈诛。又封尚方剑二口，赐给监军梁守谦，令悉诛贼将。度最恨中官，从前诸镇兵由中官统辖，牵制甚多，经度上表奏罢，使诸将专制号令，因得平贼。至是守谦复奉诏到蔡，拟依旨骈戮贼将。度坚持不可，但诛元济亲将刘协庶赵晔王仁清等十余人，余悉上书申解，多庆更生。乃奏留副使马总为留后，自己启节还朝。宪宗进度为金紫光禄大夫，赐爵晋国公，复知政事。李愬为山南东道节度使，赐爵凉国公，加韩弘兼侍中，李光颜乌重胤等，悉行还镇，赏赉有差。李祐以功授神武将军，惟董重质虽已归降，宪宗因他为元济谋主，决欲加诛。李愬已许重质不死，竭力疏救，乃贬为春州司户，即命韩愈撰《淮西碑》文，表扬战功。宪宗已有侈心。愈承制撰辞略云：

唐承天命，遂臣万方，孰居近土？袭盗以狂。往在玄宗，崇极而圮，河北悍骄，河南附起。四圣不宥，屡兴师征。有不能克，益戍以兵。夫耕不食，妇织不裳，输之以车，为卒赐粮，外多失朝，旷不岳狩，百隶怠官，事亡其旧。帝时继位，顾瞻咨嗟，惟汝文武，孰恤予家？既斩吴蜀，旋取山东。魏将首义，六州降从。淮蔡不顺，自以为彊，提兵叫欢，欲事故常。始命讨之，遂连奸邻。阴遣刺客，来贼相臣，方战未利，内惊京师。群公上言，莫若惠来，帝为不闻，与神为谋，及相同德，以讫天诛。及敕颜李光颜。**胤，**乌重胤。**愬**李愬**武**韩弘子公武**古**李道古即曹王皋子，时代柳公绰为鄂岳观察使。**通，**寿州刺史李文通。**咸统于弘，**韩弘。**各奏汝功。三方分攻，五万其师。大兵北乘，厥数倍之。尝兵时曲，军士蠢蠢。既翦凌云，蔡卒大窘，胜之邵陵，郾城来降。自夏及秋，复屯相望。兵顿不利，告功不时。帝哀征夫，命相往厘。士饱而歌，马腾于槽。试之新城，贼遇败逃。尽抽其有，聚以防我。西师跃入，道无留者，额额蔡城，其疆千里，既入而有，莫不顺俟。帝有恩言，相度来宣。诛止其魁，释其下人。蔡之卒夫，投甲呼舞，蔡之妇女，迎门笑语。蔡人告饥，船粟往哺，蔡人告寒，赐以缯布。始时蔡人，禁不往来，今相从戏，里门夜开。始时蔡人，进战退戮，今眠而起，左餐右粥，为之择人。以收余惫，选吏赐牛，教而不税。蔡人有言，始迷不知，今乃大觉，羞前之为。蔡人有言，天子明圣，不顺族诛，顺保性命。汝不吾信，视此蔡方。孰为不顺？往斧其吭。凡叛有数，声势相倚，吾强不支，汝弱奚恃？其告而长，而父而兄，奔走偕来，同我太平！淮蔡为乱，**

天子伐之，既伐而饥，天子活之。始议伐蔡，卿士莫随，既伐四年，小大并疑。不赦不疑，由天子明，凡此蔡功，惟断乃成。四语扼要。**既定淮蔡，四夷毕来，遂开明堂，坐以治之。**原文有一序，因限于篇幅，故从略。

碑文大意，是归功君相，少述将功。李愬以功居第一，未免不惬。愬妻系唐安公主女，唐安公主系德宗长女。出入禁中，为诉愈文不实。宪宗将愈文磨去，更命段文昌另撰。文昌已入都为翰林学士，隐承上意，归美李愬，愬乃无言。有功不伐，原是难能。当裴度在淮西时，布衣柏耆，入谒韩愈，谓："元济就擒，王承宗定然胆落，愿得丞相书，劝令悔过投诚。"愈转达裴度，度作书给耆，遣谕承宗。承宗颇有惧意，乃向田弘正乞怜，请送二子入质，及献德棣二州。弘正代为奏请，宪宗尚未肯许，继思六道兵马，往讨成德，迄无功效，更因义武节度使浑镐，吃一败仗，丧失无算。昭义横海两军，亦多退归，刘总又屯兵不进，应前回。眼见得不易讨平，乃从弘正言，赦承宗罪。承宗送子知感知信，及德棣二州图印至京师，于是复承宗官爵，仍令镇成德军。

李师道闻淮西告平，也觉惊心。判官李公度，牙将李英昙等，劝师道遣子入侍，献沂密海三州以自赎。师道勉强允诺，依言上表。宪宗因遣左散骑常侍李逊，至郓州宣慰，不意师道竟盛兵相见，语多倨傲。逊正辞驳诘，愿得要言奏天子。师道含糊相答，口中虽说是遵约，实不过敷衍目前，并无诚意。逊返奏宪宗，宪宗调李光颜为义成节度使，会同武宁节度使李愿，宣武节度使韩弘，魏博节度使田弘正，横海节度使程权，同讨师道。程权即程执恭，赐名为权，权不欲再膺节钺，表请举族入朝。宪宗乃命华州刺史郑权代任。程权卸职入都，诏授检校司空，嗣复出为邠宁节度使，卒得考终。宪宗自淮西平后，侈心渐起，修麟德殿，浚龙首池，筑承晖殿，大兴土木。判度支皇甫镈，盐铁使程异，迎合上意，屡进羡余。宪宗很是宠幸，竟令两人同平章事，诏敕传宣，中外骇愕。裴度崔群，连疏进谏，终不见从。皇甫镈用李道古言，荐入方士柳泌，浮屠大通，谓能合长生药。宪宗召泌入见，泌奏称天台山多灵草，可以采服延年。宪宗即命泌权知台州刺史。言官纷纷进谏，略言："历代君主，或喜用方士，从未有使他临民。"宪宗不悦，且面谕谏臣道："只烦一州民力，能令人主致长生，臣子亦何爱呢？"群臣知无可挽回，乐得闭口不宣，虚糜禄位。至元和十四年正月，凤翔法门寺塔，谣传有佛指骨留存，宪宗遣僧徒往迎佛骨，奉入禁中，供养三日，乃送入佛寺。王公大臣，瞻仰布施，惟恐不及。韩愈已迁任刑部侍郎，独慨切上谏道：

佛者夷狄之一法耳，自后汉时始入中国，上古未尝有也。昔黄帝在位百年，

年百一十岁，少皞在位八十年，年百岁，颛顼在位七十九年，年九十岁，帝喾在位七十年，年百五岁，尧在位九十八年，年百一十八岁，帝舜及禹，年皆百岁，其后汤亦年百岁，汤孙太戊在位七十五年，武丁在位五十年，史不言其寿，推其年数，当不减百岁。周文王年九十七，武王年九十三，穆王在位百年，当其时佛法未至中国，非因事佛使然也。汉明帝时，始有佛法，明帝在位才十八年，其后乱亡相继，运祚不长。宋齐梁陈元魏以下，事佛渐谨，年代尤促。惟梁武帝在位四十八年，前后三舍身施佛，宗庙祭不用牲牢，尽日一食，止于菜果，后为侯景所逼，饿死台城，国亦浸灭。事佛求福，乃更得祸，由此观之，佛不足信，亦可知矣。高祖始受隋禅，则议除之，当时群臣识见不远，不能深究先王之道，古今之宜，推阐圣明，以救斯弊，其事遂止，臣常恨焉。今陛下令群僧迎佛骨于凤翔，御楼以观，舁入大内，又令诸寺递加供养。臣虽至愚，必知陛下不惑于佛，作此崇奉以祈福祥也。但以丰年之乐，徇人之心，为京都士庶设诡异之观，戏玩之具耳，安有圣明如陛下，而肯信此等事哉？然百姓愚冥，易惑难晓，苟见陛下如此，将谓真心信佛，皆云天子大圣，犹一心信向，百姓微贱，岂宜更惜身命？遂至灼顶燔指，十百为群，解衣散钱，自朝至暮，转相仿效，惟恐后时，老幼奔波，弃其生业，若不即加禁遏，更历诸寺，必有断臂脔身，以为供养者。伤风败俗，传笑四方，非细事也。佛本夷狄，与中国言语不通，衣服殊制，口不道先王之法言，身不服先王之法服，不知君臣之义，父子之情，假使其身尚在，来朝京师，陛下容而接之，不过宣政一见，礼宾一设，赐衣一袭，卫而出之于境，不令惑众也。况其身死已久，枯朽之骨，岂宜以入宫禁？乞付有司，投诸水火，断天下之疑，绝前代之惑，使天下之人，知大圣人之所作为，固出于寻常万万也。佛如有灵，能作祸祟，凡有殃咎，悉加臣身，上天鉴临，臣不怨悔。

宪宗览到此奏，不禁大怒，持示宰相，欲加愈死罪。裴度崔群并上言道："愈语虽近狂，心实忠恳，宜宽容以开言路。"宪宗道："愈言我奉佛太过，尚或可容，至谓东汉以后诸天子，年皆夭促，这岂非妄加谤刺么？愈为人臣，如此狂妄，罪实难恕。"群与度又再三乞免，乃贬愈为潮州刺史。愈至潮州，问民疾苦，皆言恶溪有鳄鱼，屡食畜产，大为民害。愈即往巡视，且命屡吏秦济，用一羊一豚，投入溪水，自撰祭文数百言，向溪宣读，备极感慨，限期督徙。果然夜间疾风震电，起自溪中，溪水逐渐干涸，鳄竟西徙，潮州遂无鳄鱼患。信及豚鱼，奈不能感格君心，殊为可叹。愈又上表吁诚，宪宗颇自感悔，意欲召还。皇甫镈素忌愈直，奏言愈终疏狂，只可酌量内移，因命愈改刺袁州。袁人多质押男女，过期不赎，便没为奴仆，愈令计佣赎身，得归还七百余人，且与立禁约，此后不准鬻良为贱。袁人歌颂不衰，不没政绩。后文再表。

且说李师道本欲归命，遣子入质，因为妻魏氏所阻，遂有悔意。魏氏更连接婢妾蒲氏袁氏，家奴胡惟堪杨自温，及孔目官王再升，进语师道，略谓："先司徒抚有十二州，如何无端割献？现计境内兵士，约数十万，不献三州，不过以兵相加，若力战不胜，献地未迟。"力战不胜，恐要汝等首级，岂献地所能免么？师道遂决计抗命。至朝旨已调兵进讨，他尚推在军士身上。谓众情不愿纳质割地，臣亦不便专主等语。宪宗越觉气忿，下诏宣布师道罪状。又以李愿多病，郑权新任，未便战阵，特调李愬为武宁节度使。愿系愬兄，召入为刑部尚书，再徙乌重胤为横海节度使，令郑权移镇邠宁。愬既代兄任，与魏博节度使田弘正，进逼平卢，累战皆捷，获得平卢兵马使李澄等四十七人，悉送入都。宪宗概令免诛，各发遣行营，效力赎罪。且遥命行营诸将道："所遣诸徒，如家有父母，意欲归省，仅可给赀遣回，朕惟诛师道，余皆不问。"此诏一下，平卢士卒，相继来降。

师道素信判官李文会及孔目官林英，所有旧吏高沐郭昈李存等，俱为文会等所谮，沐被杀，昈存被囚。又有幕僚贾直言，冒刃谏师道二次，舆榇谏师道一次，并绘槛车囚系妻孥图上献，也被师道囚住，连前时劝他归命的李公度，并羁入狱中。牙将李英昙，且遭勒毙。及官军四临平卢，兵势日蹙，将士哗然。师道不得已释放囚犯，令还幕府，出李文会摄登州刺史。但势已无及，屡战屡败。李愬进拔金乡，韩弘进克考城，楚州刺史李听，又由淮南节度使李夷简差遣，趋海州，下沭阳朐山，进戍东海；田弘正进战东阿阳谷，连破戍卒；李光颜攻濮阳，进收斗门；杜庄二屯，仿佛四面楚歌，同时趋集，吓得师道脚忙手乱，忧悸成疾。至李愬破鱼台，入丞县，郓州益危。师道募民夫修治城堑，整缮守备，男子不足，役及妇人，郓城恟恟，怨言蜂起。都知兵马使刘悟，曾由师道遣守阳谷，拒田弘正。悟务为宽惠，颇得上心，军中号为刘父，但与魏博军接仗，往往败绩。有人入白师道，谓："悟不修军法，专收众心，后必为患，亟应除去。"师道乃潜遣二使，赍帖授行营副使张暹，令乘便杀悟。暹与悟善，怀帖相示，悟即使人潜执二使，立刻杀死。悟召诸将与语道："悟与公等不顾死亡，出抗官军，自思原不负司空，今司空过信谗言，来取悟首，悟死，诸公恐亦不免了。今官军奉天子命，只诛司空一人，我辈何为随他族灭？不若卷旗束甲，同还郓城，奉行朝命，铲除逆首，非但可免危亡，富贵且可立致呢。"兵马副使赵垂棘，当先立着，半晌才答道："事果济否？"悟应声叱道："汝与司空合谋为逆么？"便即拔出佩刀，将赵剁毙，且复宣言道："今当赴郓，违令立斩！"将士尚未敢遽应，又被悟杀死三十余人。余众股栗，乃皆战声道：“惟都头命！”军中称都将为都头。悟又下令道：“入郓城后，每人赏钱百缗，惟不得擅取军帑，逆党与仇家，任令掠取。”军皆允诺，遂令士卒饱食执兵，夜半即行。人衔枚，马缚口，悄悄地进薄郓城。及至城下，天尚未明，先遣十人叩门，但说刘都头接奉密帖，连夜驰归，门吏尚未知有变，开城出见，请俟入报师道，然后迎入。十人拔刀相向，门吏窜去。悟引军趋至，直入外城，内城守卒，亦开门纳悟，只有牙城还是键闭，不肯遽启。悟督军纵火，劈开城门，牙兵不满五百，起初尚发矢相拒，嗣见悟军如潮涌至，料知不支，俱执弓投地，一哄而散。悟勒兵升厅，使捕索师道，师道方才起，惊悉巨变，忙入白师古妻裴氏道：“嫂！……刘悟已反，奈何奈何？”何不求教床头人，乃与嫂言何益？裴氏是个女流，有什么方法，但以泪珠儿相报。师道越加惶急，即退出嫂室，闻外面已汹汹搜捕，急觅得二子弘方，走匿厕所。不意厕旁有隙，竟被悟兵瞧着，大踏步走了进来，七手八脚，把师道父子抓去，牵至厅前。悟不欲见师道，但使人传语道：“悟奉密诏，送司空归阙，但司空尚有何颜，往见天子？”师道尚流涕乞怜。弘方二子，却慨然道：“事已至此，速死为幸。”虽是与父同尽，却还有些气节。当下由悟传令，推出师道父子，至牙门外隙地，一并斩首。悟再命两都虞候巡行城市，禁止掳掠，自卯至午，全城安定。又经悟大集兵民，亲自慰谕，但将逆党二十余人，按罪伏诛，余皆令照旧办事。文武将吏，且惧且喜，联翩入贺。悟见李公度贾直言两人，下座与语，握手唏嘘，遂引入幕府，令为参佐。一面函师道父子三首，遣使送魏博军田弘正营，一面搜得师道妻魏氏，及奴妾蒲氏袁氏等，一一审讯。魏氏本有三分姿色，更兼伶牙俐齿，宛转动人，就是蒲袁二氏，也是郓城尤物，已经牵到案前，匍匐乞哀，个个是颦眉泪眼，楚楚可怜，那倒戈逞志的刘悟，本也是个屠狗英雄，偏遇了这几个长舌妇人，不由的易威为爱，化刚成柔。小子有诗叹道：

到底蛾眉善蛊人，未经洞口已迷津。

任他铁石心肠似，不及红颜一笑颦。

欲知刘悟如何处置，且至下回分解。

韩退之一生学术，以《谏佛骨》一疏，为最著名之条件，其次莫如《淮西碑》文。《淮西碑》归美君相，并非虚谀，乃以妇人一诉，遂令劖灭，宪宗已不能无失，佛骨何物？不必论其真伪，试问其有何用处，乃欲虔诚奉迎乎？疏中结末一段，最为剀切，而宪宗不悟，反欲置诸死地，是何蒙昧，一至于此？其能平淮西，下淄青，实属一时之幸事，宪宗固非真中兴主也。吴元济本非枭雄，李师道尤为懦怯，良言不用，反受教于妻妾臧获，谋及妇人，宜其死也，何足怪乎？刘悟一入而全州瓦解，父子授首，左右之芒刃，严于朝廷之斧钺，徒致身亡家没，贻秽千秋。师道之愚，固较元济为尤甚欤？然宪宗亦志满意骄，因是速死矣。

第七十七回

平叛逆因骄致祸
好盘游拒谏饰非

却说刘悟见魏氏等楚楚可怜，不忍加诛，仍令返入内室，复遣妻李氏入慰，原来悟是前平卢节度使刘正臣孙，正臣为国殉难，叔父全谅，节度宣武，置悟为牙将，悟得罪他去，辗转奔徙，仍入平卢。李师古见悟状貌，尝语左右道："此人必贵，但恐败坏吾家。"既有此识，何故重用？乃令统领后军，并妻以从妹，欲令他诚心归附，谁知他倒戈入郓，果如师古所料。悟遣妻抚慰魏氏，姑嫂间自然欢洽。至夜间悟入休息，魏氏复来道谢，悟很是怜爱，竟与魏氏小宴叙情，还有蒲袁二氏，一同旁侍。蒲氏向称蒲大姊，袁氏向号袁七娘，两人本为李家婢，师道见姿色可人，遂与有私，列为小星，至是入侍刘悟，做了魏氏的红娘，从旁兜揽，竟劝魏氏伴悟同榻。魏氏也没有甚么廉耻，乐得撑篙近舵，与悟成了好事。蒲大姊袁七娘，也沾染余润，挨次轮流，女三成粲，悟乐可知。不怕李氏吃醋么？且因朝廷初下诏令，曾有赏格，谓能杀师道，率众来降，即畀师道官爵，悟以为坐得十二州，遂补署文武将佐，更易州县长吏，且面语僚属道："军府政事，一切仍旧，我但与诸君抱子弄孙，尚复何忧？"想是得了三美，遂思多育子孙。

过了三日，魏博行营，遣使修好，悟接待来使，开庭设宴，席间命壮士手搏，娱骋心目。悟本多力，也摇肩攘臂，离座助势，且顾语来使，自夸勇武。来使面谀数语，引得悟心花怒开，连尽数大觥。宴毕，来使辞行，乃厚贶遣归。看官道魏博使人，果当真修好么？他是受了田弘正密命，来觇刘悟举动。弘正自得师道父子首级，即露布告捷，因恐师道首级非真，特召夏侯澄辨认。澄系师道麾下，受擒后归弘正差遣，至是见师道首，长号晕绝，良久方苏，复抱首舐面，恸哭不置。弘正也为改容，目为义士。但已见得逆首非虚，立遣人传送京师。宪宗大喜，命户部侍郎杨于陵为淄青宣抚使，分十二州为三道，郓曹濮为一道，淄青齐登莱为一道，兖海沂密为一道。自李正己据有淄青，历李纳及师古师道，凡四世，共计五十四年，名为唐属，实是独霸一方，自除官吏，不供贡赋。即如淮西成德各军，亦皆与平卢相似，经宪宗依次略定，河南北三十余州，乃尽遵唐廷约束，不再跋扈了。这是宪宗得人之效。

宪宗惩前毖后，欲徙刘悟至他镇，因恐悟不受代，复须用兵，乃密诏田弘正侦察。弘正遂阳称修好，阴使窥伺。及得使人还报，不禁冷笑道："匹夫小勇，有何能为？若闻改徙，必行无疑。"一语道破。当即密报宪宗。宪宗遂徙悟为义成节度使，且令弘正带兵入郓，迫令交代。刘悟正耽情酒色，乐以忘忧，忽接到移镇诏敕，顿吃了一大惊，又闻田弘正引兵到来，更急得形神沮丧，手脚慌忙，夜间草草整装，也不及与魏氏等欢叙，俟到天明，已有人入报道："魏博军无数到来，距此只数里了。"悟仓皇出迎，李公度贾直言郭盱李存等随着，离城二里，即与田弘正遇着，客亭相见，寒暄数语，弘正便欲入城。悟尚拟同入，想总为了三妇。弘正道："天子命不可违。郓城事由弘正料理，倘如公以下，尚有眷属等人，未曾挈领，自当护送前来，请勿多虑！"悟懊怅自去。惟郭盱李存谋除李文会，先已遣使至登州，诈传悟命，召他入郓，途次将他刺死，及携首回来，盱存等已随往滑州，无从复命，只好报知田弘正。弘正以文会助逆，理当处死，不必再议。此外悉除苛禁，听民安居，所有赴滑诸将吏家属，统遣吏护送入境。惟师道家属，照例应当连坐，特表请诏敕施行。旋得诏旨下来，师道妻魏氏以下，应没入掖庭，师古子明安，令为郎州司户参军，明安母裴氏，得随子赴任，其余宗属，流徙远方。看官道宪宗此诏，何故重罪轻罚？这也是刘悟有情魏氏，特地上表陈请，诈称魏氏是魏徵后裔，应该援议贤议功两例，免她死罪。明安母子，与师道本不同谋，理难连坐等语，悟为明安母子营救，当是受教妻室。所以宪宗从轻处置。弘正依诏办理，复查得师道簿书，有赏王士元等十六人，系为刺杀武元衡案件，遂按名索捕，尽行搜获，解送京师，讯实正法。其实王士元等，尚非真正凶手，他是冒功受赏，被捕后亦知难免，索性供认了案。京兆尹崔元略，颇探知隐情，宪宗以为罪恶从同，也无暇辨正了。

田弘正得加授检校司徒，兼同平章事，仍令还镇；调义成节度使薛平，为平卢节度使，兼淄青齐登莱等州观察使；任淄青行营供军使王遂，为沂海兖密等州观察使；徙淮西留后马总，为郓曹濮等州节度使，分镇而治，总道是力弱易制，永远相安，哪知王遂残酷不仁，激成怨讟，不到半年，便被役卒王弁等拘住，责他盛暑兴工，用刑刻暴等罪，乱刀砍死，弁自称留后。嗣经棣州刺史曹华，受命赴沂，拘送王弁，腰斩东市，余党尽歼。华继任沂海兖密观察使，祸乱才算敉平。宰相裴度，曾为宪宗讨平元济，至师道授首，亦由度在朝密议，始得成功。度又极言中官专恣，祸甚藩镇，并与皇甫镈程异不协。镈异遂潜引中人，百端构度，度竟被出为河东节度使，不过同平章事职衔，尚未撤销。既而程异病死，镈荐河阳节度使令狐楚入相，楚与镈为同年进士，所以引入。河东节度使张弘靖，卸职还朝，适宣武节度使韩弘入朝，请留京师，乃命弘靖往代，进韩弘为司徒，兼中书令。魏博节度使田弘正，也入都朝觐，情愿留京，三表不许，命他兼职侍中，优诏遣归。弘正虽奉命还镇，但兄弟子侄，多留官京中，宪宗皆擢居显列，朱紫满朝，人以为荣。

惟宪宗以两河平定，群藩帖服，愈觉得太平无忌，功德巍巍。皇甫镈等献媚贡谀，奉宪宗尊号，称为元和圣文神武法天应道皇帝，一班度支盐铁等使，随时进奉，多多益善。从前藩镇未平时，进奉的名目，叫作助军，及藩镇已平，易助军为助赏，至进上尊号，又改称为贺礼，就是左右军中尉，亦各献钱万缗。无非导君以侈。看官试想！天下有几个毁家纾难的大忠臣，所有进奉诸官吏，哪个不是刻剥百姓，吸了民间的膏血，移作媚上的资本？库部员外郎李渤，出使陈许，还言：“渭南诸县，民多流亡，弊由计臣聚敛，剥下媚上，以致如此。”皇甫镈等恨他多言，伺隙图渤。渤却见机谢病，辞职告归，他本号为少室山人，前因朝廷迭召，无奈就征，此次见忌当道，他当然不应恋栈，一官敝屣，还我本来，才不愧为高士呢。阐表清操。

台州刺史柳泌，奉旨莅任，日驱吏民采药，岁余不得一仙草，自恐得罪，逃匿山中。浙东观察使捕泌送京，皇甫镈李道古等，代为庇护，泌竟免罪，反得待诏翰林。又令他合药进供，宪宗取服以后，日加燥渴。起居舍人裴璘上言：“药止疗疾，不应常服。况金石酷热有毒，益以火气，更非脏腑所能胜受。古语有云：‘君饮药，臣先尝。’请令泌先饵一年，试验利害，然后再服不迟。”宪宗不但不从，反贬璘为江陵令。

同平章事崔群，为皇甫镈所排挤，出为湖南观察使。知制诰武儒衡，系故相元衡从弟，抗直敢言，又为令狐楚所嫉忌，特想出一法，荐用狄兼谟为左拾遗。兼谟为狄仁杰族曾孙，尝登进士第，辟襄阳府使，刚正有祖风，举为言官，本是才足称职。但观令狐楚荐牍，内言：“天后窃位，诸武专横，赖狄仁杰保佑中宗，克复明辟，兼谟为功臣后裔，更且才行优长，亟宜录用”云云。看他文字，似与武儒衡没甚关系，其实指斥武氏，便是影射儒衡。儒衡知他言外有意，忙泣诉宪宗道：“臣祖平一，当天后朝，遁迹嵩山，并未在位……”宪宗不待说完，便点首道：“朕知道了。”武平一不见前文，便是高隐之故。儒衡乃退。未几，迁中书舍人，左军中尉。

吐突承璀自淮南还都后，仍然得宠，辗转援引，党类甚繁。后来党派分裂，内侍王守澄陈弘志等，与承璀势力相当，互为倾轧，萧墙里面，早已隐伏戈矛。宪宗误服金石，致多暴躁，左右宦官，往往获罪致死，因此人人自危，时虞不测。承璀尝与宪宗次子澧王恽友善，从前太子宁病殁时，劝宪宗立恽为储，宪宗因恽母微贱，特立遂王恒为太子，至是宪宗有疾，承璀复谋立恽，太子恒得知消息，密遣人问诸司农卿郭钊，钊系太子母舅，嘱使传语道：“殿下但应孝谨，静俟天命，幸勿他谋。”郭氏子弟，始终尽礼。太子才耐心静待。到了元和十五年元日，宪宗因寝疾罢朝，群臣惶恐，会义成节度使刘悟来朝，赐对麟德殿，及悟趋出，语群臣道：“主体平安，保毋他虑。”群臣听了悟言，总道是易危为安，放心归第，不料过了一宵，宫中竟传出骇闻，说是圣驾宾天，宰相以下，仓猝入临，趋至中和殿，就是御寝所在，但见殿门外面，已由中尉梁守谦，带兵环卫，里面寝室，为王守澄陈弘志及诸宦官马进潭刘承韦元素等把守，不准群臣趋进龙床。陈弘志且扬言道：“皇上误服金丹，毒发暴崩，真是出人意料，幸留有遗诏，命太子嗣位，授司空兼中书令韩弘，摄行冢宰，太子现在寝室，应即日正位，然后治丧便了。”别人不言，独让陈弘志出头，明明是贼胆心虚，自欲洗清逆案。皇甫镈令狐楚等，本来是没甚气节，且见寝殿内外，已被一班阉竖，占了先着，盘踞牢固，料知不便抗争，只好唯唯从命。陈弘志手段甚辣，密遣心腹伺诸道旁，俟吐突承璀及澧王恽奔丧，竟出其不意，将他杀死，外人亦不知为谁氏所遣，宫廷中且未悉两人死耗，专办太子即位礼仪，及料理丧具等事。太子恒即位太极殿东序，是谓穆宗，赐左右神策军钱，每人五十缗。

皇甫镈已毕朝贺，退回私第，翌晨复拟入朝，忽由中使颁到诏敕，数责罪状，谪窜崖州，令为司户参军。镈不觉泪下，待中使出去，与家人叙别，免不得相对悽惶，继且自叹道：“王守澄陈弘志等谋逆，我身为宰相，不能讨叛，罪固当死，若说我荐引方士，药死皇上，这却未免冤枉哩。”自知颇明，然已迟了。乃出都南行，后来竟死崖州，中外称贺。左金吾将军李道古，亦坐贬循州司马，杖死方士柳泌，及浮屠大通。中尉梁守谦以下，都进官有差。弑君逆党，反得蒙赏，唐事可知。进任御史中丞萧俛，及翰林学士段文昌同平章事，尊生母郭贵妃为皇太后，追赠太后父暧为太尉，母为齐国大长公主，兄钊晋授刑部尚书，钬为金吾大将军。太后移居兴庆宫，朔望三朝，穆宗每率百官诣宫门上寿，或岁时庆问燕飨，后宫戚里，暨内外命妇，联袂入宫，车骑杂沓，环珮铿锵，豪华烜赫，备极一时。迭应七十四回。

穆宗务为奢侈，尤好嬉游，即位未几，御丹凤门，宣诏大赦，召入教坊倡优，令演杂戏，纵观恣乐。越数日，又至左神策军，观角抵戏，即手搏戏。监察御史杨虞卿等，上疏谏阻，穆宗阳为优答，仍然未改。柳公绰弟公权，书法遒劲，得邀主赏，召入为翰林侍书学士。穆宗尝问道：“卿书何这般佳妙？”公权答道：“用笔在心，心正笔自正。”穆宗亦辣然动容，知他借笔作谏；但江山可改，本性难移，更兼左右宵小，逢君为恶，日加怂恿，单靠着两三直臣，几句正话，哪能挽回主听，骤改前非？一薛居州其如宋王何？江陵士曹元稹，具有文才，善作歌曲，尝与监军崔潭峻交游。潭峻录稹旧作，归白宫中，宫人多喜歌诵，宛转悠扬，曲尽妙趣。穆宗问为何人所制？当由潭峻报明姓氏，并盛称稹才可用，遂召他入都，命为知制诰。中书舍人武儒衡，瞧他不起，会当溽暑，与同僚食瓜阁下，稹亦在座，儒衡见瓜上有蝇，用扇挥去，且语道："适从何来？遽集于此。"同僚大半失色，儒衡意气自如，稹怀惭而退。稹字微之，宪宗时曾为左拾遗，奏议颇多，寻为监察御史，辄出外按狱。少年喜事，日遭诟病，遂被当道参劾，贬为江陵士曹参军。武儒衡因他交通中官，复得干进，所以格外奚落。若论他文才诗思，与白居易实相伯仲，所传歌词，天下称颂，时号为元和体，往往播诸乐府，宫中呼为元才子。不过出处未慎，身名两败，可见才德两字，是缺一不可呢。为有才者作一棒喝。

是年六月，葬宪宗于景陵。宪宗在位十四年，享年四十二岁，史称宪宗志平僭叛，所向有功，好算一中兴主，可惜晚节不终，致为宦官王守澄陈弘志等所弑，这正是一代公评。惟穆宗既葬宪宗，益事游畋，趁着秋凉天气，带了后宫佳丽，游鱼澡宫，浚池竞渡，赐与无节。且欲开重阳大宴，拾遗李珏，与同僚上疏道："元朔未改，山陵尚新，虽陛下俯从人欲，以月易年，究竟三年心丧，礼不可紊，合宴内廷，究应从缓为宜。"穆宗不听。到了九月九日，宴集百官，格外丰腆，足足畅饮了一天，既而群臣入阁，谏议大夫郑覃崔郾等五人进言，略谓："陛下宴乐过多，游幸无度，日夕与近习倡优，互相狎昵，究非正理。就是一切赏赐，亦当从节。金帛皆百姓膏血，非有功不可与，虽然内藏有余，总望陛下爱惜，留备急需！"穆宗自践位后，久不闻阁中论事，此次忽闻阁议，便问宰相道："此辈何人？"宰相等答是谏官。穆宗乃令宰相传语道："当如卿言。"宰相传谕毕，相率称贺。哪知穆宗口是心非，不过表面敷衍，何曾肯实心改过？尝语给事中丁公著道："闻外间人多宴乐，想是民和年丰，所以得此佳象，良慰朕怀。"公著道："这非佳事，恐渐劳圣虑。"穆宗惊问何因？公著道："自天宝以来，公卿大夫，竞为游宴，沉酣昼夜，猱杂子女，照此过去，百职皆废，陛下能无忧劳么？愿少加禁止，庶足为朝廷致福。"穆宗似信非信，迁延了事。

未几，已是仲冬，又拟出幸华清宫。此时韩弘已罢，令狐楚亦因掊克免相，累贬至衡州刺史，另用御史中丞崔植同平章事。植与萧俛段文昌，率两省供奉官，诣延英门，三上表切谏，且言御驾出巡，臣等应设扈从，乞赐面对。穆宗并不御殿，也无复音。谏官等又俯伏门下，自午至暮，仍然没有音响，不得已陆续散归，约俟翌晨再谏。不料次日进谒，探得宫中消息，车驾已从复道出城，往华清宫，只公主驸马及中尉神策六军使，率禁兵千余人，扈从而去，群臣统皆叹息。好容易待到日暮，方闻车驾已经还宫，大众才安心退回。小子有诗叹道：

为臣不易为君难，勤政从虞国未安。

宁有庙堂新嗣统，遨游终日乐盘桓？

内政丛脞，外事亦不免相因，欲悉详情，请看下回续叙。

古人有言："外宁必有内忧。"夫外既宁矣，内忧胡自而至？盖自来好大喜功之主，当其从事外攘，非不刚且果也，一经得志，骄侈必萌，背臣媚子，毕集宫廷，近则不逊远之则怨，未有不酿成祸乱者。如宪宗之信方士，任宦官，好进奉，都自削平外患而来，卒之身陷大祸，死于非命，史官犹第书暴崩，不明言遭弑，本编依史演述，虽未直书弑逆，而首恶有归，情事已跃然纸上，岂必待显揭乎哉？况穆宗为宦官所立，已为晚唐开一大弊，即位后又不讨贼，专事嬉游，甚且举乱臣贼子而封赏之，然则弑父与君穆宗应为首逆，许世子不尝药，《春秋》犹书弑君，况如穆宗之狎昵乱贼乎？故王守澄陈弘志之弑君，可书而不书，穆宗之无父无君，虽不书与直书等，皮里阳秋，明眼人自能瞧破，此即所谓微而显也。

第七十八回

河朔再乱节使遭戕
深州撤围侍郎申命

却说成德节度使王承宗，自遣质献地后，还算安分守己，至元和十五年十月病殁。子知感知信，尚留质京师，秘不发丧。军中推立承宗弟承元，承元年方二十，语军士道："诸公未忘先德，不因承元年少，欲令暂摄军务；承元愿尽节天子，勉成忠烈王遗志，诸公肯相从否？"忠烈王即王武俊。大众许诺。承元乃视事旁厅，不称留后，密表请朝廷除帅。朝廷始知承宗已殁，特调魏博节度使田弘正，为成德节度使，徙承元为义成节度使，且遣谏议大夫郑覃宣慰成德军，赉钱百万缗，分赏将士。将士闻承元移镇义成，但涕泣挽留。承元亦涕泣与语道："诸公厚爱，不欲承元他去，盛情可感，但使承元违诏，适增承元罪戾。从前李师道未败时，朝廷尝下诏赦罪，召他入朝，师道欲行，诸将攀辕固留，后来杀死师道，就是这等将士，愿诸公勿使承元为师道，便是承元的幸事了。"言毕，且遍拜将士，将士统已无言，独大将李寂等十余人，尚然强谏，不肯令往。承元忍不住变色道："承元不敢违诏，你却敢抗命么？"呼左右缚住李寂等，推出斩首。有胆有识，不意于少年得之。军心乃定，承元遂移赴滑州去了。成德自李宝臣始，至王承元终，共易二姓，传五世，凡五十九年。

越年改元长庆，卢龙节度使刘总，奏请弃官为僧，乞另简大员继任。看官阅过上文，应知刘总弑父杀兄，窃据节钺，为何此次不愿做官，反愿为僧呢？原来总虽得位，心中未免危惧，当夜深人静时，屡见父兄在旁，怒目相视，他不得已延僧忏醮，朝诵经，夕礼佛，几乎无日空闲。偏是佛法无灵，冤魂屡扰，甚至青天白日，也觉父兄随着，因此越加惊惶。天下事最怕心虚，心越虚，胆越小，自悔前事做错，将来难免受祸，不如趁早出山，省得吃苦。又见河南北皆已归他，遂决计弃官为僧，奏分所属为三道，幽涿营为一道，平蓟妫檀为一道，请除张弘靖薛平为节度使；瀛莫为一道，请除卢士玫为观察使。并又择麾下宿将，如朱克融即朱滔孙。等送京师，乞量才内用，为燕人劝。并献征马万五千匹，然后削发待命。好几日不见诏下，他将印节交代留后张玘，静悄悄的遁去。倒也清脱。

穆宗接刘总表文，尚不在意，专务酣宴冶游。过了数日，方令宰臣等会议，时萧俛段文昌相继罢职，改用户部侍郎杜元颖同平章事。元颖为杜如晦五世孙，与崔植先后入相，植尚有操守，未达世务，元颖实庸碌无能，较植尤为暗昧。两人拟定办法，乃是许总为僧，惟分道一说，不尽相从，但调河东节度使张弘靖继任，就原镇内止割瀛莫二州，归卢士玫管领。士玫曾权知京兆尹，为总妻族亲戚，总特别举荐，却有些假公济私的意思。两相不便却情，曲从所请，所有兵马使朱克融等，留京待选。穆宗当然准奏，只待遇刘总，恰有两条敕旨，一是准他为僧，赐给僧服，一是晋任侍中，移镇天平军。即前回郓曹濮三州，赐号天平军。两事令他自择，即遣中使赍诏赴镇。哪知到了幽州，刘总早已他去，当由留后张玘，四处找寻，及寻至定州境内，才见刘总遗骸，暴露山下。岂真放下屠刀，立地成佛耶？乃购棺具殓，通报刘氏子弟，扶榇归里。刘氏建节幽州，自怦至总凡三世，共三十六年。

先是河北诸帅，皆亲冒寒暑，与士卒同甘苦，及张弘靖移镇，雍容骄贵，深居简出，政事多委诸幕僚。所用判官韦雍等，又皆年少浮躁，专尚豪纵，出入传呼甚盛，或朝出夜归，烛炬满街，燕人惊为罕见。朝廷赏给卢龙军百万缗，由弘靖截留二十万，充军府杂用。韦雍等复克扣军士衣粮，且屡诟军士道：“今天下太平，汝等能挽两石弓，不若识一丁字。”军中闻诟，各有怨言。祸在此矣。会朱克融等被当道勒还，仍令归本镇驱使。克融求官不遂，恰耗了许多旅资，及回见弘靖，弘靖亦没甚礼貌，不过淡漠相遭。克融积忿不平，暗生异志，可巧韦雍出游，遇小校纵辔前来，冲撞马头。雍命导役把小校曳下，即欲在街中杖责，小校不服。雍将小校带回，入白弘靖，弘靖命拘系定罪。是夕即生变乱，士卒呼噪入府，扭住弘靖，劫掠货财妇女，杀死幕僚韦雍张宗元崔仲卿郑埙，及都虞候刘操、押牙张抱元。惟判官张彻，素性长厚，大众不忍加刃，与他商议后事。彻骂道：“汝等如何造反？将来恐要族灭哩。”道言未绝，已被士卒杀毙。士卒拥弘靖至蓟门馆，将他囚禁，另议推立留后，商量一夜，未曾就绪。次日众有悔心，统至蓟门馆谢罪，请改心服事弘靖。待至半日，未见弘靖回答。真是饭桶。大众乃相语道：“相公不发一言，是不肯赦宥我等，我等不应待死，只好另立镇帅罢。”遂往迎旧将朱洄为留后。洄即克融父，时方因废疾卧家，自辞老病，愿举子自代。亦欲效晋祈奚么？众乃奉朱克融为留后。穆宗闻变，贬弘靖为吉州刺史，调昭义节度使刘悟为卢龙节度使。悟不愿移节，表称克融方强，不如且授节钺，待作后图，乃仍令悟镇昭义军，另议对付克融，不欲遽授旌节。

偏偏一波未平，一波又起，成德兵马使王庭凑，竟勾结牙兵。戕杀节度使田弘正，自称留后，累得唐廷应接不暇，愈觉惊惶。原来田弘正徙镇成德，自思前时与镇军交战，积有宿嫌，恐军士尚思报复，特带魏博兵二千人，留作自卫，且表请度支使另给粮赐。户部侍郎判度支崔俊，刚褊无远虑，不肯照给，弘正四上表不报，没奈何遣魏博兵归镇。果然不到半年，都知兵马使王庭凑，纠众作乱，攻入府署，杀死弘正，并家属二百余人。所有弘正僚属，亦多遭害。庭凑竟自称留后。是时李愬正调镇魏博，闻弘正遇害，特素服令将士道："魏人所以得通圣化，至今富乐安宁，究系何人所赐？"大众齐声道："幸有田公弘正。"愬又道："诸君既受田公厚惠，今田公为成德军所害，将若何报怨？"众又道："愿从公令。"愬又搜阅兵马，自请往讨成德，一面出宝剑玉带，遣使持赠深州刺史牛元翼，且传语道："昔我先人用此剑立功，我又奉此剑平蔡州，今特赠公，请努力剪除庭凑。"元翼本成德良将，深州属成德管辖，至是感愬知遇，即捧剑执带，晓示军中，且令魏使返报李愬，誓尽死力。愬遂表荐元翼忠诚可用，有诏授元翼为深冀节度使。元翼受命，作书谢愬，并约愬为援，即日发兵。愬整军将发，忽尔染疾，卧不能起，乃亟诸简贤代任。廷议以魏人素服弘正，拟起复弘正子布，继任魏博，当无后虑。穆宗准议，拜布检校工部尚书，兼魏博节度使，召愬归东都养疴。布曾任河阳节度使，转徙泾原，因弘正遇害，丁忧解职，至是奉诏起复，固辞不获，始涕泣受命，且与妻子及宾客诀别道："我此行恐不能生还了。"隐伏死谶。遂屏去旌节，襆被即行。距魏州三十里，披发徒跣，号哭而入。李愬见布已莅镇，即日交卸，还至东都，不久即殁。年四十九，朝廷追赠太尉，予谥曰武。愬当服官之年，即行病逝，殊足深惜；否则将才如愬，必能平定成德，何至河朔再失耶？

布虽受任，身居垩室，月俸千缗，一无所取，且卖去旧产，得钱十余万缗，尽给将士，誓众复仇。那时朱克融却日益猖獗，诱降莫州都虞候张良佐，逐去刺史吴晖，再煽动瀛州军士，执住观察使卢士玫，送至幽州，囚住客馆。一面又与王庭凑联络，合攻深州。诏令殿中侍御史温造为起居舍人，充镇州即恒州，属成德军。四面诸军宣慰使，遍历泽潞河东魏博横海深冀易定等道，预戒军期。各道多观望不前，再调裴度为镇州四面行营都招讨使。度受命即发，偏翰林学士元稹，与知枢密魏弘简，潜相勾结，求为宰相，恐度为先达重望，一或有功，必当大用，有碍自己进取，因此从中阻挠，凡遇度所陈军事，多不使行。元才子之丧名败节，莫此为甚。度乃上疏极谏，略云：

陛下欲扫荡幽镇，先宜肃清朝廷，河朔逆贼，只乱山东，禁闱奸臣，必乱天下。是则河朔患小，禁闱患大。小者臣与诸将必能剪灭，大者非陛下觉悟

制断，无自驱除。臣自兵兴以来，所陈章疏，事皆切要，所奉诏书，多有参差，蒙陛下委付之意不轻。遭奸臣抑损之事不少。臣素与佞幸，无甚仇隙，不过恐臣或有成功，曲加阻抑，进退皆受羁牵，意见悉遭蔽塞，但欲令臣失所，使臣无成，则天下理乱，山东胜负，悉不顾矣。为臣事君，一至于此！若朝中奸臣尽去，则河朔逆贼，不讨自平，若朝中奸臣尚存，则逆贼虽平无益。陛下倘未信臣言，乞出臣表，使百官集议，彼不受责，臣当伏辜。臣不胜翘首待命之至！

疏入不省。接连又是两疏，明斥魏弘简元稹，乃罢弘简为弓箭库使，稹为工部侍郎，暗中仍宠遇如故。横海节度使乌重胤，率全军往救深州，独当幽镇东南诸军，倚以为重。重胤老成持重，见贼势方盛，未易剿除，因深沟高垒，按兵观衅。左领军大将军杜叔良，以善事权幸得宠，中官遂交口称扬，谓重胤逗留误事，不若令叔良往代。穆宗信为真言，遂徙重胤为山南西道节度使，令叔良代统横海军，兼深州行营节度使。叔良驰至深州，与成德军接仗，屡战屡败，至博野一战，丧亡七千余人。叔良狼狈奔还，连旌节都至失去。穆宗始知误用，另调凤翔节度使李光颜为忠武军节度使，德宗时称陈许为忠武军。兼深州行营节度使，代杜叔良。已是迟了。自宪宗征讨四方，国用已空，穆宗即位，侈奢无度，府藏尤匮。更兼幽镇用兵，日需军饷，左支右绌，拮据异常，宰臣为节费起见，特上呈奏议，大略谓："庭凑杀弘正，克融囚弘靖，罪有轻重，不应同讨，请赦克融罪，专讨庭凑。"无非姑息。穆宗乃命克融为平卢节度使，克融虽得旌节，仍然遣兵四出，陷弓高，围下博。前翰林学士白居易，素有直声，屡遭时忌，累贬至江州司马，唐时有浔阳曲，便为此时所作。寻迁忠州刺史，长庆初复入任中书舍人，目击时艰，忍无可忍，乃复上书言事道：

自幽镇逆命，朝廷讨诸道兵计十七八万，四面攻围，已逾半年。王师无功，贼势犹盛。弓高既陷，粮道不通，下博深州，饥穷日蹙。盖由节将太众，其心不齐，朝廷赏罚，又复误用，未立功者或已拜官，已败衄者不闻得罪，既无惩劝，以至迁延，若不改张，必无所望。请令李光颜将诸道劲兵，约三四万人，从东速进。开弓高粮路，令下博诸军解深州重围，与元翼合势，令裴度将太原全军，兼招讨旧职，四面压境，观衅而动，若乘虚得便，即令同力剪除，若战胜贼穷，亦许受降纳款，如此则夹攻以分其势，招谕以动其心，必未及诛夷，自生变故，仍诏光颜选留诸道精兵，余悉遣归本道，自守土疆。盖兵多而不精，岂惟虚费资粮，兼恐挠败军陈故也。诸道监军，请

皆停罢，众齐令一，必有成功。又朝廷本用田布令报父仇，令领全师出界，供给度支，数月以来，都不进讨，非田布固欲如此，实由魏博一军，累经优赏，兵骄将富，莫肯为用。况其军一月之费，约需钱二十八万缗，若更迁延，将何供给？此尤宜早令退军者也。若两道止共留兵六万，所费无多，既易支持，自然丰足。否则兵数不抽，军费不减，食既不足，众何以安？不安之中，何事不有？况有司迫于供军，百端搜括，不许则用度交缺，尽许则人心无餍，自古安危，皆系于此，伏乞圣虑察而念之！

穆宗得奏，毫不在意。崔植杜元颖，也逐日延宕，未尝过问，还有西川节度使王播，以赂结宦官进幸，入为盐铁使，寻且为相，专事逢迎，不谈政治。至长庆二年，魏博又复作乱，遂致河朔三镇，相继沦胥。魏博节度使田布，素与牙将史宪诚相善，及出师复仇，命为先锋兵马使，军中精锐，悉归调度。宪诚前驱出发，布为继进，出至南宫，适值大雪缤纷，军不得进，度支馈运，又复不至。布令发六州租赋，供给军糈，将士不悦，入白布道："我军出境，向例由朝廷供给，今尚书刮六州膏血以奉军，虽尚书瘠己肥国，六州人民，究系何罪？"布默然不答。将士退出，转语宪诚。宪诚已蓄异图，非但不加劝慰，并且从旁煽动，于是军心益离。会有诏分魏博军与李光颜，使救深州，布军遂溃，多归宪诚。布独与中军八千人归魏，复召诸将会议，再行出兵。诸将益哗噪道："尚书能行河朔旧事，指田承嗣。愿与共死生，若使复战，恐无能为力了。"布再欲与语，诸将尽拂袖而出。布不禁泪下道："功不成了。"便自作遗表，具陈情状。略谓："臣观众意，终负国恩。臣既无功，敢忘即死，伏愿陛下速救光颜元翼，勿使义士忠臣，尽为河朔屠害，臣虽死亦瞑目了。"表既写就，号哭下拜，当将表文授与幕僚李石，乃入启父灵，抽刀自言道："上以谢君父，下以示三军。"言毕，刺心自尽，年止三十八岁。徒死无补，亦愚忠愚孝之流。宪诚闻布已死，即宣告大众，仍遵河北故事。众皆欢跃，愿拥宪诚为留后，乃将布死状奏闻，但说布愤功难成，因致短见，且叙及众情归向，愿拥宪诚等事。唐廷亦不遑细察，但赠布右仆射，予谥曰孝，竟授宪诚节度使。

宪诚阳奉朝廷，阴实与幽镇连结，于是王庭凑气焰尤盛。幽镇军围攻深州，官军三面往援，均因衣粮缺乏，冻馁兴嗟，还有何心恋战？就是庸中佼佼的李光颜，亦只能闭壁自守。招讨使裴度，贻书幽镇，以大义相责，朱克融撤围退去，王庭凑虽引兵少退，尚有余兵留着。度拟专讨庭凑，怎奈朝内有一个元才子，是裴晋公的对头，始终忌他成功，屡劝穆宗赦庭凑罪，罢兵息民，穆宗竟命度入朝，加拜司空，令为东都留守。一面授克融庭凑检校工部尚书，各兼节度使。克融释出张弘靖卢士玫，上表称谢。庭凑虽然受命，镇军尚留深州城下。诏令兵部侍郎韩愈，宣慰庭凑，盈廷大臣，均为愈危，诏中亦有“可行则行，可止则止”二语。愈喟然道：“君止仁，臣死义，怎得不往？”韩公大名，在此数语。遂持敕启行，直抵镇州。庭凑令军士拔刃张弓，迎愈入馆。愈见甲仗罗列，毫无惧容。庭凑乃语愈道：“频年不解兵事，实皆军士所为，庭凑本心，不愿出此。”愈厉声道：“天子以尚书有将帅才，故特赐节钺，难道尚书不能与健儿语么？”庭凑语塞。甲士却向前道：“先太师指王武俊。为国击走朱滔，血衣犹在，我军何负朝廷，乃视同盗贼呢？”愈答语道：“汝等尚能记先太师，甚善甚善。试想从前叛逆，自禄山思明，以及元济师道，所遗子孙，今尚有在朝为官么？田令公以魏博归朝廷，子孙孩提，日为美官，王承元以此军归朝廷，弱冠为节度使，刘悟李祐，今皆为节度使，汝等曾亦闻知否？”气盛言宜，胜读昌黎文集。大众皆不能对。庭凑恐众心摇动，麾众令出，徐语愈道：“侍郎来此，欲使庭凑何为？”愈说道：“神策六军诸将，如牛元翼才具，却也不少，但朝廷顾全大体，不忍弃置，敢问尚书既受朝命，如何围攻不退？”庭凑道：“我便当放他出去了。”随即设宴待愈，厚礼遣归，深州围解。牛元翼率十骑出城，奔往襄阳，家属尚陷没城中。为下文伏线。深州守将臧平等，举众出降。庭凑责他坚守不下，杀平等百八十余人，自是成德军六州，恒定易赵深冀。卢龙军九州，幽蓟营平涿莫檀妫瀛。魏博军六州，贝博魏相卫洛。皆跋扈不臣，不奉朝命，河朔复非唐有了。后人推原祸始，无非因君相昏庸，坐致此失。小子有诗叹道：

强藩方幸免喧呶，谁料前功一旦抛。

主既淫荒臣亦昧，野心狼子复咆哮。

三镇已失，昭义军又复不靖，欲知如何启衅，且待下回说明。

王承元徙镇而成德安，刘总弃官而卢龙安，合以魏博田弘正，谨守朝旨，河朔之乱，庶乎息矣，唐廷乃激之使变，果胡为耶？田弘正与成德有隙，不应轻徙，张弘靖有文无武，更不应轻调，一变骤起，一变复乘，至起复田布，再令遘祸，既害其父，又害其子，弘正与布，虽未尝无失，要之皆唐廷处置失宜之弊也。当时相臣如裴度，将臣如李光颜，皆一时名流，乃为奸臣腐竖所牵制，不能成功，集天下之兵，不能讨平二贼，反以节钺委之，乱臣贼子，岂尚知有天子耶？韩愈宣慰庭凑，理直词壮，稍折贼焰，然仅救一牛元翼，不得大伸国权，愈固忠矣，其如国威之已替何也。唐至此盖已陵夷衰微矣。

第七十九回

裂制书郭太后叱奸
信卜士张工头构乱

却说昭义节度使刘悟，因不肯移节，仍守原镇。监军刘承偕，在宫时得宠太后，视为养子，既为昭义监军，恃恩傲物，尝在大众前窘辱刘悟，且阴与磁州刺史张汶，谋缚悟送阙下。悟窥破阴谋，讽军士杀汶，并执住承偕，举刀拟颈。幕僚贾直言责悟道："公欲为李司空么？安知军中无人如公。"名足副实。悟乃不杀承偕，拘系以闻。时裴度正奉诏入朝，穆宗问处置昭义，应如何办法？度顿首道："臣现充外藩，不敢与闻内政。"穆宗道："卿职兼内外，何妨直陈所见。"度答道："臣素知承偕怙宠，悟不能堪，尝贻书诉臣，谓曾托中人赵弘亮，奏闻陛下，陛下可亦闻知否？"穆宗道："朕未及闻知，但承偕为恶，悟何不早日奏闻？"度又道："臣入觐天颜，相距咫尺，有所陈请，陛下尚未肯俯从，况千里单言，能遽邀圣听么？"穆宗道："前事且不必再提，但论今处置方法。"度答道："必欲使帅臣归心，为陛下效力，应该敕使至昭义军，把承偕枭示。"度素嫉监军故有此请。穆宗道："朕亦何爱承偕，但太后曾视如养子，当更思及次。"度请投诸荒裔，穆宗许可，乃诏流承偕至远州。悟遂释出承偕，上表谢恩。

既而武宁副使王智兴，复逐去节度使崔群，朝廷以力未能讨，即命智兴继任节度使。当时崔植、杜元颖，又陆续免相。元稹得入任同平章事，劝穆宗远调裴度，令他出镇淮南，制敕一下，言路大哗，交章请留度辅政。穆宗乃留度为相，命王播代镇淮南，兼盐铁转运使。度与稹同居相位，当然似冰炭难容。稹屡欲害度，但苦无隙，宦寺多与度未协，特讽穆宗召用李逢吉。逢吉曾为东宫侍读，出任山南东道节度使，阴谲多谋，密结近幸，至是荐入为兵部尚书，明明是挤排裴度。哪知逢吉心肠尤狠，甫经受职，便欲将裴度、元稹，一并捽去，自己好夺取钧席。凑巧有一个善讲谣言的李赏，为逢吉所赏识，即令他至左神策军营，讦告元稹阴谋，说他与裴度有嫌，密结私党于方，募客刺度。神策中尉入奏穆宗，穆宗即命尚书左仆射韩皋，给事中郑覃，与逢吉会同鞫讯，并无实证，当即复奏上去，大约是："查无实据，事出有因。裴、元二相，同职不同心，所以群疑纷起，有此谣言，请求圣明察夺。"看官试想！这数句奏语，真是妙不可阶，既好把二相同时坐免，复好把李赏轻轻脱罪，一举三得，若非李尚书足智多谋，怎能有此巧计？冷隽有味。果然穆宗览奏，堕入彀中，罢度为尚书右仆射，出稹为同州刺史。有几个謇謇谔谔的言官，未免代抱不平，上疏言："裴度无罪，不宜免相，稹蓄邪谋，虽未成事，不为无因，应从重谴罚。"穆宗不得已，再贬稹为长春宫使，惟不复相度，竟令李逢吉同平章事。相位到手，究竟长厚者吃亏，刁狡者生色。但读李逢吉死后无子，冥冥中卒有报应，诈谋亦何益乎？

时李愿出任宣武节度使，宠任妻弟窦瑗，骄贪不法，贻怨军中。牙将李臣则作乱，杀瑗逐愿，推押牙李齐为留后。监军据实奏闻，有诏令宰相及三省官会议，或谓当如河北故事，授齐节钺。逢吉力驳道："河北事出自无奈，今若并汴州弃置。恐江淮以南，均非国家有了。"此语确是。适宋亳颍州，亦各奏请命帅，逢吉入白穆宗，请征齐入朝，令韩弘弟韩充出镇宣武。穆宗从逢吉言，遣使召齐，齐不受命，诏令忠武节度使李光颜，兖海节度使曹华，出兵讨齐，屡败齐军。韩充入汴境，又败齐兵于郭桥。齐尝与兵马使李质友善，质屡次劝谏，齐不肯从。会齐因郁愤，疽发卧家质乘间突入，斩齐示众，众皆骇服，遂出城迎充。充既视事，人心粗定，乃密籍军中党恶千余人，尽行逐出，且下令道："敢少留境内者斩！"于是军政大治。李质得加授金吾大将军。

穆宗因南北粗平，内外无事，奉郭太后游幸华清宫，自率神策军围猎骊山，车马仪仗，夹道如林。及返入宫中，屡与内侍击球，忽有一人坠马，马奔御前，险些儿撞倒穆宗，幸经左右揽住马辔，用力扯转，穆宗方得免伤，但已惊成风疾，两足抽搐，不能履地，好几日不见临朝。李逢吉等屡乞入见，终不见答。裴度三上疏请立太子，且屡入内殿求见，穆宗不得已御紫宸殿，度请速下诏立储，副天下望。逢吉亦请立景王湛为太子。原来穆宗在位二年，尚未立后，有子五人，长名湛，封景王，系后宫王氏所出，逢吉所请，却是立嫡以长的正理。穆宗意尚未决，复经中书门下两省，及翰林学士等，接连陈请，乃立景王湛为太子，册湛母王氏为妃，既而疾瘳。

越年仲春，进户部侍郎牛僧孺同平章事。御史中丞李德裕，即故相李吉甫子，声望本高出僧孺，不意僧孺为相，自己反被黜为浙西观察使，料知李逢吉私袒僧孺，特为僧孺报复私仇，将己排出，牛僧孺等对策不讳，为李吉甫所恨，事见七十二回。因此怏怏失望。牛李党隙，实始于此。逢吉又密结中官王守澄，倾轧裴度，出为山南西道节度使，削去同平章事职衔。韩愈转任吏部侍郎，复徙为京兆尹，六军不敢犯法，尝私相语道：“是人欲烧佛骨，怎得冒犯呢？”偏逢吉亦忌他刚直，又想出一箭双雕的法儿，既倾韩愈，复陷御史中丞李绅。绅尝排沮王守澄，守澄托逢吉图绅，逢吉遂声东击西，就韩愈身上设法。故例京兆新除，必诣台参，逢吉请加愈兼御史大夫，可免行台参故例。穆宗准奏，绅不知逢吉诈谋，竟与愈相争，往来辞气，各执一是。逢吉即奏二人不协，徙愈为兵部侍郎，绅为江西观察使。及二人入谢，穆宗令各自叙明，方知为逢吉所播弄，乃仍令愈为吏部侍郎，绅为户部侍郎，再拟易人为相。不意三年将满，病根复发，过了残腊，竟尔卧床不起，连元旦都不能受贺。看官听着！穆宗甫及壮年，如何一再抱病？他是效尤乃父，专饵金石，以致燥烈不解，灼损真阴。处士张皋，尝上谏穆宗，毋循宪宗覆辙，穆宗亦颇称善，奈始终饵药，不肯少辍，得毋为壮阳计乎？真阴日涸，元气益枵，遂成了一个不起的症候。当下命太子湛监国，湛时年止十六，内侍请郭太后临朝，太后怒叱道：“尔等欲我效武氏么？武氏称制，几倾社稷，我家世代忠贞，岂屑与武氏比例？就使太子年少，亦可选贤相为辅，尔等勿预朝政，国家自致太平。试想从古到今，女子为天下主，果能治国安邦么？”说至此，即将内侍所上制书，随手撕裂，掷置败字簏中。足为汾阳增色。太后兄郭钊正任太常卿，闻宫中有临朝密议，即向太后上笺道：“母后临朝，系历代弊政，若太后果循众请，臣愿先率诸子纳还官爵，辞归田里。”太后泣道：“祖考遗德，钟毓吾兄，我虽女流，亦岂肯自背祖训？”乃手书复钊，决不预闻外事。是夕，穆宗崩逝，年三十岁，在位只四年。太子湛即位太极殿东序，是谓敬宗。令李逢吉摄冢宰事，尊郭太后为太皇太后，母妃王氏为皇太后，次弟涵仍江王，三弟凑仍漳王，四弟溶仍安王，幼弟瀍仍颍王，涵母萧氏以下，皆尊为妃。为后回文武二宗伏笔。还有尚宫宋若昭，素有才望，为穆宗所敬爱，宫中呼为先生，相率师事。

若昭贝州人，父廷芬，以文学著名，子多愚蠢，不可教训，女有五人，长名若莘，次即若昭，又次为若伦、若宪、若荀，若莘、若昭，才艺尤优，性皆高洁，屏除铅华炫饰，且不愿适人，欲以学问名家。若莘尝著《女论语》十篇，以汉朝韦宣文君代孔子，曹大家等代颜冉，推明妇道，羽翼壸教。若昭又为传申释，

李德裕（787—850），字文饶，赵郡（今河北赵县）人，李吉甫之子，唐代政治家、文学家。历任浙西观察使、西川节度使等。大和五年（831年），收复维州，而被宰相牛僧孺逼令送还，自此牛李势成水火。朝臣各有所依，政争激烈，史称“牛李党争”。武宗时居相位，时泽潞刘稹擅袭节帅，力主攻讨。后遭牛党打击，贬崖州（今海南海口琼山区东南）司户而死。

阐发余义。贞元中，昭义节度使李抱真，表扬五女才能，德宗悉召入禁中，面试文章，并问经史大义，应对如流，无不称旨。德宗很为褒美，均留侍宫中，号为女学士，凡秘禁图籍，统命若莘总领。宪宗时宠遇如旧。元和末年，若莘病逝，赠河内郡君。穆宗即位，拜若昭为尚宫，嗣若莘职。及敬宗改元，若昭亦殁，赠梁国夫人，若伦、若荀，亦皆早世，若宪代若昭主宫中秘书，文宗时被诬赐死，后文再表。叙宋若昭事，不没贤女。

且说敬宗嗣位，童心未化，才阅数日，即率领内侍，往中和殿击球。越日，又至飞龙院蹴踘。又越日，召集乐工，令在踘场奏乐。嗣是习以为常，比乃父更进一层，无怪后来不得其死。赏赐宦官乐人，不可胜计，往往今日赐绿，明日赐绯，昼与内侍戏游，夜与后宫宴狎。第一个专宠的嫔嫱，乃是右威卫将军郭义的女儿，敬宗为太子时，以姿容选入东宫，及将即位，得生一男，取名为普，敬宗越加宠幸。此外复选了好几个美人，充作媵侍。春宵苦短，日高未兴，百官每日入朝，辄在紫宸门外，鹄立待着，少约一二时，多约三四时，年老龙钟的官吏，足力不胜，几至僵踣。一日，视朝愈晚，群臣望眼将穿，均至金吾仗待罪。好容易才见敬宗升殿，方联翩入朝，朝毕欲退，左拾遗刘栖楚进谏道："陛下春秋方盛，今当嗣位，应该宵旰求治，为何嗜寝恋色，日宴方起？梓宫在殡，鼓吹日喧，令闻未彰，恶声已布，臣恐如此过去，福祚未必灵长，愿碎首玉阶，聊报陛下知遇。"说至此，用额叩地，见血未已。敬宗闻言，顾视李逢吉，意欲令他谕止。逢吉乃宣言道："刘栖楚不必叩头，静俟进止！"栖楚乃捧首而起，复论及宦官情事，才说数语，敬宗双手乱挥，令他出去。确是狂童情状。栖楚道："不用臣言，愿继以死。"栖楚何人，亦欲效朱云折槛么？牛僧孺恐敬宗动怒，亦代为宣言道："所奏已知，可至门外静俟。"牺楚乃出，待罪金吾仗。逢吉、僧孺俱称栖楚忠直，敬宗乃命中使宣谕令归，自己退朝入内，仍旧寻欢纵乐去了。翌日下诏，擢栖楚为起居舍人，栖楚辞疾不拜。看官阅到此文，总道刘栖楚直声义胆，冠绝一时，哪知他是李逢吉心腹，有恃无恐。特借此讪上沽直，立言可采，居心殆不可问呢。揭破隐情。

逢吉内结中官，外联党与，当时有八关十六子的传闻，八关是张又新、李续、张权舆、李虞、李仲言、姜洽、程昔范等，连刘栖楚在内，共计八人。又有八人从旁附会，所以叫作八关十六子。中外有所陈请，必先贿通关子，后达逢吉，然后可得如愿，逢吉素恨李绅，密嘱李虞、李仲言，伺求绅短。虞系逢吉族子，仲言乃逢吉侄儿，两人寻不出李绅短处，乘着敬宗即位，便与逢吉密商，贿托权阉王守澄，令他入白敬宗，诬称："李绅等欲立深王悰，即穆宗弟。亏得逢吉力为挽回，陛下始得践阼。"敬宗虽然童昏，听到此言，恰也未曾深信。逢吉又自进谗言，请即黜李绅，乃贬绅为端州司马。张又新为补阙官，讨好逢吉，复上言："贬绅太轻，非正法不足伏罪。"敬宗几为所惑，幸翰林侍读学士韦处厚，极力营救，为绅辩诬，方得少沃君心。奸党心尚未餍，日上谤书，敬宗查阅遗牍，得裴度、杜元颖等，请立自己为储贰一疏，李绅名亦列在内，于是绅冤得白，把所有诬绅奏章，一并毁去，仍如迁擢，后文再见。何不加罪诬告？乃仅以一毁了事，敬宗终属不明。

韩愈亦为逢吉所忌，他到敬宗嗣统，已经抱病，数月而殁，还算死得其时，蒙赠礼部尚书，赐谥曰文。愈字退之，南阳昌黎人氏，父仲卿曾为武昌令，政绩卓著，仕至秘书郎。愈三岁丧父，随兄会贬官岭表，会病殁贬所，赖嫂郑氏鞠养成人，童年颖悟，能日记数千百言，及长，尽通六经百家学，下笔有奇气，以进士知名。既登显要，所得俸给，尝赡恤亲朋。居嫂郑氏丧，服期报德；立朝抗直有声，及门弟子甚众，如李翱、皇甫湜、贾岛、刘乂等，皆以诗文见称。愈尝言历代文章，自汉司马相如太史公迁刘向杨雄后，久失真传，因特为探本钩元，吐弃一切，卓然自成一家言。同时与愈齐名，莫若柳宗元。宗元坐王叔文党，被贬永州，寻迁柳州刺史，终死任所。生平流离抑郁，多借文词抒写，顿挫沉雄，人不易及，世号柳柳州。韩愈尝谓柳子厚文，子厚即宗元字。雄深雅健似司马子长，所以也加器重。柳子厚墓志铭，实出韩愈手笔，韩柳文名，几不相让。惜柳党叔文，贻讥身后，不及韩愈闻望，后世且封愈为昌黎伯。韩文公扬名后世，故特为详叙，且随笔补述柳宗元事，回应七十一回，一褒一惜，寓有深情。这且休表。

单说敬宗游戏无恒，少理朝事，内由王守澄梁守谦等揽权，外由李逢吉牛僧孺专政，堂廉睽隔，上下不通，遂致变起萧墙，出人意料。这肇祸的魁首，说将起来，尤属可笑，一个是卖卜术士苏玄明，一个是染坊工人张韶，两个不伦不类的人物，也想做起皇帝来了。确是奇怪。玄明与韶，素相往来，韶问终身祸福，玄明替他占课，掷过金钱，沉吟半晌，忽离座揖韶道：“可喜可贺，日内得升坐御殿，南面称孤，我恰亦得伴食，这真是意外洪福呢。”韶不禁大噱道：“你是卜人，我是染工，如何走得入朝门，坐得上龙廷，真正梦话，可发一笑！”玄明反正色道：“我的卜课，很是灵验，你不闻姜子牙钓鱼，汉沛公斩蛇，后来拜相称帝，名闻古今，难道我等定不及古人么？”援引古人，宛肖术士口吻。韶尚大笑不止。玄明又道：“目下正是发迹的日子，你想皇帝昼夜游猎，时常不在宫中，不乘此图谋大事，尚待何时？”韶被他激说，却也有些心热起来，便道：“宫禁森严，岂凭空可得飞入？”玄明道：“我自有妙计，包管你得升御座，你若不信，也随你罢了，只错过这等好机缘，实是可惜。”韶问有甚么妙计，玄明即与他附耳数语，顿令一个染坊工匠，眉飞色舞，喜极欲狂，便语玄明道：“我做皇帝你拜相，一刻也是好的。”癞蛤蟆想吃天鹅肉。于是两人联作一气，密结染工无赖百余人，匿入柴草车内，混进银台门。韶与玄明充做车夫，门役见车载过重，前来盘诘，被韶抽刀杀死，遂令徒党下车，彼此易服，持刀大呼，直趋殿廷。敬宗方在清思殿击球，诸宦官同侍上侧，突闻殿外有喧嗓声，急出外探望，正值乱党持刀奔来，慌忙返殿闭门，走白敬宗。敬宗也觉着急，仓猝欲逃，便语内侍道："快……快往右神策军营！"内侍道："右军距此太远，不若亟幸左军，较为近便。"敬宗本宠任右神策中尉梁守谦，所以欲奔右军，至闻内侍奏请，不得已向左角门逃出，径诣左军。左神策中尉马存亮，猝闻敬宗到来，急出迎驾，捧足涕泣，自负敬宗入营，立遣大将康艺全，带领骑卒，入宫讨贼。敬宗语存亮道："两宫隔绝，未知安否，如何是好？"存亮复令兵马使尚国忠，率五百骑往迎太皇、太后，及太后同入营中，再令尚国忠往助艺全。时张韶等已斩关直入，升清思殿，径登御榻，与苏玄明同食道："果如汝言。汝的卜课，真正灵验，我已做过皇帝，汝亦做过宰相，我等好同出去了。"还算知足，但既容你入，恐不容你出去。玄明惊道："事止此么？奈何出去？"韶起座道："这宝位岂可长据，倘禁兵到来，如何对敌？"言未已，康艺全已领军杀入，韶与玄明等忙出来抵挡，夺路奔逃。哪经得禁军甚多，杀透一层，又是一层，手下百余人，已倒毙了一大半。更兼尚国忠前来拦阻，眼见得有死无生，乱刀齐下，韶与玄明，同时就戮。尚有几个余党，逃匿苑中，搜查了一昼夜，悉数擒斩，宫禁乃定。是夕，宫门皆闭，敬宗留宿左军，中外不知所在，人情惶骇。翌日，敬宗还宫，宰相李逢吉等入贺，尚不过数十人，当下查问守门宦官，纵盗进来，共得三十五人，法当处死。敬宗只令杖责，仍供旧职，且厚赏两军立功将士。小子有诗叹道：

里闬犹应管镝严，况居帝后隔堂廉。

如何纵贼斩关入，尚事姑容未尽歼。

敬宗惊魂已定，仍然游宴，当由内外直臣，一再讽谏，欲知如何说法，且待下回再叙。

穆敬二朝，藩镇之乱未消，朋党之祸又起。内外交讧，唐室益危。加以穆宗荒耽，敬宗尤甚，万几丛脞，唐之不亡亦仅矣。郭太后怒叱中宫，不愿预政，惩武韦之覆辙，守祖考之遗规，为唐室宫闱中呈一异彩，未始非挽回国脉之一端。惜乎敬宗童昏，游畋无度，宰相李逢吉，复树党擅权，不知匡正，以百余人之无赖工匠，乃能斩关升殿，如入无人之境，朝廷岂尚有君相耶？若张韶、苏玄明之愚妄，何足道焉？

第八十回

蛊敬宗逆阉肆逆
屈刘蒉名士埋名

却说翰林学士韦处厚，素抱公忠，见敬宗仍不知戒，乃入朝面奏道："先帝耽恋酒色，致疾损寿，臣当时未曾死谏，只因陛下年已十六，主器有归，今皇上才及周年，臣怎敢怕死不谏呢？"敬宗颇加奖许，赐他锦彩百匹，银器四具。未几，送穆宗归葬光陵。是时吏部侍郎李程，户部侍郎窦易直，均入为同平章事。两人任职月余，适成德节度使王庭凑，因牛元翼病死襄阳，竟将他留寓深州的家族，尽行屠戮。敬宗闻耗，自叹任相非才，使凶贼纵暴至此。韦处厚乃力荐裴度，说他勋高中夏，声播外夷，不应处诸闲地。李程亦劝敬宗礼待裴度，敬宗乃加度同平章事，仍未召还。既而中官李文德，潜谋作乱，事泄伏诛，敬宗尚宠信宦寺，不以为意。一再示儆，仍然不悟，怎得令终？

越年，改元宝历，敬宗亲祀南郊，还御丹凤楼，大赦天下。唐制，遇着赦令，必由卫尉建置金鸡，使囚犯立金鸡下，然后击鼓宣诏，释放诸囚。是日正在击鼓，忽有中官数十人，执梃而出，乱捶一囚，竟将囚犯殴伤，僵毙数刻，方得复苏。看官道囚犯为谁？原来是鄠令崔发。先是发为邑令，闻五坊人殴辱百姓，命役捕入曳入庭中，细诘姓氏，乃是中使，发已知惹祸，慰遣使去。次日即由台官接奉御敕，收发下狱，一系数旬，得逢恩赦。发亦随各犯立金鸡下，仰望鸿恩，哪知中人正恐他赦宥，所以出来乱殴，御驾当前，胆敢出此，若使敬宗稍有刚德，应该立惩中人，偏敬宗倒行逆施，只赦各犯，不赦崔发，仍令还系狱中。呆极昏极。谏议大夫张仲方等，上书规谏，均不见从。李逢吉从容入白道："崔发敢曳中使，诚大不敬，但发母年垂八十，自发下狱，积忧成疾，陛下方以孝治天下，还望格外矜全？"敬宗乃愍然道："谏官但言发冤，未尝说他不敬，亦不叙及老母，果如卿言，朕奈何不赦哩？”即命中使释发送归，并慰劳发母。母对中使，杖发四十，中使欢颜辞去。究竟崔发有罪，还是中官有罪，请看官自行辨明。牛僧孺看不过去，又畏罪不敢进言，但累表求出，乃升鄂岳为武昌军，出僧孺为节度使。

浙西观察使李德裕，闻敬宗昵比群小，屡不视朝，特献丹扆六箴，一曰宵衣，二曰正服，三曰罢献，四曰纳诲，五曰辨邪，六曰防微，语皆切直可诵。敬宗虽优诏相待，终不能用，荒淫如故。到了五月五日，往鱼藻宫观竞渡船，因嫌龙舟太少，特命盐铁转运使王播，督造龙舟二十艘，预估价值，约需半年转运费。张仲方等力谏，乃始减半。裴度出任山南西道节度使，已阅二年，言官屡称度忠，敬宗亦尝遣使慰问。度因敬宗失政，自求入觐，拟面伸忠悃。李逢吉百计阻挠，私党张权舆特造伪谣云：“绯衣小儿坦其腹，天上有口被驱逐。”绯衣寓裴字，坦腹寓度字，天上有口寓吴字，指吴元济被擒事。又因都城西南，横亘六冈，堪舆家谓应乾象六数，度宅正居第五冈，权舆遂借此诬度，说他名应图谶，宅占冈原，无故求朝，隐情可见。十六字很是厉害。敬宗似信非信，又经韦处厚从旁力辩，奸计卒不得行。

会昭义节度使刘悟病终，子从谏匿丧不发，捏造刘悟遗表，求知留后。司马贾直言诃责道：“尔父提十二州地，归献朝廷，功劳不小，只因张汶煽祸，自谓不洁淋头，竟至羞死，尔孺子何敢如此？况父死不哭，如何为人？”从谏方才丧发，惟遗表已经入都。宰相李程等，均说是不应轻许，独李逢吉与王守澄，谓不如径从所请，竟令从谏为留后，寻且命为节度使。程与逢吉，因是不协。程族人水部郎中仍叔，与袁王绅顺宗子。长史武昭往来，尝同小饮，当酒酣耳热时，昭语带牢骚，仍叔应声道：“我族中相公，也欲畀君显阶，奈为李逢吉所持，不能如愿。”昭不禁攘臂道：“我前随裴相公麾下，往讨淮西，裴相遣我谕示吴元济，元济用兵胁我，我誓死不挠，及还营后，复随大军平贼，裴相因我有功，累表举荐，始终不得大用，想都是这班狐群狗党，从中阻挠，似我尚不足惜，试想忠勋如裴相公，尚被他排挤出去，国家有此奸蠹，怎得治安？我当为国家扑杀此贼！”借昭口中，自述履历。言毕，愤愤欲出。仍叔恐他闯祸，连忙挽住，偏禁不住武昭勇力，脱手便去。昭行至途中，遇着金吾兵曹茅汇，复与谈及逢吉事，汇听他语不加检，料知酒醉，急忙挽至别室，婉言劝解。昭亦酒意渐醒，辞归寓中。不意侦密多人，属垣有耳，那昭汇叙谈的一席话儿，已有人通报张权舆，权舆即转告逢吉，逢吉笑道：“两大鱼当入我网中了。”故态复萌。遂嘱人告发，捕昭汇入狱。李仲言且传语告汇道：“汝但说李程主使武昭，便可无罪，否则且死。”汇慨然道：“诬人求免，汇不敢为。”及对簿时，汇竟将仲言嘱语，和盘说出，于是仲言亦难免罪，狱成定谳。昭杖死，汇流崖州，仍叔流道州，仲言亦流至象州。诬人自坐，何苦乃尔？李逢吉一番巧计，此次却全成画饼。裴度李程，丝毫无损。

适前尚书李绛，奉召为左仆射，绛素有直声，眼见得是不肯缄默，逢吉又多了一个对头，一时没法摆布，只好虚与周旋。时当仲冬，敬宗欲幸骊山，至温泉洗澡，李绛即率同张仲方等，伏阙谏阻，不见俞允。张权舆为左拾遗，也想借端买直，至紫宸殿下，叩首上陈道："昔周幽王幸骊山，为犬戎所杀，秦始皇幸骊山，即至亡国，玄宗作宫骊山，安禄山作乱，先帝亦尝幸骊山，享年不长，陛下不应再蹈覆辙。"敬宗道："骊山有这般凶险么？朕越要一往，试看有应验否？"翌日，即启跸至骊山，就浴温汤，日暮乃返，顾语左右道："若辈叩头进言，有何应验？可见是不足信哩。"骊山亦未必果凶，但好事游幸，不亡亦危，后来敬宗遇弑，实是狎游之咎。李绛闻言叹息，又遇着足疾，遂自请免职。敬宗令为太子少师，出守东都。李逢吉稍稍放怀，偏偏李绛方去，裴度又来，正是防不胜防，暗暗叫苦。

度入朝时，已是残冬。越年仲春，复有诏进度为司空，兼同平章事，急得逢吉心慌意乱，连日与八关十六子，构造蜚言，诬蔑裴老。怎奈上意倾向裴公，反将逢吉渐渐疏淡，逢吉智尽能竭，徒唤奈何。也有此日。一日，度在中书省饮酒，左右忽报称失印，满座失色，度宴饮自若，少顷，复有人入报，印已觅着了，度亦不应。或问度何若是从容？度答道："此必由吏人窃去，偶印书券，若急欲搜查，彼且投诸水火，灭迹图免，不若从容镇定，自然复还故处。"确是相度，但亦安知非由奸党播弄。时人俱服他识量。会敬宗欲幸东都，谏牍日有数起，并不见报。度入奏道："国家本设两都，预备巡幸，但自国家多难，东都宫廨，半多荒圮，陛下果欲行幸，应命有司徐加修葺，然后可往。"敬宗道："百官多说不当往，如卿所言，不往亦可。"乃暂罢东幸，只遣使按修宫阙。卢龙节度使朱克融，执住赐衣使者杨文端，诡言文端无礼，且所赐滥恶，愿假美锦三十万匹饷军，如果得赐，当遣工五千，助治东都，静候车驾东巡。敬宗恨他跋扈，欲遣重臣宣慰。度献议道："克融多行不义，必且自毙，陛下何庸另派重使，但颁一诏书，说是中使倨骄，可还我自责，春服不谨，已诘有司，东都宫阙，营缮将竣，不烦远路劳工，朝廷未尝靳惜布帛，惟独与范阳，即幽州未免厚汝薄人。如此说法，狡谋自阻了。"敬宗依言下诏，果然克融送归文端。既而幽州军乱，杀死克融及长子延龄，拥立少子延嗣为留后。延嗣暴虐，又为都知兵马使李载义所屠，载义自称恒山王承乾后裔，拜表陈朱氏父子罪。敬宗不遑查究，即授载义为节度使。嗣是待度益厚，遣李程出镇河东，令李逢吉出镇山南东道，统皆免相。

度屡劝敬宗早朝，且节劳少游，敬宗临朝较早，游戏如故，素嗜击球手搏诸戏，宦官乏力角逐，往往断臂碎首，于是出钱万缗，招募力士，禁军及诸道多采力士上献。敬宗俱令侍侧，尝引与游畋，又好深夜自捕狐狸，叫做夜打猎。力士或恃恩不逊，辄配流籍没。宦寺小有过失，动遭棰挞，流血方休。因此侍从诸人，且怨且惧。十二月辛丑日，敬宗夜猎还宫，与宦官刘克明、田务澄、许文端，及击球军将苏佐明、王嘉宪、石从宽、王惟直等，共二十八人饮酒。酒已将酣，敬宗入室更衣，忽然殿上烛灭，大众毫不惊哗，惟闻室中一声狂呼，确是敬宗声音，刘克明方命左右爇烛，烛方半明，苏佐明从室内出来，语克明道："大事已了，速筹善后方法。"弑敬宗事，用虚写笔法，高人一层。克明道："不若迎立绛王罢。"遂诈传诏敕，宣翰林学士路隋入内，与语主上暴崩，留有遗命，令绛王悟权领军国事，路隋知他有异，不敢穷诘，只好遵草遗制，一面由田务澄、苏佐明等，迎绛王悟入宫。

绛王悟系宪宗子，乃敬宗叔祖行，他见中使来迎，好似喜从天降，冒冒失失地趋入宫中。天已黎明。宰相以下皆入朝，但见刘克明、苏佐明等，先宣遗诏，继拥绛王悟出紫宸殿，就外庑引见百官，百官俱面面相觑，不发一言，独裴度怡然道："度等只知遵奉诏旨，皇上猝崩，遗言犹在，应该遵行。"克明插入道："裴公已三朝元老，一切政策，全仗主裁。"度又道："度已衰朽，但凭公等裁酌，可行即行便了。"裴公可与言权。同平章事窦易直，本来是没有人格，当然随声附和。度即退归私第，决意讨逆，百忙中想不出甚么良法，可巧中尉梁守谦来见，度即延入，便语道："我正要来邀中尉，今日事情，中尉以为何如？"守谦道："弑君逆贼，可杀可恨。"度又道："度等在外，君等在内，究竟弑逆与否，亦当查明。"守谦道："何必多查，闻逆贼刘克明且要将我辈驱逐，我所以来见司空，同靖大难。"度即道："中尉手握禁兵，一呼百诺，何勿速入讨贼！稍纵即逝了。"守谦道："果得除贼，绛王亦不应继立。"度答道："这个自然，名不正，言不顺。"守谦道："是否立皇子普。"度半晌才道："皇子年幼，不如立江王涵。"守谦即行，遂与枢密使王守澄、杨从和，右神策中尉魏从简，时马存亮已出监淮南军。用牙兵迎江王涵入宫，发左右神策飞龙兵，进讨贼党，一体骈诛。连绛王悟亦死乱军中。忠勇如裴晋公，犹必借宦官诛逆，国事可知。

守澄等欲号令中外，苦无成例可援，特商诸翰林学士韦处厚。处厚道："正名讨逆，何嫌何疑？"守澄又问江王如何践阼？处厚道："先用王教布告中外，说是内难已平。然后有群臣三表劝进，即以太皇太后令，册命即位，便无可指摘了。"守澄等统皆欢洽，也不暇再问有司，凡百仪制，都付处厚裁决。当令裴度摄冢宰，率百官谒见江王。江王素服出见，涕泣陈辞。度与百官奉笺劝进，继以太皇太后命令，遂即位宣政殿，改名为昂，是为文宗。乃为敬宗发丧，奉葬庄陵。可怜十八岁的嗣皇帝，在位仅及两年，只因淫荒过度，乐极生悲，徒落得烛残身殒，授命家奴，甚至遗骸暴露，好几日才得棺殓，这岂非咎由自取么？评断精严。

文宗年才十七，颇知孝谨，尊生母萧氏为皇太后，奉居大内，太皇太后郭氏居兴庆宫，称王太后为宝历太后，居义安殿，当时号为三宫太后。文宗每五日问安，凡羞果鲜珍，及四方供奉，必先荐宗庙，次奉三宫，然后进御。就是敬宗妃郭氏，已封贵妃，敬宗子普，已封晋王，文宗一体优待，礼嫂抚侄，始终不衰。并且去佞幸，出宫人，放鹰犬，裁冗官，省教坊乐工，停贡纂组雕镂，及金筐宝床等类，去奢从俭，励精图治，擢韦处厚为同平章事，每遇奇日视朝。奇读如期。对宰相群臣，延访政事，历久方罢。待制官旧虽设置，未尝召对，文宗独屡加延问，中外想望太平，翕然称庆。无非善善从长之意。但也有一大弊处，军国重事，不能果决，往往与宰相等已经定议，后辄中变，所以宽柔有余，明强不足。众善不胜一弊。

越年，改元太和，韦处厚因文宗过柔，乞请避位。文宗再三慰劳，不令辞职。淮南节度使兼盐铁转运使王播，力求复相，所献银器以千计，绫绢以十万计，经权幸再四揄扬，乃召他入朝，仍命同平章事。于是小人复进，正士日疏。横海、魏博、成德诸镇，且有不靖消息，免不得又动兵戈。事见后文。勉强过了一年，至太和二年三月，诏举贤良方正，及直言极谏诸士，由文宗临轩亲策，命题发问，大旨在如何端化，如何明教，如何察吏，如何阜财等条目。昌平进士刘蕡，独痛心阉祸，条陈万言，小子录不胜录，但摘要叙述如下。

臣闻不宜忧而忧者国必衰，宜忧而不忧者国必危。陛下不以国家存亡，社稷安危之策，降于清问，岂以布衣之臣，不足与定大计耶？或万几之勤有所未至也。臣以为陛下所先忧者，宫闱将变，社稷将危，天下将倾，四海将乱，此四者国家已然之兆，故臣谓圣虑宜先及之。夫帝业不易成，亦不易守，本朝开国二百余年，其间圣明相因，未有不用贤士近正人而能兴者。伏愿陛下思开国之艰，杜篡弑之渐，居正位，近正人，远刀锯之残，亲骨鲠之直，辅相得以专其任，庶寮得以守其官，则朝政自理。奈何以亵近五六人，总揽国务，臣恐祸稔萧墙，奸生帷幄，曹节侯览，汉中常侍。**复生于今日，此宫闱将变也。**伏后来甘露之变。**臣按春秋定公元年春王不言正月者，以先君不得正其终，则后君不得正其始，故曰定无正也。今忠贤无腹心之寄，阉寺专废立之权，陷先帝不得正其终，致陛下不得正其始，况太子未立，郊祀未修，将相之职未归，名器之宜不定，此社稷将危也。天之所授者命，君之所存者令，操其令而失之者，是不君也，侵其命而专之者，是不臣也。君不君，臣不臣，此天下所以将倾也。晋赵鞅以晋阳之兵叛，入于晋，书其归者，能逐君侧之恶以安其君，故春秋善之。今威柄陵夷，藩镇跋扈，有不达人臣大节而首乱者。将以安君为名，不究春秋之微而称兵者，且以逐恶为义，政刑不**

由于天子，征伐必出自诸侯，此海内之将乱也。眼光直注唐末。今公卿大臣，非不欲为陛下言之，虑陛下不能用也。臣下既言而不行，言泄而祸且随之，是以欲尽其言，则有失身之惧，欲尽其意，则有害成之忧，徘徊郁塞以须陛下感悟，然后得尽其启沃，陛下何不于听朝之余，时御便殿，召当时贤相老臣，访持变扶危之谋，求定倾救乱之术，塞阴邪之路，屏狎亵之臣，制侵陵迫胁之心，复门户扫除之役，戒其所宜戒，忧其所宜忧，既不得治其前，当治其后，既不能正其始，当正其终，则可以虔奉典谟，克成丕构矣。昔秦之亡也，失于强暴，汉之亡也，失于微弱，强暴则奸臣畏死而害上，微弱则强臣窃权而震主，伏见敬宗不虞亡秦之祸，不翦其萌，还愿陛下深轸亡汉之忧，以杜其渐，诚能揭国柄以归于相，持兵柄以归于将，去贪臣聚敛之政，除奸吏因缘之害，惟忠贤是进，惟正直是用，内宠便僻，无所听焉，如此而有不万国欢康，兆庶苏息者，臣不信也。夫制度立则财用省，财用省则赋敛轻，赋敛轻，则人富矣。教化修则争竞息，争竞息则刑罚清，刑罚清则人安矣。尤有进者，古时因井田以制军赋，闲农事以修武备，提封约卒乘之数，命将在公卿之列，故兵农一致，而文武同方，用以保乂邦家，式遏乱略。太宗置府兵台省军卫，文武参掌，闲岁则櫜弓力穑，有事则释耒荷戈，所以修复古制，不废旧物，今则不然。夏官不知兵籍，止于奉朝请，六军不主武事，止于养阶勋，军容合中官之政，戎律附内臣之职，首一戴武弁，疾文吏如仇雠，足一蹈军门，视农夫如草芥，谋不足以翦除奸凶，而诈足以抑扬威福，勇不足以镇卫社稷，而暴足以侵害闾里，羁绁藩臣，干陵宰辅，隳裂王度，汩乱朝经，张武夫之威，上以制君父，假天子之命，下以御英豪，有藏奸观衅之心，无伏节死难之谊，岂先王经文纬武之旨耶？昔龙逢死而启商，比干死而启周，韩非死而启韩，陈蕃死而启魏，今岂之来也，有司或不敢荐臣之言，陛下又无察臣之心，退必戮于权臣之手，臣幸得从四子游于地下，固臣之愿也，岂忍姑息时忌，窃陛下一命之宠乎哉？

是时考官左散骑常侍冯宿，太常少卿贾悚等，阅读蕡策，相率叹服。只因王守澄、梁守谦等，盘踞宫禁，势焰逼人，一或取录，必且遭祸，不得已将他割爱。当时有二十二人中第，统皆除官。道州人李郃，亦在选列，得除河南府参军。他独奋然道："刘蕡下第，我辈登科，能勿厚颜么？"遂邀集同科裴休、杜牧、崔慎由等，联名上疏，愿将自己科名，让与刘蕡，以旌蕡直。文宗也怕中官为难，不好批答，但将原疏搁置不提。后来蕡终不得仕，仅由牛僧孺等，召为幕僚，后来且为阉宦所诬，贬为柳州司户参军，抑郁以终。小子有诗叹道：

制举由来待有才，如何名士屈尘埃？

雷鸣瓦釜黄钟毁，无怪灵均泽畔哀。

刘蕡被斥，朝廷又失了一位贤相，看官道是何人，且至下回表明。

杜牧（803—853），字牧之，京兆万年（今陕西西安）人，唐文学家。历任监察御史，黄、池、睦诸州刺史，后入为司勋员外郎，官终中书舍人。以济世之才自负，曾注曹操所定《孙子》十三篇。杜牧的诗歌以七言绝句著称，内容以咏史抒怀为主，其诗英发俊爽，多切经世之物，在晚唐成就颇高。杜牧人称“小杜”，以别于杜甫。又与李商隐并称“小李杜”。其《阿房宫赋》最为有名，著有《樊川文集》。

敬宗在位二年，未尝行一虐政，且于裴度、李绛、韦处厚诸臣，亦知其忠直可用，非直淫昏无道者比，而卒为逆阉所弑者，好游宴，暱倿幸故也，裴度系三朝元老，不能亲自讨贼，乃委权于王守澄、梁守谦等人，何唐室季年，阉人权力，一至于此？文宗有心图治，终受制于家奴，有一刘蕡而不敢用，黜直言之士，增中官之焰，是而欲治安也得乎？读刘蕡疏，令人三叹不置云。

第八十一回

诛叛帅朝使争功
诬相臣天潢坐罪

却说同平章事韦处厚，表字德载，原籍京兆，以进士第入官，素性介直，穆宗时入为翰林学士，文宗绥靖内难，擢居宰辅。太和二年冬季，因横海留后李同捷叛命，屡入朝会议军情，不意早起遇寒，入殿白事，竟晕仆案前。文宗亟命中人掖出登舆，送归私第，越宿即殁，追赠司空。窦易直同时罢职，改任兵部侍郎翰林学士路隋同平章事。看官欲知李同捷如何叛命，待小子约略叙明。横海军属州有四，便是沧、景、德、棣四州，从前是乌重胤任职，最号恭顺。重胤徙镇山南西道，由杜叔良接任，叔良免职，用德州刺史王日简为横海节度使，参见七十八回。赐姓名为李全略。已而授李光颜兼镇横海军，另授全略为德棣节度使。光颜任事未几，仍乞还镇忠武军。敬宗末年，光颜病卒，追赠太尉，予谥曰忠。随笔带叙李光颜，不没功臣。忠武军由王沛高瑀，依次递任，不劳细叙。惟李全略与李光颜同逝，子同捷擅领留后，敬宗毫不过问。至文宗元年，仍命乌重胤复任，调李同捷为兖海节度使。同捷不愿移镇，托言为将士所留，拒命不纳。一面出珍玩女妓，遍赂河北诸镇，要结党援。卢龙节度使李载义，见前回。执住同捷来使，及所有馈遗，并献朝廷。魏博节度使史宪诚，与李同捷世为婚姻，潜助同捷，当时韦处厚尚未去世，颇疑宪诚，裴度独谓宪诚无二心。裴度公料事颇明，至此几失之宪诚，可见知人之难。可巧宪诚遣亲吏入朝，隐侦朝事，处厚与语道："晋公百口保汝主帅，我却不以为然。若使汝主帅暗助同捷，国法具在，怎得轻恕？只晋公未免为难，汝去归语主帅，负朝廷不可，负晋公愈不可呢。"裴度封晋国公，见七十六回。宪诚亲吏，如言归报，宪诚颇有惧意，不敢与同捷往来。成德节度使王庭凑，替宪诚代求节钺，文宗不许，遂发兵械盐粮，接济同捷。

武宁节度使王智兴，愿率本军三万人，自备五阅月粮饷，讨同捷罪。平卢节度使康志睦，康日知子。继薛平后任，薛平移镇平卢，见七十七回。亦愿先驱往讨。奏章陆续入都，文宗乃命乌重胤、康志睦、李载义、史宪诚四帅，会同义成节度使李听，义武节度使张璠，各率本镇军，进讨同捷。重胤素得士心，受命即行，屡战皆捷，偏是天不假年，中道谢世。文宗因他累积忠勋，赙遗加厚，追赠太尉，予谥懿穆。重胤字保君，系河东将乌承玼子，屡任重镇，始终守礼，幕僚如温造石洪，皆知名士，入为谏官。至重胤殁时，门下士二十余人，刲股以祭，可见他惠爱及人，所以有此食报呢。旌扬美德。王智兴奏荐保义节度使李寰，可继重胤，有诏允准。李寰自晋州赴军，所过残暴，部下多无纪律，既至行营，拥兵不进，但坐索饷糈。惟智兴还算出力，拔棣州，破无棣，康志睦亦下蒲台，相继奏捷。史宪诚首鼠两端，阴怀观望，独长子副大使唐，泣谏宪诚，自督军二万五千趋德州，得拔平原，余军多徘徊不进。

王庭凑出助同捷，屯兵境上，牵制史唐，一面往赂沙陀酋长朱邪执宜，拟与连兵。沙陀本西突厥别部，自唐太宗时入修朝贡，累代不绝，至德宗贞元年间，中国多故，北庭不通，沙陀酋长尽忠，乃降附吐蕃。既而回鹘取吐蕃凉州，吐蕃疑尽忠为导，命徙河外。尽忠惶惧，因与子执宜率三万人，仍来归唐，途次为吐蕃兵追袭，尽忠战死，执宜领残众至灵州，叩关请降。节度使范希朝据实奏闻，诏令就盐州置阴山府，令执宜为府兵马使，率众居住。为后文李国昌父子张本。至是拒绝王庭凑，遣归使人，却还原赂。庭凑没法，又嗾使魏博兵马使元志绍，引部兵还逼魏州。史宪诚上表告急，唐廷派金吾大将军李祐，为横海节度使，专讨庭凑。又令义成节度使李听，调沧州行营诸军，往救魏博。李听与史唐合兵击败志绍，志绍走降昭义军，安置洺州，既而缢死。于是李祐会同李载义各军，攻克德州，进薄沧州，直入外城。

沧州为李同捷住所，见外城被破，当然惶急，乃致书李祐，悔罪乞降。祐遣部将万洪入城抚众，趁便留守，并将详情奏闻，静候朝旨。文宗遣谏议大夫柏耆，驰往宣慰。耆至祐营，大言不逊，威协诸将，诸将已愤懑不平。耆又疑同捷有诈，自率数百骑入沧州城，诱令同捷入朝，并使挈同眷属，即日启行。万洪谓宜转告李祐，耆怒叱道："我奉天子命来取同捷，就是汝主帅李祐，也不能违命，汝有甚么权力，敢来拦阻？"万洪不肯伏气，便抗声道："同捷叛命，已是三年，幸我主帅努力破贼，才得使叛臣畏服，献地归朝，否则公虽远来，三寸舌能说降一贼么？奈何借天子威，藐视功臣，不一告知呢。"道言未已，那柏耆已拔刀砍去，洪不及防备，竟被斫倒，接连又是一刀，结果性命。洪语虽未免唐突，但亦非尽无理，奈何擅加残戮？当下即押同捷等出城，也不再入祐营，即取道将陵，向西进发。途次闻王庭凑发兵将至，来劫同捷，因将同捷枭首，传入京师。看官试想！诸道劳师三载，好容易得平同捷，偏经一无拳无勇的柏耆，篡取渠魁，前去献功，几把诸道将帅，一概抹煞，那诸将帅肯甘心忍受么？自是彼上一表，此陈一疏，均言柏耆载宝而归，恐同捷面陈阙下，因把他杀死灭口。文宗不得已，贬耆为循州司户参军，贪人之功，以为己力，终究不妙。流同捷母妻子弟等至湖南。

李祐因柏耆返京，乃整军入城。是时祐已抱病，入城后闻万洪惨死，愈觉悲忿，病遂加剧，乃驰奏乞代，并述耆擅杀万洪，有功被戮，愧无以对将士等语。文宗得奏，不禁愤慨道："祐前平淮蔡，今平沧景，为国立功，不为不巨。今为柏耆加疾，脱或致死，岂非是柏耆杀他么？"谁叫你遣使非人。遂再流耆至爱州。既而祐讣又至，复赐耆死；特简卫卿殷侑，为横海节度使。侑至沧州，招辑流亡，劝民农桑，与士卒同甘苦，百姓大悦，文宗更拨齐州隶横海军，一年足兵，二年足食，三年后户口蕃殖，仓廪充盈，又是一东海雄镇了。

史宪诚闻沧景告平，令子唐奉表请朝，情愿纳地听命。唐附表改名孝章，有诏进宪诚兼官侍中，调任河中节度使，命李听兼镇魏博，分相、卫、澶三州，归史孝章管辖，即授为节度使。李听屯兵馆陶，迁延未进，宪诚搜括府库，整治行装。将士忿怒，私相告语道："主帅无故求代，卖地邀恩，今又欲席卷以去，难道我等军人，应该饿死么？"嗣是辗转煽乱，激成变衅，遂乘夜闯入军府，杀死宪诚，并监军史良佐，另推都知兵马使何进滔为留后。进滔下令道："诸君既迫我上台，须听我号令，方可任事。"大众唯唯从命。进滔遂查捕乱首，责他擅杀军使及监军，斩首示众，乃为宪诚发丧，自己素服临哭，将吏统令入吊，一面拜表奏陈详情。李听闻魏州有变，方才趋往，已是迟了。进滔率领魏博将士，出阻李听。听尚未戒备，被进滔杀入营中，一阵冲突，顿时骇散，慌得听昼夜逃奔，到了浅口，人马丧亡过半，辎重器械，尽行抛弃。还亏昭义军出来救听，才将追兵截回。听还至滑台，报称败状，御史中丞温造，劾听奉诏逗留，致有魏博乱事，奏请论罪如律。文宗好事优容，但召听入朝，令为太子太师，又因河北用兵日久，饷运不继，未能再讨进滔，乃授进滔为魏博节度使。史孝章自请守制，因将相、卫、澶三州，仍归进滔管领。进滔抚治兵民，颇有权术，人皆听命，他却安枕无忧了。王庭凑始助同捷，已有诏削夺官爵，令邻镇严兵防守，休与往来。庭凑因同捷伏辜，不免忧惧，因上表谢罪，愿纳景州自赎。文宗得过且过，返还景州，赐复官爵，于是河朔一带，勉强弭兵。写尽文宗优柔。

裴度因年高多疾，屡乞辞职，文宗不许。度又荐称李德裕才可大用，乃召入为兵部侍郎，欲令为相。偏吏部侍郎李宗闵，与德裕有隙，暗地里贿托宦官，求为援助。王守澄等内揽大权，力荐宗闵为相，文宗恐他内逼，没奈何擢居相位。宗闵喜出望外，遂设法排挤德裕。适值李听入朝，因奏派德裕出镇义成军，又引入牛僧孺为兵部尚书，做一帮手。牛僧孺出为武昌军节度使，见前文。可巧王播病死，王播为相，亦见前文。僧孺坐继相职，与宗闵交嫉德裕。回应七十二回与七十九回。德裕甫抵滑州，接受义成军节度使旌节，朝旨又复颁下，令他调镇西川，防御南诏。南诏由韦皋收服后，本无贰心，韦皋事见七十一回。自国王异牟寻病殁，再传至劝龙晟。为藩酋嵯巅所弑，拥立劝龙晟弟劝利，劝利隐感嵯巅，赐姓蒙氏，号为大容，蛮人称兄为容，表明尊敬的意思。劝利传弟丰祐，丰祐勇敢过人，具有大志，会故相杜元颖，出任西川节度使，元颖本没甚材具，自诩文雅，玩视军人，往往减扣衣粮，西南戍卒，转至蛮境劫掠，丰祐与嵯巅，趁势引诱戍卒，给他衣食，令为向导，即由嵯巅率众随入，袭陷嶲、戎二州。元颖发兵与战，大败而还。嵯巅复进据邛州，并逼成都。文宗贬元颖为邵州刺史，另调东川节度使郭钊为西川节度使，兼权东川节度事。又令右领军大将军董重质，发太原凤翔各道兵，往救西川。钊贻书嵯巅，责他无故败盟，嵯巅复书道："杜元颖侵扰我境，所以兴兵报怨，今既易帅，自当退兵修好。"钊复遣使与订和约，嵯巅遂大掠子女玉帛，引众南去。嗣复遣使上表，谓："蛮人近修职贡，怎敢犯边？只因杜元颖不知恤下，以致军士怨苦，竟为向导，求我转诛虐帅。今元颖尚未受诛，如何安慰蜀士？愿陛下速奋天威，惩罪安民，勿负众望！"文宗乃再贬元颖为循州司马，令董重质及诸道兵士，一概引还。

郭钊至成都，因疾求代，牛、李两相，遂又请将德裕远调。文宗未悉私衷，即诏令德裕西行。德裕至镇，作筹边楼，每日登楼眺览，窥察山川形势，又日召老吏走卒，咨问道路远近，地方险易，一一绘图立说，详尽无遗。自是南至南诏，西至吐蕃，所有城郭堡寨，无不周知。乃练士卒，葺堡鄣，置斥堠，积粮储，慎固边防，全蜀大定。确是有才。惟南诏寇成都时，曾调东都留守李绛为山南西道节度使，令募兵进援成都，绛招兵千人赴援，及南诏修和，罢兵还镇。既而绛接奉朝旨，遣散新军，每人各给廪麦数斗，新军多怏怏失望。监军杨叔元，因绛莅镇后，绝无馈遗，暗暗怀恨，遂激动新军，说是恩饷太薄，众情已是不平。更经监军煽惑，索性鼓噪起来，入掠库储，狂奔使署。绛方与僚佐宴饮，闻变登城。或劝绛缒城逃走，绛慨然道："我为统帅，怎得逃去？尔等只管听便。"僚佐多半散去。只牙将王景延，及推官赵存约在侧，绛亦麾手令去。景延下城与战，为乱军所杀。存约尚随绛未行，绛急语道："乱军将至，何不速行？"存约道："存约受明公知遇，要死同死，何可苟免。"言甫毕，乱兵已一拥上城，可怜绛与存约，先后遇害。绛一生忠直，不意竟遭此难。杨叔元奏报军变，尚诬称绛克扣新军募值，因致肇乱。谏官崔戎等，共论绛冤，及叔元激怒乱军罪状。文宗乃赠绛司徒，予谥曰贞，立派御史中丞温造，继任山南西道节度使，往平乱事。

造行至褒城，正值兴元都将卫志忠，征蛮归来，两下相遇，密与定谋，即分志忠兵八百人为牙队，五百人为前军，趋入兴元，守住府门。造声色不动，但说是犒犒士卒，那乱军靠着杨叔元势力，仍然入受犒赏，不意驰入府门，已由志忠指麾牙兵，把他围住。见一个，杀一个，诛死了八百名，单剩百余名逸去。叔元正与造叙谈，造得志忠复报，便语叔元道："监军是朝廷命官，奈何嗾使乱军，戕杀主帅？"叔元无可抵赖，跪伏造前，捧着造靴，哀求饶命。造乃答道："待我表闻朝廷，恐朝廷未必赦汝哩。"当下命将叔元系狱，奏请朝命发落。嗣接文宗诏书，流叔元至康州，乃将叔元释去。绛在地下，恐难瞑目。

越年为太和五年，卢刘副兵马使杨志诚，煽动徒众，逐去节度使李载义，又杀死莫州刺史张庆初，事闻于朝。时元老裴度，屡次乞休，文宗尚不忍令去，加官司徒，限三五日一入中书，平章军国重事。继由牛李两人，妒功忌能，再进谗言，度亦申请辞职，乃出为山南东道节度使，擢任尚书右丞宋申锡同平章事。当下由李宗闵、牛僧孺、路隋、宋申锡四相，同至殿前，会议卢龙善后事宜。牛僧孺进议道："范阳自安史以来，久非国有，刘总暂献土地，朝廷费钱八十万缗，丝毫无获，今日为志诚所得，与前日载义无异，若就此抚慰，使捍北狄，也是一策，不必计较顺逆了。"真是好计。李宗闵本是牛党，路隋系好好先生，申锡乃是新进，当然不加异议。文宗乃命志诚为留后，召载义入京，拜为太保。载义自易州至京师，不到数旬，受诏为山南西道节度使，调温造镇河阳，进志诚为卢龙节度使。惟宋申锡由文宗特擢，因他沉厚忠谨，不附中官，所以拔充宰辅，时常召入内廷，谋除阉党。申锡引用吏部侍郎王璠为京兆尹，谕以密旨，璠竟转告郑注，看官道郑注是何等人物？他本是翼城人，形体眇小，两目短视，尝挟医术游江湖间，元和末至襄阳，为节度使李愬疗疾，愬署为推官，从愬至徐州，渐参军政，妄作威福，军士多半侧目。中官王守澄，方为监军，密将众情白愬，请即逐注。愬笑道："注虽不逊，却是奇才，将军试为叙谈，果无可取，斥逐未迟。"守澄默然退去，愬即令注往谒守澄，守澄颇有难色，不得已与注相见，座谈数语，机辩横生，守澄惊喜交集，延入中堂，促膝与语，说得守澄非常佩服，相见恨晚。次日即语愬道："郑生才具，确如公言。"守澄不足道，李愬未免失人。及守澄入典枢密。注亦随行，日夜为守澄计事，益见宠任，所有关通纳贿等情，多由注一手经营。守澄更为注营宅西邻，达官贵人，陆续趋往，门前如市。王璠与注，素通声气，闻得这番机密，便去通报郑注。看官！你想注为王守澄心腹，怎得不闻风相告呢？守澄忙与计议，当由注想出一法，只说宋申锡谋立漳王，嗾令神策都虞候豆卢著，先行讦发，然后由守澄密白文宗。漳王凑为文宗弟，向有令望，文宗得守澄言，免不得疑惧交并，立命守澄查讯。文宗既引申锡为心腹，谋除中官，奈何复信守澄。守澄即召集党羽，拟遣二百骑屠申锡家。飞龙厩使马存亮，虽也是个宦竖，倒也有些天良，便挺身出争道："宋相罪状未明，遽加屠戮，岂不要激成众怒？万一京中生乱，如何抵制？不如召问他相，再定进止。”守澄乃遣中使悉召宰相，至中书省东门，牛、李等鱼贯而入，独申锡为中使所阻，且与语道：“奉命传召，无宋公名。”申锡自知得罪，望着延英门持笏叩头而退。牛、李诸相，入延英殿，文宗与语申锡阴谋，牛、李等相顾惊愕，良久方同答道：“请确实讯明，方可定罪。”文宗乃命王守澄往捕漳王内史晏敬则朱训，及申锡亲吏王师文等，鞫问虚实。师文逸去，敬则与训，系神策狱，叠经搒掠，屈打成招。谳词既定，一王二相，几蹈不测。还亏左常侍崔玄亮，给事中李固言，谏议大夫王质，补阙卢钧舒元褒蒋系裴休韦温等，伏阙力谏，请将全案人犯，移交外廷复讯。文宗道：“朕已与大臣议定了。”玄亮叩头流涕道：“杀一匹夫，尚应慎重，况宰相呢！”文宗乃复召相臣入商，牛僧孺谏道：“人臣极品，不过宰相，今申锡已为相臣，尚有何求？臣料申锡不至出此。”文宗略略点首。郑注恐复讯有变，劝守澄入奏文宗，止加贬黜，乃贬漳王凑为巢县公，宋申锡为开州司马，晏敬则朱训坐死。马存亮倍加愤惋，即日乞休，挂冠而去。莫谓中官无人。申锡竟病殁贬所，漳王凑亦未几告终。及王守澄郑注，相继伏法，乃追复申锡官爵，封漳王凑为齐王。小子有诗叹道：

甘将心腹作仇雠，庸主何堪与密谋？
更有贤王冤莫白，无端受贬死遐陬。

申锡案已经了结，维州事争案又起，欲知详情，请看官且阅下回。

河朔三镇，叛服靡常，不谓又增一横海军。李同捷袭父遗业，竟尔抗命，成德魏博，又从而阴助之，微李祐之努力进讨，不亦如王庭凑史宪诚等，逍遥法外，坐拥旌节耶？柏耆奉使至沧州，擅杀万洪，并诛同捷，诛同捷犹可，杀万洪实属不情。苟李祐稍有变志，恐横海亦非唐有矣。甚矣哉，文宗之所使非人也！此后如成德卢龙，以乱易乱，无一非姑息养奸，兴元兵变，祸起监军，杨叔元死有余辜，犹得幸生，不特李绛沉冤，即被诛之新军八百人，恐亦未能瞑目，是何凶竖？独沐天恩，无怪王守澄等之久踞宫禁，势倾朝野也。宋申锡不密害成，咎尚自取，漳王何辜？乃亦遭贬。况文宗固欲除阉人，而反信阉人之诬构，庸昧至此，可胜慨哉！周赧汉献，原不是过矣。

第八十二回

嫉强藩杜牧作罪言 除逆阉李训施诡计

却说维州在西川边境，地当岷山西北，一面倚山，三面濒江，本是唐朝故壤，为吐蕃所夺，号为无忧城，遣将悉怛谋居守。悉怛谋闻蜀帅得人，有志内附，即率众投奔成都。西川节度使李德裕，喜得悉怛谋，欣然迎纳，即遣兵据维州城，奏称："维州为西川保障，自维州陷没，川境随在可虞，今幸故土重归，内足屏藩全蜀，外足抵制吐蕃，就使吐蕃来争，维州可战可守，亦足控御"云云。文宗览奏，即召百官集议，大众皆请从德裕言，独牛僧孺发言道："吐蕃全境，四面各万里，失一维州，亦无大损，近来与我修好，约罢戍兵，我国对待外夷，总以守信为上，若纳彼叛人，彼必责我失信，驱马蔚茹川，直上平凉阪，万骑遥来，怒气直达，不三日可到咸阳桥，京城且守备不暇。就令得百维州，亦远在西南数千里外，有何用处？"文宗本来懦弱，被僧孺说得如此危险，禁不住胆怯起来，便应声道："如卿言，不如遣还悉怛谋罢！"僧孺道："陛下圣明，臣很敬佩。"维州一案，后儒聚讼甚多，实则僧孺欲倾轧德裕，是非且不必计，居心已不可问。文宗乃饬德裕归还维州，并执悉怛谋畀吐蕃。德裕大为不忍，因恐僧孺再加谗构，没奈何依旨施行。吐蕃得悉怛谋，立刻诛夷，备极惨酷，事为德裕所闻，不胜叹息。西川监军王践言，亦谓朝廷失计，代为扼腕。可巧践言奉召入京，令知枢密，乘便与文宗谈及，谓缚送悉怛谋，既快虏心，尤绝外望。文宗闻言知悔，亦咎僧孺失策。僧孺内不自安，累表请罢，乃出为淮南节度使，另征德裕入朝，授同平章事。

德裕一入，李宗闵与他有隙，当然不安。工部侍郎郑覃，与德裕亲厚，素为牛、李所忌，德裕引为御史大夫，从中宣诏。宗闵语枢密使崔潭峻道："黜陟俱由内旨，何用中书？”潭峻微哂道：“八年天子，听令自行，亦属何妨。”宗闵愀然而止。给事中杨虞卿等，均由牛、李进阶，德裕复请出为刺史。文宗尝与德裕、宗闵等，论朋党通弊，宗闵道：“臣素恨朋党，所以杨虞卿等具有美才，臣不给他美官。”德裕笑语道：“给事中尚不算美官吗？”宗闵不禁失色，自请卸职，遂罢为山南西道节度使。调李载义移镇河东，另任盐铁转运使王涯，兼同平章事。卢龙节度使杨志诚，既逐去李载义，骄恣不法，屡遣使求兼仆射，朝廷但授吏部尚书兼衔。志诚愤怒，竟留住朝使魏宝义。文宗不得已命为右仆射，别遣使臣慰谕。殿中侍御史杜牧，见朝廷专事姑息，慨然论河朔大势，名为罪言，略云：

天宝末，燕盗起，出入成皋函潼间，若涉无人地。郭李辈兵五十万，不能过邺，人望之若回鹘吐蕃，无敢窥者。国家因之，畦河修障，戍塞其街蹊。齐鲁梁蔡，传染余风，因以为寇。以里拓表，以表撑里，浑濒回转，颠倒横邪，天子因之，幸陕幸汉中，焦焦然七十余年。宪宗皇帝浣衣一肉，不畋不乐，自卑冗中拔取将相，凡十三年，乃能尽得河南山西地。惟山东未服。今天子圣明，超出古昔，志于平治，若欲悉使生人无事，应先去兵。不得山东，兵不可去，窃谓上策莫如自治，何者！当贞元时，山东有燕赵魏叛，河南有齐蔡叛，梁徐陈汝白马津盟津襄邓安黄寿春，皆戍厚兵十余所，才足自护，不能他顾，遂使我力解势弛，熟视不轨者无可如何，因此蜀亦叛，吴亦叛，其他未叛者，迎时上下，不可保信。自元和初，至今二十九年间，得蜀得吴，得蔡得齐，收郡县二百余城，所未能得者，惟山东百城耳。土地人户，财物甲兵，较之往年，岂不绰绰乎？亦足自以为治也。法令制度，品式条章，果自治乎？贤才奸恶，搜选置舍，果自治乎？障戍镇守，干戈车马，果自治乎？井闾阡陌，仓廪财赋，果自治乎？如不果自治，是助虏为虏，环土三千里，植根七十年，复有天下阴为之助，则安可以取？故曰上策莫如自治。中策莫如取魏，魏于山东最重，于河南亦最重。魏在山东，以其能遮赵也，既不可越魏以取赵，尤不可越赵以取燕，是燕赵常取重于魏。魏常操燕赵之命，故魏在山东最重。黎阳距白马津三十里，新郑距盟津一百五十里，陴垒相望，朝驾暮战，是二津虏能皋一，则驰入成皋，不数日间耳。故魏于河南亦最重。元和中举天下兵诛蔡诛齐，顿之五年，无山东忧者，以能得魏也。昨日诛沧，顿之三年，无山东忧，亦以能得魏也。长庆初诛赵，一日五诸侯兵，四出溃解，以失魏也。昨日诛赵，罢敝如长庆时，亦以失魏也。故河南山东之轻重在魏，非魏强大，地形使然也。故曰取魏为中策。

最下策为浪战，不计形势，不审攻守是也。兵多粟多，驱人使战者便于守，兵少粟少，人不驱自战者便于战，故我尝失于战，虏常困于守。自十余年来，凡三收赵，食尽且下，郗士美败，赵复振，杜叔良败，赵复振，李听败，赵复振，故曰不计地势，不审攻守，为浪战，最下策也。

李商隐（约813—约858），字义山，号玉谿生，怀州河内（今河南沁阳）人，唐诗人。因为卷入“牛李党争”，一生困顿不得志。其诗对当时藩镇割据、宦官擅权和时政弊端多有所反映。擅长律、绝，富于文采，构思精密，精致婉曲。与杜牧合称“小李杜”，又与温庭筠合称“温李”，有《夜雨寄北》《无题》等诗传世。

此外如伤府兵废坏，作原十六卫，更作战论守论，亦颇中肯綮。李德裕素奇牧才，很为赏鉴，牧因得累迁左补阙，及史馆修撰，并改膳部员外郎，惟素性好游，更兼渔色。牛僧孺出镇淮南时，牧尝随为书记，供职以外，专以游宴为事。扬州为烟花渊薮，六朝金粉，传播古今，十里歌楼，名娼似鲫，牧出入往来，殆无虚夕，留诗裙带，成为常事。及入居台省，议论风生，压倒四座，所陈利病，切实不虚。嗣复出守外郡，历任黄州池州睦州湖州各刺史，豪游畅咏，不减少年，时人以材同杜甫，号为小杜。后仕至中书舍人，感怀迟暮，不获大用，竟抑郁而终。其实是才不胜德，非必果胜大任，晚唐诗才，除元稹白居易外，如孟浩然卢纶李益司空曙，韩翃钱起李端李商隐等，均负盛名。宗人李贺，字长吉，七岁能诗，韩愈皇甫湜疑为讹传，亲往贺家，面加试验，果然援笔立就，一鸣惊人，愈与湜叹为奇才。后著乐府数十篇，被入管弦，音韵悉合，因入为协律郎，年二十七岁，自言见绯衣使者，召他作《白玉楼记》，因即去世。总之才气有余，德量未足，或自悲落魄，致促夭年，或不顾细行，终累大德，这也是文人缺憾，可叹可叹。总括一段，得将晚唐文人，约略叙过。

孟浩然（689—740），襄州襄阳（今湖北襄樊市樊阳区）人，唐诗人。早年隐居鹿门山。年四十，游长安，应进士不第。后为荆州从事，患疽卒。诗与王维齐名，并称“王孟”。其诗清淡幽远，长于写景，多反映隐逸生活。有《孟浩然集》。

惟白居易自入谏穆宗，不见信用，见第七十八回。求出为杭州刺史，每当公暇，辄至西湖游赏，因筑堤湖中，蓄水溉田，可润千顷，世称白堤。又复浚李泌所开六井，民得汲饮，均沾惠泽。旋受命为左庶子，分司东都，更调为苏州刺史。文宗即位，召为刑部侍郎，封晋阳县男。嗣见二李党争，不愿留京，乞病仍还东都，除太子宾客分司。自思随俗浮沉，忽进忽退，所蕴终不能施，乃与弟行简，及从祖弟敏中，流连诗酒，乐叙天伦，且就东都所居，疏沼种树，凿八节滩，傍香山麓构一石楼，暇辄游览，自号醉吟先生，亦称香山居士。尝与胡杲吉皎郑据刘真卢真张浑狄兼谟卢贞宴集，年皆七十左右，时称香山九老，至绘图传真，播为韵事。却是一朝特色。居易初生，才七月，即识“之无”两字，九岁能识声律，善属文，尤工诗歌。初与元稹酬咏，故号元白，继与刘禹锡齐名，又号刘白，每出一诗，时人争诵。鸡林朝鲜地名。行贾，录居易诗售与国相，每篇得一金，国相尚以未窥全豹，引为深恨。至开成初年，开成亦文宗年号，见后文。起为同州刺史，固辞不拜，乃改授太子太傅，进冯翊县侯。武宗初年乃殁，年七十五，得谥曰文。刘禹锡亦于是时病终，禹锡自贬所起复，迭任诸州刺史，进为集贤殿学士，寻加检校礼部尚书，凡连坐王叔文党案，还算禹锡得全晚节，但也因阅历已多，诗酒韬晦，所以得终享天年。刘、白生平，借此毕叙，亦寓爱才深意。

李贺（790—816），字长吉，福昌（今河南宜阳西）人，唐诗人。李唐宗室远支，出身贫寒，一生郁郁不得志，其诗作想象奇诡，著有《昌谷集》，代表诗作有《雁门太守行》《李凭箜篌引》等。

话休烦叙，且说卢龙节度使杨志诚，既得右仆射兼衔，踌躇满志，密制天子衮冕，被服皆拟乘舆，居然有帝制自为的思想，渐渐的骄侈淫暴，酿成众怒，致为军士所逐，另推部将朱元忠主持军务。元忠将志诚僭物，悉数取献，乃由朝廷遣使按治，授元忠为留后，并传旨再逐志诚，令戍岭南。志诚带领家属，及亲卒数十人，狼狈奔太原。李载义正镇守河东，出兵报怨，把志诚妻子，及从行士卒，尽行捕戮，及欲并杀志诚，幕僚因未奉朝旨，劝令释放。志诚乃得脱去，孑身至商州，又是一道正法的诏令，传与商州刺史，送他归阴。拥兵者其鉴之！进史元忠为卢龙节度使。成德节度使王庭凑，凶横专恣，幸得善终，军士愿拥庭凑次子元逵为留后。元逵却循守礼法，岁时贡献如仪。文宗嘉他恭顺，特遣绛王悟女寿安公主，下嫁元逵。元逵遣人纳币，备具六礼，迎主而归，自是益加逊慎。

外患幸得少纾，内讧又复继起。王守澄与郑注，狼狈为奸，经侍御史李款，连章弹劾，得旨查究，守澄匿注不出，令潜伏右军中。左军中尉韦元素，枢密使杨承和王践言，亦颇恨注，左军将李弘楚，因密白元素道：“郑注奸滑无双，卵鷇不除，使成羽翼，必为国患。今因御史劾奏，伏匿军中，请中尉诈称有疾，召注诊治，弘楚愿侍中尉左右，俟中尉举目，擒出杖毙，然后中尉向上请罪，陈注奸伪，窃料杨王诸使，定必替中尉解说，中尉决可无祸，不必迟疑。”元素允诺。当由弘楚召注，注见元素毫无疾病，自知有变，他却从容跪伏，叩首贡谀，但说了几句媚词，已把元素一片杀心，销化净尽。当下亲自扶起，延他入座，殷勤导问，听言忘倦。弘楚屡顾元素，元素却目不转瞬，一意与郑注接谈。语已终席，注即起辞，元素又厚赠金帛，遣还右军。贡谀献媚，足以起死回生，无怪拍马风气，终古不改。弘楚不便下手，郁怒非常，便辞职自去。未几，疽发背上，便即毕命。此人亦太气急。

王守澄入白文宗，言注无罪，且荐为侍御史，充神策判官。文宗内惮守澄，只好允诺，诏敕一下，朝野惊叹。既而文宗忽得风疾，瘖不能言，守澄遂引入郑注，为上疗治。文宗饵服下去，果然灵验，渐能出声，欢颜谢注。注自是更得上宠。会值李仲言遇赦还家，见李逢吉，仲言被流，见第八十回。逢吉正调守东都，意欲复相，即遣仲言入赂郑注，令作内助。仲言素与注相识，旧雨重逢，握手道故，便由注引见守澄，仲言口才，不亚郑注，既说动守澄欢心，复得守澄推荐，入谒文宗。文宗见他仪状秀伟，应对敏捷，也道是个旷世英才，面许内用。越日视朝，李德裕入谏道：“仲言前事，谅陛下应亦闻悉，奈何引居近侍？”文宗道：“人孰无过？但教改过便好了。”德裕道：“仲言心术已坏，怎能改过？”文宗道：“就使仲言不能内用，亦当别除一官。”德裕又道：“不可不可。”文宗回目右顾，见宰相王涯，亦适在旁，便问道：“卿意以为何如？”涯正欲奏答，忽见德裕向他摇手，未免词色支吾。文宗察知有异，转从左顾，见德裕手尚高举，已是瞧透隐情，便即怏怏退朝；寻命仲言为四门助教。仲言及注，皆嫉德裕，仍引李宗闵入相，请出德裕镇兴元军。文宗已心疑德裕，依言下诏。德裕入见文宗，愿仍留阙下，因复拜兵部尚书，但免相职。至宗闵入相，谓德裕已奉节钺，奈何中止？乃更命德裕出镇浙西。尚书左丞王璠，曾泄宋申锡密谋，赞成漳王冤狱。见第八十回。至是复与郑注等进谗，谓德裕尝阴结漳王，谋为不轨。文宗大怒，召王涯路隋等入商，将下严谴。路隋道：“德裕身为大臣，不宜有此，果如所言，臣亦应得罪。”六七年宰相，未闻进一嘉谟，至此始为德裕辩诬，大约是相运已满了。文宗意虽少解，但不免迁怒路隋，竟令他代德裕职任，罢德裕为宾客分司，擢李仲言为翰林侍讲学士。仲言改名为训，隐然有训诲的寓意。太觉厚颜。御史贾𫗧，褊躁轻急，与李宗闵郑注友善，夤缘为相，得继路隋后任。𫗧喜出望外，忽夜梦见亡友沈传师，瞋目与语道：“君可休了！奈何尚贪恋相位？”说着，复兜胸一掌，将𫗧击醒，吓得𫗧浑身冷汗，起坐待旦，特备肴私祭传师。亡友好意示梦，岂为渠一餐耶？越数日，复梦见传师道：“君尚不悟，祸至无悔。”一面说，一面摇手自去。𫗧尚欲追问，被传师一推而寤，默思亡友垂诫，少吉多凶，意欲辞职归里，晨起与妻妾等谈及梦兆，女流有何见识，都贪恋目前富贵，争说梦兆无凭，何足深信？𫗧亦辗转寻思，自以为有恃无恐，不至罹祸，遂安心任职。居高官，食厚禄，拥着娇妻美妾，坐享太平。怎晓得祸福无常，一念因循，竟至后来灭族呢？凡身婴夷戮诸徒，往往为贪心所误。

忽京城大起谣言，谓郑注供奉金丹，是由小儿心肝，采合成药，慌得全城士庶，统将小儿藏匿家中，不令外出。注也觉奇异，拟将此事架陷仇人杨虞卿，奏称由虞卿家人捏造出来。虞卿正为京兆尹，凭空受诬，被逮下狱。李宗闵亟为救解，由文宗当面叱退。注与李训，又交谮宗闵，竟贬宗闵为明州刺史，虞卿亦受谪为虔州司马。训欲自取相位，因恐廷臣不服，先引御史李固言，同平章事。郑注亦得受命为翰林侍读学士。注与训更迭入侍，均为文宗规划太平，首除宦官，次复河湟，又次平河北，开陈方略，如指诸掌。语非不是，奈不能力行何？文宗本隐嫉宦官，只因无力驱逐，不得已含忍过去。又尝虑二李朋党，互相倾轧，每与左右谈及，去河北贼易，去朝中朋党难，至是得训注两人，奏对称旨，又非二李党羽，遂大加宠任，倚为腹心。训注无仇不报，凡有纤芥微嫌，不是说他贿通中官，就是说他党同二李，非贬即逐，殆无虚日。又恐王守澄权焰薰天，一时摇他不动，特设一以毒攻毒的计策，劝文宗引用五坊使仇士良，令为神策中尉，隐分守澄权势。引虎逐狼，祸且益甚。士良本与守澄有隙，乃与训注合谋，提出一个大题目来，削除凶孽。看官阅过前文，应知宪宗崩逝，实是不明不白，宫廷内外，已俱疑是王守澄陈弘志等所为，一经仇士良证实，便拟追究前凶，借伸义愤。题目恰是正大。陈弘志方出为兴元监军，当由李训计嘱士良，令他潜遣心腹，诱令入京，且特授封杖，叫他半途了结弘志。好几日得去使返报，已引弘志至青泥驿，杖毙了事。李训大喜，再与郑注入劝文宗，授王守澄为左右神策军观容使，出就外第，阳示尊礼，阴撤内权。更劾二李阴赂宦官韦元素王践言等，求再执政，就是宫人宋若宪，亦曾得贿，于是贬德裕为袁州长史，宗闵为处州长史，韦元素王践言等俱流岭南，连宋若宪亦遣归赐死。应七十九回。权阉已去了一半，乃即遣守澄鸩酒，逼令自尽，表面上却不明宣逆案，但说他暴病身亡，追赠扬州大都督，更将元和逆党梁守谦杨承和等，诛斥略尽。极大义举，反以隐秘出之，便见邪奸伎俩，好为鬼祟。文宗以李训有功，擢任同平章事。注亦欲入相，偏李训又阴怀忮忌，托称除阉未尽，须由内外协势，方可成功。注遂愿出镇凤翔。同平章事李固言，未知李训计划，独入争殿前，谓注不宜出镇。文宗以固言不能顺旨，免他相职，派为山南西道节度使，令镇兴元军，即授注为凤翔节度使，命即赴镇。训复荐御史中丞舒元舆，入为同平章事，引王涯兼榷茶使，又欲羁縻人望，请加裴度兼中书令，令狐楚郑覃加左右仆射，并密结河东节度使李载义。昭义节度使刘从谏，拟尽诛宦官，独揽朝纲，当时王涯、贾𫗧、舒元与三相，俱承顺风指，不敢有违。他如中尉枢密禁卫诸将，亦皆趋承颜色，迎拜马前。看官！你想李训是一个流人，幸得赦还，因郑注王守澄等，辗转推荐，骤得致身通显，乃始杀守澄，继并忌注，已是以怨报德，公义上或尚可原，私德上实说不过去。而且排去数相，屡斥廷臣，刁狡的了不得，似此行为，难道能富贵寿考么？小子有诗叹道：

天道喜谦且恶盈，倾人还使自家倾。

半年宰相骄横甚，专欲由来事不成。

果然历时未几，竟闯出一场大祸祟来了。欲知如何闯祸，待至下回再说。

杜牧作罪言，以自治为上策，诚哉其为上策也！但未知其所谓自治者，究指何事？观牧之不谨小节，沉湎酒色，十年一觉扬州梦，赢得青楼薄幸名，是牧且未能自治，遑问国家之自治乎？假使一时得志，骤登台辅，恐亦似训注一流人物，训起自流人，注起自方伎，不数年间，秉钧轴，侍讲筵，诛积年未除之逆党，进累朝久屈之耆臣，谁得谓其非是？然异己者必排去之，厚己者亦芟锄之，暴横太甚，识者早料其不终。乃知君子可大受不可小知，小人可小知不可大受，圣言固不我欺也。杜牧不得逞志，自怨沉沦，吾则犹为牧幸，否则不为训注者，亦几希矣。

第八十三回

甘露败谋党人流血
钧垣坐镇都市弭兵

却说李训欲尽除宦官，起初本与郑注定议，俟注至镇后，选壮士数百为亲兵，奏请入护王守澄丧葬，俟内臣送丧，乘便由壮士下手，一并杀毙，使无噍类。彼此订下密约，注乃启行往凤翔。不料训又变计，因恐事成后注得大功，自己反落注后，乃与舒元舆等密谋，另遣大理卿郭行余为邠宁节度使，户部尚书王璠为河东节度使，令多募壮士，作为部曲；又命刑部郎中李孝本，为御史中丞，京兆少尹罗立言，权知府事，进京兆尹李石为户部侍郎，太府卿韩约为左金吾卫大将军。数人除李石外，统是李训私党，分置要地，指日起事，一俟大功告成，不但尽杀宦官，就是始终合谋的郑注，也拟一并捽去。用心太险，无怪不成。太和九年十一月间，文宗御紫宸殿视朝，百官鱼贯而入，依班序立。韩约匆匆入奏，谓："左金吾厅事后，石榴上夜有甘露，为上天降祥征兆，非圣明感格，不能得此。"说罢，即蹈舞再拜。李训舒元舆，亦率百官拜贺，且请文宗亲自往视，仰承天庥。天降甘露，岂独在金吾厅后？这已足令人滋疑，怎得称为善策？文宗许诺，乃乘舆出紫宸门，升含元殿。先命李训等往视，良久乃还，报称甘露非真，未可遽行宣布。文宗道："有这般事么？"遂顾左右中尉仇士良鱼弘志等，率宦官再往复验。士良等已去，训即召郭行余王璠两人，入殿受敕。璠战栗不敢前，独行余拜受殿下。时两人所募部曲，已有数百，皆持刀立丹凤门外，训亦召令受敕。河东兵陆续进来，邠宁兵却观望不至。济甚么事？仇士良等至金吾厅，遇着韩约，见他行色仓皇，额有微汗，又是一个没用家伙。士良不觉惊讶道："将军何为如是？"道言未绝，忽见风吹幕起，里面伏着兵甲，慌忙返奔，走还含元殿，报称祸事。既伏兵甲，何不突出追击，也好杀死数人。

训见士良等还殿，亟呼金吾卫士道：“快上殿保护乘舆，每人赏钱百缗。”金吾兵将要登殿，那士良眼明手快，先已指麾阉党，扶文宗上了软舆，从殿后毁籓突出。训上前攀舆道：“臣奏事未毕，陛下不可入宫。”士良瞋目呼道：“李训反了！”文宗尚说训未敢反，士良不听，竟来殴训，为训所仆。训从靴中拔刃，拟诛士良，不意为阉党救去，于是罗立言率京兆逻卒三百余名，自东趋至，李孝本率御史台从人二百余名，自西奔来，并会同金吾卫士，登殿纵击宦官，杀伤十余人。士良令群阉挡住外面，自导乘舆北进，迤逦至宣政门，训尚追蹑舆后，攀呼益急。天子已被人挟去，追呼何益？宦官郗志荣，颇有勇力，奋拳殴训，训竟仆地，乘舆便驰入门内，将门阖着。至训从地上爬起，已是双镮重闭，无隙可钻，但听门内一派喧呼，统是万岁二字，自思所谋不遂，只好觅一脱身的方法，急忙脱从吏绿衫，穿在身上，乘马跃出，口中却扬言道：“我有何罪？乃被窜谪。”且呼且走，竟得逸出。郭行余王璠两人，早已奔退，罗立言李孝本等，见训已远逸，料已无成，也即窜去。含元殿中，寂静无人。那时李家的天下，又变成了阉宦的天下。

宰相王涯贾悚，本不与谋，见殿中忽起变端，究不知为着何事？仓猝间驰还中书省，静候消息。舒元舆也即趋至，也佯作不知，语王涯贾悚道：“究竟是何人谋变？想皇上总要开延英门，召我等议事。”两省官即中书门下两省。入问三相，俱说我等尚未查明，请诸公自便。少顷，已近午餐，将要会食，忽有吏人入报道：“左神策军副使刘泰伦，右神策军副使魏仲卿，带领禁兵千余人，从阁门杀出来了。”舒元舆闻报先逃，毕竟心虚。王涯贾悚，也狼狈步走，两省及金吾吏卒千余人，填门争出，甫及半数，那禁兵已经杀到，好似刈草割麦一般，砍死了六百余人。士良等又分兵掩闭宫门，横加屠戮，所有诸司吏卒，及贩卖小民，都冤冤枉枉的饮了白刃，血流狼藉，满地朱红。又遣骑兵千余，追捕逃人，舒元舆易服单骑，出安化门，被禁兵追至，擒捉而去。王涯徒步至永昌里茶肆，也被禁兵擒入左军，各加桎梏，兼施箠楚。涯年已七十有余，哪里忍受得起？只好依言诬服，自书供状，谓与李训谋行大逆，尊立郑注。王璠归长兴坊私第，闭门自固，用兵防卫，神策将到了门前，叩门不应，却佯呼道：“王涯等谋反，主上拟召尚书入相，我等奉鱼护军令，请尚书立即入阁，快快出来，幸勿自误！”璠信以为真，忙开门出见，神策将尚是道贺，请他上马速行，及与左军相近，才将他一把抓下，加上铁链，牵入左军。璠始知受绐，涕泣而入，见王涯等局居一旁，便与语道：“王公自反，何为见引？”涯答道：“老弟前为京兆尹，不向王守澄漏言，何至有今日呢？”驳诘得妙。璠乃俯首无词。又搜捕罗立言郭行余，及涯等亲属奴婢，均至两军中系住，户部员外郎李元皋，系李训再从弟，训与他未协，亦遭捕戮。王涯有再从弟沐，年老且贫，闻涯为相，跨驴入都，留居岁余，方得一见。涯白眼相待，经沐嘱托涯家嬖奴，求他关说，涯始许一微官，自是日造涯门，专候涯命，偏小官尚未到手，大祸先已临头，无辜株连，同时毕命。前岭南节度使胡证，家称巨富，禁兵利他多财，托言搜捕贾悚，闯入胡家，任情掠夺。证子溵忍耐不住，免不得反抗数语，那禁兵仗势行凶，用刀砍去，可怜溵立时倒毙，无从诉冤。又转入左常侍罗让，詹事浑铁，翰林学士黎植等家，劫掠货财，扫地无遗。坊中恶少年，乘势哗扰，伪托禁兵，杀人越货，互相攻劫，尘埃蔽天。

攘乱了一昼夜，百官入朝，日出始开建福门，禁兵露刃夹道，只准各官随着一人。各官屏息徐行，至宣政门，尚未启户，四顾无宰相御史，亦无押班官长，乱次站立，无复秩序，好容易待至启扉，才得进去。文宗已御紫宸殿，顾问宰相王涯等，如何不来？仇士良应声道："王涯等谋反，已收系狱中。"说至此，即将涯供状呈上。文宗略略一览，即命召左仆射令狐楚，及右仆射郑覃等入殿，将供状递示，并泪眦荧荧道："这是王涯手笔么？"楚覃同答道："笔迹果是王涯，涯果谋反，罪不容诛。"文宗乃留他两人值宿中书，参决机务，并使楚草制，宣告中外。楚叙李训王涯谋反事，语涉模棱。总是怕死。仇士良尚然不悦，因不欲楚为相，只命覃同平章事。已而添任户部侍郎李石，与覃并相。内事略定，外面恶少年，还剽掠不止，神策将杨镇靳遂良等，各率五百人，分屯通衢，击鼓警众，不准再扰，且杀死恶少年十余人，余众方才骇散，吏民粗安。已吃苦得够了。

贾悚易服逃匿，避居民间，住宿一夜，探闻各处都有禁兵把守，料不能逃，乃素服乘驴，诣兴安门，途中适遇禁兵，便自言道："我宰相贾悚，也不幸为奸人所污，可送我诣左右两军。禁兵遂将他执送右军。李孝本改服绿衣，用帽障面，单骑奔凤翔，至成阳西境，为追骑所擒，也解送京师。李训自殿中逸出，直往终南山，投奔寺僧宗密处，宗密素与训相善，欲将他剃度为僧，以便藏匿，偏徒侣谓私藏罪犯，祸且不测，乃纵令出山。训转奔凤翔，为盩厔镇遏使所擒，械送京师；至昆明池，训自分一死，因恐至都中多受酷辱，便语解差道："得我可致富贵，但汝等不过数人，一入都城，必为禁兵所夺，不若取我首去。"到死尚且逞刁，但始终不免一死，刁狡何益？解差遂枭了训首，携送入都。仇士良即命左神策军三百人，持李训首，并王涯王璠罗立言郭行余四人，绑缚出来。右神策军三百人，也绑住贾悚舒元舆李孝本，依次献入庙社，兼徇市曹，且饬百官临视，推各犯至独柳树下，一一斩首，悬示兴安门外。各犯亲属，不论亲疏，悉数处死，孩稚无遗。或有妻女免死，亦均没为官婢。冤血模糊，惨不忍睹。惟王涯因榷茶苛刻，暗丛众怨，百姓见他处刑，无不称快，死后尚被人乱投瓦砾，且掷且詈，聊雪宿愤。

复有诏授令狐楚为盐铁转运使，左散骑常侍张仲方，权知京兆尹，且使人赍密敕至凤翔，令监军张仲清，速斩郑注。注本率亲兵五百人，出至扶风。途次闻李训事败，折回凤翔。仲清用押牙李叔和计，邀注过饮。注自恃兵卫，贸然赴约。想是死期已到，所以转智为愚。仲清迎注入厅，格外殷勤。叔和又引注护兵，出外就宴，再藏刀入厅，见注正与仲清茗谈，便抢步近注，出刀猛挥，飕的一声，注首落地。妙语。厅后突出伏兵，用着大刀阔斧，跑出厅外，专杀随注兵士。门吏又将外门关住，立将郑注护兵，杀得一个不留，再开门收捕副使钱可复，节度判官卢简能，观察判官萧杰，掌书记卢弘茂等，一并处斩。可复有女，年止十四，抱父求免，仲清不从，但令免女。女凄然道："我父被杀，我尚何面目求生？"遂亦被杀。不没孝女。余如郑注及钱可复等家属，屠戮净尽。惟弘茂妻萧氏，临刑时带哭带骂道："我系太后妹子，奴辈敢来杀我，尽管从便。"此语一出，兵皆敛手，才得免死。唐廷尚未接诛注消息，有诏褫注官爵，改任神策大将军陈君奕为凤翔节度使。君奕尚未出都，仲清已遣李叔和传送注首，又悬示兴安门。还有一个韩约，走避了好几日，夜半潜出崇义坊，被神策军瞧见，一把抓住，当即拥至左军中，眼见得是束手就戮了。于是全案人犯，一网打尽，仇士良鱼弘志以下，各进阶迁官有差。

总计自甘露变后，生杀除拜，皆由两中尉主持，文宗已是木偶一般，得能保全生命，还是大幸，哪敢再与阉党呕气？枉为人主，可怜可叹。仇士良鱼弘志等，气焰益盛，上胁天子，下陵宰相，每至延英殿议事，士良傲然自若。郑覃李石，有所陈请，往往被士良面斥，或引李训郑注事折驳。覃与石齐声道："训注原为乱首，但不知训注因何人得进，闹出这般大祸。"解铃仍须系铃人。士良听到此言，也觉怀惭，嗒然退去。惟宦官深怨训注等人，牵藤摘蔓，诛贬不休，朝吏尚日夕不安。一日，文宗视朝，问宰辅道："坊市已平安否？"李石道："坊市渐安，但近日天气甚寒，恐由刑杀太过所致。"郑覃亦接入道："罪人亲属，前已皆死，余人可不必问了。"文宗点首退朝。接连过了数日，并不见有赦文，忽京城谣言又起，宣传寇至，士民骇走，尘埃四起，两省诸司，也没命的乱跑，甚至不及束带，乘马便奔。突如其来，笔法不测。郑覃李石，正在中书省中，旁顾吏卒，已逃去一半。覃亦不觉惊惶，顾语李石道："耳目颇异，不如出避为是。"石怡然道："宰相位尊望重，人心所属，不宜轻动。况事情虚实，尚未可知，全仗我等镇定，或可弭患，若宰相一走，中外都大乱了。且使果有大乱，避将何往？"覃始勉强坐着。石坐阅文案，安静如常。嗣又有敕使传呼，令闭皇城及诸司各门，左金吾大将军陈君赏，率众立望仙门下，语敕使道："门外未见有贼，就使贼至，闭门未迟，请少安毋躁，待衅乃动，不宜预先示弱。"敕使乃退。坊市恶少年，俱着皂衣，执弓刀，眼巴巴的望着皇城，但俟皇城闭门，即思动手掳掠，幸内有李石，外有陈君赏，从容坐镇，才得无虞。到了日暮，毫无变动，人心方才平定，统还家安枕去了。天下本无事，庸人自扰之。

看官听说！谣言虽不足准，未必无因而起。究竟当日惊扰，为着何事？原来王守澄未死时，曾与宦官田全操等未协，训注乘间献计，遣他分巡盐灵等州，密饬边帅就地捕诛，总计遣发六人，分巡六道。会守澄已死，训注又诛，六道镇帅，不敢下手。仇士良等既得权势，便将六人召还，全操等余恨未息，在途中扬言道：“我等还都，见有儒冠儒服，不论贵贱，均当杀死。”这语传达都下，遂致人人惊恐，以讹传讹，好似有强寇来攻的情状。及全操等乘驿入城，究竟人少势孤，未便惹祸，更兼仇士良等杀死多人，也恐激成众怒，乐得下台休息，暂享荣华，所以乱事不至再起。赦书亦即下颁，凡罪人亲党，除前已就戮，及指名收捕外，概置不问。诸司官吏，惧罪避匿，亦勿复追捕，各听自归本司。自此诏一下，天日少开，阴霾渐散，惟禁军仍然横暴，京兆尹张仲方，素来懦弱，不敢过问。李石因他才不胜任，奏出为华州刺史，改派司农卿薛元赏继任。元赏刚正不阿，饶有气节，偶至李石第中，闻石方坐厅事，与一神策军将，争辩甚喧，遂大踏步趋入厅中，正色语石道：“相公辅佐天子，纲纪四海，今近不能制一军将，使他无礼至此，哪里还能制服四夷呢？”说毕，即呼侍从入厅，擒住军将，令至下马桥候审。侍从拥军将先行，元赏上马趋出，至下马桥，那军将已被褫军衣，长跪道旁，元赏即命动刑，忽有一宦官前来，说是奉仇中尉命，请大尹过谈。元赏道：“适有公事，一了即来。”当下杖杀军将，始改服白衣，往见士良。士良冷笑道：“痴书生乃具大胆，敢杖杀禁军大将么？”元赏道：“中尉是国家大臣，宰相亦国家大臣，宰相属吏，若失礼中尉，中尉将若何处置？中尉属将，今失礼宰相，难道可轻恕么？中尉与国同体，当为国惜法，元赏已囚服而来，任凭中尉裁断，生死惟命！”士良见他理直气壮，反温颜道谢，呼酒与饮，尽欢乃散。不怕死者偏不致死。

越年元旦，文宗御宣政殿，受百官朝贺，大赦天下，改元开成。昭义节度使刘从谏，独上表诘问王涯等罪名，中有“内臣擅领甲兵，妄杀非辜，流血千门，僵尸万计，臣当缮由练兵，入清君侧”云云。仇士良等得知此奏，也颇畏沮，因劝文宗加从谏官，进爵司徒，从谏复申表辞让，有“死未申冤，生难荷禄”语。且直陈仇士良等罪恶，请正典刑。士良虽说从谏借端谋逆，心下恰很是惊惶，因此稍稍敛迹。郑覃李石，还好略伸意见。就是文宗也借此活命，苟延岁月。令狐楚乃得奏称王涯等身死族灭，遗骸暴露，请有司收瘗，上顺阳和天气。文宗也惨然欲泣，因命京兆尹收葬涯等十一人，各赐衣一袭。仇士良尚存余恨，私令人发掘瘗坟，弃骨渭水。小子有诗叹道：

阉竖穷凶极恶时，杀人未足且漂尸。

堂堂天子昏庸甚，国柄甘心付倒持。

文宗再召李固言入相，又擢左拾遗魏谟为补阙，谟为魏徵五世孙，欲知他蒙擢情由，待看下回便知。

李训郑注，皆小人耳，小人安能成大事？观本回甘露之变，训注志在诛阉，似属名正言顺，但须先肃纲纪，正赏罚，调护维持，俾天子得操威令，然后执元恶以伸国法，一举可成，训注非其比也。注欲兴甲于送葬之日，已非上计，然天子未尝临丧，内官无从挟胁，尚无投鼠忌器之忧，成固万幸，不成亦不致起大狱。何物李训？萦私变计，蛮触穴中，危及乘舆，譬诸持刀刺人，反先授人以柄，亦曷怪其自致夷灭也。王涯贾悚舒元舆辈，不知进退，徒蹈危机，死何足惜？但亲属连坐，老幼悉诛，毋乃惨甚。郑覃令狐楚，不能为涯悚辨冤，但知依阿取容，状亦可鄙。至于讹言再起，覃且欲趋而避之，幸李石从容坐镇，始得无事，铁中铮铮，惟石一人，其次则为薛元赏，正人寥落，邪焰熏迷，唐之为唐，已可知矣。

第八十四回

奉皇弟权阉矫旨
迎公主猛将建功

却说前御史中丞李孝本，本来是唐朝疏远的宗室，孝本被杀，家属籍没，有二女刺配右军，统是豆蔻年华，芙蓉脸面，文宗闻她有色，召令入宫。自己方得倖生，又想拥抱美人，非昏庸而何？拾遗魏谟上书谏阻，略言："数月以来，教坊选女，不下百数，又召入李孝本女，不避宗姓，大兴物议，臣窃为陛下痛惜"云云。文宗乃遣出二女，且擢谟为补阙。谟入谢时，由文宗面谕道："朕采选女子，无非欲分赐诸王，因怜孝本女孤露无依，所以收育宫中，卿遇事敢言，虽与朕意尚有隔膜，究竟为爱朕起见，可谓无忝厥祖了。"谟拜谢而出。嗣复进谟为起居舍人，文宗向取《注记》，谟对道："《注记》兼书善恶，所以儆戒人君，陛下但力行善政，何必取阅。若必经御览，史官有所避讳，如何取信后世？"文宗乃止。又尝命谟献祖遗笏，宰相郑覃道："在人不在笏。"文宗道："笏虽无益，也是甘棠遗爱哩。赞魏徵处，便是赞魏谟处。既而在便殿召见群臣，文宗举衫袖相示道："此衣已三浣了。"群臣俱称扬俭德。独中书舍人柳公权谏道："陛下贵为天子，富有四海，当进贤退不肖，纳谏诤，明赏罚，方可渐致雍熙。徒服浣衣，尚是末节哩。"文宗温颜道："卿却是个诤臣，惟为中书舍人，似属未当，不若改任谏议大夫罢。"公权便即受命。看似文宗虚心纳谏，然未能刚断，终患庸柔。无如内讧未已，朋党复兴，李固言入相未几，又出为西川节度使，别任工部侍郎陈夷行，同平章事。到了开成三年正月，李石入朝议事，忽闻前面有箭镞声，石连忙闪避，已受微伤。左右奔散，马惊驰归第，又有一人邀击坊门，亏得石伏住马上，那马疾驰而过，尾被剁断，石尚无恙。乃上表奏闻文宗，文宗急命神策六军，遣兵防卫，且饬中外索捕暴客，竟无所获。石自思忘身徇国，反遭此变，辗转寻思，定是阉人主使，倘再或恋栈，必为所戕！不若趁早辞职，免得受祸，于是累表称疾，固辞相位。文宗亦知石忠诚，实因不便强留，只好令他仍挂相衔，出充荆南节度使。另简户部尚书杨嗣复，及户部侍郎李珏，同平章事。嗣复与珏，又与郑覃陈夷行未珏，屡有龃龉，文宗尝面谕道："朕读圣贤书，也不愿为庸主，怎奈势不得行，无可奈何，愿卿等和衷共济，朕只能醇酒求醉，聊写殷忧。"但知求人，不知求己，如何自治？四宰相虽然应命，但彼此私见，总难消融。嗣复与珏，且力排郑覃，更欲召李宗闵入相，先浼宦官进言。文宗转语宰相，覃即进言道："陛下若怜宗闵，只可酌量移调，若召入内用，臣愿避位。"夷行亦言："宗闵贪鄙，前尝聚党乱政，如何再行？"嗣复强与争辩，珏亦旁助嗣复，龂龂力争。还是文宗代作调人，徙宗闵为杭州刺史，总算暂时解决，得免争端。越年，郑覃陈夷行，终为杨嗣复李珏所排，辞职退位，又丧了一位四朝元老，讣达朝廷。元老为谁？就是司徒中书令晋公裴度。

太和末年，李逢吉因病致仕，旋即身死。度移守东都，目击时艰，自悲衰老，不愿再问国事，就是朝廷令兼中书令，表辞不获，亦只一笺报谢，未曾入朝。至甘露变后，更以文酒自娱，葛冠野服，徜徉终身。不意开成二年，又奉诏令移镇河东，且由吏部郎中传达旨意，令他卧护北门，不得已启行赴镇。适易定节度张璠病死，子元益欲自为留后，经度遣使晓谕祸福，乃束身归朝。莅镇一年，因老病乞还东都，越年去世，寿七十六岁。文宗震悼辍朝，追赠太傅，予谥文忠，时人比诸郭汾阳。度身后无遗表，由文宗遣使往问，寻得半稿，以储嗣未定为忧，语不及私。去使赍表归献，文宗益加叹惜。了过裴晋公，引起下文事实。原来唐自宪宗以降，历穆宗敬宗文宗三朝，均不立后。文宗生有二子，长子名永，为后宫王德妃所出，次子名宗俭，十岁即殇，永初封鲁王，廷臣多请立为太子。文宗欲立敬宗子普，因迁延未定，太和二年，普竟夭逝，文宗很是悲恻，追赠普为悼怀太子，余痛未忘。复将储嗣问题，搁起了好几年。至太和六年，始立永为皇太子。太子永母王德妃，姿貌不过中人，素来失宠，更兼后宫有个杨贤妃，生得花容玉貌，俐齿伶牙，文宗爱若掌珍，惟言是用，王德妃意被谮死。永年及成童，颇好游宴，狎近小人，杨贤妃又日夕进谗，屡言永短。杨贤妃未闻产子，何为屡谮储君？可见妇人阴险，妒母及子，无非为斩草除根起见，独怪唐室宫闱，遇有宠妃姓杨，往往生事，岂杨李果不相容耶？文宗逐渐入耳，免不得怒气积胸。开成三年九月，召见群臣，谓："太子行多过失，不堪承统，应废立为是。"群臣俱顿首谏道："太子年少，近虽有过，将来自能知改。且储君关系国本，不可轻动，还望陛下矜全！"中丞狄兼谟伏阙固争，甚至流涕，给事中韦温道："陛下只有一子，不善教导，乃至陷入狎邪，这岂尽太子的过失吗？"文宗才不便决议，怏怏退朝。群臣又连章论救，因召太子还少阳院，敕侍读窦宗直周敬复二人，诣院授经，申明大义。太子终未能尽改前非，那杨贤妃又密嘱坊工刘楚才等，及禁中女优十人，诋毁太子。文宗每有所闻，辄召太子面责，惟废立事始终不行。过了月余，太子留居院中，未尝得疾，不料夜间猝毙，甚至五官流血，四肢发青，文宗亲自验视，见他死状甚惨，也不觉悲从中来，默思暴毙原因，好似中毒，但无从觅证，只好殓葬了事，谥曰庄恪。写尽庸柔。

又越一年，群臣请立东宫，屡陈章奏。杨贤妃又乘间进言，请立穆宗子安王溶为皇太弟。杀子立弟，究为何意。文宗商诸宰相，李珏谓立弟不如立侄，较为合宜。乃立敬宗少子陈王成美为皇太子，饬有司谨具册仪。越日车驾幸会宁殿，召入徘优，演剧作乐，有童子缘竿而上，一中年男子，在下走视，状甚惊惶。文宗怪问左右，左右答是童子的父亲。文宗忽增怅触，泫然流涕道："朕贵为天子，尚不能保全一儿，岂不可叹？"谁叫你宠爱杨妃？遂命驾返宫，即召刘楚材等四人，及女优张十十等数人，面加叱责道："构害太子，统出尔曹，今太子已死，须尔曹偿命！"刘楚材等伏地乞免。文宗不许，命左右执付京兆尹，即日杖毙。恕首犯而毙从犯，毕竟不公。嗣是感伤成疾，寝馈不安，卧床数日，勉起至赐政殿，召当直学士周墀入问道："朕可比前代何主？"墀答道："陛下系当代贤君，可比古时尧舜。"文宗道："朕岂敢上比尧舜？但拟诸周赧汉献，究属何如？"墀惊对道："彼乃亡国主子，怎得上拟圣德？"文宗道："周赧汉献，不过受制强藩，今朕却为家奴所制，恐尚不如赧献呢。"墀伏地流涕。文宗亦潸潸泪下，俟墀告退，复还宫睡下。自是御膳日减，瘠弱不支，到了开成五年元日，病不能起，饬百官免行朝贺礼。越宿，命枢密使刘弘逸薛季棱，引杨嗣复李珏至禁中，嘱奉太子监国。中尉仇士良鱼弘志得知消息，即闯入御寝，并谓："太子年幼，且尝有疾，须另议所立。"李珏道："储位已定，怎得中变？"士良弘志，愤愤而出。嗣复与珏，也知他不好轻惹，只好敷衍数语，退了出去。不意到了夜间，竟由士良弘志，颁发伪诏，立穆宗第五子颍王瀍为皇太弟，权勾当军国事。且言："太子成美，年尚冲幼，未便入嗣，仍复封为陈王。"翌晨，百官入朝思政殿，那颍王瀍已伫立殿庑，与百官相见。杨嗣复李珏等，料知由权阉矫旨，只是不敢发言，彼此虚与周旋，便即散去。越二日，文宗驾崩，年只三十二岁。共计享国十四年，改元二次。颍王瀍即位柩前，是为武宗皇帝，命杨嗣复摄冢宰事。

士良即劝武宗除去杨贤妃，及安王溶陈王成美三人，武宗也乐得应允，一道诏命，赐三人自尽，可怜安陈二王，平白地死于非命，就是这个倾国倾城的杨贤妃，无术求生，没奈何仰药自尽，渺渺芳魂，同归地下，仍陪伴文宗去了。杨氏该死。士良等尚追怨文宗，凡从前得邀亲幸的内臣，尽加诛逐。他人不敢多口，惟谏议大夫裴夷直，上疏谏阻，也似石沉大海一般，济什么事？武宗改名为炎，追尊生母韦氏为皇太后，徙萧太后居积庆殿，号积庆太后。即文宗生母。尚有太皇太后郭氏，宝历太后王氏，居处照旧。过了数月，罢杨嗣复授刑部尚书，崔珙同平章事。又过数月，罢李珏，召入李德裕，令他同平章事。葬文宗于章陵，别号生母韦太后葬园为福陵。魏博节度使何进滔病殁，子重顺自称留后，上表请授诏命。武宗以履位方新，不欲遽加声讨，乃令袭节度使遗缺，赐名弘敬。为后文饬讨泽潞事伏案。越年改元会昌，枢密使刘弘逸薛季棱，谋举兵攻杀仇士良，事泄被捕，下诏赐死，并出杨嗣复为湖南观察使，李珏为桂管观察使。士良又屡进邪谋，谓："杨李二人，不愿陛下登基，今既外调，恐有异图，应早除为是。"武宗性颇残忍，闻士良言，即遣中官往诛杨李二使。户部尚书杜悰，亟奔马往见德裕，入门也不及寒暄，便扬声道："天子新即位，便欲杀二故相，此事不可不谏，幸勿手滑。"时太常卿崔郸，及御史大夫陈夷行，先后入相，德裕即邀同崔珙崔郸陈夷行，联襻入奏，请开延英殿赐对。待至日晡，始开门召入，德裕等涕泣极言，请赦杨李二人，免致后悔。武宗连说"不悔"二字，一面却令四相旁坐。德裕道："臣等愿陛下免二人死罪，勿使已死难生，徒贻冤恨。今未奉圣旨，臣等何敢侍坐？"语至此，又叩首请命。武宗方徐徐道："朕为卿等免此二人。"德裕等起身下阶，舞蹈颂德。武宗复召令升座，喟然长叹道："朕嗣位时，宰相等何尝心服？李珏季棱，志在陈王，嗣复弘逸，志在安王，陈王尚是文宗遗意，安王专附杨妃，觊觎神器，且嗣复与杨妃同宗，曾致妃书，谓姑何不效则天临朝。向使安王得志，朕何得有今日？全是私意，即如嗣复致杨妃书，亦安知非阉人捏造？德裕道："兹事暧昧，虚实难知。"武宗道："杨妃尝有疾，文宗令妃弟玄思入侍月余，因此得通意旨。朕细询内人，确系实迹，但免死二字，已出朕口，朕不食言，卿等可退听后命。"四人乃出。武宗即令追还二使，更贬嗣复为潮州刺史，李珏为昭州刺史。

会回鹘可汗兄弟嗢没斯，与宰相赤心那颉啜，各率众抵天德城外，求买粮食，且乞内附。天德军使田牟，田布弟。欲出兵迎击，借端邀功，当时表闻朝廷，谓："回鹘叛将嗢没斯等，侵逼塞下，愿督兵驱逐，安静边境"等语。武宗览表踌躇，免不得召集群臣，会议可否。小子于回鹘事，久未叙及，正应乘此补叙，方好前后贯通。看官听着！自咸安公主和番后，见七十八回。回鹘主天亲可汗，当即病死，天亲子多逻斯嗣立，受唐封为忠贞可汗，才阅一年，为弟所弑。国人复杀忠贞弟，立忠贞子阿啜，得受册为奉诚可汗。在位五年，即遭病殁，无子可传，当由国人拥立宰相骨咄禄为主。骨咄禄也得唐封册，号为怀信可汗，阅十年去世。怀信子亦得受封，称腾里可汗。宪宗初年，腾里可汗屡遣使入朝，始与摩尼偕来。摩尼系回鹘僧名，立有戒法，每至日晏乃食，不问荤素，惟不食湩酪。回鹘使归，摩尼留居中国。从前唐廷借援回鹘，回鹘人多入内地，尝请在京城内外，建摩尼寺，至摩尼入国，复就河南太原各处，分置摩尼寺。摩尼往来都市，未免为奸，后来遣归回鹘，惟咸安公主，居回鹘几二十一年，历配天亲忠贞怀信腾里四可汗，至元和三年始死，由回鹘遣人告丧。未几，腾里可汗亦殁，嗣主为保义可汗，保义求婚，宪宗不许。保义死后，崇德可汗继立，复表请和亲，是时唐廷已立穆宗，乃遣宪宗女太和长公主，下嫁回鹘。至敬宗即位，崇德可汗又死，弟曷萨特勒嗣封，号昭礼可汗。文宗六年，昭礼为下所杀，从子胡特勒入嗣，受封彰信可汗。至文宗末年，国相掘罗勿发难，引沙陀共攻彰信，彰信自杀，国人立𩺘驳特勒为可汗。𩺘驳特勒方遣使请封，不意部将勾录莫贺，潜结邻部黠戛斯，合兵十万，掩击回鹘。𩺘驳特勒仓猝迎敌，竟为所杀。掘罗勿亦战死，余众溃散。自天亲可汗后，多是一班短命鬼，安得不衰？唱没斯赤心那颉啜等，穷无所归，乃来款塞。廷臣多请如田牟言，独李德裕进议道："穷鸟入怀，尚思庇护，况回鹘屡建大功，今为邻国所破，远依天子，奈何欲乘他困敝，发兵出击呢？臣意应遣使慰抚，赐给粮食，令他感恩知报，愿为我用。从前汉宣帝收服呼韩邪，便是此法，愿陛下勿疑！"武宗道："太和公主，不知生死何如？"德裕道："这正好发使赍诏，问明唱没斯等，借知公主下落。"武宗乃遣使至天德城，告戒田牟，毋得操切生事，且令牟乘便探问公主。

朝使方行，忽由太和公主遣人入朝，报称回鹘牙部十三姓，已立乌介特勒为可汗，请朝廷即赐册命。看官道太和公主，如何替乌介求封？原来回鹘被破，公主亦为黠戛斯所虏，黠戛斯系汉李陵后裔，自谓与唐同宗，因令使臣达干，奉主归唐，乘势结好。那时回鹘余部，推立乌介，引兵邀击达干，把他杀死，遂劫公主南下，进窥天德城。振武军节度使刘沔，出兵屯云伽关，严行拒守，乌介知不可犯，因胁公主上表请封，嗣又由乌介通使，乞借振武一城，寓居公主及可汗，来使叫作颉干伽斯，当由武宗宣令入见，问他何故推立乌介。颉干伽斯道："乌介可汗，系昭礼可汗亲弟，所以众情爱戴。"武宗道："城不便借，朕当颁给粮米，令汝汗规复旧疆便了。"乃即派右金吾大将军王会，赍着宣慰敕书，偕颉干伽斯北往。书中大略，谕："乌介率领部众，渐复旧疆，借城向无此例，如欲别迁善地，求上国声援，亦只应暂驻漠南，朕当俟公主入觐，亲问事宜。倘须接应，亦无所吝"云云。复令王会发边粟二万斛，赐给乌介部众。哪知乌介可汗，阳受朝命，待王会南归，仍然屯兵边境，不肯退归，且反纵兵四扰。非我族类，其心必异。还有赤心那颉啜等，亦潜谋犯塞，经唱没斯先告田牟，因诱赤心至帐下，设伏击毙。那颉啜收集赤心遗众，东走大同，联结室韦黑沙诸番众，南窥幽州。卢龙节度使史元忠，时已为牙将陈行泰所杀，行泰又为张绛所诛，雄武军使张仲武，起兵逐绛，平定幽州。由武宗特授旌节，命为卢龙留后。仲武闻那颉啜入境，突出痛击，杀得那颉啜孤身穷奔，往投乌介，乌介把他杀死，复入云朔，剽横水，屠掠甚众，有众十万，驻牙大同，抗表求粮食牛羊，并索交唱没斯。

武宗已授唱没斯为金吾大将军，爵怀化郡王，即以所部军为归义军，拜他为归义军使，赐姓为李，赐名思忠，当下责令乌介北迁，不得无理要索。乌介不肯奉诏，武宗因调刘沔为河东节度使，兼招抚回鹘使，张仲武为东面招抚回鹘使，李思忠为回鹘西南面招讨使，会军太原，共讨乌介。沔有武略，出营雁门关，与乌介相持。起初与乌介接仗，未见得利，乃按兵不动，故示羸弱，令李思忠张仲武两军，先戢乌介羽翼。乌介见沔军不出，总道他是畏怯无能，不以为意，便移军侵逼振武，营帐如林。沔遣麟州刺史石雄，及都知兵马使王逢，带领沙陀朱邪赤心部众，袭击乌介牙帐，沔自率大军接应。石雄到了振武，登城望回鹘营帐，见毡车数十乘，侍从多着朱碧，状类华人，遂使侦骑探问，返报是太和公主牙帐。雄复使侦骑往告道："公主至此，应求归路，今将出兵掩击可汗，请公主潜与侍从相保，驻车勿动，静候来迎。"公主允诺，侦骑复还报石雄，雄凿城为十余穴，引兵夜出，直攻乌介可汗牙帐。乌介本未预防，突闻官军杀入，吓得手足失措，忙从帐后逸出，连辎重尽行弃去。雄追乌介至杀虎山，大破乌介部众，乌介身受数创，与数百骑北遁。雄斩首万级，降番众二万余人，遂回迎太和公主，送还京师。正是：

逐寇功臣逢大捷，和番帝女幸重归。

欲知公主还京后事，待至下回分解。

唐至文宗之世，威柄已为宦官所握，文宗叹息流涕，自恨受制家奴，不如周赧汉献，情殊可悯，但亦未免自贻伊戚耳。一误于宋申锡，再误于李训郑注，用人不明，已司其咎，乃复暱幸宠妃，不善教子，骨肉且未能保全，遑问他事？至于权阉矫诏，擅立颍王，不能正始者，复不能正终，何莫非优柔寡断之所致也？回鹘雄长北方，虽屡扰唐室，而一再败盟，数犯边境，为唐患者亦非浅鲜。帝女和亲，甘出下策，唐之不能驭夷，亦可见矣。迨回鹘残破，嗢没斯诚心内附，而乌介复劫主横行，忽服忽叛，幸李德裕建以夷攻夷之策，于是强虏退，帝女归，朔方仍得安定，乃知为政在人之固非虚语也。文宗有一德裕而不能用，此其所以赍恨终身欤。

第八十五回

兴大军老成定议
堕狡计逆竖丧元

却说太和公主，还至京师，有诏令宰相等出迎章敬寺前，又命神策军四百名，备具卤薄，迎主入都。群臣当然奉命，肃班出迎。公主进谒宪穆二庙，唏嘘呜咽，退诣光顺门，去盛服，脱簪珥，自陈和亲无状，有负国恩。武宗遣中使慰问，仍令服饰如恒，乃入谒太皇太后。母女重逢，悲喜交集。越日进封为安定大长公主，使居兴庆宫左近，得叙母子欢情。一面令太仆卿赵蕃，为安抚黠戛斯使。黠戛斯为古坚昆国，唐初号为结骨，地在西突厥西面，贞观年间，曾修朝贡，历太宗高宗中宗玄宗四朝，通使不绝，至回鹘强盛，始被隔绝，不得往来。酋长号为阿热，屡受回鹘侵掠，回鹘渐衰，阿热乃自称可汗，与回鹘构兵不解，约二十年，卒破回鹘，送太和公主归唐。会闻乌介杀死国使，料知诚意未达，因复遣注吾合素东来，再申情状。注吾系是夷姓，夷人称猛为合，左为素，合素是猛力左射的意义，就是所称黠戛斯，也就是结骨的转音，注吾合素，在途历一两年，始达唐廷，献上名马二匹，并上书请求册命。补叙数语，尤见详明。武宗乃命赵蕃往慰，并使李德裕手草敕书。德裕谓须俟黠戛斯称臣，且叙同姓执子孙礼，乃行册命。武宗亦以为然，德裕遂草制道：

考贞观二十一年，黠戛斯先君，身自入朝，授左屯卫将军兼坚昆都督，迄于天宝，朝贡不绝。比为回鹘所隔，回鹘陵虐诸蕃，可汗能复仇雪耻，茂功壮节，近古无俦。今回鹘残兵不满千人，散投山谷，可汗既与为怨，须尽歼夷，倘留余烬，必生后患。又闻可汗受氏之原，与我同族，国家承北京太守

即汉李广。**之后，可汗乃都尉**指李陵。**苗裔，以此合族，尊卑可知。今欲册命可汗，特加美号，缘未知可汗之意，姑遣太仆卿赵蕃喻意，待赵蕃回日，当别命使展礼，以慰可汗之望。先此谕知，毋负朕意！**

是时武宗方专任德裕，凡与回鹘黠戛斯交涉事件，必与德裕熟商，所有诏敕，亦多命德裕属草。德裕请委诸翰林学士，武宗道："学士不能尽如人意，劳卿属稿，方免贻误。"因此慰谕黠戛斯敕书，亦由德裕下笔。赵蕃赍敕与注吾合素偕行，到了黠戛斯，黠戛斯可汗，愿为藩属，再遣将军温仵合，随蕃入贡，且上言："得乌介可汗，走保黑车子族，应会同王师，合力进讨。"武宗谕以速平回鹘黑车子。乃遣使册封，温仵合应命而去。既而黠戛斯又遣使入贡，请示师期，武宗遂饬幽州太原振武天德四镇，出兵会同黠戛斯，兜剿乌介，且令给事中刘濛为巡边使，拟复河湟四镇十八州。河湟自安史乱后，陷没吐蕃，已历多年，至是因回鹘已衰，吐蕃复有内乱，乃倡此议。刘濛系刘宴孙，武宗悯宴冤死，特擢濛出巡，令预备器械糗粮，俟回鹘告平，进图吐蕃。

会值昭义军节度使刘从谏病死，犹子稹秘不发丧，胁监军崔士康，奏称从谏病剧，请命稹为留后。武宗览奏即召李德裕崔珙等入议，还有新任宰相二人，一是淮南节度使李绅，是代崔郸后任，一是尚书右丞李让夷，是代陈夷行后任。夷行已出镇河中，郸出镇西川，所以改相二李。与德裕合成三李。绅与让夷，均上言："回鹘余烬，未尽扑灭，边鄙尚须警备。若再讨泽潞，昭义军统辖泽潞邢洺磁五州。恐国力不支，不如令刘稹权知军事。"李德裕独献议道："泽潞事体，与河朔三镇不同，河朔习乱已久，人心难化，所以累朝置诸度外。泽潞近处腹心，一军素称忠义，如李抱真成立此军，德宗且不许承袭，敬宗不恤国务，相臣又无远略，刘悟死后，遂授从谏，今从谏垂死，复欲将兵权私付竖子，若又令他承袭，诸镇将群起效尤，那时天子尚有威令么？"说得甚是。武宗道："朕意亦作是想。"乃遣供奉官薛士幹，往谕从谏，使就东都疗疾，且遣稹入朝，另加官爵。士幹行至潞州，稹已为从谏发丧，抗不受诏，因亟还朝报命。武宗也怒从心起，便召德裕入问道："卿前谓刘氏跋扈，不宜承袭，今刘稹公然抗命，朕欲声讨，拟用何法？"德裕道："稹心中所恃，不过河朔三镇，但得镇魏两处，不相援助，稹便无能为了。今请速遣重臣，往谕王元逵何弘敬，令他助讨刘稹，委以山东三州，邢洺磁。成功以后，将士并加厚赏，果使两镇听命，不复阻挠官军，刘稹竖子，还有甚么难擒呢？"武宗大喜，立命德裕草诏，颁赐成德节度使王元逵，魏博节度使何弘敬，中有数语云："泽潞一镇，与卿事体不同，勿为子孙之谋，欲存辅车之势，但能显立后效，自然福及后昆。"武宗览此数语，大加称许，且语德裕道："应该如此直告，省得他疑议呢。"当下遣发两使，分头去讫。又赐卢龙节度使张仲武诏书，令他专御回鹘，并调忠武节度使王茂元，为河阳节度使，邠宁节度使王宰，为忠武节度使，专待镇魏两处报命，便即出兵。

未几，得两镇奏报，并皆听命，于是削夺从谏及稹官爵，授王元逵为泽潞北面招讨使，何弘敬为泽潞南面招讨使，与河东节度使刘沔，河中节度使陈夷行，河阳节度使王茂元，合力攻讨，再调武宁节度使李彦佐，为晋绛行营招讨使，会合诸军，五道齐进。王元逵既受朝旨，即日出屯赵州，进次临洺，渐逼尧山。刘沔守昂车关，分兵屯榆社，何弘敬立栅肥乡，进略平恩，陈夷行驻营冀城，入侵冀氏。王茂元出驻万善，别遣兵马使马继等至天井关，营科斗寨。惟李彦佐自徐州启行，很是迂缓，又表请休兵绛州，兼求济师。李德裕入白武宗道："彦佐逗留观望，无讨贼意，所请皆不可许，宜下诏切责，令即进军冀城。"武宗依言颁诏，德裕又荐天德军防御使石雄，为彦佐副，因调雄为晋绛行营节度副使，复令王元逵取邢州，何弘敬取铭州，王茂元取泽州，李彦佐刘沔取潞州，各专责成，毋得取县，这也是德裕所献的计议。武宗得平潞泽，全是德裕一人主持，故处处归功德裕。

先是刘从谏未殁时，累表言仇士良罪恶，士良亦言从谏窥伺朝廷，至刘稹逆命，士良益借口有资，每扬言宫中，自诩不出所料。武宗以士良有拥立功，曾命为观军容使，外示尊宠，内实疑忌，故命讨泽潞，全然不用禁军。士良又阴嫉德裕，多方进谗。偏武宗委任甚专，毫不见疑，同平章事崔珙，伴食无能，武宗将他罢去，特召学士韦琮入内草制，擢中书舍人崔铉入相，内外官吏，全未与闻。仇士良自知失权，乃告老致仕，得旨允准，因出居私第。阉党统送他出宫，士良密嘱道："天子不可令闲，须常举奢靡华丽，取悦心志，令他日积月累，无暇顾及他事，然后我辈可以得志。若使读书礼士，得知前代兴亡，他必心存忧惕，疏斥我辈，这是事上要诀，幸勿忘怀。"阉党谢教而去。士良以为要诀，实是愚谋，须知人主蛊惑心志，必致危亡，难道若辈尚得安荣么？且此策亦只能惑庸主，不能欺英辟，试问士良何故告退呢？士良既去，李德裕少一牵制，越好殚精竭虑，与武宗规划平贼。

王元逵拔宣务栅，进击尧山，击败刘稹救兵，上书奏捷。德裕请加元逵同平章事，激厉他镇。至元逵前锋，早入邢州境内，何弘敬尚未出师。元逵密表弘敬阴怀两端，德裕上言："忠武军累有战功，声威颇震，王宰年力方壮，谋略可称，请诏宰率忠武全军，取道魏博，直抵磁州，以分贼势，弘敬必惧，这便是攻心伐谋的良策。"武宗即命王宰悉选步骑精兵，自相魏趋磁州。果然弘敬闻知，恐忠武军一入魏境，或致兵变，急督军进渡漳水，先赴磁州。独河阳兵马使马继等，驻兵科斗寨，为刘稹牙将薛茂卿所袭，全军溃散，马继被擒。王茂元忧惧成疾，奏达败状，于是朝议又复纷起，争说："刘悟有功，不应绝他后嗣。且从谏练兵十万，储粟十年，甚不易取，何如趁早班师。"

武宗听了群议，也不免心动起来，复召问李德裕。德裕道："小小胜负，兵家常事，愿陛下勿听外议，定可成功。"武宗乃语群臣道："此后如有朝士沮挠军情，朕必将他驱入贼境，斩首示众。"自是异议乃止。惟断乃成。

德裕复乞调王宰全军，移援河阳，即以宰兼行营攻讨使，武宗也悉从所请。会何弘敬奏拔肥乡平恩，杀贼甚众，武宗因召语相臣道："弘敬已拔两县，可释前疑，既有杀伤，虽欲阴持两端，也无可如何了。"乃加弘敬检校左仆射。嗣闻王茂元病殁军中，复诏擢河南尹敬昕为河阳节度使，专主饷运，接济行营，把战事悉付王宰。宰治军严整，颇为昭义军所惮。昭义军将薛茂卿，因科斗寨一役，独建奇功，未获重赏，心下很是怏怏，闻王宰屯兵万善，遂密使通问，愿为内应。宰遂引兵趋天井关，茂卿略略接仗，便即退走，把关相让。宰得据关隘，进毁大小箕村。茂卿更召宰攻泽州，宰疑不敢进，竟至失期。刘稹探知茂卿隐情，诱至潞州，将他杀死，屠及家族，如此残忍，宜其速亡。改用兵马使刘公直，来拒王宰。宰攻泽州，不利而退。公直复乘胜据天井关，嗣经宰整兵再进，大破公直，得拔陵川。刘沔亦攻克石会关，惟卢龙节度使张仲武，因刘沔破回鹘时，独得太和公主归朝，功为所夺，不免怨沔。朝廷恐他挟嫌掣肘，徙沔为义成节度使，另起前荆南节度使李石，驻节河东。

河东兵多派守要隘，所有府库余蓄，又被沔运往义成军。至李石莅镇，兵少饷绌，已是万分为难。河东行营兵马使王逢，且请添兵至榆社，以资战守，石不得已调回横水戍卒千五百人，令都将杨弁带领，驰诣行营。向来军士出征，每人给绢二匹，石因军用缺乏，益以自己绢帛，尚止人得一匹。时已为会昌三年残腊，军士请过了岁朝，方才登程。偏监军吕义忠，定要他年内就道，军士俱有怨言。杨弁趁势煽动，拟除夕倡乱，佯于是日启行，到了晚间，仍混入城中，夜漏方阑，哗声忽起，兵众随处剽掠，横行城市。都头梁季叶出来弹压，被乱军持刀砍死。李石正起床整衣，遥谒北阙，庆贺岁旦，不意府门外面，人喊马嘶，巡吏即入报兵变。石左右并无将士，如何出御？只好挈领亲属数人，从后门出奔，还幸城尚未阖，一溜烟似的奔往汾州。杨弁入据军府，居然自称留后，且遣从子至潞州，愿与刘稹约为兄弟。刘稹大喜，报书如约。监军吕义忠亦逃出城外，遣人飞奏河东乱状，朝议复为之大哗。或说应招抚杨弁，令讨刘稹，或说两地俱应罢兵，惟坚强不屈的李文饶文饶系德裕字。独上言："太原人心，太原即河东。素来忠顺，不过因赏犒未足，乃致变乱，并非别怀觊觎，况乱兵止千五百人，亦何能为？应令李石吕义忠还赴河东行营，召兵讨乱，一面令王逢留太原兵守榆社，另调易定汴兖兵，共讨杨弁。"武宗一一照允。更遣中使马元实，往太原晓谕乱军，并觇强弱。杨弁欢迎元实，盛筵相待，酣饮三日，且厚贿送归。元实还都复命，极言军心附弁，不如议抚。金钱之效力如此。武宗令与宰相商议，元实乃往见德裕，开口便道：“相公今日，须早授杨弁旌节。”德裕问为何因？元实道：“自牙门至柳子营，约十五里，遍地统是光明甲仗，如何可取？”德裕道：“李相李石为相，见前。正因太原无兵，乃发横水兵赴榆社，此外库中留甲，尽给行营，弁何从得此甲士？”元实道：“太原民俗强悍，经弁召募，即可成军。”德裕道：“召募须有赀财，李相止欠军士一匹绢，因致此乱，弁岂能点石成金，立集巨款，可以广募徒众么？”元实语塞，不能再对。德裕道：“就使他有十五里光明甲，亦必须杀此贼。”诚然诚然。遂叱退元实，自草数语奏陈，略言：“杨弁微贼，决不可恕！如虑国力不及，宁舍刘稹。”过了两旬，吕义忠捷报已至，擒杨弁，诛乱兵，平定太原。看官！你道吕义忠能讨平乱贼么？原来榆社戍兵，闻朝廷令客军取太原，恐妻孥亦遭屠戮，乃情愿还兵平乱。可巧吕义忠奔至行营，遂拥回太原，攻入军府，立将杨弁擒住，所有乱卒，悉数诛夷。弁被槛送京师，当然处斩。

河东既定，召还李石，降为太子少傅分司，河中节度使陈夷行，已因疾乞休，改任崔元式继任，至此复调元式镇河东，令石雄为河中节度使。雄与王宰有宿嫌，宰忌雄立功，故意缓攻，令刘稹得专力御雄。李德裕侦得隐情，即入奏武宗道：“行军全仗锐气，不经激发，难望成功。陛下命王宰趋磁州，何弘敬乃先出师，遣客军讨太原，戍卒乃先取杨弁，今王宰久不进军，请徙刘沔镇河阳，仍令率义成军二千，直抵万善，蹑宰后尘，宰恐沔前来争功，必不愿逗留。宰果进军，沔为后应，亦未始非一大声援呢。”武宗乃令刘沔为河阳节度使，令出军万善。宰果如德裕所料，进攻泽州，刘稹拒战经年，军心渐怠，更兼都神牙郭谊王协，宅内兵马使李士贵等，揽权用事，专知聚财，见功不赏，将士愈觉离心。刘从谏妻裴氏，系故相裴冕孙女，有弟裴问，典守邢州，裴氏素劝从谏归命，至从谏死后，又虑稹叛命致亡，令他召归裴问，执掌军政。李士贵恐问到来，大权被夺，亟语稹道：“山东三州，惟恃五舅，若五舅召还，将靠何人守住山东三州呢？”稹年少寡识，信为真言，遂不愿召问。问尝募兵五百，号为夜飞，就中多富商子弟，王协令军将刘溪，往邢州征税，大肆婪索，往往拘禁富商。夜飞军闻父兄被拘，当然向问呼吁。问转白刘溪，溪复语不逊，激成众忿。问即与刺史崔嘏，杀溪归唐，举州投顺王元逵。洺州守将郭钊，磁州守将安玉，闻邢州降唐，亦并降何弘敬，山东三州，均已效顺，当由王何二镇帅奏闻。德裕请即令给事中卢弘止为三州留后，且敕山南东道节度使卢钧，调任昭义节度使，乘驿赴镇。武宗尚在踌躇，德裕道：“今不另简镇帅，若王何二人，欲占三州，朝廷将如何对付呢？”一语破的。武宗大悟，立即下诏。德裕又道：“昭义根本，尽在山东，三州既降，潞州必将生变了。”武宗道：“朕料郭谊等人，必诛稹自赎。”德裕道：“诚如圣料，不日即有好音。”已而得王宰军报，刘稹已诛，郭谊乞降。原来谊本为刘稹心腹，稹阻兵抗命，皆谊主谋，至山东三州，一并失去，谊不免惶急，遂与王协密谋，拟杀稹赎罪，乃令私党董可武说稹道：“山东叛去，事由五舅，城中人莫敢相保，敢问留后如何主张？”稹答道：“今城中尚有五万人，且当闭门自守，再图良策。”可武道：“五万人何足久持？为留后计，不如束身归朝，令郭谊为留后，自奉太夫人及室家金帛，归还东都，这还是保身良策呢。”稹又道：“谊果不负我么？”可武道：“可武已与谊定约，誓不相负。”稹乃引谊入室，再与面约，复入告从谏妻裴氏。裴氏道：“归朝诚为佳事，可惜已晚。我有弟尚不能保，怎能保郭谊？汝自去酌夺便了。”裴氏非无见识，患在太懦。稹沉吟半晌，自思余无善策，没奈何素服出门，以母命署谊都知兵马使。谊谢稹毕，出见诸将。稹治装内厅，李士贵闻得此事，知稹为谊所赚，率后院兵数千攻谊。谊叱众道：“何不自取赏物，乃欲与士贵同死么？”军士遂退，共杀士贵。谊易置将吏，部署士卒，一夕俱定。次日，使董可武入邀刘稹，出议公事。稹随可武出牙门，至北宅，与谊等相见，置酒作乐。饮至半酣，可武遽前执稹手，别将崔玄度自后杀稹，刀光一闪，垂首座前，遂乘势收稹宗族，及亲属故旧，无论老幼，骈戮无遗，只留裴氏不杀，囚诸别室。当下函稹首献与王宰，并奉降表。宰露布奏闻，唐廷称贺。小子有诗叹道：

竖子无知欲逞雄，三州坐失智谋穷。

须知授首归朝日，早在良臣擘划中。

究竟唐廷如何处置郭谊，待至下回再详。

观武宗之讨泽潞，全由李德裕主谋，故本回于德裕规划，叙述较详，当时前敌诸将，非真公忠无二，经德裕操纵有方，能令悍夫怯将，并效驰驱，决机庙堂之上，转移俄顷之间，中使不得关说，武人乐为尽死，即裴度杜黄裳诸相臣，恐亦未之逮也。山东三州，相继归朝，郭谊王协等，即定谋杀稹，始则导稹为乱，继则杀稹求封，而无知狂竖，适堕狡谋，徒惟是身死族灭已耳！天下本无事，庸人自扰之，于稹乎何惜；于郭谊王协等何诛？

第八十六回

信方士药死唐武宗
立太叔窜毙李首相

却说武宗闻泽潞已降，刘稹授首，即与李德裕等，商酌善后事宜。德裕面奏道："泽潞已平，邢洺磁三州，无须再置留后，但遣卢弘止宣慰三州，及成德魏博两镇，便可了事。"武宗道："郭谊应若何处置？"德裕道："刘稹竖子，胆敢拒命，统由郭谊等主谋，到了势孤力竭，又卖稹求赏，如此不诛，何以惩恶？"武宗点首道："卿言甚是。朕当令石雄入潞，藉应谣言便了。"原来潞州曾有妄男子，在市喧叫道："石雄七千人到了。"是时刘从谏尚在，目为妖言，把他捕戮。及刘稹逆命，德裕曾将此事奏闻，且言欲破潞州，必用石雄，所以武宗特遣石雄入潞，令带七千人随行。郭谊既献入刘稹首级，满望朝廷封赏，即授旌节，好几日不见命下，乃语部众道："大约朝廷将徙我别镇，所以这般迟滞。"遂阅鞍马，治行装，专待朝使到来，约定行止。你亦想作刘悟么？奈福命不及何！忽由巡卒入报道："河中节度使石雄，带兵来了。"谊颇有惧色，但此时不能再拒，只好率众出迎。

雄与敕使张仲清，联辔入城，谊参贺已毕，张仲清宣言道："郭都知告身，来日当至，此外将吏告身，俱已带到，请晚间来牙交代。"谊等唯唯而出。雄即命河中七千人，环集毬场，至晚召谊等受命，一一唱名引入。谊先进去，即由雄喝声动手，将他拿下。余如王协董可武安全庆李道德李佐尧刘武德等，一并拘住，悉送京师。还有刘稹部将刘公直，已将泽州降与王宰，亦由宰槛送入京。唐廷已得稹首，悬示都门，复令石雄发从谏尸，暴露潞州市三日。雄剖棺验视，面色如生，一目尚开，经雄手刃三次，血流如沈。想是命数中应该斩首。陈尸三日，仇人各用刀剔骨，几无遗骸。文士张谷张沿陈扬庭，尝屡言古今成败，规戒从谏。雄颇闻文名，饬吏查访，已被郭谊杀死，未免嗟悼。张谷尝纳邯郸女为侍妾，名叫新声，曾劝谷挈族西去，且语谷道："天子以从谏为节度，并非有攻城野战的功劳，足以褒录，不过因乃父挈齐十二州，归还朝廷，方不忍夺他嗣袭。自从谏据有泽潞，未尝具一缕一蹄，为天子寿，左右又皆无赖徒，试想宪宗朝数镇颠覆，大都雄才杰器，尚不能固天子恩，况从谏擢自儿女手中，以不法始，必以不法终。大丈夫当见机而作，毋得顾一饭恩，以骨肉畀健儿啖食呢。"言讫，悲泣呜咽，几不自胜。谷终不能决，迁延至三月有余，反恐新声语泄，竟将她用帛缢死。有此慧女子，却不得令终，所遇非人，特志之以存感慨。后来谷竟遭难，家属骈诛。宜哉。从谏妻裴氏，由雄送入都中，候旨发落。武宗因裴氏系出名门，弟裴问首先效顺，不忍诛及裴氏，拟下诏免死。偏刑部侍郎刘三复，固言不可，乃将裴氏赐死，以尸还问，令他殓葬。所有郭谊王协董可武等，尽行正法。加李德裕太尉，爵卫国公。德裕入朝固辞，武宗道："朕只恨无官赏卿，卿若不应得此，朕也不愿授卿了。"德裕乃拜谢而退。昭义节度使卢钧，驰入潞州，慰抚兵民。钧素宽厚爱人，当镇守襄阳时，已是众志咸孚，一入天井关，昭义散卒，闻风趋附，俱蒙厚待。至入潞城后，人情悉洽，昭义遂安。武宗从德裕议，割泽州归隶河阳，减铩昭义军势力，免生后乱；且饬各道兵一律归镇，封赏有差。

德裕复追论维州悉怛谋事，归咎牛僧孺。武宗但赠悉怛谋为右卫将军，不加僧孺罪责。德裕乃申奏道："刘从谏据泽潞十年，太和中入朝，牛僧孺李宗闵执政，不留从谏在京，纵令还镇，致酿成今日大祸。且闻昭义孔目官郑庆，曾言从谏每得二人书牍，皆自焚毁，可见二人阴庇从谏，实为乱阶，今幸陛下威灵，得平叛逆。惟欲清源正本，还应谴及牛李二人。"报复太甚，私憾何深？武宗徐徐道："且俟再议？"德裕意终未释。过了数日，复呈入河南少尹李述书，略言：僧孺闻刘稹败死，有失声叹恨等情。安知非德裕架诬？当下恼动武宗，再贬僧孺为循州长史，流宗闵至封州。德裕因率同百官，请上尊号，称武宗为仁圣文武章天成功神德明道大孝皇帝，武宗不受。经德裕等固请，表至五上，方才允准。于是郊天祭庙，下诏大赦，赐文武官阶勋爵，遍宴群巨，庆贺了好几日。皇太后王氏即敬宗母。得病身亡，变喜为哀，易贺为吊，免不得又有一番忙碌。礼官上太后尊谥，乃是"恭僖"二字，祔葬光陵东园。光陵即穆宗陵。

是时同平章事李绅，以足疾辞职，复出为淮南节度使，召淮南节度使杜悰入朝，拜右仆射，兼同平章事。悰本岐阳公主夫婿，见七十四回。文宗季年，公主已殁，悰由澧州刺史，升任凤翔节度使，复自凤翔徙镇淮南。武宗尝闻扬州倡女，善为酒令，因饬淮南监军，选贡数人。监军转告杜悰，请他同选，悰摇首道："我不奉诏，怎得妄进倡女？"监军即奏悰不肯选旨，武宗叹道："杜悰得大臣体，朕知愧了。"遂召悰入相。悰既受职，独好宴饮，不甚理事，乃复出为西川节度使。既而李绅病殁任所，悰移镇淮南。惟杜悰罢相时，崔铉亦同时免职，改任户部侍郎李回同平章事。回系唐室宗族，颇有胆识，泽潞事起，曾奉诏宣慰河北三镇，并促进师，三镇无不畏服，以此为武宗所器重，特加拔擢。但军国重事，仍专任李德裕评议。李回李让夷，不过奉令承教，署名画诺，便算尽职。

德裕以西域军事，尚未告竣，因上言："回鹘衰微，乌介穷蹙，应乘此荡平回鹘，规复河湟，望遣使赐张仲武诏书，谕以镇魏两镇，已平昭义，只回鹘未灭，仲武尚兼北面招讨使，应早思立功，毋落人后。"武宗依言颁诏，促仲武进逼乌介，仲武出兵数次，收降回鹘散卒，约数万人。巡边使刘濛，亦报称吐蕃内乱，可乘机收复河湟。武宗拟大举平西，偏偏志未毕偿，病已缠体，遂令一位英明果断的主子，渐渐的形神瘦弱，力不从心。看官可知武宗即位时，年只二十七龄，改元后仅历五年，还只三十二岁，春秋方盛，大可有为，如何疾病加身，害得支撑不住？虚设问答，较便梳栉。小子查考唐史，才知有一大病源，不得不从头叙来。

唐自高祖立老子庙，尊为太上玄元皇帝，后世子孙，奉为成例，待遇方士，无不加厚，所以道教尝盛行一时。此外又有佛教、祆教、摩尼教、景教、回教五种，佛教自汉迄唐，愈沿愈盛，唐太宗时，僧玄奘至西域取经，携归佛典六百五十余部，译成华文，辗转流传，徒侣日众。武宗以前，全国佛寺，多至四万余所，僧尼达四十万人。祆教由波斯国传入，敬火以表天神，亦称拜火教，唐初已盛行中国，朝廷为立祆正拔祝等官，管辖教徒。摩尼教就从祆教脱胎，参入佛教景教等旨，别成一派，相传为波斯人摩尼所创。其实摩尼二字，就是中国高僧的意义，由波斯传入回纥，更由回纥传入唐朝，京都内外，多建摩尼寺，凡回纥人留居中国，常借寺中栖宿。景教实耶稣教的一派，唐太宗时，波斯人阿罗本，赍经至长安，自称为景教徒，取教旨光华的意义。太宗为建波斯寺，至玄宗时，波斯为大食国所并，因改波斯寺为大秦寺，大秦即罗马国的变称，景教实发源罗马，所以易名存实。德宗时，长安大秦寺僧京静，曾建大秦景教流行中国碑，穷溯原委，颇称详明。至回教为摩罕默德创行，摩罕默德系阿剌比亚人，阿剌比亚即今之阿剌伯。参酌耶稣教及犹太教等，别成一教，广集教徒，征服异域，创成一大食国。大食即阿剌比亚，波斯人有此称呼，所以唐廷亦呼为大食。真非因他蚕食四方么？大食人来华互市，请诸唐廷，得在广东一带，建造会堂，广传教旨。这四种宗教，统是西洋输入，唐廷准他传布，不加禁止。元元本本，殚见洽闻。独武宗专信道教，不准异教流行，凡国中所有大秦寺摩尼寺，一并撤毁，斥逐回纥教徒，多半道死。京城女摩尼七十人，无从栖身，统皆自尽。景僧祆僧二千余人，并放还俗。又令京都及东都，只准留佛寺二所，每寺留僧三十人，各道只留一寺，余皆毁去。僧尼勒令归俗，田产归官，寺材改葺公廨驿舍，铜像钟磬，熔作制钱，共计毁寺四千六百余区，及招提有常住之寺。兰若佛徒静室。四万余间，还俗僧尼二十六万五百人，收良田数千万顷，奴婢十五万人。阅至此，应为称快。

古来帝王排佛，共有三人，魏太武帝周武帝及唐武宗，释家称为三武之祸。武宗排斥异教，不遗余力，专心致志的迷信道教。即位初年，即召入方士赵归真，向受法箓，称归真为道门教授先生，即至禁中筑一望仙观，令他居住。政躬稍暇，常至观中听讲法典，信奉甚虔。归真引入徒侣，为武宗修合金丹，说是长生不老的仙药，武宗服药下去，自觉精神陡长，阳兴甚酣，一夜能御数女，畅快无比。哪知情欲日浓，元气日耗，各种兴阳的药饵，多半是催命的毒物。武宗年甫逾壮，日服此药，渐渐的容颜憔悴，形色枯羸。当时专宠的嫔御，第一位要算王才人，才人系邯郸人氏，家世失传，穆宗时选入宫中，年仅十三，已善歌舞，后来赐与颍邸，一及笄年，性情儿很是机警，模样儿愈觉苗条，亭亭似玉，袅袅如花。武宗本是颀晰，王女亦颇纤长，一对璧人，天作之合，当然情投意合，我我卿卿。及武宗即位，封王氏为才人，宠擅专房，武宗每畋苑中，王才人必跨马相随，袍服雍容，几与武宗相似。道旁人士，远远窥视，还疑有两位至尊，相与出入。有时也能握轻弓，发一二矢，射倒几个小禽小兽，色艺俱工，确是难得。武宗越加宠爱，拟立她为皇后。偏李德裕谓才人无子，家世又未曾通显，恐贻天下讥议，武宗乃止。但因后宫佳丽，无过王才人，宁将正宫位置，虚悬以待，不愿滥竽充数。自宪宗以降，已五代不立皇后。及武宗有疾，王才人每谏武宗道："陛下日服丹药，无非希望长生，妾见陛下近日肤泽枯槁，深抱杞忧，还望陛下审慎，少服丹药。"武宗尚说无妨，且言赵归真说是换骨，应该瘦损，所以愈服愈病，愈病愈服。又召入衡山道士刘玄静，令为崇玄馆学士，还是玄静有些见识，固辞还山。好算明哲保身。武宗尚是未悟，阴精日铄，性加躁急，往往喜怒无常，尝问德裕道："近来外事如何？"德裕道："陛下威断不测，外人颇加惊惧，现在四境承平，愿陛下宽待吏民，务使为善不惊，得罪无怨，然后中外咸安？"武宗默然不答，返入内寝。德裕自退。原来德裕专政有年，才高量浅，所有恩怨，无不报复。方士赵归真得宠，德裕再三指斥，引为深恨。泽潞一役，又由德裕奏明武宗，不准宦官预事。内如中尉枢密，外如各道监军，无从掣肘，因得成功。但内外阉竖，视德裕如眼中钉，常欲把他撵逐，因此勾结方士，日夕进谗。武宗也滋不悦，惟表面上仍敷衍过去。德裕虽上疏乞休，也不见许。给事中韦弘质，上言宰相权重，为德裕所驳斥，贬令出外。德裕又尝言省事不如省官，省官不如省吏，因请罢郡县吏约二千余员。在德裕的意思，原是为国除弊，顾不得甚么仇怨，无如内外怨声，已是丛集，只因主眷未衰，一时动弹他不得。至会昌五年残腊，武宗抱病已剧，诏罢来年正旦朝会，到了六年正月，并不见武宗视朝，德裕除叩阍问安外，专理朝廷政务，无暇顾及宫禁。哪知左神策中尉马元贽等，已密布心腹，定策禁中，竟传出一道诏旨，立光王怡为皇太叔，权勾当军国政事。皇太弟后，又出一位皇太叔，正是闻所未闻。

先是李锜伏诛，家属没入掖廷，见七十二回。有妾郑氏，生有美色，为宪宗所爱幸，纳入后宫，几度春风，得产一子，取名为怡，排行在第十三。宪宗有子二十人。幼时即寡言笑，宫中统目为痴儿。少长，受封光王，益自韬晦，虽群居游处，未尝出言。至武宗疾笃，旬日不颁一谕，马元贽等乘此生心，拟择嗣统，好做一班佐命功臣。武宗本有五子，长名峻，封杞王，次名岘，封益王，三名岐，封兖王，四名峄，封德王，五名嵯，封昌王。不过年皆幼弱，未识大政，宫内一班宦竖，更以为子承父统，乃是寻常旧例，就是拥立起来，也没甚功绩可言，不若迎戴光王，较为得计。如见肺肝。于是遂擅传诏命，但说皇子年幼，令皇太叔处分国事。李德裕等未知诡谋，总道是武宗亲命，不敢对驳。哪知武宗已死多活少，连人事尚且不省，还顾甚么传统不传统呢？会昌六年六月甲子日，武宗疾已大渐，王才人侍立榻旁，武宗瞪视良久，好容易说出一语道："我要与汝长别了。"王才人忍着泪道："陛下大福未艾，怎得出此不祥语？"武宗再想发言，偏喉中已是痰塞，不能再语，只好用手指口，两目却注视不瞬。王才人已揣透意旨，便道："陛下万岁后，妾愿以身殉。"武宗方略有欢容，模模糊糊的说了一个"好"字，嗣是遂不复言。承统问题，全不提及，徒望王才人殉节，恋恋私情，何足道哉？未几驾崩，在位六年，只三十三岁。王才人悉取贮遗，分给左右，遂哭拜榻前道："陛下英灵，挈妾同去，妾谨遵前约了。"遂解带自尽榻下。不愧烈妇。马元贽等奉光王怡即位，改名为忱，是为宣宗，命李德裕摄行冢宰事，奉上册宝。宣宗朝见百官，哀戚满容，及裁决庶务，独操刚断，宫廷内外，才知他有隐德，并不是全然愚柔。即位礼成，宣宗顾左右道："适才奉册的大臣，就是李太尉么？他每顾我，使我毛发洒淅，不寒而栗呢。"德裕贬死，伏此数语。当下尊生母郑氏为皇太后，追赠王才人为贤妃。阅数月，安葬武宗，告窆端陵，并将王贤妃附葬陵旁。妃生前得专房宠，后宫嫔媛，多怀顾忌，至殉节捐躯，大义凛然，宫人都为感动，把旧怨一齐蠲释，相率送葬，同声一哭，这可见公道犹存，无德不报哩。一再称扬，无非风世。

宣宗既阴忌德裕，践阼才经数日，即罢德裕为检校司徒，出任荆南节度使。迅雷不及掩耳，非但德裕所不料，就是中外吏民，亦觉是意外奇闻。接连又将李让夷罢相，改任翰林学士白敏中，及兵部侍郎卢商，同平章事，且命牛僧孺李宗闵崔珙杨嗣复李珏五人，一并内迁。惟宗闵未及启行，病死封州。赵归真诛死，仍度僧尼，京中增置八寺，嗣且令各处寺址，尽行修复。尽改旧政，太觉无谓。惟闻刘玄静道术高深，前曾辞归衡山，不与俗伍，应非赵归真可比，乃复征聘入都，由宣宗亲受三洞法箓。更可不必。既而腊鼓催残，改元期届，元旦，朝献太清宫。越日，朝享太庙。又越日，至南郊祭天，改称大中元年，受百官朝贺，大赦天下。会值天旱，自正月至二月不雨，宣宗避殿减膳，理京师囚，罢太常教坊习乐，出宫女五百人，放五坊鹰犬，停飞龙厩马粟，果然甘霖下降，沛泽如膏，朝野都称颂皇恩。同平章事白敏中，本由李德裕引入翰苑，至德裕失势，敏中入相，独希承上旨，令党与颂德裕罪，遂贬德裕为太子少保，分司东都。过了半年，廷臣尚交构德裕，册贬为端州司马。越年，又贬为崖州司户参军，德裕竟病死贬所，年六十三，怨家多半称快。惟右补阙丁柔立，前遭德裕摈斥，至是独上疏讼德裕冤，又被谪为南阳尉。宣宗尝问白敏中道："朕昔送宪宗安葬，道遇风雨，百官皆散，惟山陵使身长多髯，攀住灵舆，冒雨不避，这是何人？"敏中答是令狐楚，现已去世了。宣宗问有无子嗣？敏中谓："有子名绹，颇有才能。"宣宗即召令狐绹入见，问及元和政事。绹奏对甚详，遂得擢为知制诰，寻升授翰林学士。绹夜梦见德裕，与语道："公幸哀我，使得归葬。"绹梦中允诺。翌晨起床，长子滈入问起居，绹即与语梦中情形，滈惶然道："执政皆蓄憾李公，如何发言？"绹亦犹豫未决。不意是夕又复入梦，那前任太尉后贬司户的李文饶，目光炯炯，竟来责他负约。绹正无词可对，突闻鸡声一叫，才得惊醒，早起复语子滈道："卫公精爽，确是可畏，我若不言，祸将及我。"乃冠带入朝，请许德裕归葬。宣宗方向用令狐绹，勉允所请。后至懿宗即位，用左拾遗刘邺言，追复德裕太子少保卫国公官爵，赐尚书左仆射。叙及后事，寓善善从长之意。小子有诗咏李德裕道：

汉代乘骖霍子孟，唐廷奉册李文饶。

假使功成身早退，祸机宁致及身招。

大中元年，文宗母萧太后崩，追谥贞献。越年太皇太后郭氏暴崩，外人颇有异言，欲知隐情，试至下回再阅。

宪宗服丹药而崩，穆宗亦然，武宗岂未闻及，乃亦误信赵归真，饵服金丹，以致速死。俗语有言："做了皇帝想登仙"，岂非愚甚？且弥留之际，专为爱妃顾虑，而于后嗣问题，全未提及，何其恋私情而忘大局耶？王才人以身殉主，节义可风，但于武宗实多惭德，褒王才人，实隐刺武宗，书法固微而显欤。太叔承统，古今罕闻；李德裕以一代功臣，骤遭贬死，虽德裕未得为完人，究无窜殛之罪，直书窜死，所以甚宣宗之失也。德裕死而托梦令狐绹，冤魂其果未泯乎？

第八十七回

复河陇边民入觐 立郓夔内竖争权

却说太皇太后郭氏，入居兴庆宫，颐养多年，历穆宗敬宗文宗武宗四朝，俱得嗣君敬礼，侍奉不衰。独宣宗即位，与太皇太后，乃是母子称呼，本应格外亲近，偏宣宗不甚孝敬，礼意寖薄，推究原因，却由生母郑氏而起。郑氏为李锜妾，前回已曾道及，当郑氏及笄，相士谓郑氏当生天子，因此锜纳为侍人，后来没入宫掖，适为太皇太后的侍儿。太皇太后尚为贵妃，宪宗出入往来，见郑氏秀色可餐，遂召入别室，演了一出龙凤配。妇人家容易怀妒，况郑氏是个犯妇，骤得宠幸，哪得不令旁观气愤？惟宪宗前不便诋斥，一腔郁闷，不能不从郑氏身上发泄。郑氏受骂熬打，料非一次，此番郑氏得为太后，母以子贵，当然欲报复宿嫌。统是一片小肚肠。宣宗也思为母吐气，所以对着这位太皇太后，未免失礼。郑氏又说宪宗暴崩，太皇太后亦曾预谋，惹得宣宗越加悲恨，几视太皇太后，如仇人一般。妇女含血喷人，尚是惯技，宣宗信为真事，也太糊涂。太皇太后年力已衰，忽遭此变，怎能禁受得起？悲感交集，郁郁无聊。一日，登勤政楼，眺望一回，几欲效坠楼的绿珠，跳出窗外，还亏身后有个侍儿，将她抱住，才免陨命。宣宗闻到此事，很是不悦，免不得背后讥弹。不料到了夜间，太皇太后竟尔暴崩，宫中谣诼纷纭，多说是服毒自尽。宣宗余怒未息，反不欲她祔葬宪宗，有司请葬景陵外园。景陵即宪宗陵，见七十七回。太常官王皞，且奏乞合葬祔庙，宣宗大怒，令宰相白敏中，责问王皞。皞抗声道：“太皇太后系汾阳王孙女，宪宗在东宫时的元妃，事宪宗为妇，身历五朝，母仪天下，怎得以暧昧情事，遽废正嫡大礼呢？”理直气壮。敏中闻言，怒形于色，皞辞气益厉，斥责敏中逢君为恶。敏中正要入奏，可巧走过一位新任宰相，举手加额道：“主圣臣直，古有是言，今幸得见直臣了。”看官道此人为谁？乃是姓周名墀，曾为兵部侍郎，此时因卢商罢相，与刑部侍郎马植，并入拜同平章事。墀颇忠谠，乃有是言。敏中闻墀誉王皞，也不免顾忌三分，复奏时较为和平。但宣宗意终未惬，竟贬皞为句容令。至懿宗咸通年间，皞复入为礼官，再伸前议，乃始以郭氏配飨宪宗，这且慢表。

惟宣宗既贬去王皞，遂也不悦周墀，会值河湟议起，墀谏阻开边，愈拂上意，遂罢为东川节度使。这规复河湟的计策，在武宗时早有此议，小子于前两回中，亦曾略叙，因看官尚未明白，不得不再行声明。河湟陷没吐蕃，唐廷无暇规复，一则由国家多故，二则由吐蕃尚强，到了武宗时候，正值吐蕃内乱，若要规复河湟，却也是个绝大的机会。原来吐蕃自尚结赞后，君相多半庸弱，赞普乞立赞死，传子足之煎，足之煎再传之可黎可足，久病不能视事，委任臣下，纪纲日紊。至弟达磨赞普嗣位，淫虐益甚，国人不附，灾异相继。勉强拖延了三四载，到了武宗会昌二年，达磨死去，无子承袭，有妃綝氏，素为达磨所宠，至是与一佞相连络，立兄尚延力子乞离胡为赞普，年仅三岁，妃与佞相共执国政。首相结都那不肯入拜，愤然道："先赞普宗族尚多，奈何立綝氏子为嗣？老夫无权无勇，不能拨乱反正，报先赞普大德，计惟一死自明便了。"遂拔刀剺面，恸哭而出。忠有余而智不足。佞相嗾动党羽，追杀结都那，且把他家族尽加屠戮。番俗虽然野蛮，也有一派公论，你怨我谤，交相訾议。洛门川讨击使论恐热，悍狡多谋，乃号召徒众道："贼舍国族，擅立綝氏，屠害忠良，又未受大唐册命，怎得称为赞普？我当与汝等共举义旗，入诛妖妃及贼臣。天道助顺，功无不成。"也想出些风头。遂与青海节度使同盟起兵，自称国相，进兵渭州，连破防兵。转战至松州，所过残灭，伏尸枕藉。鄯州节度使尚婢婢，本姓没卢，名叫赞心，表字号为婢婢，宽厚沉勇，颇有谋略。论恐热假名仗义，实图篡国，恐婢婢袭他后路，因移兵往击。婢婢佯与结欢，遣使犒师，既啗重币，又饵甘言。恐热以为懦怯，即退营大夏川，哪知婢婢用埋伏计，来诱恐热，恐热追陷伏众，被他杀得七零八落，大败而逃。嗣又连战数次，尽为婢婢所败。婢婢因传檄河湟，历数恐热罪状，且语道："汝等本是唐人，吐蕃无主，宁可归唐，休被恐热猎取，自同狐鼠呢。"时唐朝巡边使刘濛，得知此事，立即遣使报闻，且乘机收复河湟。且因回鹘乌介可汗，为卢龙节度使张仲武，及黠戛斯阿热，两路夹攻，已是亲离众散，不堪衰敝。武宗末年，诏遣陕虢观察使李拭，出使黠戛斯，册阿热为宗英雄武诚明可汗。拭尚未行，武宗已崩，乃暂将此事搁起。宣宗即位，国是粗安，可巧回鹘乌介可汗，为下所杀，另立弟遏捻为可汗，遏捻兵食两穷，仰给奚部。张仲武出破奚人，遏捻立足不住，转投室韦。唐廷改派鸿卢卿李业，充黠戛斯册封使，令他剿除遏捻。黠戛斯可汗，遂遣相臣阿播，率诸番兵往破室韦，悉收回鹘余众。遏捻率妻子等九骑遁去，后来不知下落，大约是窜死穷荒了。惟回鹘别部龙勒，尚居甘州总碛西诸城，自称可汗，保存一线，后文再行表见。补应八十回余文。

宣宗因回鹘已平，改图吐蕃，适吐蕃秦原安乐三州，及石门等七关来降，诏令太仆卿陆耽为宣谕使，再遣泾原节度使康季乐，收取原州及石门驿藏石峡木峡六盘制胜六关，灵武节度使朱叔明，收取安乐州，邠宁节度使张君绪，收取萧关，凤翔节度使李玭，收取秦州。各州收复后，独改安乐州为威州，且令送河陇老幼千余人，诣阙朝天。宣宗亲御延熹门楼，俯受朝谒，河陇诸民，欢呼舞跃，解胡服，着冠带，伏呼万岁。诏许给赀遣还，令垦辟三州七关土田，五年不收租税，就是土著人民，未曾入朝，亦准援例垦荒，将吏若能营田，令给耕牛及种粮，戍卒倍给衣食，三年一代。此外尚未收复诸州县，命各道量力规复。西川节度使杜悰，取得维州，亦即报闻。宰相白敏中等，因克复河湟，盛颂宣宗功德，请上尊号。宣宗道："宪宗尝志复河湟，未遂即崩，今幸得成先志，应议加顺宪二庙尊号，借昭先烈，朕却未敢当此。"归功先人，算是孝思。乃加谥顺宗为至德弘道大圣大安孝皇帝，宪宗为昭文章武大圣至神孝皇帝。

越年四月，因同平章事马植，与中尉马元贽交通，坐贬常州刺史，另任御史大夫崔铉，及户部侍郎魏扶，同平章事。魏扶受职即殁，又令户部尚书崔龟从，及兵部侍郎令狐绹入相，出白敏中充招讨党项都统制置使。党项屡为边患，宣宗颇不愿用兵，崔铉谓应遣大臣镇抚，乃令敏中出任制置。敏中使边将史元，破党项九千余帐，党项大恐，情愿修和，不敢再犯。敏中上表奏闻，宣宗允党项归顺，命敏中与他定约，办理告竣，移充兖邠宁节度使，不必返朝。惟吐蕃论恐热与婢婢交哄，婢婢虽然得胜，食尽引还，恐热大掠河西诸州，所过捕戮，待下残暴，部众竞起怨言。恐热乃扬言道："我今入朝唐室，当借唐兵五十万，平定婢婢。"于是入唐都求见宣宗。宣宗遣左丞李景让延入宾馆，且问所欲。恐热词色骄倨，求为河渭节度使，景让复白宣宗，宣宗不许，召对三殿，亦大略问答数语，没甚慰抚。恐热告辞，但照寻常胡客例遣归。恐热还居落门川，招集旧众，欲为边患，会天雨乏食，部众散去，才有三百余人，奔往廓州。沙州首领张义潮，奉瓜伊西甘肃兰鄯河岷廓十州地图，献入唐廷。自是河湟尽行归唐，诏任义潮为沙州防御使。嗣就沙州置归义州，即命义潮镇守，拜为节度。宣宗既尽复河湟，一意休息，唐室好几年无事，内只宰相换易数人。崔龟从罢职，改任户部侍郎魏謩，及礼部尚书裴休，既而崔铉出调外任，裴休依次去职，复另任工部尚书郑朗，户部侍郎崔慎由，同平章事。未几，魏謩郑朗崔慎由，又陆续罢去。兵部侍郎萧邺，户部侍郎刘瑑，诸道盐铁转运使夏侯孜，相继入相。刘瑑病逝，继任为兵部侍郎蒋伸。一班相臣，更番进退，幸值国家粗安，大家旅进旅退，倒也无优劣可言。实是一班庸碌徒，不过福命较优。

外如卢龙节度使张仲武卒，子直方为留后，直方荒淫暴虐，为军士所逐，别推牙将周琳为留后。越年琳死，军人复立张允伸为留后，宣宗未尝过问，听他自乱自止。就是成德节度使王元逵逝世，军中立元逵子绍鼎为留后。绍鼎嗣立二年，亦即病终，弟绍懿代立，均得受唐廷封爵，惟武宁军乱了二次，先逐节度使李廓，由卢弘止往代，后逐节度使康季荣，由田牟往代，这是由朝廷特任，不归军人拥立。岭南都将王令寰作乱，囚节度使杨发，为后任节度使李承勋讨平，湖南都将石载顺，逐观察使韩琮，为山南东道节度使徐商讨平。江西都将毛鹤，逐观察使郑宪，为观察使韦宙讨平。宣州都将康全泰，逐观察使郑薰，为淮南节度使崔铉讨平。以上数种乱事，统是倏起倏灭，无甚可述。

宣宗得享太平岁月，垂裳坐治，就中有几种可称的美政。宣宗事太后郑氏，颇为孝敬，孝生母而逼死嫡母，难免缺憾。郑太后弟光，出镇河中，入朝奏对，语多鄙浅，宣宗留为右羽林统军，不再令他治民。太后屡言光贫，亦不过厚赐金帛，始终不给好官。还有宣宗长女万寿公主，下嫁起居郎郑颢，向例用银饰车，宣宗命易银为铜，以俭约示天下，且尝诏公主谨守妇道，毋得轻夫族，预时事。颢弟颛偶得危疾，宣宗遣中使探视，还询公主何在？中使答言在慈恩寺观戏，宣宗怒道："我每怪士大夫家，不欲与我家为婚，至今才得情由了。"乃亟召公主面责道："小郎有病，怎得自去观戏，不往省视哩？"公主谢罪而出。从此贵戚皆谨守礼法，不敢骄肆。次女永福公主，本拟下嫁于琮，公主与宣宗同食，稍不适意，即把匕箸折断，宣宗艴然道："这般性情，尚可为士大夫妻么？"乃改命四女广德公主，嫁为琮妻，且下诏谓："国家教化，原始夫妇，凡公主县主有子，已寡不得复嫁。"这数种政教，恰是有关道德，可谓一朝模范，史官称他明察沉断，用法无私，从谏如流，重惜官赏，恭谨节俭，惠爱民物，大中政治，媲美贞观，所以号为小太宗。看官试阅上文编叙各节，究竟宣宗得媲美太宗呢？还是未及太宗呢？小子不暇评议，想看官自应理会，闲文少表。不断之断，尤妙于断。

且说宣宗在位十三年，寿数已满五十，因为年力渐衰，不得不借需药物。偏又误信术士李元伯，用了许多金石燥烈等药，供奉宣宗，初服时有效验，到了大中十三年秋季，药性猝发，背上生疽，好几日不见大臣。又蹈覆辙。宣宗有十一子，长子名温，曾封郓王，但未得宣宗欢心。宣宗独爱第三子夔王滋，拟立为嗣，因恐乱次建储，必至臣下谏驳，所以逐年延宕。从前裴休入相时，曾请早建太子，宣宗变色道："朕尚未老，若亟建太子，是置朕为闲人了。"休乃不敢复言。至宣宗不豫，密嘱枢密使王归长等三人，拟立夔王滋为太子，惟右军中尉王宗实，素不同心，为王归长等所忌，归长等恐他作梗，先调他为淮南监军，擅颁诏敕。宗实受敕将出，左军副使亓元实，语宗实道："圣上不豫，已经逾月，今出公往淮南，是假是真，尚不可辨，中尉何不一见圣上，然后就道呢？"宗实顿时大悟，便入寝殿谒见宣宗。哪知寝门里面，正起哭声，宣宗已经归天，正位东首。王归长及马公儒王居方，三人姓名，一并点明。方在寝殿中安排后事，将拥立夔王滋即位。宗实叱道："御驾已崩，奈何不先告中外？乃一般鬼祟，背地设谋，意欲何为？"说至此，即从袖中取出敕旨，掷示归长等三人道："皇上大渐，如何尚有此敕？显见是汝等捣鬼。汝等自思，假传圣诏，敢当何罪？"归长等只有内柄，并无外权，忽见宗实进来，已有三分惧怕，况又被他三言两语，抉透隐情，益觉情虚畏罪，吓得面如土色，当下接连跪地，捧足乞命。实是没用。宗实道："立嫡以长，古今同然，汝等既已知罪，速即起来，往迎郓王，还可稍图自赎呢。"二人忙爬将起来，去迎郓王温，不到一时，郓王已到，至御榻前痛哭一场。宗实亦召进元实，即刻草诏，立郓王温为皇太子，改名为漼。次日宣宗大殓，停柩殿中。太子漼即位柩前，召见百官，晋封令狐绹为司空。待百官退班，即传出一道诏旨，拿下王归长马公儒王居方，说他矫诏不法，当日处斩。全是宣宗害他。尊皇太后郑氏为太皇太后，追尊母鼂氏为皇太后。鼂氏为宣宗侍儿，宣宗即位，封为美人，越数年病逝，晋赠昭容。至是加谥元昭，祔主宣宗庙。越年，葬宣宗于贞陵，称鼂氏墓为庆陵。总计宣宗在位十三年，寿五十岁。

太子漼即位后，史号懿宗，罢同平章事萧邺，及首相令狐绹，复召荆南节度使白敏中入相，兼官司徒，再授兵部侍郎杜审权，同平章事。会敕使自南诏还都，报称："南诏酋长丰祐，适经去世，嗣子酋龙，礼遇甚薄"云云。原来宣宗崩逝，唐廷仍照旧例，讣告外夷。南诏自韦皋抚服后，朝贡惟谨，贡使利得厚赐，傔从甚多。及杜悰为西川节度使，奏请节减傔从数目，南诏乃有怨言。酋长丰祐，已生变志，酋龙袭位，接得唐使丧讣，不觉动怒道："我国亦有大丧，不闻唐廷遣吊，且诏书系赐故王，与我无涉，何必礼待来使呢？"遂居使外馆，不愿接见。唐使等候数日，怒别而归，因将情状奏闻。朝议以酋龙名字，与玄宗名讳相近，隆龙两字，音近字异，若以此为嫌，何不读韩退之讳辩文。且未曾遣使报告嗣位，显系有意抗命，遂不行册礼，搁过一边。偏酋龙自称皇帝，国号大礼，竟发兵寇陷播州。懿宗方预备改元，行庆贺礼，一时无从过问。次年元旦，改元咸通，行赏施赦，做过了一套旧文章，正思剿抚南诏，忽由浙东观察使郑祇德，飞表告急，系是土贼裘甫造反，连败官军数次，攻陷象山，并破郯县，亟请朝廷派将南征。正是：

蛮服叛王方僭号，潢池小丑又跳梁。

欲知裘甫作乱情形，容至下回表明。

观宣宗之复河陇，未始非一时机会，遣将四出，不血刃而得地千里，天子御延熹楼，亲受河陇人民朝谒，反夷为夏，易左衽而为冠裳，岂不足雪累朝之耻，副万民之望？时人号为小太宗，良有以也。然版籍徒隶强藩，田税未归司计，有克复之名，无克复之实，终非尽善尽美之举。即如大中政治，亦不过粉饰承平，瑜不掩瑕，功难补过，甚至以立储之大经，不先决定，及驾崩以后，竟为宦竖握权，视神器为垄断之物，英明者果若是乎？夫懿宗本为冢嗣，大中已乏权阉，乃无端委任中官，再令其佣立嗣君，无惑乎唐室之天下，与阉人共为存亡也。世有贾生，岂徒痛哭流涕已哉？

第八十八回

平浙东王式用智
失安南蔡袭尽忠

却说浙东贼裘甫，本是一个土匪，纠合无赖子弟，横行乡里，适因两浙久安，人不习战，甲兵朽钝，备御空虚，他即乘势揭竿，攻入象山，观察使郑祇德遣兵往讨，反被扫得干干净净，非逃即死。甫遂进陷郯县，开府库，募壮士，聚众至数千人。郑祇德再派讨击副使刘勍，副将范居植，率兵迎击，至桐柏观前，一场决斗，贼势很是厉害，居植阵亡，勍连忙遁回，侥幸得生。祇德大惧，更令牙将范君纵，副将张公署，望海镇将李珪，招集新卒五百人，驰至剡西，见前面列着贼垒，便杀将过去。贼略战即走，越溪北奔，三将也渡溪追贼，甫经半涉，不料溪水大涨，甲兵漂没，三将急挈残兵，向后退归，偏后面钻出许多悍贼，恶狠狠的拦住岸边，此时三将才识中计，前不得进，后不能退，没奈何投入水窟，同赴幽冥去了。原来贼党中有个刘暀，颇有谋略，他想了一计，设伏溪南，壅溪上流，诱令官军徒涉，待官军半济，决去壅水，使他沉没，再发伏兵邀截，杀个净尽。果然官军堕入计中，竟尔尽覆。小丑中也有小智，故古人谓蜂虿有毒。裘甫连战旨捷，威风大震，山海诸盗，皆遥通书币，愿属麾下。还有各处亡命叛徒，陆续奔集，众至三万，分为三十二队，裘甫自称天下都知兵马使，居然改易正朔，纪元罗平，铸成国玺，镌文天平，用刘暀为谋主，刘庆刘从简为偏帅，造兵械，储资粮，大有并吞两浙的气焰。郑祇德无法可施，累表告急，且向邻道乞援。浙西遣牙将凌茂贞率四百人，宣歙遣牙将白琮率三百人，同赴浙东。两将畏贼众势盛，不敢进击，但远远驻着，作壁上观。

朝廷知祇德懦弱，援兵无用，乃用宰相夏侯孜言，特任前安南都护王式，为浙东观察使，召入祇德为太子宾客。式受命入朝，懿宗问以讨贼方法，式对道：“但得兵多，贼必可破。”懿宗尚未及言，旁有中官插嘴道：“发兵若多，所费必巨。”式应声道：“兵多即足破贼，看似多费，实是省费。若兵少不能胜贼，延长岁月，贼势益张，恐江淮群盗，辗转勾连，一旦运道不通，上自九庙，下及十军，羽林、龙武、神武、神威、神策各分左右，为北门十军。皆无从取给，所费何可胜计呢。”懿宗方顾中官道：“式言甚是，应该多发兵士。”不与宰相商议，乃与宦官定谋，国政可知。乃下诏发忠武义成淮南诸军，合平浙乱，并尽归王式节制，式拜命即行。

裘甫方分兵寇衢婺台明各州，自率万余人掠上虞，入余姚，转破慈溪，陷奉化，据宁海，置酒高会，开怀畅饮。忽有探贼入报，朝廷已派王中丞式，统各道兵马前来了。裘甫不觉失色，用箸击案道：“奈何奈何？”刘晅在侧侍饮，相顾太息道：“火来水掩，将来兵挡。我兵数万，不谓不众，难道未战先怯么？今王中丞统兵前来，闻他智勇无敌，不出四十日，必到此地，兵马使宜急引兵取越州，凭城郭，据府库，遣锐卒五千守西陵，沿浙江一带，筑垒拒守，并大集舟舰，进取浙西，幸而得克，乘胜过大江，掠取扬州财货，作为军饷，还修石头城为国都。窃料宣歙江淮必有人闻风响应，再派刘从简率万人循海南行，袭取福建，照此办法，唐廷贡赋要道，已为我据，但恐子孙不能长守，若我身始终，保可无忧。”却是独霸一方的良策。甫沉吟道：“今日已醉，明日再议。”晅见甫迟疑不决，未免动怒，也以酒醉为辞，悻悻趋出。

裘甫想了一夜，未得主意，暗思王式虽有盛名，究竟虚实未明，不如遣人请降，窥伺动静。乃即于次日派一党弁，奉书官军。王式正至西陵，接着贼使，便顾左右道：“这是来窥我虚实，且欲使我骄怠呢。”一口道破。乃传见使人，取阅来书，便即正色道：“裘甫果降，当面缚来前，许以不死，否则彼能造反，尽可来战，缓兵计休得欺我。”贼使闻言，咋舌而去。式即驰入越州，由郑祗德交卸军政，隔宿饯行，与祗德欢饮而别；乃蒐戎行，申军令，振衰起懦，饬纪整纲，才越三日，已是规模大变，耳目一新。

先是贼谍入越，军吏多与贼通谋，与约城破以后，保全身家，或诈引贼将来降，潜窥虚实，所有城中动静，均为贼知。式详察情伪，一一捕诛，并严申门禁，如无门照，不准出入，夜间分段巡逻，格外周密，贼计乃无所施。贼将洪师简许会能，率众来降。式与语道：“汝等能去逆效顺，尚有何言？但必须立效奏功，方得迁官。”遂使率徒众为先锋，部将为后应，往与贼战，得擒斩数百人，始给一阶。又命诸县开发仓廪，分赈贫乏，有人谓军食方急，如何散赈？式说道：“此非汝等所知，我自有主张。”或请在远郊分设烽燧，诇贼远近多寡，式又微笑不答，良将沉几，大都如此。且故意挑选懦卒，令乘健马，少给甲兵，使为候骑。大众暗暗惊讶，但只不敢入问。式复巡阅诸营，选得士卒及土团子弟，共四千人，命导各军分路讨贼，临行下令道：“毋争险易，毋焚庐舍，毋杀平民！歼渠魁，宥胁从，得贼金帛，官无所问。”嗣是捕得贼党，多系越人，不但尽行释放，并量给父母妻孥。受捕诸徒，皆泣拜欢呼，情愿效死。贼众闻风反正，陆续归降，遂分部军为东南两大路，节节进剿。南路军转战至唐兴，大破贼将刘晊毛应天，应天败死，刘晊遁去。东路军至宁海，亦连拔贼寨。

式尚嫌兵少，再奏调忠武义成昭义各军，共至越州，乃遣忠武将张茵率三百人屯唐兴，截贼南出，义成将高罗锐率三百人，益以台州土匪，径趋宁海，攻贼巢穴，昭义将跌跌戣率四百人益东路军，断贼入湖州路。贼无从远窜，尽锐出海游镇，与官军决一胜负，偏又为南路官军所败，窜入甬溪洞中。官军围住洞口，贼出洞再战，又遭杀退。此外如各处贼寨，亦多为官军捣破。义成将高罗锐，进拔宁海，收集散民，得七千余人。王式屡得捷报，便道：“贼窘且饥，必逃入海，海澨辽远，非岁月间可以擒贼，应亟阻海兜拿，方免他远窜呢。”遂命罗锐军速趋海口，拦截逃贼。又令望海镇将云思益，浙西将王克容，率水军巡行海澨，防贼四窜。贼将刘从简，正从宁海东奔，航船下海，不防水军大至，急弃船登陆，遁匿山谷中，各船尽被官军毁去，报知王式。式喜道：“贼计已穷，无从逃遁了。”现只有黄罕岭一路，尚可入剡，恨一时无兵可守，但亦必为我所擒了。料事几如指掌。果然裘甫带领残贼，从黄罕岭窜去，各路军四面兜缉，不知盗魁下落。至义成将张茵，捕得贼将一人，坚讯裘甫所在，贼将不肯实供，经张茵加以严刑，方吐实道：“裘甫已经入剡，如肯舍我，我请为将军向导，往追裘甫。”茵乃释贼将缚，使为前驱。到了剡县东南，果见贼众已入城中，当即飞使入越，乞速调兵会剿。越人闻贼又至剡，都有俱色，式独笑道：“贼来就擒呢。”遂檄东南两路军，倍道进击。贼登城固守，累攻不能下。诸将议壅遏溪水入城，令贼无从觅饮。贼众也防此着，更番出战，计三日间，战至八十三次，贼虽屡败，官军亦疲。裘甫縋使请降，诸将向式请命。式微哂道：“贼尚非真降，不过欲稍图休息呢。诸将应乘此急攻，擒渠获丑，在此一举。”既而贼果复出，三战皆败。裘甫刘晊刘庆，率百余人出降，离城数十步，遥与诸将问答。官军疾趋前进，绕出裘甫等后面，前后合围，立将裘甫等擒住，解至越州。式命枭斩晊庆等二十余人，械甫送京师。惟剡城尚为贼将刘从简所守，官军因渠魁已获，略一疏防，被从简带领五百骑，突围出走，奔往大兰山。诸将连忙追蹑，好容易攻克山寨，复被从简遁去。

台州刺史李师望，募贼相捕，悬赏示励，当有降贼数百人，携从简首级，前来献功。师望转报王式。式因贼众荡平，召诸将还越，置酒犒军。诸将乘着酒兴，争问王式道：“末将等生长军中，久历行阵，今年得从公破贼，有好几事未识公意，敢问公始至时，军食方急，奈何遽散贫乏呢？”式答道：“这事最易知晓。贼方聚谷，诱动饥民，我先给以食，饥民得安，谁愿从盗？且诸县尚无守兵，贼或入城，仓谷适为贼资，何若先行赈饥为妙？”诸将又问道：“何故不置烽燧？”式又道：“烽燧所以促救兵，我兵已尽集城中，无兵为继，徒举烽以惊士民，是反自溃乱了。”诸将又问使懦卒为候骑，少给甲兵，究是何意？式复道：“候骑苟用锐卒，遇敌即斗，斗死将何人通报呢。”于是诸将皆下拜道：“如公智谋，非末将等可及，敢不拜服。”王式所言，实皆情理中事，但诸将未曾深思耳。当下尽欢而散。未几诏命已下，加王式官右散骑常侍，诸将各赏赍有差。惟此次成功，外由王式，内由夏侯孜，孜既荐举王式，且与式书道：“公但期擒住贼魁，所需军费，有我在朝，定当不误。”式赖此行军，所奏军情，求无不允，因此不到数月，即已平贼。裘甫解到京师，当然是做了刀头面，不消细说了。

浙乱既平，乃图南诏。时安南都护李鄠，已克复播州，拟向南诏进兵，偏安南土蛮，因前时鄠至安南，曾杀死蛮酋杜守澄，各图报怨，乃潜引南诏兵众，乘虚攻陷交趾。鄠猝不及防，只好逃奔武州，告急唐廷。廷议发邕管及邻道兵，往救安南，另诏盐州防御使王宽为安南经略使，贬鄠为儋州司户。鄠尚未接诏，方收集士兵，击破群蛮，再取安南，正思将功抵罪，不意王宽到来，传到诏书，已经遭贬；再经宽举发鄠杀守澄罪状，更流鄠至崖州。朝廷以杜氏强盛，暂事羁縻，特赠守澄父存诚为金吾将军，并为守澄申冤。其实蛮人未尝感德，南诏益复横行。咸通二年，南诏复攻陷邕州，经略使李弘源，弃城奔峦州。嗣因南诏兵引去，始复还城。前邕管经略使段文楚，已入为殿中监，此时再受命复任，贬弘源为建州司户。懿宗方免白敏中相职，进左仆射杜悰代相，悰上言：“南诏强盛，西川兵食单寡，未便与争，不若遣使吊祭，谕以新王名号，适犯庙讳，所以未行册命，待他改名谢恩，然后遣使，庶全大体”云云。乃是掩耳盗铃之计。懿宗乃遣左司郎中孟穆为吊祭使。穆尚未发，闻南诏又入寇巂州，转攻邛崃关，穆遂不行。

转瞬间又是一年，安南经略使王宽，屡上紧急奏章。说是南诏屡寇安南，懿宗特授前湖南观察使蔡袭，代任安南经略，且调发许滑徐汴荆襄潭鄂诸道兵马，归袭派遣。兵势既盛，寇乃引退。岭南旧分五营，广桂邕容安南，皆隶岭南节度使，左庶子蔡京，性多贪诈，时相独说他有吏才，奏遣京制置岭南。京奏请分岭南为二道，以广州为东道，邕州为西道。朝廷依议，即命岭南节度使韦宙为东道节度使，蔡京为西道节度使。蔡袭率诸道军，镇守安南。京恐他立功，特奏称：“南蛮远遁，边徼无虞，多留戍兵，徒费无益，不如各遣归本道。”有诏依议，令袭遣还戍兵。袭奏言：“群蛮伺隙，不可无备，乞留戍兵五千人！”朝廷不省。袭又以蛮寇必至，交趾兵食皆缺，势且谋力两穷，乃作十必死状申告中书。怎奈一班行尸走肉的宰辅，专顾目前，不知后患，任他如何说得要紧，仍然搁置不提。可恨可叹。

会当徐州兵变，逐去节度使温璋，徐州曾号武宁军，自王智兴镇守后，募勇士三千人自卫，有银刀雕旗门枪挟马等名，骄横不法，为历任镇帅所畏惮。一夫猝呼，千人响应，节度使辄为所逐，所以宣宗时叠经两乱，经田牟莅镇后，饮酒犒赐，日以万计，乃得少安。回应前文。牟殁璋继，银刀军闻璋素严饬，阴怀猜忌。璋虽开诚慰抚，始终未惬众望，仍为所逐。有诏调王式移镇徐州，令带许滑两军随行。许军即忠武军，滑军即义成军，前从式平浙东，尚未归镇，至此由式奉命启程，即率两军自随。既至徐州，银刀军怕他势盛，不敢不出城迎谒，式不动声色，好言劝慰，入城三日，宴飨两镇兵士，但说是饯他归镇。银刀军暗地生欢，总道好拔去眼中钉，乐得醉酒食肉，高枕而卧。不料到了夜间，有无数兵士杀入，才伸了头，已被割去，或先伸出手足，也被剁断，内有几个眼明手快，脚长身俏的人物，溜将出去，那外面却已围得密密层层，无隙可钻，结果是仍然一死。至杀到天明，把银刀雕旗门枪挟马等骄兵，一古脑儿杀尽。看官道兵从何来？就是那许滑两镇兵士，暗受王式指挥，来歼这种骄卒。可怜数千人性命，悉数了完。虽是咎由自取，王式亦太觉辣手。式先斩后奏，廷议以为办理妥贴。且敕改武宁为徐州团练使，隶属兖海，划徐州归淮南，更置宿泗观察使，留二千人守徐州，余皆分隶兖宿，令式分配将士，赴诸道讫，然后将许滑两军，遣归本镇，并召式还京，任左金吾大将军。式系王播从子，父名起，曾入翰林，为侍讲学士，出任东都留守，进官尚书左仆射，封魏国公，平生饱学，书无不窥，殁谥文懿。起以文学显，式以武功称，父子扬名，富贵终身，这也好算是贤桥梓呢。《旧唐书》谓式系播子，今从《新唐书》。

且说岭南西道节度使蔡京，行政苛刻，尝设炮烙刑毒虐兵民，终为军士所逐，出奔藤州。事闻于朝，诏贬为崖州司户，京不肯南行，还至零陵，受敕赐死，改用桂管观察使郑愚，接受岭南西道节度使旌节。惟安南自遣还戍兵后，边备空虚，南诏遂号召群蛮，有众五万人入寇。经略使蔡袭，上表告急，诏发荆南湖南兵二千，桂管义征子弟三千，往诣邕州，受郑愚节制，遣援安南。俗语说得好："远水难救近火。"援兵虽出发，哪能飞至安南？那南诏兵已经围攻交趾，蔡袭婴城固守，一面又飞书乞援，懿宗虽复下敕，调山南东道弓弩手千人，续往救急，偏一时未能到达。交趾危急万分，好容易守过残冬，到了咸通四年正月间，城中兵粮皆尽，竟被蛮兵陷入。袭巷战半日，左右无遗，只剩孤身一人，徒步力斗，身中十矢，没奈何大吼一声，杀开一条血路，趋往海滨。安南亦有监军，他已先时出城，下船逃命，至袭仓皇赶到，船早离岸，后面蛮兵又至，忍不住仰天下泪道："袭一死报国了。"遂跃海而死。忠义可嘉。适荆南将士四百余人，本在交趾助守，至是因城陷出奔，走至城东水际，四顾无船，荆南将元惟德等语众道："我辈无船可渡，入水必死，不若还与蛮斗，我等以一身易二蛮，也还值得。"众士应声许诺，遂还入东罗门，乱砍乱剁，杀毙蛮兵二千余名。以一身易四五蛮，愈觉值得。蛮将杨思缙领众来攻，惟德等力尽身亡，四百人同时毕命。南诏两陷交趾，掳杀至十五万人，留兵二万，令杨思缙据守。所有溪峒夷獠，尽行降附。

急报驰达唐都，有诏召还诸道兵，分保岭南东西道。蛮兵复进寇东西江，寖逼邕州，岭南西道节度使郑愚，恐慌的了不得，忙表请辞职，但说自己是个儒臣，素无将略，乞速任武臣，镇遏蛮方。懿宗乃调义武节度使康承训，出镇岭南西道，发荆襄洪鄂四道兵马，给他调遣。又任右监门将军宋戎，为安南经略使，发山东兵万人，随往控御。各道兵络绎奔赴，饷运甚艰。润州人陈磻石，请造千斛大舟，自福建运达广州，稍得接济军食。但大舟入海，有时遇着飓风，不免漂没。有司辄系住舟人，令他偿还。或竟夺商舟载米，把他原有货物，委弃岸上。舟子商人，欲诉无门，多半蹈海自尽。小子有诗叹道:

保全王室仗屏藩，外域何堪撤戍屯。

良将捐躯强寇炽，徒劳士马效星奔。

究竟康承训等能否收复安南，且至下回续表。

裘甫一无赖子，揭竿而起，骚扰浙东，得良将以荡平之，本非难事，郑祗德非其伦也，王式受命讨贼，严申军令，制敌有方，以之平贼，绰有余裕，然非夏侯孜主持于内，则专阃虽得良才，举动必多掣肘，恐亦难望成功；即幸成矣，要未必若是神速也。孜为相无他长，独专任王式，不让晋公，至若安南之遇寇，不闻孜发一策，献一议，岂能任王式，偏不能任蔡袭耶？袭请留戍卒，不得邀允，卒至蹈海以殉，可悲可惜。盖将相不和，断未有能成事者。式之成功也以幸，袭之致死也以不幸，观于此而知行军之道矣。

第八十九回

易猛将进克交趾城
得义友夹攻徐州贼

却说岭南西道节度使康承训，本来是没甚将略，到了邕州，正值蛮寇大炽，他无法摆布，只是接连上奏，屡请添兵。诏发许滑青汴兖郓宣润八道兵往援。各兵陆续趋集，他又自恃兵众，毫不防备，远郊也不设斥堠，好似没事一般。那南诏带领群蛮，入邕州境，承训才接到警报，遣六道兵约万人，出拒寇锋。六道兵统是新到，路径不熟，用獠为导。獠人与群蛮私通，竟引各军至绝地，一声暗号，蛮兵四集，将各军冲作数橛，各军没处逃避，一万死了八千，惟天平军二千名，尚在后面，所以转身逃还。承训闻报，吓得手足无措。节度副使李行素，率众修治濠栅，甫经毕工，蛮兵即至，围住邕城，大治攻具。诸将请乘夜往劫蛮营，承训不许，有天平小校再三力争，方才允准。小校即召集勇士三百人，夜缒而出，潜抵蛮寨，或呐喊，或纵火，并力闯将进去，一阵乱斫，得蛮首五百余级。蛮众大惊，解围径去。承训乃遣数千人驰追，已是无及，但杀死溪獠二三百人，都是由蛮众胁从，无一渠酋。承训却腾奏告捷，说是大破蛮贼，朝廷信以为真，相率称贺，承训讳败报胜，殊不足责，唐廷不察虚实，遽尔称贺，亦觉可丑。且加承训为检校右仆射。此外奏功受赏，无一非承训子弟亲旧，至若烧营小校，一级没有超迁。嗣是军中失望，怨声盈路。独岭南东道韦宙，具知承训所为，上白宰相。承训亦自疑惧，累表称疾，乃罢承训为右武卫大将军分司，调容管经略使张茵，代镇岭南。茵胆小如鼷，不敢进军，于是同平章事夏侯孜，特荐骁卫将军高骈，出为安南都护，兼本管经略招讨使。

骈系高崇文孙，家传武略，好读兵书，尤能折节为文，与诸儒共谈治道。神策两军，交相称美。骈尝见二雕并飞，抽矢默祝道："我若得贵，当射中一雕。"祝毕，发矢射去，见二雕并落，很是欣慰。后为右神策军都虞候，时人号为落雕侍御。骈有叛志，自是初萌。此次骈受命南下，先至海门治兵，屯留至一年有余，监军李维周，与骈不协，屡促骈进军，骈乃率五千人先济，约维周发兵接应。维周当面许可，及骈既启行，偏拥众不进。骈却鼓行而南，进至南定峰州，正值蛮众获田，便掩杀过去。蛮众猝不及防，顿时骇散，所有收获诸稻，均由骈军捆载而归，充作饷糈。捷奏至海门，李维周匿住不报，数月不通音问。懿宗不免动疑，传诏诘问维周。维周反奏骈驻军峰州，玩寇不进。是时朝中已迭易数相，蒋坤杜审权杜悰夏侯孜，先后外调，还有礼部尚书毕诚，兵部侍郎杨收曹确路岩高璩徐商等，递次接任，始终不得一贤相。当下懿宗召问诸臣，出示维周奏牍，彼此都认是真确，奏请另易统帅。懿宗乃遣左武卫将军王晏权，代骈镇安南，因即召骈诣阙，拟加重谴。骈尚未得闻，但乘胜进逼交趾，杀获甚众，遂将交趾城围住，安南蛮帅杨思缙，已经归国，换了一个段酋迁，据守交趾。他出城冲突数次，均为骈军所败，城中孤危，旦夕可下。骈遣偏校王惠赞曾衮二人，驾着快船，入报胜状；驶至海中，遥见前面有大船数艘，悬着旌旗，鼓棹而来，两人不胜惊异。巧值海中另有游船，便去探问大船来历。游船中有人答道："想是新经略使及监军呢。"两人越加惊疑，互相商议道："高经略屡得胜仗，如何朝廷换用别人？莫非监军李维周，妒功不报，我等若被瞧着，必夺我表文，将我羁住，不如觅地暂匿，待他过去，方可北行。两校却也细心。计议已定，便摇船入海岛间，俟大舟过去，乃兼程驰赴京师。懿宗大喜，即加骈检校工部尚书，仍镇安南，立遣二校归报。

骈已得王晏权牒文，料知监军舞弊，把军事交与副将韦仲宰，只率麾下百人北归。行至海门，方由二校赍到诏敕，乃再还攻交趾城。王晏权素来懦弱，李维周专知贪诈，虽然到了军前，诸将皆不乐为用，他二人也自觉扫兴，至高骈复到，朝旨亦即随下，召他二人还阙，二人只好奉旨回去。骈复督兵攻城，亲冒矢石，一鼓不克，再鼓乃下。段酋迁尚裸身死斗，被韦仲宰抢将过去，拦腰一刀，劈作两段。土蛮朱道古，系诱南诏入寇的头目，也做了无头死尸。骈军四处搜杀，共毙三万余人，再攻破蛮峒二区，尽诛酋长，蛮人始不敢抗命，率众归附，共得万七千人。捷书既达唐廷，懿宗用宰相议，就安南置静海军，即以高骈为节度使，一面大赦天下，饬安南邕州及西川诸军，召保疆域，不必进攻南诏。且令西川节度使刘潼，晓谕南诏王酋龙，如能更修旧好，一切不问。加岭南东道节度使韦宙同平章事，其余出力诸将，亦赏赉有差。凑巧吐蕃将拓跋怀光，亦杀毙论恐热，传首京师，乞离胡君臣，也不知所终。唐廷以南诏败退，吐蕃衰绝，西南边境，可保无事，遂庆贺了好几日，仿佛有国泰民安的幸事。为下文返照。

懿宗素好宴游，并耽音乐，供奉乐工，常近五百人，每月必大宴十余次，水陆佳肴，无不搜集。偶一行幸，扈从多至十余万人，耗费不可胜计。乐工李可及，善为新声，竟得擢为左威卫将军。左拾遗刘蜕，一再进谏，反被黜为华阴令。同平章事曹确，上言李可及不应为将军，亦不见从。至咸通九年，桂州戍卒作乱，杀都将王仲甫，推粮料判官庞勋为主，劫库兵北还，所过剽掠，州县不能御，接连递入警报，几与雪片相似。唐廷君臣，才脚忙手乱起来，会议了一两次，想出了将就的方法，遣中使高品张敬思，赦他前罪，令勒众安归徐州。原来前时南诏入寇，徐州奉诏募兵，计八百人往援，就中有都虞候许佶，及军校赵可立姚周张行实等，本是徐州群盗，投入戎伍，当下出戍桂州，初约三年一代，至六年尚不得归，戍卒各有怨言。许佶等遂煽众作乱，杀毙都将，奉勋北还；既得中使慰抚，乃暂止剽掠。到了湖南，监军设法招诱，令悉输甲兵。山东南道节度使崔铉，派兵扼守要害，戍卒始不敢入境，泛舟东下。许佶等计议道："我辈罪大，比银刀军为尤甚，朝廷颁敕赦罪，无非暂时牢笼，若到徐州，必致葅醢了。"遂各出私财，购造甲兵旗帜，过浙西，入淮南。

淮南节度使令狐绹，着人慰劳，并给刍米。都押牙李湘谏绹道："徐卒擅归，势必为乱，虽无敕令诛讨，藩镇大臣，亦当临时制宜。高邮岸峻，水狭且深，请焚获舟塞住前面，用劲兵截住后路，然后可以尽歼。若纵令出淮，必成大患。"养痈成患，原不若去火抽薪。绹素怯懦，且因无诏不便擅行，乃对李湘道："彼在淮南，未曾为暴，随他过去便了。"勋等过了淮南，适徐泗观察使崔彦曾，奉敕抚循，遣使喻以敕意，令他不必惊疑。勋尚自申状，辞礼甚恭。及行至徐城，勋与许佶等，复宣告大众道："我等擅归，无非欲还见妻孥，今闻已有密敕，颁下本省，俟我等到后，即须屠灭，与其自投罗网，何若勠力同心，共赴汤火，不但可以免祸，富贵亦或可图，尔等以为何如？"大众踊跃称善。勋复递申状，略言："将士等自知罪戾，各怀忧疑，今已及符离，尚未释甲，实因军将尹勘杜璋徐行俭等，狡诈多疑，必生衅隙，乞即将三人罢职，借安众心，仍乞戍还将士，别置二营，共设一将，如肯俯允，不胜感德"云云。全是要索。彦曾览到申状，因召诸将与谋，众皆泣语道："近因银刀凶悍，使一军皆蒙恶名，歼夷流窜，不无枉滥。今冤痛未消，复来桂州戍卒，猖狂至此，若纵使入城，必为逆乱，恐全境将从此糜烂了，不若乘他远来疲敝，发兵往讨，彼劳我逸，料无不胜。"彦曾尚未能决。团练判官温庭皓，复谓："讨乱有三难，不讨乱有五害，利弊相较，还是进讨为宜。"彦曾乃检阅师徒，得兵四千三百人，命都虞候元密为将，援兵三千人讨勋。一面声明勋罪，檄令宿泗二州，也出军邀击。

元密出至任山，逗留不进，但遣侦卒变服负薪，往探贼踪，拟俟贼众到来，设伏掩击。不意侦卒为贼所执，搒讯得实，遂诡道转趋符离。宿州戍卒五百人，出御濉水，望风奔溃，贼众得进攻宿州。观察副使焦璐，方摄行州事，城中无兵可守，只好弃城逃命。勋即率众入城，自称兵马留后，发财散粟，名为赈给穷民，实是选募徒众，如或不愿，立即杀死，仅一日间，已得数千人，乘城分守。元密闻勋陷宿州城，始引兵进攻，驻营城外。贼用火箭射城外茅舍，延及官军营帐。官军正在扑救，不防贼众出城突击，慌忙抵敌，伤亡了三百人。贼众还入城中，夜使妇人持更，大掠城河船只，备载资粮，顺流而下，拟入江湖为盗。到了天明，已是走尽，官军才得察觉，乘晓追去，约行二三十里，始见贼舣舟堤下，岸上亦有数队贼兵，三三五五，郤走林间。密望将过去，还道临阵畏缩，便驱兵进击。军士尚未早餐，各有饥色，因不敢违拗将令，忍着饥追赶上前；将及贼舟，舟中忽起啸声，突出许多悍徒，前来拦截。官军奋力搏战，哪知岸上的贼兵，却从林间绕出，竟至官军后面，拊背突入，官军顿时大乱。密料不可敌，且战且行，仓猝中不辨路径，竟陷入荷泽中。贼众追至，四面攒射，密与麾下约死千人，尚有残众数百,一齐降贼，没一人得还徐州。勋探问降卒，得知彭城空虚，即引众北渡濉水，逾山进攻。

彦曾尚未悉元密败状，及贼已入境，才有人报闻，急募城中丁壮，登陴守御。怎奈阖城震惧，已无固志。或劝彦曾速奔兖州，彦曾怒道："我为元帅，与城存亡，是我本职，怎得说好逃走呢？"说毕，拔出佩刀，将他杀死。忠而寡谋，死亦无补。过了两日，贼至城下，有众六七千人，鼓噪动地。城外居民，由勋好言抚慰，毫不侵扰。自是人民争附，相助攻城，或纵火焚门，或悬梯攀堞，守卒无心抵御，一哄而逃，坐见城池被陷。彦曾高坐堂上，由贼众将他扯下，牵禁馆中。尹勘杜璋徐行俭三人，无从趋避，俱为贼掳，枭首刳腹，备极惨毒，且将他三家屠灭。勋盛陈兵卫，召见文武将吏，自己高踞厅座，点名传入。将吏等都惶恐伏谒，不敢仰视。统是贪生怕死。勋又召判官温庭皓，令作草表，求请节钺。庭皓道："此事甚大，非顷刻可成，容我还家徐草，方免朝廷驳斥。"勋乃许诺。翌晨，勋着人取稿，庭皓随入见勋，从容答道："昨日未曾拒命，不过欲一见妻子，面诀死生，今已与妻子诀别，特来就死。"勋注视良久，不禁狞笑道："书生独不怕死么？我庞勋能取徐州，何患无人草表，汝不肯为，权寄头颅，改日再与汝算帐。"庭皓趋出，勋另延文生周重为上客，属令草表，重援笔写道：

臣庞勋上言：臣军居汉室兴王之地，顷因节度刻削军府，刑赏失中，遂致迫逐。陛下夺其节制，剪灭一军，或死或流，冤横无数。今闻本道复欲诛夷将士，不胜痛愤，推臣权兵马留后，弹压十万之师，抚有四州之地。臣闻见利乘时，帝王之资也。臣见利不失，遇时不疑，伏乞圣慈，复赐旌节！不然，挥戈曳戟，诣阙非迟，谨擐甲待命！语气狂甚。

勋览表甚喜，即遣押牙张琯赍诣京师，令许佶为都虞候，赵可立为都游奕使，党羽各补牙职。连日募兵，分屯要害。泗州刺史杜慆，系杜悰弟，闻庞勋已据徐州，亟完城缮甲，整顿守备。勋党李圆，为勋所遣，率二千人略泗州，先使精卒百名，入城招降。慆封贮府库，佯为投顺，开城迎入贼兵，一俟百人趋入，即阖住城门，杀得一个不留。越日，李圆进攻，城上早已防备，矢石如注，射死贼兵数百名。圆退屯城西，求勋添兵。勋再遣众万人，往助李圆。广陵人辛谠，辛云京孙。素性任侠，隐居不仕，尝与杜慆交游，至是因泗州被寇，入城见慆，劝慆挈家远避。慆答道："平安时坐享禄位，危难时即弃城池，负君负国，我不敢为，誓与将士共死此城。"谠慨然道："公能如是，仆亦愿与公同死，当回家一诀便了。"为君为友，情义兼至，却是一个侠士。遂辞还广陵，与家属诀别，再往泗州。途次遇着避乱的泗民，扶老携幼，络绎逃来，就中有几个认识辛谠，即与言贼众大至，城已被围，幸毋轻进取死。谠微笑不答，径趋城下，果见贼众环攻，只有水西门留出。他只身棹着小舟，驶进水西门，侥幸得入。慆相见大喜，立署他为团练判官。都押衙李雅，饶有勇略，为慆严设守备，觑贼懈怠，出奇击贼。贼众败退，还屯徐城，众心少安。

已而朝廷降旨讨贼，令右金吾大将军康承训，为义成节度使，兼徐州行营都招讨使，神武大将军王宴权，为徐州北面行营招讨使，羽林将军戴可师，为徐州南面行营招讨使，大发诸道兵，分属三帅。承训复奏乞调发沙陀三部落，使朱邪赤心率众随行，有旨允他所请。且因泗州方急，敕淮南监军郭厚本，领兵往援，厚本至洪泽湖，闻庞勋部下吴迥，又率众数万，再围泗州，他未免胆怯，逗留不前。杜慆日夕望援，待久不至。辛谠夜乘小舟，潜出水西门，径至洪泽湖，谒见厚本，敦促进师。厚本佯与约期，至谠返泗城，仍然按兵不发。那贼众攻城益急，并将水西门围住，负草填濠，为火攻计。城中惶急万分，谠复请求救。慆说道："前往徒劳，今往何益？"谠忿然道："此行得兵乃来，否则死别。"两语足抵《易水歌》。遂复乘小舟，负着户门，抵挡矢石，好容易突出围城，往见厚本，极陈利害，继以涕泣。厚本颇为感动，意欲发兵。淮南都将袁公弁进言道："贼势至此，自顾且不暇，怎能救人？"谠瞋目呵叱道："贼猛扑泗城，危在旦夕，公受诏赴援，乃逗留不进，岂非有负国恩？若泗州不守，淮南必为寇场，难道公能独存么？我当杀公谢国，然后自杀谢公。"说至此，拔剑遽起，欲击公弁。厚本急将谠抱住，公弁才得走脱。谠回望泗州，痛哭不休。淮南军士，亦皆流涕。厚本乃许分五百人，随谠还援。谠对五百人下拜，乃率同渡淮，遥望贼众耀武扬威，势甚披猖，有一军士失声道："贼势似已入城，我辈不若归去。"谠不觉大怒，一手扯住该兵，一手拔剑拟颈。淮南军连忙劝阻，谠叱道："临敌妄言，律应斩首。"大众见不可争，向前抢救。谠素多力，便将该兵提起，挡住大众，众无力可施，没奈何哀求乞免。说答道："诸君但驶舟前行，我舍此人。"众亟鼓棹而进，说乃将该兵放下，驱至淮北，登岸击贼，喊杀连天。慆在城上瞧着，也出兵接应，内外夹攻，贼乃败走，追逐至十里外，至晡乃还。小子有诗赞辛谠道：

平生好爵敢虚縻，临难奋身独不辞。
为语古今诸侠士，忘躯为国是男儿。

贼众既退，泗州果能免兵否，容至下回说明。

高骈复交趾时，原是一员猛将，不得因后时变节，遽没前功。若尽如李维周之忮刻，王晏权之庸懦，安南岂尚为唐室有耶？庞勋之乱，不过因戍卒怨望，激而一决，原其本意，固非有胜广之志也。唐廷专务姑息，酿成骄焰，令狐绹出镇淮南，当勋等东下时，不从李湘之言，纵使出柙，星星之火，遂至燎原，绹罪可胜诛乎？泗州当江淮之冲，杜慆誓众固守，已越寻常，然城存与存，城亡与亡，典守者固不得辞其责。辛谠隐居不仕，独趋见杜慆，愿与同死，突围请救，一再不已，卒能乞师而来，与慆夹攻，得退劲贼，上不负君，下不负友，彼游侠如朱家郭解，宁足望其项背？诚哉一忠义士也！读是回，足令薄夫敦，懦夫有立志云。

第九十回

斩庞勋始清叛孽
葬同昌备极奢华

却说庞勋闻吴迥败退，再派许佶率众数千，助攻泗州。濠州贼将刘行及，拘杀刺史卢望回，据有濠城，亦遣党羽王弘立，引兵趋会。杜慆闻贼众又至，告急邻道。镇海节度使杜审权，遣都头翟行约，率四千人救泗州，将抵城下，被贼迎头邀击，行约战死，全部覆没。淮南节度使令狐绹，亦遣押牙李湘率兵往援，至洪泽湖，会同郭厚本袁公弁，进屯都梁城，与泗州隔淮相望。贼众既破翟行约，遂渡淮围住都梁城，李湘挥兵出战，为贼所败，退入城中，门不及闭，骤被贼众捣入，把湘擒住。李湘前劝令狐绹，恰有先见，谁知他毫不耐战？郭厚本亦被拿获，只袁公弁走脱，究竟是他脚长。许佶将郭李二人，械送徐州，庞勋大喜，进据淮口，分派党羽丁从实等，南寇舒庐，北侵沂海，破沭阳下蔡乌江巢县，攻陷滁州，杀刺史高锡望，又转寇和州。刺史崔雍，引贼入城，登楼共饮，贼乘着酒兴，大掠城中，屠害兵民八百余人。都招讨使康承训，闻贼势甚盛，由新兴退还宋州，于是泗州孤立无援，粮又垂尽，每人每日，仅得食薄粥数碗。义士辛谠，复愿至淮浙求救，夜率敢死士十人，执长柯斧，乘小舟潜出水门，斫入贼水寨中。贼不意官兵猝至，纷纷自乱，谠得夺路而去。诘旦，贼始知谠仅十人，乃水陆分追。谠舟轻行速，急驶至三十里外，方才得脱。至扬州见令狐绹，又至润州见杜审权，审权乃遣押牙赵翼，率甲士二千人，与淮南输米五千斛，盐五百斤，往救泗州。谠又转趋浙西，借给兵粮去了。

徐州南面招讨使戴可师，恃勇轻进，率麾下三万人，渡淮而南，迭破淮滨诸贼垒，直薄都梁城。城中贼少，登城再拜道："方与都头议出降，请王师少退，当即投诚！"可师乃退五里下寨。及次日往探，已只剩一空城，守贼不知去向，他还道是贼众畏己，恃胜生骄，毫不设备。是日天适大雾，不防濠州贼将王弘立，引众数万，疾趋而至，纵击官军。官军不能成列，遂致大败。将士伤毙兵刃，及溺死淮水，约二万余名。器械资粮车马，丧失殆尽。可师亦为贼将所杀，传首彭城。庞勋自谓天下无敌，纵情淫乐，掠得美妇数十人，日事荒耽。贼幕周重进谏道："骄满奢逸，断难成事，就使得亦必失，成亦必败，况未得未成，怎宜出此？" 周重既知此理，奈何附贼？勋仍不省，安乐过冬。

次年为咸通十年，唐廷授右威卫大将军马举，继任徐州南面招讨使，又因王宴权畏敌不进，将他撤回，改任泰宁节度使曹翔，代任徐州北面招讨使。一面诏令河北诸镇，发兵助剿。魏博节度使何弘敬，时已去世，子全皞嗣为留后，奉诏出师，遣部将薛尤，率兵万三千人，进驻丰萧，与曹翔驻滕沛军，相为犄角。康承训召集诸道兵马，得七万余人，自宋州出屯柳子镇，连营三十余里。勋党分戍四境，徐城中不及数千人，勋始恟惧，日夕募民为兵，百姓不愿应募，多半穴地潜处，冀免迫胁。勋不胜焦灼，调回各处戍卒，保守徐州。那时魏博军已战胜丰县，贼将王敬文败走，阴蓄异谋，被勋诱归杀死。海州寿州各路贼寇，亦多为官军杀败。辛谠又借得浙西军，到了楚州，贼众尚水陆布兵，锁断淮流。谠选敢死士数十人，作为前驱，先用米船三艘，盐船一艘，乘风直进，冒死奋斗，任他矢石如雨，只是有进无退。谠督敢死士用着大斧，砍断铁锁，方得越淮抵城。城上守卒，已拼一死，忽见辛谠到来，好似绝处逢生，欢呼动地。杜慆带领将佐，出城相迎，握手涕泣，及入城后，登陴南望，遥见舟师张帆东来，旗上标明浙西军号，为贼所拒，帆止不进，谠挺身再出，复率敢死士出城，驾船猛进，冲透贼阵。贼见他来势猛锐，恰也畏避，谠得自由出入，迎浙西军同入城中。既而谠复率骁勇四百，往润州乞粮，贼夹岸攻击，经谠转战而前，力斗百余里，得至广陵，过家不入，径向润州乞得盐米二万石，钱万三千缗，还至斗山。贼将密布战舰，截击中途，两下鏖战，自卯至未，不分胜败。谠令勇士改乘小舟，分趋贼舰两旁，用枪揭草，爇火乱投。贼舰为火所燃，不战自乱，谠得乘机杀出，安抵泗城。勇哉辛谠！

泗州既得军粮，当然巩固。庞勋以泗州地扼江淮，锐意进取，屡次益兵助攻，偏偏不能如愿。徐州又为康承训所逼，累与交锋，不得一利。承训本是个庸帅，没甚能耐，只朱邪赤心部下三千骑，冲锋陷阵，无坚不摧，所以贼兵屡败。贼将王弘立，自淮口驰回，愿率部众破承训。恐无第二个戴可师。庞勋喜甚，即令他出渡濉水，往捣鹿头寨。弘立夤夜进袭，潜至寨边，一声呼啸，将寨围住。寨中固守不动，天已黎明，弘立督众猛扑，满拟灭此朝食，谁知寨门一开，突出沙陀铁骑，纵横驰骤，无人敢当，贼众披靡。寨中诸军，又争出奋击，杀得贼尸满地，流血成渠。弘立单骑走免。官军复追至濉水，溺贼无算，共毙贼二万余人。足报可师之败，只恨失一弘立。庞勋以弘立骄惰致败，意欲处斩，周重代为劝解，始令他立功赎罪。弘立收集散卒，才得数百人，请取泗州自赎。勋乃添兵遣往，一面再括民兵，敛取富家财帛，商旅货贿，作为军饷。民不聊生，始皆怨恨。

康承训既破弘立，进薄柳子寨，与贼将姚周，大小数十战，周支持不住，弃寨遁宿州。宿州守将梁丕，与周有隙，开城赚入，将周杀死。勋闻报大惊，欲自将出战，周重献计道："柳子寨地要兵精，姚周亦勇敢有谋，今一旦覆没，危如累卵，不如速建大号，悉兵四出，决死力战。且崔彦曾等久禁城中，亦非良策，请一律处决，借绝人望。"绝计何益？许佶等亦均赞成，遂杀崔彦曾及温庭皓，并截郭厚本李湘手足，赍示康承训军。乃命城中男子，尽集球场，如匿居不出，罪至灭族。百姓无奈趋集，由勋选得壮丁三万名，更造旗帜，自称为天册将军，授庞举直为大司马，与许佶等留守徐州。举直系是勋父，勋以父子至亲，不便行礼，或说勋道："将军方耀兵威，不能顾及私谊。"乃令举直趋拜庭前。勋据案直受，既已无君，自然无父。待举直受了印信，即麾众出城，夜趋丰县，击败魏博军，更引兵西击康承训，直趋柳子寨。可巧有淮南败卒，自贼中奔诣承训，报明贼踪，承训秣马整众，设伏待着。勋令前队先趋柳子，陷入伏中，四面齐起，把他击退。至勋率后队到来，正遇前队败还，惊惶不知所措，哪禁得承训带着诸将，乘胜追击，步骑踊跃，四蹙贼兵，勋部下皆系乌合，只恨爹娘生得脚短，不及急走，顿时自相践踏，僵尸数十里。勋即脱去甲胄，改服布襦，仓皇遁归彭城。甫得喘息，那围攻泗州的吴迥，也狼狈奔来，报称为招讨使马举所败，王弘立阵亡，自己独力难支，只好解泗州围，退保徐城。勋叫苦不迭，忽又接濠州急报，马举由泗州围濠，数寨被焚，请速济师。勋急命吴迥往救濠州，迥出城自去。

康承训既击走庞勋，逐路进军，迎刃即解。及抵宿州，环攻不克。宿州守将梁丕，因擅杀姚周，为勋所易，改任张玄稔据守。玄稔与党人张儒、张实等，分遣城中兵数万，出城列寨，倚水自固，似虎负隅。张实且贻书徐州，为勋设计道："今国兵尽在城下，西方必虚，将军可出略宋亳，攻他后路，他必解围西顾，将军设伏要害，兜头迎击，实等出城中兵，追蹑后尘，前后夹攻，定可破敌。"勋正虑承训进逼，更兼曹翔部将朱玫，拔丰县，克下邳，紧报日至，急得不知所措，镇日间祷神饭僧，妄期冥祐。及既得实书，乃仍使庞举直许佶留守，自引兵出城西行，并复书返报张实。实与张儒日御官军，官军纵火焚寨，儒实两人，没法抵御，退保外城。承训督军攻扑，城上箭如飞蝗，射死官军数千人，承训暂退，但遣辩士至城下，劝令降顺。儒实等哪里肯从？惟张玄稔系徐州旧将，陷没贼中，心常忧愤，夜召亲党数十人，密谋归国，得众赞成，乃令心腹张皋，出白承训，约期杀贼，愿为内应。承训大喜，厚待张皋，令返报如约。玄稔即使部将董厚等，埋伏柳溪亭，然后邀两张入亭宴饮。酒未及半，掷杯为号，董厚等持刀抢入，手起刀落，将两张挥作四段，并搜杀两张私党，城中大扰。

玄稔出谕兵民，示以逆顺利害，众心才定。越宿开门出降，膝行至承训前，涕泣谢罪。承训下座慰劳，亲自扶起，即宣敕拜为御史中丞，馈赐甚厚。玄稔乃复进策道："今举城归国，四远未知，请诈为城陷，引众趋符离及徐州，贼党不疑，定可悉数擒获了。"承训允诺。承训本无将才，惟收降玄稔，颇得推诚相与之术。玄稔还入城中，夜令部下负薪数千束，掷积城下，一俟天明，燃火焚薪。九城陷伏，便率众出趋符离，佯称败军。符离守将，开城纳入，被玄稔一刀杀毙，号令兵民，劝谕归国，众皆听命。玄稔收得兵士万人，亟趋徐州。庞举直许佶，已有所闻，登陴拒守。玄稔引兵围城，先谕守卒道："朝廷但诛逆党，不杀良民，汝等奈何为贼守城？若尚狐疑，恐尽成鱼肉了。"守卒闻言，或弃甲，或投兵，下城遁去。崔彦曾故吏路审中，开门纳官军，庞举直许佶，自北门出走。玄稔亟遣兵往追，得斩举直与佶。周重等赴水自尽，所有前戍桂州的叛卒，一一按名收捕；无论亲属，一概诛夷，骈死至数千人，徐州乃平。

庞勋将兵二万，自石山西出，沿途焚掠，鸡犬不留。康承训引步骑八万，西向往击，使朱邪赤心为先锋，追勋至亳州。勋正大掠宋亳，猝遇沙陀骑兵，不战而溃，遁至蕲水，官军大集，纵击贼众，贼多溺死，勋亦毙命。越数日始得勋尸，枭首传示，远近贼寨，皆自杀守将，次第请降。惟吴迥守住濠州，不肯归命，马举屡攻未下，自夏及冬，城中食尽，甚至杀人充食，吴迥乃突围夜出，由举勒兵追剿，杀获殆尽。迥窜死昭义，一番叛乱，自是荡平。朝廷颁诏赏功，进康承训同平章事，兼河东节度使，杜慆为义成节度使，张玄稔为右骁卫大将军，辛谠为亳州刺史，朱邪赤心特别召见，赐姓名为李国昌，授左金吾上将军，即就云州置大同军，赐以旌节，并处置徐州后事，乃在徐州设观察使，统徐濠宿三州。惟泗州置团练使，划隶淮南，未几复令在徐州置感化军，特设节度使，以资弹压。康承训为廷臣所劾，说他讨庞勋时，一再逗挠，虚报功绩，竟迭贬至恩州司马，这也未免罪轻罚重了。语淡旨永。

且说懿宗在位十年，也未立后，独宠幸淑妃郭氏，氏生一女，数年不能言，忽张口说道："今日始得活了。"懿宗大为惊异，及年已长成，姿貌不过中人，独得懿宗钟爱，封为同昌公主。右拾遗韦保衡，美秀而文，为郭淑妃所赏识，遂与懿宗熟商，愿将同昌公主，嫁与为妻。临嫁时，尽出宫中珍玩，作为奁资，并在皇宫附近，赐宅一区，窗户俱用杂宝为饰，器皿一切，非金即银，甚至井栏药臼，亦由金银制成，耗费约五百万缗，所行婚仪，备极奢华，就是从前太平安乐两公主，与她相较，也几乎稍逊一筹。韦保衡得此贵妇，当然奉若天神，不敢少忤，除入朝办事外，时常居处内宅，与公主敦伉俪欢。郭淑妃爱女情深，随时探问，或且留宴主第，深夜不归，宫禁里面，免不得生出一种谣诼，说是丈母女婿，也有暧昧情事，这恐是捕风捉影，不足为凭，小子不敢妄断，不过援据史传，有闻必录。不肯讽蔑郭氏，便是下笔忠厚。当时懿宗爱妃及女，一任出入自由，毫不过问。韦保衡得迁授翰林学士，咸通十一年间，曹确罢相。

韦氏快婿，竟得与兵部侍郎于悰，户部侍郎刘瞻，同时入相，并握枢机。故相高璩早卒，徐商亦已罢去，杨收坐罪窜死，只路岩尚在相位。岩因保衡是皇亲国戚，格外交欢，遂与他串同一气，表里为奸。一班蝇营狗苟的臣僚，乐得趋承伺候，希沐余光，遇有反对人物，群起弹击，时人目他为牛头阿旁，无非说他阴恶可畏，与鬼相同。

但天下祸福无常，祸为福倚，福为祸伏，保衡尚主，仅及年余，偏公主得了一种绝症，卧床不起，医官二十余人，同时诊治，想不出甚么起死回生的方法，勉强拟进一两张药方，配服全不济事，奄奄数日，玉殒香消。郭淑妃陡失爱女，当然痛悼，就是懿宗亦悲念不休，自制挽歌，饬群臣毕和，又令宰相以下，尽往吊祭。追封公主为卫国公主，予谥文懿。一面捕获医官二十余人，说他用药错误，冤死公主，竟不令分辨，一并处斩。且将医官亲族三百余人，悉数系狱。胡乱得很。宰相刘瞻，召集言官，嘱令劝阻，言官以天威难测，各为保全身家起见，不敢进陈。瞻乃自草奏牍，即日进呈，略云：

修短之期，人之定分，昨公主有疾，医官非不尽心，而祸福难移，竟成蹉跌。械系老幼，物议沸腾，奈何以达理知命之君，涉肆暴不明之谤。

懿宗览奏不悦，搁置不报。瞻又与京兆尹温璋等力谏，顿触懿宗怒意，将他叱出，旋即出瞻为荆南节度使；贬璋为振州司马。璋叹道：“生不遇时，死何足惜？”竟仰药自杀。此人亦未免过激。韦保衡又与路岩，共谮刘瞻，谓与医官通谋，进投毒药，遂再贬瞻为康州刺史。岩意尚未惬，阅十道图，见驩州去都最远，因复窜瞻为驩州司户。次年正月，葬同昌公主，懿宗与郭淑妃，坐延兴门，目送灵舆，恸哭尽哀。护丧仪仗，达数十里，冶金为俑，怪宝千计，此外服玩，多至百二十舆，锦绣珠玉，辉煌蔽日。乐工李可及作叹百年曲，率数百人为地衣舞，用杂宝为首饰，绝八百匹，舞罢珠玑散地，任民拾取，所有服玩等件，悉置墓中。这岂非暴殄天物，溺爱不明么？

韦保衡座师王铎，是王播从子，前在礼部校文，擢保衡进士及第。保衡因荐他入相，继刘瞻后任。铎却轻视保衡，议政时常有龃龉。路岩本与保衡联络，嗣因彼此争权，凶终隙末，遂被保衡进谗，出岩为西川节度使。岩出城时，路人争以瓦砾相投，忍不住动起忿来。适值权京兆尹薛能，前来送行，他不禁冷笑道：“京兆百姓，劳君抚治，今日我奉命西行，百姓却以瓦石相饯，可谓治绩昭彰了。”薛能答道：“宰相出镇，不一而足，府司从未发人防护，人民亦从无瓦砾相加，奈何今日公行，演此恶剧？这还当由公自问，究竟为何取怨人民？”以子之矛，攻子之盾，薛能可谓善言。岩被他一诘，反觉满面怀惭，踉跄而去。及行抵任所，幸值南诏退兵，阖境粗安，还得侥幸无事。先是南诏主酋龙，因安南败退，转寇成都，陷入嘉黎雅三州，成都戒严，亏得西川节度使卢耽，与东川节度使颜庆复，联兵战守，击败蛮兵，将军宋威，复奉诏往援，杀死蛮兵无算，残众夜烧攻具，遁出境外。成都旧无濠堑，颜庆复始筑壅门，掘长濠，植鹿角，设营寨，守备既固，蛮人始不敢进窥。朝廷欲处置路岩，因将卢耽他调，令岩接任。岩好游宴，耽声色，一切政务，俱委任亲吏边咸郭筹。两人相倚为奸，先行后申。岩至都场阅操，边郭侍侧，有所建白，辄默书相示，阅毕焚去，军中相率惊疑，恟恟不安。事为朝廷所闻，乃徙岩改镇荆南。自岩出镇，由礼部尚书刘邺继任，既而于悰复为韦保衡所谮，贬为韶州刺史。悰妻广德公主，系懿宗亲妹，至是随悰赴韶，行必肩舆相并，坐即执住悰带，悰才得保全。悰去后，改用刑部侍郎赵隐为相，上下因循，一年挨过一年，到了咸通十四年正月，懿宗遣敕使诣法门寺，奉迎佛骨，言官多半谏阻，甚且谓宪宗迎入佛骨，遂至宴驾。懿宗道："朕得见佛骨，死亦何恨？"呆极。自春至夏，佛骨始迎至京师，懿宗膜拜甚虔，宰相以下，竞施金帛，乃将佛骨入禁供养，颁诏大赦。过了两月，懿宗竟至患病，服药无效，数日大渐，乃立皇储。未几驾崩，享寿四十一岁，共计在位十四年。小子有诗叹道：

奢淫适启败亡忧，况复流连未肯休。
十四年来浑一梦，令终还是逊天庥。

欲知何人嗣统，试看下回便知。

庞勋以戍卒八百人猝起为乱徐、淮一带，多遭屠毒，迭经唐廷发兵，先后不下十万人，始得荡平叛逆，再见廓清，虽曰成功，唐威已所余无几矣。康承训之将略，原无足称，但奏调朱邪赤心自随，战胜逆寇，不可谓非明于知人。复能招用张玄稔，以盗攻盗，不可谓非善于因敌。徐乱之平，承训之功居多，乃路岩韦保衡，妒功进谗，贬窜恩州，亦曷怪志士灰心，功臣懈体乎？韦保衡本乏相才，徒以尚主隆恩，骤登揆席，懿宗之溺爱不明，已可概见。至同昌一死，惨戮诸医，株连亲族，当时相臣刘瞻，尚为庸中佼佼，乃因一再进谏，致为所诬，流戍万里，冤乎不冤？及葬同昌时，縻费无算，朽骨无知，饰终何益？而宠幸保衡，犹然未衰，妹倩可贬，女夫不可黜，甚至死期将至，犹迎佛骨入都，何其昏愚若是也？史称懿宗在位十四年，无一善可纪，诚哉是言！

第九十一回

曾元裕击斩王仙芝
李克用叛戮段文楚

却说懿宗生有八子，长为魏王佾，次为凉王侹，蜀王佶，威王偘，普王俨，吉王保，寿王傑，最幼为睦王倚，这八子统是后宫所出，不分嫡庶。但据无嫡立长的故例，论将起来，魏王佾应该嗣立，偏是左神策中尉刘行深，右神策中尉韩文约，利立幼君，竟将懿宗第五子普王俨，立为皇太子。俨系王氏所生，年仅十二，母族微贱，全仗那两个典兵的阉竖，佐命定策。阉官立君，成为常例，唐廷实是无人。懿宗已是弥留，还晓得甚么后事。刘韩即矫称遗诏，传位普王。宰相如韦保衡刘邺赵隐三人，但知居官食禄，不管甚么继统问题。王铎已经罢职，越觉袖手旁观。至懿宗入殓，普王俨即位柩前，是为僖宗，僖宗母王氏已殁，追尊为皇太后，加谥惠安。进韦保衡为司徒，不到两月，保衡为言官所劾，坐罪免职，贬为贺州刺史。嗣又被人讦发，谓与郭淑妃有暧昧情事，再贬为澄迈令，寻且赐死。路岩罪同时并发，降为新州刺史，就道后又下敕削官，长流儋州，越年亦赐令自尽。炎炎者灭，隆隆者绝。边咸郭筹，亦皆伏诛，另任兵部尚书萧仿同平章事。

过了残腊，改元乾符，关东水旱相寻，民不聊生，翰林学士卢携，请敕令遇荒州县，概停征税，并发义仓赈济贫民。僖宗如言下敕，但不过一纸虚文，有司竟未实行。已而罢同平章事赵隐，进华州刺史裴坦为相，未几坦卒，召还故相刘瞻，令复原职。瞻字几之，祖籍彭城，后徙桂阳，平生清介自持，所得俸禄，悉赡贫乏，家无留储；至被窜驩州，无论远近，莫不称冤。幽州节度使张允伸病殁，由平州刺史张公素接任，公素慕瞻忠直，上疏申枉，乃得移徙康虢二州刺史。僖宗召为刑部尚书，即复任同平章事。长安两市，闻瞻得还都，醵钱雇演百戏，借表欢迎。瞻特为改期，另由他道入

田令孜（?—893），字仲则，本姓陈，蜀人，唐宦官。恃宠横暴，把持大权，僖宗称他为“阿父”。在黄巢起义军攻克长安时，他挟持僖宗逃往成都。中和五年（885年）回长安后，与藩镇王重荣争安邑、解县两池盐课，重荣乃与李克用合军进逼长安，他再度挟持僖宗出奔。光启二年（886年）自任西川监军使，赴成都。后被割据西川的王建杀死。

都，受任三月，去烦除弊，政简刑清。同僚刘邺，前曾在韦保衡路岩前，痛词诋瞻，至是恐瞻闻声报复，不免心虚，因邀瞻共饮，尽兴而别。哪知瞻醉后归寓，竟一病不起，遽尔谢世，时人共谓邺有意酖瞻，不为无据。宣宗以降，朝无贤相，仅得刘瞻一人，清直可风，又为奸党播弄至死，特揭录之，以志余慨。兵部侍郎崔彦昭，继瞻后任，彦昭颇有令名，与萧仿和衷办事，执要不烦，且因刘邺毒死刘瞻，情迹可疑，特上章弹劾，出邺为淮南节度使。翰林学士卢携，与吏部侍郎郑畋，相继入相。四相才略，似非全不足用，怎奈僖宗年少，未化童心，暇时辄与嬖僮宠竖，征逐游戏。遇有大臣奏议，往往搁置不理，或且委枢密田令孜处决。令孜是一个小马坊使，读书识字，很有巧思，僖宗在普邸时，已与令孜朝夕相亲，呼为阿父，及即位后，即擢置枢密，倚若股肱。令孜专哄动僖宗欢心，所有僖宗爱嗜的果食，尝自去购办，携陈御榻，与僖宗对坐畅饮，且引入内园小儿，侍奉僖宗，击鞠抛球，赏赐万计。僖宗虑府藏空虚，令孜代为划策，劝籍两市商货，悉输内库，遇有陈诉，辄付京兆尹杖毙。僖宗未识民艰，但教库中取用不穷，便好任情挥霍，且从此益宠令孜，加官中尉。小儿最易受骗，况遇阴柔之小人，自然水乳俱融。令孜揽权纳贿，量赂除官，一切黜陟，多不关白。宰相以下，也不敢过问。唐室江山，要在他手中断送了。看官！你想少主童昏，权阉骄恣，人怨沸腾，天变交作，东荒西瘠，饿殍载道，朝廷不加赈，有司不知恤，哪里还能太平呢？

当时西陲不靖，南诏为患，唐廷特调高骈往镇西川，制置蛮事，发兵退敌，擒住蛮酋数十人，修复邛崃关、大渡河诸城栅，择要置戍，还算有备无患，全蜀粗安。蜀事用简文带过，与前回笔意相同。只是边境少宁，内乱迭起，盗贼到处横行，官军不能控御，就中有两大盗魁，最号猖獗：一个是濮州盗王仙芝，一个是冤句盗黄巢。仙芝向贩私盐，出没江湖。巢善骑射，喜任侠，粗读书传，屡试进士科，不得一第，乃与仙芝往来，同做这种贩私行业。仙芝于乾符元年，聚众数千人，揭竿长垣，次年即胁从数万，攻陷濮州曹州，天平军节度使薛崇，出兵往剿，反为所败。巢闻仙芝得利，也纠众起应，剽掠州县，与仙芝同扰山东。此外各处盗贼，都遥与联合，四处侵轶。自山东至淮南；几无宁宇。有诏令淮南忠武宣武义成天平五军节度使，分别御盗，剿抚兼施。同平章事萧仿，目击时艰，屡劝僖宗勤政求治。偏为田令孜等所忌，迭加驳斥。萧仿抑郁病终，用吏部尚书李蔚代任。右补阙董禹，谏阻僖宗游畋击球，颇蒙褒赐，嗣因邠宁节度使李侃，为宦官义子，特为假父请赠官阶，禹上疏指驳，语侵宦官。枢密使杨复恭，入宫谗诉，竟贬禹为柳州司马。自是上下壅蔽，内外隔阂。仙芝等寇焰浸炽，进逼沂州，平卢节度使宋威，表请率兵讨贼，乃降敕命威为诸道行营招讨使，凡各镇所遣讨贼将士，均归威节制调遣。威俟诸道兵至，出击仙芝，大杀一阵，毙贼甚多，仙芝遁去。遥传仙芝已死，威即奏称贼渠已歼，尽可无虞，诸道兵悉数遣归，自还青州。百官闻捷，入朝称贺，不意过了三日，仙芝又复出现，转掠阳翟郏城，地方官飞章奏闻。御寇几如儿戏，如何平寇？乃诏忠武节度使崔安潜，发兵往剿；再令昭义义成两镇，各发步骑，保护东都宫室；授左散骑常侍曾元裕为招讨副使，出守东都；又敕山南东道节度使李福，选步骑三千，守汝邓要路；邠宁节度使李侃凤翔节度使令狐绹，选步兵一千，骑兵五百，守陕州潼关。各道将士，本由宋威遣归，欣然就道，偏途次复令赴敌，免不得忿怨交乘，各怀观望。仙芝得由齐入豫，攻陷汝州，执住刺史王镣。镣系王铎从弟，铎正由郑畋推荐，复入为相。罢崔彦昭为太子太傅，一闻王镣被掳，他人没甚惊慌，独王铎非常着急，乃倡议抚盗，赦仙芝罪，且给官阶。仙芝转陷郢复二州，大掠申光舒寿、庐通一带，并与黄巢西攻蕲州。王镣尚在贼中劝仙芝归国拜官，且因蕲州刺史裴渥，为王铎知贡举时所擢进士，彼此交谊相关，特为仙芝致书，浼渥奏保仙芝。无非为免死计。渥敛兵不战，报称如约，即开城迎入仙芝及黄巢等三十余人入城，置酒款待，并赠厚贿，一面拜表奏闻。仙芝与巢，恰也心喜，便谢别出城；驻营待命。未几有敕使到来，授仙芝为左神策军押牙。渥与镣皆向仙芝道贺，仙芝也笑逐颜开。偏黄巢不得一官，勃然大怒，指仙芝道："我与君共立大誓，横行天下，今君独取官而去，试问五千余众，何处安身？"说至此，提起老拳，殴击仙芝。仙芝闪避不及，左额上已遭一击，色青且红。贼众亦附和巢语，群起喧哗。唐廷既欲抚盗，应该为众盗设法，徒官仙芝，不及黄巢等人，糜烂地方，失策孰甚？仙芝为众所逼，只好不受朝命，仍然为盗，大掠蕲州，毁民庐舍。裴渥

黄巢（?—884），曹州冤句（今山东曹县西北）人，唐末农民起义领袖。乾符二年（875年），率众响应王仙芝起义。五年王仙芝战死后，被推为领袖，称冲天大将军，建元王霸。王霸三年（唐僖宗广明元年）攻克东都洛阳。十二月进入长安。即皇帝位，国号大齐，改元金统。金统四年（883年），撤出长安。后为唐军追及，战败自杀。

奔鄂州，敕使奔襄州，王镣仍为贼所拘。贼众三千人归仙芝，二千人归巢，分道驰去。

乾符四年，仙芝陷鄂州，黄巢陷郓州沂州，再合众并攻宋州。宋威督兵往援，反为所围，幸左威卫上将军张自勉，率忠武军七千名，往救宋州，杀贼二千余人，贼乃解围遁去。宰相王铎卢携，欲令张自勉归宋威节制，独郑畋谓自勉必不服威，多使疑忌，必致相争，因不肯署奏。铎与携乃自请免职，畋亦请归浐州养疴，僖宗皆不肯许。铎携两相，复议罢归张自勉，改令张贯为将，令率忠武军七千，隶属宋威。畋又与力争，辩论大廷，一口不能胜两口，乃还草奏牍，再行呈请。略言："王仙芝倡乱，忠武节度使崔安潜，尝请会师力剿，至今贼党不敢入境。又以本道兵授张自勉，解宋州围，使江淮漕运流通，不入贼手，今遽罢归自勉，易将统兵，使隶宋威，臣见威忌功讳败，所奏多非实迹，崔安潜以兵授人，良将空还，若就寇忽至，如何支持？臣请分四千人归威，三千人仍令自勉统率，还守本道，庶几战守两全，不分厚薄"云云。卢携仍不以为然。必袒宋威，是何用意？畋又劾威欺罔朝廷，屡致败衄，应早行罢黜，亦不见从。宋威有恃无恐，专务欺上冒功。会值招讨副都监杨复光，遣人招谕仙芝，仙芝遣悍党尚君长等请降，威邀击道中，执住君长等，献入京师，但说是临阵生擒。复光奏系来降，非威所获，诏令侍御史归仁绍等讯问，始终不能审明。结果是将君长等牵至狗脊岭，一刀一个，枭首了事。仙芝闻朝廷诱降逞暴，越加咆哮，令黄巢寇掠蕲黄，自趋荆南。黄巢为曾元裕所破，回遁濮州。仙芝至荆南城下，正值乾符五年元旦，荆南节度使杨知温，粗擅文学，素不知兵，元日大雪，犹受僚属谒贺，忽闻城外喊杀连天，才知寇众大至，急忙召集将佐，调兵守堵，外城已被捣入，将佐亟围住内城，请知温出督士卒，登陴御贼。知温尚纱帽皂裘，从容赋诗，且夸示群僚。迂腐可笑。将佐知他无用，忙发使至山南东道告急。山南东道节度使李福，悉众赴援。巧有沙陀兵五百骑，留寓襄阳，遂引与俱行。到了荆门，与贼相遇，由沙陀兵纵骑奋击，大破贼党。仙芝闻风生惧，焚掠江陵而去，转至申州，被曾元裕大杀一阵，击毙万人，招降六万人。仙芝自蕲州出掠，沿途胁从，众至七八万，此次丧失二万名，仓皇远窜，荆南解严。

元裕一再报捷，朝廷乃把招讨使的职务，付诸元裕，饬宋威还驻青州，并令张自勉为副使，贬杨知温为郴州司马。又添些远戍诗料。元裕既握全权，遂与自勉互逐贼众，追至黄梅，四面兜剿，杀毙贼党五万余名。仙芝穷窜无路，被诸军追及，乱刀砍死，斩首以归。尚有党目尚让，为尚君长弟，召集残众，往归黄巢。巢方攻亳州未下，见让到来，当然迎纳。让因推巢为冲天大将军，改元王霸，设官署吏，再陷沂州濮州，分众陷朗州岳州。有诏令曾元裕移屯荆襄，张自勉充东南面行营招讨使，再发河南兵千人赴东都，与宣武昭义军二千人，共卫行宫。遣左神武大将军刘景仁，为东都应援防遏使，管辖三镇军士。河阳节度使郑延休，领兵三千，屯驻河阴，为东都后援。巢窜突中州，均为所遏，乃遣书天平军，情愿降顺。天平节度使张裼，上书奏闻，诏授巢为右卫将军，令就郓州解甲。那知巢是个缓兵计，伺官军少懈，即引众渡江，连陷虔吉饶信等州，顺道入浙。朝议调高骈为镇海节度使，专力防巢，并拟与南诏和亲，暂免西顾忧。

自南诏主酋龙，屡寇西陲，为患几十余年，唐廷屡遣使招抚，终不奉命。至高骈徙镇西川，筑城守堡，稍遏寇氛。骈又因南诏迷信释教，特遣浮屠景仙，南行游说，劝酋龙归附中国，愿与和亲。酋龙颇欲允议，会酋龙病死，子法嗣立，遣使段瑳宝等，往诣岭南，面议和约。亳州刺史辛谠，正调升岭南西道节度使，接见段瑳宝后，即奏称诸道兵共戍邕州，兵饷浩繁，不如与南诏修和，得使边境息肩。朝廷正因内乱蔓延，欲调回戍兵，剿平群盗，乃即从谠议，许和南诏，令将戍兵遣归，但留荆南宣歙数军。已而南诏遣使赵宗政入都，乞请和亲，所赍国书，但给中书省，称弟不称臣。礼部侍郎崔澹等，言南诏骄僭无礼，高骈不达大体，徒遣一僧呫嗫，卑辞诱和，若果从所请，必致贻笑后世。语非不是，但按诸当日情势，安内为先，不应再开外衅。僖宗不能遽决，再令高骈妥议。骈上表与澹等驳辩，有诏委曲谕解，进骈检校司徒，封燕国公，一面遣宰臣再议。卢携主张和亲，郑畋力言不可。携不觉大怒，拂衣起座，袂适触砚，堕地有声。僖宗闻知此事，喟然叹道：“大臣相诟，如何仪型四方？”乃将卢、郑两相，一并罢职，改命户部侍郎豆卢瑑，吏部侍郎崔沆，同平章事。宣诏时大风拔木，隐兆不祥，时人已知新任二相，未能令终。伏后文。且南诏事终未定议，但遣赵宗政归国，不加答复，付诸缓图便了。

谁料偷安不安，防乱生乱，大同军又起变端，竟杀死防御使段文楚，推李克用为留后。克用系李国昌子，国昌即朱邪赤心，事见前回。为沙陀副兵马使，出戍蔚州。国昌由大同调镇振武军，会代北荐饥，漕运不继，防御使段文楚减扣军士衣粮，用法亦不免苛峻，以致军士怨谤。沙陀兵马使李尽忠，与牙将康君立薛志勤程怀信李存璋等私议道：“今天下大乱，朝廷号令，不能远行，此正英雄立功建业的时期。段使苛暴，不足与议大计，李振武功大官高，名闻天下，子克用勇冠诸军，若经我等推戴，代北唾手可定，我等可共取富贵，岂不甚善？”康君立等同声赞成。乃由君立潜诣蔚州，劝克用起事，立除文楚。克用道：“我父现在振武，俟我禀明，举事未迟。”君立道：“事在速行，缓即生变，尚何暇千里禀命呢？”克用许诺，遂募得士卒万人，直趋云州。李尽忠闻克用将到，即夜率牙兵，攻入牙城，执住段文楚及判官柳汉璋等，械系狱中，并遣人送交克用，请为防御留后。克用率众至斗鸡台下，台在城东，设帐屯兵，尽忠即将文楚等，驱至克用营前，克用命军士剐死文楚，并用骑践骸，究竟是狼子野心。乃入城视事，嘱将士表求敕命。朝廷不许，正思诘问李国昌，国昌已表请速除大同防御使，若克用逆命，臣当率本道兵往讨，决不溺爱一子，致负国家。初意却是不错。僖宗以命太仆卿卢简方为大同防御使。克用拒命不纳，乃由朝廷改诏，命卢简方调任振武，李国昌复镇大同。哪知国昌忽然变计，竟撕去制书，杀死监军，与克用合谋为逆，派兵攻宁武及岢岚军。真是出人意表。

是时幽州节度使张公素，为部将李茂勋所逐，代主军务，闻大同军乱，上表荐子可举，具有武略，愿讨大同，且请授可举旌节，自乞息肩。僖宗本欲令他出平代乱，授为幽州节度使，及见他上表陈情，遂悉从所请，令可举代父统军，与昭义节度使李钧，合兵讨国昌父子。可举复约吐谷浑酋长赫连铎白义诚，沙陀酋长安庆，萨葛酋长米海万，联兵夹攻。赫连铎饶有勇力，兼程急进，直趋振武。国昌猝不及防，被铎攻入，慌忙挈骑兵五百，遁往云州。云州闭城不纳，乃转奔蔚州。铎取得振武军资械，追国昌至云州，乘势入城，复闻克用屯兵新城，即引兵万人往击，三日不能下。国昌自蔚州往援，铎乃引退，朝廷再命河东宣慰使崔季康为河东节度使，兼代北行营招讨使，与李可举赫连铎部众，共讨沙陀。可举与铎，会兵攻蔚州。李国昌率众抵敌，相持未下。克用却独领一队，趋遮虏城，拒击李钧。钧方与崔季康军，共至洪谷，天适大雪，士卒相继冻仆，不防克用杀到，冲入官军队里，沙陀铁骑，本是勇悍，更兼生长沙漠，素性耐寒，任他大雪飘飘，越发精神健旺，那河东昭义两镇兵士，又冻又馁，如何招架得住?拼命乱逃。季康押着后队，还得侥幸逃生，钧在前驱，竟战死乱军中。小子有诗叹道:

国乱纷纷太不平，强藩逐鹿擅行兵。

可怜大将无才略，枉向沙场把命倾。

两镇兵败，沙陀兵气焰益盛，遂长驱入雁门关。欲知后事，且阅下回。

读此回而已知唐之将亡，亡唐者非他，一田令孜足以尽之，内而宰相，外而寇盗，犹不足责也。僖宗年少嗣统，非得老成夹辅，不足致治，乃独宠任田令孜，导之游狎，厚赋敛，贪货贿，天怒于上而不之知，人怨于下而不之问。王黄二盗，乘势揭竿，朝廷议剿议抚，茫无定见，一二贤相，复被佞幸摧抑至死，国家宁尚有豸乎?宋威老而贪功，欺君罔上，不加斥逐，卒至寇势日炽，迨改任曾元裕，始得击斩仙芝，一盗虽殄，一盗犹存，祸本固尚未芟也。李国昌父子，复起代北，叛命不臣，南顾多忧，何堪再遇北寇?中原扰攘无虚日，而皇纲从此扫地，故观于此而已可知唐之将亡。

第九十二回

镇淮南高骈纵寇
入关中黄巢称尊

李克用（856—908），唐末沙陀人，朱邪赤心之子，别号李鸦儿。一目失明，又号独眼龙。唐末将领。曾杀大同军防御使段文楚，据云州。后为唐军所败，与其父逃入鞑靼。后受陈景思所召为代州刺史，率沙陀兵镇压黄巢，攻破长安，被任为河东节度使，后封晋王。长期与朱温交战。其子存勖建立后唐，尊其为太祖武皇帝。

却说李克用乘胜长驱，入雁门关，进寇忻代二州，时已为僖宗七年，新改元为广明元年，忻代刺史，乘城拒守，幸免陷没。克用转逼晋阳，攻入太谷，诏遣汝州防御使诸葛爽，率东都防御兵往救河东，再命太仆卿李琢为蔚朔等州招讨都统。琢系前西平王李晟孙，治军严整，奉诏启行，率兵万人至代州，与幽州节度使李可举，吐谷浑都督赫连铎，共讨克用，克用遣部将高文集守朔州，自率众拒李可举。铎遣辩士入朔州城，劝文集归国。文集被他感动，遂执克用将傅文达，与沙陀酋长李友金，同降李琢，开城延纳官军。克用闻文集降唐，顿时大忿，即引兵还击可举，遣行军司马韩玄绍，邀击药儿岭。岭路很是崎岖，玄绍三伏以待，克用乘怒前来，到了岭旁，天色将晚，将士请择险驻营，休息一宵。克用怒道："我恨不得今夜踏平朔州，哪里还有闲工夫，在此休息？"忿兵必败。将士不好违令，只好策马前进。沿途七高八低，昏黑莫辨，蓦听得一声号炮，有一彪人马突杀出来，冲动沙陀兵。克用尚自恃骁勇，持着一支长槊，当先开路，左挑右拨，把官军驱开两旁，麾兵急进。官兵也不紧追，但慢慢儿随着后面。克用不暇后顾，一味前闯，天色越昏，岭路越仄，号炮声接连又震，岭上岭下，均有官军杀到，口口声声，要捉克用。克用到此，也不禁慌乱起来，自思逃命要紧，只好易骑为步，尽把所有健马，塞住两旁，单剩一条血路，狂奔而去。至官军挑开战马，来杀克用，他已走得甚远，但把他部将李尽忠程怀信等，一阵剁死，并杀毙沙陀兵万余人。收拾悍骑，最好在狭路中。克用虽逃得性命，人马均已丧尽，狼狈奔至蔚州，正值李琢赫连铎，合军杀败国昌，父子相见，好似哑子吃黄连，说不出的苦楚。自知蔚州难守，索性弃城北走，遁往鞑靼去了。

李琢李可举等，连章告捷，有诏加可举兼侍中，徙琢镇河阳，授铎云州刺史，兼大同军防御使，白义诚为蔚州刺史，米海万为朔州刺史。铎闻国昌父子，遁往鞑靼，特派人入鞑靼部，啖以金帛，索交逃犯。鞑靼系靺鞨别部，素居阴山，专以游猎为生，克用入鞑靼后，尝与番酋游畋，就木叶中置着马鞭，或悬针为的，射无不中，番酋统惊为神技。又尝置酒共饮，饮至半酣，克用拊髀叹道："我得罪天子，无从效忠，今黄巢扰攘中原，必为大患，若天子肯赦我罪，得与公等南向，杀贼立功，岂非一大快事？人生几何，怎可老死沙碛，没世无称呢？"此子亦有悔意么？鞑靼颇服他豪爽，且知无留意，乃谢绝铎使，仍令他父子寓居。事有凑巧，那大盗黄巢，由北而南，复由南而北，杀人如麻，占夺两都，于是亡命外域的李克用，复得遇赦归国，为唐立功。说来又是话长，待小子演述出来。

钱镠（852—932），字具美（一作巨美），杭州临安（今属浙江）人，五代十国时期吴越国创建者。唐末从董昌镇压黄巢起义军，任镇海军节度使。896年击败董昌，尽有两浙十三州。907年封吴越王。在位期间，修建钱塘江海塘，又在太湖流域，广造堰闸，以时蓄泄，得免旱涝，并建立水网圩区的维修制度。谥号武肃王。

先是黄巢渡江南下，窜入浙东，中原稍舒盗患。平卢节度使宋威病死，由曾元裕接任，东都亦已解严，只东南各道，渐渐吃紧。镇海节度使高骈，令部将张璘梁缵，分道讨巢，连败巢众，收降贼将秦彦毕师铎李罕之等；还有仙芝余党曹师雄，寇掠两浙州县，杭州募兵使都将董昌等，随处抵御，昌部下有临安人钱镠，勇敢著名，屡摧贼党，积功至兵马使，钱镠事始此。两浙少安。巢由浙赴闽，开山路七百余里，袭击福州，观察使韦岫，仓皇失措，弃城出走，眼见得一座闽城，为巢所据。巢贻浙东观察使崔璆，广州节度使李迢书，求为天平节度使，二人均为奏请，朝廷不许，僖宗以巢要索无状，深以为忧。王铎入奏道："臣久居相位，不能不分陛下忧，抱愧滋甚，愿出督诸将，剿平逆贼。"僖宗甚喜，即命铎以宰相出镇荆南，兼南面行营招讨都统。铎复奏调泰宁节度使李系为副使。系为李晟曾孙，徒具口才，实无勇略，铎因他系出将门，特请为行营副都统，兼湖南观察使，令率精兵五万，出屯潭州，截阻岭北要路。巢又自己上表，乞授广州节度使。僖宗命大臣会议，俱未能决。时于悰早已还都，受任为左仆射，独上言广州滨海，为市舶宝货所集，岂可畀贼？乃由群臣议定，只许除巢为卫率府率，卫率府率系护卫东宫，执掌兵仗羽卫，不过一个微员。看官试想！这野心勃勃的黄巢，岂肯降心下气，受此微职么？当下由朝廷颁给告身，巢掷置地上，大骂执政，且愤愤道："唐廷不给我广州，难道我不能往取么？"随即鼓众至广州，四面架梯，扒城而入；执住节度使李迢，逼使草表，令代掌节钺。迢慨然道："我世受国恩，腕可断，表不可草。"还算硬汉。巢即拔刀割迢两臂，并截迢头，且分众转掠岭南州县。岭南素多瘴疠，巢众四处侵扰，不免传染，日死数人，徒党劝巢北还，共图大事。巢乃自桂州编筏，顺道湘江，经过衡、永二州，直抵潭州。李系不敢出战，吓做一团，巢即日攻陷，大杀戍兵，独系跳身走免，奔往朗州。脚生得长，却也是一种技艺。巢党尚让，乘胜进逼江陵，众号五十万，江陵兵不满万人，王铎料知难守，托词至山东南道，往会节度使刘巨容，联兵拒巢，但留部将刘汉宏居守，竟率众趋襄阳。未见一敌，即已趋避，好一个大都统。汉宏手下，不过三千兵士，多半羸弱无用，索性弃官为盗，焚掠江陵，满载而去。一个乖似一个。士民都逃窜山谷，天适大雪，僵尸满野。过了旬日，尚让始至，据住江陵，汉宏籍隶兖州，归里后复出掠中原，为各道兵所攻，始再投诚，这且休表。

且说黄巢闻尚让得胜，王铎北遁，遂进兵趋襄阳。山南东道节度使刘巨容，与江西招讨使曹全晸同至荆门御贼，巨容伏兵林中，诱贼入伏，四起奋击，贼众大溃，十成中伤亡七八成。巢渡江东走，或劝巨容急追勿失，巨容叹道："国家专事负人，事急乃不爱官赏，稍得安宁，即弃如敝屣，或反得罪，不若纵贼远飏，还可使我辈图功哩。"负功固朝廷之咎，但既为将帅，何得纵寇殃民？巨容之言大误。遂按兵不追。全晸却不肯舍贼，渡江追击，途次接得朝命，令泰宁都将段彦模代为招讨使，于是全晸亦怏怏而还。唐廷以王铎无功，降为太子宾客分司，又进卢携同平章事。携尚荐高骈才，说他能平黄巢，骈将张璘，屡破巢众，僖宗以携为知人，所以复用，且调骈为淮南节度使，兼充盐铁转运使。内官以用度不足，奏借富户及胡商货财，骈独上言道："天下盗贼蜂起，皆为饥寒所迫，只有富户胡商，尚未至此，不宜再令饥寒，驱使为盗。"僖宗乃止。

原来僖宗游戏无度，赏赐无节，左拾遗侯昌业，尝上疏极谏，且斥田令孜导上为非，将危社稷。一番危言笃论，反惹得僖宗怒起，竟召昌业至内侍省，赐令自尽。嗣是越加游荡，凡骑射剑槊法算，以及音律蒱博，皆加意研习，务求精妙。最喜蹴踘斗鸡，且与诸王赌鹅，鹅一头至值五十缗；尤善击球，尝语优人石野猪道："朕若应试击球进士，必得状元。"野猪答道："若遇尧舜做礼部侍郎，恐陛下亦不免驳放。"石优颇知谲谏。僖宗一笑而罢。惟是本性难移，始终不改，更可笑的是击球赌彩，得胜即选，简放几个边疆大臣出来。中尉田令孜，本姓陈氏，冒宦官姓为田，有兄陈敬暄，尝业饼师，自令孜得宠，敬暄连类升官，得封神策将军。令孜见关东群盗，势日鸱张，阴为幸蜀计，特荐敬暄及私党杨师立、王勖、罗元杲三人，出镇蜀中。僖宗令四人击球赌胜，敬暄得第一筹，即授西川节度使；次为师立，命镇东川；又次为勖，命镇兴元；元杲最劣，不得迁擢。这种制度，旷古无闻。这等擅长击球的人物，叫他如何治民？眼见得川陕百姓，活遭晦气。惟任郑从谠为河东节度使，尚算得人。先是河东军乱，戕杀节度使崔季康，僖宗令宰相李蔚，出镇河东，即用吏部尚书郑从谠，代蔚为相。蔚戡定河东乱事，整缮军行，朝旨又将蔚罢去，改命康传圭接手。传圭阘茸无能，无术驭众，又被军士杀死，置帅如奕棋，安得不乱？乃派从谠为河东节度使。从谠外和内刚，多谋善断，遇有将士谋乱，辄能预知，先事除去。部将张彦球，亦预乱谋，从谠爱他智勇，且知他事出胁从，特召入慰谕，涕泣与谈。彦球不禁感服，愿为效死，乃委以兵柄，并奏用王调刘崇龟崇鲁赵崇为参佐，均系一时名士，时人号为小朝廷。

同平章事卢携，因河北粗安，只有江南一带，为巢蹂躏，特荐高骈为诸道行营都统。骈既接诏，乃传檄征各道兵马，且就近招募丁壮，得兵七万，威望大振。部将张璘，渡江击贼，屡破巢军，降贼将王重霸常宏。巢自饶州退保信州，被璘追至城下，督兵猛攻，巢卒多死。巢乃用金帛赂璘，且致书高骈，悔过乞降，求骈代为保奏。骈欲诱巢前来，复称如约。适昭义感化义武等军，俱至淮南，骈恐各军分功，奏称贼已穷蹙，即可平定，不烦诸道相助，尽将各军遣归。哪知巢刁滑得很，竟向骈告绝请战。骈再促璘进剿，被巢用埋伏计，将璘击死，巢势复振，分兵陷睦婺两州，再入宣州，自督众渡江北趋，围攻天长六合，气焰甚盛。淮南将毕师铎谏骈道："朝廷倚公为安危，今黄巢率数十万众，乘胜长驱，若不据险邀击，令得逾淮而东，必为大患。"骈以张璘已死，诸道兵又复遣还，自思力未能制，不敢出兵，且上表告急。有诏责骈误事，骈遂称风痹，不复出战。诏发河南诸道兵出戍溵水，并敕泰宁节度使齐克让屯兵汝州，备御黄巢。忠武节度使薛能，遣牙将秦宗权助戍蔡州，又令大将周岌，引兵赴溵水驻扎。会徐州亦派兵三千，至溵水镇守，道过许州，向能索饷，经能好言劝慰，并加厚待，方得免乱。不意周岌闻乱趋还，夜至城下，袭杀徐卒，且怨能厚待外兵，索性入城逐能，能竟死乱兵手中，岌遂自称留后，表称薛能为徐卒所戕，自率兵还城靖难，朝廷亦不暇查究，即令岌继任忠武节度使。秦宗权到了蔡州，亦将刺史逐去，自掌州事。周岌又表荐宗权为蔡州刺史，亦邀批准。周岌秦宗权同恶相济，唐廷处置愦愦，无怪乱端迭起。齐克让恐为岌所袭，引还兖州，诸道兵到了溵水，闻许州不靖，亦皆散去。黄巢遂得率众渡淮，经过颍宋徐亳一带，沿途无犯，惟略取丁壮，充作部兵，自称天补大将军，移牒各道，劝他各守城寨，勿得撄锋，本将军将入东都，顺道至京师问罪，与众无预云云。齐克让得此牒文，飞章上奏，僖宗大惊，急召宰相等入议。卢携称疾不至，豆卢瑑崔沆，请发关内兵及神策军守潼关，田令孜独倡议幸蜀，且举玄宗故事为证。别事应从祖制，此事亦应从祖制么？豆卢瑑亦附和一词，僖宗不禁泣下，徐语令孜道："卿且为朕发兵守潼关。"令孜荐左军骑将张承范，右军步将王师会，左军兵马使赵珂，才可大用。僖宗召见三人，即授承范为兵马先锋使，兼把截潼关制置使，师会为制置关塞粮料使，珂为勾当寨栅使。三人拜谢出朝，僖宗复特简令孜为左右神策军内外八镇，及诸道兵马都指挥制置招讨等使，阿父原宜重用，可惜断送祖基。以飞龙使杨复恭为副。兵尚未出，东都已陷，原来东都留守刘允章，并不拒战，一俟黄巢入境，即派人恭迎，开城出谒。巢喜溢眉宇，入城劳问，恰也假仁假义，揭榜安民，禁止部下掳掠，闾里晏然。

齐克让忙上表告急，奏称黄巢已入东都，臣收军退守潼关，乞速发资粮及援兵。僖宗亟命张承范等，挑选两神策军弓弩手，得二千八百人，率赴潼关。看官试想两神策军，多是富家子弟，厚赂宦官，隶名军籍，平时鲜衣怒马，从未经过战仗，一闻出征命令，害得父子聚泣，妻妾牵襟，没奈何取出私资，专雇坊市贫民，顶替出去。这种受雇的人夫，晓得甚么战斗？只为了若干银钱，勉强充选。承范点齐兵数，入朝辞行，僖宗御章信门楼，亲自慰遣。承范进言道："黄巢拥数十万众，鼓行西来，锋不可当，齐克让只率饥卒万人，依托关下，今遣臣率二千余人，往屯关上，兵力未足，馈饷不继，臣实觉寒心，还望陛下速促诸道精兵，指日来援，或尚可勉强保守哩。"承范不足为将，但语恰甚是。僖宗道："卿等且行！朕自当促兵进援。"承范与师会出赴潼关，偕齐克让驻军数日，未见饷运到来，援兵亦无一至，很是焦急。那黄巢军却漫山遍野，疾驱而来，呼喊声达数十里。克让出军接战，倒也拼命相争，自午至酉，士卒饥甚，枵腹如何杀贼？顿时溃散。克让走入关中，关左有谷，平时禁人往来，专榷征税，叫作禁坑，官军仓猝忘守，溃兵自谷趋入，贼亦随进，夹攻潼关。承范尽散辎囊，分给士卒，令他拒守，一面飞表告急，催兵及饷，且有谏阻西巡等语。怎奈兵饷未来，贼众猛扑，勉力固守一日，箭已射尽，贼不少却。且驱民填堑，积尸堑间，由贼践尸逾越，纵火焚关，楼俱被毁。承范所率二千余人，本是不耐久战，况经此眉急，自然弃械逃生。有一日可支，还是难得。师会自杀，承范易服走还，克让早已远去。黄巢入潼关，转陷华州，留党目乔钤居守，自率众趋长安。唐廷迭接警报，非常惊惶，不得已颁下诏敕，授巢为天平节度使，令他即日莅镇。此时巢已痴心为帝，哪里还肯受命，当然拒绝。僖宗急得没法，日召宰相等议事。卢携屡次不赴，乃贬携为太子宾客分司，另授尚书左丞王徽，户部侍郎裴澈，同平章事。会承范逃回都中，报称潼关失守状，田令孜恐僖宗见责，独归咎卢携，携仰药自杀。僖宗至南郊祈天，默求神佑。何必如此，还是击球有趣。及还朝议政，忽由田令孜入报道：“贼众来了，陛下不如幸蜀罢！”僖宗大惊道：“有这般事么？”令孜又道：“臣已召集神策兵五百人护驾，请陛下赶即启行。”僖宗被他一吓，慌忙返宫，但挈得妃嫔三人，与福穆潭寿四王，寿王即昭宗，余俱无考。踉跄趋出，当由令孜接着，指麾神策兵五百名，拥驾西行，出金光门而去。

看官道贼众入京，如何这般迅速？原来令孜召募新军，统是裘马鲜明，适有凤翔博野援兵，来至渭桥，见新军如此华丽，不禁大怒道：“若辈有甚功劳？反令我辈冻馁？”遂掠夺新军衣服，出为贼众向导，亟趋京师。京中无主，军士及坊市人民，竞入府库，盗取金帛。百官始知车驾西行，有几个出城追去，余多手足失措，不知所为。到了日晡，黄巢前锋将柴存入都，金吾将军张直方，与群臣迎贼灞上，巢乘黄金舆，戎服兜鍪，昂然直入。徒党皆华帻绣袍，乘着铜舆，随在后面。骑士数十万，多半被发执兵，紧紧跟着。所有辎重，自东都至京师，千里相属，都民夹道聚观，贼众见他衣衫褴褛，便分给金帛。且由尚让晓示道：“黄王起兵，本为百姓，非为李唐不爱尔曹，尔曹但安居无恐！”人民颇相率欢呼。及巢入春明门，升太极殿，有宫女数千人迎谒，拜称黄王。这是浊乱宫闱之报。巢大喜道：“这真是天意了。”遂派党目守住宫廷，自己出居田令孜宅，还不过自称将军，申明军律，约束徒众。过了数日，贼党渐渐恣肆，四出骚扰，既而焚掠都市，杀人满街，见有富家贵阀，越觉逞情搜掠，任意淫戮。做官发财者其听之。巢亦不能禁止，嗣见劝进文牍，联翩递入，索性一不做，二不休，大杀唐家宗室，至无噍类。于是挈眷入宫，自称大齐皇帝，即位含元殿，画皂缯为衮衣，击战鼓数百，权代乐音，列长剑大刀为卫，大赦天下，改元金统。凡唐官三品以上，悉令罢职，四品以下守官如故。因自陈符命，谓：“广明二字，隐兆瑞谶，唐去丑口，易一黄字，见得黄当代唐，明字是日月相拼，黄家日月，一览可知。”又黄为土金所生，因号金统，立妻曹氏为皇后，拜尚让赵璋崔璆杨希古为宰相，郑汉璋为御史中丞，李俦黄谔尚儒为尚书，孟楷盖洪为左右仆射，王播为京兆尹，许建米实刘塘朱温

朱温（852—912），即后梁太祖。宋州砀山（今安徽砀山东）人，五代梁朝建立者。早年参与黄巢之乱，后归顺唐朝赐名全忠。天祐四年（907年）代唐称帝，改名晃，都汴（今河南开封市），国号梁，建元开平，史称“后梁”。乾化二年（912年）为其子友珪所杀。

张全彭攒季逵等为诸将军。朱温砀山人，少孤且贫，与兄存昱依萧县刘崇家，崇尝加侮辱，崇母独申戒道："朱三非常人，汝等宜优待为是。"后来温入巢党，遂为巢将，朱温将篡唐为帝，故特别表明。巢命温屯东渭桥，守御唐师。又征召唐室大臣，令诣赵璋处报名，仍复原官。大臣多不敢出报，乃大索里闾。宰相豆卢瑑崔沆等，避匿张直方家，直方已为巢臣，惟友情尚笃，所以容纳公卿，藏匿复壁，不料被巢察觉，发兵攻入，搜得豆卢瑑崔沆等数人，一并枭斩，连直方亦被诛夷。谁叫他首先迎贼。将作监郑綦，库部郎中郑系，义不从贼，举家自杀。贼发卢携尸，戮诸市曹。左仆射于悰，右仆射刘邺，太子少师裴谂，御史中丞赵蒙，刑部侍郎李汤，匿居民间，都被搜斩。于悰妻广德公主，见悰被杀，执住贼刃，慨然道："我是唐室女，誓与于仆射同死。"贼不加诘问，抽刀砍去，可怜一位贤德公主，也随于驸马同逝黄泉。小子有诗赞道：

巾帼犹知不惜生，殉夫殉国两成名。

长安不少名门女，谁及当时公主贞？

巢既僭号长安，且遣尚让等寇凤翔，追赶僖宗。欲知僖宗蒙尘情状，待至下回再详。

黄巢渡江而南，中原已经解严，北方可稍纾寇患，所赖高骈一人，镇守淮南，截住寇踪。骈将张璘，勇冠一时，屡破贼众，假使巢在饶信时，骈率诸道兵，勠力攻巢，则巢易就擒，大盗可立平矣。奈何堕巢诡计，兼起私心，遣归外兵，致丧良将，后且逍遥河上，任贼长驱，故刘巨容之纵寇，已不胜诛，骈身膺都统，误国若是，罪不较巨容为尤甚乎？巢渡淮入关，如入无人之境，僖宗但恃一田令孜，而令孜尤为误国大蠹，倡议幸蜀，仓皇出走，卒致逆巢入都，僭号称尊，宗室无噍类，都市成灰烬，谁为厉阶，酿成此劫乎？故观于黄巢之乱，而益叹僖宗之不明。

第九十三回

奔成都误宠权阉
复长安追歼大盗

却说田令孜拥驾西行，日夜奔驰，不遑休息。趋至骆谷，适郑畋出镇凤翔，迎谒道左，请僖宗留跸讨贼。僖宗道：“朕不欲密迩巨寇，且西幸兴元，征兵规复，卿可纠合邻道，勉立大功。”畋知僖宗不肯留跸，乃启奏道：“道路梗涩，奏报难通，陛下委臣恢复，还请假臣兵权，便宜从事。”僖宗允诺，住了一宵，复启跸向兴元进发。畋送至十里外而还，乃召集将佐，会议拒贼，将佐齐声道：“贼势方炽，且徐俟兵集，再图恢复。”畋勃然道：“诸君欲畋臣贼么？”道言未绝，气向上冲，晕仆地上。经将佐扶救入寝，用药灌饮，好多时才得苏醒，但身子不能动弹，口亦不能出声，只是涕泣交下。忠义可敬。将佐见畋情状，不禁天良发现，愿效驱驰。畋用手点额，且麾令暂退。次日将佐等复入问疾，畋尚未能言，将佐叹息而出。忽由监军袁敬柔，召将佐会议，将佐应召而往，但见监军陪着一位贼使，盛筵相待，音乐铿锵，大家不胜惊愕。那袁敬柔恰宣言道：“现在新天子颁下赦书，我等理应申谢，只因节使风痹，由我代为署名，草呈谢表。”说到表字，将佐忽发哭声，霎时间泪洒一堂。贼使惊问何故？幕宾孙储道：“节使风痹，不能延客，所以大众生悲呢。”贼使亦觉扫兴，宴毕即去。当有人报知郑畋。畋跃起床上，不觉发言道：“人心尚未厌唐，贼从此授首了。”前此不言，恐系做作，但借此感励将士，虽诈亦忠。遂刺指出血，写就表文，遣亲将赍诣行在，再召将佐喻以顺逆，众皆听命，复歃血与盟，然后完城堑，缮器械，训士卒，密约邻道，合兵讨贼。有声有色。

各道兵慕义向风，依次趋集。尚有禁军分镇关中，不下数万人，亦皆响应，来会凤翔。畋散财犒众，士气大振。巢相尚让，率众往攻，由畋将宋文通带领各军，一鼓杀退。让败归报巢，巢再遣部将王晖，赍书招畋。畋扯碎来书，杀死王晖，又令子凝绩报捷行在。僖宗早至兴元，诏令诸道出兵，收复京师。义成节度使王处存，涕泣入援，且遣千人从间道赴兴元，扈卫车驾。河中节度使王重荣，本已向巢通款，巢遣使征发，几无虚日。重荣语众道：“我本思屈节纾患，哪知反苦我吏民，此贼不除，如何得安？”乃将巢使一并杀死，整兵拒贼。巢遣朱温进攻，经重荣慷慨誓师，大破温众，夺得粮仗四十余船，遂遣使与王处存结盟，引兵出屯渭北，一面向行在告捷。僖宗在兴元过了残年，越年元旦，改广明二年为中和元年，从官因捷书屡至，相率庆贺。僖宗欲驻驾兴元，静俟规复，偏田令孜以储峙不丰，坚劝僖宗幸蜀。西川节度使陈敬暄，亦遣步骑三千奉迎，僖宗乃转趋成都，由敬暄迎入城中，借府舍为行宫。会兵部侍郎萧遘，及太子宾客分司王铎，先后驰抵行在，僖宗俱命为同平章事。裴澈由贼中自拔来归，亦得官兵部尚书。且恐南诏乘隙入寇，遣使招抚，愿与和亲。更命高骈为东面都统，促使讨巢。还要用他。加河东节度使郑从谠兼侍中，守前行营招讨使，特任郑畋为京城四面诸军行营都统，所有蕃汉将士，赴难有功，悉听畋墨敕除官。畋奏调泾原节度使程宗楚为副都统，前朔方节度使唐弘夫为行营司马，传檄四方，征兵讨贼。

黄巢再遣尚让，率众五万，进寇凤翔，畋使唐弘夫伏兵要害，自督兵数千人，出阵高冈，多张旗帜，诱贼来攻。贼本书生视畋，料无将略，更见他据冈列阵，适犯兵忌，遂贪功竞进，鼓行而前。群贼争先恐后，无复行伍，趋至龙尾陂，被弘夫横击而出，冲断贼兵。贼众前后不及顾，彼此不相救，正觉得心慌意乱，招架为难。畋又麾兵趋下，奋呼杀贼，贼腹背受敌，且不知畋军多寡，总道有无数雄师，覆压下来，顿时东奔西窜，情急求生。哪知逃得越快，死得越多，凌藉了半日余，把头颅抛去了二万多颗。尚让仓皇走脱，遁归长安。

唐弘夫得此大胜，遂由程宗楚唐弘夫等，追贼至都，且檄河中节度使王重荣，义成节度使王处存，权知夏绥节度使拓跋思恭，并为后应。大家兴高采烈，趋集长安城下。尚让已经入城，报知黄巢，巢闻官军大至，无心固守，即率众东走。程宗楚自延秋门杀入，唐弘夫继进，王处存也率锐卒五千，鱼贯入城，坊市人民，欢呼出迎，或取瓦砾击贼，或拾箭械奉给官军，不到一夕，已是全京恢复，无一贼兵。宗楚恐诸将分功，不欲通报外军，但令军士释甲，就宿第舍。军士尚未肯安枕，掠取金帛妓妾，恣意图欢。王处存令部兵首系白巾为号，坊市无赖少年，也模仿军装，冒充名号，掠夺良民。却是自己寻死。贼众露宿灞上，诇知官军不整，且无后军相继，即引兵还袭，掩入都门。宗楚弘夫，未曾防备，蓦闻贼众又至，仓猝出战。军士方挟金帛，拥妓妾，分居取乐，一时不及调集，可怜宗楚弘夫二人，手下只有数百名士卒，不值贼众一扫，两人亦相继阵亡。贪功丧躯，可作殷鉴。王处存急召集部众，出城还营。黄巢复入长安，恨人民迎纳官军，纵兵屠杀，流血成川，他却取出一个新名目，叫作洗城。各道官军闻报，一并退去，贼势益炽，上巢尊号，称为承天应运启圣睿文宣武皇帝。

代北监军陈景思，方率沙陀酋长李友金等，入援京师，到了绛州，将要渡河，绛州刺史瞿稹，亦沙陀人，迎白景思道："贼势方盛，未可轻进，不若且还代北，募兵数万，方可进行。"景思乃与稹同还雁门，招兵勤王，逾旬得三万人，统是北方杂胡，犷悍暴横，稹与友金不能制。友金系李克用族父，欲乘此召还克用父子，即劝景思拜表奏功，请赦克用父子罪，令他入统代北军士，立功赎愆。景思依言代奏，有诏依议。友金遂率五百骑士，赍诏至鞑靼，赦还克用父子。克用甚喜，即率鞑靼诸部万人，入屯雁门。克用移牒河东，说是奉诏讨巢，令招讨使郑从谠，具给资粮，一面进兵汾东。从谠恐克用尚有异心，特闭城设备，不应所请。克用自至城下大呼，求与从谠相见。从谠乃登城与语，许给钱米，待克用退去，遣人运给钱千缗米千斛。克用意尚未足，还陷忻代二州，遂在代州留驻，按兵不发。东面都统高骈，虽出屯东塘，移檄讨贼，但也口是心非，迁延观望。郑畋自宗楚等丧师长安，声威挫失，僖宗加封司空，兼同平章事，都统如故，仍令他锐图恢复，怎奈畋有志未逮，徒唤奈何！

王建（847—918），字光图，许州舞阳（今属河南）人，五代时前蜀国建立者。唐末从军，后护僖宗入蜀，为禁军将领。唐大顺二年（891 年）攻取成都。景福二年（893 年），杀西川节度使陈敬瑄及宦官田令孜。后又攻取东川，据今四川、重庆全境。天复三年（903 年）封蜀王。唐亡，在成都称帝，国号为蜀，史称"前蜀"。任内推行"与民休息"的政策，蜀中大治。

忠武节度使周岌，已奉表降巢，监军杨复光，颇具忠忱，与岌尝有违言。一日，岌正夜宴，邀杨预席，左右进言道："周为贼臣，恐不利监军，不如勿往！"复光摇首道："事已如此，义不苟全。"即毅然前往，入席与饮。酒至半酣，岌语及唐事。复光泣下，良久与语道："大丈夫感恩图报，见义勇为，公自匹夫为公侯，奈何舍十八叶天子，甘心臣贼呢？"岌亦忍不住泪，徐徐答道："我不能独力拒贼，所以阳奉阴违，今日召公，正为此事。"复光立即起座，沥酒与盟，难得有此义阉。且因巢使方去，即遣养子守亮，追往驿馆，杀毙巢使。当下出召兵士，调集三千人，亲自带领，径诣蔡州，蔡州刺史秦宗权，素来跋扈，不从岌命，复光入城，勉以大义，宗权也觉心折，遣将王淑率兵三千，随复光往击邓州。邓州正为巢将朱温所陷，所以引兵急攻，王淑虽然从行，途次一再逗挠，被复光数罪处斩，并有淑众。乃再召忠武牙将鹿晏弘晋晖王建韩建张造李师泰庞从等至军，进破朱温，攻克邓州，逐北至蓝桥，方收军还镇。王建事始此。黄巢遣党目王玫为邠宁节度使，邠州镇将朱玫起兵诛贼，推别将李重古为节度使，自率部众讨巢，出屯兴平，与巢将王播接战，失利而退，返屯奉天。为下文谋逆伏案。

僖宗寓居成都，已是半年，因各道军胜负不一，终未能规复长安，他也不免焦烦。但终信任一田令孜，令为行在都指挥处置使，又由令孜倚畀陈敬暄，拜他为相。敬瑄奏遣西川左黄头军使李铤，往讨黄巢。还有右使郭琪，留卫成都，令孜犒赏扈驾诸军，尝从优给，独不及西川军。琪因诱众作乱，焚掠坊市，令孜奉僖宗保东城，闭门登楼，命诸军击琪。琪突围夜走，渡江奔广陵，往依高骈。令孜骄横益甚，蔑视宰相，所有军国大事，但由令孜处决，宰相不得与闻。先是宦官权重，分宫廷为南北两司，北司属内侍，南司属宰相，两权分峙，及令孜专政，北司权过南司。左拾遗孟昭图痛心阉祸，愤然上疏，略云：

治安之代，遐迩犹应同心；多难之时，中外尤当一体。去冬车驾西幸，不告南司，遂使宰相以下，悉为贼所屠，独北司平善。前夕黄头军作乱，陛下独与田令孜及诸内臣，闭城登楼，并不召宰相入商，翌日亦不闻宣慰朝臣，臣备位谏官，至今未知圣躬安否，况疏冗乎？夫天下者，高祖太宗之天下，非北司之天下。天子者，九州四海之天子，非北司之天子。北司未必尽可信，南司未必尽无用，岂天子与宰相，了无关涉？朝臣皆若路人，臣恐收复之期，尚劳宸虑。尸禄之士，得以宴安。臣躬被宠荣，职司补兖，虽遂事不谏，而来者可追，还愿陛下熟察！

这疏呈将进去，田令孜屏匿不奏，反矫诏贬昭图为嘉州司户。昭图去后，又遣人挤溺蟆颐津，一道忠魂，竟归水窟。足令阅者发指。自是天愈怒，人愈乱，靖陵雨血，河东霜杀禾，流星如织，或大如杯碗，陨落成都，这是天怒的见端。至若乱端蜂起，更不胜述，最关紧要的是感化军牙将时溥，逐杀节度使支祥，纳赂令孜，即颁诏令溥为留后。寿州屠夫王绪，与妹夫刘行全，聚众五百，也居然倡乱，盗据寿州，转陷光州。秦宗权反保奏他为光州刺史，固始县佐王潮及弟审邽审知，皆以才气知名，愿为绪用。屠狗果出英雄，居然高坐黄堂，驱使名士。王潮事始此。就是凤翔节度使，兼京城四面诸营的郑司空，也为行军司马李昌言所围。郑畋登城诘问，众皆下马罗拜道："相公原不负我曹，但粮馈不继，饥寒交迫，不得已出此一举。"畋叹息道："汝等愿从司马，司马若能戢兵爱民，为国灭贼，我情愿让主军务，但望司马勿负我言。"昌言许诺。畋即开城自去，奔赴行在。畋亦如此，大杀风景。诏降畋为太子少傅分司，授李昌言凤翔节度使，时溥为感化节度使，令讨黄巢，且屡促高骈进兵。

骈与镇海节度使周宝，同出神策军，相待如兄弟，及封壤相邻，屡争细故，遂与有隙。骈檄宝入援，宝知骈无真意，亦不应召，骈遂表称宝将为患，不便离镇，竟罢兵还府。首相王铎，闻骈无心讨贼，乃发愤请行，泣涕面奏。僖宗乃命铎为诸道行营都统，权知义成节度使，得便宜行事，罢高骈都统职衔，但领盐铁转运使。中和二年正月，王铎自成都启行，奏举太子少师崔安潜为副都统，忠武节度使周岌，河中节度使王重荣为左右司马，河阳节度使诸葛爽，宣武节度使康实为先锋使，感化节度使时溥，为催遣纲运租赋防遏使，右神策观军容使西门思恭，为诸道行营都监。又令义成节度使王处存，鄜延节度使李孝昌，夏绥节度使拓跋思恭，为京城东西北三面都统，授杨复光为左骁卫上将军，兼南面行营都监使，且赐号夏州军为定难军，鄜坊军为保大军，共趋关中。行在一方面，复命郑畋为司空，兼同平章事。畋等议撤去高骈盐铁转运使，但加给侍中虚衔，以示笼络。骈既失兵柄，又解利权，遂攘袂大诟，上表诋毁朝廷。僖宗令畋草诏切责，骈因与朝廷决绝，不通贡赋。

王铎会同诸道兵马，进逼黄巢。巢将朱温，方署同华防御使，屡向巢请兵，捍御河中。巢因官军四逼，粮匮兵空，急切无从调遣。温知巢势日蹙，变计归唐，遂向王重荣通款，杀死监军严实，举州归降。重荣申告王铎，铎令温署同华节度使，且替温奏乞官阶。有诏授温为河中行营招讨副使，赐名全忠。种一绝大祸根。是时各道兵皆趋集关中，惟平卢不至，平卢节度使安师儒，为牙将王敬武所逐，自称留后，奉款附巢。王铎遣判官张浚往说道："人生应先晓逆顺，次知利害，黄巢系一贩盐虏，试问公叛累代帝王，腼颜事贼，究有何利？今天下各道兵马，竞集京畿，独淄青不至，一旦贼平，天子反正，公等有何面目见天下士？"敬武竦然起谢，即发兵数千，随浚西行。惟各道军尚畏贼焰，未敢轻进。王重荣商诸都监杨复光，复光请召李克用，且言："克用观望，系与郑从谠有嫌，若以朝旨喻郑公，令与修好，料克用必肯前来，定可平贼。"铎用墨敕召李克用，并谕郑从谠。从谠不得已贻克用书，劝令释嫌报国。克用因率兵四万，进趋河中。部兵皆着黑衣，沿途疾行如飞，势甚慓悍，贼党望尘却走，私相告语道："鸦子军到了，快逃生罢！"贼运已衰，故见克用军愈觉生畏。王铎奏请授克用为雁门节度使，克用受命，格外踊跃。中和三年正月，进击沙苑，大破巢弟黄揆，直捣华州。铎再向行在请命，授克用为东北面行营都统，杨复光为东面都统监军使，陈景思为北面都统监军使。僖宗已经允议，颁诏施行，偏田令孜欲归重北司，谓："铎讨黄巢，日久无功，幸得杨复光计议，始召沙陀兵破贼，铎不胜重任，应饬令赴义成军，罢去兵柄。"僖宗奉命维谨，但教阿父如何主张，无不乐从。好一个宦官孝子。遂诏命王铎赴镇，任令孜为十军十二卫观军容使。

会魏博节度使韩简，与巢相应，寇掠郓州及河阳。牙将乐行逢诛简，还镇上表，诏令为留后，寻加节度使，赐名彦桢。成德节度使王景崇卒，景崇系元逵孙。子镕年仅十龄，嗣为留后，诏授检校工部尚书，命发粟济师。李克用得镕输粟，士饱马腾，围攻华州。黄巢遣尚让往援，克用与王重荣，同率军邀击零口，大败尚让，尚让遁去，克用遂进军渭桥。忠武将庞从河中将白志迁等，率军继进，黄巢亦倾众出来，至渭桥拦截官军。克用跃马构槊，领沙陀兵充当头阵，无坚不摧，任他逆巢是百战悍贼，见了克用，亦吓退三舍。庞白两将，也不肯落后，奋勇杀贼，贼众三却三进，官军三战三捷，更有义成义武诸军，陆续杀到，贼党方才大奔。寥寥数语，已写尽当日大战。克用等追薄城下，猛扑一昼夜，次日由光泰门杀入。黄巢巷战又败，焚去宫阙，出都遁去，擒住巢相崔镠，余众半死半降。巢出都后，恐官军追蹑，沿途散掷珍宝，以啗官军。官军果然争取，不愿追贼，巢得远遁。杨复光遣使告捷，百官入贺，诏留忠武等军二万人，居守京师，饬将巢相崔镠，就地处斩；加李克用朱玫，及保大军节度使夏侯逵，同平章事。升陕州为方镇，命王重盈为节度使，又建延州为保塞军，即命保大军司马李孝恭为节度使，各道镇帅中，惟克用年二十八，最号少壮，破黄巢，复长安，功居第一，兵亦最强。克用一目微眇，时人称为独眼龙。诸军入京，乘机四掠，无异贼众。长安民居，所存无几，好好一座首都，除四围城墙外，几成一片瓦砾场。回首当年，唏嘘欲绝。各军亦不愿久留，或归镇，或追贼。巢自蓝田入商山，使骁将孟楷往击蔡州，秦宗权出战不利，竟背唐降巢。陈州刺史赵犨，闻蔡州降贼，料知陈州必先被兵，亟缮城掘濠，募兵积粟，令弟昶珝及子麓林，分率兵士，出守项城要路，四面埋伏，专待贼众到来。果然贼将孟楷，移兵进攻，行至项城，恃胜无备，赵昶赵珝等一齐杀出，立斩孟楷，且将余贼扫尽无遗。

巢得败报，不禁大怒，即与秦宗权合兵，围攻陈州，掘堑五重，百道攻扑。犨慨谕兵士，誓死固守，有时觑贼少懈，即引锐卒开城出击，杀贼甚多。巢益大愤。扎营州北，为久持计。且掠人为粮，生投碓硙，并骨取食，号为舂磨寨。犨一面拒贼，一面向邻镇乞援。朱全忠方受命镇宣武军，邀同周岌时溥，引兵援陈，至鹿邑杀败贼党，嗣因巢奋力与斗，势且不支，因转向李克用告急。克用方出争昭义，一时无暇移师，至中和四年，告急书连番迭至，乃引蕃汉兵五万，往救陈州。陈州被围，几三百日，赵犨兄弟，与贼大小数百战，艰苦备尝，终不少懈。极写赵犨。至克用进援，击败贼将尚让，巢始解围趋汴。尚让且率败兵五千，转逼大梁。全忠又致书克用，请他速援。克用追贼至中牟，乘贼渡河，逆击中流，歼贼万余人。尚让穷蹙请降，巢逾汴北走，克用穷追不舍，至封邱杀贼数千，至兖州又杀贼数千，追至冤句，巢已远飏。俘巢幼子及乘舆服器等物，并贼所掠男女万余名。克用因裹粮已罄，尽将男女遣散，自回汴州。命尚让再行追巢。巢手下只有千人，走保泰山。时溥又遣将陈景瑜，与尚让穷追至狼虎谷。巢屡战屡败，自知难免，顾甥林言道：“我本意欲入清君侧，洗濯朝廷，事成不退，原我自误；汝可取我首献天子，保得富贵。”你亦自知悔么？言尚不忍下手，巢自刎不殊，气已垂绝。言乃把巢首砍下，并斩巢兄弟妻子，函首往献时溥，途次为博野沙陀军所夺，且将言首一并取去，送至溥军。溥复派兵搜狼虎谷，得巢姬妾数十人，并巢首赍献行在。共计巢自倡乱至败亡，共历十年，杀人无算，好算是古今一大浩劫。唐室宗社，虽幸得尚存，也已保全无几了。小子有诗叹道：

连年寇贼酿兵灾，父老相传话劫灰。

巢贼杀人八百万，至今追忆有余哀。

巢首献至行在，僖宗御楼受俘，一切详情，容后再详。

郑畋倡义于先，功将成而忽败；李克用赴援于后，兵一奋而即成，非畋之忠义，出克用下也。畋以书生掌戎政，借一时之鼓励，号召诸军，程宗楚唐弘夫等，挟锐入都，一得手而即贪功弛备，复为贼乘，两将战死，余军不振，畋虽孤忠，究系儒者，徒凭意气以为感召，安能久持不敝乎？克用以新进英雄，奉诏讨贼，才足以御众，勇足以制人，而诸军又不足以牵制之，故一举而复京都，再举而歼逆贼，事半功倍，游刃有余，盖求人者难为功，求己者易为力也。余子碌碌，因人成事，王铎两出统军，始未战而即遁，继大举而仍无功，虽无田令孜之嫉忌，亦非真有专阃才。而昏庸如僖宗，骄横如田令孜，更不值齿数焉。

第九十四回

入陷阱幸脱上源驿
劫车驾急走大散关

却说僖宗闻巨寇已平，献入巢首，即御大玄楼受俘，当命将巢首悬示都门。至黄巢姬妾等，跪在楼下，约有二三十人，僖宗望将下去，统是花容惨淡，玉貌凄惶，美人薄命，天子多情，倒也动起怜香惜玉的意思来了。当下开口宣问道："汝等皆勋贵子女，世受国恩，如何从贼？"这句话由上传下，总道必是叩首乞怜，便好借此开恩，充没掖廷，慢慢儿的召幸，谁知跪在前面第一人，举首振喉道："狂贼凶悖，国家动数十万大众，不能剿除，竟致失守宗祧，播迁巴蜀，试想陛下君临宇宙，抚有万乘，尚且不能拒贼，乃反责一女子，女子有罪当诛，满朝公卿将相，应该从何处置？"强词颇足夺理。僖宗听了，不禁变怜为嗔，易爱成怒，即传谕左右，概令处斩，自己返驾入宫。可怜那数十个美人儿，只为那一念偷生，屈身从贼，终难免刀头一死。临刑时，吏役多生悯惜，争与药酒，各犯且泣且饮，统皆昏醉，独为首的妇女，不饮不泣，毅然就刑。前后总是一死，何不决死前日。刀光闪处，蛛首蛾眉，都成幻影，不必细说。色即是空。

且说李克用回军汴州，朱全忠开城出迎，固请克用入城，就上源驿作为客馆，款待甚优，馔具皆丰，音乐毕备。克用少年好酒，免不得多饮数杯，醉后忘情，言多必失。全忠更假意谦恭，克用却一味倨傲，于是全忠挟嫌生忿，遂起了一片毒心，欲将克用置诸死地。克用不无小过，全忠何竟太毒？是晚，宴犒克用兵士，统令部将劝酒，灌得他酩酊大醉。全忠返室，召部将杨彦洪入商，议定一策，密令兵士至大路间，联车竖栅，塞住不通，一面发兵围攻上源驿，呼声动地。克用醉卧方酣，毫不觉悟，帐外亲卒，只有薛志勤史思敬等十余人，已是惊醒，猛闻汴兵杀入，料知有变，亟持械出斗，独留郭景铢入内，唤醒克用。景铢叫了数声，并不见答，忙将克用掖置床下，用水沃面，才解去克用睡魔，报知祸事。克用始张目援弓，起身外出，志勤见克用出来，亟拈弓发矢，射毙汴兵数人，欲夺走路。怎奈汴兵纵起火来，烟焰四合，迷住双目，忍不住叫起苦来。老天却还保全克用，竟雷电交作，大雨倾盆，把烟焰扑灭无余，但黑沉沉的罩住驿门。克用酒意未消，尚是支撑不定，幸经志勤见机奋勇，扶住克用，招呼左右数人，逾垣突围，趁着电光隐现，觅路急走。汴兵扼桥守住，由志勤力战得脱，史思敬孤身断后，竟至战死。志勤保护克用，登尉氏门，缒城得出。监军陈景思手下三百余人，本与克用同入汴城，至此均为所害。枉死城中，却多了一班枉死鬼。朱全忠闻克用得脱，忙与杨彦洪乘马急追，彦洪语全忠道："胡人急必乘马，节使如见有乘马胡人，便当急射，休使走脱！"全忠点首应诺，相偕出城。彦洪见前面有人走动，飞马急追。全忠落后，因天黑不能辨认，错疑彦洪是沙陀将士，一箭立殪，这是该死。那克用却早已远远飏去了。

克用妻刘氏，颇多智略，随克用驻军营。克用左右，仓皇奔归，说是汴人为变，上下尽死。刘氏声色不动，竟把还兵杀毙，隐召大将入议，令约束全军，翌日还镇。到了天明，克用走归，欲勒兵往攻全忠，为雪恨计。刘氏道："君为国讨贼，救人急难，今汴人不道，隐谋害君，君当上诉朝廷，剖明曲直，若遽举兵相攻，反致曲直不明，彼转有所借口了。"说得甚是。克用乃引兵北返，移书责问全忠。全忠复书，托言前夕兵变，仆未预闻，朝廷自遣使臣，与杨彦洪密议，彦洪已经伏罪，请公谅察！既经归咎彦洪还要架诬朝廷，凶狡尤甚。克用明知是假，怀恨不平。及返至晋阳，即表陈："朱全忠负义反噬，命几不保，监军陈景思以下，枉死三百余人，乞即遣使按问，发兵讨罪！"僖宗得见此表，不禁大骇，暗思黄巢伏诛，方得少息，怎可再启兵端？乃与宰相等熟商，颁诏和解。克用不肯伏气，表至八上，极言全忠包藏祸心，他日必为国患，乞朝廷削他官爵，委臣率本道兵往讨，得除祸首，才免后忧。僖宗仍然不从，但遣中使杨复恭等传谕，说是事变甫定，卿当力顾大局，暂释私嫌。克用勉强遵旨，心下总是未怿，乃大治兵甲，密图报怨。

他有养子嗣源，本系胡人，名必佶烈，年方十七，克用爱他

李嗣源（867—933），即后唐明宗。本名邈佶烈，改名嗣源，沙陀部人，五代后唐皇帝。以战功官至蕃汉内外马步军总管。926年，庄宗李存勖被变兵所杀，入洛阳，后称帝改名亶。任后期朝政混乱，次子李从荣举兵反，闻讯而死。

骁勇，养为己子。上源一役，嗣源跟着克用，护翼出城，身冒矢石，独无所伤，因此益得克用爱宠，委以军务。还有韩嗣昭张嗣本骆嗣恩张存信孙存进王存贤安存孝七人，俱系少年多力，愿为克用养子，冒姓李氏，当时号为义儿，分统部众。克用又奏请令弟克修镇潞州，潞州本系昭义军属境。昭义迭经兵变，屡篡主帅，自孟方立得受旌节，因潞州地险人劲，意欲迁地为良，改就邢州为治所，潞人不悦，潜向李克用处乞师。克用正战胜黄巢，因遣弟克修等攻取潞州，且争邢洺磁三州地。嗣因朱全忠等，一再乞援，乃移师至汴，补前回所未详。此次乐得奏请，朝廷不敢不允，即命克修镇潞，惟此后分昭义为二镇，泽潞为一区，邢洺磁为一区。克修管辖泽潞二州，克用又晋爵陇西郡王。中使杨复恭往返数次，劝慰克用，克用暂按兵不发。复光即复恭兄，复光自收复长安，即致病殁，军中恸哭，累日不休。惟田令孜忌他威名，闻讣甚喜，且因复恭曾司枢密，屡与龃龉，即降复恭为飞龙使。幸僖宗素宠复恭，仍然倚任，所以复恭尚得自全。

复光麾下八都将，即前回所述忠武牙将鹿晏弘等。各率步兵散去。忠武将鹿晏弘，托言西赴行在，所过残掠，到了兴元，逐去节度使王勖，自称留后。僖宗闻报，亦无可奈何。并有东川节度使杨师立，居然谋变，独移檄行在及诸道，历数陈敬暄十罪，也以入清君侧为名，造起反来。一击球镇将被逐，一击球镇将造反，确是优劣不同。这造反的原因，系为邛州牙官阡能，因公事违期，亡命为盗，聚众万人，横行邛雅。余盗罗浑擎勾胡僧罗夫子韩求等，群起响应，官军往讨，屡为所败。因恐上司见罪，往往掠取村民，充作俘虏。西川节度使陈敬暄，不问是非，捕到即斩，于是村民亦逃避一空，或反趋附盗巢，遂致盗党益盛。峡贼韩秀升屈行从等，又霸占三峡，骚扰民间。陈敬暄乃遣押牙官高仁厚，为都招讨指挥使，出讨阡能。仁厚谋勇兼优，六日即平五贼，即上文所述罗浑擎等。归报敬暄。敬暄大喜，保奏仁厚为行军司马，再令出讨峡路群贼，临行时且语仁厚道：“此去得成功回来，当为代奏，以东川旌节相酬。”仁厚谢别至峡，焚贼寨，凿贼船，贼众穷蹙，执秀升行从以降。仁厚械送二犯，献至行在，按律枭首，不劳细说。惟东川节度使杨师立，闻敬瑄语，将以东川赏功，好好一个大官，怎肯甘心让人？当然起了怨谤，传入敬暄耳中。敬暄转告田令孜，令孜召师立为仆射，师立越加愤迫，竟将令孜所遣的朝使，一刀杀死，并杀东川监军，发兵进屯涪城，声讨敬暄。敬暄复荐仁厚为东川留后，令孜讨师立。仁厚至鹿头关，与师立部将郑君雄接仗，用埋伏计，杀败君雄。君雄退保梓州，仁厚进攻不下，乃作书射入城中，但言师立元恶，应加诛戮，余皆不问。君雄遂引众倒戈，返攻师立，师立惶急自杀，由君雄入枭师立，取了首级，出献仁厚。仁厚传首行在，有诏授仁厚为节度使，安镇东川。

田令孜陈敬暄二人，既得平乱，权焰益张，令孜为判官吴圆求郎官，郑畋不许，敬暄自恃有功，欲班列宰相上首。畋援例指斥，谓使相品秩虽高，向来在首相下，不得上僭。两人遂交谮郑畋，罢畋为太子少保，以兵部尚书裴澈代相。令孜敬暄，益肆行无忌，索性挟制天子，任所欲为。降贼叛唐的秦宗权，纵兵四出，侵掠汴州，朱全忠与战不利，向天平军乞援。急则求人，宽则噬人，乃是朱三惯技。天平军节度使朱瑄，本为天平牙将，署濮州刺史。节度使曹全晸，与兄子存实，当黄巢叛乱时，先后阵亡。幸瑄入守郓州，击退贼众，因功拜节度使，有众三万人，既接全忠来牍，乃遣从弟瑾赴汴救急。瑾至合乡，破宗权兵，宗权退去，汴州解严。朱全忠出城犒军，厚待朱瑾。及瑾告别，托致瑄书，与瑄约为兄弟。靠不住。宗权旁寇他镇，到处焚掠，残暴比黄巢尤甚，北至卫滑，西及关辅，东尽青齐，南出江淮，均被蹂躏，千里间不见烟火。还有鹿晏弘据住兴元，仍麾众四扰，王建韩建张造晋晖李师泰等，也率众相从，不过因晏弘好猜，众心未曾固结。田令孜遣人招诱，王建等率众数千，奔诣行在，拜令孜为义父，各得封诸卫将军，受了朝命，往攻晏弘。晏弘弃去兴元，转陷襄州。山东南道节度使刘巨容，仓皇出走，逃往成都。前在荆门破黄巢，颇有智略，惟纵寇勿追，大为失计；此次未战即溃，想是天夺其魄。巨容有炼汞成银的秘方，田令孜向求不得，竟将巨容害死，并至灭族。那晏弘得了襄阳，旁掠房邓，转寇许州。忠武节度使周岌，也弃城遁去。又是一个逃将军。晏弘引众入城，自称留后。僖宗方拟回跸，恐沿途不靖，有碍行程，不得已授晏弘为节度使，且遣使招抚秦宗权。时王铎为中书令，上言："汴许接壤，朱全忠在汴，已是骄悍难制，再加一鹿晏弘，两恶相济，必为国患，不如召还全忠，改授他官，方为釜底抽薪的良策。"僖宗恐全忠不肯应召，反致节外生枝，但命铎为义昌节度使，令他就近监制。

义昌军即沧州地，是太和中创设，与汴许相近，铎既受命，即携带眷属，指日启程。他本厚自奉养，侍妾仆从，不下百人，更有许多箱笼等件，统是惹人眼目，道出魏州，魏博节度使乐彦祯子从训，奉了父命，出迎王铎，行地主礼。从训少年好色，瞧着王铎侍妾，统是珠围翠绕，玉貌花姿，不由的垂起涎来，冶容诲淫。既已迎铎入馆，他却想了一计，令亲卒易去军服，扮了盗装，自己做了盗魁，乘夜至客馆中，明火执杖，破门直入。铎惊醒好梦，披衣出望，凑巧遇着从训，兜头一刀，首随刀落，复将仆从尽行杀死，单留着几个娇娇嫡嫡的丽姝，由从训搂住一个，怀抱而出，余皆令亲卒掠取，或抱或背，回寝取乐去了。铎老且淫，应遭此报，但侍妾等得了少夫，应该贺喜。彦桢舐犊情深，将从训事代为隐瞒，但说是王铎遇盗，表闻行在，一面殓铎入棺，送归铎家。僖宗正安排回都，还有何心查问，乐得糊涂过去。

会值南诏遣使迎女，僖宗曾许与和亲，因封宗女为安化长公主，遣嫁南诏，于是启跸还都，沿途一带，已是苍凉满目，触景生悲，及入都城，更觉得铜驼荆棘，狐兔纵横。趋至大内，只有几个老年太监，出来迎谒，所有前时宫嫔采女，都不知去向，连懿宗在日最爱的郭淑妃，也无影无踪。叙安化公主，及郭淑妃事，统是补足上文，不使遗漏。僖宗很是叹息，忽闻秦宗权僭号称尊，不奉朝命，免不得愁上添愁，勉强颁诏大赦，改元光启，惟宗权不赦，命时溥为蔡州行营都统，往讨宗权。溥尚未出兵，宗权部将孙儒，已陷入东都，逐去留守李罕之，复攻下邻道二十余州，只陈州刺史赵犨，与蔡州相距百里，日与宗权战争，始终不为所夺。有诏令犨为蔡州节度使，犨与朱全忠联络，共拒宗权，宗权乃不敢过犯。此外如光州刺史王绪，与宗权声气相通，已两三年，见前回。宗权发兵四扰，向绪催索租赋，作为饷需，绪不能给。宗权竟引众攻绪，绪弃城渡江，掠江洪虔诸州，南陷汀漳。他因道险粮少，下令军中，不得挈眷随行。惟王潮兄弟，奉母从军，绪恨他违令，欲斩潮母。潮等入请道："天下未有无母的人物，潮等事母，如事将军，若将军欲杀潮母，不如潮等先死。"将士等亦代潮固请，绪乃舍潮母子，惟令潮不得奉母自随，潮只好唯唯而出。适有术士语绪，谓军中有王者气，绪因此疑忌，往往枉杀勇将，众皆危惧。及转趋南安，潮与前锋将商议，派壮士伏竹篁中，突出擒绪，反缚徇众。众遂奉潮为将军，拟引兵还光州，所过秋毫无犯，行及沙县，泉州人张延鲁等，因刺史廖彦若贪暴，偕耆老迎潮，愿奉潮为州将。潮乃袭击泉州，杀廖彦若，奉书与观察使陈岩，自请投诚。岩表请潮为泉州刺史。潮招携怀远，均赋缮兵，颇得吏民欢心，泉州以安。王绪被系数月，料知不能脱身，自尽了事。屠夫终无善果。

一波未平，一波又起，各藩镇互争权势，又惹动兵戈，闯出一场大祸。自僖宗返驾后，号令所及，不过河西山南剑南岭南数十州，义武节度使王处存，尚遵朝旨，且与李克用亲善，卢龙节度使李可举，与成德节度使王镕，忌克用兼忌处存，遂密约分义武地。当由可举遣将李全忠攻陷易州，镕亦遣将攻无极县，处存忙向克用处告急，克用率兵驰援，大破成德军。处存亦夜袭卢龙兵，击走李全忠，复取易州。全忠败还幽州，恐致得罪，竟掩攻可举，可举无从抵拒，阖室自焚。李全忠自为留后，朝廷随他起灭，倒也不必说了，偏田令孜招添禁军，自增权势，所虑藩镇各专租税，无复上供，一时腾不出军饷，如何赡给新军？令孜想出一法，奏请收安邑解县两池盐赋，尽作军需，且自兼两池榷盐使，哪知有人出来反对，不使令孜得专盐榷。原来两池盐税，本归盐铁使征收，充作国用，至中和年间，河中节度使王重荣，截留盐赋，但岁献盐三千车，上供朝廷。此次所得余利，复被令孜夺去，当然不肯甘休，便上章奏驳令孜。彼此罪实从同。令孜竟徙重荣为泰宁节度使，调王处存镇河中，齐克让镇义武。看官试想，重荣不肯割舍盐利，与令孜争论，难道要他舍去河中，他反俯首从命么？当下再表弹劾令孜，说他离间君臣，胪陈至十大罪。令孜尚不止十罪，惟重荣亦岂得无过？令孜乃密结邠宁节度使朱玫，凤翔节度使李昌符，抗拒重荣，更促王处存赴河中。处存谓重荣有功无罪，不应轻易，累表不省，只是颁诏促行。处存不得已引军就道，到了晋州，碰着一碗闭门羹，也无心与较，从容引还。重荣知已惹祸，也向李克用求救，克用正怨朝廷不罪朱全忠，招兵买马，将击汴州，乃复报重荣，俟先灭全忠，还扫鼠子。重荣又催促克用道："待公自关东还援，我已为所虏了。不若先清君侧，再擒全忠未迟。"克用闻朱玫李昌符，亦阴附全忠，乃上言："玫与昌符，与全忠相表里，欲共灭臣，臣不得不自救，已集蕃汉兵十五万，决定来春济河，北讨二镇，不近京城，保无惊扰，再还讨全忠，借雪仇耻，愿陛下勿责臣专擅"云云。僖宗览表大骇，忙遣使谕解，冠盖相望，克用不应。朱玫欲朝廷声讨克用，屡遣人潜入京城，焚掠积聚，或刺杀近侍，伪言克用所为，京师大震，日起讹言，田令孜遣朱玫李昌符，及神策鄜延灵夏等军，合三万人出屯沙苑，讨王重荣。重荣又乞克用相援，克用乃率兵趋至，与重荣同至沙苑，与朱玫李昌符等对垒，且表请速诛田令孜及朱玫李昌符。僖宗只颁诏和解，克用怎肯依命？于是即日开战。玫与昌符，本非克用敌手，又有重荣一支人马，也是精悍得很，战了半日，纷纷溃散，各败归本镇。克用遂进逼京城。自食前言。

田令孜闻报大惊，亟挟僖宗出走凤翔，长安宫室，方经京兆尹王徽，修治补葺，十完一二，至是复为乱兵入毁，仍无孑遗。克用闻僖宗出走，乃还军河中，与王重荣联名上表，请上还宫，仍乞诛田令孜。僖宗再授杨复恭为枢密使，将与复恭同行还都。偏令孜请转幸兴元，僖宗不从，谁知到了夜间，令孜竟引兵入行宫，胁迫僖宗，再走宝鸡。黄门卫士，扈从止数百人，宰相等俱未及闻，独翰林学士杜让能，值宿禁中，夤夜出城，追及御驾。翌日，复有太子少保孔纬等继至，宗正奉太庙神主至鄠，中途遇盗，将神主尽行抛去。朝臣陆续追驾，也被乱兵所掠，衣装俱尽。全是盗贼世界。僖宗授孔纬为御史大夫，令还召百官。纬复至凤翔宣诏，宰相萧遘裴澈等，方嫉令孜挟兵弄权，皆辞疾不见，台吏百官等，亦皆以无袍笏为辞。纬召三院御史，涕泣与语道："布衣亲旧，有急相援，况当天子蒙尘，臣子可奉召不往么？"御史等无辞可答，只托言办装，缓日可行。纬拂衣欲走道："我妻得病将死，尚且不顾，诸君乃这般迟疑，请善自为谋，纬从此辞！"我亦愤愤。乃出诣李昌符，请骑卫送至行在。昌符颇感他忠义，即赠装遣兵，送纬至宝鸡。看官阅过上文，应知朱玫李昌符二人，本与田令孜合谋，谁料联军败后，僖宗出走，两人亦幡然变计，与令孜反抗，统是小人行径。可巧宰相萧遘，令玫追还车驾，玫即引兵五千至凤翔，又与凤翔兵同追僖宗。令孜得报，复劫僖宗西走，命神策军使王建晋晖为清道斩斫使，官名奇突。沿途多系盗贼，由建率长剑手五百人，前驱奋击，乘舆乃得前进。僖宗以传国玺授建，令他负着，相偕登大散岭。适凤翔兵追至，焚去阁道丈余，势将摧折，建挟僖宗自烟焰中跃过，方得脱险，夜宿板下。僖宗枕住建膝，稍稍休息，既觉始得进食，僖宗解御袍赐建道："上有泪痕，所以赐卿，留为纪念。"都是阿父所赐，奈何不孝敬阿父？建乃拜谢。待至食毕，复启行入大散关，闭关拒邠岐兵。邠岐兵进攻不下，方才引归，途过遵涂驿，见肃宗玄孙襄王煴，病卧驿中，不能从行。朱玫即挟与同还凤翔。这一番有分教：

欲思靖乱反滋乱，未报丧君又立君。

朱玫既得襄王煴，遂欲奉煴为帝，又有一番大变动了。看官试阅下回，便知分晓。

田令孜，内贼也，各道镇帅，外贼也，内贼外贼，互相争阋，而乱日炽，而祸益迫，天下尚有不危且亡耶？惟内贼田令孜，罪不胜数，无善可言，而各镇帅中尚有彼善于此之别。李克用奉诏入援，击败黄巢，拔朱温于虎口，恩施最厚，第以醉后嫚言，即遭上源驿之围攻，负德如温，抑何太甚？是固曲在温而不在克用也。及克用脱归，表请罪温，朝廷置诸不问，曲直不明，欲已乱而反滋乱，加以田令孜之东挑西拨，如抱薪而益火，遂致藩镇相攻，祸延畿辅，沙苑一败，令孜夺气，乃挟天子西行，散关奔走，十军阿父，以此报君，可胜慨耶！克用请诛令孜，理直气壮，王重荣等不足以比之，故外臣中只一克用，尚知有国，尚知有君，不得尽目为贼，外此无在非贼也，贼盗满天下，唐事已不可为矣。

第九十五回

襄王熅窜死河中
杨行密盗据淮甸

却说朱玫与襄王熅俱还凤翔，即与凤翔百官萧遘等，再行会奏行在，请诛田令孜，且对遘宣言道：“主上播迁六年，将士冒矢石，百姓供馈饷，或战死，或饿死，十减七八，仅得收复京城。主上但将勤王功绩，属诸敕使，委以大权，终致纲纪废坠，藩镇扰乱，玫奉尊命，来迎大驾，不蒙明察，反类胁君，我辈心力已尽，怎能俯首帖耳，仰承阉人鼻息呢？李氏子孙尚多，相公何不变计，另立嗣君？”遘答道：“主上无大过恶，不过因令孜专权，遂致蒙尘，近事本无行意，令孜陈兵帐前，迫上出走，为足下计，只有引兵还镇，拜表迎銮，废立重事，遘不敢闻命！”遘若能坚持到底，何致身污逆名。玫闻言变色，出即下令道：“我今立李氏一王，敢有异议，即当斩首！”百官统是怕死，只好权词附和。玫遂奉襄王熅权监军国事，承制封拜百官，仍遣大臣西行迎驾。玫自兼左右神策十军使，令遘为册命襄王文。遘托言文思荒落，乃使兵部侍郎郑昌图撰册，由熅北面拜受，然后朝见百官，即授昌图同平章事，兼判度支盐铁户部各置副使；调遘为太子太保，遘托疾辞官。适遘弟蘧为永乐令，乃往与弟处，不闻朝事。玫即奉熅至京师，自加侍中，大行封拜，藩镇多半受封。淮南节席使高骈，进爵中书令，充江淮盐铁转运副使。淮南右都押牙和州刺史吕用之，升授岭南东道节度使，两人很是喜欢，奉表劝进。独凤翔节度使李昌符，本与玫谋岭立熅，熅已受册，玫自专大权。昌符毫无好处，怏怏失望，乃更通表行在，报称朱玫擅立襄王，应加声讨。有诏进昌符为检校司徒，令就近图玫。

田令孜因人心愤怒，自知不为所容，因荐枢密使杨复恭为左神策中尉，自除西川监军，往依陈敬瑄。复恭斥令孜党羽，出王建为利州刺史，晋晖为集州刺史，张造为表州刺史，李师泰为忠州刺史；调他出外，亦未必无祸。一面与新任宰相孔纬杜让能等，共商还都事宜。计尚未定，忽报朱玫遣将王行瑜，率邠宁河西兵五万，进逼乘舆，已经占住凤翔，各道贡赋，都被遮断，令转运长安去了。看官！你想僖宗寓居兴元，从官卫士，却也不少，此次运道不通，坐致乏食，怎得不上下惊惶哩？杜让能乃献议道："从前杨复光与王重荣，同破黄巢，甚相亲善，复恭系复光兄，若由复恭致重荣书，晓以大义，想重荣当回心归国，重荣既来，李克用应亦服从，诛逆也不难了。"僖宗乃颁敕慰谕重荣，并附以杨复恭书，遣使往河中。重荣果然听命，且表献绢十万匹，愿讨朱玫自赎。去使回报僖宗，僖宗再欲宣慰克用，可巧克用亦表诣行在，愿讨朱玫及襄王煴。原来煴亦赐书至晋阳，通知克用，谓已由藩镇推戴，受册嗣统。克用大怒，毁来书，囚来使，表请进讨。诏令扈跸都将杨守亮，率兵二万出金州，会同重荣克用，共讨朱玫。

玫将王行瑜自凤州进拔兴州，势如破竹，僖宗急命神策都将李茂贞等，出兵抵御。茂贞博野人，本姓宋，名文通，因保驾有功，得赐姓名。茂贞事始此。茂贞颇有能力，与行瑜交战数次，俱得胜仗，复取兴州，且由杨复恭移檄关中，谓能得朱玫首级，立赏静难节度使。行瑜为茂贞所败，正在惶急，忽闻檄文中赏格，不禁转忧为喜，密与部众商议道："今无功回去，也是一死，死且无益，若与汝等斩玫首，定京城，迎帝驾，取邠宁节钺，岂不是绝好的机会么？"大众欣然应诺，遂引兵还长安。玫方立煴为帝，改元建贞，揽权行事，闻行瑜擅归，即召他入问。行瑜率众直入，玫即怒目相视道："汝擅自回京，欲造反么？"行瑜亦厉声答道："我不造反，特来捕诛反贼。"说至此，即麾众向前，竟将玫擒住，立刻斩首，并杀玫党百余人，京城大乱。郑昌图裴澈，亟奉襄王煴奔河中，王重荣正欲发兵，有人入报襄王煴到来，即跃起道："他自来寻死，尚有何说？"当下麾兵出迎，诱煴等入城中，刀兵齐起，将煴杀死。昌图与澈，无从逃避，没奈何束手就缚。重荣先函煴首，赍送行在，刑部请御兴元城南门受馘，百官毕贺，独太常博士殷盈孙，上言："煴为贼胁，并非倡逆，只是未能死节，不为无罪。古礼公族加刑，君且素服不举，今煴已就诛，应废为庶人，将首级归葬，俟玫首献至，方可行受俘礼。"僖宗如言施行，随授李茂贞为武定节度使，王行瑜为静难节度使。静难军即邠宁镇，武定军驻扎洋州，是新设的藩镇，且下诏夺田令孜官爵，长流端州。令孜竟依兄陈敬瑄，并未往戍，后又自有表见。郑昌图裴澈，传旨并诛，连萧遘亦戮死岐山。当时朝士皆受煴伪封，法司都欲处置极刑，还是杜让能再三力争，才得十全七八，这也算是阴德及人呢。

僖宗乃还跸至凤翔，节度使李昌符，恐车驾还京，自己失宠，因托词宫室未完，固请驻跸府舍。僖宗也得过且过，将就数天，偏各道迭来警告，不是擅行承袭，就是互相攻夺。卢龙节度使李全忠死，子匡威自为留后；江西将闵勖逐荆南观察使，自主军务，勖又为淮西将黄皓所杀，皓又为衡州刺史周岳所杀，岳遂代为节度使；董昌部将钱镠，攻克越州，昌自往镇越，令镠知杭州事；天平牙将朱瑾，逐去泰宁节度使齐克让，自为节度使；镇海军将刘浩作乱，节度使周宝，出奔常州，浩迎度催勘使薛朗为留后，已而钱镠迎宝至杭州，宝即去世，镠擒杀薛朗，竟取常润二州；还有利州刺史王建，袭据阆州，逐去刺史杨茂实，自称防御使。头绪纷繁，不得不总叙数语。僖宗连番得报，也是无可奈何。

淮南都将毕师铎，曾由高骈遣戍高邮，控御秦宗权，宗权未曾入境，师铎先已倒戈，看官道是何因？原来高骈心腹，莫若吕用之，用之以邪术惑骈，得补军职，又引私党张守一诸葛殷为助，每日与骈同席，指天画地，诡辩风生，说得骈情志昏迷，非常悦服。骈初与郑畋有隙，用之语骈道："宰相遣刺客刺公，今日来了。"骈大惊惧，急向用之问计。用之转托张守一，守一许诺，乃使骈着妇人服，匿居别室，自代骈卧寝榻中，夜掷铜器，铿然有声，又密用猪血涂洒庭宇，似格斗状。及旦，始召骈回寝道："几落奴手。"骈见寝室中血迹，且谢且泣，竟视守一为再生恩，厚赠金宝。用之又刻青石为奇字，文为玉皇授白云先生高骈，密令左右置道院香案。骈得石甚喜，用之进贺道："玉皇因公焚修功著，将补仙官，想鸾鹤即当下降了。"仿佛是骗小孩儿。骈亦喜慰，遂就道院庭中，刻一木鹤，且着羽服跨行，妄称仙曹。用之自云磻溪真君，谓守一即赤松子，殷即葛将军，暗中劫夺人财货，掠人妇女，荒淫骄恣，无恶不为。又虑人漏泄奸谋，劝骈屏除俗累，潜心学道。骈乃悉去姬妾，谢绝人事，宾客将吏，多不得见。用之得专行威福，毫无顾忌，将吏多归他署置，未尝白骈。平居出入，导从多至千人，侍妾百余，统由评花问柳，强夺而来。可充玉女。毕师铎有美妾，为用之所闻，必欲亲睹娇姿，聊慰渴念，偏是师铎不许。用之是色中饿鬼，伺师铎不在家中，突入彼家，逼令一见，问答时未免狎媟，及师铎回家，闻知此事，怒斥侍妾，遂与用之有隙，至出屯高邮，辄怀疑惧，心腹诸将，亦均劝师铎还诛用之。师铎遂与淮宁军使郑汉章，高邮镇遏使张神剑，割臂沥血，喝了一杯同心酒，当下推师铎为行营使，移书境内，极言："用之凶恶，与张守一诸葛殷朋比为奸，蟠据淮南，近由都中授他为岭南节度使，仍不赴任，横行无忌，应亟加诛，特奋义师，为民除恶"云云。神剑原名，本一雄字，因他善能使剑，所以叫作神剑。神剑以师铎成败，究未可料，愿留部众在高邮，接济兵粮，乃推汉章为行营副使，与师铎出兵逼广陵。城中互相惊扰，吕用之尚匿不告骈，骈登阁闻哗噪声，始问左右。左右才述变端，骈亟召用之入商。用之徐答道："师铎戍众思归，为门卫所阻，遂致惊噪，现已随宜处置，就使有变，但求玄女遣一力士，便可靖患，愿公勿忧！"玄女何处寻找，不若令侍妾摆一虚牝阵罢。骈沉着脸道："近已知君多涉虚诞了，幸勿使我作周宝第二。"你也知他虚诞么？还算聪明。说至此，不禁呜咽起来。用之退出，悬赏军中，令出城力战，稍稍杀退师铎，方得断桥塞门，为守御计。师铎初战不利，又见广陵城坚兵众，颇有惧色，忙遣属将孙约驰往宣州，向观察使秦彦处求援，预允破城以后，迎彦为帅。彦乃遣将秦稠，率三千人助师铎，日夕攻城。用之令讨击副使许戡，出劳师铎，竟为所杀。用之没法，大索城中丁壮，不论官吏书生，悉用白刃加颈，胁使登城。自朝至暮，不得休息，于是阖城怨苦，均生叛意。师铎射书入城，劝骈速诛朱吕张等三人，书为用之所得，立即毁去，且率甲士百人，入内见骈。骈骇匿寝室，良久方出语道："节度使居室无恙，为何领兵进来？莫非造反不成？"遂命左右驱出用之。用之誓与骈绝，再率壮士出御。那外城已被攻入，慌忙麾众出内城门，向北遁去。

师铎纵兵大掠，骈不得已遣人议和，愿撤兵备，与师铎相见。师铎乃入见骈，两下晤谈，如宾主礼。骈署师铎为节度副使，如左仆射，郑汉章等各迁官有差。都虞候申及语骈道："逆党不多，诸门尚未曾把守，公须乘夜出发，募诸镇兵还取此城，还可转祸为福，若迟延过去，恐一二日后，逆党蟠固，及亦不得侍左右了。"骈犹豫不从。该死。到了次日，师铎即派兵分守城门，搜捕用之亲党，尽行处死，一面遣人促秦彦过江。或语师铎道："仆射举兵，无非为用之奸邪，高公不能区理，所以入城除害，今用之既败，军府廓清，仆射宜仍奉高公，自为副佐，但教握住兵权，号令境内，何敢不服？用之一淮南叛将，移书所至，立可成擒，外有推奉美名，内得兼并实效，若使高公聪明，必知内愧，万一不改，也是一机上肉，奈何如此功业，转付他人呢？"师铎不以为然，但逼骈出居南第，用兵监守，并将骈亲党十余人，一概收禁，所有高氏累年蓄积，都被乱兵劫掠一空。悖入悖出。既而捕得诸葛殷，杖毙道旁，怨家争抉眼舌，且投以瓦石，顷刻成冢。何不请仙翁救命？

独吕用之自广陵逸出，手下尚有千人，闻郑汉章妻孥，留居淮口，遂率众往攻，旬日不克。郑汉章引兵趋救，用之乃奔投杨行密。行密方署庐州刺史，前由用之诈为骈牒，令为行军司马，促使入援，行密乃悉众东趋，并借和州兵数千人，同至天长。用之情急往投，行密不即拒绝，留居军中。张神剑向师铎求赂，不得如愿，也归行密。海陵镇遏使高霸，及曲溪人刘金，盱眙人贾令威，复率属至行密军营。行密有众万七千人，声威颇盛，张神剑输粮接济，军食更不患虚枵，遂步步进逼，趋至广陵城下。是时秦彦已入广陵，自称权知节度使事，闻行密来攻，闭城自守，但遣毕师铎及部将秦稠，领兵八千，出城西迎击行密。行密军势甚锐，师铎招架不住，先行遁还。秦稠战死，八千人只剩了一二千。秦彦再遣毕师铎郑汉章为将，悉发城中兵士，出阵城西，延袤数里，与行密相持。行密命将金帛粮米，搬集一寨，寨内只留羸卒，寨外暗伏精兵，待两阵相交，行密佯败，绕寨西走。广陵兵入空寨中，争取金帛，一声鼓响，伏兵四起，行密又复杀还，那广陵兵如何抵当，被杀几尽。师铎汉章，单骑走还。秦彦乃不敢出师。高骈局居道院，尚是日夜祈祷，虔祝长生，怎奈秦彦毕师铎，供馈日薄，甚至左右乏食，取木像中革带，煮食疗饥。彦与师铎，因出兵屡败，且疑骈为厌胜，愈加疑忌。适有妖尼王奉仙白彦，谓扬州分野，应有灾祸，必死一大人，方无后忧。彦遂命部将刘匡时，入道院杀骈，并杀骈子弟甥侄，同埋坎中。这消息传达城外，行密命士卒尽服缟素，向城大哭三日，宣告大众，誓破此城。秦彦毕师铎，屡遣兵出战，大小数十仗，均被行密杀败。城中粮食早尽，连草根木实，亦采食无遗，甚至用堇泥为饼，取给军士。军士怎肯平白地饿死，不得不掠人为粮。彦部下更是凶横，驱缚屠割，视人似鸡犬一般，血流城市，满地朱红。吕用之部将张审威，潜率部下登城，启关纳外兵，守卒不战自溃。彦与师铎，急召妖尼王奉仙问计，奉仙道："走为上策。"骈信方士而死，秦彦毕师铎且信重妖尼，真是每况愈下。乃出开化门奔东塘。行密麾诸军入城，改葬高骈及族属，城中遗民，止数百家，统已槁饿不堪，奄奄垂尽。行密运西寨米赈给，才得生全。行密自称淮南留后，且遣兵追击秦彦毕师铎。秦毕两人，竟往投孙儒去了。

孙儒前为忠武军指挥使，出戍蔡州，部下有许人马殷，亦素称才勇，与儒同拒黄巢。及秦宗权叛命，儒等皆附属宗权，宗权令儒攻陷郑州，进取河阳，自称节度使。前东都留守李罕之，与濮州人张全义，联兵拒儒，儒乃弃去河阳，移兵东下。罕之收复河阳城，全义亦收复东都，因恐孙儒复来，共向河东求救。李克用得二人书，遂表荐罕之为河阳节度使，全义为河南令。全义明察，治民有惠政，劝农树艺，薄赋轻徭，无事横耒，有事荷戈，诸县户口，逐渐归复，野无旷土，桑麻蔚然。宣武节度使朱全忠，复纠合兖郓兵马，大破秦宗权，因此河南一带，更乏盗踪。独凤翔节度使李昌符，初意欲挟持天子，号令诸镇，嗣与杨复恭养子守立，争道相殴。僖宗命中使谕解，昌符不从，反纵火焚毁行营。守立急部勒禁军，杀败昌符，昌符退保陇州，诏命李茂贞往讨，昌符屡战屡败，穷蹙自杀。茂贞得受命为凤翔节度使，行在稍得纾忧。惟淮南迭经变乱，终未安靖，秦宗权且遣弟宗衡，领万人渡淮，与孙儒合兵攻广陵，即就城西下寨。秦彦毕师铎，也引众来会，大有并吞扬州的声势。会宗权为朱全忠所破，召宗衡等还蔡，同拒全忠，孙儒知宗权不能久持，称疾不行。宗衡屡次催促，激动儒怒，佯邀宗衡入宴，酒未及半，竟拔剑砍死宗衡，枭下首级，献与全忠。一面与秦彦毕师铎，往袭高邮。张神剑仓猝遇敌，弃城奔广陵。孙儒入高邮城，大肆屠戮。高邮残兵七百人，溃围至广陵城，杨行密虑他为变，使分隶诸将，夜间将七百人坑死，不留一人；次日复将张神剑诱至府中，也是一刀两段；又诱入海陵镇遏使高霸兄弟，亦一并杀死。想是杀星转世。吕用之初至天长，曾绐行密，谓有银五万锭，埋藏居宅，俟入城后，足供麾下一醉。行密记在胸中，入城后诸事匆忙，不暇提及，至此因孙儒退兵，检阅士卒，始向用之索银。用之本是诳言，哪里取得出白镪？当然瞠目无词。用之偏遣兵搜掘，逼令同往，到了前时居宅，内外掘转，并无藏银，只中堂得一桐人，胸书高骈姓名，加钉于上，手足俱加桎梏，当由来兵携报行密。行密指责用之，用之无言可答，即被牵至阶下，腰斩以徇，家属屠割无遗。张守一亦归行密，为诸将采合仙丹，且欲干预军政，亦为行密所诛。两人却是该死。

僖宗闻淮南久乱，命朱全忠兼淮南节度使，全忠以行密势盛，表为留后。河阳节度使李罕之，与张全义甚是亲昵，嗣闻全义勤俭力穑，乃笑为田舍郎，屡向全义征求粟帛。全义勉力供应，罕之意尚未足，纵兵剽掠，且悉众攻降绛州，转略晋州。河南将佐，无不愤怒，遂怂恿全义，夜袭河阳。罕之逾垣遁去，全义尽俘罕之家属，自兼河阳节度使。及罕之奔往泽州，借李克用军来攻河阳，朱全忠发兵来救，击退河东军，命丁会为留后，仍令全义为河南尹。全义感全忠恩，尽心依附全忠，独罕之抄掠怀孟晋绛，数百里无人烟。河中牙将常行儒作乱，攻杀王重荣，重荣弟重盈，为兄复仇，捕诛行儒。僖宗令重盈承袭兄职，原是应分的处置，独魏博牙将罗弘信，擅杀乐彦桢父子，亦令他充魏博留后，这真是赏罚倒置，益长骄风，唐廷成为故事，毫不见怪。僖宗自凤翔回京，天禄已终，一病不起，小子有诗叹道：

世表总为主昏多，丧乱相仍可若何。

十五年来无一治，虚名天子老奔波。

僖宗病剧，免不得又要立储，究竟何人嗣立，容至下回表明。

史称襄王煴素性谨柔，无过人才智，观其所为，确是一个傀儡。朱玫挟为奇货，无非欲借名窃权耳，玫败而煴罹祸，愚夫为人所愚，往往致此。郑昌图裴澈等，甘受伪命，死不足惜，萧遘拒玫不坚，同遭夷戮，无怪胡致堂之为遘叹息也。高骈系出将门，射雕擅誉，当其初操旌节，颇似有为，及移镇淮南，误信方士，身坐围城，毫无一策，是岂前勇而后怯，始明而终愚者欤？抑毋乃狂易失心，自取灭亡欤？杨行密为骈部将，兴兵援骈，不谓无名，骈死而缟素举哀，尤似理直气壮，但既得广陵，横加屠戮，杀吕用之张守一可也，杀张神剑高霸，果胡为乎？背盟不义，滥杀不仁，朱全忠之表为留后，亦盗与盗应之征耳。故识者不称行密为侠士，而当斥行密为盗臣。

第九十六回

讨河东王师败绩
走山南阉党失机

却说僖宗还都，已经抱病，勉强趋谒太庙，颁诏大赦，改称光启五年为文德元年，入宫寝卧，无力视朝，未几即致大渐。群臣因僖宗子幼，拟立皇弟吉王保为嗣君，独杨复恭请立皇弟寿王杰。杰系懿宗第七子，为懿宗后宫王氏所出，僖宗一再出奔，杰随从左右，常见倚重。至是由复恭倡议，奏白僖宗，僖宗约略点首，遂下诏立寿王杰为皇太弟，监军国事。当由中尉刘季述，率禁兵迎入寿王，居少阳院，召宰相孔纬杜让能入见。群臣见他体貌明粹，饶有英气，亦皆私庆得人。恐是以貌取人。越日，僖宗驾崩，遗诏命太弟嗣位，改名为敏，僖宗在位十五年，改元五次，乾符广明中和光启文德。年止二十七岁。寿王即位柩前，是谓昭宗，追尊母王氏为皇太后，进宰相孔纬为司空，韦昭度为中书令。昭度初党田令孜，得宠僖宗，竟得入相，僖宗末年，且进爵太保。又授户部侍郎张浚同平章事。昭宗嗣统，各宰相依旧供职，纬与昭度，且得加封，未几出昭度为西川节度使，兼招抚制置使。

原来西川节度使陈敬暄，庇匿田令孜，诱杀高仁厚，骄横日甚，利州刺史王建，袭据阆州，与续任东川节度使顾彦朗，互相联络，潜图敬暄。敬暄商诸田令孜，令孜谓建系义子，可以招致，乃作书相召。建颇喜从命，率麾下精兵千人与从子宗鐬等，均趋鹿头关。哪知敬暄覆信参谋李乂言，遣人止建，不准入关。建不禁发怒，破关直入，径达成都。田令孜登楼慰谕，令他退还。建率诸军罗拜道："十军阿父，既召建来，奈何复使建去。建能进不能退，只好辞别阿父，他去作贼了。"令孜也无词可答，还报敬暄。敬暄登城拒守，建向顾彦朗处乞师，得众数千，急攻成都，三日不克，退屯汉州。敬暄上表朝廷，乞发兵讨建。诏遣中使和解，敬暄不从，反断绝贡赋。王建得知消息，乐得据为口实，也上表请讨敬暄，愿效力赎罪，并求邛州为屯兵地。顾彦朗亦代为申请，昭宗方恨藩镇跋扈，欲借此伸威，遂命昭度出镇西川，召敬暄为龙武统军。敬暄拒不受诏，乃割邛蜀黎雅四州，置永平军，命建为节度使，偕昭度同讨敬暄，并宣布敬暄罪状，削夺官阶。昭度西行，与建会师进攻，一时未能得手，只好蹉跎过去。

惟朱全忠受命讨蔡，屡破秦宗权，蔡将申丛，执宗权出降，全忠将宗权械送京师，可巧昭宗改元龙纪，百官庆贺，又得把累年横行的强寇，一旦捕诛，正是喜气盈廷，欢腾中外。偏宗权余党孙儒，东驰西突，骚扰不休，秦彦毕师铎郑汉章等，均为所杀，且悉锐袭入广陵。杨行密遁至庐州，收集余众，往攻宣州，宣州方为赵锽所得，不意行密猝至，急切不能抵御，又兼粮食未备，只好仓皇出奔，中途为行密部将田頵所擒，眼见得宣州一城，为行密所据。行密既入宣州，诸将争取金帛，独徐温据囷为粥，散给饥民，人已知有大志。徐温事始此。朱全忠与锽有旧，遣人索锽。行密将锽斩首，以首相遗，一面表闻朝廷，只说是为国除奸。朝廷不便细问，授他为宣歙观察使。行密转陷常州，刺史杜棱被擒毕命，留田頵居守。偏孙儒自广陵来争常州，頵覆败走，常州又为儒所得。两下转战不息，江淮间成为赤地。还有朱全忠与李克用，仇怨日深，各思占拓地盘，为并吞计。全忠攻下洛孟诸州，克用也攻下邢磁洺诸州。全忠又联结云中防御使赫连铎，与卢龙节度使李匡威，上表请讨克用，乞朝廷速简统帅。昭宗正加上尊号，改龙纪二年为大顺元年，既见三镇表章，遂召宰相等集议。杜让能等俱言未可，台官等亦多主杜议，独张浚献议道："先帝再幸山南，统是沙陀所为，臣尝虑他与河朔相连，今得两河藩镇，共请声讨，这是千载一时的机会，万不可失，愿陛下假臣兵柄，旬月可平。"谈何容易？杨复恭出驳道："先帝播迁，虽由藩镇跋扈，亦因在朝大臣，措置失宜，因致乘舆再出。今宗庙甫安，国家粗定，如何再造兵端？"复恭虽是权阉，足为唐祸，但此语却是可取。昭宗沉吟半晌，亦启口道："克用有兴复大功，今欲乘危往讨，未免不公。"偏孔纬亦赞成浚议，竟面奏道："陛下所言，是一时大体，张浚所言，是万世远利，还乞陛下俯从浚议。"一时尚是难保，还能顾到万世么？昭宗因两相同意，且正忌复恭擅权，不欲依言，乃语张浚孔纬道："此事颇关重大，朕特付卿二人，幸勿贻羞！"随即授浚为河东行营都招讨制置使，以京兆尹孙揆为副。且命朱全忠为南面招讨使，王熔为东面招讨使，李匡威为北面招讨使，副以赫连铎。

浚奉诏出师，陛辞时再白昭宗道："俟臣先除外忧，然后为陛下除内患。"杨复恭在外窃听，料知此语，与己有关，遂至长乐陂饯浚，携酒欢饮。浚一再固辞，复恭戏语道："相公杖钺专征，乃即欲作态么？"浚答道："待平贼回来，作态未迟，目下尚未敢出此呢！"复恭佯笑而别。浚出都西行，檄召宣武镇国静难凤翊保大诸军，同会晋州。朱全忠且乘势进图昭义。昭义军节度使，本是克用从弟克修，克用尝巡阅潞州，因克修供具不丰，横加诟辱，克修惭病即死，弟克恭代为留后。克恭骄暴，不习军事，牙将安居受作乱，焚杀克恭，贻书全忠，自愿归附。全忠遂遣河阳留后朱崇节，率兵往潞，到了潞州，居受已为众所杀，别将冯霸拒战不利，奔往克用。崇节得入潞城，克用遣将康君立李存孝围潞。存孝系克用养子，骁悍异常，既至城下，与崇节交战两次，崇节哪里是他的对手？杀得大败亏输，还城拒守，急向全忠处求援。全忠遣骁将葛从周，率健骑千名，乘夜犯围，入潞助守，遣别将李谠等，至泽州往攻李罕之，牵制克用，且奏促孙揆速援潞州。张浚亦恐昭义为全忠所据，即请旨命揆为昭义节度使，促使赴镇。揆乃自晋州出发，建牙杖节，褒衣大盖，拥众而行。至长子西谷中，忽有一彪军突出，为首一个少年，手执铁挝，径至孙揆马前，大呼道："孙揆哪里走！"揆急欲拔剑招架，哪知已被来将拨下，活擒而去。揆众欲趋前往救，尽被敌骑杀退，死伤甚众。看官道何人擒揆？原来就是李存孝。存孝闻揆将至潞，率三百骑伏住长子谷，掩击揆军，果然将揆擒住，解送克用。克用召揆入见，诱令降附，许为河东副使，揆奋然道："我为天子大臣，兵败身死，分所当然，怎能复事镇使哩？"克用怒起，命用锯杀揆。锯不能入，揆骂道："死狗奴，锯人当用夹板，奈何不知？"克用乃改用夹板锯揆，揆至死骂不绝口，好算是唐季一位忠臣。疾风知劲草，板荡识忠臣。克用再令存孝救泽州，直压汴寨。汴将邓季筠自恃勇力，引兵出战，存孝也出阵相迎，战不数合，但听存孝喝声道着，已把季筠擒去，余众窜散。李谠亦解围遁还，存孝罕之又合军追击，斩获汴军万人，及追至怀州，方收兵西归。罕之仍屯泽州，存孝复攻潞州，葛从周朱崇节等，惮存孝英勇，也弃城走还。昭义军归入克用，克用命康君立为昭义留后，存孝为汾州刺史，李匡威攻蔚州，也为克用养子李嗣源击退。嗣源慎重廉俭，口不言功，他将多自夸战绩，嗣源独徐徐道："诸将喜用口击贼，嗣源但用手击贼哩。"诸将始惭沮而退。张浚闻汴军败走，尚不肯班师，率诸军出阴地关。克用遣存孝领兵五千，出屯赵城。镇国军节度使韩建，夜率壮士三百，劫存孝营。偏存孝先已防备，用了一个空营计，诱建杀入，待建慌忙退还，存孝却麾兵横击，亏得建策马飞奔，才算侥幸逃还。静难凤翔各军，闻建袭营失利，各生惶恐，不战先走，禁军亦溃。存孝乘胜逐北，直抵晋州西门。张浚出战，又复败绩，各镇兵陆续遁去，只剩禁军及宣武军，共计万人，闭城守御，不敢再出。存孝攻城三日，城将垂克，反号令军中道："张浚宰相，俘获无益，天子禁军，亦不宜加害。"乃退五十里下寨。浚与韩建，始得开城遁归。存孝既入晋州，复取绛州，并大掠慈隰诸州，唐廷闻张浚败还，君臣震惧，独杨复恭自鸣得意。那李克用复连上二表，一再陈冤，首表尚在张浚未败时，略云：

臣父子三代，受恩四朝，破庞勋，剪黄巢，黜襄王，存易定，致陛下今日冠通天之冠，佩白玉之玺，未必非臣之力也。朝廷当阽危之时，誉臣为韩彭伊吕，既安之后，骂臣为戎羯胡夷，天下握兵立功之臣，宁不畏陛下他日之骂乎？况臣果有大罪，六师征之，自有典刑，何必幸臣之弱，而后取之耶？今张浚既已出师，则臣固难束手，已集蕃汉兵五十万，欲直抵蒲潼，与浚格斗，若其不胜，甘从削夺，不然，轻骑叫阍，顿首丹陛，诉奸回于扆座，纳制敕于庙廷，然后自投司败，恭候铁质。

第二表乃在张浚既败以后，至大顺二年正月，始达唐廷，略云：

张浚以陛下万代之业，邀自己一时之功，知臣与朱温深仇，私相连结，臣今身无官爵，名是罪人，不敢归陛下藩方，且欲于河中寄寓，进退行止，伏候指挥！

是时昭宗已加惩张浚，将他罢职，孔纬亦连坐免官，改相兵部侍郎崔昭纬，及御史中丞徐彦若，至克用二次表至，再贬绛为均州刺史，浚为连州刺史，赐克用诏，赏还官爵，令归晋阳。未几，又加克用中书令，更贬浚为绣州司户。浚至蓝田，转奔华州，依附韩建，密向全忠求救。全忠上表，代为诉冤，昭宗不得已并听自便。纬至商州驰还，亦寓居华州，李克用既得逞志，声焰越盛，乃父国昌，已经早殁，这是补笔。沙陀兵马及代北将士，尽归克用管辖。克用转攻云州，赫连铎败走吐谷浑，嗣为克用追击杀死。克用复转攻王熔，经李匡威出兵相救，克用方大掠而还，朱全忠欲攻克用，假道魏博，罗弘信不许，全忠遂遣丁会葛从周击魏，自率大军继进，五战皆捷。弘信不得已乞和，全忠乃命止攻掠，归还俘虏，还军河上。魏博自是附汴。徐州节度使时溥，亦与全忠失和，屡相争哄，南北东西，彼此逐鹿，几不识当时天下，究竟是谁氏的天下了。藩镇之弊，一至于此。

惟韦昭度王建两军，奉诏西征，昭度毫无韬略，但知沿途逗挠，一切攻守事宜，俱听王建处置。建取得邛州，降西川将杨儒，杀刺史毛湘；复略定简资嘉定四州，进逼成都，累攻未下。韦昭度率诸道兵十余万，逗留不进，反请赦陈敬暄罪，撤归各道兵马。朝廷居然下诏，依昭度议，令王建等率兵归镇。建奉到诏书，慨然太息道：“大功垂成，奈何弃去？”参谋周庠在侧，便进言道：“公何不请韦公还朝，自攻成都，独成巨业？”建点首称善，即表称敬暄令孜，罪不可赦，愿毕命以图成功。一面又劝昭度道:“关东藩镇，互相吞噬，这是腹心大疾，相公宜早归朝堂，与天子谋定关东，敬暄不过疥癣，但责建办理，指日可除哩。”昭度迟疑未决。建竟擒昭度亲吏骆保，脔割烹食，说他私盗军粮。昭度大惧，遂托疾东归，将印节授建。建与昭度别后，奋力攻城，环城烽堑，亘五十里。陈敬暄力不能支，田令孜登城语建道:“老夫前待君甚厚，何为见逼如是?”建答道:“父子至恩，建不敢忘，但朝廷命建来此，无非因陈公拒命，不得不然。若果改图，建复何求?”令孜下城商诸敬暄，敬暄无法可施，只好缴出旌节，托令孜至建营交付。建泣涕拜谢，愿为父子如初。建亦逞刁。令孜还白敬暄，敬暄开城迎建，建率军入城，自称西川留后，令敬暄出居新津，给以一县租税，且表称收复成都，由敬暄自甘退让，应令他子陶为雅州刺史。昭宗当然照准，并即授建为西川节度使。

东川节度使顾彦朗病逝，军中推顾弟彦晖知留后，彦晖据情奏闻，也即命为节度使，敕赐旌节。朝使宋道弼，赍诏出都，中途为山南西道节度使杨守亮所执，并发兵攻东川。守亮姓訾，因拜杨复恭为义父，冒姓杨氏，前为扈跸都将，后得出镇山南，全是复恭一手提拔。复恭总掌宿卫，独揽大权，诸假子统出司方镇，又养宦官子六百人，多充监军，内外勾连，威赫莫比，昭宗母舅王瓌，求为节度使，复恭不可，瓌怒诟复恭，复恭佯为谢过，奏请王瓌为黔南节度使。及瓌奉节至桔柏津，却被杨守亮阻住中流，拨翻瓌舟，瓌覆水溺死。昭宗闻耗，已疑是复恭主使，可巧天威都将李顺节，也将复恭阴谋，入白昭宗。诏宗大愤，出复恭为凤翔监军，复恭托疾不赴，自愿致仕。有昭赐官上将军，致仕归第。复恭居第近玉山营，因假子守信为玉山军使，屡往探视，且与他密谋为乱。事为昭宗所闻，亲御安喜门，命李顺节等往攻复恭居第。复恭与守信，乃挈族走兴元，往依杨守亮。守亮决计造反，所以执住宋道弼，遣绵州刺史杨守厚，攻顾彦晖。彦晖急求王建过援，建发兵至梓州，守厚引还。守亮以讨李顺节为名，更欲自金商通道，入袭京师。幸金州防御使冯行袭邀击，大破守亮，才不得逞。守亮守厚，统是复恭假子，就是天威都将李顺节，原名叫作杨守立也系复恭义儿，昭宗恐他好勇作乱，特召居左右，赐姓名李顺节，令掌六军管钥，擢为天威都将，隐示笼络。顺节骤得贵显，遂与复恭争权，所以复恭密谋，多由顺节报达宫廷。及复恭被逐，顺节恃恩骄横，出入必用兵自随。中尉刘景宣，及西门君遂，屡为所辱，遂入奏昭宗，请除顺节，昭宗允诺。二人诱顺节入银台门，把他杀死，百官皆奉表称贺。全是丑态。昭宗亦颇喜慰，乃于大顺三年正月，改元景福。祸且日至，何福可言?

凤翔节度使李茂贞，静难节度使王行瑜，镇国节度使韩建，同州节度使王行约，秦州节度使李茂庄，相继上表，谓杨守亮容匿叛臣杨复恭，请即出兵加讨。王行瑜等并乞加茂贞为山南西道招讨使。昭宗接览各表，便令群臣集议，大众谓茂贞若得山南，不可复制，不如下诏和解为是。全靠和解，亦非政体。昭宗颁诏慰谕，五节度无一受命。茂贞行瑜，竟擅举兵击兴元，一面由茂贞上表，自求招讨使职衔，且贻杜让能及西门君遂手书，有怨谤朝廷等语。昭宗亦忍耐不住，再召群臣入商，宰相等多面面相觑，不敢发言。独给事中牛徽道："先朝多难，茂贞有翼卫功，诸杨阻兵，亟出攻讨，未始非有心嫉恶，不过未奉诏命，太觉专擅。近闻他兵过山南，杀伤甚多，陛下倘尚靳节麾，不授他为招讨使，恐山南百姓，尽被屠灭了。"昭宗不得已授茂贞为招讨使。茂贞遂进取兴元，杨复恭及守亮等均奔往阆州，茂贞乃自请镇守兴元。朝廷特改任茂贞为山南西道节度使，将他凤翔节度使职任撤销。偏茂贞又不肯奉诏，累得昭宗无法对付，且模模糊糊的延宕过去。是时成德节度使王熔，为李克用所攻，卢龙节度使李匡威，率兵救熔，击退克用。匡威引还，谁知行至半途，乃弟匡筹，竟占据军府，自称留后，不欲匡威还镇，且用兵符追还行营兵。匡威部众，闻风离散。那时匡威归路已断，没奈何返奔镇州，这也是匡威自作自受，所以遭此剧变呢。原来匡筹妻有美色，匡威很是艳羡，只因匡筹同在军中，没法下手，望梅不能止渴，已不知滴了多少馋涎。至出救卢龙时，家人会别，阖室畅饮，匡筹夫妇，不觉多饮几杯，统皆醉倒。匡威却是有心，趁他弟妇醉卧床间，竟去做了一个采花使者，了却生平夙愿。及匡筹妻醒悟转来，才知着了道儿，悔已无及，当下泣诉匡筹。匡筹因此恨兄，乃把匡威拒绝。匡威奔往镇州，王熔事他如父，非常恭敬，偏匡威又欲图熔，镇人不服，攻杀匡威。该死久矣。匡筹闻报甚喜，遂得安据幽州。可惜绿头巾终难洗争。幽州将刘仁恭，前由匡威遣戍蔚州，过期未代，至是闻匡筹擅立，自为军帅，还攻幽州，不利而去，投奔河东，依附李克用。此外如杨行密攻杀孙儒，得封淮南节度使，朱全忠攻拔徐州，感化节度使时溥，登燕子楼，举族自焚。王建杀死陈敬暄田令孜，只说敬暄谋乱，令孜私通凤翔，当令判官冯涓草表，中有切要语云："开柙出虎，孔宣父不责他人，当路斩蛇，孙叔敖盖非利己。专杀不行于阃外，先机恐失于彀中。"国家失刑，故得令强藩借口。昭宗也无可奈何，置诸不问。福建观察使陈岩病殁，都将范晖自称留后，晖骄侈不法，被王潮攻

李茂贞（856—924），字正臣，本姓宋，名文通，深州博野（今河北蠡县），唐末、五代藩镇军阀。唐僖宗时，封陇西郡王。天复元年（901年）昭宗为朱温所逼，逃凤翔，他挟持昭宗与朱温对抗。后唐建立后，他地盘缩小，仍自称岐王。同光二年（924年）归顺后唐。

死。潮代任观察使，寻且进职节度使，群雄角逐，寰宇分崩，到了景福二年秋季，李茂贞抗表不逊，公然责备昭宗，与敌国相去无二。昭宗恼羞成怒，掷置来表，再拟兴师。正是：

河东覆辙方宜戒，京右来车又妄行。

欲知茂贞是否被讨，且至下回再详。

李克用功罪参半，不必讨而反欲讨之，杨复恭有罪无功，应讨而反不欲讨，此已可见昭宗之不明，其他可无论已。或谓昭宗固不欲讨克用，迫于张浚孔纬之力请，乃有招讨制置使之命，然试思君主时代，国家大事，究竟由谁主持耶？一击不胜，丧师无算，转不得不屈体调停，上替下凌，因此益甚。杨复恭已走兴元，虽有若干义儿，实皆朝秦暮楚之流，不足一试，即如杨守立杨守亮等，匹夫徒勇，亦宁足成大事？为昭宗计，正可遣师进讨，借伸主威，况有五节度使之联表上请乎？乃迟回不决，转令李茂贞等擅自兴师，一再胁迫，不得已授以兵柄，于是朝廷日加退让，而方镇即日加跋扈矣。要之无主之国，非乱即亡，唐至昭宗之季，有主与无主等，虽欲不乱，乌得而不乱？虽欲不亡，亦乌得而不亡？

第九十七回

三镇犯阙辇毂震惊
一战成功邠宁戡定

却说李茂贞恃功骄横，不受朝命，且上表讥毁昭宗，表文略云：

陛下贵为万乘，不能庇元舅之一身，指王瓌事。**尊极九州岛，不能戮复恭之一竖，但观强弱，不计是非，体物锱铢，看人衡纩，军情易变，戎马难羁，惟虑甸服生灵，因兹受祸，未审乘舆播越，自此何之？**

昭宗览此数语，禁不住愤怒起来，便拟发兵进讨，命宰相杜让能，专司兵事。让能进谏道：“陛下初登大宝，国难未平，茂贞近在国门，不宜与他构怨，万一不克，后悔难追。”昭宗叹息道：“王室日卑，号令不出国门，这正志士愤痛的时候，朕不能坐视陵夷，卿但为朕调兵输饷，朕自委诸王用兵，成败与卿无干。”让能道：“陛下必欲兴师，亦当商诸中外大臣，集思广益，不应专事委臣。”昭宗又道：“卿居元辅，与朕义关休戚，不宜畏难避事。”让能泣道：“臣岂敢畏避？但时有未可，势又未能，恐他日徒为晁错，不能弭七国兵祸，所以临事踌躇。如陛下必欲委臣，臣敢不奉诏，效死以报。”果然死了。昭宗乃喜，命让能留居中书，计划调度，月余不归。偏崔昭纬阴结邠岐，代作耳目，让能朝发一言，二镇夕即知晓。茂贞暗令党羽混入都中，纠合市民数千，俟观军容使西门君遂，及崔昭纬等出来，即遮集马前，泣诉：“茂贞无罪，不宜致讨，免使百姓涂炭。”君遂谓：“事关宰相，于己无与。”昭纬且说道：“此事由主上专委杜太尉，我辈不得预闻。”市人因乱投瓦石，昭纬等慌忙走避，才得脱身。昭宗闻报，命捕诛为首乱民，并一意遣将调兵，遂命覃王嗣周顺宗子经之后。为京西招讨使，讨李茂贞，神策大将军李鐬为副，出宰相徐彦若为凤翔节度使，令嗣周带着禁军三万，送徐赴镇，出驻兴平。茂贞联同王行瑜军，合兵六万，共至盩厔，抵拒禁军。禁军多系新募少年，哪里敌得过两镇雄师？一闻两镇兵至，未战先怯，至茂贞等进逼兴平，禁军多已骇散。嗣周及鐬，也只得奔还。茂贞乘胜进攻三桥，京师大震，盈廷惶惶。崔昭纬更密遗茂贞书，谓："用兵非主上意，全出杜太尉一人。"茂贞因陈兵临皋驿，表列让能罪状，请即加诛。让能亦入白昭宗道："臣尝料有此变，今已至此，请以臣为辞。"昭宗且泣且语道："今与卿成诀别了。"遂下诏贬让能为梧州刺史，流观军容使西门君遂至儋州，内枢密使李周潼至崖州，段诩至驩州。茂贞等仍然未退，昭宗又御安福门，命斩君遂周潼诩三人，再贬让能为雷州司户，且遣使语茂贞道："惑朕举兵，实出君遂等三人，非让能罪。"茂贞定欲诛死让能，方肯退兵。崔昭纬复从中怂恿，乃竟将让能赐死，连让能弟户部侍郎弘徽，亦迫令自尽。让能已是枉死，弘徽更属沉冤。再召东都留守韦昭度为司徒，御史中丞崔胤为户部侍郎，并同平章事，授茂贞为凤翔节度使，兼山南西道节度使，并官中书令。王行瑜进爵太师，加号尚父，特赐铁券。两镇兵方卷甲退归。嗣是朝廷动息，均须禀受邠岐二镇意旨，不得擅行。

景福三年，复改元乾宁，李茂贞入朝，大陈兵卫，阅数日归镇，自昭宗以下，无敢少忤。右散骑常侍郑綮，素号诙谐，多为歇后诗，讥嘲时事。昭宗还道他蕴蓄深沉，特手注班簿，命他为相。党吏争往告綮，綮微笑道："诸君太弄错了。就使天下无人，也未必轮到郑綮。"堂吏答道："事出圣意，的确不误。"綮又道："果有此事，岂不令人笑话？"既而贺客趋集，綮搔首道："歇后郑五作宰相，时事可知了。"自知颇明。当即上书固辞，有诏不许，乃勉强受职；已而复累表避位，解组竟归。却是明哲保身。昭宗复命翰林学士李谿为相，知制诰刘崇鲁，出班大恸。昭宗问为何因？崇鲁极言李谿奸邪，不胜重任，乃罢谿为太子少傅。谿上书自讼，亦丑诋崇鲁庭拜田令孜，为朱玫作劝进表，恸哭正殿，为国不祥，于是崇鲁亦即免官，内政不纲，外乱益炽。平卢节度使，任了王师范，镇海节度使，任了钱镠，柳玭为泸州刺史，刘隐为封州刺史，还算由朝廷封拜，奉命就职。他如杨行密擅取庐歙舒泗诸州，所置守吏，毫不禀承。孙儒余党刘建锋马殷，南走至洪州，招集党羽，得十万余人，攻下潭州，杀死节度使邓处讷，自称留后。王建也擅夺彭州，杀死节度使杨晟，及马步使安师建。李克用尝为养子存孝，表求为邢洺磁节度使。存孝为存信所谮，无从申诉，存信为张氏子，亦为克用义儿，已见前九十四回。竟潜结王熔及朱全忠，背叛克用。克用自引兵围攻邢州，存孝固守经年，城中食尽，乃出见克用，泥首谢罪。克用将他械住，囚归晋阳，车裂以徇。存孝骁勇绝伦，克用很加怜惜，意下令用刑时，诸将必代为请免，偏诸将嫉忌存孝，无一进言，坐致令出难回，一个昂藏勇士，分作四裂。存孝部将薛阿檀，勇悍不亚存孝，因与存孝通谋，恐致事泄，也即自杀。克用失去两人，心中好生不悦，好几日不视军事，过了半年，方因李匡筹屡侵河东，乃出师北向，拔武州，降新州，连败匡筹兵众，直捣幽州。匡筹逃往沧州，为义昌节度使卢彦威所杀。他的艳妻，不知如何下落？幽州军民，开城欢迎河东军，克用趋入府舍，命刘仁恭及养子李存审，略定各属，又表荐刘仁恭为卢龙节度使，唐廷不敢不从。

可巧护国节度使王重盈病亡，军中愿奉重荣子珂为留后，珂实重荣兄子，重荣养为己儿，重盈子王珙，曾为保义节度使，同弟晋州刺史王瑶，与珂争位。珂系李克用女夫，当然向克用告急，克用即为珂代求节钺。朝廷准珂为留后，珙与瑶未肯便休，却厚结王行瑜李茂贞韩建三帅，表称珂非王氏子，不应袭职。昭宗下敕相报，谓已先允克用所奏，不便食言。看官！你想这王行瑜李茂贞韩建三人，果肯降心相从，不复异议么？茂贞方攻拔阆州，逐走杨复恭，且献复恭致守亮书，中有：“承天门为隋家旧业，汝但应积粟训兵，勿复贡献，试想我在荆榛中推立寿王，才得尊位，今废定策国老，天下有如此负心门生天子么？此恨不雪，决非丈夫。”昭宗得书甚怒，适韩建捕住复恭，及余党多人，书献阙下，枭首独柳。随笔了过杨复恭。两镇立此宏功，愈有德色。偏王珂王珙争位一案，联名上奏，竟撞了一鼻子灰，面子上很过不下去，王珙更遣使语三帅道：“珂与河东联婚，将来必不利诸公，请先机加讨！”王行瑜首先发兵，令弟同州刺史王行约攻河中，自与茂贞及建，各率精骑数千人入朝。昭宗御安福门，整容以待。还算胆大。三帅到了门下，盛陈甲兵，拜伏舞蹈。昭宗俯语道：“卿等不奏请俟报，便称兵驰入京城，意欲何为？若不能事朕，今日请避贤路。”行瑜茂贞，听到此言，倒也无词可答。惟韩建略述入朝情由，昭宗乃谕令入宴，三帅宴毕，又复面奏，略言：“南北司互分朋党，紊乱朝政，韦昭度前讨西川，甚为失策，李谿虽已免相，尚且蟠踞朝堂，非亟诛无以慰众心。”昭宗不愿允行，又不敢毅然拒绝，只得以“且从缓议”四字，对付三帅。偏三帅出了殿门，竟招呼甲士，捕杀韦昭度李谿，及枢密使康尚弼数人。目中岂尚有天子耶？又请除王珙为河中节度使，徙王珂至同州。昭宗惧为所胁，不得已暂从所请。三帅又密谋废立，拟另戴昭宗弟吉王保为帝。忽闻李克用起兵勤王，约期入关，三帅各有戒心，乃各留兵三千人宿卫京师，匆匆的辞归本镇去了。

后来昭宗察知三帅犯阙，由崔昭纬暗中怂恿，乃决意易相，再起孔纬同平章事，张浚为诸道租庸使，李克用闻浚复任事，因抗表固争，有“浚朝为相，臣夕至阙”等语。昭宗遣使慰谕，谓未尝相浚。克用乃申表王行瑜李茂贞韩建称兵犯阙，戕害大臣，愿率蕃汉兵南下，为国讨贼，一面移檄三镇，指斥罪状，王行瑜等统皆惊惶，克用长驱至绛州，刺史王瑶闭城守御，相持十日，竟被克用攻破，斩瑶示威。复进兵河中，王珂迎谒道旁，克用也不暇入城，即趋同州，王行约弃城遁走。行约弟行实，时为左军指挥使，奏称同华已没，沙陀将至，请车驾转幸邠州。枢密使骆全瓘，却请昭宗往凤翔，昭宗道："克用尚驻军河中，就使到来，朕自有法对付，卿等但各抚本军，勿使摇动为是。"两人怏怏退出。全瓘却去联结右军指挥使李继鹏，谋劫上趋凤翔。继鹏本姓阎名珪，因拜茂贞为假父，所以易姓改名。骆李等正在安排，事为中尉刘景宣所闻，告诸王行实。行实也欲劫上往邠州，孔纬面折景宣，谓车驾不应轻离宫阙。到了傍晚，继鹏又连请出幸，昭宗不从。哪知王行实竟召入行约，引左军攻右军，两下相杀，鼓噪震地。辇毂下如此横行，尚得谓有法纪么？昭宗闻乱，亟登奉天楼，传谕禁止，且命捧日都头李筠，率部军侍卫楼前。继鹏竟召凤翔兵攻筠，矢拂御衣，射中楼桷。左右扶昭宗下楼，继鹏复纵火焚宫门，烟焰蔽天，阖宫鼎沸。先是有盐州六都兵屯驻京师，为左右两军所惮，昭宗急令入卫，两军方才退走。昭宗至李筠营避乱，护跸都头李居实率众继至，昭宗稍稍放心。未几，复有谣言传入，说是行瑜茂贞，将入都来迎车驾。昭宗又恐他胁迫，乃命筠居实两都兵自卫，径出启夏门，道过南山，寄宿莎城镇。士民追从车驾，约数十万人，及至谷口，三成中暍死一成，夜间复遭盗劫，哭声遍野；百官多扈从不及，惟户部尚书薛王知柔先至，昭宗命权知中书事及置顿使。既而崔昭纬等皆至莎城，昭宗乃复移跸石门镇。

李克用闻昭宗出奔，遣判官王瓌趋问起居，一面督兵攻华州。韩建登城呼克用道："仆与公未尝失礼，何为见攻？"克用应声道："公为人臣，逼逐天子，公为有礼，何人为无礼呢？"说罢，即麾兵进攻。建亦极力拒守，彼此相持不下。适内侍郗延昱，赍诏至克用军，略言邠岐二镇，有劫驾消息，请即过援。克用乃释华州围，移驻渭桥。昭宗复遣供奉官张承业，诣克用营，克用留使监军，遂遣部将李存贞为先锋，又令史俨统三千骑士，诣石门扈驾，再命李存信李存审令同保大节度使李思存，即拓跋思恭弟。往梨园寨攻王行瑜，擒住敌将王令陶等，械送行在。李茂贞闻风知惧，召还李继鹏，把他斩首，传示石门，奉表谢罪，且遣使向克用求和。昭宗亦遣延王戒丕，玄宗子玢之后。往谕克用，令且赦茂贞，专讨行瑜。克用受命，遣子存勖还报行在。存勖年仅十一，状貌魁梧，昭宗叹为奇儿，用手抚顶道："儿方为国栋梁，他日宜尽忠我家。"存勖拜谢而还。昭宗即命克用为邠宁四面行营都招讨使，保大节度使李思存为北面招讨使，定难节度使李思谏为东面招讨使，彰义节度使张镭为西面招讨使，共讨行瑜。

克用复表请还京，并愿拨骑兵三千，驻守三桥，防蔽京师。昭宗始启跸回都，到了京城，但见宫阙被焚，尚未完葺，没奈何寓居尚书省，百官随驾往来，流离颠沛，亦多半无袍笏仆马，面目憔悴，形色苍凉。乱世君臣，大率如是。宰相孔纬，在途中感冒风寒，即致病死。崔昭纬罢为右仆射，再贬为梧州司马。徐彦若本出镇凤翔，因不得莅任，还为御史大夫，仍进授同平章事；户部侍郎王抟，亦得入相；崔胤已免复起；京兆尹孙偓，也受命为户部侍郎，一同辅政。相臣四人，一个儿也不少，可惜都未能称职。王抟较孚物望，但硕果仅存，何足济事。昭宗专任克用，进命为行营都统，授昭义节度使，李罕之为检校侍中，充行营副都统，且特把后宫中的魏国夫人陈氏，赐与克用。不怕做元绪公么？陈氏才色双全，竟畀克用享受，当然感恩图报，愿尽死力，于是与邠宁兵交战数次，无不奏捷，再令李罕之李存信等，急攻梨园，堵绝粮道。城中无粮可食，自然溃散。罕之等纵兵邀击，杀获万余人，擒住行瑜子知进，及大将李元福。克用复亲往督攻，王行约行实等遁去。行瑜率精骑五千，退守龙泉寨，且飞使至凤翔告急，李茂贞发兵五千各往援，遇着沙陀将士，好似风卷残云，顷刻四散。行瑜复弃寨入邠州，克用追至城下，行瑜登城号哭，顾语克用道："行瑜无罪，胁迫乘舆，皆茂贞继鹏所为，请公移兵责问凤翔，行瑜愿束身归朝。"你是首先发难，为何诿过他人？克用答道："王尚父何谦恭乃尔？仆受诏讨三贼臣，公实与列，若欲束身归朝，仆却不敢擅允哩。"答语颇妙。行瑜知不可免，涕泣下城，越宿，挈族出走。克用得入邠州，封府库，抚居民，禁兵四掠，邠人大悦。行瑜走至庆州境，为部下所杀，传首京师，邠宁告平。

克用还军渭北，昭宗封克用为晋王，加李罕之兼侍中，以河东大将盖寓领容管观察使，其余克用子弟及将佐，并进秩有差。克用遣书记李袭吉入朝谢恩，乘间代奏道："近来关辅不宁，强臣跋扈，若乘此胜势，遂取凤翔，这是一劳永逸的至计。臣今屯军渭北，取候进止。"昭宗迟疑未决，特与近臣熟商。或谓："茂贞覆灭，沙陀益盛，朝廷且听命河东，亦非良策。"昭宗乃赐克用诏书，褒他忠勇，且言："跋扈不臣，惟一行瑜茂贞韩建，近已悔罪，职贡相继，且当休兵息民，徐观后衅。"克用奉诏乃止，但私语诏使道："朝廷用意，似疑克用有异心，克用居心无他，特自料茂贞不除，关中恐仍无宁日哩。"诚如公言。言下很是叹息。未几，又有诏免他入觐，克用尚欲入朝，经盖寓劝止，乃表称臣总领大军，不敢径入朝觐，惊动宫廷。表至京师，上下始安。

克用引兵北归，茂贞仍骄横如故，河西州县，多为所据。还有威胜节度使董昌，历年苛敛，充作贡赋，唐廷宠命相继，他欲求为越王，未邀允准，竟居然称起越帝，自称大越罗平国，改元顺天，署城楼曰天册之楼，令群下呼为圣人。当时吴越间谣传有怪鸟，四目三足，鸣声几似人言，仿佛有"罗平天册"四字。昌指为鸑鷟，依鸟声为国号。实是妖孽。节度副使黄碣，会稽令吴镣，山阴令张逊，先后进谏，均被诛夷。又移书钱镠，详告开国情形，并授镠为两浙都指挥使。镠复书道："与其闭门作天子，与九族百姓，俱陷涂炭，何若开门作节度使，长保富贵？"昌不见省，镠遂表称董昌僭逆，不可不诛。昭宗乃命镠为浙东招讨使，令击董昌。镠遣部将顾全武许再思等，进兵浙东，昌发兵迎战，屡次失败。余姚石城，接连失守，慌忙向淮南乞援。杨行密令宁国节度使田頵，润州团练使安仁义，往攻杭州戍军，遥应董昌，且自率兵攻苏州，拔常熟镇，虏去刺史成及。镠急召全武还军，令防行密。全武已乘胜抵越州，不愿再还，因复报镠书道："越州系贼根本，愿先取越州，再复苏州未迟。"镠依议而行。全武即猛攻越州，破入外郭，昌尚据牙城拒战，镠令降将骆团，往贻昌书，伪言已奉有诏命，令大王致仕归临安。昌乃送交牌印，出居清道坊。全武遣都监使吴璋，用舟载昌至杭州，途次把他杀死，并诛家属三百余人。镠得昌首，献入京师。罗平应改称荡平。昭宗加镠兼中书令，出王抟为威胜节度使。威胜军即浙东镇。镠却嘱两浙吏民，公同上表，请任镠兼领浙东。昭宗不得已仍留抟为相，命镠为镇海威胜两军节度使，更名威胜为镇东军。镠复令全武等克复苏州，淮南兵遁去。吴越一区，遂长为钱氏守土了。小子有诗叹道：

果然乱世出英雄，戡定东南立巨功。
为溯当年吴越事，迄今犹著大王风。

东南暂定，东北又启纷争，待小子下回续叙。

李茂贞王行瑜韩建，同为晚唐逆臣，为昭宗计，非不可讨，但讨罪须仗将士，试问当日有良将否乎？有勇士否乎？覃王嗣周，素无将略，贸贸然任为元戎，杜让能一书生耳，无裴晋公李赞皇之才略，而遽委以兵事，多见其不知量也。迨三帅犯阙，恃众横行，杜让能之贬死，冤过晁错，韦昭度李谿之被杀，惨过武元衡，废立将成，神器不保，是非昭宗之自贻伊戚耶？幸李克用仗义兴师，吓退三帅，梨园一战，行瑜授首，假令移讨凤翔，更及华州，茂贞韩建，指日可平，关辅从此弭兵，亦未可知也。乃惑于蜚言，阻止克用，前之讨茂贞也何其急？后之赦茂贞韩建也又何其宽？自相凿枘，适召强藩之侮弄而已。至若吴越一区，更不暇问，钱镠自愿讨逆，始得平定董昌，于昭宗固无与焉。

第九十八回

占友妻张夫人进箴
挟兵威刘太监废帝

却说李克用还兵晋阳，正值朱全忠进攻兖郓，兖郓为天平军属境，节度使朱瑄兄弟，曾助全忠破秦宗权，全忠与他约为弟昆，倚若唇齿。见九十四回。及全忠兼有徐州，遂欲并吞兖郓，只苦无词可借，未便出师，蓦然想了一计，架诬朱瑄，但说他诏诱宣武军士，移书诮让。瑄怎肯受诬，自然复书抗辩。全忠即遣部将朱珍葛从周袭据曹州，并夺濮州。嗣是连年战争，互有胜负。乾宁二年，全忠大举攻兖州，朱瑄遣将贺瓌柳存薛怀宝，率兵万余人，往袭曹州，不意为全忠所闻，夤夜往追，至巨野南，生擒瓌存及怀宝，并获兖军三千余名，乃再至兖州城下，望见朱瑾巡城，便将俘虏推示，指语瑾道："卿兄已败，何不早降？"瑾因兄瑄留守郓州，未闻失陷消息，料知全忠诳言，遂将计就计，伪称愿降，出送符节。全忠大喜，即使朱琼往迎。瑾被甲出城，立马桥上，令骁将董怀进埋伏桥下，待琼一到，即呼怀进何在？当由怀进突出，擒琼入城，不到片刻，即将琼首掷出城外。全忠易喜为怒，也将柳存薛怀宝杀毙，只因贺瓌素有勇名，留为已用，自己引兵还镇，但命葛从周屯兵兖州。

朱瑄闻兖州围急，屡遣使至河东，求他出援。李克用发兵数千，令史俨李承嗣为将，假道魏州，往援兖郓。继又遣李存信率兵万骑，作为后应，再向魏州假道。魏博节使罗弘信，初意颇愿和克用，放过史俨等军，及存信将至，适接到朱全忠书，谓克用志吞河朔，休中他假途灭虢的诡计。弘信信为真言，朱三反复狙诈，难道弘信尚未闻知么？遂发兵三万，夜袭存信。存信未曾防备，哪里敌得住许多魏军，立即大溃，资粮兵械，委弃殆尽。克用见存信逃归，始知弘信依附全忠，便兴兵往攻魏博。全忠正遣大将庞师古，会同葛从周军，径攻郓州，一闻克用攻魏，亟调从周赴洹水，为魏博声援。克用引兵击从周，从周令军士多掘深坎，引河东将士追击，屡踬坎中，俘去甚众。克用性起，也策马驰救，哪知一脚落空，也入坎窞，险些儿为汴军所擒。幸克用眼捷手快，拈弓射毙一汴将，始得脱险奔还。河东兵退去，从周复还击兖郓，连破朱瑄兄弟。兖郓属境，统为汴军所据。克用再发兵赴援，辄为魏人所拒，不得前进。全忠遂命庞葛两将，并力攻郓，朱瑄兵少食尽，不复出战，但凿濠引水，聊以自固。师古等夜筑浮桥，冒险渡濠，直薄城下。瑄料不可守，弃城奔中都。葛从周麾兵追蹑，瑄为野人所执，献从周军。全忠得入郓城，命庞师古为天平留后，至从周解到朱瑄，复令从周速袭兖州。朱瑾方虑乏食，留部将唐怀贞守城，自与河东将史俨李承嗣，出掠徐境，接济军需。怀贞孤立失援，突闻汴军奄至，不觉大惊，只好开城迎降。

从周入兖州。捕得朱瑾妻孥，送往郓城。瑾妻饶有姿色，为朱全忠所见，即命侍寝，妇人家畏威怕死，没奈何含垢忍耻，供他淫污。这是妇人最坏处。全忠欢宿数宵，始引兵返汴，到了封邱，正值爱妻张氏，率众来迎。这位张夫人籍隶砀山，甚有智略，素为全忠所敬惮，无论军府大事，必经帷闼参谋，此次全忠还见妻面，不禁带着三分惭色。张夫人已瞧透机关，用言盘诘，知全忠已纳瑾妻，便笑语道："妾虽妇人，不怀妒意，何妨请来相见。"全忠乃令瑾妻入谒，瑾妻俯首下拜。亏她老脸。张夫人亦答拜，且持瑾妻手泣语道："兖郓与我同宗，约为兄弟，只因小故起嫌，遂致互动兵戈，使吾姒辱至此地，他日汴州失守，恐我亦不免似吾姒今日哩。"这一席话，说得瑾妻无地自容，泪涔涔下，连全忠亦自觉赧颜，汗流满面。晋汴举事不同，偏各得一贤妇。乃送瑾妻至佛寺为尼，斩朱瑄于汴桥。自是郓齐曹棣兖沂密徐宿陈许郑滑濮诸州，俱属全忠。惟王师范保有淄青一道，还算独立，但也与全忠通好，不敢擅行。

朱瑾闻兖郓俱失，无路可归，乃与史俨李承嗣走保海州，又恐为汴军所逼，即拥州民渡淮，投奔杨行密。行密至高邮迎劳，并表瑾为武宁节度使。淮南旧善水战，不娴骑射，及得河东兖郓兵，水陆兼备，军声大振。全忠闻行密招纳朱瑾，发兵往击，遣庞师古屯清口，葛从周屯安丰，自将中军屯宿州。行密与朱瑾统兵三万，出御汴军，瑾闻师古营地汗下，拟决淮水上流，灌入敌垒，当下向行密献计。行密欲先趋寿州，李承嗣进言道："朱公计划甚善，清口破敌，全忠夺气，何必再行劳师。"行密遂依瑾议，瑾令军校潜决淮水，自率五十骑先渡。有人报知师古，师古尚谓讹言惑众，将他杀毙。及瑾已逼营，仓猝拒战，适值淮水大至，营中几成泽国，士卒骇乱，师古方手足失措，不料行密又统军杀到，与朱瑾并力夹攻，那时汴军大败，师古竟死乱军中。葛从周闻报骇退，被行密等乘胜追击，杀溺殆尽，生还只数百人。全忠亦扫兴奔归。行密大会诸将，极称李承嗣有谋，表领镇海节度，且待史俨亦甚厚，还军后各赐第宅及姬妾，两人遂愿为行密效力，屡次立功。李克用亦遣人贻书，求还史李二人，行密留住不放，但复书修好，只说待缓日遣归，由是得保据江淮，全忠不能与他争锋了。这是借用客将之效。

梧州司马崔昭纬，沿途逗留，不肯往就贬所，且因武安军方有乱事，节度使刘建锋，私通亲卒陈赡妻，为赡所杀，军中另立马殷为留后，他便借此借口，只推说道梗难通，一面贻书朱全忠，求他挽回，全忠置诸不理。唐廷已有所闻，乃遣中使追及荆南，勒令自尽，中外称快。独李茂贞韩建两人，素与昭纬表里为奸，不忍闻他诛死，因又欲伺隙发难，可巧昭宗置殿后四军，选补数万人，使延王戒丕等统带，借资护卫。李茂贞乘间上表，诡说延王将称兵讨臣，臣今勒兵入朝请罪。昭宗览表大惊，亟向河东告急。急时抱佛脚，已属无益。偏偏远水难救近火，河东尚未接洽，凤翔兵已逼京畿。覃王嗣周，带了卫军，出阻茂贞，茂贞不待晤谈，便指挥众士，杀退嗣周，直薄长安城下。延王戒丕，入白昭宗，谓："关中藩镇，无可依托，不如由鄜州渡河，往幸太原。"昭宗因草草整装，挈着嫔妃嗣王等数十人，潜出都城，奔至渭北。连番奔波，莫非自取。韩建遣子从允奉表，请幸华州，昭宗知建不怀好意，未肯遽从，但命建为京畿都指挥，兼安抚制置，及催促诸道纲运等使，自启驾至富平。建又奉表固请，从官亦不愿远去，乃召建至行在，面议去留。

建抵富平，谒见昭宗，顿首泣陈道："方今藩镇跋扈，不只茂贞一人，陛下若去，宗庙园陵，何人居守？臣恐车驾渡河，无复还期。今华州兵力虽微，控带关辅，尚足自固，臣积聚训厉，已十三年，西距长安不远，愿陛下惠临，徐图兴复，臣愿为陛下尽力。"口是心非。昭宗因偕建至华州，就府署为行宫。建请罢崔胤相职，改授尚书左丞陆扆同平章事，王抟亦相继免相，用左谏议大夫朱朴代任。崔胤密求朱全忠，替他转圜，且教他营修东都宫阙，表迎车驾。全忠依言上表，力言崔胤忠臣，不应免职，自愿率兵迎跸。韩建不免惊慌。乃复召胤为相，遣人谕止全忠，胤再黜再进，遂排挤陆扆，诬他党同李茂贞。扆竟遭贬为硖州刺史。茂贞入长安，又放了一把无名火，将重修的宫室市肆，焚毁俱尽。昭宗闻报，命宰相孙偓，为凤翔四面行营招讨使，讨李茂贞。茂贞才上表请罪，献助修宫室钱。韩建暗中袒护茂贞，阻偓出师，且奏称睦济韶通彭韩仪陈八王，均系唐朝宗室。谋劫车驾往河中。昭宗似信非信，召建入问。建又托疾不入，昭宗不得已，令八王诣建自陈。建又拒绝不见，但再表申请勒归私第，妙选师傅，教以诗书，不准典兵预政。昭宗已陷虎口，无法推诿，乃诏令诸王所领军士，遣归田里，建又请撤去殿后四军，昭宗亦不敢不从。天子亲军，至此尽撤。捧日都头李筠，为石门扈从第一功臣，建诬他谋变，请旨处斩。筠既冤死，建心尚未足，索性大起杀心，纵兵围诸王第，拿住覃王嗣周，延王戒丕，通王滋，沂王禋，彭王惕，丹王允，及韶王陈不韩王济王睦王等十一人，韶王以下，史失其名。共牵至石堤谷，冤诬反状，可怜诸王被发徒跣，极口呼冤，随他叫破喉咙，没一个出来救护，号炮一鸣，刀光四闪，十一王首级，都垂地下。暗无天日。建竟先斩后奏，以谋反闻。看官！你想昭宗至此，果安心不安心么？建又强慰昭宗，奏请立德王裕为皇太子，裕系昭宗冢嗣，为淑妃何氏所出，何氏方从幸华州，建向何氏讨好，立裕为储，并请册何氏为皇后。唐自宪宗以降，好几代不立正宫，至此复行册后礼，行辕草率，粗备仪文。看官听着！这已是着末一出了。

孙偓受诏不行，撤去招讨使，并罢相位。朱朴亦免，王抟再相，也无术维持国政。李茂贞官爵，忽夺忽还，毫无定策。东川为王建所并，节度使颜彦晖自杀。威武节度使王潮逝世，弟审知知军府事，魏博节度使罗弘信死，子绍威自称留后。当时虽皆上表奏闻，昭宗还有甚么辩论。不过有求必应，滥给诏书，予他旌节，便算了事。回鹘别部庞特勒后裔，及南诏嗣酋舜化，先后上书，唐廷也无暇报答，幸外夷亦多衰微，无心入寇，所以边疆尚靖，只内部扰乱难平。李克用闻茂贞犯阙，拟再发兵进援。茂贞素惮克用，因诈称改过，累表谢罪。嗣又闻朱全忠营洛阳宫，有迎驾意，复驰表行在，愿修复宫阙，奉昭宗归长安。韩建已与茂贞串同一气，也劝昭宗还都，昭宗乃令建为修宫阙使。建与茂贞共致书河东，愿与克用修和。克用正用兵幽州，乐得应允，韩建乃奉驾还都。看官阅过前回，应知幽州节度使刘仁恭，为克用所保荐，何故互动兵戈哩？原来仁恭莅镇，克用曾派亲兵千人监守，所有租赋，除供给军需外，悉令输送晋阳。至昭宗出奔华州，克用向仁恭征兵，一同入援，仁恭不应，经克用移书责备，他反掷书谩骂，拘住使人。克用大怒，自率兵往攻幽州，中途饮酒，被仁恭将单可及，设伏杀败，奔还晋阳。仁恭恐克用复仇，亟与朱全忠联络，全忠因会同幽州魏博两镇军士，攻拔邢洺磁三州，昭宗方还京大赦，下诏罪己，改元光化，一面命太子宾客张有孚，为河东汴州宣慰使，替他双方和解。克用颇欲奉诏，独全忠不从，泽州守将李罕之，本依附克用，平王行瑜，他本思代镇邠宁，克用谓不应恃功要君，乃怏怏还泽州。

会昭义节度使薛志勤病逝，罕之即自泽州入潞州，据有昭义军。克用遣使诘责，罕之遽输款朱全忠，乞为援助。全忠遂表荐罕之为昭义节度使。克用遣李嗣昭袭取泽州，掳得罕之家属，囚送晋阳。罕之惊惶成疾，竟致不起。全忠急使部将贺德伦代守潞州，嗣昭移军围攻，德伦夜遁，泽潞复归克用，克用表授孟迁为留后。你也上表，我也上表，其实统是盗名欺世。刘仁恭与魏州失欢，大举攻贝州，魏博节度使罗绍威，乞师汴梁，由朱全忠遣将李思安等，率兵救魏，大破幽州，斩仁恭骁将单可及。可及系仁恭妹婿，骁勇绝伦，绰号单无敌，至是堕思安计，中伏败死，幽州夺气。仁恭自督兵拒战，又被汴将葛从周杀退，丧失无算，仅与子守文狼狈遁还。从周乘胜攻河东，拔承天军，别将氏叔琮拔辽州。克用遣将周德威往破叔琮，生擒叔琮骁将陈夜叉，叔琮遁去，从周亦引还。保义军乱，杀死节度使王珙，另推都将李璠为留后。璠又为都将朱简所杀，简与全忠同姓，因作书相遗，改名友谦，愿为全忠子侄。全忠笑允来使，自是陕虢一带，亦为全忠属土。全忠又北攻镇州，成德节度使王熔乞和，献子为质，义武节度使王郜，驻守定州，也被全忠将张存敬所攻，出战大败，奔赴晋阳。兵马使王处直，出降全忠，用缯帛十万犒师，全忠乃还，仍为处直表求节钺。河北诸镇，又折入全忠肘下，全忠势力，直占有中原大半，各方镇莫与比伦了。为篡唐张本。

宰相崔胤，恃全忠为外援，屡与昭宗谋去宦官，枢密使宋道弼景务修，专权自恣，也连结岐华二镇，抵制崔胤。王抟从容入奏道："人君当明大体，不宜意存偏私，宦官擅权已数十年，何人不知弊害？但势难猝除，且俟外难渐平，再惩内蠹。"昭宗转告崔胤，胤即谓抟依附中官，万难再相。昭宗又疑胤怀私，竟将胤免职，复相陆扆。胤怎肯甘休？乃浼全忠出头，硬要昭宗贬逐王抟，及道弼务修等人。昭宗乃贬抟为崖州司户，流道弼至驩州，务修至爱州，再用崔胤为相。胤更请命昭宗，令王抟等自尽，于是胤专制朝政，势震中外，宦官相率侧目，遂复闯出一场废立的大祸祟来。当时中尉刘季述，统领左军，曾与韩建谋杀诸王，及道弼务修等贬死，不免动了兔死狐悲的念头，遂与右军中尉王仲先，继任枢密使王彦范薛齐偓等密谋道："主上轻佻多诈，不堪奉事，我辈恐终罹祸患，不若奉立太子，引岐华二镇兵入援，控制诸藩，方得免害。"仲先等同声赞成。会昭宗出猎苑中，夜宴归来，醉后模糊，手刃黄门侍女数人，内外交讧，危亡在即，尚且游宴好杀，是非速祸而何？翌晨日上三竿，尚是酣寝宫中，未曾启户。季述诣中书省，语崔胤道："宫中必有变故，我系内臣，不便坐视，愿便宜从事。"胤半晌无言，季述竟率禁军千人，破门直入，访问宫中，具得昨晚情状，乃复出白崔胤道："主上所为如此，怎堪再理天下？不如废昏立明，为社稷计，不得不然。"胤怕他凶威，含糊答应。季述即召集百官，陈兵殿廷，令胤等连名署状，请太子监国。胤等统是怕死，无奈署名。季述仲先，带领禁军，大呼入思政殿，杀死宫人多名。昭宗闻殿前鼓噪，惊堕床下，及勉强起身，见季述仲先已在面前，吓得毛发直竖。季述等掖令坐定，出百官状递示昭宗。宫人忙走报何后，后趋入拜请道："中尉勿惊动官家，有事不妨徐议。"季述道："陛下厌倦大宝，中外群情，愿太子监国，请陛下移养东宫！"昭宗支吾道："昨与卿曹乐饮，不觉过醉，今日已悔悟了。"季述瞋目道："这非臣等所为，事出南司，众怒难犯，愿陛下且往东宫，待事稍就绪，再当迎还大内，休得自误！"何后见他声色俱厉，颇有惧容，乃顾昭宗道："陛下且依中尉语。"随即从床内取出传国玺，交与季述。季述叱令群阉，扶昭宗及何后登辇，并嫔御侍从十余人，诣少阳院。季述用银挝划地，数昭宗过失道："某时汝不从我言，某事汝又不从我言，罪至数十，尚有何说？”仿佛似父训子。语毕出门，亲自加锁，熔铁锢住，复遣左军副使李师虔率兵环守，穴墙为牖，俾通饮食。昭宗求钱帛纸笔，一概不与。天适大寒，嫔御公主无衣衾，号哭声直达墙外。季述迎太子入宫，矫诏令太子即位，改名为缜，奉昭宗为太上皇，何后为皇太后，加百官爵秩，优赏将士，凡宫人左右，前为昭宗宠信，一律搒死，更欲杀司天监胡秀林，秀林正色道：“中尉幽求君父，尚欲多杀无辜么？”季述倒也不敢下手，听令自去。复恐崔胤密召朱全忠，立遣养子希度至汴，许把唐室江山，作为赠品。小子有诗叹道：

拼将社稷送强臣，逆竖居然作主人。

试看唐朝阉寺祸，江山从此付沉沦。

欲知全忠是否乐从？且至下回说明。

乱世无公理，亦几无天道。朱瑾曾救朱全忠，全忠乃诬罪加兵，夺其地，辱其妻，杀其兄，张夫人虽有微言，得释瑾妻为尼，然一经玷污，毕生难涤，全忠之恶，可胜数乎？然犹得横行河朔，无战不克，非后日老贼万段之举，尚何有所谓公理？又何有所谓天道也？若昭宗之被幽，无非自取，权幸虱于内，悍帅麇于外，尚游畋酣宴，恬不知戒，鱼游釜中，蝇集刀上，不死被幽，犹为幸事。但穷凶极恶如刘季述，亦为宦官最后之终点。观其银挝划地之言，试问由何人纵容，乃至于此？而且丧心病狂，竟欲送唐社稷于朱全忠，犬马犹思报主，而晚唐乃有此近臣，不吾忍闻，吾几不欲终读此篇矣。

第九十九回

以乱易乱劫迁主驾
用毒攻毒尽杀宦官

却说刘季述遣人至汴，愿以唐社稷为赠品，崔胤亦密召全忠，令他勤王。全忠接阅两书，踌躇莫决。已有心篡唐了。副使李振进言道："王室有难，便是助公霸业，今公为唐室桓文，安危所系，季述宦竖，乃敢囚废天子，若不能讨，如何号令诸侯？况且幼主位定，天下大权，尽归宦官，岂不是倒授人柄么？"全忠大悟，即将希度囚住，遣亲吏张玄晖赴京，与崔胤共谋反正。计尚未定，巧值神策指挥使孙德昭，因季述废立，常有愤言，胤微有所闻，即令判官石戬，往说德昭道："自上皇幽闭，中外大臣，莫不切齿，今独季述仲先等数人，悖逆不臣，公诚能诛此二人，迎上皇复位，岂非功成名立，传誉千秋？若再狐疑不决，恐此功将为他人所夺呢。"德昭且泣且谢道："德昭不过一个小校，国家大事，怎敢擅行？若相公有命，德昭何敢爱死？"戬即还白崔胤，胤割衣带为书，令戬转授德昭。德昭复结右军都将董彦弼周承诲等，拟至除夕举事，伏兵安福门外，掩捕凶竖，是时已为光化二年的暮冬了。

残年已届，宫廷内外，统是团圞守岁，畅饮通宵，独德昭等部勒军士，分头潜伏。转眼间天色熹微，鸡声报晓，王仲先驰马入朝，甫至安福门外，即由德昭突出，麾动兵士，将他拿下，趁手一刀，砍作两段。名为仲先，应该先诛。德昭持首诣少阳院。叩门大呼道："逆贼已诛，请陛下出劳将士！"何后正与昭宗对泣，骤闻呼声，尚是未信，因即应声道："逆贼果诛，首级何在？"德昭亟将仲先首级，从穴中递入。何后持示昭宗，果然不谬，乃破扉直出，崔胤也已到来，奉上御长乐门楼，自率百官称贺。周承诲亦擒住刘季述王彦范，押至楼下，昭宗正欲诘责，已被各军士用梃乱击，打成了一团糟。薛齐偓投井自尽，由军士搜出枭尸，遂灭四人家族，诛逆党二十余人。宦官奉太子匿左军，献还传国玺。昭宗道：“裕尚幼弱，为凶竖所立，不足言罪，可还居东宫。”乃仍降裕为德王，仍复原名。赐德昭姓名为李继昭，承诲姓名为李继诲，彦弼亦赐姓李，继昭充静海节度使，继诲充岭南西道节度使，彦弼充宁远节度使，均兼同平章事职衔，留掌宿卫。阅十日始出还家，赏赐倾府库，时人号为三使相。进崔胤为司徒，朱全忠为东平王。李茂贞闻昭宗复位，特自凤翔入朝，诏封他为岐王。无功加封，益令跋扈。改元天复，大赍功臣子孙。

崔胤陆扆，联名上疏，谓：“国家祸乱，皆由中官典兵，乞令臣胤主左军，臣扆主右军，庶宦官无从专擅，诸侯亦不敢侵陵，王室自然渐尊了。”李茂贞闻了此言，谓崔胤等欲剪灭诸侯，大加反对。昭宗乃召李继昭李继诲李彦弼三人入商，三人同声说道：“臣等累世在军中，未闻书生可为军帅，且禁军若属南司，必多所变更，不若仍归北司为便。”于是复命枢密使韩全诲凤翔监军张彦弘为左右军尉，祸水又成了。另用袁易简周敬容为枢密使。李茂贞辞行还镇，崔胤与茂贞商议，令留兵三千人，充作宿卫，监督宦官。茂贞允诺，令养子继筠为将，率三千人留京。谏议大夫韩偓道：“留此兵必为国患。”胤不肯从，但日思裁抑宦官，削除内柄。从前杨复恭为中尉时，尝向度支使借拨卖曲榷赋，赡养两军，此后不复归偿。胤不欲宦官专利，特令酤酒家自己造曲，月输榷钱至度支，并近镇亦照例办理。李茂贞亦失利权，表乞入朝论奏。韩余诲更代为申请，乃许茂贞入朝。茂贞至京，全诲厚与相结，约为党援，胤始戒惧，益与朱全忠交欢，抵制茂贞。昭宗方倚胤为重，事无大小，先咨后行，每日召胤坐论，至晚方休。胤惟以除绝宦官为职志，奏对时辄加怂恿，宦官越觉侧目。中书舍人令狐涣，及谏议大夫韩偓，已擢为翰林学士，闻胤欲尽诛宦官，从旁屡谏，谓相持过急，恐防他变，胤始终不省。

蹉跎蹉跎，过了半年，昭宗召偓入问道：“敕使中多半为恶，如何处置？”偓答道：“前时东宫发难，敕使统是同恶，欲加处置，应在正旦，今已错过时机了。”昭宗道：“卿在前日，何不与崔胤商决？”偓又道：“臣见诏书，谓除刘季述四家外，余人一概勿问。人主所重惟信，既下此诏，不宜食言，若复戮一人，势必人人怕死，转致恟恟不安。况此辈杂居内外，不下万计，怎能一一尽诛？陛下不若择他最恶诸人，声罪正法，然后抚谕余党，选二三忠厚长者，令侍左右，庶几劝善惩恶，激浊扬清。目下至要事体，在方镇有权，朝廷无权，陛下能集权朝廷，中官亦何能有为？愿陛下熟权缓急，毋致误施。”偓语亦是非参半。昭宗颇以为然，无心诛阉。偏崔胤日夕营谋，先令宫人掌管内事，阴夺宦官权柄。韩全诲等泣语昭宗，求免摈斥，且求知书识字的美女数人，纳诸宫中，令之诇察胤谋。胤有所陈，辄为所闻，乃教禁军对上喧噪，只说胤减扣冬衣。胤方兼握三司使事，昭宗不得已撤胤盐铁使。胤知谋泄事急，不得不致书全忠，令他入清君侧。全忠正取河中晋绛等州，擒斩王珂，复攻下河东沁泽潞辽等州，威振四方，奉诏兼任宣武宣义即义成军，因全忠父名诚，改名宣义。天平护国节度使。既得胤书，遂自河中还大梁，指日发兵。韩全诲闻知消息，急与李继昭李继诲李彦弼，及李继筠等潜谋劫驾，先往凤翔。继昭独不肯允议，全诲以事在燃眉，势所必行，无论继昭允否，他却决计劫驾，便增兵分守宫禁诸门，所有出纳文书，及进退诸人，一律搜察，盘诘甚严。昭宗闻报，忙召韩偓入语道："全忠入清君侧，大是尽忠，但须令李茂贞共同合谋，方不致两帅交争，卿可转告崔胤，速即飞书两镇，令他联络。"偓徐答道："这事恐办不到。"昭宗道："继诲彦弼等，骄横日甚，朕恐为他所害。"偓又道："此事实失诸当初，前时诸人立功，但应酬以官爵田宅金帛，不宜使他出入禁中，且崔胤欲留岐兵，监制中尉，今中尉岐兵合为一气，汴兵若来，必与斗阙下，臣窃寒心，不知将如何结局哩。"昭宗但愀然忧沮，不知所措。悔之晚矣。及偓既退出，全诲竟令继诲彦弼等，勒兵登殿，请车驾西幸凤翔。昭宗支吾对付，说是待晚再商，继诲等暂退。昭宗亲书手札，遣人密赐崔胤，札中有数语云："我为宗社大计，势须西行，卿等但东行便了。惆怅惆怅！"是夕即开延英殿，召全诲等议事。李继筠已遣兵入内库，劫掉宝货法物。全诲见了昭宗，但云"速幸凤翔"四字。昭宗不答，全诲退出，竟遣兵迫送诸王宫人，先往凤翔。适朱全忠有表到来，请昭宗幸东都，两下交逼，内外大骇。昭宗遣中使宣召百官，待久不至，惟全诲等复带兵登殿，厉声奏请道："朱全忠欲劫天子幸洛阳，求传禅，臣等愿奉陛下幸凤翔，集兵拒守。"昭宗不许，拔剑登乞巧楼。拔剑为何？全诲等随至楼上，硬逼昭宗下楼。昭宗才行及寿春殿，李彦弼已在御院纵火，烟焰外腾。比强盗还要凶悍。昭宗不得已，与后妃诸王百余人，出殿上马，且泣且行。沿途供奉甚薄，到了田家硙，始由李茂贞来迎。昭宗下马慰谕，茂贞请昭宗上马，相偕至凤翔。

朱全忠发兵至赤水，闻昭宗已经西去，拟即还兵。左仆射致仕张浚入劝道："韩建系茂贞私党，今正好乘便往取，否则必为后患。"全忠乃引兵至华州，建料不能拒，出城迎谒，愿献银三万两助军。全忠徙建为忠武节度使，派兵送往，令前商州刺史李存权知华州。独行独断，简直是个皇帝。会接崔胤来书，请全忠速迎车驾。全忠复书道："进以胁君，退即负国，不敢不勉力从事。"便顺道诣长安。胤率百官出迎长乐坡，列班申敬。全忠入都，因李继昭不肯附逆，格外礼待，命为两街制置使，赏给甚厚。继昭尽献部众八千人，全忠即使判官李择裴铸，赴凤翔奏事，谓臣系接奉密诏，及得崔胤书，令臣率兵入朝。昭宗已同傀儡，统由全诲茂贞等作主，矫诏复答全忠，但言朕避灾至此，并非宦官所劫，所有从前密诏，都出自崔胤矫制，卿宜敛兵归保土字，不必西来。茂贞遣部将符道昭，屯兵武功，拒遏全忠。全忠与胤，接到矫诏，知非昭宗本意，遂由全忠派得康怀贞领兵数千，作为前驱，全忠自统大军继进。怀贞击破符道昭，直抵凤翔城下，全忠亦至，耀武城东。茂贞登城语全忠道："天子避灾，非由臣下无礼，公为谗人所误，不免多劳。"全忠应声道："韩全诲劫迁天子，故我特来问罪，迎驾还宫。岐王若不与谋，何烦陈谕。"茂贞下城，逼昭宗登陴，自谕全忠，令他退兵。全忠本非实心勤王，不过经崔胤苦功，勉强前来，既由昭宗面谕退还，乐得拜命奉辞，移趋邠州。彼此都是好心肠。

邠宁节度使李继徽，本是茂贞养子，闻全忠移师来攻，没法抵御，只好出城迎降。全忠引兵入城，继徽设宴相待，且出妻奉酒。全忠见她杏靥桃腮，非常美艳，不由的四肢酥麻，心神俱醉，待宴罢还营，寝不安枕，默筹了好多时，想定一策，待至天晓，即引兵再见继徽，令复姓名为杨崇本，仍镇邠州，但须交出妻孥，徒质河中，方许留镇。继徽惮他兵威，没奈何唯唯从命，当下唤出艳妻爱子，与他们诀别。全忠不待多言，即麾兵直前，把他妻子拥去，终不脱盗贼行径。自率兵退出邠州。蓦闻河东将李嗣昭，由沁州至晋州，来援凤翔，接应茂贞，当下不得不分兵往御，自己却匆匆还至河中，安置继徽妻孥，晚间即召继徽妻入行幄，不管她愿与不愿，把她解带宽衣，自逞肉欲。淫贼。

恋色忘时，又过了天复元年的残冬。河东将李嗣昭，在平阳击退汴兵，复会同别将周德威，攻克慈隰二州，进逼晋绛。全忠接连闻警，方遣兄子友宁，及部将氏叔琮，率精兵十余万人，往击河东。河东兵少，不及汴军半数，闻汴军大至，众情恟惧。周德威出战失利，密令嗣昭率后军先退，自督兵士且战且行。叔琮友宁，长驱追击，大败河东军，擒住克用子廷鸾，克用接得败报，忙遣李存信领兵往迎，到了清源，河东军多弃甲抛戈，狼狈奔还。随后便是汴军追至，存信登高遥望，见汴兵漫山遍野，吓得魂胆飞扬，慌忙收军还晋阳。汴军取还慈隰汾三州，乘胜薄晋阳城。周德威李嗣昭，甫入城中，余众尚未尽归，克用仓猝拒守，巡城俯视，见叔琮等攻城甚急，不由的长叹道："我不该信用李茂贞，遣兵攻凤翔，此次被汴军环攻，恐是城且将不保哩。"借克用口中，补述出兵缘由。遂召诸将入议，欲北走云州。存信主张北行，李嗣昭嗣源及周德威，一齐劝阻道："儿辈在此，必能固守，王勿为此谋，摇动人心。"克用乃昼夜登城，督众力守，甚至寝食不暇，日虞危险，复欲乘夜北走。刘夫人亦谏阻道："王常笑王行瑜轻意弃城，终致身死，奈何王亦蹈彼辙。且王前奔鞑靼，几不能免，幸朝廷多事，始得复归，今一足出城，祸且不测，塞外尚可得至么？"克用乃止。阅数日，溃兵还集，军府渐安。嗣昭嗣源，又屡募死士，夜袭汴营，辄有斩获。汴军惊扰不安，复因霪雨连绵，疫疾大作，叔琮等乃引兵退还。嗣昭与周德威，出城追敌，复取慈隰汾三州，河东复振。但克用遭此虚惊，敛兵静守，不敢与汴军相争，约有数年。

全忠便得篡唐了。

昭宗寓居凤翔，已经半载，但任兵部侍郎卢光启，权勾当中书事，参知机务。韩全诲请罢免崔胤，李茂贞荐给事中韦贻范为相，昭宗不得不从，一面分道征兵，命讨朱全忠。杨行密据有江淮，特旨加封吴王，兼任讨汴行营都统。王建并有两川，亦由昭宗颁诏，令出师讨汴，其实统是全诲茂贞，强迫昭宗，下此敕命。行密与建，也是阳奉阴违，各营私利，崔胤因罢相情急，奔赴河中，泣请全忠迎驾。全忠与宴，胤且亲执檀板，长歌侑酒。不知自居何等。全忠乃发兵五万，再赴凤翔。李茂贞也督军出拒，行至虢县，与汴军相遇，斗了一仗，大败奔还。全忠进军凤翔城下，朝服向城泣拜道："臣但欲迎驾还宫，不愿与岐王角胜哩。"嗣是分设五寨，环攻凤翔。茂贞出兵拒击，屡战屡败，保大节度使李茂勋，系茂贞弟，引兵救凤翔，为汴将康怀贞击败。全忠且遣部将孔勍李晖，乘虚袭取鄜坊，茂勋进退无路，只好乞降全忠，改名周彝。茂贞养子继远彦询等，又皆奔赴全忠，王建又袭据山南州镇，弄得茂贞穷蹙失援，镇日里坐守孤城，愁眉不展。汴军诟城上人为劫天子贼，城上人诟汴军为夺天子贼，彼此一攻一守，又过数旬。凤翔城中食尽，天气已值隆冬，连番雨雪，冻死饿死，不可胜计，人肉每斤值百钱，犬肉值五百钱，每日进奉御膳，就把此肉充当。昭宗令鬻御衣，及后宫诸王服饰，暂充日用，军士多缒城出降汴军，茂贞无法可施，乃密谋诛戮宦官，自赎前愆，遂贻全忠书，归罪全诲，请全忠扈跸还都。全忠复书道："仆举兵至此，无非为乘舆播迁，公能协力诛逆，尚有何言？"茂贞得复，独入见昭宗，请诛韩全诲等，与全忠议和，奉驾还京。昭宗当然乐从，便遣殿中侍御史崔构，供奉官郭遵训，赍诏出慰全忠，密订和议。时又年暮，约以正月为期，尽诛阉党。全忠允约，遣崔构等还城，并饬军士缓攻，就在凤翔行营，过了残年。

天复三年正月，李茂贞收捕韩全诲，及李继筠继诲彦弼等十六人，一并斩首，改任第五可范为左军中尉，仇承坦为右军中尉，王知古杨虔朗为枢密使，当由昭宗遣后宫赵国夫人，及翰林学士韩偓，囊全诲等首级，持诣汴营，遣一妇人为使，不知何意。且传述诏语道："向来胁留车驾，不欲协和，均出若辈所为，今朕已与茂贞决议，一体诛夷，卿可将朕意晓谕诸军，俾伸众愤。"全忠总算拜受诏旨，遣判官李振奉表入谢，惟兵围仍然未撤。茂贞疑崔胤从中作梗，请昭宗飞书召胤，令率百官赴行在。胤竟迟迟不至，诏书连下，至六七次，仍不见胤到来。再令全忠作书相招，全忠乃作书戏胤道："我未识天子，请公速来，辩明是非。"胤才来至凤翔，入城谒见昭宗，请即回銮。茂贞无法挽留，但请求何后女平原公主，赐为子妇。后意却是未愿，昭宗叹道："且令我得还长安，何忧尔女？"剜肉补疮，且顾眼前。于是将平原公主，下嫁茂贞子侃，当即启跸出城，幸全忠营，崔胤搜诛扈从宦官，共七十二人。全忠又密令京兆尹，捕斩致仕诸阉，及留居京中各内侍，约九十人。一面迎驾入营，素服谢罪，顿首流涕。全是做作。昭宗命韩偓扶起全忠，且语且泣道：“宗庙社稷，赖卿再安，朕与宗族，赖卿再生，卿真可谓再造王室了。”恐就要砍你的脑袋。说罢，即解下玉带，赐给全忠。全忠拜谢，遂命兄子朱友伦，统兵扈驾先行，自留部兵后队，焚撤诸寨。驾至兴平，始由崔胤召集百官，迎谒昭宗。昭宗复命胤为司空，兼同平章事，仍领三司如故。

及昭宗还都，全忠亦至，与胤上殿面奏，谓宦官典兵预政，倾危社稷，此根不除，祸终未已，请悉罢内诸司使，事务悉归省寺。诸道监军，俱召还阙下。昭宗听一句，应一声，及两人奏毕，退朝出来，即由全忠麾动兵士，大索宦官，捕得左右中尉，及枢密使等以下数百人，驱至内侍省，悉数枭首，冤号声远达内外。又命远方宾客诸中使，不问有罪无罪，概由地方官长，就近捕诛，止留黄衣幼弱三十人，在宫洒扫。嗣是宣传诏命，概令宫人出入，所有两军八镇兵，悉属六军，命崔胤兼判六军十二卫事。胤益专权自恣，忌害同僚，贬陆扆王溥韩偓，逼死卢光启，且奏请令皇子为诸道兵马元帅，副以朱全忠。昭宗欲简任德王裕，胤承全忠密旨，利在幼冲，特请任昭宗第九子辉王祚。昭宗不能坚拒，悉从胤议，且加封胤为司徒兼侍中，全忠进爵梁王，赐号回天再造竭忠守正功臣。凡全忠部将敬翔朱友宁以下，各赐号有差。全忠奏留步骑万人戍京，用朱友伦为宿卫使，张廷范为宫苑使，王殷为皇城使，蒋玄晖为卫使，随即陛辞还镇。正是：

宦官扫尽权归去，悍将留屯待再来。

全忠辞归，当有一番饯别情形，且俟下回申叙。

刘季述后，又有韩全诲，以天子为傀儡，任情侮弄，崔胤之志在尽诛，宜也。但胤身居何职，就近不能诛逆阉，但借外兵以快私忿，始倚李茂贞，继恃朱全忠，亦思茂贞全忠为何如人，而可教猱升木乎？且季述既诛，不闻惩前毖后，以致全诲复起，再劫乘舆，朱全忠逆迹久著，倚若长城，宦官虽歼，而唐室终覆，是亡唐者全忠，崔胤实其伥也。汉袁绍召董卓而汉亡，唐崔胤召朱全忠而唐亡，岂不哀哉？

第一百回

徒乘舆朱全忠行弑 移国祚昭宣帝亡唐

却说朱全忠辞行归镇，昭宗御延喜楼，亲自宴饯，席间赐全忠诗，全忠依章属和，又进《杨柳枝词》五首，一褒一颂，无非是纸上风光。全忠奏荐清海节度使裴枢，可任国政，且谓臣与克用，无甚大嫌，乞厚加抚慰。昭宗惟命是从，全忠即谢宴启行。百官送至长乐驿，崔胤更远送至灞桥，至夜间二鼓，始还都城。昭宗尚召胤入对，问及全忠安否，置酒奏乐，至四鼓乃罢。方得息肩，又要长夜饮，可谓至死不变。克用闻胤得宠，语僚属道："胤外倚强贼，内胁孱君，权重怨必多，势均衅必生，破国亡家，就在目前了。"又闻全忠请抚慰河东，也不觉冷笑道："此贼欲有事淄青，恐我乘虚袭汴，所以假作慈悲呢。"臆测屡中。看官道全忠何故欲攻淄青？原来平卢节度使王师范，曾接凤翔伪诏，出讨全忠，攻克兖州。及全忠还汴，师范正遣兵围齐州，全忠令朱友宁援齐，击退师范，乘胜拔博昌临淄二县，直抵青州城下。师范向淮南乞援，杨行密遣将王茂章往救，与师范共破汴军，追斩友宁，汴军伤亡几尽。全忠闻报大愤，统兵二十万，兼程东行。师范逆战，大败亏输。茂章手下，不过数千人，眼见得支持不住，收兵退归。全忠留杨师厚攻青州，令葛从周攻兖州，自率余军还汴。师厚连败师范，擒住师范弟师克，师范恐弟为所杀，不得已乞降。兖州守将刘鄩，由师范谕令归汴，亦举城降从周。全忠表鄩为保大留后，师范为河阳节度使。既而友宁妻泣请复仇，全忠乃拘杀师范，并将他族属骈戮无遗。

会山南东道节度使赵德諲病卒，子匡凝依附全忠，复得全忠荐表，得袭父职。匡凝令弟匡明并据荆南，使为留后，岁时贡献朝廷，还算是方镇中的一位忠臣。褒中寓贬。邠宁节度使杨崇本，因妻为全忠所占，免不得惭怒交并，事见前面。乃复姓名为李继徽，遣使白李茂贞道：“唐室将灭，朱温猖狂，阿父何忍坐视？”为了爱妻，始记义父，也是情理倒置。茂贞遂与继徽合兵，侵逼京畿，迫昭宗加罪全忠。全忠恐他再行劫驾，特出兵屯河中。左仆射张浚，致仕居长水，当王师范举兵时，欲取浚为谋主，事不果行，全忠虑浚为患，嘱令河南尹张全义，捕杀张浚。浚次子格孑身逃脱，由荆南入蜀，投奔王建。这时建已晋封蜀王，与全忠本不相容，便留格在侧，待若子侄。全忠既出屯河中，欲乘势篡夺唐祚，辄与崔胤密书往来，隐露心迹。胤不禁良心发现，外面虽仍与全忠亲厚，暗中却徐图抑制。迟了！迟了！乃复告全忠，但说：“长安密迩茂贞，不可不防，六军十二卫，徒有虚名，愿募兵补足，使公无西顾忧。”偏全忠窥破胤意，佯为应允，却密令麾下壮士，入都应募，诇察隐情。一个乖逾一个。胤全未知晓，每日与京兆尹郑元规等，缮治兵仗，兴高采烈。适宿卫使朱友伦，击球坠马，重伤身死，全忠疑胤所为，遥令张廷范王殷蒋元晖，查出友伦击球时伴侣，杀毙十余人。更遣兄子友谅，代掌宿卫，并密表崔胤专权乱国，请穷究党与，一体严惩。昭宗不得已罢免胤职，另授礼部尚书独孤损，同平章事，与裴枢分掌六军三司。更进兵部尚书崔远、翰林学士柳璨，一同辅政。胤虽罢相，但尚得为太子少傅，留居京师。不意朱友谅受全忠命，竟带领长安留军，突入胤宅，将胤砍毙，复出捕郑元规等，杀得一个不留。昭宗御延喜楼，正要召问友谅，那全忠已飞表到京，请昭宗迁都洛阳，免为邠岐所制。昭宗览表下楼，同平章事裴枢，也得全忠贻书，昂然入殿，严促百官东行。越日复驱徙士民，概令往洛。可怜都中人士，号哭满途，且泣且詈道：“贼臣崔胤，召朱温来倾覆社稷，使我辈流离至此。”张廷范朱友谅等，令人监谤，任情捶击，血流满衢，昭宗尚不欲迁居，怎奈前后左右，统变作全忠心腹，不由昭宗主张，硬要他启驾东行，遂于天复四年正月下旬，挈后妃诸王等，出发长安。

车驾方出都门，张廷范已奉全忠命令，任御营使，督兵役拆毁宫阙，及官廨民宅，取得屋料，浮渭沿河而下。长安成为邱墟，洛阳却大加兴造，全忠发两河诸镇丁匠数万，令张全义治东都宫室，日夜赶造，所需材料，就是取诸长安都中，工匠却是交运。一面遣使报知昭宗。昭宗行至华州，人民夹道呼万岁，昭宗泣谕道：“勿呼万岁！朕不能再为汝主了！”及就宿兴德宫，顾语侍臣道：“都中曾有俚言云：‘纥干山头冻杀雀，何不飞去生处乐？’朕今漂泊，不知竟落何所？”说至此，泪下沾襟。谁为之，孰令听之？左右亦莫能仰视。二月初旬，昭宗至陕，因东都宫室未成，暂作勾留。全忠自河中来朝，昭宗延他入宴，并令与何后相见。何后掩面涕泣道：“自今大家夫妇，委身全忠了。”除死方休。全忠宴毕趋出，留居陕州私第。昭宗命全忠兼掌左右神策军，及六军诸卫事。全忠置酒私第中，邀上临幸，面请先赴洛阳，督修宫阙，昭宗自然面允。次日昭宗大宴群臣，并替全忠饯行，酒过数巡，群臣辞出，留全忠在座，此外更有忠武节度使韩建一人。何后自室内出来，亲捧玉卮，劝全忠饮。偏后宫晋国夫人至昭宗身旁，附耳数语，留宴强臣，亦不应使宫人耳语，这正自速其死。全忠已未免动疑。韩建又潜蹑全忠右足，全忠遂托词已醉，不饮而去。越宿全忠即赴东都，临行时，上书奏请改长安为佑国军，以韩建为佑国节度使。昭宗虽然准奏，心下很怀着鬼胎，夜间密书绢诏，遣使至西川河东，淮南，分投告急。诏中大意，谓："朕被朱全忠逼迁洛阳，迹同幽闭，诏敕皆出彼手，朕意不得复通，卿等可纠合各镇，速图匡复"云云。未几就是孟夏，全忠表称洛阳宫室，已经构成，请车驾急速启行。适司天监王墀，奏言星气有变，期在今秋，不利东行。昭宗因欲延宕至冬，然后赴洛，屡遣宫人往谕全忠，说是皇后新产，不便就道，请俟十月东行，且证以医官使阎佑之诊后药方。全忠疑昭宗徘徊俟变，即遣牙官寇彦卿，带兵至陕，且嘱语道："汝速至陕，促官家发来。"彦卿到了行在，狐假虎威，迫昭宗即日登程。昭宗拗他不过，只好动身。全忠至新安迎驾，阴嗾医官许昭远，告讦阎佑之王墀及晋国夫人，谋害元帅，一并收捕处死。自崔胤被戮，六军散亡俱尽，所余击球供奉内园小儿二百余人，随驾东来。全忠设食幄中，诱令赴饮，悉数缢死，另选二百余人，大小相类，代充此役。昭宗初尚未觉，数日乃寤。已经死了半个。嗣是御驾左右，统是全忠私人，所有帝后一举一动，无不预闻。

至昭宗已至东都，御殿受朝，改元天祐，更命陕州为兴唐府，授蒋玄晖王殷为宣徽南北院使，张廷范为卫使，韦震为河南尹，兼六军诸卫副使。召朱友恭氏叔琮为左右龙武统军，并掌宿卫，擢张全义为天平节度使，进全忠为护国宣武宣义忠武四镇节度使。昭宗毫无主权，专仰诸人鼻息，事事牵制，抑郁无聊，乃封钱镠为越王，罗绍威为邺王，尚望他热心王室，报恩勤王。那李茂贞李继徽李克用刘仁恭王建杨行密等，却移檄往来，声讨全忠，均以兴复为辞。全忠方欲西攻茂贞，恐昭宗尚有英气，不免生变，拟乘势废立，以便篡夺，乃遣判官李振至洛阳，与蒋玄晖朱友恭氏叔琮等，共同谋议。数人只知全忠，不知有昭宗，索性想出绝计，做出弑君大事来了。是年仲秋，昭宗夜宿椒殿，玄晖率牙官史太等百人，夜叩宫门，托言有紧急军事，当面奏皇帝。由宫人裴贞一开门，史太等一拥而进，贞一慌张道："如有急奏，何必带兵？"道言未绝，玉颈上已着了一刃，晕倒门前。玄晖在后大呼道："至尊何在？"昭仪李渐荣披衣先起，开轩一望，只见刀芒四闪，料知不怀好意，便凄声道："宁杀我曹，勿伤大家。"昭宗亦惊起，单衣跣足，跑出寝门，正值史太持刀进来，慌忙绕柱奔走。史太追赶不舍，李渐荣抢上数步，以身蔽帝，太竟用刀刺死渐荣，昭宗越觉惊慌，用手抱头，欲窜无路，但听得砉然一声，已是不省人事，倒地归天。年止三十八岁，在位一十六年，改元六次。龙纪景福乾宁光化天复天祐。

何后披发出来，巧巧碰着玄晖，连忙向他乞哀。玄晖倒也不忍下手，释令还内，遂矫诏称李渐荣裴贞一弑逆，宜立辉王祚为皇太子，改名为柷，监军国事。越日，又矫称皇后旨意，令太子柷在柩前即位。柷为何后所生，年仅十三，何知大政，就是昭宗死后，匆匆棺殓，何后以下，也不敢高声举哀，全是草率了事。惟全忠闻已弑昭宗，佯作惊惶，自投地上道："奴辈负我，使我受万代恶名。"还想美名么？乃趋至东都，入谒梓宫，伏地恸哭。装得还像，可惜欲盖弥彰。寻即觐见嗣皇，奏称友恭叔琮不戢士卒，应加贬戮，随即贬友恭为崖州司户，叔琮为白州司户，概令自尽。友恭系全忠养子，原姓名为李彦威，临死时，向人大呼道："卖我塞天下谤，但能欺人，不能欺鬼神，似此行为，尚望有后么？"你自己甘为所使，难道得免刑诛。嗣皇帝柷御殿受朝，是谓昭宣帝，尊何后为皇太后，奉居积善宫，号为积善太后。天平节度使张全义来朝，复任河南尹，兼忠武节度使，判六军诸卫事，命全忠兼镇天平。全忠乃辞归大梁，故相徐彦若，曾出任清海军节度使，彦若病故，遗表荐封州刺史刘隐，权为留后。隐重赂全忠，得他庇护，令掌节钺。

倏忽间又是一年，昭宣帝不敢改元，仍称天祐二年。全忠已决意篡唐，特使蒋玄晖邀集昭宗诸子，共宴九曲池。那时联翩赴宴，就是德王裕、棣王祤、虔王禊、沂王禋、遂王祎、景王秘、祁王祺、雅王禛、琼王祥等九人。全忠殷勤款待，灌得诸王酩酊大醉，即命武士入内，一一扼死，投尸池中。行同蛇蝎。昭宣帝怎敢过问，但奉昭宗安葬和陵，算是人子送终的大典。同平章事柳璨举进士及第，不过四年，骤得相位，专知求媚全忠，暨蒋玄晖张廷范等一班权奴，同列裴枢崔远独孤损三人，统负朝廷宿望，看轻柳璨，璨引为深憾。张廷范以优人得宠全忠，表荐为太常卿，枢支吾道："廷范是国家功臣，方得重任，何需乐官？这事恐非元帅意旨，不便曲从。"全忠闻言，语宾佐道："我尝谓裴十四想是裴枢小字。器识真纯，不入浮党，今有此议，是本态毕露了。"璨正欲推倒裴枢等人，乐得投石下井，向全忠处添些坏话，并将损远两相，一并牵入，谓系与枢同党。全忠遂请罢三相，另荐礼部侍郎张文蔚，吏部侍郎杨涉，同平章事。

到了孟夏，彗星出西北方，光长亘天，占验家谓变应君臣，恐有诛戮大祸，璨遂将平时嫉忌诸人物，列作一表，密贻全忠，且传语道："此等皆怨望腹诽，可悉加诛戮，上应星变。"全忠尚在迟疑，判官李振进言道："大王欲图大事，非尽除此等人物，不能得志。"璨振等比全忠尤凶。全忠乃奏贬独孤损为棣州刺史，裴枢为登州刺史，崔远为莱州刺史，吏部尚书陆扆为濮州司户，工部尚书王溥为淄州司户，太子太保致仕赵崇为曹州司户，兵部侍郎王赞为潍州司户。此外或系世胄，或由科名，得入三省台阁诸臣，稍有声望，俱一律贬窜，朝右为之一空。李振尚不肯甘休，更劝全忠斩草除根。原来振屡试进士，终不中第，所以深恨缙绅，欲把他一网打尽。全忠因派兵至白马驿，截住裴枢等三十余人，尽行杀死，投尸河中。振始得泄恨，笑语全忠道：“此辈清流，应投浊流。”全忠亦含笑点首，引为快事。柳璨既诛逐同僚，因恐人心未服，特召前礼部员外郎司空图诣阙，欲加重任。图本见朝事丛脞，弃官居王官谷，至是不得已入朝，佯为衰野，坠笏失仪。璨复传诏，说他匪夷匪惠，难列朝廷，可仍放还，这数语正中图意，便飘然出都，还我初服。后来全忠篡位，又征图为礼部尚书，仍然不起。昭宣帝遇弑，图不食而死，完名全节，亘古流芳。特别表扬。这且不必细表。

且说朱全忠既揽大权，复受命为诸道兵马元帅，别开幕府，因闻赵匡凝兄弟，也与杨行密等联络一气，声言匡复，乃令杨师厚带兵取襄阳，进拔江陵。匡凝奔广陵，匡明奔成都，全忠欲乘胜攻淮南，亲督大军至襄州。敬翔谏阻不从，复进次枣阳，道遇大雨，尚不肯回军，再进至光州，路险泥泞，人马疲乏，士卒多半逃亡，没奈何敛兵退归。光州刺史柴再用，引兵抄截全忠后队，斩首三千级，获辎重万计。全忠悔不用敬翔言，很是躁忿，因欲急篡唐祚，乃返大梁。杨行密却命数将终，生了一年余的大病，他的长子名渥，曾出为宣州观察使，喜击球，好饮酒，没有甚么令名。行密因诸子皆幼，不得不将渥召还，嘱咐后事。且令牙将徐温张颢，共同夹辅。未几，行密即死，渥袭职为节度使。朱全忠亦无暇过问，惟密嘱蒋玄晖等，迫令昭宣帝禅位。玄晖与柳璨等计议道：“自魏晋以来，大臣代有帝祚，必先封大国，加九锡殊礼，然后受禅。事当循序，不宜欲速。”柳璨亦以为然。偏宣徽副使王殷等，嫉玄晖权宠，隐思加害，遂私白全忠，谓玄晖与璨，欲延唐祚，所以从中阻挠。全忠大怒，诟责玄晖。玄晖亟至大梁，进谒全忠，全忠忿然道：“汝等巧述闲事，阻我受禅，难道我不加九锡，便不能作天子么？”玄晖道：“唐祚已尽，天命归王，玄晖与柳璨等，受恩深重，怎敢异议？但思晋燕岐蜀，统是勍敌，王遽受禅，恐反滋人口实，计不若曲尽义理，然后受禅，较为名正言顺呢。”无论迟速，总是篡位，从何处窃取义理？玄晖柳璨等恶贯已盈，因有此议，以自速其死耳。全忠呵叱道：“奴才奴才！汝果欲叛我了。”玄晖惶遽辞归，亟与柳璨议定，封全忠为相国，总掌百揆，晋封魏王，兼加九锡。全忠愤不受命，玄晖与璨，越加惶急，即奏称：“中外物望，尽归梁王，陛下宜俯顺人心，择日禅位！”看官！你想昭宣帝童年无识，朝政统由汴党主持，所有一切诏敕，名目上算是主命，其实昭宣帝何曾过目，统是一班狐群狗党，矫制擅行，一面修表呈入，一面即由柳璨承旨，出使大梁，传达禅位的意思。全忠又是拒绝，璨只好扫兴回来。卖国也这般为难，莫谓天下无难事。何太后居积善宫，得知消息，镇日里以泪洗面，且恐母子生命不保，暗遣宫人阿秋阿虔，出告玄晖，哀乞传禅以后，幸全母子两命。为此一着，又被王殷等借口，诬称玄晖柳璨张廷范，在积善宫夜宴，与太后焚香为誓，兴复唐祚。全忠不问真假，即令王殷等捕杀玄晖，揭尸都门外，焚骨扬灰。为附贼为逆者，作一榜样。王殷又说玄晖私侍太后，由宫人阿虔阿秋，作为牵头，通导往来。于是全忠密令殷等入积善宫，弑何太后，且请旨追废太后为庶人。阿秋阿虔，并皆杖死，贬柳璨为登州刺史，张廷范为莱州司户。才阅一日，复将柳璨张廷范拿下，置璨大辟，加廷范车裂刑。璨被推出上东门外，仰天呼道："负国贼柳璨，该死该死！"要他自认，始知空中应有鬼神。这消息传达各镇，凡与全忠反对的镇帅，当然多一话柄，传檄讨罪，格外激烈。全忠却一时不敢篡夺，又延挨了一年。

魏博节度使罗绍威，曾娶全忠女为子妇，平时因军士跋扈，力不能制，乃遣人密告全忠。全忠发兵屯深州，伪言将进击幽沧，暗中欲援助绍威，可巧全忠女得病身亡，全忠即选精兵千人，充作担夫，贮兵械满橐中，挑入魏州，诈云会葬，全忠率大军为后继，会同绍威夜击牙军，屠灭军将八千家，老稚无遗。绍威深感全忠，留馆客舍，供张甚盛，声乐美妓，无不采奉。全忠耽恋声色，一住半年，绍威只好勉力供给，所杀牛羊豕等，不下七千万头，资粮亦耗费无算，蓄积一空。及全忠引兵渡河，往攻沧州，绍威始得息肩，且悔且叹道："合六州四十三县铁，铸成大错，虽悔无及了。"

全忠至沧州城下，督兵围城。刘仁恭搜括兵民，得十万人，自幽州出驻瓦桥关，一面乞师河东。李克用恨他反复，未肯许援，还是存勖进谏，请克用释怨助兵，共御朱温。克用乃召幽州兵共攻潞州，牵制全忠。潞州节度使丁会，本由全忠举荐，因闻全忠弑帝及后，也觉心怀不忍，尝缟素举哀，至是闻克用进攻，竟举城请降。克用留李嗣昭为昭义节度使，令丁会诣河东，厚加待遇。全忠闻潞州失守，复返魏州，绍威情急，亟出迎全忠道："今四方称兵，与王构怨，无非以翼戴唐室为名，王不如趁早灭唐，以绝人望。"全忠乃匆匆还镇。唐廷遣御史大夫薛贻矩，往劳全忠。贻矩到了大梁，请以臣礼相见，北面拜舞，且语全忠道："大王功德在人，三灵改卜，皇帝将行舜禹故事，臣怎敢违慢？"全忠侧身避座，心下很是喜欢，当下厚礼遣还。贻矩返白昭宣帝，劝令禅位，昭宣帝因即下诏，拟于天祐四年二月，禅位大梁，全忠佯上表乞辞。唐宰相张文蔚杨涉等，复共请昭宣帝逊位，且至大梁劝进，全忠尚不肯受。何必做作？文蔚等返至东都，再请昭宣帝降札禅位，老奸巨猾的朱全忠，方应允受禅。张文蔚为册礼使，礼部尚书苏循为副，杨涉为押传国宝使，翰林学士张策为副，薛贻矩为押金宝使，尚书左丞赵光达为副，六个唐室大臣，带领百官，把唐朝二百八十九年的国祚，赠送盗魁朱全忠。全忠受了册宝，改名为晃，居然被服衮冕，做起大梁皇帝来了。唐朝自是灭亡，昭宣帝被废为济阴王，徙居曹州，由全忠派兵监守，越年将他鸩死，追谥为哀皇帝。及后唐明宗即位，始改谥为昭宣帝，昭宣帝在位止三年，年只一十七岁。

看官听着！当全忠受禅时，淮南节度使杨渥，并吞洪州，掳得镇南军留后钟匡时，卢龙节度使刘仁恭，为子守光所囚，守光自称节度使，武贞节度使雷彦恭，屡寇荆南，留后贺瓌闭门自守。朱全忠虑他怯懦，别调颍州防御使高季昌为留后，总计唐室故土，四分五裂，最大的为梁，次为晋李克用。岐李茂贞。吴杨渥。蜀王建。共成五国。尚有吴越钱镠。湖南马殷。荆南高季昌。福建王审知。岭南刘隐。历史上称为五大镇。此外如魏博卢龙等，也是犬牙相错，割据一隅。小子叙述唐事，至此已完，所有五国五镇，及各处未了情形，不能琐叙，只好续编《五代史演义》，再行详述。看官少安毋躁，请续阅《五代史演义》便了。小子有七言诗二绝，作为《唐史演义》的终篇：

三百年间世乱多，几经流血几成波。
追原祸始由来久，开国贻谋已半讹。
妇寺乘权藩镇继，长安荆棘遍铜驼。
百回写尽沧桑感，留与遗民话劫磨。

本回叙朱温篡唐事，一气呵成，为全书之结束，弑昭宗，弑何太后，弑昭宣帝，并滥杀大臣及诸王，凶暴残虐，至温已极，但皆由贼臣等卖国而成。前有崔胤，后有柳璨，引狼入室，后为狼噬，朱友恭氏叔琮蒋玄晖张廷范等，本为全忠爪牙，乃亦死诸全忠之手，党恶为虐者，果有何幸乎？张文蔚杨涉等，迫主传禅，手捧册宝，赠献大梁，益足令人愧死。或谓唐之得国也由受禅，其失国也亦由传禅，冥冥之中，固自有天道存焉。然则祖宗创业，其果可不慎乎哉?

唐史大事记

617 年　李渊在太原起兵，随后攻入长安，拥立恭帝杨侑

618 年　隋炀帝死于宇文化及之乱，李渊即位称帝，建立唐朝，是为唐高祖

621 年　李世民先后攻灭窦建德、王世充等割据势力，奠定唐王朝的格局

626 年　李世民发动玄武门之变，杀太子李建成、齐王李元吉，随后李渊退位，李世民即位，是为唐太宗

628 年　讨灭梁师都，标志着唐王朝完成大一统

629 年　玄奘去往印度取经

641 年　文成公主出嫁吐蕃

643 年　太子李承乾谋反，李治被立为太子

649 年　唐太宗去世，高宗李治即位

655 年　高宗废王皇后，立武则天为后，不久形成高宗与武后联合执政的格局

683 年　高宗去世，太子李显即位，是为中宗，武则天把控朝政

684 年　武则天废中宗，立睿宗

690 年　武则天废睿宗，自立为帝，改国号为周

705 年　宰相张柬之发动政变，拥立中宗李显，恢复唐朝国号，同年武则天去世，享年 83

710 年　李隆基发动政变，诛杀韦后及上官婉儿，睿宗复位，立李隆基为太子

712 年　李隆基登基，是为唐玄宗，开元盛世就此开启

745 年　杨玉环被封为贵妃，自此杨氏外戚开始步入权力中枢

755 年　安禄山起兵，几乎颠覆整个唐帝国的安史之乱就此展开，同年攻占洛阳

756 年　安禄山自称大燕皇帝，随后攻陷长安；唐玄宗逃往成都，杨贵妃及杨国忠在马嵬坡被杀，肃宗于灵武即位

757 年　安禄山被其子安庆绪所杀，唐朝先后收复长安、洛阳

759 年　史思明攻入洛阳，自称大燕皇帝

761 年　史思明被其子史朝义所杀

762 年　唐玄宗、唐肃宗先后去世，代宗即位

763 年　史朝义败亡，安史之乱结束，奠定后半段唐帝国格局的藩镇体制就此形成

779 年　代宗去世，德宗即位

783 年　朱泚兵变攻陷长安，德宗出逃

784 年　德宗发布“罪己诏”，李希烈自立为帝

805 年　德宗去世，顺宗即位，同年顺宗因病让位于宪宗

820 年　宪宗被宦官所杀，穆宗即位

824 年　穆宗去世，敬宗即位

826 年　敬宗被宦官所杀，文宗即位

840 年　文宗去世，武宗即位

846 年　武宗去世，宣宗即位

859 年　宣宗去世，懿宗即位，浙东裘甫之乱爆发

873 年　懿宗去世，僖宗即位

874 年　王仙芝发动叛乱

875 年　黄巢叛乱，与王仙芝合流，这场叛乱导致唐王朝灭亡

880 年　黄巢先后攻入洛阳、长安，称大齐皇帝，唐僖宗出逃

883 年　沙陀族将领李克用收复长安，黄巢败走河南

884 年　黄巢在狼虎谷自杀，黄巢之乱结束

888 年　僖宗去世，昭宗即位

900 年　宦官幽禁昭宗，拥立德王

901 年　昭宗复位

904 年　朱全忠杀昭宗，拥立昭宣帝

907 年　朱全忠建立后梁，唐朝灭亡

图书在版编目（CIP）数据

摇晃的世界帝国：唐史演义 / 蔡东藩著. — 北京：化学工业出版社，2016.10
（蔡东藩说中国史）
ISBN 978-7-122-27923-1

Ⅰ.①摇… Ⅱ.①蔡… Ⅲ.①章回小说－中国－现代 Ⅳ.①I246.4

中国版本图书馆CIP数据核字（2016）第201558号

责任编辑：温建斌　龚风光　　　装帧设计：今亮后声 HOPESOUND pankouyugu@163.com
责任校对：程晓彤

出版发行：化学工业出版社（北京市东城区青年湖南街13号 邮政编码 100011）
印　　装：高教社（天津）印务有限公司
710mm×1000mm 1/16　印张 $43^1/_2$　字数778千字　2017年1月北京第1版第1次印刷

购书咨询：010-64518888（传真：010-64519686）售后服务：010-64518899
网　　址：http://www.cip.com.cn
凡购买本书，如有缺损质量问题，本社销售中心负责调换。

定　价：68.00元（全二册）